# The Likeness

# 神秘化身

[爱尔兰] 塔娜·法兰奇　著
穆卓芸　译

湖南文艺出版社
HUNAN LITERATURE AND ART PUBLISHING HOUSE

图书在版编目（CIP）数据

神秘化身 /（爱尔兰）法兰奇（French，T.）著；穆卓芸译 .—长沙：
湖南文艺出版社，2011.7
书名原文：The Likeness
ISBN 978-7-5404-4912-4

Ⅰ.①神…　Ⅱ.①法…②穆…　Ⅲ.①长篇小说－爱尔兰－现代
Ⅳ.①I562.45

中国版本图书馆 CIP 数据核字（2011）第 070046 号

著作权合同登记号：图字 18-2011-141
上架建议：外国流行小说



神秘化身

作　　者：［爱尔兰］塔娜·法兰奇
译　　者：穆卓芸
出 版 人：刘清华
责任编辑：丁丽丹　刘诗哲
策划编辑：孙淑慧
特约编辑：尹艳霞
版权支持：辛　艳
装帧设计：崔振江
出版发行：湖南文艺出版社
（长沙市雨花区东二环一段 508 号　邮编：410014）
网　　址：www.hnwy.net
印　　刷：三河市鑫金马印装有限公司
经　　销：新华书店
开　　本：700×1000　1/16
字　　数：450 千字
印　　张：25
版　　次：2011年 7 月第 1 版
印　　次：2011年 7 月第 1 次印刷
书　　号：ISBN 978-7-5404-4912-4
定　　价：35.00 元
（若有质量问题，请直接与本社出版科联系调换）

# 目　录

## Contents

献给安东尼

有　千　千　万　万　的　理　由

# 序　曲

偶尔当我独自过夜，依然会梦见山楂林屋。梦中的场景总是春天，光线细致、清新，带着薄暮的迷蒙。我走上饱经风霜的石阶，敲了敲门——巨大的黄铜扣环被岁月侵蚀得发黑，永远沉重得令人讶异——系着围裙的老妇人开门让我进去，一张脸庞机敏坚毅。她将锈蚀的大钥匙挂回腰带上，沿着车道走开。樱花在她的头上绽放，落英缤纷，我看着妇人的背影，将门关上。

屋里总是空无一人，卧房简陋明亮，只有我踩踏地板的声音在屋内回荡，穿越阳光与尘埃，升到高高的天花板上。野生风信子的香味从大开的窗户飘来，还带有蜂蜡的味道。窗框的白漆剥落，有如纷飞的雪花。一绺常春藤的卷须在窗台上迎风摇曳，几只森鸠在屋外某处慵懒鸣唱。

起居室里摆着钢琴，琴盖开着，微风伸指拨动泛黄的琴谱，栗色的木头琴身映着斑驳阳光，闪耀得几乎令人睁不开眼。饭桌已经摆放就绪，等待着我们的到来。五组餐具——骨瓷餐盘、长脚酒杯、新摘的忍冬花藤垂挂在水晶碗边——然而，银制刀叉已经失去光泽，厚实的花缎餐巾也布满了灰尘。丹尼尔的烟盒放在他的位子上，也就是饭桌主位，盒子开着，里面只有一根燃尽的火柴。

屋里传来声响，轻细得仿佛一弹指甲，几乎听不见。是脚步声，又像窃窃私语，让我差点心跳停止。其他人还没离开，是我搞错了。他们只是躲起来，他们一直都在，永远永远。

我循着轻声细语穿越屋子，走过一个又一个房间，时时驻足聆听，但动作始终不够迅速。声音有如幻影般飘忽而去，总是躲在门后或楼梯之间，有时咯咯轻笑，随即销声匿迹，有时是木头噼啪一响。我用力推开衣橱的木门，一次踩着三级台阶往上，当我绕过楼梯顶端的螺旋梯中柱，眼角忽然瞥见影子一闪。是走廊尽头的斑驳老镜，我的脸庞映在镜中，笑容灿烂。

# Chapter 1
## 从黑暗中浮现的神秘女孩

这是蕾西·麦迪逊的故事，不是我的。我很希望能将两人的故事分开，可惜没有办法。我之前总认为是我自己将两人缝在一起，虽然缝得很紧，但随时可以将线解开。可是，我现在发觉缝线比我想象的还要深，还要底层，眼不能见，不受我的控制。

不过，她的故事里有我，有我所做的一切。弗朗科认为是别人的错，尤其是丹尼尔。至于山姆，就我所知，他觉得错在蕾西，从某个模糊、略微颠倒的角度来说。然而，我只要开口反驳，他们就会谨慎地瞟我一眼，再转移话题。我感觉弗朗科认为我得了诡异的变种斯德哥尔摩症候群①。卧底偶尔会有这种反应，这是实话，但我不是。我不想保护谁，也没人让我保护。蕾西和其他人永远不会知道有人怪罪他们，就算知道，他们也不会在乎。洗牌或许另有其人，但拿牌的人是我，我出完手上的牌，而且自有道理。

至于蕾西，各位只要牢记一点，就是她不存在。是我和弗朗科·麦奇多年以前捏造出来的卧底假身份，在他哈库特街的肮脏办公室，一个艳阳的午后。弗朗科想要派人渗透进都柏林大学学院活动的贩毒组织，而我想要那份工作，或许是我这辈子最想要的东西。

弗朗科这家伙，是个传奇人物。三十出头就已经在干卧底，而且是爱尔兰史上的第一把交椅，大家都这么说。他胆大无畏、肆无忌惮，办案有如走高空钢索，而且从来不用护网，绝对不用。弗朗科渗入爱尔兰共和军与黑道帮派，就像走进酒吧一样稀松平常。我遇到的人都对我说过弗朗科混入蛇王帮的事情。蛇王性格反复无常，曾经因为手下没替他付账，就将对方打成四肢残废。他有一回对弗朗科起了疑心，恐吓要用钉枪对付他的双

① 译者注：斯德哥尔摩症候群又称人质情结或人质症候群，是一种被害者反过来对加害者产生情感，甚至信赖、想帮助加害者的心理症状。

手。弗朗科目不转睛地瞪着蛇王，脸上一滴汗水也没流，最后唬得蛇王回心转意，不仅拍拍他的背部致歉，还送他假劳力士作为赔礼。弗朗科至今还戴着那只表。

我当年只是菜鸟中的菜鸟，刚从天普墨警察学校毕业一年。和弗朗科见面的前两天，他打电话到局里，问谁读过大学并且看起来像二十多岁。当时，我正穿着大大的黄色荧光背心在史利哥镇巡逻，觉得小镇居民怎么都长得一个模样。我看到弗朗科应该紧张才对，但我一点也不心慌意乱，因为我太想成为卧底警察，根本没空儿紧张。

我走到办公室，房门开着，弗朗科就坐在桌缘，穿着牛仔裤和退色的蓝色T恤，正在翻阅我的个人档案。办公室很小，看起来像被人翻过，仿佛弗朗科只拿它来当储藏室。桌上很空，连家人的相片也没有，书架上堆着文件，夹杂着蓝调唱片的CD、小报和一沓扑克牌，还有一件女人的粉红羊毛衫，标签还没剪掉。我立刻知道自己会喜欢这家伙。

“卡西·麦道斯。”他说着，抬头看了我一眼。

“是，长官。”我说。

身高中等的他略显粗壮，但很健康，肩膀线条完美，棕色头发剪得很短。我一直以为他应该毫不起眼、面貌模糊，或许还会像美国电视剧《X档案》里的癌人[①]一样。没想到弗朗科线条分明、轮廓粗犷，双眸又大又蓝，所到之处似乎都会留下一股热流。他不是我喜欢的类型，但我敢说，这男人一定颇受女性的青睐。

“叫我弗朗科就好，坐办公室的才会叫长官。”弗朗科说话带着都柏林老市区的口音，语调变化细微，带着一点刻意，有挑衅的味道。他离开桌缘，伸出手来。

“我是卡西。”我和弗朗科握手，并作自我介绍。

他指着一张椅子，自己又坐回桌缘。“报告说，”他拍拍我的个人档案说，“你很有抗压性。”

我花了一秒钟才听懂他的意思。警校受训期间，我被分派到柯克市一个不怎么干净的区域。有回遇到一名罹患精神分裂的青少年，疯狂扬言要用祖父的剃刀割喉自尽，被我说服之后弃械投降。我几乎忘了这回事，直到弗朗科问起，我才想起自己或许能够胜任卧底工作。

“希望是。”我说。

“你今年，啊——才二十七岁？”

---

① 编者注：Cancer Man，著名美国科幻电视连续剧《X档案》中的人物之一。在电视剧中，他始终抽着香烟，没有名字。他刺杀了约翰·肯尼迪和马丁·路德·金，是影子政府的重要成员和主要行动负责人。

“二十六。”

阳光穿过窗户打在我脸上，弗朗科仔细地打量了我一番。“你看起来像二十一岁，完全没有问题。报告说你念了三年大学，是哪一所学校？”

“三一学院，念心理学。”

弗朗科眉毛一扬，摆出不得了的表情。“啊，原来是专家，那为什么没念完？”

“我发现自己对英式爱尔兰腔过敏，医生找不出病因。”我对他说。

这个笑话他喜欢。“这样你进都柏林大学学院会起疹子吗？”

“我会吃抗组织胺。”

弗朗科弹离桌缘走到窗边，也要我过去。“好，”他说，“看到底下那两个人没有？”

只见一对年轻男女沿着街道边走边聊，女人东摸西找掏出钥匙，两人走进外观单调的公寓大楼。“向我描述他们。”弗朗科说完背靠窗户，双手拇指钩住皮带看着我。

“他们是学生，”我说，“因为两人背着书包。他们出去买吃的，因为手里拿着邓氏超市百货的购物袋。女孩的经济条件比男的好，因为她的外套很贵，男的牛仔裤加了补钉，但不是流行的样式。”

“他们是情侣、朋友，还是室友？”

“情侣，因为他们走得比朋友近，头还微微靠拢。”

“他们在一起很久了吗？”

我喜欢这种新的动脑方式。“没错，有一阵子了。”我说。弗朗科质疑似的扬起眉毛，我一时不大确定自己说得对不对，但很快就想到了。“他们讲话的时候没有看对方，刚交往的恋人老是四目交会，久了就没必要一直察言观色。”

“他们住在一起吗？”

“没有，否则男的也会掏钥匙，这是女孩的公寓。不过，女孩起码有一位室友，因为他们同时抬头看窗户，检查窗帘是不是拉开了。”

“他们感情如何？”

“感情很好，因为女孩让男孩笑了，除非两人还很有话聊，否则男生通常不会被女孩的玩笑话逗乐。两只购物袋都是男的提，女孩先帮男的抵住大门，自己才跟着进去，表示两人都很照顾对方。”

弗朗科朝我点头。“干得好，卧底就该有这样的直觉。我指的不是心电感应之类的狗屁玩意儿，而是注意事情、分析事情，而且是下意识这样干。再来就只剩速度和勇气，不管说什么、做什么都要够快，百分之百肯定，只要稍微犹豫就完了，说不定连小命都没了。接下来一两年，你得行踪隐秘。有家人吗？”

“只有姑姑和姑夫。”我说。

“男朋友？”

“有。”

“你可以和他们联络，但他们不能和你联络，他们能接受吗？”

“不行也得行。”我说。

弗朗科依然懒洋洋地靠在窗边，但我瞥见蓝色眼眸锐利地一闪，知道他一直在仔细观察我。“我们的对象可不是哥伦比亚毒枭，你大部分时间只会和小喽啰厮混，起码刚开始的时候。但是你必须搞清楚，这工作一点也不安全。那些家伙有一半几乎整天不省人事，另一半对生意非常认真。换句话说，他们如果想杀你，绝对不会手软。这样你会担心吗？”

“不会，”我说，我是认真的，“完全不会。”

“好极了，”弗朗科说，“走吧，咱们去喝咖啡，然后就开始干活了。”

我一时没有反应过来，事情已经定了。我以为要接受三小时问话，做上一堆奇奇怪怪的墨渍测验，问我母亲的事，但弗朗科完全不吃那一套。我到现在依然不清楚他是凭借哪一点作出决定的。在很长一段时间里，我一直想找机会问他，但现在我不清楚自己是不是还想知道，他当初到底发现了我什么，让他肯定我确实有本事。

我们到局里餐厅喝了有焦味的咖啡，吃了一包巧克力饼干，其余时间都在捏造蕾西的身份，名字是我挑的。“这样你才记得牢。”弗朗科说。姓麦迪逊，因为我姓麦道斯，听起来够像，别人喊我才会回头。取名蕾西，是因为我小时候想象自己有个妹妹，名字就叫蕾西。

弗朗科摸出一张大纸，替我写下蕾西的过往：“你于一九七九年三月一日生在霍尔街医院，父亲西恩是低阶外交官员，派驻加拿大，这样我们要你抽身的时候才有借口，只要说你家里有急事就可以闪人。这也表示你小时候经常旅行，所以没什么人认识你。”爱尔兰很小，随便也找得到某人表弟的女朋友是你的同班同学。“我们当然可以说你是外国人，但我可不希望因为口音而让你砸锅。母亲卡罗琳，她有工作吗？”

“护士。”

“小心，脑子动快一点，注意每句话的含义。护士每到一国都必须重新考照。你母亲受过训，但在你七岁的时候辞掉工作，举家搬离爱尔兰。你想要兄弟姐妹吗？”

“好啊，无所谓，”我说，“我要一个弟弟。”

这么做真刺激，要什么有什么，完全自由，随你挥霍，我一直很想笑。从亲戚、国籍到各式各样的事情，全都摊在我的面前，任我选择。我可以在不丹王宫长大，有十七个兄弟姐妹，还有私人司机，我想怎样就是怎样。我又往嘴里塞了一块巧克力饼干。弗朗科发现我面带微笑，觉得我好像不把卧底当成一回事。

“随你想要怎样。你弟弟小你六岁，所以还和你爸妈住在加拿大。他叫什么名字？”

“史帝芬。”虚拟弟弟，我小时候一直活在幻想世界里。

“你和弟弟处得来吗？他的长相如何？快点！”我吸了一口气，弗朗科催促我。

“他是一个小滑头，特大号的足球迷，成天只会和爸妈吵架，因为十五岁。但还愿意跟我说话……”

阳光斜斜地打在刮痕累累的桌面上，弗朗科身上气味清爽，带着肥皂与皮革的淡香。他是个好老师、天才教授，拿着黑色毕洛圆珠笔潦草地写下日期、地点和事件。不久，蕾西就像拍宝丽来相片一样慢慢成形，从纸上冉冉升起，飘浮在空中有如一缕焚香。她的脸是我的脸庞，生命来自半被遗忘的梦境。

你什么时候交的第一个男朋友？

你们住在哪里？

他叫什么名字？

是谁先甩掉对方？为什么？

弗朗科找出烟灰缸，弹弹香烟盒，弄了一根约翰尊品香烟给我。

斑驳的阳光离开桌面，窗外天色开始变暗。弗朗科转动座椅，从架上拿了一瓶威士忌，替咖啡加料。

“这是奖励，”他说，“干杯！”

我们将蕾西塑造成精力无穷的女孩，聪明有教养，从小善良，但始终静不下来，怎么都教不会。或许有些天真、不知防备，总是急着回答你，不需要对方再问。

“蕾西是诱饵，”弗朗科说得很白，“而且味道一定要对，毒贩才会上钩。她要够天真，才不会被他们看成威胁；要够庄重，对他们才有用处；还要够叛逆，他们才不会怀疑为什么她会想入伙。”

等我们准备就绪，天色已经黑了。“很好，”弗朗科将写着蕾西生平的大纸卷好，递给我说，“十天后有一个警探训练课程，我会帮你报名，结束之后再回来。我会和你共事一阵子，等都柏林大学学院十月开学，你就进去。”

弗朗科从书架角落的钩子上抓起皮夹克，熄灯后再关上幽暗小办公室的房门。我徒步走到公车站，心荡神驰地被奇妙的感觉包围。我感觉飘浮在秘密之中，进入新的世界，只听见蕾西的生平在我制服外套的口袋里窸窣作响。一切就是这么快，这么简单。

后来发生的一连串事情，让我从卧底警察转到家暴组，其间的过程千回百转，我也不想多谈。简单讲就是：都柏林大学学院的头号毒贩丧心病狂，刺了我几刀；我因公负伤调升到重案组，但重案组太让人头痛，所以我就离开了。我已经许多年没有想到蕾西，想起她有如幻影般的短暂生命。我不是个喜欢追忆过往的人，起码我很努力不这么做。逝者已矣，讨论“如若当初”只会浪费时间。现在我觉得自己始终明白，蕾西不会这样善罢甘休。你不可能随便捏造一个人，一个有过初吻、个性幽默、特别偏爱某种三明治的生命，然后期望她被你利用完之后立即消失，再度变回潦草的几笔涂鸦与加了酒的咖啡。我想自己早就知道，蕾西终究会回来找我，总有一天。

她花了四年，小心拣选时机，最后才找上门来。那是四月初的一个清晨，就在我离开重案组之后几个月，地点是靶场。

靶场在市中心的地底，远离都柏林路面的半数车辆与厚重烟雾。我其实不需要去，因为我的射击成绩一向出色，而且离考核测验还有好几个月。但我那天太早醒来，离上班还有很长时间，我又静不下来做其他事，只有射击练习能抚平我内心的焦躁。我慢慢调整耳罩，检查佩枪，等其他人都专心瞄准了，不会注意我头几发像卡通里被人电击的角色一样胡乱开枪，我才扣动扳机。容易惊慌失措的人自有一套应变之道，你会发展出细致的小技巧，不让别人发现你在慌张。要是你学得够快，不久就能活得和正常人没两样，将日子一天天应付过去。

我从前不是这样的。我一直以为大惊小怪是简·奥斯汀笔下人物的本领，不然也是老用娃娃音要别人替她买单的女生才会如此。我面对危机的态度顶多就是随时在小提包里放嗅盐而已，即使见到都柏林大学学院的“毒魔”拿刀刺我，我也毫不心慌。局里的心理医生花了几个星期，想说服我承认心底深处其实受创惨重，但最后还是放弃了，承认我很好（语气不免带着遗憾，因为他很少碰到遇刺的警察，我想他一定希望我有难以想象的后遗症），让我复职归建。

说来惭愧，让我心惊胆战的不是疯狂凶杀案，也不是人质危机处理失败，更不是安静腼腆的男人将人体器官收在特百惠保鲜盒里。我在重案组办的最后一件案子很简单，就像之前办的几十件案子一样，看不出任何异状。

一位少女在夏天的早晨被杀，报案电话打进来的时候，我和搭档正好在组里闲晃。外表看来一切顺利，我们不到一个月就宣布破案，再次拯救社会免于罪恶的攻击。媒体一致赞扬，我们的年终考绩也很漂亮。从头到尾没有惊险万分的飞车追逐，没有猛烈交火，什么都没有。我还算惨的，但也只是受了皮肉伤，脸上缝了两针，最后连疤痕都没留下，总之就是皆大欢喜。

但私底下……“薇丝塔行动”，即使事隔多月，只要你到重案组提起这五个字，就算对方不清楚事情的来龙去脉，也会意味深长地看你一眼，双手一摊，眉毛一挑，仿佛不想扯入杂交派对或犯下间接伤害似的。归根究底，我们不但输了，而且输得很难看。有些人就像小型的车诺比核电厂，外表光鲜靓丽，暗地里却不停地释放毒素，只要靠近他们，张口呼吸就会将你彻底毁灭。有些案子（你可以随便请教任何警察）就是如此恶毒，吞噬它们所碰触到的一切。

命案是破了，但我出现的症状肯定会让爱穿皮凉鞋的心理医师雀跃不已。幸好没有人认为脸上被人抓伤需要去看心理医生。我的反应是标准的创伤后症候群：发抖，没有食欲，门铃或电话一响就吓得弹到天花板，外加一点我个人的小毛病。我的身体协调性变得很怪，有生以来头一回被自己绊倒，踢到门框，或是脑袋去撞柜子。另外就是我不再做梦。我以前总会梦到一连串混乱汹涌的影像，如火柱翻腾飞越黑色山峦，藤蔓破砖而出，或是鹿群披着光袍在山迪蒙特海滩跑跑跳跳。

现在我只要脑袋往枕头上一靠，睡意立刻像木槌一样将我敲昏。山姆（他是我男朋友，我有时想到依然觉得难以置信）说复原需要时间，惊惶终究会变淡。我跟他说我不确定，他只是静静地点头，跟我说不确定的感觉也会过去。山姆偶尔真的很让人火大。

我考虑过一般警察的解决之道，就是酗酒，从一早开始喝，而且不停地喝。我很怕自己三更半夜打电话给不合适的人，向他们酒后吐真言。再说，我发现射击练习几乎一样有效，又没有麻烦的副作用。

这么做其实很可笑，因为我根本就不怕噪音，但我想无所谓。只要打上几靶，我后脑勺的保险丝就会砰地绷断，握枪的双手变得稳若磐石，全世界霎时消逝在远方，只剩下我和眼前的靶纸，还有空气中熟悉的烟硝味以及我拱起抵挡后坐力的腰背。

走出靶场，我变得既冷静又麻木，仿佛吃了安定。等到打靶效力完全退了，我已经又撑完一天，可以下班回到舒服的家，将长满刺的脑袋捶平。经常光顾靶场的结果是，我能在三十五米外连开十枪，九枪命中头部。靶场管理员是个干巴巴的小矮子，他开始用伯乐的眼神看我，大谈要我参加警局的射击比赛。

那天早上，我七点结束打靶，走到更衣室清枪，和两名巡逻小组的同事闲聊，但刻意保持距离，不让他们觉得可以共进早餐。就在这时，手机响了。

“老天，”两名同事中的一个说，“你是家暴组的，对吧？现在才几点，竟然有人这么闲，打起老婆来了？”

“要紧事永远挤得出时间做。”我说着，从口袋掏出衣柜钥匙。

“说不定是突击行动，”比较年轻的同事对我咧嘴微笑，“记得找狙击手。”这小子人高马大，满头红发，觉得我很可爱。他没忘记展示自己的肌肉，我还注意到他瞟了我的无名指一眼。

“肯定因为找不到我们。”他的伙伴说。

我从柜子里捞出手机，屏幕显示“山姆”，“未接来电”的符号在角落一闪一闪。

“嘿，”我说，“什么事？”

“卡西！”山姆说，语气很可怕，生病似的气喘吁吁，仿佛被人打到没气了，“你还好吧？”

我转身背对巡逻小组的同事，走到角落。“我很好。干吗这么问？出了什么事？”

“老天，”山姆粗声咽了咽口水说，仿佛喉咙太紧，“我给你打了四个电话，正准备派同事到你家找人。天杀的，你干吗不接手机？”

这一点都不像山姆，他是我认识的最温和的人。“我在靶场，”我说，“手机放在衣柜里，到底怎么了？”

“抱歉！我不知道你……抱歉，”他又粗声咽了咽口水，“我被找去接一个案子。”

我的心脏猛烈撞了肋骨一下。山姆是重案组警探，我知道自己最好坐下来，但膝盖没办法弯，只好靠着柜子。

“是谁？”我问。

“什么？不是——老天，不是，你搞错……我是说，不是我们认识的人。起码我觉得不是——听着，你能过来一下吗？”

我呼吸恢复正常：“山姆，到底出了什么事？”

“就是……你能不能来一下？我们在威克劳，葛伦斯凯外围，你知道地方，对吧？先顺着路标指示到葛伦斯凯，穿过村子之后一直往南，大约一公里多，右手边会出现一条小路——你会看到封锁线，我们在那里碰头。”

巡逻小组的同事开始好奇了。“我还有一小时就要值勤，”我说，“但我开车过去差不多就要一小时。”

“我会打电话过去，跟家暴组说我们需要你支持。”

“不行，我已经不在重案组了，山姆。如果是谋杀案，那就跟我无关。”

电话那头有另外一个男人的声音，慢条斯理却语气果决，很难不去注意。声音听起来很熟悉，但我想不起来是谁。“你等一下。”山姆说。

我将手机夹在耳朵和肩膀之间，开始组枪。如果死者不是我和山姆认识的人，那肯定案情重大，非常严重，才会让他这样说话。爱尔兰是有命案，但普遍来讲都很简单，即使现在也不例外。不是毒枭火并或窃盗失风，就是杀弑命案：“杀”妻“弑”夫。也有人叫它“家暴沙士”，看你问的人是谁。

爱尔兰西南有一个利麦立克郡，那里的家庭关系很诡异，夫妻经常反目成仇。爱尔兰几十年来的凶杀死伤，他们“居功厥伟”。我们这里不像其他国家，有一些超乎寻常的恐怖恶行，例如连续杀人魔和扮装虐待，或在地下室发现有如落叶堆栈的成排尸体。但我想迟早会有的，因为这十年来，都柏林的变化之快，远超过我们心力所能应付。经济奇迹让我们成为欧洲的“凯尔特之虎”，让太多人拥有直升机，太多人像蟑螂似的挤在公寓里，太多人窝在办公室怨天尤人，为了周末忍受煎熬，然后重来一次。这样的重担让我们粉身碎骨。我在离开重案组之前，就已经意识到这种压力，感觉疯狂在空中高歌，城市匍匐抽搐，有如即将狂犬病发的恶狗。迟早会有人犯下骇人听闻的罪行，迟早。

局里没有罪犯侧写专家，但重案组的同事习惯找我。他们多数没有念过大学，知道我读过三年心理系，全都佩服得过了头。他们请我帮忙，我也觉得无妨。我趁闲暇时间读了许多教科书与统计资料，希望不负众望。如果有需要，山姆就会找我，因为他的警察直觉终究凌驾于保护我的本能之上，尤其当他来到命案现场，发现情况非同小可的时候。

“等一下。”红发同事说。他已经切掉“爱现”模式，在长凳上坐直身子，“你之前是重案组的？”这就是我不想和人太亲近的原因。这几个月，我已经听过太多次这样的语调了，那种急欲打探的口吻。

“很久以前。”我说完给他最甜美的微笑，摆出“别再多问”的眼神。

红发男的好奇心和色欲正在捉对厮杀，但他显然知道后者出头的机会微乎其微，因为好奇心终究占了上风。“你是承办警探，对吧？”他说着走过几个柜子朝我靠近，“就是小女孩那个案子，到底有什么内幕？”

“传言都是真的。”我对他说。电话另一头，山姆压低声音正在和人争论，说得气急败坏，却被对方的慢条斯理打断。要是红发男肯闭嘴，一秒钟也好，我敢说自己一定听得出来山姆在和谁说话。

“听说你的搭档脑子进水，上了嫌疑人。”红发男说，想要唤起我的记忆。

“我哪会知道。”我一边回答，一边试着挣脱防弹背心，不让手机滑掉。我当下只想对红发男说，这么有创意的事情，你怎么不自己去做。但我前搭档的心理状态和感情生活不是我的问题，再也不是了。

山姆回来了，语气变得更加紧张慌乱："你方便戴着太阳镜、帽子或头套之类的东西过来吗？"

我的防弹背心脱到一半，卡在头上："搞什么？"

"拜托你了，卡西。"山姆说，他听起来几乎快崩溃了，"拜托！"

我骑摩托车，在都柏林这种以物量人的城市，骑车就是不酷，更何况是歪七扭八的古董伟士牌。但也不是没有好处，塞车的时候，摩托车的速度是休旅车的四倍，而且到哪里都能停车。还能让我很容易看清一个人，谁要是看到伟士牌露出轻蔑的眼神，肯定很难成为我的好友。我一骑出市区，天气就变得非常适合骑车。前晚才下过雨，雨雪交加打在窗上，但到破晓就都散了，天空湛蓝，让人感觉春天几乎降临大地。过去几年，我只要遇到这样的早晨，就会骑车到郊外，猛催油门，迎风放声高歌。

葛伦斯凯在都柏林外围，群山环抱的威克劳郡，几乎遗世独立。我在威克劳住了大半岁月，从来没有靠近过那个村子，除了那座怪路标。而它也真是这样一个地方：零星的几间老房子，围着每个月聚会一次的教堂、一家酒吧和一家什么都卖的杂货店。村子又小、又孤单，就连急着在都柏林郊区寻找便宜房子的年轻一代都没发现这里。

星期四早上八点，大街（先不管"大"和"街"的定义）空空荡荡的，美得有如风景明信片，只有一个老妇人拉着菜篮车，从残破的花岗岩石碑前走过，几间糖褐色小屋散在其后，远山郁郁葱葱，漠然俯瞰一切。我可以想象有人死在这里，但应该是农夫，为了争执历经数代未决的疆界而死；或是妻子，被爱喝酒跟罹患舱热症而变得暴力的丈夫杀死；要么便是弟弟，被与他同住、隐忍了四十年的胞兄谋害。总之，就是一些根深蒂固的普通罪行，和爱尔兰一样源远流长，绝对不会让经验丰富一如山姆的警探语无伦次。

我在电话另一头听到的声音让我很不自在。就我所知，山姆是唯一没有搭档的警探，他喜欢单打独斗，遇到案子就和新的团队合作，有时以专家身份协助地方警察，有时支持接到大案的警探同事。山姆和谁都处得来，是最佳候补，我很好奇，他这回支持的是我之前的哪一位同事。

出了葛伦斯凯，变窄的山路在耀眼的荆豆丛间蜿蜒而上。只见田地越来越小，石块越来越多，山顶站着两个男的。一头金发的山姆绷着强壮身子，叉开双脚，双手插在外套口袋里；另外一个人站在几步之外，抬头弯腰想抵挡强劲的风势。太阳低垂，影子将山姆和陌生男子拉成庄严的巨人。浮云掠过，两人的身形明亮得难以逼视，有如步下日宫、沿着闪烁道路前来的信差。在他们身后，蓝白的封锁带迎风翻腾，有如藤鞭。

我朝山姆挥手。山姆举起手来，在他身旁的男人脑袋微微一扬，快如眨眼，但我已经知道对方是谁。

“操他妈的！”我还没跨下伟士牌，就忍不住脱口而出，“原来是弗朗科，你是从哪儿冒出来的？”

弗朗科一手搂住我，将我抱离地面。四年了，他还是一点都没变。我敢说，他还穿着那件破破烂烂的皮夹克。“卡西，”他说，“全世界最高明的冒牌学生，你还好吗？怎么跑到家暴组去了？”

“他们要我拯救世界，所以给了我盔甲和光剑。”我用眼角余光瞟了山姆一眼，发现一头雾水的他皱起眉毛。我很少谈起卧底的事，也忘了有没有和他提过弗朗科这个人。我转头看他，才发现他看起来糟透了：嘴唇泛白、双眼圆睁。我的心头突然一紧：这不是好预兆。

“你还好吗？”我一边问他，一边脱下安全帽。

“很好！”山姆说。他试着对我微笑，但笑容僵硬地歪向一边。

“哦，哦，”弗朗科说着板起脸孔，两手抓着我，眼珠子上下打量，“看看你，这年头的警探服装已经改成这副模样了吗？”他上一回看到我，我还穿野战裤，上衣写着：“凯蒂乐趣屋需要你”。

“要笑就笑吧，弗朗科，”我对他说，“我这几年的配备可是起码更新了一两回。”

“错了，错了，我是印象深刻，真是有模有样。”他说着想让我转圈，但我将他的手甩开。有一点要说清楚，我穿得一点也不像美国前第一夫人希拉里。我穿的是上班服，黑色裤装和白衬衫。我对这种衣服没什么好感，可是转到家暴组，老板一直强调要塑造专业形象，以建立民众信心，T恤、牛仔裤显然做不到这一点，我也懒得反对。“你带太阳镜和帽子之类的东西来了吗？”弗朗科问，“搭配你现在这套服装一定很棒。”

“你让我大老远跑来这里，就是为了讨论我的穿着品味吗？”我问。我在书包里找到以前常戴的红扁帽，拿出来朝他挥了挥。

“不是，穿着部分我们晚点再谈。这里，拿去！”弗朗科说着从口袋里掏出太阳镜递到我面前。这种反光镜片，是一九八五年美国电影《迈阿密风云》男主角唐·琼森戴的款式。

“如果你要我在脸上戴着这么蠢的东西，”我瞪着墨镜说，“最好给我充分的理由。”

“这你放心。你要是不喜欢，可以一直戴着安全帽。”弗朗科等着。我耸耸肩，将那副蠢墨镜戴上。见到他的兴奋开始消失了，我的背又开始紧绷。山姆看起来病恹恹的，弗朗科负责这件案子，又不让我看命案现场，表示很有可能是卧底被杀了。

“果然还是很好看。”弗朗科说完拉起胶带，让我弯腰钻过去。那过程真是熟悉，同样轻快的动作我做过不下千百次，我霎时有种回家的感觉。我下意识地将枪收回腰间，转头去看搭档，仿佛这是我的案子，接着才猛然回到现实。

“事情是这样的，”山姆说，“今天清晨六点十五分左右，一位名叫杜尔的村民遛狗经过这里。他将链子解开，放狗在田地里跑。路旁不远处有一间荒废的小屋，狗跑进去就没有出来，于是杜尔只好走过去，结果发现狗正在闻一名女子的尸体。他立刻一把将狗抱住，拔腿离开屋子，打电话报警。”

我稍微松了一口气，我不记得有女警在干卧底。“那我来这里干吗？”我问，“还有你这家伙，你什么时候转到重案组了，怎么没人告诉我？”

“你马上就知道了。”弗朗科说。我跟着他沿小路走，只看得到他的后脑勺。“真的，你马上就知道了。”

我回头看了山姆一眼。“别担心，”他轻声说道。他脸上回复血色，显得斑斑点点，微微发亮，“你不会有事的。”

小路蜿蜒而上，窄得无法并肩同行。地表泥泞，两旁的山楂丛遮住了路面。走到树丛开口处，只见青草茂盛如茵，羊群点点如星，远方有羔羊咩咩低叫。空气冰冷郁结，仿佛开口就能尝到。朝阳穿过山楂，光芒细长金黄，我真想抛下山姆和弗朗科，就这样迈步越过山脊继续往前，留下他们独自面对晨光下等待检视的血腥暴行。“从这里走。”弗朗科说。

树丛退去，眼前是一道倾圮的石墙，围着杂草蔓生的田地。小屋距离小路大约三十到四十米，是大饥荒时期遗留下来的农舍。这样的房子在爱尔兰依然随处可见，在十九世纪饥病和移民潮之后就再也没有人居住。我看了一眼房子，心里更加确定自己只想远离即将目睹到的一切。这里应该非常热闹，给人耐心专注的感觉才对——警察低头检视草地，鉴识小组穿着连身白袍，手拿相机、直尺和指纹取样仪四处忙碌，殡葬员抬出担架——我只看见两名警察站在门口两侧，双脚颠来颠去，神情有些茫然，还有两只画眉在屋檐下气得跳脚，唧喳怒骂。

“人呢？”我说。

我问山姆，弗朗科回答：“库柏来过又走了。”库柏是政府的首席法医。“我觉得他应该尽快看死者一眼，确定死亡时间。鉴识科可以等，反正物证不会跑走。”

“天哪，”我说，“万一我们踩到呢？山姆，你有没有办过双尸命案？”

弗朗科眉毛一挑：“还有一具尸体？”

“你啊。等鉴识科来，你就死定了。竟然让六个人在现场走来走去，不等他们先取样搜证？他们绝对会把你杀了。”

“那也值得，”弗朗科一腿跨过石墙，开心地说道，“这个案子我想保密一阵子，要是让鉴识科的家伙来这里爬来爬去，事情就难办了，他们很容易引人注意。”

不对，大大的不对！案子不是弗朗科负责，是山姆，应该由他决定物证如何处理，什么时候该找谁来。我不知道小屋里究竟怎么了，竟然让山姆无法承受，要弗朗科插手接管，而且立刻积极调度，照他心里不知哪来的计划办事。我想抓住山姆的眼神，但他只是越过石墙，不看我和弗朗科两人。

“你穿得那样可以翻墙吗？”弗朗科体贴地问道，“还是需要帮忙？”我朝他做了个鬼脸，接着一跃跳进田地，感觉潮湿的野草与蒲公英贴上我的脚踝。

小屋很久以前原本有两个房间。一间看来近似完整，连屋顶都几乎没有缺损；一间却只剩断窗残壁，裸裎向天，裂隙长满旋花类植物、青苔和蔓生的小蓝花。有人在门口旁边喷了“夏妞”两个字，不是很有美感，但这房子太不方便了，不适合厮混，就连喜欢私下乱搞的青少年都不想来，任由它在时光中缓缓凋败。

“这位是卡西警探，”弗朗科说，“这两位是拉索文分局的伯尔尼警官和道帝警官，葛伦斯凯是他们的辖区。”

“罪过，罪过。”伯尔尼说，语气听起来很认真。他年纪五十出头，略微驼背，水蓝色眼睛，身上飘着湿制服和瘪三的味道。

道帝很年轻，一双倒霉样儿的耳朵，身材瘦得难看。我朝他伸出手，他竟然像卡通人物一样惊讶得连看我两眼，我似乎听见他的眼球“啵”的一声转回原位。天知道他听过关于我的什么传言——小道消息在警察圈子传得比宾果俱乐部还要快——但我当时没空儿在意这点。我只是笑着瞪他一眼，只见他嘟囔一声就急忙松开我的手，仿佛被火烫到。

“我们想让卡西警探看一下尸体。”弗朗科说。

“我想也是，好的。”伯尔尼看着我说。我不知道他是不是在开玩笑，但我想他没那个力气。道帝则在一旁紧张地窃笑。

“准备好了吗？”山姆轻声问我。

“搞得这么悬疑，我都快被好奇心杀死了！”我说，语气比我想的还要粗鲁。弗朗科这时已经钻进小屋，拨开悬垂下来挡在门口和里面房间的荆棘。

“女士优先。”弗朗科说着伸手一挥。我摘下墨镜，插在衬衫的前襟上，深呼吸一口气，接着踏进屋里。

房间很小，照理说应该平静而哀戚。阳光斜斜地穿过屋顶裂口，挤过爬满窗子的树枝，有如粼粼波光。住户留下的壁炉沉寂了一个世纪，堆满从烟囱落下的鸟巢。铁钩虽然生锈，却依然等待有人挂上锅炉。不远处有森鸠自得鸣唱。

然而，有经验的人都知道，尸体会改变一切。那巨大的沉默与有如黑洞的空无，时间静止，分子凝结在不动的尸体周围，死者知晓生命最终之谜，却无法对人诉说。一般死者只是屋里的一件东西，但被杀害的死者不同，他们并不孤单。沉默有如震耳欲聋的呐喊，空气中布满斑纹与手印，尸体烙着冒烟的标记，是方才紧抓死者不放的人，是凶手。

不过，那天在现场最先引起我注意的，却是凶手几乎没有留下任何痕迹。我之前已经作好准备，等着目睹难以想象的场景。或许是四肢摊开的裸裎躯体、难以数算的凶残伤痕或四散飞溅的尸块。但这女孩好像算好位置，小心翼翼地躺在地上，选定时间、地点，再缓缓吐出最后一口气，没有借助任何外力。她仰头躺在壁炉前的阴影下，姿态端正，双脚并拢，两手收在身侧。她穿着深蓝双排扣大衣，扣子解开，露出靛蓝牛仔裤——没有褪下，拉链完好——运动鞋和蓝色上衣，胸前是深色的扎染星星，唯一不寻常的只有她紧握的双拳。弗朗科和山姆走到我身旁，我困惑地看了弗朗科一眼——这有什么？——他只是望着我，表情莫测高深。

女孩身高中等，体格和我近似，结实得像个男孩。她的脸避开我们，面向墙壁。我就着微弱的光线，只见到她短黑的鬈发和一抹白皙：是她颧骨突起的弧线，连接到小小的下巴。“看好啰！”弗朗科说着打开小手电筒，强光照亮女孩的脸，形成清楚的光晕。

我迟疑半晌——山姆骗我？——因为我认得她，我看过这张脸，看过上百万次。接着我往前一步，定睛一瞧，世界倏地静默凝结，黑暗从角落蜂拥而至，唯有女孩的脸庞闪闪发亮。是我，是我的脸。微斜的鼻梁、修长的眉毛，那张脸庞上的一曲一弯写得清清楚楚：是我，双唇发紫、静止不动、眼窝阴影有如淤青的我。我感觉不到自己的手脚和呼吸，我感觉自己仿佛飘到空中碎成片片，随风湮灭。

“你认识她吗？”弗朗科说，声音仿佛来自他处，“亲戚之类的？”

我感觉双眼如盲，无法接收女孩的影像。她不可能存在，应该是我发烧的幻觉，自然法则的崩溃瓦解。我意识到自己双脚僵直，一手朝枪伸了过去，全身肌肉紧绷，准备和眼前死去的女孩决一死战。“不认识。”我说。感觉不是我的声音，来自我以外的地方，

“从来没见过她。”

“你是养女吗？”

山姆猛然转头，满脸惊诧，但我喜欢弗朗科的直接，立刻将我捏醒。“不是。”我说，但心里确实一震，猛地犹豫了片刻。然而，我看过相片，母亲疲惫地躺在医院病床上，面带微笑，怀中抱着刚刚降临世间的我。不是养女。

“你像哪一边？”

“什么？”我花了一秒钟才意会过来。我的目光无法从女孩身上离开，必须强迫自己眨眼。难怪刚才怪耳男道帝会忍不住瞟我一眼。“不会，像我妈。我爸不是经常出门的人，而且……不可能。”

弗朗科耸耸肩说：“只是问问。”

“听说世界上所有人，都可以找到和自己长得一模一样的人。”山姆说，声音就在我的身旁。他离我太近了，我一时没有想到他是想提防意外，准备抱住我。

我不是会昏倒的人，我只是猛力一咬嘴唇，用剧痛让自己脑袋清醒。“她身上没有证件之类的东西吗？”

他们两人顿了一下，我立刻恍然大悟。可恶，我暗自咒骂，肚子又像被人捶了一拳：这女孩盗用身份。我不知道她是怎么办到的，但只要看过我，加上妙笔生花的打扮，我猜这女孩一定能轻松拿着我的护照，办信用卡买高级轿车。

“她身上有学生证，”弗朗科说，“外套左口袋有钥匙，右口袋是美格光手电筒，皮夹在牛仔裤右前口袋，十二镑纸钞和零钱，还有一张银行卡、两张旧收据和这玩意儿。”他从门边一堆东西中翻出一只干净的证物袋，啪的一声放到我手上。

袋子里是三一学院学生证，光滑明亮的电子卡，不是我们以前用的护贝纸。相片中的女孩看起来比角落那张苍白凹陷的脸庞年轻十岁，用我的笑容对我微笑，头上的条纹贝克小帽歪向一边。我的心脏突然狂跳不止：我没有这种条纹帽子，对吧，我是什么时候——我将学生证对着阳光，假装阅读证件上的小字，让自己背对其他人。蕾西·麦迪逊。

眩晕几秒之后，我懂了。是我和弗朗科造成的，是我们一骨一肉让蕾西从无到有地降临世间，让她拥有脸庞和肉身行走了几个月。我们将她抛弃，她却无法满足，于是花了四年时间救亡图存，终于从黑土与夜风中挣脱而出，随即呼唤我们来到这里，让我们看看自己做了什么。

“搞什么鬼！”呼吸顺畅之后，我说。

“警察接到案子，将她的名字输入计算机，”弗朗科收回证物袋说，“屏幕立刻出现提示讯号：此人发生任何状况，务必‘即刻’回报弗朗科警官。我一直没有把蕾西从系统里消除，心想或许哪一天还用得着她，或早或晚，谁知道。”

“是啦！”我说，“果然。”我紧盯着尸体，不停地告诉自己：这不是假人，是活生生死掉的女孩，这是什么矛盾的讲法。“山姆，”我说，“有什么线索？”

山姆瞥了我一眼，想知道状况。他发现我没有昏倒或尖叫的倾向，也不会做出他心里所想的举动，便点了点头，稍微恢复正常。“白人女性，”他说，“二十五岁到三十出头，胸口一刀毙命。库柏说死亡时间大约是午夜，误差约前后一小时，至于其他就不确定了，例如是否受到重击、周围温度变化、死前身体状况之类的，他一概回答不知道。”

局里的人都和库柏处不好，我是少数例外，但我很庆幸没遇到他。小屋里感觉很挤，充满了人的动作与脚步声，而且大家都在看我。“在这里被刺的？”我问。

山姆摇头说：“很难说，得等鉴识科搜证化验之后才知道。不过，昨晚那场大雨冲走许多物证——小路不可能找到脚印或血迹，不可能。但要我猜的话，我会说这里不是第一现场，因为死者遇刺之后还站了一阵子。这里，你们看到没有？血直直往下流到她的牛仔裤管，”弗朗科顺势将手电筒往下照。“而且死者两边膝盖都沾了泥巴，一边还破洞，感觉应该是奔跑后跌倒过。”

“找地方躲吧。”我的话刚说完，女孩奔跑的影像便一拥而上，有如湮灭于记忆中的梦魇场景：小径蜿蜒伸向黑暗，女孩落荒而逃，双脚不可避免地踩到碎石滑倒，耳中只听见自己的猛烈喘息。我感觉弗朗科小心翼翼地后退一步，一言不发地紧盯着我。

“有可能，”山姆说，“说不定凶手过来追她，或许只是她这么想。死者的脚印或许从凶手家门口一路过来，但我们不可能知道，因为早就消失了。”

我的双手不由自主地想找事情来做，捋头发或捣嘴巴都好。我把手收进口袋，让它们保持安分。“所以她躲到这里，结果不省人事。”

“也不是，我想她死在别处，”山姆说着拨开荆棘，头朝外面房间角落一伸。“我们在那里发现一大摊疑似血迹，总量多少不知道，要看鉴识科有没有办法查出来。不过要是过了一个晚上还留下这么多血，我敢说之前一定更多。死者或许坐靠在那面墙，因为血渍集中在上衣胸前、腿间和牛仔裤臀部。如果她是躺着的，应该流向身体两侧，看到了吗？”

山姆指着女孩上衣，我顿时恍然大悟，那并不是扎染的布料。“死者扭紧上衣压住伤口，想要止血。”

大雨滂沱中，女孩缩在角落，温热的鲜血汩汩地流过手指间。“那她是怎么到这里来的？”我问。

“我们的小凶手最后还是追了上来，”弗朗科说，“或是其他人，反正就是这样。”

说完他弯下腰去，拎着女孩的鞋带将她的一只脚抬了起来。我顿时寒毛一竖：弗朗科竟然碰她。

弗朗科侧着手电筒，照向女孩鞋跟，只见棕色刮痕处处，嵌满泥沙。“女孩在死亡之后被人拖动过，因为尸体底下没有血泊。换句话说，死者被拖来这里的时候，已经不再流血了。发现她的家伙发誓没有动过尸体，我相信他没有动。他看起来就像要吐了，不可能靠得太近。总而言之，女孩死后不久就被拖到这里，库柏说尸体还没僵硬，也没有二重淤青，死者在雨中也没有逗留太多时间，因为身上几乎没湿。要是整晚待在室外，肯定成了落汤鸡。”

我慢慢察觉到自己刚才以为是阴影与水渍的块斑，其实都是血，感觉就像眼睛总算适应微光一般。血迹到处都是，弄得地上斑斑点点，浸湿了女孩的长裤，干涸在她手上的则有如伤痂，直到手腕。我不想看她的脸，不想看任何人的脸。我盯着女孩的上衣，让双眼失焦，深色星星浮动模糊。“有脚印吗？”

“没有，”弗朗科说，“连死者的都没有。你想地上这么多土，怎么可能？不过就像山姆之前说的，下雨。我们在另一个房间只找到一摊烂泥，还有报警的家伙和小狗的脚印——所以我才不介意带你走过来，这是原因之一。小路也好不到哪里，至于这里……”他将手电筒指向地板边缘，一路照了四个角落。沙土全都被人清扫过，平平坦坦地不留痕迹。“我们到的时候，这里就像这样。你在尸体周围看到的脚印是我和山姆、库柏，还有两名警察留下的。把死者搬来这里的家伙，离开前没忘了将四周整理干净。田地中央有一根断掉的荆豆枝，可能是门边那一大丛荆豆落下来的。我猜凶手可能用它把地面清过，之后再离开。我们得看鉴识科有没有办法从上面取得血迹或指纹。不但没有脚印……”

弗朗科说着递给我另一只证物袋：“看出哪里不对了吗？”

袋子里是个白色假皮的皮夹，用银线绣了蝴蝶，表面有几抹很淡的血迹。“太干净了，”我回答，“你说皮夹放在死者牛仔裤的前口袋，她腿间全都是血，皮夹也该血迹斑斑才对。”

“没错！她的口袋被血浸透，这会儿都发硬了，但皮夹居然滴血未沾？手电筒和钥匙也一样，除了几点污渍，完全看不到血迹。看来我们的小凶手搜过死者口袋，将东西抹干净再放回去。我们还是会将所有物品拿给鉴识科取样，看能不能找到留存够久的迹证，但我可不认为会找出什么有用的线索。这人显然非常非常谨慎。”

“有性侵的迹象吗？”我问。山姆缩了一下，但我早就没事了。

“库柏要等验尸之后才敢确定，但起码初步检视看不出来。我们要是走运，或许能在女孩身上找到异体血，”很多刺死人的凶手都会伤到自己。“不过说老实话，我不会把希望都寄托在DNA上。”

我一开始就猜是不留痕迹的隐形罪犯，看来我的直觉与事实相去不远。只要在重案组待过几个月，你大老远就能嗅出一件案子是不是“那种”案子。我用仅存的一点理智提醒自己，这件事不管案情如何，都与我无关。“很好，”我说，“那你们到底发现了什么？除了她念三一学院和用假名四处闯荡之外，还有什么？”

“伯尔尼说死者是本地人，”山姆说，“住在山楂林屋，离这里八百米左右，和几名学生一起，他只知道这些。我还没跟也住那间屋子的人谈过，因为……”他指了指弗朗科。

“因为我拜托他等一等，”弗朗科沉着地说，“我有个小计划，想在调查正式展开前由你们两个先执行，”他眉毛一挑，指着门外的两名警察，“也许我们应该出去转一转再回来。”

“有道理。”我说。女孩的尸体让小屋里的空气变得很怪，嘶嘶作响，有如电视切到静音时的低鸣，很难专心思考。“在一间房里待太久，宇宙可能变成反物质。”我将证物袋交还弗朗科，手在裤管侧边抹了几下。

走出门口前，我回头又看了女孩一眼。弗朗科已经关掉手电筒，我拨开荆棘，春日朝阳顿时撒入屋内。在我的影子遮蔽光线前的那一瞬间，只见女孩耀眼夺目，从黑暗中蓦然浮现。她的下巴低垂，一手握拳、喉间拱起，浑身浴血绚烂，冷酷无情，有如我备受折磨的游魂。

我之后再也没有见过她。我当时并不知道（因为我心有旁骛），现在想来更觉得不可思议。小屋里的那十分钟是我和女孩唯一共处过的时间，但却深深刻在我的生命中，形成永恒的烙痕。

两名警察还在原地，有如两袋沙包垂头丧气。伯尔尼凝视不远处，眼神仿佛紧张性精神分裂症患者；道帝举起手指左右观察，让我以为他在抠鼻子。

“好了，”伯尔尼总算回过神来，察觉我们再度出现便说，“我们得走人，她就交给你们了。”

有些地方警察很了不起，奔波几公里找所有居民抽丝剥茧，列出几条可疑动机，甚至端上头号嫌疑人给你；有些警察却只想赶快推掉烫手山芋，回去玩钓鱼。眼前的这两位显然属于后者。

“我们还需要两位再待一下。”山姆说，我觉得是好现象。弗朗科一直将案子抓在自己手里，让我很紧张。“鉴识人员或许会要两位协助搜证，我也要麻烦两位尽可能提供地方上的线索。”

“她不是这里人，绝对的，”道帝的手指伸到裤子侧边抹了抹，再度盯着我看，“他们住在上头的山楂林屋，是外来客，跟葛伦斯凯一点关系都没有。”

“走狗运的家伙。”伯尔尼喃喃自语，声音停在胸腔。

“但她确实住在这里，”山姆耐心解释，“也死在这里，表示我们必须详细搜查这个地方。你们或许应该帮我们一点忙，既然你们是地头蛇。”

伯尔尼的脑袋更往肩膀沉。“这里的家伙全都脑袋有病，”他憾恨地说，“病入膏肓，你们知道这点就够了。”

“我有几个死党也是脑袋有病，”弗朗科开心地说道，“就当做挑战吧。”说完便朝他们挥挥手，朝田地上坡走去，双脚踩着湿漉漉的野草，窸窣出声。

我和山姆跟了上去，我虽然没有回头，却知道山姆面带愁容，眉间微皱。只是我实在没有力气安抚他，让他放心。我一离开小屋，心里只剩下单纯而强烈的熊熊怒火。那是我的脸庞、我的名字。感觉就像某天傍晚回到家中，发现一个女的正在你的厨房里悠闲地煮饭，身上是你最舒服的牛仔裤，边听边哼你最喜欢的音乐。我气得呼吸困难，想起学生证上的相片，只想一拳将自己的微笑从那女孩的脸上捶走。

“那个，”我们在坡顶追上弗朗科，我说，“这一趟真好玩，我可以回去值勤了吗？”

“看来家暴组一定比我想得有趣多了，”弗朗科装出诧异的样子说，“既然你这么赶，我们就不留你了。墨镜。”

我将墨镜物归原主。“除非这女孩是家暴受害人，但我完全看不出来，否则和我一点关系也没有。你们大老远把我拖来这里，到底是为什么？”

“嘿，因为我们很想你啊，宝贝。所以随便找个理由，”弗朗科对我咧嘴微笑，我狠狠回瞪他一眼。“还有你真的觉得她和你一点关系都没有？话别说得太早，等我们开始查证她的身份，看你的亲朋好友会不会大惊失色，全都打电话来说死掉的那个人是你。”

我的怒气顿时消失，只在胃里残留难堪的空虚。弗朗科这混账小子，他说得没错。只要女孩的相片出现在报上，呼吁民众指认，所有认为我是蕾西、她是蕾西和我是我的人都会想知道死者是谁，还有如果我们都不是蕾西，那又是谁？届时“谁是谁”的问题肯定就像镜子屋里的倒影，没完没了。说出来各位可能不信，但我直到那一刻才恍然明白：事情绝不可能这么简单，光靠一句“我不认识她，也不想认识，谢谢两位浪费我一早上的时间，咱们改天见”就能解决。

“山姆，”我说，“这件事你可不可以先压个一两天，不要让女孩的相片上报？让我有时间通知一些人。”我完全不知道该如何开口：是这样的，露易莎姑姑，我们发现一名女孩死了，她……

“真巧，”弗朗科说，“没想到你会这么说，因为我也是这么打算的。”田地角落凌乱地堆了几块爬满青苔的砾岩，弗朗科朝后一跳坐上岩石，一只脚前后摇晃。

弗朗科目光炯炯，我见过这样的眼神。只要这家伙眼睛一亮，就表示他又准备说出什么惊人之语，而且还会故意轻描淡写。“怎样，弗朗科？”我说。

“我说，”弗朗科舒舒服服地靠着岩石，双手枕在头下，开口说道，“这不是千载难逢的机会吗？浪费实在太可惜了。”

“你是说我们？”山姆说。

“你是说我们？”我说。

“那还用说？拜托，当然是，”弗朗科嘴角又浮现出大胆的微笑。“我们难得有机会，”他的语气不疾不徐，“可以从命案‘里头’办案，有机会派出经验丰富的卧底警官走进被害人的生命。”

我和山姆盯着他看。

“你们想过会发生这种事吗？真是帅呆了，卡西，简直太完美了。”

“完美个头啦！”我说，“你到底想干吗，老大？”

弗朗科两手一摊，仿佛事情再明显不过。“听着，你之前当过蕾西，对吧？你现在可以再当一次，你可以——不是，等一下，你先听我说完——假装她没有死，只是受伤，对吧？你可以直接走进她的生活，替她活下去。”

“天哪，”我说，“难怪你不找鉴识科来，也不请殡葬人员。难怪你要我打扮成这副蠢样，免得被人发现你已经找了替身？”我摘下帽子塞回书包。就算弗朗科是个天才，也不可能几秒之内想出这招。他一定早计划好了，肯定刚到现场不久，脑袋里就有了这个点子。

“你可以掌握警方掌握不到的线索，接近死者亲近的人，揪出嫌疑人……”

“你要卡西当诱饵。”山姆说，语气太过沉稳了点。

“我要她当警探，兄弟，”弗朗科说，“我上回查过档案，她就是。”

“你要放卡西出去，让那家伙现身把事情搞定，这就是诱饵。”

“那又怎么样？卧底本来就是诱饵，再说我又没有要她做我自己做不到的事，要不是因为……”

“不行，”山姆说，“绝对不行！”

弗朗科眉毛一挑：“你是谁？她妈啊？”

“我是承办警探，我说不行就是不行。”

“朋友，我觉得你最好多考虑十秒钟，然后再……”

我觉得自己好像消失了。“喂？”我说。

他们转头看我。“抱歉。”山姆说，语气有些难为情，又有些倨傲。

“嘿！”弗朗科朝我咧嘴微笑。

“弗朗科，”我说，“我这辈子还没听过这么白痴的点子，我看你脑袋烧坏了，根本是在自掘坟墓。我看你……”

“哪里白痴了？”弗朗科问，语气微微有些受伤。

“拜托！”我双手抱头搔了一圈，不知道该从何说起。山丘、田野、状况外的警察和女孩丧命的小屋，这可不是什么乱七八糟的噩梦。“好吧，我话先说在前头，当替身我绝对不干，我从来没听过这种事。”

“可是妙就妙在这一点啊！”弗朗科解释道。

“弗朗科，顶替真人过日子，就算只有半小时，也是非同小可，得清楚什么该做，什么不该做，何况是一个完全的外人。你不能因为我长得有一点像她，就要我跳进女孩的生活……”

“有一点像？”

“你知道她的眼眸是什么颜色吗？万一她的眼睛是蓝的，或者……”

“我还没那么不靠谱吧，宝贝，她的眼眸是棕色的。”

“那要是她会设计计算机程序或打网球呢？甚至是左撇子呢？不可能的，我只要一小时就会完蛋的。”

弗朗科从夹克口袋掏出压扁的烟盒，捞了一根烟，两眼再度闪闪发亮。他这人就是喜欢挑战。“我对你很有信心。要不要来一根？”

“不要。”我说，虽然心里很想。我站不住，不停地在草地上前后左右移动。这女孩我连喜欢都谈不上，我很想这么说，只是一点意义都没有。

弗朗科耸耸肩膀，将烟点燃。“可不可能由我来伤脑筋就好。也许真的不行，这点我不否认，但等做下去就会知道。还有呢？”

山姆转过头去，双手深插进口袋，让我自己处理。“还有，”我说，“这么做也有道德层面的问题。女孩一定有家人和朋友，你打算对他们说女孩活得好好的，只不过需要缝上几针，其实她正躺在停尸间，让库柏开膛剖腹？拜托，弗朗科。”

“她生前可是在用假名过日子呢，卡西，”弗朗科开始讲道理，“你真以为她会和家人联络？等我们查出她的家人是谁，案子也差不多结束了，对他们来说根本没有差别。”

“那女孩的朋友呢？警察说她和一群人住，要是她有男朋友呢？”

“关心她的朋友，”弗朗科说，“一定希望我们揪出下手的家伙，不惜任何代价，而这正是我要做的。”他说完朝天空吐了一口烟。

山姆的肩膀动了一下，他觉得弗朗科只是在耍聪明。他从来没有当过卧底，所以不知道卧底和其他警察不一样。卧底什么都做得出来，无论对自己或别人。只要能逮到人，他们什么都干。这一点你没办法和弗朗科争辩，因为他刚才字字当真：要是今天被杀的是他的小孩，如果有人为了逮到凶手而瞒着他，他绝对一声不吭。这是干卧底最大的诱惑，你可以为所欲为，不受任何限制。但你必须够强，强到停止呼吸。我当初决定离开，这就是原因之一。

“然后呢？”我说，“破案之后，你对他们说：‘哦，对了，我忘了告诉你们，这位是替身，你们的朋友三周前就死了。’还是要我一直当蕾西，直到老死为止？”

弗朗科眯眼望着太阳，细细沉思。“你伤口感染，”他突然神情一亮，“紧急送往加护病房，医生用尽最新的药，但还是回天乏术。”

“老天哪！”我说，心想自己一早上除了这句话就没说过别的，“你怎么会觉得这是个好主意？”

“还有什么？”弗朗科问，“快点，快问我。”

“还有，”山姆说，目光依然盯着小路，“这么做非常危险。”

弗朗科眉毛一竖，侧头指了指山姆，对我狡黠地一笑。我差一点就笑了回去，还好我极力忍住。

“还有，”我说，“这么做太迟了，伯尔尼、道帝和那个出来遛狗不知道叫什么名字的家伙都知道女孩死了。你说你有办法让他们三个人闭嘴，就因为你另有计划？遛狗先生搞不好早就通知半个威克劳郡的人了。”

“遛狗先生名叫杜尔，我也不打算让他闭嘴。等计划安排妥当，我会立刻恭喜他救了女孩一命，要不是他反应冷静，立刻打电话通知警方，后果肯定不堪设想。他是救人英雄，他想跟谁说都随他去。至于伯尔尼，你也看到了，宝贝，那家伙身为我们的光荣伙伴，似乎不怎么开心。只要我暗示有办法帮他调职，他不但会把自己的嘴巴闭紧，还会帮我们让道帝合上嘴巴。还有呢？”

“还有，”我说，“这么做一点意义都没有。山姆办过几十件凶杀案，弗朗科，大多数都侦破了，完全没耍什么异想天开的怪招。你刚才说的小计划，光准备就得花上几个星期……”

“几天。”弗朗科纠正我。

“……那时他早就盯上某人了。如果没有，那就是因为你要大家假装根本没有命案，把事情他妈的搞砸了。你这么做只会浪费你的时间、我的时间和所有人的时间。”

“这么做会搞砸你办案吗？”弗朗科问山姆，“我只是假设。假如你对外宣布——就说瞒个两天吧——女孩只是遇袭，没有被杀，这会有影响吗？”

山姆沉默半晌，之后叹了一口气。“不会，”他说，“应该不至于。调查意图谋杀和调查真的谋杀其实差不多，而且就如同卡西刚才讲的，我们本来就得保密几天，直到查出女孩身份为止，免得横生枝节。但这不是重点。”

“好吧，”弗朗科说道，“那我有个提议。你们通常七十二小时内就能找到嫌疑人，对吧？”

山姆没有回答。

“对吗？”

“对，”山姆说，“我看不出这件案子会不一样。”

“当然不会，”弗朗科欣然同意，“今天星期四，这个周末我们先不作决定。我们不向民众宣布发生命案，卡西留在家里，免得凶手看到她。我们把王牌留着，再决定要不要用。我会尽可能挖出女孩的一切，以防万一——反正这本来就是一定要做的，我没说错吧？我不会碍事，这我向你们保证。你们刚才也说了，最迟星期天晚上就会找到可疑对象。如果逮到人，我就完全收手，卡西回家暴组，一切都按标准程序来，没有问题。但要是不知道怎么搞的……起码我们还有别的方法。”

我和山姆都没有回答。

“两位，我只是希望你们给我三天，”弗朗科说，“又没有要你们答应什么。这样会有什么伤害？”

山姆似乎稍稍动摇，但我没有，因为我太清楚弗朗科的把戏。他总是步步进逼，每一步看来都微不足道，状似无害，等你意识过来，已经啪的一声落入自己根本不想踩进的圈套里了。“问题是为什么，弗朗科，”我问，“回答这一点就好。我是不介意糟蹋一个春光灿烂的周末，在家看烂透的电视节目，不像正常人一样出去约会。但你投入这么多时间人力，就为了一件可能根本无须大费周章的事情，为什么？”

弗朗科手掌一扬，遮着眼睛好看清楚我。“为什么？”他反问道，“拜托，卡西，因为我们可以，因为警察从来没有遇过这样的机会，他妈的肯定超级刺激。怎么，难道你看不出来？你到底怎么啦？想糊弄我？”

弗朗科这番话仿佛拳头，朝我腹部猛力一击。我停止踱步，转头望向山坡，不看山姆和弗朗科，也不看扭头呆视小屋里死掉的我的两名警察。

过了一会儿，弗朗科在我背后开口，声音放柔：“抱歉，卡西，我真的没想到。重案组那票人反对我可以理解，但我万万想不到你也……我以为你只是想要确定没有缺漏，是我没注意到。”

他听起来真的很惊讶。我很清楚他在哄我，也可以列出他的招数，但都无所谓，因为他说得对。换做五年前，甚至一年前，要是能有这么可遇不可求的冒险机会，我绝对二话不说，立刻与他携手同行，肯定早就研究起死掉的女孩有没有穿耳洞，头发怎么分边。我看着田野，心里明白又疏离地询问自己：我到底是怎么回事?

“好吧，”最后，我开口说，“你们要怎么对媒体说是你们的事，两个人自己打一架决定。我周末不会出来招摇碍事，不过除此之外，弗朗科，我什么都没答应。不管山姆找到或没找到嫌疑人，都不表示我同意插手。这样够清楚了吗？”

“这才是我的好姑娘，”弗朗科说，我可以听见他话语里的笑意，“我刚刚还以为外星人在你脑袋里植入芯片了呢。”

“你少来了，弗朗科。”我说完转身要走，山姆看来不怎么高兴，但我当时懒得烦心，只想赶快离开，一个人把事情想清楚。

“我可没说好。”山姆说。

“那还用说，你是老大。”弗朗科说，语气没有很担忧，但我想他可能没搞清楚，眼前的对手可没那么容易打发。山姆是好好先生，但他有时一旦拿定主意，就像要把房子从你眼前的路上推开似的，难以动他分毫。“只不过动作要快。如果真的要做，就算只是这一两天，现在也得尽快找一辆救护车来。”

“你决定之后再告诉我，”我对山姆说，“我现在要回家。晚上见。”弗朗科突然竖起眉毛。卧底有自己的强力消息网，但几乎不碰流言飞语，而且是有点刻意避开，再说我和山姆对于两人的事又很低调。只见弗朗科很感兴趣似的看我一眼，舌头从口腔内侧轻抵着脸颊转啊转，我假装没看见。

“我不知道会忙到几点。”山姆说。

我耸耸肩膀：“反正我又不会去哪儿。”

“那就改天见，宝贝。”弗朗科叼着第二根烟开心地说道，和我挥手告别。

山姆陪我走下田野，肩膀近得擦过我的肩膀，像是保护我。我感觉山姆似乎不想让我独自经过尸体，但我其实很想再看女孩一眼，就我自己一个人静静地注视她。只是我感觉弗朗科在背后盯着我，因此便头也不回地从小屋门前走过。

“我想先提醒你，”山姆突然开口，“但弗朗科不肯，而且非常坚持。我当时头脑不是很清楚……但我应该想到的，对不起。”

果然，弗朗科就和我身边的人一样，也知道“薇丝塔行动”的事。“他想看我反应如何，”我说，“确定我的状态。这种事情他很在行，你没必要自责。”

“这个弗朗科，他是好警察吗？”

我答不上来。“好警察”这三个字可不能随便说说，个中条件错综复杂，而且每一位警察都有自己的标准。弗朗科符不符合山姆眼中的好警察，我一点也不知道。老实说，我连他是不是我眼中的好警察都不清楚。“那家伙精得要命，”最后我只说，“而且总是手到擒来，无论方法好坏。你要照他说的观望三天吗？”

山姆叹了一口气，“如果你觉得周末窝在家里无所谓，那么对，我想我会答应。反正在我们稍微掌握案情之前，例如查出死者身份或发现嫌疑人之前，这么做其实无妨。我会尽量减少困扰，因为我可没疯到那个程度，让女孩的朋友存着不切实际的希望。当然，我想这么做应该能够让打击小一点，给他们几天时间，习惯好友可能撑不过难关的想法……”

那个星期四怎么看都是美好的一天，阳光暖暖地烘干草地，四周一片寂静，甚至听得见昆虫上下穿梭于野花之间的窸窣声响。眼前的翠绿山坡却让我惶惶不安，仿佛背影般神秘，徘徊不去。片刻后，我才察觉到问题所在。山里十分空旷，全葛伦斯凯村没有半个人前来观望，打探出了什么事。

我们回到小路，树木和围篱隔绝了其他人的视线，山姆突然将我紧紧地拥入怀中。

“我还以为是你，”他在我的发间说，声音低沉颤抖，“我还以为是你。”

# Chapter 2
## 山楂林屋的惊奇四超人

之后三天，我其实没像自己对弗朗科说的，窝在家里看烂节目。我本来就坐不住，要是心情焦躁就更需要动。于是我（就为了找点刺激）开始整理房子。我将家里每一寸地方都洗刷了，吸尘打蜡，就连壁脚板和锅子内壁都没遗漏。

我拆下窗帘，拿到浴缸洗好，吊在太平梯里晾干，又将被褥挂在窗台上，用抹刀拍灰尘。要不是没有油漆，我会连墙壁都粉刷了。我真的想过变装，穿成一副蠢样去找五金行，但我答应过弗朗科，因此只好清理水槽背面，作为补偿。

我还想过弗朗科那句话：想不到你也……“薇丝塔行动”之后，我调离重案组，虽然家暴组相较之下确实缺乏挑战，但还真是天杀的清静。我知道用“清静”来形容有点奇怪，但这里不是甲打过乙，就是没有打过，简简单单。你只需要搞清楚有或没有，怎么让事情别再发生就好。家暴向来清楚明了，而我就需要这种东西，直接有效，因为当时的我对高风险、道德两难和复杂的处境已经厌倦到了极点。

想不到你也……你在糊弄我吗？我把高档套装烫好熨平，挂在衣柜门边，等我星期一穿上。但我看了只觉得恶心想吐，后来连看都没办法看，直接将衣服扔进柜里，砰地将门甩上。

当然，我还想到那个女孩。时时刻刻，不管我做什么，心里都惦记着她。我感觉女孩脸上一定有什么线索，用密码写成的隐秘信息，唯有我能解读，假如我有足够的聪明与时间发现的话。倘若我还在重案组，肯定会偷拿一张现场相片或女孩的证件复印件，回家一个人看个仔细。我要是拜托山姆，他一定会帮我，但我没有开口。

那三天的某个时刻，在某个地方，库柏会帮女孩验尸，我想到就无法释怀。

我从来没遇到过某个像我的人。都柏林到处都是模样吓人的女孩，我敢发誓她们全是同一个人，不然就是用了同一罐助晒喷雾。至于我，尽管不是花容月貌，起码还算出众。我外公是法国人，很奇怪，法国和爱尔兰混血生出来的小孩就是长得与众不同，特别醒目。我没有兄弟姐妹，只有叔叔、姑姑和一大票活泼快乐的堂兄弟姐妹，但没有一个长得像我。

我父母在我五岁的时候就过世了。我妈妈是驻唱歌手，爸爸是记者。那年十二月的一天晚上，妈妈结束在基尔肯尼的表演，爸爸开车接她回家。途中天雨路滑，加上他可能超速，车子连翻了三圈，头上脚下地栽进田里。一名农人见到灯光过去查看，才得知发生了车祸。

我父亲死于隔日，母亲则是还没送上救护车就断气了。我跟人谈起自己的家世向来开门见山，省得以后麻烦。对方听了不是瞠目结舌，就是感叹不已（“你一定很想念他们”），而且和我越熟，就觉得更应该伤感。我从来不知道该怎么回答，毕竟当时我才五岁，车祸又是二十五年前的往事，对我来说早就过去了，我想可以这么说。我也希望自己记得够多，能够确实想念爸妈。但我可以缅怀的只有模糊的印象，顶多偶尔想起母亲曾经对我唱的歌，不过我从来没向其他人说。

我很幸运。成千上万和我一样遭遇的小孩从此落入深渊，成为领养儿童，就读梦魇般的职业学校。但我父母在前往基尔肯尼的途中，将我托给家住威克劳的姑姑。我还记得那天夜里电话铃声大作，上下楼的脚步声匆匆忙忙，走廊有人焦急低语，车子发动，接着不断有人进进出出，感觉仿佛过了几天。后来，露易莎姑姑带我坐在阴暗的客厅里，说我要在她家再住一阵子，因为我爸爸和妈妈不会回来了。

露易莎姑姑比我父亲年长许多，和杰拉德姑夫没有小孩。姑夫是历史学家。夫妻两人经常玩桥牌，我想他们一直没有完全适应家里多了一个人的感觉。他们将空房间给我，房里除了高脚双人床，还有易碎的小饰品和一张儿童不宜的“维纳斯诞生图”。等我年纪稍长，想挂自己喜欢的海报时，他们忍不住面露担忧。他们养了我十二年半，送我上学念书，学习体操与音乐，只要我出现在他们身边，姑姑或姑夫就会轻拍我的头，动作匆促却充满感情，而且从来不干预我。因此我总是小心翼翼，不让他们知道我逃学、爬了不该爬的东西摔下来、留校察看和开始抽烟，作为回报。

我的童年过得很幸福，这点又让我身边的人难以置信。父母过世后的头几个月，我经常躲到花园边哭到呕吐，朝想来和我做朋友的邻居小孩骂脏话。但小孩子很实际，就算成为孤儿或遇上更悲惨的命运，也照样活蹦乱跳。我只撑了一阵子，就明白自己怎么都无法挽回爸妈，更何况身边还有千百件新奇的事情等着我：隔壁的爱玛坐在墙上，我的新脚踏车映着阳光火红闪亮，花园棚子里几只半野生的小猫坐立不住，总是期盼我快点醒来，出去逗它们玩。我很小的时候就发现，你可以完全抛开自己，专心怀念失去的一切。

我用怀念取代美沙酮镇痛药，用想象自己不曾拥有的一切疗伤止痛。这么做不会上瘾，也不引人注目，又比较不会让你陷入疯狂。我和新朋友到店里买了喀哩哇哩糖果棒，刻意留下半条给我想象中的妹妹。我将糖果收在衣橱里，结果融得黏黏糊糊地粘到我的鞋子上。我会为她在双人床留位子，除非爱玛或其他人来过夜。学校里坐我后面的恶心鬼麦金泰尔把鼻涕抹在我的辫子上，我想象中的哥哥就会出手将他痛打一顿，直到我学会亲自揍他为止。我在心里想象大人看着我们，三颗深色头发的脑袋站成一排，对我们说：哦，天哪，他们三个是兄妹没错，但怎么看起来像一个模子刻出来的？

我要的不是情感，完全不是。我要的是与我相属的人，毋庸置疑，无可否认，看一眼就能完全确定，清楚证明两人彼此相系，终其一生。相片里的母亲和我容貌相似，但就只有她，再也没有其他人。我不知道各位有没有办法想象，我在学校的朋友，每个人不是拥有家族遗传的鼻子或父亲的头发，就是眼睛和姐妹一模一样。就连贝丽也是，她虽然是领养来的，外表却像班上同学的表姐或表妹——上世纪八十年代，爱尔兰人人都是亲戚。在我多愁善感的少女时代，没有与我样貌相似的人就好比镜子缺了倒影，无法证明我的存在。我可能来自任何地方，被外星人抛弃，是小精灵偷换的孩子，中情局培植的试管婴儿。假若他们有一天要来将我带走，我完全没有凭据可以留下。

要是这名神秘女孩当年走进班上，肯定会让我生命圆满，可惜没有。于是我长大，学会把握当下，不再想起这件事。现在，完美倒影突如其来地出现在我身边，我一点也不喜欢。我已经习惯单独一人，没有任何牵绊，但女孩就像手铐，无端套住我的手腕，紧扣入骨。

而且，我知道女孩怎么会挑上蕾西，化身为她。一切在我脑中清楚明了，有如晶亮的碎玻璃，仿佛是我自己做的事情，这也让我很不喜欢。或许是城里拥挤酒吧的吧台，或许是服饰店，女孩正在挑选衣服，突然背后传来一声：蕾西？你是蕾西吗？天哪！好久不见！接下来只要小心行事，问对无关痛痒的问题——真的好久不见。上回遇见你的时候，我在做什么？我自己都不记得了——巧妙地套出自己应该知道的细节。她可不是笨蛋，这女孩。

许多凶案办到后来都变成你死我活的斗智大赛，但这件案子不同。我头一回觉得自己真正的对手不是嫌疑人，而是死者。女孩毫不示弱，将秘密紧握在手中，直到关节发白。她和我在各方面都旗鼓相当，两人难分高下。

星期六午饭时间，我已经焦躁如狂，忍不住爬上料理台，将放在橱柜上方的档案鞋盒拿下来，翻出所有数据纪录摊在地上，找我的出生证明。卡西·麦道斯，性别：女，体重：六磅十盎司，胎别：单胎。

“白痴！”我大声地自言自语，抱着鞋盒爬回料理台上。

那天下午，弗朗科来找我。当时，我整个人烦乱到了极点——我住的地方很小，能够清的东西都清完了——因此隔着对讲机听到他的声音，其实高兴得很。

“现在是公元几年了？”他走上楼来，我问，“总统又是谁？”

“少发牢骚了，”弗朗科搂住我的脖子抱我一下说：“这屋子大得很，又舒服。我看你根本是杀手，正在等候狙击对象，已经好几天纹丝不动，只能尿在瓶子里，而我就是送补给的。”

说完，他递给我一只乐购的塑料袋，里面全是必备品，包括巧克力饼干、香烟、研磨咖啡和两瓶酒。“真有你的，弗朗科，”我说，“这么了解我。”其实过去也是，弗朗科四年前就记得我喜欢抽好彩淡烟。他这么做没有让我安心多少，话说回来，他本来也没那个意思。

弗朗科眉毛一挑，不置可否地说：“有开瓶器吗？”

我立刻心生警觉，但我喝酒向来很有节制，而且弗朗科一定知道我不可能蠢到在他面前喝醉。我将开瓶器扔给他，开始四处找玻璃杯。

“你这地方真不错，”他一边开酒一边说，“我刚才还很担心你的公寓会是那种恶心巴拉的雅痞风呢，全部镀上铬。”

“就凭警察的薪水？”都柏林最近房价直逼纽约，但在纽约出门起码就是纽约，这里什么都没有。我住的是单房公寓，中等大小，位于乔治式楼房改建的高楼顶层。房里保留了原来的铸铁壁炉，空间够放床垫、沙发和我所有的书，地板醉酒似的斜向一边角落，天花板住了一窝猫头鹰，还有俯瞰山迪蒙特海滩的窗景。我喜欢这里。

“两份警察薪水。你和咱们的山姆不是出双入对吗？”

我坐在床垫上，将杯子递到弗朗科面前，让他斟酒。“才两个月，还不算罪孽深重。”

“我还以为你们交往很久了。星期四那天，感觉他很保护你。是真爱吗？”

“关你屁事，”我说着和他碰杯，“干杯。好了，你来干吗？”

弗朗科一脸受伤。“我以为你或许需要人陪。我让你一个人在家，哪儿都不能去，想到就良心不安……”我狠狠地瞪他一眼，弗朗科发觉这招没用，便咧嘴对我微笑，“你真是聪明过头了，知道吗？我只是不想看到你因为挨饿、无聊或哈烟哈疯了，就随便出门买东西。你在路上遇到女孩旧识的机会顶多千分之一，何必冒险？”

这么说合情合理，但弗朗科向来喜欢多头布饵，让你分心上钩。“我还是不想蹚浑水，老大。”我说。

“我了解，”弗朗科说，似乎不以为意。他拿起酒杯豪饮一口，让自己在沙发坐得更舒服一点，“对了，我和上头聊过，命案现在由卧底组和重案组联合侦办。我想，你男友可能和你说了吧？”

他没有。山姆这两天自己睡——“我六点就会起来，肯定是这样，但你没有理由跟我同时起床。还是你需要我过去陪你？你一个人可以吗？”——我和他在命案现场见到之后，就没有再碰面过。“我敢说大家一定开心极了。”我说。其实，谁都讨厌联合办案，因为最后双方总会陷入没有止境、无聊夸张的意气之争。

弗朗科耸耸肩说：“他们会没事的。想听听我们追查女孩身份有什么进展吗？”

当然想！我想得有如酒鬼渴望烂醉，明知愚蠢至极，还是决意痛饮。“讲就讲吧，”我说，“反正你都来了。”

“漂亮！”弗朗科一边说着，一边在乐购袋子里找烟，“听好，女孩二〇〇二年二月首次现身，她拿到蕾西的出生证明，去银行开户，再凭着那张脸和两份证明到都柏林大学学院取得你之前的学籍纪录，拿去申请三一学院的英国文学博士班。”

“按部就班。”我说。

“没错，按部就班，很有创意，又能服人。她是天生高手，连我都自叹不如。她没有申请失业救济，这很聪明。她在城里一家咖啡馆找到工作，全职做完夏天，十月开学就进三一学院念书。她的论文题目是——你听了一定会喜欢——《异声：身份、隐藏与真相》，研究用化名或化身创作的女作家。”

“有趣，”我说，“所以她很有幽默感。”

弗朗科面带嘲弄地看我一眼。“我们没必要喜欢她，宝贝，”他沉默片刻后说，“只要找出谁杀了她就好。”

“是你找，不是我。还有吗？”

弗朗科抛了一根烟叼着，找出他的打火机。“所以，女孩进了三一学院，和四位同系的研究生成为朋友，几乎只和他们往来。去年九月，其中一位研究生继承伯公的房子，于是五人都搬了进去。房子名叫山楂林屋，在葛伦斯凯村外围，离她陈尸的地方只有八百多米。星期三晚上，女孩出门散步就没有回来。四名研究生都是彼此不在场的证人。”

“这些你用电话跟我讲就行了。”我说。

“啊！”弗朗科说着开始在夹克口袋里摸索，“可是这样我就不能秀给你看了。拿去，惊奇四超人，女孩的屋友。”他一手掏出相片，摊在桌上。

其中一张是快照，冬天拍的，天空灰沉，地上撒满雪花，五人站在乔治式大房子前，脑袋微微靠拢，头发被风吹向一边。蕾西站在中间，裹着那件深蓝大衣，面带笑容。我心里再度猛然眩晕：我什么时候……弗朗科像猎犬一样盯着我，我放下相片。

其他相片都是录像带里取得的静态影像——看起来是，因为移动的人周围都有模糊的残影——而且是在重案组印的，因为重案组的打印机会在右上角留下条纹。四张全身影像和四张头部放大图，全都在同一个房间拍摄，小花壁纸破破烂烂。其中两张相片背景角落有一棵大枞树，没有装饰，表示拍摄时间是圣诞节之前。

“丹尼尔·马区，”弗朗科指着其中一人说，“不叫丹，更不叫丹尼，就叫丹尼尔。房子是他继承的。独子，后来成为孤儿，早期英裔爱尔兰人的后裔。祖父上世纪五十年代做生意被人骗了几回，失去大部分积蓄，但还够咱们的小丹分到一点钱。他拿奖学金，所以不用付学费，博士论文主题是——我不骗你——《中世纪早期史诗的无生命叙事者》。”

“所以他不笨啰。”我说。丹尼尔生得高头大马，绝对不止一百八十厘米，体重也和身高相称，头发黑亮，下巴方正。相片里的他坐在扶手椅中，小心翼翼地从盒子里捧出玻璃球，抬头看着镜头，身上的白衬衫、黑长裤与轻软灰色套头毛衣看起来价格不菲。他戴着金属框眼镜，双眼在放大影像里灰冷如石。

“绝对不笨，他们四个都不笨，尤其是他。你在他身边要小心一点。”

我假装没听见。“贾思汀·曼勒宁。”弗朗科接着说。贾思汀身上缠满白色圣诞灯，露出无助的表情。他个头也高，但细瘦不少，外表像是早熟的教授，戴着迷你无框眼镜，鼠灰色短发开始后退，脸庞长而温和。“贝尔法斯特人，博士研究主题是《文艺复兴文学中的神圣与世俗之爱》，哪种世俗没说，但我想应该一分钟两英镑吧。母亲在他七岁时过世，父亲再娶，生了两个异母弟弟。贾思汀不常回家，但律师老爸还是替儿子支付学费，按月寄钱给他。听起来不错，是吧？”

“爸妈有钱，小孩也没办法。”我随便应了一句。

“他们可以找个鸟事来做，不是吗？蕾西当家教、改考卷、监考，还在咖啡馆工作，直到搬进葛伦斯凯，通勤太不方便才辞掉。你大学打工吗？”

“我在酒吧当服务生，工作烂透了。要不是别无选择，我才不干。被喝醉酒的会计师戳屁股，这可不算什么奋斗向上的人生。”

弗朗科耸耸肩说：“我讨厌白吃白拿的家伙。说到这个，他是瑞法尔·海兰德，走狗运的浑小子。老爹是工商银行家，都柏林人，七十年代搬到伦敦，老妈是社交名媛。两人在他六岁的时候离婚，直接把他扔到寄宿学校。老爸每两年升迁一次，财力更足一些后就帮儿子转学一次。瑞法尔有自己的信托基金，博士研究主题是《詹姆斯一世时期戏剧的反抗与不满》。”

瑞法尔靠在沙发上，手拿酒杯，头戴圣诞老人帽，称职扮演花瓶的角色。他外表俊俏得不可思议，绝对能让许多男人气急攻心，口出恶言。他的身高与体格都和贾思汀相仿，但脸庞瘦削见骨，轮廓深刻，而且一身金黄。头发深金浓密，皮肤看起来总像刚晒过太阳，冰茶色的双眼狭长有如猎鹰，脸庞宛如埃及法老王的面具。

“哇哦，”我说，“这下我可感兴趣了。”

“你要是表现好，我就不跟你男人说你这样讲。反正这小子看起来也是花心大少，”弗朗科果然斩钉截铁地这么说，“最后一个：艾比盖儿·史东，小名艾比。”

艾比长得不算漂亮，个头娇小，棕发齐肩，鼻子很短，但她的脸庞很特别，弯折的眉毛与微撇的嘴角仿佛带着嘲弄，让人忍不住多看一眼。她坐在火光熊熊的壁炉前，用爆米花做花环，看着拍照者（应该是蕾西）的目光充满嫌恶，一只手影像模糊，我想应该是她在朝镜头扔爆米花。

“艾比就不同了，”弗朗科说，“都柏林人，父不详，母亲在艾比十岁的时候将她送到寄养家庭。高中毕业考全部拿A，进入三一学院继续拼老命，又是第一名毕业。博士研究主题是《维多利亚时期文学的社会阶级》。之前靠打扫办公室和做英文家教挣生活费，现在不用付房租，因为丹尼尔不收他们的钱，所以她就只在大学教课，帮老师做研究赚点零花钱。你可以看下一张了。”

虽然被弗朗科逮到，但我的目光依然无法从他们四人身上移开。一方面是相片里的情景太过光明完美，仿佛可以闻到烘烤姜饼的香味，远处有人在唱颂歌，只差一只知更鸟就能当成圣诞卡片。另外就是他们的穿着打扮都很朴素，宛如清教徒。男孩衬衫洁白光亮，裤子褶痕利落如刀，艾比的羊毛长裙拘谨收在膝间，看不到牌子或标语。

当年我读大学，班上同学的衣服感觉都像用杂牌洗衣粉，在破烂投币洗衣机里洗过不知道多少次，而事实也是如此。相片里的他们简单自然，反而很诡异。四个人分开来或许都不起眼，和都柏林时下流行的全身名牌装扮相比更是呆板。但当他们聚集在一起，用四双冷静挑衅的目光注视镜头，看起来不只古怪，还很遥远，仿佛来自一个世纪前，感觉可怕而陌生。我和绝大部分警探一样，遇到无法理解的事物就会紧盯着看。弗朗科很了解这点，他当然清楚。

“这四个人还真特别。”我说。

“这四个人还真怪，真的很怪，英文系的人都这么说。他们刚进大学就认识，已经将近七年了，四个人如胶似漆，没时间和其他人往来。他们在系上不是特别受欢迎，其他学生都觉得他们很讨厌。还真意外，是吧？但死掉的女孩竟然打入了他们的圈子，而且刚进三一学院不久就和他们混熟了。其他人想和女孩做朋友，但她没有兴趣，眼光只看准这四个人。”

我可以理解。我对女孩有好感，但只有一点点。无论如何，她品位不差。“你们怎么跟四人说？”

弗朗科咧嘴微笑说：“女孩在小屋失去意识之后，惊吓和天寒让她体温骤降进而昏迷，也让她心跳减缓——所以目击者很容易以为她死了，对吧？——停止出血，器官没有受损。库柏说这套讲法‘根本缺乏临床根据，但对缺乏医学常识的人来说，应该很合理’。我觉得这样就够了，而且目前看来也没有人觉得不对。”

他点了一根烟，开始朝天花板吐烟圈：“我们说女孩仍然没有意识，随时可能丧命，但也可能渡过难关，没有人知道。”

我不打算被弗朗科唬到。“他们一定会想见她。”我说。

“他们已经说了，可惜出于安全考虑，我们目前无法透露女孩的诊疗地点。”

弗朗科显然乐在其中。“他们反应如何？”我问。

弗朗科陷入沉思，头朝后靠着沙发，缓缓吸烟。“很惊吓，”片刻之后，他说，“这很自然，但我们不知道他们四个惊吓都是因为女孩被刺，还是其中有人担心女孩会醒转过来，告诉我们事情经过。他们都很配合，我们问什么答什么，毫无勉强，但你要到事后才会明白，他们说的其实不多。他们是一群怪胎，卡西，很难摸透。我真想看看你怎么对付他们。”

我大手一挥，将相片收拢还给弗朗科。“好吧，”我说，“我再问一次，你为什么特地老远跑来，拿相片给我看？”

弗朗科耸耸肩，瞪着无辜的蓝色眼眸：“看你会不会碰巧认识他们其中的哪一个，说不定能让我们完全改变……”

“我一个都不认识。老实说，老大，你到底想干吗？”

弗朗科叹了一口气，有条不紊地轻拍相片，对齐之后收回夹克口袋。

“我只是想知道，”他轻声回答，“我是不是在浪费时间。我需要知道你是不是百分之百肯定自己星期一早上只想回去工作，回家暴组，将这几天的事完全忘掉。”

弗朗科语气里的笑容与修饰消失了，我太了解弗朗科了，现在的他才是最危险的。

“我不知道自己能不能选择遗忘，”我小心翼翼地说，“但我感觉这件事像个圈套，我很不喜欢，不想插手去碰。”

“你确定吗？这两天我忙得屁股都快开花了，逢人就挖蕾西的大小细节……”

“这本来就是你们该做的，别再用罪恶感陷害我。”

“如果你绝对确定，那就别再配合我，这样只会浪费我们两人的时间。”

“是你要我配合的，”我提醒弗朗科，“就三天，不用答应什么，巴拉巴拉。”

弗朗科若有所思地点了点头说：“所以你一直这样做，配合我。你喜欢待在家暴组，而且很确定。”

老实说，弗朗科（这是他的本事）还真搔到痒处了。或许是我们再次碰面，我眼里看他咧嘴微笑，耳中听他说话匆促，让我刹那间回到过去，想起卧底工作依然灿烂美好，而我急着想要投身其中的往日。又或许是我被春天空气中的嘶声牵动，但也可能只是我向来悲伤不久。无论如何，我都感觉自己仿佛沉睡数月，突然清醒过来。我不打算对弗朗科说，但我想到自己周一早晨回到家暴组，就觉得浑身不自在。我的搭档是一位名叫马厄的凯瑞郡人，总是穿着高尔夫球套头毛衣，觉得非爱尔兰口音很逗趣，打字时会用嘴巴呼吸。我突然不知道自己要是再和他待上一个小时，会不会拿起订书机砸他的脑袋。

“这和案子有什么关系？”我问。

弗朗科耸耸肩，将烟摁熄：“只是问问，因为我认识的卡西可不喜欢朝九晚五待在安全舒服的办公室，这种事情她睡觉时做就可以了。就只是这样。”

我突然希望弗朗科立刻滚出去，因为他让公寓变得又小又挤又危险。“嗯，也是啦，”我说着拎起酒杯，拿到水槽，“好久不见。”

“卡西，”弗朗科在我背后用最温柔的声音说，“你出了什么事？”

“我找到耶稣作为我的救主，”我将杯子朝水槽一甩说，“他不准人胡乱捣腾自己脑袋。我做了脑部移植，得了疯牛病，被人刺了一刀，老了，清醒了，随你爱怎么说，我也不知道出了什么事，弗朗科。我只知道自己希望生活能他妈的平静一点，但这件该死的案子和你那该死的点子完全夺走了我的平静，可以了吗？”

“嘿，没问题，”弗朗科语气平和，让我感觉自己像个白痴，“由你决定。不过，要是我保证不谈案子，我还能再喝一杯酒吗？”

我双手颤抖，用力转动水龙头，没有回答。

“我们可以聊聊天，就像你说的，我们好久不见了。我们可以骂天气，我拿我小孩的相片给你看，你可以聊新认识的男朋友。那个叫什么的家伙，就是你之前的男朋友，那个律师，他怎么了？我一直觉得他对你来说太无趣了。”

艾登是我干卧底时的男朋友。我不断失约，不肯解释原因，也不跟他说自己一天做了什么，于是他就和我分手了，说我重视工作更胜于他。我将玻璃杯洗干净，推到干燥架上。

“除非你需要一个人把事情想清楚，”弗朗科关心地说，“我可以理解，因为这个决定很重大。”

我不行了。憋了半晌，我忍不住哈哈大笑。弗朗科有时真的很贱，要是我现在赶他走，就表示我打算考虑他的变态提议。“好吧，”我说，“好吧，你想喝多少就喝多少。但你要是再提起案子一次，我就把你的手臂废了，这样公平吧？”

“漂亮，”弗朗科开心地说道，“这种事通常得花钱才享受得到呢。”

“对你，我随时免费服务。”我将杯子扔回给他，一次一个。他用衣袖将杯子揩干，伸手去拿酒瓶。

我们喝完一瓶酒，接着喝第二瓶。弗朗科跟我说卧底小组的传言，全都是其他单位不曾听说的小道消息。我很清楚弗朗科的诡计，但能听见熟悉的名字、术语、只有卧底才懂的笑话和快速片段的说话节奏，感觉还是很棒。我们开始“你记不记得”：我有一回出席宴会，弗朗科想传消息给我，便派干员化装成被我拒绝的追求者，在窗子底下演起《欲望号列车》里的史丹利，大喊“蕾西——”，直到我出现为止。还有一回，我们在梅里恩广场的长凳上交换情报，我看到大学同学走来，便扯开嗓子大骂弗朗科变态，然后飞奔离开。我突然发现，就算不是出于自愿，我也喜欢弗朗科在我身边。我之前很喜欢找人来家里，例如朋友或上一位搭档，摊在沙发里聊天聊到太晚，音乐缭绕，所有人都喝到微醺。最近，除了山姆，已经很久没有人到我住的地方，而我有更久没有这样大笑了，感觉真的很好。

“你知道，”弗朗科眯眼对着酒杯沉思许久，之后才开口说，“你还是没有说不。”

我已经无力生气。“我刚才说过任何听起来像‘好’的话吗？”我问。

弗朗科手指一弹说：“听着，我有个主意，我们明天晚上要讨论案情，你干吗不过来呢？或许能帮你决定要不要加入。”

果然来了：这就是藏在诱饵之间的钓钩，躲在巧克力饼干、分享近况与关心我心理健康之后的计谋。“老天，弗朗科，”我说，“你难道不觉得太明显了吗？”

弗朗科朝我咧嘴微笑，一点也不觉得丢脸。“男人试试无妨嘛，而且我说真的，你实在应该来。支持警力星期一晚上才会报到，所以只有我和山姆讨论彼此的发现。你难道完全不好奇？”

我当然好奇。弗朗科说了那么多，却始终没有提到我最想知道的，就是女孩究竟是怎样的一个人。我头往后靠着床垫，又点了一根烟。“你真的觉得我们能成功？”我问。

弗朗科想了一会儿，替自己再倒一杯酒，拎着酒瓶朝我晃了晃，我摇摇头。“换成一般情况，”他靠回沙发，接着说，“我会说应该不行。但现在不是一般情况，而且别的不谈，有两点对我们很有利。首先，不管女孩目的何在，她只存在了三年，因此没有什么前尘往事要烦，你不用担心遇到她的爸妈或兄弟姐妹，也不会撞见儿时的朋友，没有人会问你记不记得第一次参加学校舞会的情形。其次，就算是这三年，她的生活背景也很有限，只和几个人往来，在学生不多的系里念书，就做一份工作，你根本不会遇到一大群家人、朋友和同事。”

“她的博士班课程在念英国文学，”我提醒弗朗科，“可是我对英国文学一窍不通，弗朗科。高中毕业考拿了个A，就这样，那些专有词语我根本说不出来。”

弗朗科耸耸肩说：“就我们所知，蕾西也一样，但她还是蒙过去了。如果她行，你当然也行。这一点我们也很幸运，她念的不是药学或工程。再说，你就算把她的论文彻底搞砸了，那又怎样？说来讽刺，这时受伤就很好用了，我们可以说你得了创伤后压力症候群或记忆丧失，想怎么编就怎么编。”

“她有男朋友吗？”我做这种事可不是没有极限的。

“没有，所以你的贞操很安全。另一件事也很有利，刚才的相片看了吧？女孩有一个照相手机，他们五个人好像都用它来拍照。影像质量不怎么样，但记忆卡的容量倒是大得很，里头全是相片——她和其他四个晚上约会、野餐、搬新家、装潢布置，什么都有。换句话说，你手边就有现成的数据，让你熟悉女孩的声音、肢体语言、态度和人际关系——有关女孩的一切都在里面。而且你又是高手，卡西，本事一流的卧底。根据这些因素，我会说成功的可能性非常高。”

弗朗科举起酒杯将酒喝完，伸手去拿夹克：“跟你聊天真好，宝贝。你有我的手机号码，等你想好明天晚上要做什么，记得通知我。”

说完，他就径自离开了。弗朗科将门关上后，我才恍然发觉自己顺口问了：那博士研究怎么办？有没有男朋友？仿佛我在检查计划有没有漏洞，仿佛我已经考虑要做。

弗朗科很懂得何时该走，让别人独自烦恼。他离开后，我在窗台上坐了许久，两眼茫然地望着窗外的屋顶。等我起身想再斟一杯酒，才发现他在我的咖啡桌上留了东西。

是蕾西和她的同伴在山楂林屋前的合照。我站在桌前，一手酒瓶、一手酒杯，很想将相片翻面朝下，等弗朗科放弃，回来拿走相片，或将相片丢进烟灰缸里用火烧了。但我最后还是拿起相片，带它走回窗边。

女孩可能是任何年纪，虽然大家都认为她是二十六岁，但我在别人眼中也可能是十九或三十岁。她脸上没有往事的印记，没有皱纹、疤痕或水痘斑点。无论生命在女孩成为蕾西之前给了她什么，都已经从她的身上褪去，燃烧成烟，让她依然光洁完好，毫无瑕疵地封存在时间之中。我看起来比她老，“薇丝塔行动”让我的眼尾头一回浮现细纹，就算熟睡了整晚，黑眼圈也不曾消退。我可以想见弗朗科会怎么说：你流了那么多血，又昏迷几天几夜，有眼袋刚刚好，记得别用晚霜。

女孩屋友在她的两旁注视我，神态自若，面露微笑，暗色长外套迎风翻腾，瑞法尔的围巾有如绛红色的闪光。相片拍得有点歪斜，他们应该是将相机摆在某个地方，用定时器拍的，所以没有人要他们微笑。他们的笑容不为别人，只为彼此而笑，为了未来缅怀过去而笑，为我而笑。

他们身后，山楂林屋几乎占满整张相片。房子式样简单，灰色长形乔治式建筑。三层楼房越往上走，横格窗就越小，感觉屋子更加宏伟。深蓝色正门的胶漆已大片剥落，两侧是石阶。三根烟囱顶管排列整齐，浓密的藤蔓从墙面一路攀缘到屋顶附近。正门两旁是凹槽立柱，顶窗有如孔雀开屏，除此之外就没有其他雕饰了，单纯的一栋房子。

爱尔兰人对房地产的热情深植血脉，强烈得犹如原始渴望。数百年来被地主一念之间撵出门外、无助地置身于路旁的教训告诉我们：拥有家园才是一切。这就是为什么爱尔兰房价居高不下的原因：房产商知道一间单房破公寓可以要价五十万，只要他们联手让爱尔兰人别无选择，我们就算卖肾、一周工作一百小时也会设法买下。说来奇怪，也许是我的法国血统让我独缺这样的基因，想到房贷的重负就浑身不自在。我喜欢我的公寓是租来的，只要提前四周通知房东和准备两只大垃圾袋，随时都能离开。

如果我真的要买房子，应该就是山楂林屋这样的地方。我的朋友都在买房子，但他们买的只是像房子的房子，毫无特色，低矮有如鞋盒，四周一片荒芜，只有天花乱坠的模棱广告之词——知名建筑师设计、小巧公寓、全新豪华小区——价格是收入的二十倍，但等房产商完工脱手就开始摇摇欲坠。山楂林屋是货真价实的房子，一栋不会胡整我的房子，坚固、自负而优雅，屹立长存，超越所有见过它的人。翻飞的细小雪花模糊了藤蔓，依附在暗窗上。屋子是如此寂静与巨大，让我觉得仿佛伸手就能穿透相片的亮面，进入林屋阴凉的深处。

就算不踏进屋里一步，我也能知道女孩是谁和究竟发生了什么。山姆只要查出女孩的身份或找到嫌疑人就会通知我，甚至让我旁观侦讯。我心底很清楚，山姆能为女孩做的只有如此，查出她的名字与凶手，却让我后半辈子不停地思索其余的一切。山楂林屋在我心里闪耀发光，有如一生才会出现一天的梦幻城堡，充满诱人魅力。女孩的四位帅气同伴在外守护，屋里的秘密缥缈迷蒙，难以捉摸。我的脸庞是打开屋门的钥匙，而山楂林屋已经准备就绪，只要听我说“不”就立刻消逝无踪。

我发现自己将相片凑在眼前，离鼻尖只有三寸。不知不觉间，我已经在窗台坐到天色将暗，猫头鹰开始在天花板里暖身。我将酒喝完，凝视海水变成雷电般的颜色，地平线远方的灯塔不停地眨眼。等我确定自己醉得不会在乎弗朗科自鸣得意的模样，我发了一则短信给他：明天几点碰面？

十秒后，我的手机哔了几声：七点整，局里见。弗朗科的手机一直放在身边，等我跟他说好。

那天晚上，我和山姆吵了一架。这是我们头一回吵架。我和山姆交往三个月，连一点小争执也没有，吵架算是来得迟了，但时间真是差到极点。

我离开重案组之后几个月，开始和山姆交往。我也不清楚怎么回事，那阵子很多事情我都不记得了。我家里有两件垂头丧气的毛衣，就是当你只想缩在床上好几年的时候会穿的衣服。我看到毛衣，偶尔会想起买毛衣当时的那段感情，好奇自己从中学到了什么智慧。“薇丝塔行动”拉近了我和山姆的距离，在我崩溃后依然如此——梦魇般的案子会击毁你的心墙，或者反过来——早在案子结束前，我就认定他是璞玉。但在当时，爱情是我最不需要的东西。

山姆九点抵达我的住处。“嘿，”他说完给我一吻和结结实实的拥抱。山姆的脸颊被寒风吹得冰凉冰凉，“什么东西这么香？”

房里飘着西红柿、大蒜和香料的气味。我慢火炖好精致的酱料，水也煮开了，一大包意大利饺子在手边待命，一切都按女人自从天地肇始便信守至今的法则安排：要告诉男人他不想听的事情，一定要先准备食物。“我变成居家女人了，”我对山姆说道，“把家里全部清过一遍。嘿，亲爱的，你今天好吗？”

“哦，还不错，”山姆含糊其辞，“总会搞定的。”他脱下外套，目光扫过咖啡桌，见到酒瓶、瓶塞和杯子，“你在我背后偷偷和白马王子幽会吗？”

“是弗朗科，”我说，“不算白马王子。”

山姆脸上失去了笑容。“哦，”他说，“他来干吗？”

我原本计划饭后再谈，但我身为警探，清理犯罪现场的本事实在烂到极点。“他要我明天晚上和你们一起讨论案情，”我故作轻松地回答山姆，一边朝小厨间走，检查大蒜面包，“他说得很迂回，但意思就是这样。”

山姆慢慢叠好外套，挂在沙发椅背：“你怎么说？”

“我考虑了很久，”我说，“决定要去。”

“他没有资格，”山姆轻声说道，双颊开始泛红，“背着我偷偷跑来这里，趁我不在对你施压……”

“就算你在，就在我面前，我的决定还是不会改变，”我说，“我是大人了，山姆，不需要人保护。”

“我不喜欢那家伙，”山姆厉声说，“我不喜欢他的思考方式，也不喜欢他做事情的手段。”

我狠狠地关上烤箱的门：“他在努力办案。或许你不认同他的方法……”

山姆猛然挥手将头发从眼前拨开。“不对，”他说，“错了，不是这样，他根本不是在办案。这个叫弗朗科的家伙——这件案子跟他一点狗屁关系都没有，就和我之前办的案子一样，不会有他突然出现，使唤这个、吩咐那个，要大家照办。他是来搞破坏的，绝对是。他想把你扔到一堆谋杀嫌疑人中间，只因为他觉得‘可以’，觉得很好玩，想等着看好戏。这家伙疯了。”

我从橱柜拿出盘子：“就算他疯了又怎样？我只不过去参与讨论，这很严重吗？”

“那个变态在利用你，严重的是这个。去年那件事之后，你整个人就变了……”

这句话直直地刺穿了我，有如快速狠毒的重击，又像误触通电的围篱。我突然转身面对山姆，完全忘了晚餐这件事，只想拿着盘子朝山姆的脑袋扔去。“哦，别这样，不要这样！山姆，别把那件事扯进来。”

“已经扯进来了。你的好弗朗科一看到你，就知道事有蹊跷，心想一定可以说服你执行他的疯狂点子……”

山姆的占有欲发作了，他站在房间中央，双脚牢牢地钉着，双手插在口袋里紧紧握拳：这是我的案子，我的女人。我砰的一声将盘子摔在料理台上，说：“我才不管他怎么想，他没有强迫我做任何事。这跟弗朗科想要做什么无关，这件事跟弗朗科一点关系都没有，就这样。当然，他试着想要说服我，但我要他别来这套。”

“你根本就是照着他的要求在做，哪里有什么要他别来这套？”

有那么一秒钟，我很好奇山姆是不是在吃弗朗科的醋，是的话我又该怎么办。“假如我不去讨论案情，不就是照着你的要求在做，可你会说这是你在逼我吗？我决定明天要去，你难道认为我连这种事都没办法自理？天哪，山姆，去年的事情又没有让我的脑叶被切除掉！”

“我不是这个意思，我只是说你变了个人，自从……”

“我就是我，山姆，你仔细看清楚了，妈的，我就是我。我早就干过卧底，那时‘薇丝塔行动’还不知道在哪里呢，所以别把那件事扯进来。”

我们互瞪对方，过了一会儿，山姆轻声说道：“是啦，没错，我想你说得对。”

说完，他颓坐在沙发上，双手搓脸，突然显得筋疲力尽。我想到他这一天可能经历了多少事情，忍不住心中一痛。“对不起，”他说，“我不该提那件事。”

“我并没有打算和你吵架，”我说。我膝盖发抖，不知道两人怎么会吵成这样，我们明明站在同一边，“只是……别再说了，好吗？拜托，山姆，求求你。”

“卡西，”山姆好看的圆脸浮现出前所未有的痛苦神情，“我做不到，要是……天哪，要是你出事了怎么办？这是我的案子，和你一点关系都没有，只因为我揪不出该死的嫌疑人，我受不了，真的没办法。”

山姆说得气喘吁吁，似乎呼吸不过来，我不知道该抱紧他，还是踹他一脚。“为什么你觉得和我没关系？”我问，“这女孩长得和我一模一样，山姆，这女孩四处走动，和我有同一张脸蛋，你们的人怎么知道谁是谁？你想想看。一名成天在读夏洛特·勃朗蒂的研究生，和一名抓了十几个人到牢里的警探，谁比较有可能被杀？”

房里一阵沉默。山姆也参与过“薇丝塔行动”，我们两人都很清楚，至少有一个人会毫不迟疑地将我杀死，而且有本事做到。我感觉自己的心脏在狂跳，猛力地敲打着我的肋骨。

山姆说：“你是说……”

“什么案件不是重点，”我没好气地说，“重点是无论如何，我人已经被扯进来了。我可不想下半辈子时时提心吊胆，回头看有没有人跟着我。我可受不了这种事。”

山姆身体一缩。“不可能下半辈子，”他轻声说，“起码这一点我可以向你保证。我真的打算逮住这家伙，你知道。”

我靠着料理台，深呼吸一口气。“我知道，山姆，”我回答，“对不起，我不是这个意思。”

“要是那浑球正在找你，那你就更有理由不要露面，让我把他逮住。”

原本香浓的料理味开始刺鼻，发出危险的讯号：有东西烧焦了。我将炉子关掉，锅子放到后面——我们两人应该会有好一阵子没胃口吃饭了——双腿交叉坐在沙发上，面对山姆。

“你把我当成你的女朋友，山姆，”我说，“我不是你女朋友，在这种情况下不是，我是一名警探。”

山姆嘴角一撇，露出忧伤的微笑：“你难道不能两个都是吗？”

“我也很想，”我说，心想刚才不应该把酒喝完，这男人需要喝一杯，“真的很想，但现在没办法。”

过了半晌，山姆长叹一口气，仰头靠着沙发。“所以你想参与弗朗科的卧底计划。”他说。

“没有，”我说，“我只是想知道女孩的事，所以我才会说要去开会。这跟弗朗科没有关系，跟他的变态点子也没有关系，我只是想听听女孩的事。”

“为什么？”山姆问。他坐起身子，抓住我的双手要我看着他。他的声音有一点尖，带着挫折，甚至请求，“女孩跟你又有什么关系？她不是你的亲戚，不是你的朋友，什么都不是。她只是偶然出现的人，就这样，卡西。这女孩只是想拥有新生命，碰巧遇到绝佳的机会而已。”

“我知道，”我说，“我知道，山姆。这女孩听来就不是什么特别好的人，要是我们遇到，我可能一点也不喜欢她。但问题就出在这里，我不希望她留在我脑中，我不要一直想到她。我觉得自己如果知道她够多的事情，就能将整件事抛到脑后，忘记这女孩曾经存在。”

“我也有一个和我长相一样的人，”山姆说，“他住在威克斯福，工程师，我就知道这么多。偶尔会有人走上前来，说我简直是他的分身，这种事大约每年一次——半数时候，他们真的喊我布兰登。我们会哈哈大笑，他们有时候会拿出手机拍下我，拿给他看，就只是这样。”

我摇摇头：“那不一样。”

“哪里不一样？”

“起码他没有被谋杀。”

“我没有恶意，”山姆回答，“但就算他被人杀了，我也懒得去管，除非案子掉到我头上，否则完全不是我的问题。”

“但她是我的问题。”我说。山姆双手又大又暖，包着我的手感觉很结实。他的头发只要心情烦恼就会垂在额前，这会儿也是如此。这天是星期六，春天的夜晚，我和他应该在爱尔兰南部的海边漫步，被黑暗、海浪与杓鹬包围，或是试做新菜，用超大的音量播放音乐，或造访难得的偏僻酒吧，窝在角落，即使关门时间过了，大伙儿也在哼唱情歌。

“我希望她不是，可惜她是。”

“有一件事，”山姆说，“我搞不懂。”他放开我，让我双手落到膝盖上，朝我的手皱眉头，拇指下意识地绕着我其中的一个指关节缓缓转圈。“在我看来，这只是一件稀松平常的谋杀案，长相类似的巧合可能发生在任何人身上。当然，我第一眼看到女孩的时候是吓了一跳，但那只是因为我误以为是你。一旦确定不是你，我就觉得一切都可以恢复正常。但你和弗朗科，你们的反应都好像女孩对你来说非同寻常，和你切身相关。我说漏什么了吗？”

“算吧，”我说，“是切身相关没错。对弗朗科来说，有一部分确实如你所言，他认为这是绝佳的冒险，但不只如此。蕾西从一开始就是他的责任，我做卧底八个月，蕾西就有八个月是他的责任，现在也是。”

“但这女孩不是蕾西，她盗用身份。我只要到诈骗防治组，随便就能找出几百个像她这样的家伙。世界上没有蕾西这个人，她是你和弗朗科捏造出来的。”

山姆抓紧我的双手。“我知道，”我说，“你这么说也有道理。”

山姆嘴角扭动：“我就说了，那家伙是疯子。”

他这么说，我不是很反对。我向来觉得弗朗科之所以胆大包天，无惧得令人称奇，其实是因为他缺乏现实感。对他来说，每次行动都像美国五角大楼玩的战争游戏，只不过更酷，因为风险更高，结果也更明确而持久。弗朗科和现实脱节得并不明显，他人又够聪明，因此从来没有被人察觉。当他巨细靡遗、面面俱到又完美冷静地控制全局时，我想有一部分的他是真的相信自己是肖恩·康纳利饰演的詹姆士·邦德。

我会发现这一点，是因为我认得。我自己对现实与非现实的区隔也不大明显，我朋友爱玛认为凡事都有原因，她说我会这样，是因为失去父母时年纪太小，无法面对。他们前一天还在我身边，隔日就消失无踪，狠狠地冲破了我对现实与幻觉的区别，将界限撞成碎片，再也无法还原。我身为蕾西的那八个月，就觉得她确实存在，是我失散或抛弃多年的姐妹，是我体内的影子，就像少数人去照X光，结果看见逝去的双胞兄弟或姐妹的身影。早在她回来找我之前，我就知道自己对她有所亏欠，因为我是活下来的那一个。

我想，山姆应该不想听到这些。他自己的麻烦已经够多了，不需要我再添油加醋。于是我开始和他谈卧底，这是我所能找到的最接近的话题。我对他说，卧底会让一个人的感官彻底改变，颜色强得仿佛能在身上烙下印记，空气尝起来明亮粗糙，有如满是金屑的浓烈清酒。走路的方式也会不同，因你随时踩在巨浪般的风险上，平衡感将变得细致敏锐，宛如冲浪高手。我对他说，任务结束后，我再也不和朋友抽大麻烟或到夜店嗑摇头丸，因为做卧底比这些都要痛快。我对他说，我卧底做得很好，是天生高手，就算在家暴组磨炼一万年也比不上。

山姆听我说完后，微微愁眉不展。“你到底在说什么？”他问，“你是说，你想回去干卧底？”

山姆的手已经不在我的手上。我看着他，他坐在沙发另一头，头发侧向一边，对我皱起眉头。“不是，”我说，“不是这样，”只见山姆明显松了一口气，“完全不是这么回事。”

有一点我没对山姆说，就是卧底也有坏处。有人因而丧命，大部分人失去朋友、婚姻与感情。有两人失去控制，只是过程缓慢，等到发现已经来不及挽回，只好私下动用复杂程序让他们提前退休。还有些人勇气尽失，而且通常是你意想不到的人。事前毫无征兆，只是某天醒来突然意识到自己的所作所为，就像走高空绳索的人往下看，再也动弹不得。

麦考就是这样。他只身渗透到爱尔兰共和军的爆破小组，大家都觉得他视恐惧为无物。但有天傍晚他在酒吧外的小巷打电话，说他没办法再回酒吧，却又离开不了，因为他的双脚不停地颤抖。他哭哭啼啼，来接我，他说：“我想回家。”

我见到麦考的时候，他已经在档案室工作。还有些人走到另一个极端，却是最恐怖的转变：当压力超过负荷，他们失去的不是勇气，而是恐惧。他们失去害怕的能力，就连应该畏惧的场合也勇往直前。这些人再也无法回家。他们就像第一次世界大战中最杰出的飞行员，在空中横冲直撞、所向无敌，战后回家却没有容身之处。有些人彻头彻尾成了卧底，被这份工作完全吞噬。

我从来不怕丧命，也不怕失去勇气。我越是身在火场，胆子就越大。我怕的是另一种危险，更加细微隐伏。至于其他事情，我顶多就是担心。弗朗科曾经对我说过一句话，我不知道对不对，也没有向山姆提起。他说，最高明的卧底身上都有一条黑暗之线，牢牢系在某个地方。

# Chapter 3
## 完美卧底计划

于是，星期天傍晚我和山姆来到都柏林堡，参加弗朗科的作战会议。都柏林堡是重案组所在地，去年秋天一个凉爽的夜晚，我花了一番工夫才将自己的桌子清空，文件堆放整齐，用便利贴注明，将咬痕处处的笔、贴在计算机上的漫画、旧圣诞卡和抽屉里变质走味的M&Ms巧克力扔掉，关灯离开办公室，将门合上。

山姆来接我，感觉很沉默。那天他一早便起床出门，俯身吻我和我告别，房间里依然漆黑一片。我没有问他案情，因为只要有一点发现，就算是微不足道的线索，他也会主动告诉我。

“别让那家伙对你施压，”山姆在车里说，“勉强你做不想做的事情。”

“拜托，”我说，“我什么时候让人勉强我做不想做的事情了。”

山姆仔细调整了后照镜。“是啦，”他说，“我知道。”

山姆将门打开，城堡的味道扑面而来，仿佛嘶吼，气味古老而飘忽，潮湿带着烟味与柠檬的幽香，完全不像凤凰公园全新大楼里的家暴组，充满刺鼻的消毒水味。我讨厌怀旧，觉得怀旧只不过是打扮漂亮的懒惰。我每走一步，心里就撞出一幕：我嘴里叼着苹果，两手各抱着一沓文件跑下楼梯；我和搭档在侦讯室让嫌疑人坦承犯罪，两人到门外击掌庆祝。我们在走廊夹着长官，一搭一唱试着说服他宽延期限。我感觉走道有如埃歇尔的立体错觉画[①]，墙壁微微倾斜，仿佛自己晕了船，始终无法让两眼聚焦，看清楚是怎么回事。

“你还好吗？”山姆轻声问道。

---

① 译者注：Maurits Cornelis Escher，1898—1972，荷兰错视大师，以二维空间方式创造出几何的特殊艺术视觉，有“视觉艺术之父”之称。

“快饿死了，”我说，“到底是谁选晚饭时间开会的？”

山姆笑着松了一口气，微微捏了我的手。“我们还没有暴力室[①]，”他说，“得等我们决定……呃，如何办案之后，再看该怎么办。”说完，他便推开重案组办公室的房门。

弗朗科反坐在椅子上，面对办公室前方的大白板。他之前再三向我和山姆保证，说大家只是聊聊案情，根本就是胡扯，因为首席法医库柏和组长欧凯利就坐在房间另一头的桌边，交抱双臂，脸上愠怒的表情一模一样。这样的场景照理来说很好玩，库柏看起来就像一只苍鹭，欧凯利则是刚梳过毛的牛头犬，但我觉得很不舒服。库柏和欧凯利两人是死对头，要让他们共处一室，非得有三寸不烂之舌和两瓶上好红酒不可。弗朗科不知道为了什么理由，竟然费尽心思要两人过来。山姆看了我一眼，要我提高警觉，他也没想到会是这种场面。

“卡西，”欧凯利组长说，努力装出受伤的样子。我在重案组那段时间，他始终不曾重用我，但从我申请转调的那一刻起，他表现得有如我是他调教多年的毒蝎手下，竟然反咬他一口，溜到家暴组，“小联盟混得怎么样？”

“幸福美满，组长。”我说，我只要紧张就会失去分寸，“晚安，库柏大夫。”

“很高兴见到你，卡西警探。”库柏说，完全无视山姆的存在。库柏也很讨厌山姆，其实他几乎看谁都不顺眼。目前我在他心中还算不错，但要是他发现我和山姆交往，我肯定会从他的圣诞卡名单上瞬间消失。

“起码在重案组，”欧凯利组长目光呆滞地看了我的破牛仔裤一眼——我就是没办法穿着新的“专业形象”服装过来，做不到——“大部分人还买得起不错的行头。罗伯还好吧？”

我不知道这个问题是好意，还是恶意。罗伯是我之前在重案组的搭档，我已经有一阵子没见到他了，自从我转调之后，也很久没见到欧凯利，还有库柏。一切发生得太快，完全失去控制。“说我爱他，想亲亲他。”我说。

“我就说吧。”欧凯利朝山姆窃笑，山姆转过头去。

重案组编制是二十人，但现在是周日傍晚，办公室里空荡荡的，计算机关机，文件和快餐包装纸散置桌面，清洁工人周一早上才会出现。我和罗伯之前坐在靠窗的角落，两张桌子依然摆成直角。我们喜欢这样坐，因为可以肩并着肩。两张桌子已经被另一组人占用，也许是取代我和罗伯的菜鸟。坐我桌子的家伙有一个小孩，银框相片里的男孩咧嘴微笑，门牙掉了一颗。另外就是一沓口供，正好有阳光照着。以前每到这时候，我总是被阳光刺痛眼睛。

---

① 译者注：警方在处理重大案件时会使用的项目办公室。

我几乎无法呼吸，空气仿佛凝成硬块，又稠又密。一支日光灯嘶嘶作响，室内带着癫痫般的闪烁感，有如发烧时的梦魇。档案柜顶摆了两个大卷宗，脊背上依然有我的手写字。山姆将自己的椅子拉回桌前，微微皱眉地瞟我一眼，但什么也没说，我非常感激。我目不转睛地盯着弗朗科的脸，他的双眼有了眼袋，刮胡子的时候伤了脸，但看起来非常清醒机警，充满活力。他显然很期盼这次会议。

他发现我在看他："回来开心吗？"

"爽死了。"我说，心里突然好奇他是不是刻意找我到重案组办公室，知道我或许会深受冲击。我将书包扔在桌上——汤姆的桌子，我认得文件上的笔迹——背靠墙壁，双手插进夹克口袋。

"难得有缘与各位在此相聚，"库柏离欧凯利更远一点，说道，"不过在下还是想尽早切入这次会面的主题。"

"当然，"弗朗科说，"蕾西命案——无名女子化名蕾西命案，请问这次行动应该如何称呼？"

"镜像行动。"山姆说。漂亮，看来女孩长相的事已经传到局里了。我心想现在要是改变主意，掉头回家点一份比萨来吃，会不会太迟。

弗朗科点点头："镜像行动，就这么说定了。案发至今三天，我们依然找不到嫌疑人、线索和死者的身份。我想各位应该明白，或许有必要另试他途……"

"等一下，"欧凯利说，"什么是'他途'待会儿再说，我有一个问题。"

"请指教。"弗朗科答得潇洒，动作也很帅气。

欧凯利瞪了弗朗科一眼，办公室里的男性激素猛然暴增。"除非我之前漏了什么，"他说，"否则这女孩应该是被人谋杀的。我这么说也许不对，但是弗朗科，我看不出来她的死和家暴有关，也看不出来她是卧底，为什么你们两个——"他用下巴指了指我和弗朗科，"要插手管这件事？可以先说明一下吗？"

"我没有，"我对欧凯利说，"也不想。"

"死者用的化名是我以前办案用过的名字，"弗朗科说，"我认为和我很有关系，因此你不可能把我甩掉。至于你甩不甩得掉卡西警探，我们今天就是来确定答案的。"

"我现在就可以告诉你答案。"我说。

"帮个忙，"弗朗科说，"等我讲完再说。等我讲完，你要是叫我们全部滚蛋，我绝对二话不说，这样不是比较有趣吗？"

我放弃了。这又是弗朗科的招数，他总是有办法表面作出很大的让步，让你不得不顺他半步，免得让人觉得你在无理取闹。“简直像在做梦。”我说。

“可以吧？”弗朗科问在场所有人，“要是今晚结束后，你们要我滚回去，我就从此不提自己的小计划。但请先听我说完，这样各位还能接受吗？”

欧凯利不置可否地嘟囔一声，库柏不关己事地耸耸肩膀，山姆过了半晌点点头。我突然有种因为弗朗科、世界末日就要到来的感觉。

“在我们进入计划高潮前，”弗朗科说，“最好先确定死掉的蕾西和卧底的蕾西彼此神似，禁得起检验。如果不是，那就根本没必要继续下去，对吧？”

没有人回答。弗朗科转身跳下椅子，从档案夹里抓出一手相片，开始用蓝色百贴胶固定到白板上：三一学院学生证的相片，放大成八乘十英寸；死者的侧脸照，眼睛紧闭，脸庞淤青擦伤；女孩躺在验尸台的全身照（谢天谢地还穿着衣服），双拳紧握放在血染的星形图案上；女孩双手特写，手掌摊开，沾满棕黑色斑点，血迹之间看得到几抹银色指甲油。“卡西，你能帮我一下吗？请你在这里站一会儿。”

操你妈的！我心里暗骂一句。我离开墙边走到白板前，转身背对站好，感觉像是要拍嫌疑人档案照。我敢押大钱打赌，弗朗科一定已经从档案室调出我的相片，用放大镜仔细比较过。他最爱问自己早就知道答案的问题。

“我们其实应该用尸体来比才对，”弗朗科开心地对我们说，张口将一片百贴胶咬掉半块，“但我想这么做可能有点怪。”

“天杀的！”欧凯利说。

可恶，我好想罗伯。我从来不让自己想到他，从我们不再说话之后的几个月来，无论我忙得多累，夜里多晚依然醒着时，我都不让自己想他。我起初只想踹死他，想到脑袋受不了，在家里不时拿东西砸墙。后来，我就不再想起他了。此刻我回到重案组，被其他四人专心盯着，仿佛我是罕见的命案证物。女孩相片在我颊边，近得仿佛触碰到我，这一周来仿佛嗑药的幻觉瞬间膨胀成狂乱眩晕的浪涛，将我击伤，我胸腔里隐隐作痛。我愿意牺牲一条手臂交换罗伯出现片刻，站在欧凯利背后，嘲讽似的轻挑眉毛，直言由我顶替死者不可能成功，因为死去的女孩美丽多了。那一秒钟，我真的觉得自己闻到了罗伯刮胡水的味道。

“眉毛，”弗朗科说着拍拍学生证的相片，我差点吓得跳起来，“眉毛很像，眼睛也很相似。蕾西的刘海儿比较短，你要修一下。除此之外，头发很好，耳朵——你可以稍微转身吗？——耳朵也没问题。你穿耳洞了吗？”

“三个。”我说。

“女孩只有两个。让我瞧瞧……”弗朗科凑近一点，“应该没问题，就算仔细看也看不出来。鼻子可以，嘴巴也很好，下巴没问题，下颌轮廓可以。”弗朗科每指一处，山姆就会眨一下眼睛，快得有如本能的瑟缩。

“你的颧骨和锁骨似乎比死者突出，”库柏用专业的眼光打量我，让人有点毛骨悚然，“可以请问你体重多少吗？”

我从来不称体重。“五十公斤吧，还是五十二、五十三？”

“你比女孩瘦一点，”弗朗科说，“这没什么，住院一两周吃医院的食物就会瘦。她的衣码是十号、牛仔裤腰围二十九英寸、胸罩三十四B、鞋码五号，听起来都和你一样？”

“差不多。”我说，心想自己怎么会沦落到这个地步。我真希望有个神奇按钮，按完时光就会瞬间倒流，回到可以躲在罗伯背后的日子，只要听到欧凯利开始废话就偷踹罗伯小腿一下，而不是站得像“大青蛙布偶秀”里的布偶，让人研究我的耳朵，努力不让自己声音颤抖，和他们讨论我穿不穿得下死去女孩的胸罩。

“马上得到一柜新衣服，”弗朗科咧嘴笑着对我说，“谁说干警察没有好处？”

“她一定很需要。”欧凯利嘴贱地说。

弗朗科走到全身照旁，伸出一根手指从女孩肩膀比到脚跟，一边斜眼看我。“身材没有问题，差个一两公斤也过得去，”弗朗科指尖划过相片发出长长的刮声，山姆在椅子上猛烈地晃了一下，“肩宽看起来可以，腰臀比也很好，我们可以实际量过，以防万一。不过，体重变轻，身材当然也有变化的空间。腿长感觉也没问题。”

弗朗科拍拍特写：“这部分很重要，我们都会注意别人的手。卡西，麻烦你。”

我伸出双手，仿佛要让弗朗科扣上手铐。我几乎无法呼吸，没办法看相片。这个问题弗朗科不可能事前知道答案，一切就看它了：只有这一丁点差异可以将我和女孩分开，瞬间断绝两人的所有关联，放我回家。

“这双手，”弗朗科审视良久，接着用赞叹的语气说：“可能是我看过最美的手了。”

“真神奇，”库柏凑上前隔着眼镜打量我和无名女孩，兴味盎然地说，“这种事的发生概率肯定只有百万分之一。”

“有谁看出任何差别吗？”弗朗科问在场所有人。

没有人说话，山姆绷紧下颌。

“各位，”弗朗科手臂一挥，“完全吻合。”

“这并不表示我们就该采取行动。”山姆说。

欧凯利嘲讽地缓缓拍手：“恭喜了，弗朗科，表演真精彩，现在我们都很了解卡西长得什么模样了，请问可以回头说明案情了吗？”

“还有，我可以不站在这里了吗？”我问。我双腿颤抖，仿佛刚刚赛跑结束。我看着在场的所有人，包括我自己，只觉得气愤难当，“除非你还需要我为你启发灵感。”

“当然可以，”弗朗科找出一支白板笔说，“以下是现有的资料：蕾西·麦迪逊，也就是蕾西，出生登记为一九七九年三月一日生于都柏林。这我应该知道，因为是我去办理登记的，二○○○年十月……”他开始画时间线，很快加上几笔，“她申请到都柏林大学，成为心理系研究生。二○○一年五月，她因为压力导致的疾病辍学，前往加拿大，在父母家静养。故事本来应该在这里结束……”

“等一下，你竟然让我精神崩溃？”我追问弗朗科。

“论文把你逼疯了，”弗朗科咧嘴微笑，“学术界可是很辛苦的。你没那个屁股，当然吃不下泻药，只好走人。我总得想个理由让你消失吧？”

我重新靠回墙边，朝弗朗科摆臭脸，他眨眼回礼。早在女孩现身之前，弗朗科就已经替她铺好路了。只要她遇到旧识认不出来，追问对方奇怪的问题；只要她表现失常，似乎不想再和旧识见面：唉，你也知道，她以前精神崩溃过……

“不过，二○○二年二月，”弗朗科说着将蓝笔换成红笔，“蕾西再度出现在都柏林，她到大学学院取得就学纪录，想方设法申请进入三一学院，攻读英国文学博士。我们不知道女孩到底是谁，之前在做什么，又为什么会知道蕾西的数据。我们比对过她的指纹，不在档案数据库里。”

“你也许应该扩大范围，”我说，“她很可能不是爱尔兰人。”

弗朗科突然目光锐利地看着我：“怎么说？”

“爱尔兰人想避风头不会留在国内，会往外跑。这女孩要是爱尔兰人，肯定不到一周就会遇上她老妈在宾果俱乐部的朋友。”

“也不尽然，她离群索居。”

“不仅如此，”我说，语气尽量不露出情绪，“我的长相比较法国，除非开口说话，否则没有人把我看成是爱尔兰人。假如我的长相来自其他地方，女孩可能也是。”

“太好了，”欧凯利高声说道，“卧底、家暴组、移民局、英国佬、国际刑警组织和美国联邦调查局，还有谁想加入？爱尔兰妇女同乡会？还是圣文生会？”

“可以作牙齿鉴定追查身份吗？”山姆问，“还是国籍？难道没办法找出女孩在哪里弄牙齿？”

“遇害的年轻女士牙齿极为健康，”库柏说，“当然，在下不是此行专家，但死者的牙齿没有镶补、牙套或拔除，也没有其他肉眼可见的手术痕迹。”

弗朗科扬起眉毛，征询似的看我一眼，我立刻装做什么都不知道。

“女孩只有两颗下门牙稍微重叠，”库柏说，“还有一颗上臼齿轻微异位，表示女孩童年没有作过矫正。依在下浅见，由牙齿鉴定身份的可能性微乎其微。”山姆沮丧地摇摇头，继续作案情笔记。

弗朗科还在看我，我觉得浑身不自在。我离开墙边，朝他张大嘴巴，指着自己的牙齿。库柏和欧凯利同时露出惊骇的表情。

“没有，我没有补过牙，”我对弗朗科说，“看到没有？反正又不重要。”

“乖小孩，”弗朗科语带赞许，“记得继续用牙线。”

“太棒了，卡西，”欧凯利说，“谢谢分享。所以，二○○二年秋天，蕾西进入三一学院，二○○五年四月在葛伦斯凯近郊遭人谋杀。这中间她在做什么，我们知道吗？”

山姆窸窣一声，抬头放下毕洛圆珠笔。“几乎都在作研究，”他说，“主题与女作家和代名有关，我完全没有概念。女孩的指导教授说她表现出色，虽然进度稍微落后，但做出来的部分都很好。去年九月之前，她住在南环路附近一间出租屋，靠学生贷款、奖学金，以及在英文系和城里一家叫做咖啡因的店里打工为生。女孩没有前科，没有学生贷款以外的债务，银行记录显示没有不实交易行为，没有酗酒或毒瘾，也没有男友或前男友……”库柏听到这里，眉毛一挑。“没有树敌，最近也没有和人争执。”

“所以没有动机，”弗朗科对着白板沉思，“也没有嫌疑人。”

“女孩的主要往来对象，”山姆语气平平地往下说，“也都是研究生，分别是丹尼尔、艾比盖儿、贾思汀和瑞法尔。”

“这名字真蠢，”欧凯利说，“瑞法尔是同性恋，还是英国佬？”库柏像猫一样嫌恶地短暂闭上眼睛。

“他是半个英国人。”山姆说，欧凯利得意地低哼一声。“丹尼尔吃过两张超速罚单，贾思汀一张，除此之外他们四个都是完美宝宝。他们不知道蕾西用化名，就算知道，起码什么也没说。根据四人的说法，女孩和家人相当疏远，也不喜欢谈论过去。他们连女孩是哪里人都不清楚，艾比觉得是盖威，贾思汀觉得是都柏林，丹尼尔傲慢地瞪我一眼，说他对这种事情‘不是很感兴趣’。他们对女孩的家人也不清楚，贾思汀认为她父母双亡，瑞法尔觉得应该离婚了，艾比说女孩是私生女……”

“或者以上皆非，”弗朗科说，“我们都知道，这女孩不介意说点小谎。”

山姆点点头。“去年九月，丹尼尔继承伯公西蒙·马区的房子，也就是位于葛伦斯凯近郊的山楂林屋，五人全部搬了过去。上周三晚上，五人在屋里玩牌，玩到十一点半左右，蕾西说她累了，便出门散步。女孩经常在深夜外出散步，这是她的习惯。那一带很安全，当时也没下雨，因此其他人也没多想什么。四人玩到十二点多，各自上床就寝。他们对玩牌过程的描述相当一致，例如谁在第几手赢了多少，当然彼此有点小出入，不过这很正常。我们反复侦讯他们几次，四个人都没有松动的迹象。他们要么是无辜的，要么就是串供得非常漂亮。”

“隔天早上，”弗朗科手臂一挥，在时间线画上最后一笔，“女孩就死了。”

山姆从桌上的档案夹里抓出一沓纸，走到白板前，将一样东西固定在白板边，是地质勘察专用的郊区局部图，包括最近完成的房子与围篱，同时用不同颜色的叉号与线条整齐地作了注记。“这里是葛伦斯凯，山楂林屋在村南，距离大约一公里半。两者中间稍微往东，就是我们发现女孩陈尸的荒废小屋。我已经标出女孩走到小屋的主要可能路径，鉴识科和当地警察还在搜查，目前毫无所获。根据女孩屋友的说法，女孩总是从后门离开，沿小路随意漫步一小时左右。那一带的小径像迷宫一样绕来绕去，女孩有时从前门回来、有时从后门，依她走的路线而定。”

“半夜出门？”欧凯利很想知道，“她是心理有毛病，还是怎样？”

“女孩出门都带着我们在她身上找到的手电筒，”山姆说，“除非夜里够亮，不需要灯光也看得见路。女孩对古径非常痴迷，几乎每晚都出去，就连下大雨也不例外，总是穿得很暖，然后出门。我想她出门不是为了运动，而是为了隐私，和其他四人住在一起，女孩只有散步才能独处。他们不知道女孩会不会去小屋，但都说她很喜欢那里。他们五人刚搬到山楂林屋不久，就花了一天时间游览葛伦斯凯村，认识景物。一行人瞥见小屋，蕾西立刻说她要去小屋里面和周围一探究竟，就算他们警告农夫随时可能拿着猎枪出现，蕾西还是坚持要去。她很喜欢小屋的遗世独立，即使已经荒废了。丹尼尔说女孩‘喜欢无效率’，天知道他这话是什么意思。总之，我们不能排除小屋可能是她散步固定停留的地点。”

这么说来，女孩绝对不是爱尔兰人，起码不是在爱尔兰长大。这种小屋在爱尔兰乡间比比皆是，多得几乎让人视而不见。只有观光客，而且是新世界来的游客，例如美国和大洋洲人，才会久久凝视，感受小屋历史的分量。

山姆拿了另一张纸贴在白板上，是小屋平面图，底下整齐地画了一个小比例尺。“女孩怎么会到小屋姑且不论，”他将平面图的最后一角贴好，“但她最后死在这里，靠着这面墙。这块地方我们称为外房。女孩死后不久，尸体尚未僵硬之前，有人将她移到内房，也就是星期四清晨被人发现的位置。”

山姆朝库柏示意。

库柏从刚才便仰头凝视，神情恍惚。他慢条斯理，拘谨地清了清喉咙，环顾四周，确定所有人都屏息倾听。“死者，”他开口说，“为白人女性，身体健康，身高一百六十五厘米，体重五十四公斤，身上没有疤痕、刺青和其他明显印记，血液酒精含量零点零三毫克，符合几小时前喝过两三杯酒的说法。除此之外，毒物检测都呈阴性，表示死时没有服用毒品、毒物或药物。器官机能都在正常值以内，我也没有检出任何缺陷或疾病征兆。长骨生长板已经完全接合，颅骨缝隙也出现接合迹象，女孩年纪应在二十五至三十岁之间。骨盆结构清楚显示死者从未生育。”库柏拿起杯子，审慎地喝了一口水。我知道他还没讲完，停顿只是为了制造悬疑效果，他还有压箱宝没端出来。

库柏放下杯子，仔细地和桌角对齐。“不过，”他说，“死者最近刚刚受孕。”他身体往后一靠，欣赏这句话造成的震撼。

“哦，天哪。”山姆轻声喟叹，弗朗科背靠墙壁长吁一声，欧凯利则翻起白眼。

这件案子还不够复杂吗？我真希望自己有办法坐下来。“女孩的屋友有谁提到吗？”我问。

“都没有，”弗朗科说，山姆也摇摇头。“这女孩喜欢守着朋友，更喜欢守住秘密。”

“说不定她自己也不知道，”我说，“要是她月事本来就不规律。”

“哦，天哪，卡西，”欧凯利一脸惊恐，“这种细枝末节的事，我们不想知道，放进报告里就好。”

“有办法用DNA查出孩子的父亲吗？”山姆问。

“没有理由做不到，”库柏说，“因为我们有准父亲的样本，也就是胚胎。胚胎目前将近四周，约莫半厘米大小，并且……”

“拜托，”欧凯利说，库柏嘴角浮出冷笑。“别管该死的细节了，继续往下说。女孩是怎么死的？”

库柏刻意停顿良久，证明他才不管欧凯利的命令。“周三夜里，”他等所有人都明白这一点后才开口说，“女孩右胸被刺了一刀，可能是正面攻击。根据伤口角度与凶器刺入点分析，嫌疑人很难从背后行凶。我在死者两掌与一侧膝盖发现轻微擦伤，应该是摔跌在硬质地面所致，而非自卫受伤。凶器刃长至少八厘米，单边有刃，前端锐利，不具有明显特征，可能是大型折刀，甚至锋利的厨刀。刀刃从第八根肋骨的锁骨中线刺入，朝上方切穿肺部，造成压力性气胸。简言之……”库柏嘲讽似的瞥了欧凯利一眼，“刀刃在肺部切出一道瓣阀，只要吸气，空气就会从肺部逸入胸腔，吐气时瓣阀关闭，空气无法呼出。紧急医疗救护肯定能将女孩救回，但由于缺乏急救，空气逐渐在胸腔累积，压迫其他器官，最后造成心脏无法充血，导致死亡。”

办公室里沉默片刻，只有日光灯嘶嘶低鸣。我想象着女孩待在寒冷的荒屋里，聆听夜鸟哀戚呜咽，四周雨声轻柔，一个人缓缓断气殒命。

“时间大概多久？”弗朗科问。

“过程会受到许多因素影响，”库柏说，“例如死者遇刺之后如果跑动，呼吸将会加速加重，更快地形成压力性气胸。另外，刀刃稍微切穿胸腔一条主血管，只要活动，切口就会撕裂，不久就会开始大量出血。我个人粗略推断，女孩失去意识大约在受伤后二十至三十分钟，死亡可能再隔十到十五分钟。”

“那三十分钟，”山姆问，“女孩能走多远？”

“本人不是灵媒，警探先生，”库柏甜甜地回答，“肾上腺素是很神奇的东西，有证据显示死者当时情绪激动，因为她死亡瞬间握紧拳头，一直持续到尸僵阶段。这种尸体痉挛通常与极大的情绪压力有关。倘若女孩够激动，我个人认为确实如此，就算走上一公里半也不足为奇。当然，她也可能走不出几米就不支倒地。”

“了解。”山姆说。他从一张桌子上拿了支荧光笔，绕着地图上的小屋画了一个大圈，涵盖了村子、山楂林屋和几公顷的原始坡地。“这表示第一现场可能在这个圈里。”

“她难道不会痛到走不远？”我问。我感觉弗朗科瞟了我一眼，因为我们从来不问被害人有没有受苦，除非他们遭到凌虐，否则我们无须知道。投入情感只会让你失去客观，夜里噩梦连连，反正我们永远都会和家属说被害人走得没有痛苦。

“想象力别太丰富了，卡西警探，”库柏对我说，“压力性气胸通常是无痛的，女孩可能会觉得越来越喘，心跳越来越快，惊吓过去之后，她会开始觉得湿冷，头晕目眩，但没有理由假定女孩痛得椎心刺骨。”

“刺伤力道有多强？”山姆问，“一般人就能办到，还是壮汉？”

库柏叹了一口气。我们老是问他瘦子做不做得到？女人呢？小孩？多高多大的小孩？“根据伤口形状，”库柏说，“以及刀刃刺入点皮肤没有绷裂，显示刀刃非常尖锐，没有刺到骨骼或软骨。刺入动作非常迅速，我认为可能是大块头男人、小个子男人、大块头女人、小个子女人或强壮的青春期少年所为。这回答你的问题了吗？”

山姆乖乖闭嘴。“死亡时间呢？”欧凯利追问道。

“深夜十一点到一点之间，”库柏看着指甲上的角质说，“我想，初步验尸报告里应该提过。”

“我们现在可以将时间缩短一点，”山姆说着拿出白板笔，在弗朗科画的时间线下再画一条，“当地大约子夜十分开始下雨，鉴识人员根据湿度推断，女孩最多淋雨十五到二十分钟，因此她在十二点半左右进入小屋，但那时已经死亡。根据库柏医师刚才的分析，这表示攻击发生在子夜之前，甚至更早。我个人认为女孩在下雨前就已经失去意识，否则她应该会立刻奔往小屋。假设女孩的屋友没有说谎，她十一点半出门，毫无异状，那么攻击就发生在子夜之前这半小时。就算他们说谎或记错了，我们依然能将时间缩小到十一点和子夜之间。”

“这些，”弗朗科一脚扫到椅子上方说，“就是我们知道的全部线索。没有脚印也没有血迹，全都被大雨冲掉了。没有指纹，有人搜过女孩的口袋，将她身上所有东西都清理干净。根据鉴识人员的说法，女孩指甲里没有残留物，表示她并没有对抗凶手。他们正在检视微量残迹，但初步看来没什么值得注意的线索。所有头发和纤维似乎都来自死者、死者的屋友和家中物品，换句话说用处不大。我们还在搜查附近区域，但尚未发现凶器，也没有攻击或打斗地点的线索。总之，我们只有女孩的尸体，就这样。”

“太好了，”欧凯利没好气地说，“又是这种案子。你到底做了什么，卡西，在胸罩装了磁铁，专门吸引烂案子？”

“组长，这件案子不是我办的。”我提醒他。

“但你还不是来了？侦查方向呢？”

山姆将白板笔放回原位，扬起拇指。“一、临时起意攻击，”你只要进重案组，就会养成列条的习惯，因为欧凯利喜欢，“女孩外出散步，有人乘机攻击，或许是谋财，也可能意图性侵，甚至只是想找麻烦。”

“如果有性侵的迹象，”库柏语气厌烦地看着指甲说，“我想我早就会提了。老实说，我找不到任何证据显示女孩最近有过性行为。”

山姆点点头说：“也没有抢劫的迹象。皮夹依然在女孩身上，钱也没丢。被害人没有信用卡，手机留在家里。但这不表示凶手的动机不是抢劫。也许女孩抵抗，凶手挥刀刺她，女孩逃跑，凶手紧追在后，随即发觉自己做了什么……”山姆说到这里匆匆看我一眼，征询我的意见。

欧凯利对心理学充满成见，老是喜欢假装不懂罪犯描述，所以我最好做得谨慎一点。“是吗？”我说，“我不知道，我是觉得……我是说，女孩死后还被搬动，不是吗？假如她拖了半小时才断气，要么凶手一直看着她——问题是哪个抢匪或强暴犯会留着不走？——要么就是有人后来发现女孩，挪动尸体，但没有报警。两者都有可能，但我认为两者都不可能。”

“谢天谢地，卡西，”欧凯利刻薄地说，“幸好我们再也不用管你怎么想了，因为你刚才说过，这件案子和你无关。”

“不过……”弗朗科对空呢喃。

“陌生人犯案的假设还有其他疑点，”山姆说，“那一带白天已经人迹罕至，入夜后更不用说。要是有人打算惹是生非，怎么会选一条前不着村后不着店的小路，在那里等人经过？为什么不去威克劳或拉索文？不然起码也去葛伦斯凯村。”

“曾经发生过类似案件吗？”欧凯利问。

“没有持刀抢劫或生人性侵的案件，”山姆说，“葛伦斯凯不用说是个小地方，村里两大事故除了深夜饮酒，就是酒后驾车。去年只有一件持刀伤人案，是一群喝醉酒的家伙干的傻事。除非接下来发生类似案件，否则我认为我们可以暂时排除生人作案的可能。”

“同意。”弗朗科说着朝我咧嘴微笑。如果是临时起意犯罪，就没有必要探查被害人的过往，无须寻找证据或动机，也就没有理由派我卧底。“完全同意。”

“反正没差别，”欧凯利说，“就算是临时起意，我们也没辙。运气好逮得到人，运气不好就两手空空。”

“没错。所以，第二，”山姆举起另一根手指，“新仇家下手，也就是女孩身为蕾西期间树立的敌人。死者生活圈子非常小，应该不难查出最近有谁和她相处不睦。我们正从女孩的屋友逐步往外侦讯，三一学院的教职员、学生……”

“可惜毫无进展。”弗朗科说，没有对着谁讲。

“侦查才刚开始，”山姆坚持道，“侦讯还在初步阶段。现在我们知道女孩怀孕了，表示有新的追查方向，就是找出孩子的父亲。”

欧凯利哼了一声：“找得到算你好运。这年头的女孩子，那家伙说不定是她在迪厅遇见的小伙子，两人跑到小巷里胡搞。”

我突然无名火起：蕾西不是这样的人。每回只要女人出事，就会被人这样揣测，但我提醒自己也许情况变了。“组长，迪斯科和计算尺都是过去式了。”我甜甜地说。

“就算那家伙是在夜店遇上的，”山姆说，“我们也要把他找到，查清嫌疑。这可能会花点时间，但一定做得到，”他看着弗朗科，只见弗朗科认真点头。“我会请女孩屋友提供DNA样本，从他们查起。”

“我觉得可能暂时不要，”弗朗科语气温和说道，“当然这必须看情况。要是我们决定让女孩亲友以为她还活着，那最好不要打草惊蛇，让他们喘息，放松警戒，觉得侦查会暂缓下来。DNA样本随时都拿得到，不差这一两个星期。”

山姆耸耸肩膀，神情再度紧绷：“怎么做看侦查进展决定。第三，旧仇家报复，知道女孩原本身份的人找上她，挟怨报复。”

“我想的就是这个可能，”弗朗科直起身子说，“我们在女孩化名蕾西的生活期间看不出任何问题，对吧？不管她之前在哪里，显然有地方出了大差错。她不可能随随便便化身成其他人，只为了好玩。女孩要么在躲警察，要么在躲别人。我赌别人。”

“你的说法，我觉得不是很对。”我说。欧凯利要怎么想就随他去吧，我很清楚弗朗科在铺陈什么，我才不想任人摆布。“行凶过程很没计划，刺伤根本不足以致命，凶手没有继续下手或抓住女孩不让她求救，反而让她逃脱，耽搁了三十分钟才又找到人。我觉得这表示凶手不是预谋，甚至无意杀人。”

欧凯利看着我，满脸嫌恶：“那家伙拿刀刺进女孩的胸部，卡西，我认为他当然知道女孩应该会死。”

我在重案组那几年，早就习惯欧凯利在我耳边唠叨：“那是没错，假如凶手多年来处心积虑想置女孩于死地，就绝不会放过任何细节，什么都会小心注意，拟订杀人计划，然后照计划行事。”

“也许凶手真有计划，”弗朗科说，“只是没打算使用暴力。他会追查女孩下落，或许不是积怨，而是单恋，觉得自己和女孩是天造地设的一对，希望两人欢喜重逢，从此过着幸福快乐的生活。没想到女孩竟然脱稿演出叫他滚蛋，让他手足无措。”

“由爱生恨，”我说，“这有可能，但凶手通常会做得更彻底，疯狂施暴，不是连续重击或毁容，就是过度杀人。然而，女孩只受了一刀，浅得不足以致命，和一般状况不合。”

“也许凶手没有机会过度杀人，”山姆说，“他刺了女孩一刀，女孩逃跑，等他追上女孩的时候，她已经死了。”

“问题是，”我说，“凶手对女孩这么迷恋，跟了她几年，不知道跟了多远，这样的情感一旦发泄出来，绝对不可能因为目标死了而消退。别的不说，光是女孩逃跑就会让他更加气愤，所以我觉得他应该会多刺几刀，或朝她脸部踹个两下之类的。”

能够这样讨论案子，感觉真好。我仿佛再度成为重案组警探，而女孩是被害人，感觉有如风吹雨打一天之后喝下温热的威士忌，滋味浓烈甘醇，抚慰心灵。弗朗科悠闲地坐在椅子上，但我感觉得到他在看我，也知道自己表现得对案子太感兴趣。我耸耸肩膀，仰头靠墙，凝视天花板。

“重点是，”弗朗科果然开口了，“如果女孩是外国人，而凶手不管为了什么追她追到这里，只要他把事情搞定，应该下一秒钟就会离开爱尔兰。只有一种情况凶手会留着不走，被我们逮到，就是他以为女孩还活着。”

办公室里一阵沉默，短暂而沉重。

“我们可以检查所有出国的人。”山姆说。

“检查什么？”弗朗科问，“我们连要找谁、凶手要去哪里都不知道。我们得先挖掘出女孩的身份，才有办法侦查下去。”

“我刚才说了，我们正在努力。女孩自称爱尔兰人没有被识破，表示英语可能是她的母语，所以我们就从英国开始，还有美国、加拿大……”

弗朗科摇头说道：“这样太久了。我们必须想办法将凶手留在附近，直到我们找出他或她的身份为止，而我只想出一个办法可以做到这件事。”

“第四，”山姆不为所动，再举起一根手指，目光匆匆地在我身上停留一秒，随即转开，“搞错身份误杀。”

又是短暂的沉默。库柏回过神来，突然兴致勃勃。我脸上一阵灼热，仿佛眼影太厚、刘海儿太长，涂了不该涂的东西。

“你最近惹到谁吗？”欧凯利问我，“除了平常就会惹到的人之外？”

“大概有一百名家暴男性和二十多名家暴女性，”我说，“我没察觉到什么异状，但我还是会把档案送来，标出行为特别鲁莽的。”

“你之前做卧底的时候呢？”山姆问，“会不会有人对蕾西怀恨在心？”

“你是说除了那个拿刀捅我的白痴之外？”我说，“印象中没有。”

“那家伙已经在牢里蹲了一年，”弗朗科说，“持有并意图贩卖毒品。我刚才本来想跟你们说，总之，他的脑袋已经糊得差不多了，就算要他指认也认不出你来。我还检查过当时的情报资料，找不到任何可疑对象。卡西警探没有惹恼任何人，也没有人怀疑她是警察。她受伤之后，我们立刻将她调走，换人卧底。没有人直接因为卡西警探而被逮捕，她也无须出庭作证。总之，没有人有理由想置她于死地。”

“那个白痴没有朋友吗？”山姆追问道。

弗朗科耸耸肩说：“应该有吧，但我还是不觉得他会教唆朋友攻击卡西警探。我们根本没有以攻击罪名起诉他，我们只是把他抓来，听他胡诌一套狗屁说词，说动手是出于自卫，我们假装相信，就放他走了。对我们来说，他在外头比在牢里有用多了。”

山姆猛然仰头喃喃自语，但很快便咬紧嘴唇，全神贯注地擦拭白板上的污点。无论他对弗朗科宁可将袭警凶手放走有什么看法，两人都已经甩不开对方了，非得一起行动不可。这件案子有得瞧了。

“重案组呢？”弗朗科问我，“你有没有惹到谁？”欧凯利冷笑一声。

“我逮的人都还没出来，”我说，“但我想他们应该有朋友、家人或同党，另外也有几名嫌疑人一直没定罪。”阳光已经离开我之前的办公桌，我和罗伯的角落陷入黑暗，重案组办公室突然冷了、空了起来，任由哀伤的晚风回荡。

“我来做，”山姆说，“我来追查这些人。”

“要是有人盯上卡西，”弗朗科好意地说，“她在山楂林屋会比独自待在家里要安全得多。”

“我可以待在她家。”山姆说，完全不看弗朗科。我和山姆并不打算公开他有半数时间都在我家度过，弗朗科显然知道这点。

弗朗科眉毛一挑说：“二十四小时都在吗？要是她去卧底，身上就会装麦克风，还有人从早到晚监听她的去向……”

“预算我管的，你别想！”欧凯利对他说。

“没关系，那就用我们的钱。我们会在拉索文分局驻点，只要有人跟踪她，我们就会派人出去，几分钟内就能赶上。她在家里会有这种享受吗？”

“假如我们认定对方是警察杀手，”山姆说，“那还用说，她当然应该待在家里。”山姆的声音开始紧绷。

“有道理，你打算花多少经费全天候保护卡西？”弗朗科问欧凯利。

“去你的，”欧凯利说，“她是家暴组的人，那是家暴组的问题。”弗朗科两手一摊，朝山姆咧嘴微笑。

库柏显然看得很乐。“我不要二十四小时保护，”我说，“要是这家伙盯上我，绝对不会轻易放弃，对象换成蕾西也一样。大家放轻松点。”

“好了，”山姆过了一会儿才开口说道，语气闷闷不乐，“我想就是这样。”他用力坐下，将椅子拉到桌前。

“总之，女孩被杀的原因不是钱，”弗朗科说，“他们有公费，每人每周拿出一百英镑存进小猫储蓄罐，支付食物、汽油、账单、布置房子和其他杂费。以她的收入，剩下的闲钱不多。她银行里只有八十八镑。”

“你觉得呢？”山姆问我。

他在问我对嫌疑人心理的看法。罪犯描述不是简单无误，我对自己作的分析也不是很有把握。就我看来，所有迹象都显示女孩是被熟人所杀，凶手很容易激动，一点小事就会发狂，不是处心积虑记恨报仇的人。因此凶嫌或者是孩子的父亲，或者是女孩的屋友，也许两者都是。

我只要开口，会议就结束了，起码再也没有我的事情。山姆不可能接受我和一屋子可疑嫌疑人住在一起，他会气到极点，而我不想让他发火。我在心里告诉自己，我不要假手山姆，要独自决定，但我很清楚自己已经受到影响。这间办公室、这群人和这番谈话全都悄悄动摇着我，一切都在弗朗科的意料之中。在这世界上，没有什么比凶杀案更能让人血脉贲张，以如此强烈、慑人而无法抗拒的声音，要求你的身心完全投入。我已经好几个月没有这么集中精神，努力琢磨证据、犯罪模式与假说，此刻感觉却像睽违了几年之久。

“我会选二号，”最后，我开口说，“认为她是蕾西的人。”

“假如这样，”山姆说，“女孩的屋友是最后看到她的人，也是最亲近她的人，表示他们最有可能是嫌疑人。”

弗朗科摇摇头说：“我不知道。女孩穿着外套，而且不是死后穿上的，因为外套右上角有切口，和伤口形状吻合。我觉得这表示女孩被刺的时候人不在屋子里，也不在屋友身边。”

“我还没排除他们涉案，”山姆说，“虽然我不清楚他们为什么下手杀她，也不清楚为什么选在屋外下手，但从我干警探以来，我只知道一点，就是最明显的答案通常是最可能的答案。除非我们找到目击者，证实女孩完好无缺地离开屋子，否则我还是会把他们列为嫌疑人。”

弗朗科耸耸肩说：“话虽如此，但就算凶手是其中的一名屋友，以他们四个人如胶似漆的程度，被我们侦讯了几小时连眼皮都没眨一下，要突破他们的心防简直不可能。假设是外人犯案，我们连这个人是谁、怎么会认识蕾西、要到哪里找他都没有概念。有些案子就是无法从外面侦办，所以才会有卧底，而这又回到我一开始提出的计划。”

“就是把一名警探扔到一群杀人嫌疑人之间。”山姆说。

“那是当然，”弗朗科对山姆说，眉毛半挑，似乎觉得很好玩，“我们从来不会派卧底去查无辜的人，置身罪犯当中本来就是我们的工作。”

“你说的罪犯是爱尔兰共和军、帮派和毒贩，”欧凯利说，“这四个家伙只是学生，就算派卡西出马也能搞定。”

“没错，”山姆说，“没错，卧底只办贩毒和帮派之类的组织犯罪，不办一般的凶杀案件，为什么这件案子需要破例？”

“这句话从一位重案组警探的嘴里说出来，”弗朗科语带担忧，“真是让我意外。难道你是说女孩的生命还比不上一公斤海洛因？”

“不是，”山姆语气平淡，“我只是说办案还有其他方法。”

“比方说呢？”弗朗科追问道，准备使出撒手锏，“就这件案子而言，你还有什么其他方法？你连被害人的身份都不知道……”他弯腰凑近山姆，匆匆扳动手指说，“没有嫌疑人，没有动机，没有凶器、第一现场、指纹、目击者、微量迹证和任何线索，我说错了吗？”

“调查才进行三天，”山姆说，“谁知道我们……”

“那就来看你有什么，”弗朗科举起一根手指，“你有一位训练有素、经验丰富的顶尖卧底，容貌和死者几乎一模一样，就这样。你有什么理由不利用这点？”

山姆愤愤地冷笑一声，双脚一顶让椅子后脚站立：“你问我有什么理由不把她扔进鲨鱼嘴里？”

“卡西是警探。”弗朗科轻声细语。

“没错，”过了半晌，山姆将椅子前脚小心翼翼地落回地面说，“她是警探。”他的目光飘离弗朗科，越过重案组办公室，越过幽暗角落里的桌子，越过满是注记、地图与蕾西相片的白板，越过我。

“别看我，”欧凯利说，“这是你的案子，你自己决定。”要是案子砸锅——他显然如此认为，他可不想被牵连进去。

他们三个开始惹恼我了。“还记得我吗？”我问，“你或许还得说服我，弗朗科，因为我想这件事有一部分也需要由我决定。”

“我们派你去哪儿，你就去哪儿。”欧凯利说。

“那是当然，”弗朗科语带埋怨地对我说，“我是要和你谈，只是我觉得礼貌上应该先和山姆警探讨论清楚，因为我们要联合侦办这件案子。我说得对吧？”

这就是联合侦办讨厌的地方，没人清楚谁是老大，也没人想搞清楚。照理说，山姆和弗朗科必须一起作决定，但要是情况紧急，事情又和卧底有关，那就由弗朗科下令。山姆可以否决弗朗科的做法，因为案子的原始承办人是他，但其间势必经过一番拉扯，而且非得有很好的理由。弗朗科说“礼貌上”就是为了确定山姆知道这一点。“对极了，”我说，“但别忘了，你也得和我讨论才行。可惜到目前为止，我还没有听到什么能够说服我的理由。”

“这么做要多久？”山姆问弗朗科，目光却定在我的身上，眼神专注、无比严肃，几乎带着忧伤，让我吓了一跳。就在那一秒钟，我明白山姆准备同意。

弗朗科也察觉了。他语气没有改变，但脊背突然一直，脸上闪出新的光彩，显得机警而咄咄逼人：“不久，最多一个月。我们要查的不是组织犯罪，不需要卧底很多年。这件案子要是卧底几周没有成效，再做下去也不会有用。”

“她需要有人支援。”

“二十四小时。”

“要是有任何危险……”

“我们就立刻将卡西警探调离，甚至强行将她带走。假如你查到什么线索，不再需要卧底，我们也会照办，当天就会让她离开。”

“所以我最好马上开始动手，”山姆深呼吸一口气后轻声说，“好，要是卡西警探同意，我们就这么办。前提是我必须随时掌握进展，没有任何例外。”

“太好了，”弗朗科赶紧从椅子下来，免得山姆改变主意，“我保证你绝对不会后悔。等一下，卡西，在你开口前，先让我拿一样东西出来。我答应要给你看录像画面，我这个人向来说到做到。”

欧凯利用力哼了一声，嘴里嘀咕几句，想也知道又在说什么自拍性爱影带，但我根本懒得去听。弗朗科在黑色大行军背包里翻翻找找，摸出一张用油性笔作了注记的光盘，朝我挥了一下，接着放进重案组办公室的廉价光驱里。

“日期显示时间是去年的九月十二日，”弗朗科打开屏幕说：“丹尼尔十日拿到房屋的钥匙，他和贾思汀当天下午就开车过去，确定屋况，看屋顶有没有坍塌等等。五个人十一日打包，十二日退回各自住处的钥匙，带着所有家当搬进山楂林屋，毫不迟疑，一点也不留恋。”他吃力地坐上汤姆的桌子，靠在我旁边，按下遥控器的播放键。

画面全黑，接着咔嗒一声，应该是旧钥匙转动的声音，然后是林中的脚步声。“我的天哪，”语气抑扬顿挫，带着一点贝尔法斯特口音，是贾思汀，“这味道。”

“你干吗这么惊讶？”声音稍微低沉，语气冷静，几乎没有口音。（“是丹尼尔。”弗朗科在我耳边说。）“这很正常。”

“我完全忘了。”

“这东西有没有在动？”女孩问，“瑞法尔，你看得出来吗？”

（“她就是那女孩。”弗朗科低声说，但我早就听出来了。她的声音比我轻，低沉清晰，刚开口就让我寒毛直竖，脊骨一凉。）

“拜托，”英国口音的男人，似乎觉得很有趣，是瑞法尔，“你在录像？”

“当然啦，这是我们的新家。只是我不确定它有没有在录，因为画面全是黑的。这里有电吗？”

又是脚步声，门嘎吱作响。“这里应该是厨房，”丹尼尔说，“我记得是。”

“开关在哪里？”

“我有打火机。”另外一个女孩的声音，是艾比盖儿，艾比。

“准备好啰。”贾思汀说。

微小的火光出现在屏幕中央，我只见到艾比的侧脸，挑着眉毛，嘴巴微张。

“我的天哪，丹尼尔。”瑞法尔说。

“我就说吧。”贾思汀说。

“没错，他说了，”艾比说，“如果我没记错的话，他说这里是考古遗迹和斯蒂芬·金小说场景的混合体。”

“我知道，但我以为他像平常一样故意讲得很夸张，没想到是不够夸张。”

有人（是丹尼尔）从艾比手中拿过打火机，一手弓成杯状，凑到嘴边点烟。房里有风吹来，画面颤动之间，丹尼尔的脸庞冷静沉着。他抬起头，目光越过火焰，朝着蕾西严肃地眨了眨眼。也许是我之前凝视相片太久，见到他们能走能动让我吓了一跳，仿佛故事书里的小孩发现一副望远镜，窥见了古画中的秘密，感觉既诱人又危险。

“别这样，”贾思汀将打火机抢走，面对摇摇晃晃的架子，小心戳动架上的东西说，“要抽烟就到外面抽。”

“为什么？”丹尼尔问，“免得我弄脏壁纸，还是熏臭窗帘？”

“他说得有道理。”艾比说。

“你们真是一群胆小鬼，”蕾西说，“我觉得这间屋子真是太刺激了，感觉自己就像《五小历险记》里面的小主角一样。”

“《五小寻找史前遗迹》。”丹尼尔说。

“《五小登陆发霉星球》。”瑞法尔说，“棒极了！”

“那我们应该吃姜饼和罐头碎肉。”蕾西说。

“两个混在一起？”瑞法尔问。

“还有沙丁鱼，”蕾西说，“罐头是什么？”

“斯帕姆午餐肉。”艾比对她说。

“恶心。”

贾思汀走到水槽边，凑上打火机，将水龙头转开。其中一个扑哧几声，最后总算流出一道涓涓细流。

“嗯，”艾比说，“有谁想喝肠热病茶吗？”

“我要当乔治，”蕾西说，“她很酷。”

“我绝对不当安妮，”艾比说，“她老是在洗碗盘，只因为她是女孩子。”

“这有什么不对吗？”瑞法尔问。

“那你当小狗提米好了。”蕾西对他说。

他们的对话节奏比我想象得快，灵活淘气有如吉特巴舞[①]。我能理解英文系的人为什么觉得他们很讨厌，因为你根本没办法和他们交谈。他们讲起话来紧凑伶俐，外人完全插不上话。然而，蕾西还是打进了这个小圈子，靠着一点点修正自己或调整他们，直到挤出她的空间，成为他们的一分子，彻底密合。不管女孩心里打的是什么主意，她显然做得非常高明。

我脑中浮现出一个微弱清楚的声音：和我一样。

画面突然奇迹似的亮了起来，只不过亮度有限。艾比在一个奇怪的角落，沾满油垢的锅子旁边找到开关，将天花板上一个四十瓦的灯泡点亮。“做得好，艾比。”蕾西拿着手机开始摇镜。

“这我就不敢保证了，”艾比说，“看到之后感觉更糟。”

艾比说得没错。厨房墙壁显然曾经贴着壁纸，但已经被青色的霉菌侵占，并从四个角落蜂拥而上，几乎就要在墙中央会师。天花板蛛网尘封，有如万圣节的装饰，迎风轻轻摇晃。塑料地板变灰卷曲，爬满丑恶的黑纹。桌上的玻璃花瓶插了一束死透的残花，枝梗折断地弯成诡异的角度，房间里所有东西都积了三寸厚的灰尘。艾比满脸犹疑，瑞法尔似乎觉得有趣，但还是带着惊恐，丹尼尔有那么一些好奇，贾思汀则是一副快要呕吐的模样。

“你要我去住在那里？”我问弗朗科。

“那里现在已经不是这样了，”他语带埋怨，“他们真的花了很多工夫整理。”

“用推土机铲平，然后重建吗？”

“真的很棒，你一定会喜欢。嘘。”

“这里，”蕾西说完，手机突然一晃，画面猛烈闪动，接着就看到一团恐怖的橘色卷式布帘，七十年代的式样，上头爬满蜘蛛网。“换你拍，我想去探险。”

“你还没拍够啊？”瑞法尔说，“你要我拿着手机做什么？”

“别引诱我。”蕾西对他说，接着便跳进镜头，朝橱柜走去。

她的动作比我轻，微微踮脚，步伐小而更有女孩子气。身材曲线没有我突出，但却摇曳生姿，引人注目。她那时头发更长，鬈度刚好盖过耳朵，穿着牛仔裤和贴身乳白色套头毛衣，我有一件和她的非常像。我还是不知道自己要是有机会和她见面，会不会喜欢对方。可能不会，但这不是重点，完全不是，反而让我不知道该如何思考。

---

① 译者注：流行于四十年代的快节奏舞蹈。

“哇哦，”蕾西探进一个橱柜里说，“这是什么？还活着吗？”

“有可能，”丹尼尔在蕾西背后伸长脖子说，“很久以前。”

“我觉得正好相反，”艾比说，“它以前不是活的，现在才是。你看它演化出可相对拇指了没有？”

“我想念以前住的地方。”贾思汀一脸忧伤，站得远远的。

“才怪，”蕾西对他说，“你住的地方不到半平方米，用纸板搭的，你根本不喜欢。”

“起码那里没有不明生物。”

“那么住在楼上，有音响系统，自认为是阿里吉的生物是谁？”

“我想应该是某种菌类。”丹尼尔兴致盎然地检视橱柜说。

“够了，”瑞法尔说，“我不录了。等我们老了，头发又灰又白，开始沉迷于往事，想起我们的住处，我可不希望第一个想到的就是蕈类。我要怎么把它关掉？”

塑料地板闪过一秒，画面顿时黑掉。

“我们有四十二段类似的录像画面，”弗朗科一边按钮，一边对我说，“长度都在一到五分钟之间。只要加上一星期密集访问女孩的朋友旧识，我敢保证一定能拿到足够的信息，打造出原汁原味的蕾西。当然，假如你同意卧底的话。”

他将画面定格在蕾西身上，女孩转头说话，双眼闪闪发亮，嘴巴微笑半张。我看着她因为移动而模糊的身影，感觉她下一秒就要飞出画面，心想：我以前也是这样，充满自信，坚强勇敢，对未来毫无惧怕。几个月前，我还是这样。

“卡西，”弗朗科柔声说，“由你决定。”

我想拒绝，感觉自己想了很久。我想回家暴组，周一早上照例收拾周末的残局。检视无数淤青，面对坐在室内依然穿着高领毛衣和戴墨镜的女人，经常周一控告男友、周二晚上就撤销告诉的女人；还有坐在我旁边，宛如穿着毛衣的粉红火腿，只要调出没听过姓名的档案就会低头窃笑的马厄。

我知道自己只要回去，就再也不会离开。我很有把握，就像此刻胃里的纠结一样清楚明白。女孩是个挑战，朝我直扑而来，精准致命，千载难逢，机不可失。

欧凯利伸直双腿，夸张地叹气，库柏盯着天花板的裂痕，我从山姆僵硬的肩膀看得出来他屏住呼吸。只有弗朗科看着我，眼神专注，眨也不眨。办公室里的空气只要触到我，就让我一阵疼痛。画面里的蕾西沉浸在泛黄光线中，有如等我跳入的黝黑湖泊、结了薄冰等我滑溜的河面，又像即将起飞的长途班机。

“她最好会抽烟。”我说。

我的胸腔仿佛窗户猛然推开，没想到我还能呼吸得如此之深。“天哪，你慢慢来，”欧凯利勉强从椅子上站起来，将裤头拉到小腹上，“你真他妈疯了，不过这一点也不新奇。万一你被人做了，不要来找我哭。”

“厉害，”库柏说，双眼若有所思地看着我，显然在想我有多少可能会出现在他的验尸台上，“记得让我知道进展。”

山姆一手用力捣住嘴巴，我发现他垂下脖子。“万宝路淡烟，”弗朗科按下退出键说，脸上缓缓露出大大的笑容，“这才是我认识的卡西。”

我以前总是觉得（感谢我的天真）自己能对被杀的人有所贡献。不是报仇，因为这个世上没有任何复仇的举动，能够追回他们失去的那一口生命之气。也不是正义，无论正义到底意味着什么。我只能带给他们一样东西，就是真相，而且我很在行。

我起码有一项本事，让我成为出色的警探，就是对真相的直觉。这样的直觉有如磁铁牵引我，告诉我什么是渣滓，什么是合金，什么又是未经切割的纯金属。我总是奋力挖掘真相之金，不管是否弄伤手指，等我寻获再亲手捧到死者的墓前。直到有一天（又是“薇丝塔行动”）我突然发觉，真相是多么滑溜、易碎，斧凿深深，多么没有价值。

在家暴组，只要能让受伤的女孩提出告诉或到庇护所，那她起码有一晚不会被男朋友殴打。比起我在重案组追求的真相之金，家暴组寻求的安全只是廉价的货币与铜板，但永远不会贬值。“薇丝塔行动”之后，我学会珍惜这一点。让被害人安全几小时，帮她打几通电话，这些事是我从来无法为凶杀案的死者做到的。

我完全不知道能给蕾西什么。显然不是安全，而真相也不像是她最在乎的事。但她找上了我，活着当时，死去之后，用她轻巧的脚步悄悄走近，直到突然狠狠敲打我的房门，要求一样东西。而我希望的报偿（我当时真的如此认为）很简单，就是她永远滚出我的生命。我知道她会狮子大开口，但我也不是泛泛之辈，这种事我有经验。

我从来没有和人说过，因为这不关别人的事，但对我来说，警探真的近乎信仰。真相是我们的上帝，我们永远无法超越真相之上，比真相还要无情。为了真相（起码在当卧底和重案组的时候）必须牺牲一切：时间、梦想、婚姻、健康，甚至生命。然而，这就是我所要的，当你能拥有强烈得令人窒息的真实事物，怎么会想追求淡而无味的替代品？真相是命运最冷酷也最反复的神祇，倘若真相接受你效力其下，它不会拿走你想给的，而是夺去它想要的。

卧底想要我的诚实。我早就该察觉这点，但我一直深陷于那令人目眩的绝对感，反而忽略了最明显的事：卧底必须随时说谎。我不喜欢谎言，不喜欢说谎和说谎者。对我来说，为了追求真相而将自己变成骗子，感觉简直混账该死。我花了几个月的时间，循着言语编成的丝线一路游到毒贩身边，用瞎编的玩笑话与嘲讽误导对方，让他察觉不出真相。直到有一天，他吸毒烧坏了脑袋，拿刀抵着我，问我是不是想利用他查出贩毒的上线。我感觉自己在细线游走了几个小时——冷静一点，你到底是怎么回事？我做了什么让你觉得我想毁掉你？——和对方僵持，心里对神祈祷弗朗科听到窃听器的声音。贩毒小子将刀抵在我的肋骨之间，朝我尖叫：有吗？你有吗？别唬我，到底有没有？有吗？我迟疑了片刻，因为我真的想要毁掉他，即使不是为了他错认的原因。但对谎言来说，这瞬间的犹豫有着天壤之别——他刺了我，接着号啕大哭。就在那时，弗朗科来了，将我悄悄送往医院。我心里明白，这份工作要我牺牲，我却退缩不前，而它给我的警告，就是胸前的三十针，我绝对不能再犯。

我是个出色的重案组警探。罗伯曾经对我说，他办生平第一个案子时，脑中整天浮现失败的景象，不是鼻涕喷到DNA证物或送走松口透露案情关键的证人，就是大意忽略线索与可疑的迹象。但我从来没有这种经验。我进重案组办的第一个案子非常普通，而且令人沮丧。一名年轻无赖被人刺死在公寓的楼梯间，公寓恐怖得有如梦魇，鲜血流满污秽的阶梯，死者目光飘向几道上锁的房门之外，空气里弥漫着尿味。我手插进口袋站在楼梯转角，免得误碰任何证物，抬头看着被害人趴在阶梯上，运动裤因为坠地或打斗而褪下一半，心想：原来如此，我千辛万苦进来重案组，就是为了这个。

我依然记得那家伙的脸。脸庞太瘦，淡淡的浅色短发，嘴巴微张，仿佛惊讶于自己的遭遇，一颗门牙长得歪歪斜斜。尽管有欧凯利不断唱衰，我们最后还是出乎众人意料，将案子顺利破了。

到了“薇丝塔行动”，真相之神选择要走我的诚实与挚友，却什么也没给我。我转调离开重案组，知道遗弃神祇必须付出代价。我心底觉得自己的办案效率会直线下降，所有家暴男人会将我揍昏，愤怒的女人会将我的双眼剜去。但我一点也不害怕，反而期望早点实现，让一切就此终结。然而，什么也没有发生。这时，我心里仿佛被一道寒冷的洋流缓缓击中，恍然明白原来“没事”就是惩罚。守护我的神祇决定放手，让我走自己的路，将我掏空。

之后山姆来电，弗朗科在海边小径的尽头等我，一双强有力的手将我拉了回来。这么说或许是迷信，起码解释起来比较简单，也可能是孤儿或独生子都暗自渴望拥有不同的生活。无论各位怎么想，我都不介意，但这或许能解释我为什么答应参与镜像行动，还有在我签署同意书的那一刻，心里觉得自己真的可能因此殒命。

# Chapter 4
## 打造蕾西3.0

答应之后，我和弗朗科花了一周时间打造蕾西3.0。弗朗科白天四处访查，了解蕾西，她的作息、情绪态度与人际关系，夜里到我住处将一天的收获灌入我的脑中。我几乎忘了他对这种事有多么在行，有条不紊、巨细靡遗，而且期望我能立刻跟上。

周日傍晚，我们踏出重案组办公室，他将蕾西的一周作息和论文资料复印件递给我，星期一又给我厚厚一沓“关系人”数据，包括相片、语音、出身背景和高明的剖绘分析，让我方便记忆。星期二，弗朗科拿了葛伦斯凯村空照图，要我记下所有细节，直到脑中也有一张地图为止，接着他才缩小范围，开始和我钻研山楂林屋的楼层配置与相片。这些资料搜集起来都很费时，弗朗科这个浑球早就算准我会答应担任卧底。

我们反复研究手机里的录像，弗朗科每隔几秒就会手指一弹强调细节：“注意到没有？她笑的时候，头会微微偏右。你做一次给我看……注意她看瑞法尔，还有这里，注意她看贾思汀的样子，她在和他们调情。她看丹尼尔和艾比都是直视，但看那两个人的目光却斜斜上扬，记住这点……看到她拿烟的姿势没有？她不是叼在右嘴角，和你的习惯不一样。她手会贴着，从左边吸气。让我看你做一遍……注意这里，你看贾思汀看到霉菌很不舒服，艾比和蕾西立刻互看一眼，开始称赞瓷砖，转移他的注意力，这表示他们很了解对方……”

我们不知道重看了多少遍，直到清晨五点，弗朗科才和衣卧倒在沙发上。当我合眼睡去，之前的影像纷纷涌现，丹尼尔粗鲁利落的嗓音对照贾思汀的轻声细语、壁纸的花纹与艾比杂乱的笑声，全都宛如暗流在拉扯我的梦境。

他们五人的生活仿佛仪式般规律，简直令人惊讶。想我学生时代不是临时起意在家里办派对，就是疯狂熬夜用功，连续几餐不吃或在奇怪的时间大嚼酥烤三明治。然而，这五个家伙总是一早起床，七点半由女的做早餐，接着一起坐着丹尼尔或贾思汀的车出门。不管有没有课，他们总是十点左右抵达学校，傍晚六点半回到林屋，由男孩子准备晚餐。

周末通常待在家里读书，偶尔天气不错就出门野餐。即使还有空闲时间，也顶多是瑞法尔弹弹钢琴、丹尼尔高声朗诵但丁或艾比修理十八世纪的刺绣脚凳。

他们没有电视，也不想买计算机。丹尼尔和贾思汀共享一台打字机，其他三人想要和二十一世纪保持联系就到学校用计算机。他们仿佛来自其他星球的间谍，因为搞错状况，所以会读伊迪丝·华顿①的小说，收看美国影集"草原小屋"的回放。为了他们，弗朗科不得不在网络搜寻皮克牌②的玩法，教我怎么打牌。

当然，这一切都让弗朗科火冒三丈，讲话越来越不留情，越骂越夸张："我想他们根本是邪教徒，认为科技是撒旦的诡计，月圆的时候会对家里的植物唱歌。别担心，要是他们开始乱搞男女关系，我就立刻把你调走。看他们那个样子，我想你有得好受了。这年头怎么有人家里不摆电视？"我没有对弗朗科说，但我越想越觉得他们的生活一点也不奇怪，反而让我深深着迷。都柏林近年来步调飞快，拥挤竞争，人人都怕被甩在后头，只好大声嚷嚷免得被时代淹没。我从"薇丝塔行动"开始也是如此匆忙，一路咬牙往前，无论遭遇什么都不停下脚步，他们四人毫不在乎的优雅生活（刺绣，天哪！）仿佛甩了我一巴掌。我不但忘了缓慢，也忘了怎么去要一样缓慢、轻柔、宽广而步调坚定的事物。山楂林屋和四人的生活在我心里宛如井水一样清新，又像炎热午后橡树底下一样阴凉。

我白天都在练习，模拟蕾西的笔迹、走路的方式与口音。我运气不错，她讲话带一点老派的都柏林郡腔，可能是从电视或广播谈话节目主持人学来的，和我口音相去不远。我模仿她说话的抑扬顿挫和笑声，当我第一次发出同样的笑声，轻快无助有如泡沫，尖细仿佛被人搔痒的小孩，我差点没被自己吓死。

女孩扮演的蕾西和我扮演过的不大一样，让我稍感安慰。多年以前，我在都柏林大学学院化身蕾西，是个开朗外向、喜欢交友、爱当主角的女孩，没有诡谲多变的个性，心底没有阴影，无论贩毒或买毒品的人都不会感到威胁，起码开头如此。

我和弗朗科起初只将蕾西当成特制的精密工具，完全根据需求打造，依照明确的目标听命行事。

---

① 译者注：伊迪丝·华顿，1862—1937，美国女作家，出身纽约上流社会，作品亦多以观察上流社会为主，代表作是获得普利策文学奖的《纯真年代》。

② 译者注：皮克牌为法国扑克牌，共三十二张牌，是两人一起玩的纸牌游戏。

相较之下，女孩扮演的蕾西善变许多，飘忽任性，反复无常，感觉有如暹罗猫，面对朋友蹦蹦跳跳，唧唧喳喳，不时淘点气，对外人却冷淡如冰。这点让我很头疼，我无法回溯女孩的行径，了解她目的何在，想用蕾西这个精心设计的工具完成什么。

我想过，自己是不是将事情想得太过复杂，女孩这么做根本就毫无目的，起码在个性这部分，她就是做自己。毕竟经年累月披着别人的外衣并不容易，这点我应该清楚。然而，认为女孩心机单纯没有企图，这样的想法又让我难以释怀。我心里有个声音，告诉我低估女孩将会是天大的错误。

星期二傍晚，我和弗朗科坐在我家地板上，地图、相片散落一地，两人对着充当咖啡桌的破烂木头矮柜吃中国菜外卖。那天夜里风雨交加，强风狂乱袭击窗户，有如丧失心智的暴徒，我和弗朗科都有点神经紧张。我背了一整天的关系人数据，精力过剩，弗朗科来的时候我正在倒立，免得弹到天花板上。弗朗科动作匆忙，一把将桌上的东西扫开，嘴里念个不停，将地图和餐盒摆好。我不知道在他有如X-box游戏机的脑袋里藏了什么，也没必要问，他也没对我说。

地图与食物让我们稍微冷静下来，或许弗朗科会选中国菜，原因就在这里。肚子塞满柠檬鸡丁，人想紧张也难。

“你看这里，”弗朗科一手拿着叉子努力舀起剩下的米饭，一手指着地图说，“这里是拉索文路上的加油站，从早上七点开到半夜两点，主要卖烟和汽油给根本不会在这里买这两样东西的当地人。你有时会到这里买烟。还要吗？”

“天哪，不用了，”我说。我没想到自己这么饿——我以前食量像马一样，罗伯经常对我能够塞下这么多食物感到不可思议，但“薇丝塔行动”夺走了我的好胃口。“要喝咖啡吗？”我刚才先放了一壶咖啡在炉上煮，弗朗科的眼袋已经大得可以吓坏小孩了。

“要很多，我们还有工作要做，又是漫漫长夜了，宝贝。”

“还真是意外啊，”我说，“你在我这里过夜，奥莉薇亚没说话？”

我语带刺探，当弗朗科推开盘子前迟疑了一秒，我就知道自己猜得没错，卧底后遗症又发威了。“对不起，”我说，“我不是故意……”

“才怪，你根本就是故意的。奥莉薇亚去年就清醒过来，和我离婚了。我一个月有一个周末，夏天有两个星期和女儿荷莉见面。我在你这里过夜，山姆没抗议？”

弗朗科目光沉着，没有闪烁回避，语气坚决，话里听不出怒气，但意思非常明显：别再多问。“他没问题，”我说着起身去看咖啡，“只要和工作有关就没事。”

“是吗？星期天他的重点好像不是摆在工作上。”

我改变主意了，弗朗科其实很气我提起奥莉薇亚，但道歉只会更糟。我还没来得及想出该说什么，门铃就响了。我尽量不让自己吓得跳起来，但去开门的时候像“粉红豹”里的糊涂探长克鲁索一样，小腿在沙发边角结结实实地撞了一下。只见弗朗科目光锐利，抬头好奇地看了我一眼。

是山姆。“答案来了，”弗朗科咧嘴微笑，吃力地从地板上站起来说，“对你，他是随时随地相信，但对我可就紧盯不放了。我去弄咖啡，搂搂抱抱就交给你了。”

山姆一脸疲惫，吻我的时候可以感觉他全身的重量，而他呼气的瞬间，整个人仿佛松弛下来。“天哪，见到你真好，”他说，接着瞟到厨房里的弗朗科，“哦。”

“欢迎光临蕾西实验室，”弗朗科开心地说，“要喝咖啡吗？加糖还是酸猪肉？还是配虾饼？”

“好吧，”山姆眨眼说，“我是说不用了，只要咖啡就好，谢谢。假如你们在工作，我就不留下来。我只是想……你们在忙吗？”

“没关系，”我对山姆说，“我们正在吃晚饭，你今天吃东西了吗？”

“我很好，”山姆没有明答，将大帆布袋扔到地上，挣扎地脱下外套，“我可以私下和你讲几句话吗？假如你现在没事的话。”

他在问我，但弗朗科大方地回答：“那有什么问题，请坐，请坐，”他挥手要山姆坐在垫子上，“要加牛奶还是糖？”

“不要牛奶，两颗糖，”山姆颓坐到垫子上说，“谢谢。”我敢说他一定很饿，但却不想碰弗朗科买来的食物，而他帆布袋里绝对装满比柠檬鸡丁好上百倍的食材。我真想将手放在山姆肩上，花五分钟按去他的紧绷。我原以为这件案子最棘手的就是卧底，但现在看来不是这么回事。

我在山姆身旁坐下，尽量靠近，但没有碰他。“怎么样？”我问。

他抓着我的手轻轻一捏，伸长手臂到落在垫子后头的大衣，拿出笔记本。“嗯，我想蛮好的，还可以，主要就是清查与排除嫌疑。杜尔，就是发现尸体的人，他的不在场证明没问题。我们查过你提报的家暴关系人，全都排除涉案可能。我们正在追查其他资料，包括你在重案组办的案子，但目前没有什么发现。”我想到重案组的同事一边检阅我的办案资料，一边在脑中记起种种传言和我的受害身影，颈间便忍不住抽搐，直达锁骨。“女孩似乎从来不用网络，学校计算机没有任何登入记录，也没有MySpace之类的网页在她名下，三一学院给她的电邮信箱原封不动，从网络找不到任何线索。女孩在学校不曾和人争执，连斗嘴都没有。英文系特别喜欢飞短流长，要是女孩和谁有过麻烦，我们肯定会听说。”

“我实在不想这么说，但我早就和你们讲过了，”弗朗科边找杯子边说，“人生有时就是得做不想做的事。”

“嗯哼。”山姆漫不经心地应了一声。弗朗科做出仆人的样子，弯腰将咖啡递给他，接着在他背后朝我眨眼，我不理他。山姆办案有个规矩，就是不和搭档争执计较，但总是有像弗朗科这样的家伙，以为山姆一紧张就神经粗，什么都感觉不到。“所以我在想，卡西……现在的状况是，排除嫌疑可能没完没了。只要没有犯案动机和线索，我就得继续做排除的工作，没办法开始办案。我在想，要是我稍微知道自己要找什么……你有办法帮我分析一下吗？”

山姆语毕，我感觉房间突然暗了下来，笼罩着彻底的忧伤，有如烟雾无法消散，令人窒息。我之前办过的凶杀案，总是尽量在家里做罪犯侧写。夜深人静，我和罗伯喝着威士忌，他窝在沙发用橡皮筋玩花绳，绞尽脑汁在我作的分析里找漏洞。“薇丝塔行动”期间，我们找了山姆支持。音乐与飞蛾不停地轻敲窗户，山姆对我腼腆微笑，我只记得当时非常快乐，即使状况频频，三人浑然不知大祸将至，还是一样开心。但此刻这里仿佛变了一个地方，显得又挤又躁。冷掉的中国菜味道油腻，我的小腿疼得要命，弗朗科不时飘来看好戏的目光，感觉就像走进我家在哈哈镜中嘲弄人的诡异倒影。我心里只有一个可笑的念头，就是：我要回家。

山姆小心翼翼地将一沓地图挪到旁边，抬头看我们一眼，确定没有弄乱东西，接着将马克杯放到地上。弗朗科一屁股坐到沙发边缘，手掌交叉抵着下巴，兴致高昂。我低垂目光，不让他们见到我脸上的神情。桌上有一张蕾西的相片，半藏在装饭的纸盒下，是蕾西站在山楂林屋厨房的梯子上，穿着连身工作服和男性衬衫，沾满白油漆。这是我头一回看到女孩觉得很好：我手腕上的铐痕将我拉向地面，冷水般的巴掌打在我的脸上，将一切轰出我的心房，我差点就要伸手压在相片上。

“哦，当然可以，我来想想，”我说，“不过你应该知道我能做的有限，对吧？光靠一件犯行实在没办法。”大部分罪犯侧写都以模式犯罪为主，根据单一案件分析很难确定是巧合或线索，经常受限于凶手的生活形态或难以穿透的心理机转。星期三夜里发生命案不算什么，之后三起命案都发生在周三就表示凶手那天有空儿动手。要是多看两回，或许就能揪出老婆星期三忙着玩投注游戏的家伙。单一强暴案的手法没有意义，四起强暴案都是同样手法，就表示某人的女友、老婆或前妻肯定认得这是自己男人爱玩的把戏。

“随便都行，”山姆说着翻开笔记本，掏出笔来，倾身向前，目不转睛地盯着我，准备记录。“想到什么都可以。”

“好吧，”我直接开口，根本不需要档案数据。我已经想了很多，这几天当弗朗科像头水牛躺在沙发上呼呼大睡时，窗外从黑到灰再到金黄，我一直在想。“首先，凶手应该是男性。我们无法排除女性犯案的可能，要是有可疑对象，千万不要忽略。但纯就统计来说，刺杀通常是男性所为，因此可以暂时假定凶手是男人。”

山姆点点头说：“我也这么认为，你觉得凶手应该多大年纪？”

“不是青少年，因为凶手太有计划，又很能自制。但也不是老人，因为拿刀刺人虽然无须运动员的身手，却也要一定的体力，包括在小路奔跑、攀过围墙和拖动尸体。我认为凶手应该在二十五到四十岁之间，顶多年轻或老一点。”

“我觉得，”山姆一边潦草地作着笔记，一边说，“他应该熟悉当地地形。”

“没错，”我说，“凶手要么是当地人，要么在葛伦斯凯待过许多时间，因此在附近活动非常自在。一般凶手在地盘之外犯案通常会很紧张，做完立刻闪人，但他逗留很久。而且，地图显示那里的地形有如迷宫，但他能在女孩逃跑后再找到人，而且是深夜，没有路灯，显见对当地非常熟悉。”

不知何故，侧写比我想象的还要困难。我已经分析过所有已知的事实，挤出所有蛛丝马迹，重读手上所有教科书，但就是无法掌握凶手的形貌。我只要伸手去抓，他就会像一道轻烟从我指间散逸，飘向地平线彼端，留我独自张望，却只见到蕾西的身影。我不断告诉自己，侧写就和后空翻或骑脚踏车之类的技能一样，只要疏于练习，直觉就会生锈，但不表示永远消失。

我找出香烟，因为我觉得最好不要让手闲着。“好，凶手熟悉葛伦斯凯，也应该绝对认识死去的女孩。别的不说，我们知道尸体的姿势，女孩脸朝一边，面向墙壁。任何调整死者头部的动作，无论遮住、毁容或转成某个方向，通常都涉及私人情感，凶手和被害人显然彼此认识。”

“不过，”弗朗科双脚甩上沙发，马克杯放在腹部说，“也可能只是意外，凶手将女孩放到地上，她的头部正好转向一边。”

“有可能，”我说，“但别忘了凶手是再次追上女孩的。小屋离小路很远，当时天色昏暗，除非事前知道位置，否则可能连小屋都看不见。女孩从逃跑到被追上隔了一段时间，显示凶手并不着急，我很怀疑他真的看见女孩跑进小屋。再说，女孩进屋靠墙坐下，除非打开手电筒被凶手发现，否则从小路根本看不见。而且一个躲避狂徒追杀的人，怎么会打开手电筒？因此，凶手会到小屋一定有理由，我认为他知道女孩喜欢小屋。”

“这不表示女孩认识他，”弗朗科说，“只表示他认识女孩而已。凶手可能跟踪她一段时间，觉得自己和她关系非比寻常，也很清楚她的生活习惯。”

我摇摇头说：“我不排除跟踪狂犯案的可能，但就算如此，女孩也该认识他。还记得女孩是胸前中刀吗？她没有逃跑，也不是背后遭人突袭，而是两人面对面。女孩看到凶手，甚至和他谈了一会儿。女孩没有出于自卫而受伤的痕迹，我觉得这就表示她毫无提防。凶手离她很近，女孩也很自在，直到对方拿刀刺了她。换成是我，假如有陌生人三更半夜出现在鸟不生蛋的地方，闯到我面前，我绝不可能那么放松。”

“这些分析要派上用场，”弗朗科说，“也得先搞清楚女孩究竟认识哪些人才行。”

“还有什么需要留意的？”山姆问道，我看得出来他很努力不理弗朗科，“你觉得他会有前科吗？”

“他也许有犯罪的经验，”我说，“因为他的善后手法非常高明。他如果一向这么仔细，很可能从来没被逮住过，但也可能有过惨痛教训，知道必须小心。你追查记录的时候，可以注意有偷车、抢劫或纵火前科的人。这一类犯罪通常需要清理现场，但和被害人无须正面接触。不用查攻击或性侵前科，根据他下手的拙劣程度，这家伙应该没有暴力倾向，甚至从来没有用过暴力。”

“他没那么差劲，”山姆轻声说，“女孩还是死了。”

“几乎，”我说，“但只是走狗运，就这样。我不认为他找女孩是为了杀她，这里头有许多矛盾之处。我星期天也说过，刺人看来是一时冲动，毫无计划，但那之前之后很有条理。凶手知道该去哪里找人，半夜在荒郊野外的小路上，我不认为他是碰巧遇上女孩的。凶手要么知道女孩的路线，要么就是和她约好碰面。刺人之后，凶手脑袋依然冷静，而且动作不疾不徐，追上女孩、搜身、清除自己的鞋印，再将女孩的物品擦拭干净——这表示他没有戴手套，也表示他没有打算杀人。”

“但他带了刀子，”弗朗科提醒我，“你觉得他带刀是为了什么？削木头吗？”

我耸耸肩说：“威胁她吧，也许。或是吓她，让她佩服，我不清楚。但以他这么仔细谨慎的家伙，要是原本有意杀人，绝对不会搞得这么狼狈。攻击非常突然，女孩肯定吓了一跳，凶手大有时间把事情搞定。但最先反应的是女孩，是她先逃，而且跑了很长一段距离。凶手开始动作，我觉得这表示他就和女孩一样吃惊。我认为两人碰面应该另有目的，没想到出了大错。”

“为什么要追她，”山姆问，“在他刺伤女孩之后？为什么不拔腿离开现场？”

“凶手追上女孩，”我说，“发现女孩已经死了，便将她搬动位置，检查口袋，因此我认为他会紧追不舍，是为了女孩身上的东西。他没有隐藏或暴露尸体，你花半小时找人，不可能只是为了将她拖动几米，因此搬动尸体位置应该另有目的，可能是找地方隐蔽，免得有人看到手电筒的光，或是为了避雨，以便完成他真正的目标，要么想确定女孩真的死了，要么就是搜女孩的身。”

“假如像你说的，凶手确实认识女孩，”山姆说，“也无意置她于死地，那他移动尸体有没有可能是因为关心她？他杀害女孩已经够自责的了，不想让她淋雨……”

“我想过这一点，但那家伙很聪明，会未雨绸缪，而且决心不让人逮到。移动尸体表示会沾到血，留下更多鞋印，耗费更多时间，说不定掉落毛发或纤维在她身上……我怎么都不觉得凶手是这种人，会为了感情额外冒险。他这么做一定有明确的理由，检查女孩死了没有不需要太多时间，起码比搬动尸体短。因此，我个人认为他之所以会跟随女孩，搬动她，是为了搜对方的身。”

“为什么？”山姆问，“我们都知道凶手不是为了钱。”

“我只想得到三种可能，”我说，“一是确定女孩身上没有能够指认他的东西，例如女孩没有将两人的约会写在日记里，或将自己在女孩手机里的号码删除，等等。”

“女孩没有日记，”弗朗科朝着天花板说，“我问过惊奇四超人了。”

“而且她把手机留在家里的厨房桌上，”山姆说，“屋友表示这很平常，女孩总是说要带手机出门散步，却常常忘记。我们查过这点，目前没有证据显示他们说谎。”

“不过，这不表示凶手知道女孩没带手机，”我说，“但也可能他要找的是更特别的东西。或许女孩曾经给过他什么，而问题就出在这里：女孩反悔了……凶手要么已经将东西取走，要么就是女孩根本没带在身上。”

“藏宝图吗？”弗朗科好心地提议道，“还是皇家首饰？”

“那间屋子到处都是老玩意儿，”山姆说，“要是其中一样很有价值……那小子继承屋子的时候，有没有清点家产？”

“啊哈，”弗朗科说，“你自己见过那屋子，有谁会想清点？西蒙在遗嘱里只列了状况够好的东西，主要是古董家具和两幅画，但早就不在了。身后事可不便宜，家里稍微值钱的东西都卖了付丧葬费。就我勘察的结果，应该只剩阁楼里的破烂了吧。”

“另外一个可能，”我说道，“是他想找出女孩的身份。大伙儿都知道女孩是个神秘人物，也许凶手起初以为女孩是我，结果起了疑心，或女孩无意间透露蕾西不是她的本名。总之凶手或许在找身份证件，想知道自己刺杀的女孩是谁。”

“你说的几种可能都有一些共同点，”弗朗科双手交叉枕着脑袋躺在沙发上，目光里的骄傲闪烁得更加明显，“我们要找的人计划和女孩碰面，表示他不排除以后还有机会和她见面。他没有打算杀人，表示接下来不大可能还有人遇害。还有，这家伙并不住在山楂林屋。”

“这不一定，”山姆说，“假如是屋友所为，不管是男是女，都有可能将手机从蕾西身上取走，确定她没有打电话报警或录下任何画面。我们知道女孩经常用手机摄影，凶手有理由担心自己的名字出现其中。”

“手机的指纹鉴定报告出来没有？”我问。

“今天下午，”弗朗科说，“只有蕾西和艾比的指纹。丹尼尔和艾比都供称，那天早上开车上学途中，艾比将手机递给蕾西，指纹鉴定也证实了这点。手机起码有两处地方，蕾西的指纹盖在艾比的指纹上面，表示蕾西在艾比之后触碰手机。没有人将手机从蕾西身上取走，女孩死亡时，手机就在厨房桌上。她的屋友不必追着她跑，就可以确定这一点。”

“也可能是他们拿走她的日记，”山姆说，“因为我们只有他们的证词，说女孩没有日记。”

弗朗科翻翻白眼说：“照你这样讲，女孩根本不住在山楂林屋，因为我们也只有他们的证词。以我们手上有的线索，就算你说女孩一个月前和屋友吵架，搬到谢尔本的阁楼公寓去当沙乌地王子的情妇也说得过去，即使没有证据。他们四人的说词完全一致，我们没逮到半个人说谎，女孩又是在屋外遇害……”

“你觉得呢？”山姆打断弗朗科的话，直接问我，“他们有谁吻合侧写吗？”

“是啊，卡西，”弗朗科甜甜地说，“你觉得呢？”

山姆非常希望凶手是那四人之一，我也很想说是，管他侦办会不会受影响。我只想让枯竭的表情从山姆脸上消失，让他眼里恢复一点神采。“就统计来说，”我回答，“他们确实很接近。年龄符合，是当地人，头脑聪明，又认识蕾西，而且是最认识她的人，通常凶手十之八九是这样的人。他们都没有前科，但我刚才说过，他们中可能有人曾经在哪里做过什么，只是我们不知道。起初我也觉得应该是他们没错，只是我越往下听……”我双手搔头，不知道该怎么表达，“他们有一件事让我不是很相信。我们有除了四人之外的依据，证明女孩通常自己散步吗？从来没有和其他屋友一起？”

“其实，”弗朗科在地板上摸索，想找他的烟，“还真的有。英文系有一位女研究生叫葛芮丽，她和蕾西的指导教授是同一人。”葛芮丽在关系人名单里，身材丰满，两只眼睛像凸出的醋栗，双颊圆润开始下垂，一头姜黄色的鬈发。“她很喜欢说长道短。五人搬到山楂林屋同住之后，她问蕾西会不会没有个人隐私。我猜她会这么问，其实是想探听见不得人的男女关系。但蕾西只是一脸茫然，说她每晚都会独自出门散步，而她只需要这样的隐私，谢谢，她不喜欢往人群里跑，除非是她喜欢的人，说完她就离开了。我想，我们的葛芮丽可能没听出来，蕾西其实是在损她。”

“好吧，”我说，“这样的话，我就真的想不出他们涉案的可能，起码照目前的状况来分析。他们有人需要和蕾西私下谈话，很重要的事情，重要到不能用平常不显眼的方式，例如找她到学校喝咖啡之类的，或是跟她一起散步或偷偷跟踪她。不管是前者或后者，这人都打破了平常的规矩，但这五个人特别重视规矩，因此其他人一定立刻察觉有地方不对劲，包括蕾西。于是那人带了刀子，但他们都是善良的中产阶级知识分子……”

“卡西的意思是说，他们很娘。”弗朗科点起打火机，这么对山姆说。

“说到这个，”山姆放下笔说，“等一下，你不能因为他们是中产阶级出身，就排除他们涉案。我们办过不知道多少案子，嫌疑人原本都是可爱可敬的……”

“我没有排除他们，山姆，”我说，“问题不在杀人。假如女孩被人勒死或头部撞墙丧命，我会觉得他们很有可能。就算拿刀刺人，我也认为他们做得到，只要他们手上正好有刀。问题是那家伙根本不会带着刀子，除非他真的想杀死女孩，但这和我之前的推断不合。我敢打赌，这四个人都没有随身带刀的习惯，就算想要威胁或说服某人，也不会想到用刀，这不是他们会做的事，跟他们的出身不合。他们和人起冲突，心里想的是如何辩赢对方，而不是亮出刀子。”

“没错，”山姆沉默半晌之后说。他深呼吸一口气，再度拿起笔来，但悬在纸上，仿佛忘了要写什么，“我想确实如此，当然。”

“就算假定他们其中一人跟踪女孩，”我说，“而且为了某种原因带着刀子准备恫吓对方，他觉得接下来会发生什么？难道他真的认为可以逍遥法外？他和女孩的社交圈彼此重叠，很小又很紧密，蕾西大可以接受他的要求，然后直接回家，告诉其他三人事情的经过。一阵惊吓恐慌之后，这位拿刀谈判的老兄，除非他是丹尼尔，否则很可能会被逐出山楂林屋。他们都是聪明人，山姆，不可能忽略这么明显的事实。”

“不过，”弗朗科又好心地说道，显然因为太无聊了，想转换立场，“这世界上做蠢事的聪明人比比皆是。”

“但不会像这样，”山姆将笔横放在笔记本上，手指压着眼角说道，“他们当然会干蠢事，但不会做毫无道理的事情。”

是我让山姆面露疲惫，我觉得自己真是浑球。“他们吸毒吗？”我问，“比方古柯碱之类的？吸毒偶尔会让脑袋失灵。”

弗朗科喷了一口烟。“我不觉得，”山姆头也不抬地说，“他们都是乖小孩，我说这五个家伙，干净得很。他们是会小酌，但从外表来看，别说劲头更强的玩意儿，我想他们连大麻都没抽过。女孩的毒物检测毫无瑕疵，记得吗？”

狂风拍打窗户，玻璃砰的一声猛烈摇晃，随即安静下来。“所以，除非我们漏了什么重大线索，”我说，“否则他们涉案的概率不高。”

山姆沉默片刻之后说：“没错，”他小心地合上笔记本，将笔夹着，“我想我该去寻找重大线索了。”

“我可以问你一个问题吗？”弗朗科说，“你为什么死抓着他们四个不放？”

山姆双手搓脸，用力眨了眨眼睛，仿佛试着对焦。“或许你没注意到，”他停了一下才说，“只有他们在场，没其他人了。如果不是他们，还会有谁？”

“就是我们刚刚侧写的那个人。”弗朗科提醒山姆。

“我知道，”山姆语气沉重，“谢谢你，卡西，真的很感谢，但我手上没有符合描述的人。我查过不少年龄吻合的当地人，包括女性，我得说里面有不少聪明人，做事也有计划，但都没有证据显示他们认识死去的女孩。我还问过不少女孩的大学旧识，其中几个几乎符合所有描述，只是就我所知，他们从来没有去过葛伦斯凯，更不用说熟悉当地环境了。总之，没有人完全吻合所有特质。”

弗朗科眉毛一挑。“我不想一直提，”他说，“但我和卡西警探就是在忙这件事。”

“我知道，”山姆说，看也不看弗朗科，“要是我很快找到他，你们也就不用忙了。”

“那你最好快点，”弗朗科依然躺在沙发上，眯起慵懒的双眼隔着烟雾看着山姆，“因为我打算星期天动手。”

房里彻底沉默了一秒，就连窗外的强风也似乎漏了一拍。弗朗科之前一直没有提到确切的日期，我斜眼瞟向桌子，只见地图与相片猛然颤动，具体成形为波纹玻璃、闪耀阳光的树叶与风化光滑的石头，成为真实的景物。

“这个星期天？”我说。

“别用那么吃惊的眼光看我，”弗朗科对我说，“你不会有事的，宝贝。你怎么不换个角度想，接下来就不用看我这张丑脸了？”他说话的瞬间，我真的觉得“是啊，谢天谢地”。

“好吧，”山姆说完将咖啡一饮而尽，身体一缩，“我得走了。”他起身不经意地拍拍口袋。

山姆就住在我说的那种地方，荒郊野外的诡异新小区。他已经精疲力竭，窗外又开始狂风大作，掀动屋瓦。“别开那么远的路，山姆，”我说，“尤其是这种天气。你今晚就留下来，我们会忙到很晚，不过……”

“没错，留下来，”弗朗科张开双臂，朝山姆咧嘴微笑说道，“我们可以办睡衣派对，烤棉花糖，玩真心话大冒险。”

山姆从垫子后面拿起外套愣愣地望着，仿佛不知道该如何是好：“哦，不是，我不是要回家，我想再去局里一会儿，查几份档案。我会很好的。”

“好吧，”弗朗科开心地朝山姆挥手告别，“那就祝你玩得开心啰。要是找到主要嫌疑人，记得打电话过来。”

我陪山姆下楼，在前门和他吻别，看他手插进口袋，低头顶着强风朝车子走去。也许是强风灌进楼梯间，跟我一起回了房间，山姆离开之后，我感觉公寓变得更冷、更荒芜，空气锋利如刀。“他本来就会走，弗朗科，”我说，“你没必要那么吹毛求疵。”

“谁知道，”弗朗科说着坐直身子，开始将外卖纸盒叠好，“话说回来，我看过手机的录像，蕾西遇到这种情形不会说‘吹毛求疵’，而是‘讨厌’，有时会说‘真讨厌’，或是‘蠢蛋’和‘猪头’，记得这一点。要是你能告诉我怎么从林屋走到小屋，而且不偷看，我就帮你洗碗。”

山姆之后不再替我准备晚餐，他总是在奇怪的时间来访和离开，回自己家过夜，发现弗朗科躺在沙发上也没说什么。他通常只是给我一吻、一袋日用品或简单报告进度，就和我告别。山姆能说的不多，蕾西深夜散步会走的小径，鉴识人员和支持警察全都一寸寸搜查过，找不到任何血迹、足以辨认的鞋印、挣扎痕迹或隐匿地点——问题就在那天的雨——也没有凶器。

山姆和弗朗科随便挑了两人侦讯，免得媒体大做文章。他们仔细撰写文稿，说明葛伦斯凯的攻击案件，还刻意语焉不详，表示被害人已经送往威克劳医院。他们在医院派人盯梢，但女孩没有访客，就连屋友也没出现。

电信公司提供的蕾西手机记录找不到线索，接受挨家访查的民众不是茫然耸肩，就是举出无法证实的不在场证明，例如：“……《谁是赢家》播完之后，我和老婆就上床睡觉了。”还有人对山楂林屋的有钱小鬼嗤之以鼻，对伯尔尼、道帝和警方突然对葛伦斯凯很感兴趣更是没有好话。总之，都不是什么有用的线索。

由于道帝和伯尔尼在村里人缘欠佳，做事又不起劲，因此便被派去重看成千上万小时的监视录像画面，指认经常出现的陌生访客。然而，监视摄影机不是为了监视外来客而架设的，因此他们顶多只能确定命案发生当晚十点到凌晨两点之间，没有车辆直接进出葛伦斯凯。于是，山姆再度认定屋友可能涉案，但弗朗科立刻指出凶手有许多方法可以进入村里而不被拍到。伯尔尼开始抱怨“穿制服的”从都柏林拥入葛伦斯凯，瞎忙一气，浪费众人时间。我有预感，暴力室里一定一片愁云惨雾，充满一触即发的较劲意味，以及走投无路与意志消沉的凝重气氛。

弗朗科对蕾西的屋友说她会回家，他们送来一些东西，包括一张慰问卡片、六条吉百利巧克力棒、浅蓝睡衣、出院服、面霜（绝对是艾比送的）、两本美国女作家芭芭拉·金索夫的书、一部随身听和一摞自制录音带。

撇开我二十多岁就没再看过录音带不说，他们送来的带子真是令人匪夷所思：汤姆·威兹、布鲁斯·斯普林斯汀和深夜漫漫长路上听的老歌，例如琵雅芙、海鸥乐团和一位名叫爱玛利亚[①]的女歌手唱的沙哑葡萄牙歌。幸好这些音乐都还不错，要是里面有阿姆的专辑，我肯定会把插头拔掉。卡片写了“爱”和四人的签名，就这样，简短得令人感到神秘，似乎隐藏着我无法解读的信息。弗朗科把巧克力棒吃了。

警署的官方说法是，蕾西因为昏迷而丧失短期记忆，忘了自己遭受攻击，几乎不记得前一天发生的事。

“这么说还有其他好处，”弗朗科说，“要是你搞错小细节，就可以装出不安无助的样子，低声说起昏迷的事，大家就会不好意思再追问下去。”

另外，我回农庄向姑姑、姑夫和朋友报告，含糊说起我要接受训练，接下来几周不会出现。山姆散播消息的方法是找奎格利聊天，他是重案组的误会大王。山姆私下对奎格利说我要停薪留职，打算读完学位，这样要是有人在城里看到我一副学生样，就能蒙混过去。奎格利这个人屁股大，嘴巴也大，而且向来不喜欢我。我想不出二十四小时，警署里所有人就会知道我离开工作，说不定还不忘加油添醋，说我怀孕、精神病发作，甚至染上毒瘾。

星期四，弗朗科开始连珠炮似的向我发问：你早餐坐在哪里吃？盐放在哪里？星期三早上谁载你到学校？你指导教授的办公室是哪一间？只要我答错，他就会集中火力，从各个角度切入，不管是相片、往事、手机影像或访谈录音，直到一切仿佛变成我的亲身记忆，答案脱口而出为止。接着，他又开始追问：你前年圣诞节在哪里过？星期几轮到你采买食物？坐在沙发上的弗朗科简直就是真人发球机。

---

① 译者注：爱玛利亚指的是Amalia Rodrigues，将法朵这种音乐形式传至全球的传奇女歌手。

我没有对山姆说，我那一周其实过得很愉快，因为我觉得自己不该这么感觉。我喜欢挑战，虽然我偶尔会想起自己的处境相当诡异，而且只会越来越怪，但这件案子就像莫比乌斯带①，很难让人头脑清醒。我身旁四处都是蕾西，彼此接触交叠，直到复杂得无法明辨，搞不清你讲的是哪一个。有那么几次，我差点脱口而出，问弗朗科蕾西过得如何。

弗朗科的妹妹洁琪是美容师，因此星期五傍晚，弗朗科带她到我住处帮我理发。洁琪身材清瘦，头发染成金色，一点也不崇拜自己的哥哥。我喜欢她。

“嗯，没错，你的头发是需要修剪了，”洁琪的指甲留长涂成紫色，双手专业地拨了拨我的刘海儿，“你想剪成什么样子？”

“这里，”弗朗科找出命案现场的相片递给她说，“你可以帮她剪成这样吗？”

洁琪用大拇指和食指指尖捏着相片，目光怀疑地看了一眼。“这个，”她说，“那女的死了？”

“这是机密。”弗朗科说。

“机密你个头！她是你妹妹吗，亲爱的？”

“别问我，”我说，“出点子的是你哥，我是被他拉来凑数的。”

“你不用理他。这个……”洁琪又看了相片一眼，接着拿得远远的递给弗朗科，“真是够恶心，实在是。你为什么不找正经一点的事情做，弗朗科？例如指挥交通之类的，起码有点用处，何必大老远花两小时把我从……”

“你可不可以专心剪你的头发？”弗朗科气得双手抓头，将头发扒成一束一束，对洁琪说道，“别再轰炸我的脑袋了，洁琪？”洁琪偷偷地瞟我一眼，两人嘴角同时浮现出女孩才懂的淘气微笑。

“还有，”弗朗科发现我们的小动作，凶巴巴地说，“记得闭上嘴巴，别讲出去，听到没有？这事非比寻常。”

“好啦，好啦！”洁琪从袋子里拿出梳子和剪刀说，“非比寻常。去帮我们泡茶，这总行吧？希望你不介意，亲爱的。”这后半句话是对我说的。

弗朗科摇摇头，大步走向水槽。洁琪将我的头发梳到眼前，朝我眨眨眼睛。

剪完头发，我简直变了一个人。我从不曾将刘海儿修得这么短，虽然只有毫厘之差，

---

① 译者注：Mobius strips，将纸带扭转180度后粘合两端，就会得到一个连续曲面，此曲面为无限循环。

却让我的脸庞感觉更加年轻、素净，明眸大眼，给人有如模特儿般纯真的错觉。那天晚上就寝前，我看着浴室镜子里的身影，越看越觉得那不是自己，越看越想不起我原本的模样，直到完全忘记。我放弃再想，朝镜子比了中指，上床睡觉。

星期六下午，弗朗科说：“我想差不多可以上阵了。”

我背靠沙发，双手抱膝，再看蕾西助教学生的相片一眼，试着装出无动于衷的模样。弗朗科在房里走来走去，越接近行动日期，他就越坐不住。

“明天。”我说。这两个字灼伤了我的嘴唇，有如冰雪留下的印记，让我无法呼吸。

“明天下午，我们先试个半天，让你进入状况。我晚上通知蕾西的屋友，确定他们会办个温馨的派对，欢迎你回家。你觉得自己准备好了吗？”

遇到这样的行动，我实在不知道什么叫“准备好了”。“准备好就好了。”我说。

“我们再复习一次：你第一周的任务是什么？”

“尽量不要露馅，”我说，“还有不要被杀。”

“没有‘还有’，”弗朗科从我面前走过，手指凑近我的眼睛弹了一下，“喂，你专心一点，这不是闹着玩的。”

我将相片放在腹部说：“我很专心啊，干吗？”

“要是你会被人怀疑，肯定是刚到的头几天，还没站稳脚跟，大家眼睛都盯着你看的时候。因此，你第一周只需要做一件事，就是别露馅。这次任务难度很高，刚开始会很累，只要一心多用，绝对会出纰漏，但你经不起任何错误。因此，放轻松点。尽量找时间喘息，例如早点上床或读书，不要和其他人玩牌。你只要撑过一周，就会抓到节奏，大家也会习惯你回来，几乎不再看你，你就会有很多时间。在此之前，你尽量保持低调，不要冒险，不要刺探，不要做会让人起疑的事情，连案子都不要想。就算下周这时候你没有发现任何有用的线索，我也不在乎，你只要确保还能留在山楂林屋就好。要是发现什么，我们会再评估，看接下来怎么办。”

“但你不认为我会发现什么，”我说，“对吧？”

弗朗科停下脚步，久久凝视着我。“要是我觉得不可能，”他反问，“你想我还会派你去吗？”

“当然会，”我说，“只要你觉得有趣，不管结果如何，你都会毫不犹豫地派我去。”

弗朗科靠着窗框，显然在想我说的话。他背对光线，我看不见他的表情。“也许吧，”他说，“但这一点也不重要。没错，卧底进去是很不保险，你一开始就知道。只要小心别被吓到，保持耐心，还是能查明真相。记得我以前说过问话的原则吗？”

“记得，”我说，“假装无辜，在不被怀疑的情况下，尽量多提问题。”

“这回不一样，你要做的完全相反。除非你很确定要提问才能知道答案，否则千万不要开口。换句话说，就是谁也别问，啥也别问。”

“要是不能发问，那我该做什么？”我自己一直在想这个问题。

弗朗科匆匆穿过房间，将咖啡桌上的纸张推走，一屁股坐下，弯腰凑到我的面前，一双蓝眼神情专注。“你只要张大眼睛，竖起耳朵就好。这件案子最大的难题，就是没有嫌疑人，你的任务就是找出他来。反正你不能当面逮捕凶手，因此就算找到线索，法庭也不会采纳，所以你没必要取得对方自白，这部分交给我和山姆就好。你只要点出方向，剩下就由我们搞定。找出是谁躲过我们的侦查雷达，他要么来自女孩的过去，要么就是女孩后来认识，但没有向外人透露的家伙。假如有关系人之外的人接近你，你就虚与委蛇，看对方目的何在，蕾西和他关系如何，尽可能要到姓名或电话。”

“是，”我说，“抓出神秘怪客。”弗朗科说得头头是道，他说话向来如此。我还是觉得山姆直觉正确，弗朗科这么做不是因为他认为有可能逮到凶手，而是这个案子千载难逢，怎么也想象不到会有如此离谱的巧合。但我决定不去理它。

“没错，去当神秘女孩吧。记得注意你的屋友，让他们多说一点。我不认为他们是嫌疑人，我知道那四个家伙在你的山姆脑袋里，像苍蝇一样挥之不去。我的看法和你相同，他们不符合描述。不过，我有把握他们有事瞒着我们没说，等你见到他们就会明白我的意思。他们的秘密也许和案情完全无关，可能只是考试作弊，在后院私酿威士忌或知道孩子父亲是谁，但我还是想知道后再来判断。他们不会向警方开口，要是你摸对门路，他们或许会和你说。别担心其他的关系人，我们目前没有证据显示他们涉案，再说我和山姆也会对付他们。要是有谁举止特别可疑，而且很明显，记得向我回报，知道吗？”

“知道了。”我说。

“最后一件事，”弗朗科从桌上起身，找出我和他的咖啡杯，拿到厨房。我们后来几乎不分日夜，随时都有一大壶浓咖啡放在炉上保温。我想我们要是再忙上一周，可能会直接用汤匙舀咖啡粉来吃。“我一直想找你聊聊，已经想了一阵子了。”

我就知道。我像小孩翻动学习卡一样翻阅相片，努力集中精神将人名记住：华尔、奈丽根、萝洛……“说吧。”我说。

弗朗科放下马克杯，开始玩我的盐罐，夹在指间小心转动。“我实在不想提，”他说，“但又有什么办法，活着有时就是这么糟。你有没有发现，该怎么说呢，发现自己有一点焦躁？”

“是有一点，”我说，眼睛继续盯着相片。伊莎贝拉、布莱恩·莱恩[①]——这家伙的爸妈要么没有多想，要么就是有很诡异的幽默感——欧雷利……“我也发现了。”

“我不知道是因为这个案子，还是之前就已经这样，我也不需要知道。如果只是临场紧张，只要踏进屋子大门就会没事。但我还是要跟你说，要是不是，千万别慌。不要胡思乱想，否则只会把自己逼疯，但也别试着隐瞒，而是反过来利用它。蕾西这阵子会六神无主是很自然的，你没有理由不好好发挥。总之兵来将挡，不管是不是和你的预期一样。你手边有什么都可以当成武器，卡西，都可以。”

“我会记得的。”我说。没想到“薇丝塔行动”的后遗症竟然对我的卧底有帮助，我胸腔里充塞着复杂的感觉，几乎无法呼吸。我知道自己要是眨眼，弗朗科一定会发现。

“你觉得自己办得到吗？”

蕾西，我心想，蕾西不会要弗朗科少管闲事，她自己知道该怎么办。我的直觉认为，蕾西绝对不会回答。蕾西会朝弗朗科打哈欠，或要他别像老太婆那样唠叨说教，甚至说她想吃冰激凌。“饼干吃完了，”我伸懒腰说，相片从我腹部滑下去撒了一地，“我去拿，奶油柠檬口味。”弗朗科满脸惊讶，我朝他哈哈大笑。

弗朗科很体贴，放我星期六晚上休息——真是好心肠啊，老大——让我和山姆道别。山姆做了咖喱鸡当晚餐，我试做的提拉米苏有点失败，看起来很好笑，但味道还可以。我们谈些鸡毛蒜皮、无足轻重的小事，隔桌触碰对方的手，像刚交往的恋人一样不停地交换信物，例如童年的往事和青少年做过的蠢事，仿佛分享海边拾到的贝壳。蕾西的衣服挂在衣柜门上，在角落里闪烁发光，有如沙上的艳阳。但我和山姆绝口不提，一个字也没有说起。

晚饭后，我们蜷在沙发上。我点着了壁炉，山姆将光盘放进音响里。这一晚就像其他夜晚，除了我明天要换上的衣服和我体内加速的脉搏，这一刻只属于我和他。

“你都好吗？”山姆问。

我差点以为今晚能够这样过去，两人闭口不谈明天，但我想是太奢求了。“还好。”我说。

“你会紧张吗？”

---

① 译者注：原文Brian Ryan，姓与名的发音几乎相同，给人随意取名之感。

我想了想。以目前的情况，许多地方根本毫无章法，我应该吓坏了才对。“不会，”我说，“很兴奋。”

山姆抵着我的头，我感觉他在微微颔首。他一手缓缓地抚摸我的头发，感觉很舒服，胸膛却硬得像块铁板，仿佛屏住呼吸。

“你很不喜欢我去卧底，对吧？”我说。

“嗯，”山姆轻声说，“没错。”

“那你怎么不制止呢？案子是你的，你想喊停随时都能做到。”

山姆的头僵住不动地说：“你要我喊停吗？”

“不是，”我说，我起码还确定这一点，“绝对不要。”

“现在喊停也不容易，卧底行动已经就绪，是弗朗科心血的结晶，我无权置喙。要是你改变主意，我会想办法……”

“我没有，山姆，真的。我只是很好奇，你当初为什么会答应。”

山姆耸耸肩说：“弗朗科讲的确实没错，我们对这件案子毫无头绪，卧底可能是唯一的办法。”

山姆也有没破的案子，任何警探都有。但我敢说，他只要确定凶手的对象不是我，绝不会在意悬案又多一件。“你上星期六也没有线索，”我说，“但你还是坚决反对我去卧底。”

山姆的手又开始移动，只是显得漫不经心。“案发那天，”他过了半晌才说，“你到现场来，和弗朗科那家伙打打闹闹，你还记得吗？他嘲弄你的穿着打扮，你也不甘示弱地嘲弄回去，感觉就像你之前在重案组和……”

他说的是罗伯。罗伯可能是我这辈子认识的最亲近的朋友，但之前那场复杂邪恶的案子办完，我们的友谊随之结束。我转身抵在山姆胸前，想看着他的眼睛，但他抬头望着天花板。“我已经一阵子没看你那样了，”他说，“活蹦乱跳的。”

“过去这几个月，我应该是很差劲的伴侣吧。”

山姆笑了，但不是很明显：“我不是在抱怨。”

我试着回想，山姆有没有抱怨过任何事情。“我知道，”我说，“你没有。”

“后来到星期六，”他说，“我知道我们吵了一架……”他轻轻搂我一下，在我额前印下一吻，“但不管。我后来还是明白了一点，就是我们会吵架是因为两人都很投入。对这个案子，因为你很在乎，感觉……”他摇摇头，寻找合适的词语，“在家暴组不是这样，”他说，“显然不是，对吧？”

听他这么说，我才突然明白自己之前甚少向山姆提起家暴组的工作，其实透露了许多信息。“该做的就是要做，”我说，“家暴组是和重案组不同，但也很好。”

山姆点点头，抱着我的双臂微微收紧。“开会的时候，”他说，“我其实一直在考虑该不该下达指令，要弗朗科滚回去。这件案子是凶杀案，我是承办警探，只要我说不行……但我看你说话的样子，全神贯注，拼命思考……我心想，干吗要扫你兴致？”

我没想到山姆会这么说。就算你阅人无数，还是很容易被他的脸庞骗过。山姆有一张乡下人的脸，双颊红润，灰眼澄澈，眼角开始浮现皱纹，单纯直率得让你觉得不可能隐瞒什么。“谢谢，山姆，”我说，“谢谢你。”

山姆叹了一口气，我感觉他胸膛一起一伏。“这个案子说不定是件好事，谁知道呢？”

“你还是希望女孩死在其他地方。”我说。

山姆沉思良久，手指轻轻绕着我的鬈发。“是啊！”他说，“那是当然。但希望没有什么意义，既然遇到了，就要充分运用才行。”

他低头看我，脸上依然挂着微笑，但眼角周围泄漏了其他情感，近乎悲伤。“你感觉很开心，这星期，”他只说了这么一句，“很高兴看到你又再开心起来。”

我真不知道这个男人怎么受得了我。“而且你很清楚，要是你替我作决定，我一定会把你屁股踹扁。”

山姆咧嘴微笑，用手指弹了弹我的鼻尖。“没错，”他说，“你这个小泼妇。”但他眼里依然带着阴影。

经过漫长的十天，周日感觉过得很快，有如到达顶点终于破碎的浪涛。弗朗科下午三点到我住处，帮我装上窃听装置，四点半将我送到山楂林屋。那天早上，我和山姆依然照着周日的作息行事，在床上看报纸喝茶、冲澡、烤吐司、煎蛋和培根，但头上始终悬着一只巨大的闹钟滴答作响，等着一瞬间让蕾西起死回生。那四位屋友正在期待，预备欢迎蕾西回家。

吃完早午餐，我开始换衣服。山姆还没离开，我想独自着装，因此便到浴室里。衣服感觉不只是衣服，而是为我手工打造的精致铠甲，又像特地为了极机密场合而准备的服装。我摸着它们，只觉得掌心一阵刺痛。

白色纯棉内衣，潘尼百货的标签还在；退色牛仔裤，穿得很软，裤脚已经脱线；棕色袜子、棕色短靴、长袖白T恤和浅蓝麂皮夹克，夹克刮损严重，但很干净，领子带着铃兰花和一种温暖的味道，几乎淡不可闻，是蕾西的体香。夹克口袋里有邓氏超市的发票，时间是几周前，买了鸡柳、洗发精、奶油和一瓶姜汁汽水。

穿着完毕，我对着门后的全身镜检视自己，竟然一时认不出镜子里的影像，接着莫名其妙地很想大笑，因为感觉很讽刺：这几个月在家暴组，我每天穿得像粉领芭比，现在卧底乔装成别人，反而穿得更像原本的自己。“你看起来不错，”我走出浴室，山姆淡淡一笑说，“感觉很自在。”

我需要的个人用品已经收好放在门口，仿佛我即将外出旅行，让我有种想要检查护照和机票的冲动。弗朗科帮我买了一只很棒的硬壳旅行箱，暗层作了加强，外加一把坚固的号码锁，只有保险柜抢犯才打得开。箱里装满蕾西的东西，包括皮夹、钥匙和手机，全都是仿制品。另外就是屋友给她的礼物和一罐维生素C片，药剂师在塑料罐上特别明显的地方写着“抗生素锭，一日服用三次，每次一粒”。

我的工具放在夹层，包括乳胶手套、手机、麦克风备用电池和染有假血的绷带，让我每天早晚到浴室里更换。还有笔记本、身份证和新的佩枪。弗朗科帮我要了一把点三八短枪，拿起来很顺手，也比我之前用的史密斯威森手枪更容易隐藏。另外还有一件塑身束腹（我没骗各位），松紧带的强度够你穿在黑色小礼服里面突显身材曲线，其实是卧底用的枪套。束腹穿着很不舒服，一两个小时后会觉得肝脏都被压出枪的形状，不过掩饰效果一流。我光是想到弗朗科跑到马莎百货的内衣部去买束腹，就觉得值回票价。

“你看起来真赞，”弗朗科站在门口打量我，语气相当满意。他的双臂夹了一堆黑色电子器材、线路和对讲机，感觉很像007电影里的道具，就为了帮我安装窃听器，“眼袋太美了。”

“她晚上只睡三小时，”山姆站在我身后，口气紧绷，“我和你也一样，咱们看起来都好不到哪里去。”

“嘿，我不是来吵架的。”弗朗科从我们面前走过，将器材扔在咖啡桌上说，“我其实很高兴她这样，感觉就像真的在加护病房待了十天。嘿，宝贝。”

麦克风很小，和衬衫纽扣差不多，扣在我胸罩前端，双乳之间。“幸好蕾西不穿低胸内衣，”弗朗科说着看了看表，“到镜子前面稍微弯腰，看可不可以。”电池在刀伤的位置，用手术胶带固定在我的腰侧，再用白色厚纱布盖好，离贩毒小子在蕾西一号身上留下的刀疤只有几厘米。弗朗科对着复杂的器材微调几下，透过麦克风传出的声音清晰稳定。“我都挑最好的器材给你，宝贝。传输范围十一公里，视情况而定。我们已经在拉索文分局和重案组装了接收器，不管你在家或在三一学院都接收得到，只有开车通勤会超出范围，但我不认为会有人把你推下车。你身上没有录像设备，所以有什么需要我们看的，就用嘴巴形容。要是情况紧急需要援助，你就说‘我喉咙痛’。后援几分钟内就会赶到。但可别真的喉咙痛，就算痛了也不要说。你要尽量多和我碰头，最好是每天一次。”

“还有我。”山姆背对我说。弗朗科蹲在地上，眯眼盯着接收器的旋钮，连嘲弄的眼神都懒得给我。

山姆洗完碗盘，开始用布擦拭，擦干了还继续擦。我将所有物品摆放整齐，感觉就像期末考前放下笔记那么紧张，“没读到的也没辙了”的感觉。我将东西成堆放好，装进塑料袋，准备待会儿拿到弗朗科的车上。“这样，”弗朗科伸手一挥，将喇叭拔掉说，“应该没问题了。你准备好了吗？”

“正在等你呢。”我说着拎起塑料袋。弗朗科一手抱住仪器设备，一手抓着行李箱就往门口走。

“我来拿吧，”山姆粗声说道，“你手上东西已经够多了。”说完就从弗朗科手里抢过行李箱，径自朝楼梯走去，轮子敲打着台阶，发出沉重的闷响。

弗朗科走到楼梯间，转头回来等我。我一手按着门把，心里突然莫名惊慌，害怕得魂飞魄散，恐惧有如尖石猛然朝我身上压来。我曾经有过同样的感觉，在我搬出姑姑家、失去处子之身和宣誓成为警察的时候，在我期盼已久的事物终于出现，距离咫尺之外朝我奔来的时候。感觉就像不停上涨的无底河水，一旦横越就再也无法回头。我使尽全力才让自己不像溺水的小孩一样尖叫出来：我不想干了。

那一刻你只能咬紧牙关，等惊惶过去。我想到自己要是临时喊停，弗朗科会怎么看我，心情就稳定不少。我再次环顾公寓，灯关了，热水器关了，垃圾清了，窗户锁上了，房间已经准备就绪，将自己关上。寂静有如角落的尘埃轻轻飘起，开始占据刚才还有人在的空间。我将大门关上。

# Chapter 5
## 欢迎回来，蕾西

开车到葛伦斯凯花了将近一个小时，尽管没有塞车，开车的又是弗朗科，感觉还是痛苦难熬。山姆可怜地瘫在后座，旁边是监听设备。弗朗科刻意转到都柏林九八音乐频道，将音量调大，一路哼哼唱唱，摇头晃脑地吹着口哨，敲着方向盘打拍子。我几乎无视他们两人。下午天气晴好，阳光灿烂，我已经一个星期没有离开公寓了，我将车窗完全摇下，让风吹拂着我的发丝。弗朗科发动车子的那一瞬间，我心里坚硬有如黑岩的恐惧随之粉碎，变成甜美醉人、浅黄有如柠檬的感觉。

“好了，”车子开进葛伦斯凯村，弗朗科说，“看你对周遭环境掌握得如何，接下来由你带路吧。”

“直直穿过村子，右手边第四条小巷。这路真是太窄了，怪不得丹尼尔和贾思汀的车看起来像是参加过并排飙车似的，和都柏林一个样，成天脏兮兮的，”我学他的口音回答，“到家了，詹姆斯。”我有点头晕目眩，身上的夹克让我一下午魂不守舍。我不时闻到铃兰的香气袭来，忍不住猛然转头去看是谁靠近。我一想到自己竟然被一件夹克搞得神经紧张，宛如苏斯博士[①]故事书里的情节，就觉得好笑。即使车子开到通往小屋的岔路，就是案发当天我和弗朗科、山姆会面的地方，也还是没能让我镇定下来。

小路没铺柏油，坑坑洼洼，两旁树木被藤蔓与灌木丛围攻多年，早已面目模糊，不停地轻拍车窗。不久，一道宏伟的熟铁大门出现在我们眼前，铁锈有如醉汉摇摇晃晃地垂在铁条边缘。地上山楂蔓生，石柱淹没其间，有如半溺水的人。“这里。”我说。

弗朗科点点头，将车拐了进去，只见一条看不到尽头的优雅小径，两旁长满花开灿

① 译者注：苏斯博士，美国著名儿童学习书籍作者。

烂的樱桃树。“该死！”我说，“我怎么会犹豫该不该来？我能把山姆装进旅行箱，让他跟我永远住在这里吗？”

“把你刚才说的话给我忘掉，”弗朗科说，“等我们走到门边，你必须装出对眼前一切无动于衷的样子。再说这间屋子真的很烂，你不用这么兴奋。”

“你不是说他们重新整修过吗？我还以为更衣室里会有克什米尔羊毛窗帘和白玫瑰呢，还是我应该找装潢师傅来？”

“我说他们整修过，可没说屋子焕然一新。”

车道微微一弯，接上一块半圆形的泊车空地，白色碎石夹杂在野草与雏菊间，我和山楂林屋总算见了面。相片错了。乔治式建筑在都柏林比比皆是，绝大部分都改建成办公室，装上令人沮丧的日光灯，让你从外头就能看进屋内。但这间房子不一样，所有部分十分协调，仿佛在这里出生长大，背靠山丘而居，看着威克劳在它眼前婀娜多姿，安然处于一块泊车空地与远方缥缈的蓊郁山影之间，有如捧在掌心的宝藏。

我听见山姆猛然倒吸一口气。“回家真好。”弗朗科说着关上收音机。

他们在门口等我，并排站在台阶上。直到今天，他们在我心里仍是这副模样，被夕阳染成金黄，闪耀鲜明有如预言中的意象，衣服每道皱褶与脸上每道线条都如此淳朴，清晰刺眼。瑞法尔靠着栏杆，双手插在牛仔裤口袋里；艾比站在中间微微踮脚，抬起一手遮在眼睛上方；贾思汀两腿并拢，双手抱拳收在背后；丹尼尔仰头站在门柱间，眼镜闪闪发光。

弗朗科将车开到空地停下，碎石飞溅。四人动也不动，仿佛中世纪建筑的浮雕人像，感觉神秘而自足，透露出某种亡佚难解的信息，只有艾比的裙子偶尔迎风飘扬。

弗朗科回头瞟了我一眼说：“准备好了吗？”

“好了。”

“乖孩子，”弗朗科说，“祝你好运，我们走吧。”说完便下车到后车厢拿我的行李。

“你自己小心，”山姆说，眼睛没有看我，“我爱你。”

“我很快就回家了，”我说。面对那么多双凝视的眼睛，我连他的手臂都没办法碰，“我明天会想办法给你打电话。”

山姆点点头，弗朗科关上后车厢，声音又大又吵地撞上屋子正面又反射回来，吓得树上的乌鸦振翅飞散。弗朗科帮我把车门打开。

我走下车，一手叉腰让自己挺起身子。“谢谢，警探先生，”我对弗朗科说，“谢谢你的帮忙。”

我和弗朗科握手。“哪里，”弗朗科说，“别担心，蕾西小姐，我们会抓到那家伙的。”

弗朗科啪地拉起旅行箱的握把，动作利落，将箱子推到我的面前。我拉着旅行箱穿过泊车空地，走向台阶和四名屋友。

他们还是一动不动，等我走近一些，这才赫然惊觉他们脊背僵直，头部上扬，紧张的气氛弥漫在四人之间，强烈得几乎划破沉寂。旅行箱的轮子拖在碎石地上咔咔作响，有如连发的机关枪。

“嘿！”我走到台阶前，抬头朝他们说。

我还以为他们不会回答，已经识破了我，慌得不知如何是好。下一秒钟，只见丹尼尔往前一步，原本有如相片的画面霎时松动，贾思汀的脸上浮现出微笑，瑞法尔挺起身子朝我挥手，艾比冲下台阶，紧紧地将我一把抱住。

“嘿，你啊，”艾比笑着说，“欢迎回家。”她的发香有如甘菊，我松开握把，回抱着她。那感觉很怪，仿佛抱着画里出来的人，发现对方锁骨和我一样温暖实在，简直不可思议。丹尼尔站在艾比身后朝我严肃地点头，伸手搔搔我的头发，瑞法尔抓起旅行箱开始乒乒乓乓地拖上台阶，贾思汀不停地轻拍我的背，而我则是咧嘴笑着，浑然不觉弗朗科发动车子，扬长而去。

我走进山楂林屋，第一个感觉就是：我来过这里。那感觉倏地贯穿心底，仿佛铙钹声，我不由得腰杆一直。这地方本来就该非常眼熟，毕竟我已经花了无数小时凝视相片和录像画面，但我的感觉不只是熟悉。是那味道，旧木、茶叶和淡淡的干枯熏衣草幽香，是那小小的脚步声，回荡在楼梯间与楼上走廊的温柔足音，让我感觉自己真的回到了家。各位或许以为我喜欢这样，但是错了，我心里只闪过象征危险的红灯。

接下来和那天晚上发生的事，感觉就像坐在旋转木马上的景象一样模糊。颜色、画面与声音全都混杂在一起，耀眼得几乎无法逼视：天花板的雕花、裂掉的瓷花瓶、钢琴座椅和一碗柑橘，还有我们沿着楼梯跑上跑下，高声欢笑。艾比抓着我的手腕，手指小而有力，带我到屋后的石板阳台，那里除了卷纹铁椅，还有一张旧的柳条摇篮椅，迎着甘甜的微风轻轻摆晃。绿草浓密，一路延伸到高耸的石墙边。树木与藤蔓半遮住墙面，石板上闪过鸟儿的影子。

丹尼尔帮我点烟，他一手遮着火柴，微微低头，离我只有几厘米远。他们的声音清楚嘹亮，不像录音里的模糊难辨，我一时难以适应。他们目光炯炯有神，几乎把我灼伤。直到现在，我有时半梦半醒间依然会听见他们那天的话语，仿佛就在耳边：过来这里，贾思汀高喊，快点出来，夜色好美。或者是艾比说，香草园应该快点处理，可是大家想等你回来，你觉得——但当我睁开眼睛，他们立刻消失无踪。

我应该也说话了，却几乎忘得一干二净。我只记得自己拼命地模仿蕾西，将重心放在脚尖，嗓音拉高，眼神、肩膀和叼烟都在正确的位置，尽量不要左顾右盼，不要随意乱动，别讲蠢话，也不要撞到家具。老天，我只感觉舌尖又尝到卧底的滋味，那一份刺激再度爬上我手臂的汗毛。我总以为自己记得，记得所有细节，但是我错了：回忆根本脆弱不堪，有如落在锋利刀刃上的棉纱，轻轻一碰就深刺入骨，美丽而致命。

那天晚上我简直无法喘息。假如各位曾经幻想走进自己最喜欢的书本、电影或电视情节里，或许稍微能够体会我的感受。一切事物突然活了过来，感觉诡异、新奇却又完全熟悉。你走过原本只鲜活存在于自己脑中的房间，不由得心脏一跳。你的脚确实踩着地毯，你的嘴确实吸着空气。

这些人，你长久以来只能默默眺望，如今他们突然敞开世界，将你吸入其中，带给你一种秘密而奇特的温暖。我和艾比坐着摇篮椅懒懒摇晃，隔着阳台和厨房之间的法式小窗，只见三个男孩子忙进忙出准备晚餐。我闻到烤马铃薯的香味，听见油炸肉的吱吱声，突然饥肠辘辘。他们喊我和艾比吃饭，瑞法尔出来靠着摇篮椅背，抽了一口艾比的烟。橙黄色的天空渐渐变暗，几抹灰云有如远方的狼烟，凉风带着浓郁的青草，泥土与作物成长的芬芳。“吃饭了！”贾思汀大喊，碗盘叮当碰撞。

长桌上摆满食物，红色锦缎桌布厚实无瑕，餐巾雪白，烛台缠了藤蔓，小小火光映着银餐具和玻璃杯的弧线闪烁，照在渐暗的窗上有如鬼火。他们四个拉开高背椅，身形衬着昏黄的光线显得线条柔和，双眼犹如暗影。丹尼尔坐在首位，艾比坐下位，我和瑞法尔坐在同一边，对面是贾思汀。我在录像画面和弗朗科笔记里捕捉到的仪式气氛此刻成为真实，有如焚香一样浓郁，感觉就像置身孤绝的高塔顶楼，参加一场晚宴、战争会议或俄罗斯轮盘赛。

他们真美。虽然严格说来只有瑞法尔称得上英俊，但每当我想起他们，就只能想到这个形容词。

贾思汀将用奶油和白兰地调味的牛排装盘，往旁边传，“特别为你做的。”他淡淡一笑地对我说。瑞法尔帮大家在盘子里舀了烤土豆，丹尼尔将不成套的酒杯分给我们。

那天晚上光是应对就占去了我所有的脑细胞，实在不能再让自己喝醉。“我不能喝，”我说，“因为抗生素。”

那是我们之间头一回提起遇刺的事，即使不是直说。或许只是我的幻觉，但房间似乎瞬间凝结，微斜的酒瓶停住不动，所有人的手掌僵在空中。接着，丹尼尔继续倒酒，瓶口离酒杯不到两厘米，熟练地轻轻一转。“喝吧！”他冷静地说，“喝一小口不会碍事的，算是庆祝。”

丹尼尔将酒杯递给我，为自己斟酒。“欢迎回家！”他说。

当酒杯从他手里转到我的手中，我心底深处突然警报声大作。冥府女王珀尔塞福涅①的教训顿时浮现在我的脑海：绝对不要接受陌生人的食物，只要一口，四周就会立起施了咒的高墙，回家的路泛起浓雾，随风而逝。接着是更强烈的感觉：是他们，真的是他们，酒里有毒。

天哪，这死法真是。我突然像被电击一般，明白他们是办得到的。四个人在门口等我，脊背僵直，目光冷酷专注，他们绝对有办法整晚诱我入彀，镇静等待，直到选定的时刻到来。

但他们全都面带微笑，举起酒杯，我别无选择。“欢迎回家！”我倾身靠桌，隔着藤蔓烛台和他们互碰酒杯：贾思汀、瑞法尔、艾比、丹尼尔。我浅尝一口，感觉温暖、浓郁而顺口，带着蜂蜜与夏莓的味道，直达指尖。我拿起刀叉，开始切牛排。

也许我只是需要食物——牛排非常美味，我胃口大开，仿佛想要弥补过去这段缺席的时间，可惜没有人说蕾西吃饭狼吞虎咽，我只好慢慢品尝——但就从那一刻起，他们才真正走进我的视线，回忆才开始就位，有如玻璃珠穿成一线，原本模糊耀眼的一切突然变得真实，可以掌握。“艾比有个小娃娃，”瑞法尔将烤洋芋舀到盘里说，“我们本来打算把它当成女巫烧了，后来决定等你回来投票，这样才民主。”

“烧了艾比？还是娃娃？”我问。

“两个都烧。”

“它才不是娃娃，”艾比用手指弹了瑞法尔手臂一下，说，“是维多利亚晚期的布偶，蕾西一定会喜欢，她才不像你是个土包子。”

“如果我是你，只会远远欣赏她，”贾思汀对我说，“我觉得她被魔鬼附身了，眼睛一直盯着我。”

“你只要让她躺着，眼睛就会闭上了。”

“我才不要碰那娃娃，万一被咬怎么办？我可不想后半辈子在黑暗里摸索，寻找我

① 译者注：希腊神话中的冥府女王，原为农业女神的女儿Persephone，被冥王掳至地府。原本要被母亲救回地面，却因吃过冥府的食物，一年里必须留在冥府两季的时间。

的灵魂……”

“哎，我真的好想你，”艾比对我说，“因为你不在，害得我只能跟这群胆小鬼说话。不过就是一个小布偶嘛，贾思汀。”

“娃娃，”瑞法尔嘴里嚼着土豆说，“真的，是用献祭的羊皮做的。”

“我说你，吃饭不要讲话，”艾比对他说，接着转头看我，“是羔羊皮，头是素瓷，我在隔壁房间的帽盒里找到的，服装有点破。我刚做完脚凳，应该可以帮它做套新的衣服，因为剩了很多旧材料……”

“还有头发，”贾思汀将蔬菜推到我面前说，“别忘了头发，恐怖得很。”

“用死人头发做的，”瑞法尔告诉我，“你要是朝她身上插一根针，就可以听到尖叫声从墓园传来，不信试试看。”

“我就说吧，”艾比对我说，“一群胆小鬼。布偶的头发是真的，真不知道他为什么说是死人头发……”

“因为那娃娃是大约一八九〇年做的，我起码还会减法。”

“什么墓园？这里根本没有墓园。”

“有，就在这附近，只要你碰那布偶，就会有人在坟墓里翻身。”

“你自己先把头像扔了再说吧，”艾比不失尊严地说，“否则凭什么说我的布偶让人毛骨悚然。”

“那根本是另外一回事，头像是非常珍贵的科学工具。”

“我也喜欢头像，”丹尼尔抬头说道，神情惊异，“有什么问题吗？”

“感觉像魔法师克罗利[①]带的东西，问题就出在这里。帮我说说话，蕾西。”

弗朗科和山姆忘了告诉我，也许他们没注意，这四人最大的特点就是非常亲昵。手机里的录像画面捕捉不到这一点，也捕捉不到这间屋子的真貌。他们之间不时擦出亲密的火花，借由晶莹纤细的蜘蛛丝线彼此相连，任何动作与话语都会传到别人身上。艾比还没开始找烟，瑞法尔已经将烟递到她面前；贾思汀才端着牛排走出厨房，丹尼尔的手已经去接盘子；他们的对话就像魔术师弹指变换纸牌，没有半点停顿。我和罗伯曾经也是如此，契合得天衣无缝。

我心里只有一个念头，觉得自己完了。他们简直是地球上最和谐的清唱团，而我必须加入其中，不能有一拍出错。我根本没有时间虚弱、服药和疗伤止痛，他们都很高兴我出

---

① 译者注：克罗利是十九世纪魔法师，也被称为世上最邪恶的人，发明了塔罗牌。

院回家，一起谈天说地，我讲什么其实无关紧要，但也仅此而已。他们没有一个向我解释“头像”是什么。虽然弗朗科信心满满，但我敢说这会儿在暴力室里一定有人开始打赌（背着山姆，或许也背着弗朗科），看我多久会引火烧身，而且大部分人一定都猜三天之内。我不怪他们，因为我也想赌：十英镑，二十四小时。

“我想听消息，”我说，“最近发生了什么事？有人问起我吗？有没有人寄早日康复的卡片给我？”

“你得到一束恶心的花，”瑞法尔说，“英文系送的，那种很大朵的变种雏菊，染成非常恐怖的颜色，幸好全都凋谢了，真是谢天谢地。”

“大奶妹葛芮丽想安慰瑞法尔，”艾比撇嘴微笑，“只要瑞法尔有需要，她随时奉陪。”

“天哪！”瑞法尔吓得放下刀叉，双手遮脸说。贾思汀开始窃笑：“没错，她顶着一对大胸脯在复印室跟我说话，问我感觉怎么样。”

他们说的一定是那位葛芮丽，我实在无法想象瑞法尔会喜欢她。我也笑了，他们很努力想炒热气氛，在他们口中，葛芮丽已经快成为花痴了。“我想瑞法尔心里一定很爽，”贾思汀正经八百地说，“他出来的时候，身上都是廉价香水味。”

“我差点就窒息了，她把我压在复印机上……”

“那你有没有听到砰砰砰的声音？”我问。虽然直觉很弱，但我已经尽力了，我发现艾比嘴角浮现微笑，贾思汀的神情放松下来。“你在医院到底都看什么啊？”丹尼尔问我。

“……不停地朝我身上吐气，”瑞法尔说，“湿漉漉的，感觉就像被浸在空气清净机里的海象骚扰一样。”

“你脑子里的世界真恐怖。”贾思汀对他说。

“她想帮我买饮料，说我们可以聊聊，说我必须敞开心胸，她到底在说什么啊？”

“看来是她想敞开心胸吧，”艾比说，“只不过此开非彼开罢了。”瑞法尔装出呛到的声音。

“你也好恶心。”贾思汀说。

“感谢老天，”我说，感觉讲话还是如履薄冰，“起码我比较文明。”

“呃，”贾思汀对我温柔地一笑，“也好不到哪里去，但我们还是很爱你。再吃点牛排，你的食量怎么像小鸟一样，难道不好吃吗？”

哈利路亚！看来蕾西除了长得像我，也和我一样是大胃王。“别傻了，可好吃了，”我说，“只是我的胃口还没回来。”

“嗯，好吧。”贾思汀倾身靠着饭桌，舀了牛排放到我盘里，“你需要养足体力。”

“贾思汀，”我说，“我最爱你了。”

贾思汀满脸通红，直达发际。在他用杯子遮掩之前，我看见他的脸庞闪过一丝痛苦，但为了什么我不知道。“别傻了，”他说，“我们都很想念你。”

“我也想念你们，”我朝贾思汀做了个鬼脸，笑着说，“谁让医院食物那么难吃。”

“绝对是。”瑞法尔说。

我很确定贾思汀有话想说，而且就在嘴边。丹尼尔过来替他斟酒，他眨眨眼，脸上红晕消散，重新拾起刀叉。屋里一阵沉默，是美食带来的饱足安静。桌边弥漫着一种情绪，放松、安稳，有如一声轻轻长叹，几不可闻。有天使飞过，我的法国外公总会用法语跟我说。我听见楼上有淡淡的钟声传来，如梦似幻。

丹尼尔瞥了艾比一眼，差点躲过我的注意。整晚下来，他是最沉默的人。他在手机的录像画面里也很安静，但现在感觉不同，强烈许多，我不知道是因为录像效果不好，或者这是新的情绪。“所以，”艾比说，“你还好吗，蕾西？”

他们停下刀叉。“还不错，”我说，“就是几个星期不能搬重物。”

“你现在哪里会痛吗？”丹尼尔问。

我耸耸肩说：“他们给我超强的止痛剂，但大部分时间不需要用。我也不会留下什么伤疤，虽然里面缝得乱七八糟，外头倒是看不出痕迹。”

“让我们看一下。”瑞法尔说。

“老天，”贾思汀说着放下刀叉，仿佛就要离桌，“你真是恶魔，我一点也不想看，谢谢。”

“我也不想在吃饭的时候看，”艾比说，“抱歉。”

“我不会给任何人看，”我眯眼瞪着瑞法尔说，不过我早有准备，“我这星期被人戳来刺去，谁敢靠近我的伤口，我绝对把他的手指咬断。”

丹尼尔依然若有所思地打量着我。“你们这几个！”艾比说。

“你确定不会痛？”贾思汀嘴边和鼻子微微一皱，显得有些苍白，仿佛想起我被刺伤也让他感同身受，“起初一定很痛，伤得很重吗？”

“蕾西很好，”艾比说，“她刚才就说了。”

“我只是问问，警察一直说……”

“别再提了。”

“什么？”我问，“警察一直说什么？”

“我觉得，”丹尼尔终于开口了，语气冷静沉着，他转动椅子对着贾思汀说，“我们最好别再说了。”

又是一阵沉默，但这回少了一点自在。瑞法尔的餐刀刮过盘子，发出尖锐的声响，贾思汀身体一颤，艾比伸手去拿胡椒罐，朝桌面用力一敲，轻快地摇晃几下。

“警察问，”丹尼尔抬头隔着眼镜凝视我，突然说道，“你是不是有日记或记事本之类的东西，我们说没有，我觉得这样比较好。”

日记?

“没错，”我说，“我不想让他们看我的东西。”

“他们已经看了，”艾比说，“对不起，他们搜过你的房间。”

“该死！”我气冲冲地说，“你们为什么不阻止他们？”

“我觉得我们没得选择。”瑞法尔干干地说。

“要是我有情书，或是——或是裸男照片，甚至其他私人的东西呢？”

“他们应该就是来找那些吧。”

“老实说，他们还真奇怪，”丹尼尔说，“我说警察，感觉一点也不积极，公事公办的样子。我很想看他们怎么搜查房间，但我觉得最好别问。”

“反正他们也没找到，”我心满意足地说，“所以在哪里，丹尼尔？”

“没概念，”丹尼尔有点吃惊，“看你收在哪里，应该就在那里吧，我想。”说完就继续吃他的牛排。

男孩收拾碗盘，我和艾比坐在桌前抽烟，两人没有说话，感觉再度亲昵起来。我听见客厅有人走动，柴烟味从滑动门边渗了进来。“今晚简单点？”艾比抽着烟问，“安静读书吧？”

晚饭后是他们的空闲时间，玩牌、听音乐、读书、聊天，温暖屋里的气氛。我想读书是最简单的选择。“太好了，”我说，“我有一大堆进度要赶。”

“别紧张，”艾比说，嘴角又是一丝微笑，“你才刚出院，时间有的是。”她将香烟捻熄，推开滑动门。

客厅很大，而且好得出乎意料。相片只捕捉到房里的破旧，完全抓不住气氛。天花板挑高镶了线板，宽条地板凹凸起伏，没有上蜡。难看的花卉壁纸处处剥落，露出以往残留的壁面——玫瑰色与金色条纹，带着乳白丝绸的暗沉光泽。

家具老旧又不成套，镶嵌紫檀木牌桌布满刮痕，织锦扶手椅光彩尽失，长沙发感觉很难坐，书架堆满破烂的牛皮旧书与崭新的平装书。房里没有吊灯，只有几盏立灯和铸铁大壁炉，柴火噼啪地燃烧，照着天花板角落的蛛网，留下骚乱的影子。客厅杂乱无章，但我还没踏过房门就已经爱上了它。

扶手椅感觉很舒服，我正想朝椅子走去，心里突然喊了煞车，猛然止步。我听见自己心脏怦怦地狂跳，脑中一片空白，不知道该坐哪里。刚才的食物、彼此轻松揶揄、和艾比安静自在的相处让我放松，忘了保持警觉。

“马上回来。”我说着躲进厕所，让其他人先入座，让自己的腿停止颤抖。我等自己的呼吸恢复正常，脑袋开始运转，才想起自己应该坐在哪里：壁炉一旁低矮的维多利亚哺育椅。弗朗科之前拿相片给我看过，我早该知道。

露馅就这么容易，只要坐错一张椅子，几乎不到四小时。

我走回客厅，贾思汀抬头看我一眼，眉头微微皱起，面带担忧，但没有人开口。我的书本摆在哺育椅旁的厚羊毛毡牌桌上，厚厚一摞参考文献，一本翻烂的《简·爱》打开朝下，压在横条笔记本上，还有一本泛黄的通俗小说《冷艳娇娃》，作者是柯瑞里，感觉和论文无关，但谁知道。小说封面画了一个穿着开衩裙的充气娃娃，吊袜带插了手枪（“男人都像苍蝇绕着她转……但她总是拍下无情”）。我的蓝色毕洛圆珠笔也在桌上，笔尾都是齿痕，还在我周三夜里搁笔的位置。

我隔着书本观察他们有没有紧张的迹象，四人立刻沉浸在阅读里，训练有素的专注几乎有些骇人。艾比坐在扶手椅里，双脚搁在刺绣小凳上（可能是她修好的），匆匆翻书，手指缠着头发打圈。瑞法尔坐在壁炉旁的另一张扶手椅里，在我对面，不时放下书本，弯腰戳动炉火或添加柴薪。贾思汀躺在沙发上，笔记本搁在胸前涂涂写写，偶尔喃喃自语、低声咒骂或忿忿咂舌。在他背后的墙上有一张脱线的缀锦狩猎图，照理应该和穿着灯芯绒裤与戴着无边眼镜的他格格不入，但一点也不突兀。丹尼尔坐在牌桌旁，就着高脚灯光微微低头，发色深黑，身体仿佛凝结不动，除了缓缓翻页。绿色天鹅绒厚窗帘没有拉上，我可以想象外人站在黝黑的后花园里，他会见到我们被炉火包围，屋里平安明亮。他会见到我们全神贯注，清明宁静，有如幻梦。我的脑袋晕眩，突然嫉妒起死去的蕾西。

丹尼尔发觉我在看他，便扬起头隔桌对我微笑。这是我头一回见到他笑，瞬间给了我强烈的甜蜜感受，接着他又埋头书中。

我早早上床，大约十点左右，因为这是蕾西的习惯，也因为弗朗科说的没错，我的脑袋仿佛跑完铁人三项，整个人筋疲力尽。我走进蕾西的卧房，将门关上（铃兰花香有如小小旋涡在我肩头与T恤颈边，好奇观望），背靠着门。我感觉自己走不到床边，马上就要滑倒，还没碰到地毯就会睡着。我不记得卧底这么辛苦，也不认为是年纪或本领退步的缘故，更不是欧凯利会说的那些原因。上一回卧底主导局势的是我，决定要和谁往来、往来多久和多亲近的也是我。这一回决定权在蕾西手上，我毫无选择，只能照她的规矩办事。我仿佛戴着杂音不断的耳机听她耳提面命，必须用力聆听她的微弱指令，由她操纵我的一举一动。

我之前办案也有过同样的感受，被人牵着鼻子走，那些我最不喜欢的案子，结果通常不是很好。但这个人一定是凶手，领先我们三步的浑球，我从来没有被死者牵着走的经验。

不过，有一点倒是比较简单。上一回在都柏林大学学院，从我嘴里讲出来的每个字都带着一股恶心，有如馊掉的面包，让人感觉腐败、不对劲。我之前说过，我很不喜欢撒谎，但我这回说的每句话都像纯棉一般让人觉得真实。至于原因，我只想得出两种可能，要么就是我连自己都哄骗过去（将事情合理化是卧底的主要才能），要么就是这么做其实（即使其中道理深奥复杂）不算欺骗。我只要表现越像蕾西，说出来的话就越接近事实，只不过是她的事实，不是我的。我决定最好趁自己还没想到走火入魔之前离开门边，上床睡觉。

蕾西的房间在屋子后半的顶楼上，正对丹尼尔的卧房及贾思汀的楼上，大小中等，天花板相当低矮，素白窗帘，铸铁单人床摇摇晃晃，我一坐上去，整张床就像旧绞干机吱嘎尖叫。要是蕾西在这张床上怀孕，我只能甘拜下风。被单是蓝色的，刚刚烫过，棉被也换了。她的家具不多，只有一个书架，窄小的木头衣橱钉了锡条，注明收藏的衣物种类（帽子、袜子），破烂的床头柜上有一盏破烂塑料灯，木头梳妆台的螺纹布满灰尘，三面镜里的我角度奇怪，让我毛骨悚然地想用被单之类的东西盖住。这样一来，不仅得向其他人解释，而且就算盖住，我还是会觉得镜子照着我，等于没有效果。

我打开手提袋，竖耳留意楼梯间有没有丝毫动静，同时将新的佩枪与缠绷带用的手术胶带拿出来。即使在家，我也得枪在手边才睡得着，这是习惯，我想现在也没有必要更改。我用胶带将枪固定在床头柜后方的隐秘处，手一伸就拿得到。床头柜后方没有蜘蛛网，连一粒灰尘都没有，鉴识人员显然已经早我一步。

穿上蕾西的蓝睡衣前，我撕掉假绷带，拆下麦克风，将所有东西塞到手提袋底。我知道弗朗科发现了肯定会勃然大怒，但我不在乎。我这么做自有理由。

以卧底身份过夜的头一晚绝对令人永生难忘。白天你全神贯注，自我控制，密切无情地监视所有人事物，也密切无情地监视自己。到了夜里，当你独自躺在味道不同的房间，背靠陌生的床垫，你别无选择只能松手，顺其自然地沉入梦乡，进入另一个人的生命，有如落进冰冷潭中的石头。就算是生手，那一秒钟也会明白事情已经无法倒退，隔天醒来一切都将不同。我必须赤裸向前，身上不带丝毫原本的自己，犹如故事中的樵夫、小孩抛开保护，进入魔法城堡，又像古老宗教的年轻信徒不着衣物，参加成年礼。

我在书架上发现一本旧版《格林童话》，便拿到床上读。书本装帧精美，附有插图，可惜相当脆弱，是去年其他屋友送给蕾西的生日礼物。扉页上一行歪斜流畅的钢笔字，我很有把握是贾思汀写的：二〇〇四年三月一日，生日快乐，“小”女孩（你到底什么时候才要长大？），爱你。接着是四人的签名。我坐在床上，《格林童话》摆在膝间，但无法专心。楼下客厅不时传来模糊急促的对话声，窗外花园也是生气盎然，晚风拂动树叶，狐狸号叫，猫头鹰侦伺狩猎，到处都是窸窣、呼喊与跑动声。我坐着环顾陌生的蕾西房间，静静倾听。

将近午夜，楼梯吱嘎作响，有人悄悄地敲了我的房门。我差点跳到天花板上，立刻抓紧袋子确定拉链拉到最底，接着说了一声：“请进。”

“是我，”可能是丹尼尔或瑞法尔或贾思汀，讲话的人太靠门边，声音又轻，听不出来到底是谁，“只是跟你说声晚安，我们要去睡了。”

我的心脏狂跳。“晚安，”我说，“睡好。”

话语沿着狭长的楼梯上下飘荡，抓不到来向，和窗外的蟋蟀叫声混合交错，轻柔得有如手指触碰我的发间。晚安，他们说，晚安，祝你睡好。欢迎回来，蕾西。没错，欢迎回来。晚安，祝你好梦。

我睡得很浅，耳朵一直伸着，不知过了多久突然完全清醒过来。隔着走廊，丹尼尔的房里有人窃窃私语。

我屏住呼吸，但门板太厚，我只听见短暂零星的嘶声从暗处传来，不像话语，也不是人声。我从被子里小心地伸出一只胳臂，从床头柜拿起蕾西的手机：三点十七分。

我试了很久，想在蝙蝠鸣叫与风声之间抽丝剥茧，辨认出那两道细微的低语声。三点五十八分，我听见门把缓缓转动，接着是丹尼尔的房门轻轻关上。几不可闻的呼吸声从楼梯间传来，有如阴影在幽暗中移动，接着就是彻底的死寂。

# Chapter 6
## 她喜欢守住秘密

噔噔下楼的脚步声将我唤醒。我正在做梦，黑暗混沌的梦，脑袋乱了半秒才摆脱梦境纠缠，明白自己身在何处。

我的枪不在床边，我伸手摸索，心里开始着慌，之后才想起来是怎么回事。

我坐起身子，感觉很好，显然没有中毒。油煎味从门缝渗了进来，我听见底下远方的窸窣扰攘，诉说早晨的轻快。

可恶！我没去煮早餐。我已经很久没有六点之后起床，所以完全忘了设定闹钟。

我用绷带固定麦克风，套上牛仔裤、T恤和应该是其中一位男生的毛绒套头衫（空气很冷），走下楼去。

厨房在屋子后半部，已经比蕾西录下的恐怖景象改善许多。他们清掉霉斑、蜘蛛网和粘满油渣的塑料地板，换上石板地面和刷洗干净的木桌，水槽后方的窗台上摆了一盆凋败的天竺葵。

艾比穿着红色的法兰绒连帽居家服，帽子拉上，正在煎培根和香肠。丹尼尔已经换好衣服坐在桌边，用盘缘压着书一边读一边吃煎蛋，显然乐在其中。贾思汀将吐司切成三角形，一边嘀咕抱怨。

“不骗你，我从来没遇过这种事。上星期只有两个学生把进度读完，其他人从头到尾都坐着发呆，嚼口香糖，简直像一群奶牛。你确定不想和我交换，就今天一天？也许你能多激发他们一点东西……”

“不了。”丹尼尔头也不抬地说。

“可是，你的学生在读十四行诗，我会十四行诗，很会十四行诗。”

“不要。”

“早。”我在厨房门口说。

“甜心，”贾思汀说，“快过来，让我看看你，你都好吗？”

“很好，”我说，“抱歉，艾比，我睡过头了。那个，我来……”

我伸手去拿抹刀，但她一把抓了过去说：“不行，你还算带伤疗养，所以今天休息。明天我一定会把你拖下床，去坐着吧！”

又是那么一瞬——带伤。丹尼尔和贾思汀似乎顿了一下，动作延迟半拍。我走到桌边坐下，贾思汀又拿了一片吐司，丹尼尔翻过书页，将红色珐琅茶壶朝我推来。

艾比捞了三片培根和两个蛋到盘里，问也不问就送到我面前。

“哦，好冷，”她说完赶紧回到炉边，“拜托，丹尼尔，我知道你讨厌双层玻璃，但是我说真的，我们起码可以考虑……”

“双层玻璃是撒旦的作品，邪恶至极。”

“是啦，但至少很温暖。如果我们不买地毯……”

贾思汀轻咬吐司，一手托住下巴盯着我瞧，我很不自在，只好专心吃饭。“你确定你没事吗？”他紧张地问，“你脸色很苍白。你今天不会进城，对吧？”

“应该不会。”我说。

我没把握自己可以撑过一天，起码还不行。再说，我也想独自检查这间屋子，找出日记或行事历，总之就是那类东西。“我想接下来几天最好还是轻松一点。不过，这倒是提醒我一件事，我带的讨论课怎么样了？”

讨论课通常在复活节假期前就会结束，但总是有一两堂会拖到下学期。我还有两个班要带，分别是周二和周四，但我可不想见到他们。

“我们帮你代课，”艾比说，她替自己装了一盘食物，走过来和我们同桌，“应该算代课吧。星期二是丹尼尔，他帮你上英雄史诗《贝奥武甫》，用古英文。”

“漂亮，”我说，“学生反映如何？”

“老实说还不错，”丹尼尔说，“他们起先吓呆了，后来有一两个作了评论，讲得颇有见地，还蛮有意思的。”

话才刚说完，只见瑞法尔披头散发，穿着T恤和条纹睡裤跌跌撞撞地走进厨房，显然全凭大脑雷达带路。他伸手随意一挥算是打招呼，东摸西摸找到马克杯，自己倒了一大杯黑咖啡，抓起一片贾思汀切好的三角吐司，接着又走了出去。

“二十分钟！”贾思汀朝他大吼，“我可不等你！”瑞法尔头也不回，往后挥了挥手，继续往前走。

“我真不知道你干吗这么激动，”艾比切着肉肠说，“五分钟后，他连刚才见过你都不记得，就算喝完咖啡也一样。谁叫他是瑞法尔，咖啡喝完也没用。”

“话是没错，但他之后一定又会哀哀叫，说我没给他时间准备。我是认真的，这一回我绝对不会理他，就算迟到也是他的问题。他可以自己买辆车或走路到都柏林，我都不管……”

“每天早上。”艾比隔着气得挥舞奶油刀的贾思汀对我说。

我翻了翻白眼。艾比背后的法式小窗外，一只兔子兀自低头吃草，在白色露水间留下一道深色足印。

半小时后，瑞法尔和贾思汀出门了——贾思汀将车停在门口，大按喇叭，伸头到车窗外骂人，说些没人听得清楚的狠话。最后瑞法尔总算冲进厨房，外套穿到一半，背包拿在手里乱甩，抓起一片吐司塞进嘴里又冲了出去。只听见前门砰的一声巨响，整间屋子都在摇晃。艾比清洗碗盘，用浑厚的女低音轻声哼唱：“河面辽辽，难渡彼岸……”丹尼尔抽着无滤嘴香烟，几缕轻烟映着窗外的薄弱阳光袅袅而上，两人都很自在——我过关了。

我应该非常高兴才对。我没想到自己会喜欢他们，丹尼尔和瑞法尔还很难说，但贾思汀让我感觉很温暖，虽然挑剔却毫不刻意，让人备感亲切。至于艾比，弗朗科说得没错，可惜我是卧底，不然绝对会想和她成为朋友。

他们失去了一位伙伴却不自知，让我有机可乘，这会儿可以坐在他们家的厨房，吃他们煎的早餐，努力瞒过他们。昨晚的疑心（什么毒牛排，拜托！）简直荒谬老套，我羞得无地自容。

“丹尼尔，我们该出发了，”艾比用干抹布擦手，看了看时钟说，“需要我们从外面带什么东西回来吗，蕾西？”

“烟，”我说，“我的快抽完了。”

艾比从家居服里掏出一包万宝路淡烟丢给我：“先抽我的吧，我回来会再买一点。你整天在家想做什么？”

“在沙发上吃东西看书，当个树懒。还有饼干吗？”

“你喜欢的香草奶油饼干在饼干罐里，冰箱里有巧克力豆，”艾比将抹布利落地折好，挂在炉子的横把儿上说，“你确定不需要我们其中一个待在家里陪你？”

贾思汀已经问过我六次了。我抬头望着天花板说：“不用。”

我发现艾比匆匆地看了丹尼尔一眼，但他正好翻过一页，完全没注意我们。“那好，”她说，“别在楼梯或哪里昏倒了。五分钟后，丹尼尔？”

丹尼尔头也不抬地点了点头。艾比跑上楼，穿着袜子的脚步轻柔，我听见她打开抽屉又关上，过了不久开始低声歌唱：“我背靠橡树，想它值得依赖……”

蕾西抽烟比我凶，一天一包，早餐后就开始抽。我拿起丹尼尔的火柴点了一根。

丹尼尔在书上做记号，又把书合起来放到一旁。“你可以抽烟了吗？”他问，“以你现在的状况？”

“不行，”我骄纵地说，隔桌朝他吐了一口烟，“那你呢？”

丹尼尔笑了。“你早上看起来好多了，”他说，“不像昨晚一脸疲惫，还有点失落。虽然这很正常，但看到你恢复活力，感觉还是很好。”

我记在心里，之后几天要慢慢提高自己的活泼程度。“医院的人一直跟我说需要一点时间，要我别急，”我说，“但我已经受够了，谁管他们说什么。”

丹尼尔笑意更浓了。“嗯，我想也是，你一定是个好病人，”他弯腰靠向炉子，倾斜咖啡壶看还有没有剩的，“那件事情你还记得多少？”

他将剩下的咖啡倒完，转头看我，表情沉着冷静，带着好奇。“全忘了，”我回答，“那一整天都不记得了，之前也有点模糊，警察应该跟你们说过。”

“确实有，”丹尼尔说道，“但这不表示他们说得没错，因为你也许另有理由没告诉他们真相。”

我一脸困惑：“比如呢？”

“我也不清楚，”丹尼尔将咖啡壶小心地放回炉子上，“但你要是想起什么，不知道该不该告诉警方。我只想说你不用独自面对，我希望你能找我谈，或找艾比。你能答应我吗？”

丹尼尔啜饮咖啡，跷起二郎腿，脚踝熟练地靠着另一只脚的膝盖，冷静地注视着我。弗朗科之前说这四人嘴巴很紧，我开始明白他的意思。我眼前这个男人无论参加诗班练唱或用斧头杀死十二名孤儿，脸上都会是同一种表情。“当然，没问题，”我说，“可是我只记得星期二晚上从大学回来，之后就是躺在病床上虚弱得要命，这些我都跟警察说过了。”

“嗯，”丹尼尔将烟灰缸推到我面前说，“记忆还真奇怪。那我问你，假如你……”他的话还没说完，艾比已经噔噔地走下楼梯，嘴里依然哼着歌。丹尼尔摇摇头，站起身来开始轻拍口袋。

丹尼尔技术高超，一个回转将车迅速驶离车道。我站在台阶顶端挥手，目送车子消失在樱桃树之间，等确定他们走了才将大门关上，静静地站在玄关，倾听空荡荡的屋子。我感觉屋子慢慢沉寂下来，发出有如流沙的冗长低语，想看我接下来的反应。

我坐在楼梯底端，地毯已经被人拿掉，但没有换上新的，每级楼梯都有长长一块没有上蜡，布满灰尘，被几代人的脚掌踩得破破烂烂。我背靠栏柱，扭动身体找出舒服的位置，开始思考日记的事。

日记要是在蕾西房间里，一定会被鉴识人员找到，因此问题只剩日记藏在屋子或花园的哪里，还有里头到底写了什么，让她连最好的朋友都信不过。我耳边突然浮现出弗朗科在重案组办公室说的话：她喜欢守着朋友，更喜欢守住秘密。

另一个可能是蕾西随身携带日记，死时还收在口袋，但被凶手拿走。这可以解释凶手为何花时间冒险追她，将她拖到暗处隐匿，双手匆匆扫过瘫软的尸体，拍打沾了雨水与鲜血而微微发亮的口袋——假如他要那本日记。

这点符合我对蕾西的认识——喜欢守住秘密——但就现实来说，日记必须小到放进口袋，而且每换一次衣服就要拿出来，还不如找地方藏着来得安全简单。这地方必须不怕下雨，不会被人意外发现，和其他人同住也不会被察觉，想去就能去，而且不会引人注目：绝对不是她的房间。

厕所在一楼，浴室在二楼，我从厕所开始。厕所只有衣柜大小，我一看水槽就觉得不大可能。主浴室很大，贴着上世纪三十年代的瓷砖，黑白方格饰边，浴缸缺了角，亮面玻璃窗，网格窗帘破破烂烂，门有栓。

水槽里面和后面都没有东西，我坐在地板上从浴缸侧面抽出隔板。隔板很好拉，虽然发出摩擦声，但只要打开水龙头或冲水就能盖过声音。浴缸底下布满蜘蛛网、鼠粪和灰尘，还有几道指印。我往角落看去，只见那里塞了一本红色小笔记簿。

我像跑步似的气喘吁吁。我不喜欢这样，明明有那么多地方要找，我却直接命中蕾西的藏身地点，仿佛命中注定。我感觉屋子似乎缩小了，朝我逼近，贴着我的肩头目不转睛，全神贯注。

我上楼回我房间（蕾西房间）拿了手套与指甲锉，再到浴室坐在地上，小心捏着锉子尾端将笔记本钩出来，接着用锉子翻页——鉴识人员迟早要在本子里采集指纹。

我以为日记里应该真情流露，但想也知道不可能。小红册子很像行事历，假皮封面，以天为单位，每天一页。头两个月都是约会和备忘事项，字迹潦草浑圆：莴苣、布利奶酪、蒜盐；十一、讨论、3017室；电费；问丹，奥维德的书？全是平凡琐碎的杂事，我越读越不自在。身为警探，你习惯千方百计地渗透人的隐私。我睡蕾西的床，穿她的衣服，但日记——这是逐日记载她生命的小小遗迹，只为了自己而记，我无权窥伺。

但到三月底，日记变了。购物清单和讨论课表完全消失，留下整页整页的空白，只有三条注记，潦草几笔带过。三月三十一日，10 : 30N。四月五日，11: 30N。最后是四月十一日，也就是她死前两天: 11N。

一、二月都没有N，直到三月最后一天才出现。蕾西的关系人不多，就我记得，没有人名字以N开头。是昵称吗？还是地点？咖啡馆？或者像弗朗科所言，是来自她过去的人突然出现，将她的世界彻底抹去？

四月最后两天记了一串英文字母与数字，笔迹一样潦草: AMS79、LHR34、EDI49、CDG59和ALC104。游戏比分？她借人或向别人借钱的金额？艾比的名字缩写正好是AMS，但其他缩写与蕾西的关系人姓名都不符合。我盯着字母和数字看了很久，不过只想得到旧车的车牌号码。然而，我实在不认为蕾西会去注意车牌，就算真有其事，她又何必如此保密到家？

蕾西生前最后几周，没有人说她举止紧张或行为怪异。她看起来很好，所有人都这么告诉弗朗科和山姆，感觉很开心，而且似乎一向如此。手机里最后一段录像是她遇害的前三天，她从阁楼楼梯爬下来，头发绑了一条红色花绸布，全身上下沾满灰尘，边笑边打喷嚏，手里拿着东西递了过来: “别这样，瑞法尔，你看，看嘛! 这是……”一阵爆炸似的喷嚏声，“观剧用的望远镜，我猜是珍珠母做的，你看是不是闪闪发亮？”无论发生了什么，她都掩饰得很好，太好了。

剩下的几个月一片空白，只有八月二十二日写了三个字: 爸生日。

这女孩终究不是掉包的小孩，也不是所有人的幻觉。她有父亲，就在某处，而她不想忘记他的生日。她虽然抛下一段生命，却至少留了一丝联系。

我放慢速度重新翻阅日记，看是不是漏了什么。簿子开头有几个日期画了圈，分别是一月二日、二十九日和二月二十五日。日记第一页是二〇〇四年十二月的小月历，果然，六日那天也画了圈。

间隔二十七天。蕾西的周期很准，也按时记录。但在三月底，二十四日没有画圈，她可能猜到自己怀孕了。她应该找了个地方（但不是家里，或许是三一学院或咖啡馆，免得被人发现包装而起疑）用验孕棒测过，事情从此起了变化。她的行事历突然变成天大的秘密，字母N开始出现，其他一切完全消失。

N代表什么？妇产科医生？诊所？还是孩子的父亲？

“小姑娘，你到底在想什么？”我对着空荡的浴室轻声说道。突然，我背后传来窃窃私语，我吓得魂飞魄散，结果只是微风吹动了网格窗帘。

我想将日记拿回房间，但转念一想，蕾西没有放在房里肯定有她的理由，而且到目前为止显然效果不错。因此，我将找到的信息抄进自己的笔记本，再把日记塞回浴缸底下，将隔板归回原位，接着开始巡视屋子，一边熟悉环境，一边作概略的搜查。弗朗科肯定希望听到我有所斩获，但我心里已经确定不会告诉他日记的事，起码不是现在。

我从一楼开始往上搜查。就算我找到有用的线索，在法庭上能否被采纳为证据，还得经过一番苦战。我住在山楂林屋，表示我可以尽量搜查公共空间，但别人的房间则是禁区，更别提我是用假身份潜入，光是证据效力的法庭攻防就足够律师买下一辆新的保时捷。但话说回来，只要知道该找什么，就几乎一定有办法用合法手段找到。

山楂林屋有如故事书里搬出来的房子，诡异的气氛浑然天成。我一直觉得自己会踩到秘密楼梯而跌倒，或走出房间见到完全不同的走廊，每两周星期一出现的走廊。我动作迅速，因为我慢不下来，总觉得阁楼有一座大钟在倒数，分分秒秒大量流逝。

一楼包括大起居室、厨房、厕所和瑞法尔的房间。他的房里乱七八糟，衣服堆在纸箱里，杯子黏腻不堪，纸张有如雪花般散落，但又给人一种确定感。你会觉得瑞法尔其实很清楚东西摆在哪里，只是外人摸不着头绪罢了。他用炭笔在一面墙上涂鸦自娱，留下令人印象深刻的潦草素描，柏树、红毛雪达犬和头戴绅士帽的男子，宛如一幅壁画。壁炉台上是（啊哈！）头像，医学用的头骨塑像，缠着蕾西的红绸布，高傲地望向远方。我开始喜欢瑞法尔了。

二楼前面是浴室和艾比的房间，后面是贾思汀的房间和空房。空房不是太难清理，就是瑞法尔喜欢独自待在楼下。我想到走进艾比或贾思汀的房间，嘴里就莫名其妙涌上一股怪味，于是我决定从空房开始搜查。

西蒙伯公显然从来没有扔过东西。空房里的感觉就像精神分裂患者的梦境，又像心里失踪多年的置物箱。我见到三只破洞铜壶和一顶发霉的绅士帽，断掉的棍子木马有如电影里的教父睨视着我，仔细一看才发现是半架手风琴。我对古董一无所知，但这些东西看起来都不像奇珍异宝，起码绝对不值得为了它们杀人，而比较像是你会摆在大门外的破烂，希望喝醉酒的大学生经过，当成宝贝搬回家。

艾比和贾思汀的房间都很整齐，只是方式不同。艾比喜欢小饰品，例如插着紫罗兰的小雪花石瓶、水晶玻璃烛台和老旧的锡糖果罐，罐盖上画了穿着夸张埃及服饰的红唇少女。所有东西都擦得干干净净，精心摆在任何看得到的平面上。

艾比还喜欢颜色，将旧的红锦缎、蓝钟花纹棉布和纤细的蕾丝织成窗帘，碎布贴在壁纸退色的地方。她的房间感觉舒适、奇特，有那么一点不真实，仿佛童话里森林动物住的小窝，而她就是头戴折边软帽、会做果酱塔的小动物。

贾思汀的房间走极简风，这倒是有点让人意外。床头桌上堆着一小摞书本、影印数据和潦草的笔记，门后贴满屋友的合照，排列对称，看来是按照时间顺序，表面涂上透明密封胶。除此之外，一切都很精简、干净、功能取向：白床单，白窗帘迎风摇曳，乌木家具明亮洁净，袜子卷成球状，整齐排列收在抽屉里，鞋子擦亮放在衣柜底部。房间里飘着淡淡的柏树与男性气味。

三间卧室都没有可疑之处，起码我看不出来，但就是有地方不对劲。我花了一段时间才搞清楚。我跪在贾思汀房间的地上，像小偷一样检视他的床底（什么都没有，连沾了灰尘的兔宝宝也没看到），忽然茅塞顿开：他们的房间感觉很永远。

我从来没有住过可以乱动壁纸、乱粘东西的地方。我姑姑和姑夫当然不会反对，但他们家总是有一种轻声细语的气氛，让我不会有乱动房子的念头。至于房东，他们显然都觉得租给我的公寓是美国建筑大师莱特的作品。

我花了好几个月才说服现在的房东，让他相信我把像是呕吐物的泛黄墙面漆成白色，将麦角二乙胺（LSD）地毯塞到花园储藏间，绝对不会让屋价暴跌。这些我都不以为意，直到置身山楂林屋，面对他们轻松愉快、理所当然“占为己有”的态度——我也要壁画，山姆可以帮我画——才突然发现自己之前那样很怪，任何改动都得像小孩一样征求陌生人的同意，只因为对方可能会生气。

顶楼是我和丹尼尔的房间，外加两间空房。丹尼尔隔壁的空房都是旧家具，堆得东倒西歪，仿佛刚发生过地震。泛灰的椅子尺寸太小，从来没人坐过，展示柜上的罗可可装饰太多，其他家具则是介于两者之间。不少东西显然被搬走了，地板上都是拖痕与留白，应该是被他们拿去布置自己的房间了，其余家具全都盖着几厘米厚的黏腻灰尘。

我隔壁的空房摆了更多破烂，包括裂了的石制热水瓶、沾了干泥巴的长筒塑料雨靴和画着鹿与花朵、被老鼠咬坏的织锦坐垫。纸箱堆得摇摇晃晃，还有几只旧皮箱。不久前才有人浏览过这些东西，皮箱盖子上有明显的指痕，其中一只还被人用手抹干净一半。角落和几只盒子也有神秘的指痕，盒里的东西被人取走。肮脏的地板上有浅浅的鞋印，杂乱交错。

如果想藏东西，无论凶器、证物或珍贵的小古董，这里都是不错的选择。我检视所有打开的箱子，不去触碰指痕，以防万一。箱子里都是写满钢笔字的纸张，笔迹烦躁，就我看来，似乎有人（应该是西蒙伯公）多年来不断撰写自己的家族史。他们一家在山楂林屋已经定居许久，从一七三四年屋子落成开始，不过除了结婚生子，买下一匹怪马，逐渐丧失大部分家产之外，从没做出什么了不起的大事。

丹尼尔的房间锁着。我当年跟弗朗科学习卧底技巧时，也学会了开锁，眼前这道门看起来颇为简单，但我已经被日记搞得心神不宁，房门上锁让我更不舒服。我不知道丹尼尔向来都会锁门，或只是提防我，我完全无从得知。我突然很肯定他设了陷阱，或许是门框夹了头发或门边放了一杯水，只要我走进去，一定会被发现。

我最后搜查了蕾西的房间，鉴识人员已经搜过，但我想亲自做一遍。蕾西和西蒙伯公不同，她什么也没留下。房间不算干净，书本随意摆在架子上，没有排列整齐，衣服几乎都堆在衣柜底层，床下有三个空烟盒、半条吉百利巧克力棒和一份压皱的勃朗蒂小说《维莱特》笔记。房里东西太少，很难乱得起来。没有小摆饰、旧票根、生日卡片或枯干的花朵，也没有相片。她唯一需要的纪念只有手机里的摄像录像。我翻阅每一本书，掏过每一只口袋，但什么也没发现。

不过，她的房间也给人永恒的感觉。蕾西试着替床边的墙壁上色，用赭黄、深红与瓷青油漆匆匆刷上几笔。我又开始嫉妒。“去你的，”我心里对蕾西说，“你住得比我久，但我可是有人付钱让我住着。”

我坐在地板上，从袋子里捞出手机打给弗朗科。“嘿，宝贝儿，”铃声刚响两声，他就接起来说，“已经露馅啦，嗯？”

他心情很好。“没错，”我说，“真抱歉，派人来接我吧。”

弗朗科笑了：“怎么样？”

我将手机切换到扩音模式后放在地上，将手套与笔记簿收回袋子里：“还好，我想，他们看起来都没有怀疑。”

“那还用说，除非脑袋有问题，否则谁会觉得不对劲？有没有好消息？”

“他们都在学校，我大概搜了一遍屋子，没有凶刀，没有血衣，也没有雷诺阿的画或签了名的自白书，连大麻烟或色情杂志的影子都没有。就学生来说，他们简直单纯得恐怖。”我的替换绷带一包包封好、编号，血迹越来越浅，代表伤势渐渐复原，这么做是免得有人脑筋不正常，偷看我的垃圾。干我这一行的人通常都有心理准备，可能遇上一堆怪事。我找出写着“二”的替换绷带，撕开包装。制作假血的家伙不知道是谁，但他肯定做得非常起劲。

“找到日记了吗？”弗朗科问，“丹尼尔只跟你说，却没告诉我们的日记。”

我背靠书架，撩起上衣撕下绷带。“假设日记在屋子里，”我回答，“那家伙肯定是藏东西高手。”

弗朗科嘟囔一声，似乎不大相信。“也可能你说的没错，日记已经被凶手拿走。无论如何，丹尼尔他们竟然觉得有必要说谎，这点还是很有意思。有人举止诡异吗？”

“没有，他们一开始有点不自在，但这很自然。总之，我的感觉是他们都很高兴蕾西回家。”

“我从窃听器收到的信息也是如此。这倒是……”弗朗科说，“让我想起一件事，昨天晚上你回房后出了什么事？我听见你说话，但不知道为什么没听到你说什么。”

弗朗科的语气变了，这不是个好预兆。我停下理平绷带的动作说：“没什么，就他们跟我说晚安。”

“真贴心，”弗朗科说，“好像电视影集《我的家庭真可爱》一样，可惜没听到。你的麦克风呢？”

“在袋子里，电池包刺得我不能睡觉。”

“那就平躺着睡，你的门可没锁。”

“我用椅子抵着。”

“哦，那很好，看来你不用支援了。拜托，卡西！”我仿佛看见弗朗科气得一手抓头，在房里走来走去。

“有那么严重吗，弗朗科？上一回我只有关键时刻才用麦克风，就算我说梦话，也不会搞砸这个案子。”

“你上回可没跟嫌疑人住在一起。那四个人或许不是头号嫌疑人，但也没排除嫌疑。除了洗澡，绝对不要拆掉麦克风。你想说上一回是吧？当初你要是把麦克风放在袋子里，让我们听不见，你早就完了，在我们赶到前就失血而死。”

“好啦，好啦！”我说，“知道了。”

“听到没有？随时带在身上，别乱来。”

“听到了。”

“好，那么，”弗朗科冷静下来说，“我有个小礼物给你，”我听见他语带笑意，看来他把好东西留在说教之后，“我追查了原始蕾西的所有关系人，你记得一个叫哈汀的女孩吗？”

我咬下一段手术用胶带说：“我应该记得吗？”

“高高瘦瘦，留着金色长发。讲起话来像机关枪，还是没印象？”

“哦，天哪，”我将绷带用胶带固定，“黏人汀，真是美好回忆啊！”黏人汀是我在都柏林大学学院的旧识，主修什么不清楚，一双蓝眼晶莹明亮，服饰永远不忘和眼睛搭配，只要遇到可以利用的人，就会像章鱼似的疯狂黏上去，死缠不放，尤其是富家小开与派对辣妹。她当时刻意和我交好，我也不知道为什么，或许觉得我很酷，或许只是想拿免费的毒品。

“就是她。你最后一次和她说话是什么时候？”

我锁上袋子推到床底下，开始努力回想。黏人汀不是那种令人印象深刻的人。“或许是我抽身前几天？我后来在城里见过她一两次，但都马上躲开。”

“这就有趣了，”弗朗科说，笑得不怀好意，“因为她前阵子才和你讲过话，精确来说是二〇〇二年一月初，你们好好地聊了一会儿。她时间记得很清楚，因为她遇到你之前刚去逛了冬季折扣店，买下一件华丽的名牌外套，还秀给你看。据她的说法，那件外套是用‘顶级鼹鼠深灰麂皮’做的。我是不知道鼹鼠皮属于哪个等级，你有没有想起来什么？”

“没有，”我说。我的心跳又缓又沉，连脚底都感觉得到，“那不是我。”

“我也觉得应该不是，但哈汀说得活灵活现，几乎逐字逐句。那女孩的记忆简直就像恐惧囚室，如果有机会，绝对是我们的梦幻证人。你想知道你说了什么吗？”

黏人汀确实有这种本事。她向来不用脑袋，因此对话都能原封不动地直进直出。我当初会与她往来，这是主因之一。“帮我复习一下吧。”我说。

“你们在葛拉夫顿街巧遇，她说你‘一脸茫然’，起初完全不认得她，也不记得上回见面是哪个时候。你解释说你前一天晚上喝到烂醉，但她觉得应该是你之前精神崩溃的后遗症，她听说过那件事，”弗朗科显然乐在其中，语气急促专注，有如狩猎的野兽。我得到的乐趣比他少得多，因为我早就猜到会是如此，只是细节还不清楚，而且猜对得到的满足并没有想象的大。“但你想起她是谁之后，就变得非常友善，甚至邀她去喝杯咖啡，叙叙旧。不管蕾西到底是谁，她都很有手段。”

“没错，”我说。我发现自己像赛跑选手一样蹲着，仿佛就要冲刺。蕾西的房间似乎满怀诡计地在嘲弄我。秘密抽屉、地板暗层和爆破陷阱低声轰鸣，“她是很有手段，这不用说。”

“你们到布朗托马斯百货的咖啡馆小坐，她拿新买的战利品给你看，你们玩了一会儿往事大回忆，但你出奇的沉默。不过，重点是黏人汀问你是不是在三一学院。看来你在崩溃之前应该和她聊过，说你已经受够大学学院，很想转学，也许转到三一学院，甚至出国。你还记得吗？”

“没错，”我小心翼翼地坐在蕾西的床上，“我是说过。”

当时学期即将结束，弗朗科还没明讲暑假过后任务要不要继续，所以我自己安排了一个退路，以防万一。黏人汀还有一项专长，就是只要有留言或传闻被她知道，转眼就会传遍全校。

我觉得天旋地转，混沌不明的事物重新排列组合，一声轻响落到新的位置。三一学院的巧合——那女孩直接回到我当年的大学，从那里开始——已经让我很不舒服，新的发现更让我难受。

原来整件事只有一个巧合，就是两个女孩在都柏林相遇。黏人汀成天都在小小的城里闲晃，希望占人便宜。那女孩不是凑巧进入三一学院，也不是什么魔力让她化身成我的影子，闯入我的世界。

是我给她的建议。我们彼此合作得天衣无缝，是我让她成为蕾西，来到山楂林屋，步步确凿，没有半点犹疑，一如她拉动我走进她的生命。

弗朗科还没讲完。“那女孩回答没有，说她出去旅行了，没在学校念书。她对自己去了哪里没有交代清楚，但哈汀猜想是精神病院。不过，好玩的还在后头：哈汀觉得精神病院应该在美国或加拿大，因为她记得你家人住在加拿大。更重要的是，你离开大学学院到再次和她在街上相遇，讲话竟然带着很重的美国口音。所以我们现在知道这女孩何时得知蕾西的存在，又是从哪里得知，而且还有一条很好的线索，可以追查她的出身。我想我们应该请黏人汀喝一杯。”

“你先请吧！”我说。我知道自己的语气显得不大正常，但弗朗科实在太兴奋了，丝毫没有察觉。

“我已经打电话给美国联邦调查局，准备用电邮将指纹和相片寄过去。这女孩很可能有案在逃，因此或许可以发现什么。”

我望着梳妆台的三面镜，三个蕾西目光疑惧地看着我。“随时回报最新消息，好吗？”我说，“一有发现就告诉我。”

“没问题，想和你男人说话吗？他就在旁边。”

老天，山姆和弗朗科竟然共享暴力室。“我晚点打给他。”我说。

我听见山姆在弗朗科身旁喃喃自语，我突然好想和他说话，想得几乎直不起腰。

“山姆说，他查过你在重案组最后半年的记录，”弗朗科对我说，“所有可能被你惹毛的人都已经排除嫌疑。但他会追查更早的记录，并且尽快让你知道进展。”

换句话说，这件案子和“薇丝塔行动”无关。

天哪，山姆。他退居二线，站在远处，依然努力让我放心。他锲而不舍，默默地紧盯着自己唯一知道的威胁。我不知道他前一晚有没有睡。

“谢谢，”我说，“帮我跟他说谢谢，弗朗科，说我会很快跟他联络。”

我需要出门，不只因为眼球活动过量，看了太多肮脏的怪东西，也因为屋子开始让我脖子发毛，感觉周围的空气太过亲近，知道太多事情，仿佛它在朝你眨眼，而你知道自己骗不了它。我打开冰箱，做了土鸡肉三明治（这五个人对芥末非常讲究）和果酱三明治，泡了一保温瓶咖啡，出去走了很长一段路。我想自己很快就要在黑暗中漫步葛伦斯凯，甚至遇上对这里了如指掌的凶手，因此最好先摸清方向。

这一带简直是座迷宫，几十条羊肠小道交错在树篱、田野与森林中间，从这一处僻壤通向另一块荒郊。我竟然没有完全失去方向，只迷路了两次。我颇为意外，也对弗朗科刮目相看。我走到肚子饿了，坐在墙头吃三明治，啜饮咖啡，瞭望山腰，在心里朝家暴组、马厄和他的口臭比中指。

户外晴朗宜人，薄云高远，蓝天清爽，放眼望去却不见半点人影，只有远方狗儿吠叫，有人朝它吹口哨。我心里猜想，葛伦斯凯应该被千禧年死光扫过，只是没人发现。

回程途中，我顺道勘察了山楂林屋的周边环境。丹尼尔家族虽然失去大部分土地，但留下的地产依然可观。几道石墙比我还高，和绿树并排成行，主要以山楂为主，屋子当年便是由此得名，我还见到橡树、白杨木和一棵正在开花的苹果树。颓圮的马厩隐身在花香之外，是丹尼尔和贾思汀的车库。马厩容得下六匹骏马，如今只剩成堆的肮脏工具与防水布，看起来很久没有人碰过，因此我也没有一探究竟。

屋后是大片草地，长约九十米，以浓密的树丛、石墙和常春藤为界。尽头有一道生锈的铁门，蕾西那天夜里就是从这道门离开，走向生命终点的。草地的角落长了一大丛错落有致的灌木，我认出迷迭香和月桂，应该就是艾比提到的香草园。虽然才过了一晚，感觉却像几个月前的事。

从远处看，屋子显得优雅而遥远，仿佛旧水彩画里的景致。微风匆匆吹过，绿草摇曳生波，藤蔓高高扬起，草地在我脚下倾斜。离我只有二三十米的侧墙长满藤蔓，后面躲了个人似的，身形轻盈幽微有如暗影，端坐在王位上。我脖子后的寒毛竖起，有如一道缓慢的波浪。

我的枪还贴在蕾西床头柜后面。我咬紧下唇，从香草园抓起落在地上的粗树枝，眼睛始终盯着侧墙的藤蔓。微风停歇，常春藤若无其事飘回原位，院子里寂静晴朗得有如梦境。我沿着墙走，脚步轻松却又急促，接着紧贴墙面，抓紧树枝，猛力一挥将藤蔓拨开。

没有人在。树干和蔓生的枝叶与藤蔓在石墙边围出一块小天地，有如凹室，又像沾满阳光的气泡。“凹室”摆了两张石椅，涓涓细流从石椅间穿墙而出，沿着低矮的台阶流向混浊的小池塘，除此之外空无一物。阴影彼此交缠，我又看见刚才的幻象，石椅生出高耸的椅背，气势慑人，刚才的人影笔直坐着。我将藤蔓放下，幻觉再度消失。

显然这里拥有灵魂的不只屋子。我待呼吸恢复正常后开始检查凹室。石椅裂隙依旧爬满青苔，其余部分都很干净，表示有人知道这个地方。

我想这里有可能是幽会地点，但离屋子太近，外人过来很容易被发现，而池塘边的枝叶也显示这里已经一阵子未受打扰。我抬脚用鞋侧扫过池畔，踢到光滑的扁平石板，泥巴里金光一闪，我突然心跳加速：凶刀！可惜体积太小。是一枚刻着狮子与独角兽的纽扣，表面满目疮痍，看来很久以前有人曾经是英国陆军。

引水到凹室的墙孔被淤泥塞住，我将纽扣收进口袋，跪在石板上用手和粗树枝将墙孔清理干净。石墙很厚，我花了不少时间。完成后，涓涓细流变成迷你瀑布，开心地潺潺自语，我的双手飘着泥土与腐叶的味道。

我用水洗手，在石椅上小坐片刻，抽烟倾听水声。待在这里很好，感觉温暖、寂静而隐秘，有如兽窝或小孩的藏匿处。池塘满了，小虫在池面盘旋，水从小沟溢到地面。我挑去落叶，池面慢慢清澈起来，映着我的倒影，波纹如丝。

蕾西的表发出半点报时声，我已经撑过了二十四小时，暴力室里应该有不少人输掉了他们的赌注。我将烟蒂塞回烟盒，低头避过藤蔓走出庭园，准备回屋里阅读论文笔记，追赶进度。

我插入钥匙，前门应声开启。我走进去，屋里空气一阵骚动，但不再感觉过于亲密，而是像浅浅微笑，在我的脸颊轻轻一碰，表示欢迎。

# Chapter 7
## 深夜的散步

那天夜里，我出门散步。我必须打电话给山姆，而且我和弗朗科都认为最好让蕾西尽快恢复往日作息，不要大玩创伤牌，起码现在不是时候。

我和蕾西注定会有些小差异，运气好的话，旁人都会用那场意外替我解释。要是我操之过急，迟早有人会觉得：天哪，蕾西真是完全变了一个人。

晚饭后，所有人都待在起居室。我、丹尼尔和贾思汀埋头读书，瑞法尔弹钢琴，他弹着慵懒的《莫扎特幻想曲》，不时停下来重复自己喜欢或弹坏的段落。艾比用旧的英国刺绣法替布偶织衬裙，低头贴着小得几乎看不见的丝线。我其实不觉得布偶有多恐怖，它和夸张变形的填充人偶不同，扎了一条乌黑的长辫子，脸庞在沉思，仿佛正在做梦，鼻尖微翘，棕色眼眸宁静安详。我可以理解那几个男生的感觉。布偶姿势不雅地靠在艾比怀间，双眼忧伤地凝视着我，让我莫名感到歉疚，而它充满弹性的鬈发也让人不大舒服。

十一点左右，我走到外套柜拿球鞋。我晚饭前已经套上超性感束腹，并把手机塞好，免得还要回房，而打破蕾西的惯例。弗朗科肯定会以我为荣。我坐在壁炉前的地毯上，不由得身体一缩，轻轻哦了一声，贾思汀猛然抬头说：“你还好吗？需不需要止痛药？”

“不用，”我一边解开鞋带，一边回答，“我只是坐下来不方便。”

“要去散步？”艾比目光从布偶身上转开，抬头看我。

“没错。”我套上一只鞋说。鞋垫上有蕾西留下的脚印子，比我稍小。

房里又暂停了几秒，仿佛所有人同时闭气，瑞法尔的双手停在上一个和弦。“这样好吗？”丹尼尔手指卡着看到的页数，这么问道。

“我觉得没问题，”我回答，“伤口只有身体侧扭时才会痛，只是散步绝对不会让缝线断开或怎样。”

“我想讲的不是这个，”丹尼尔说，“你难道不担心吗？”

他们全都看着我，八道无法判读的目光有如拖拉机的车灯朝我射来。我耸耸肩，拉紧鞋带说：“不会。”

“为什么？我很好奇。”

瑞法尔晃了一下，在钢琴高音部敲出紧绷的颤音，贾思汀身体一抖。

“因为，”我说，“我就是不会。”

“难道不应该担心吗？毕竟要是你不知道……”

“丹尼尔，”瑞法尔用几不可闻的声音说，“别干涉她。”

“我希望你不要去，”贾思汀一脸胃痛的表情，说，“真的。”

“我们都很担心，蕾西，”艾比悄声说，“虽然你不害怕。”

琴音还没有停，有如警铃般不停响着。“瑞法尔，”贾思汀一手捣住耳朵说，“停。”

瑞法尔不理他。“她的遭遇还不够夸张吗？要不是你们鼓励她……”

丹尼尔似乎充耳不闻。“你怪我们吗？”他问我。

“看来你们只好担心了，”我将另一只脚套进鞋子里，“我懒得管你们。我只要现在害怕，就会永远害怕下去，我才不干。”

“好吧，恭喜你，”瑞法尔用利落的和弦结束颤音，“记得带手电筒，待会儿见。”说完就转身翻动乐谱。

“还有手机，”贾思汀说，“万一你头昏或……”他没有把话说完。

“看来不会下雨，”丹尼尔瞥了一眼窗外说，“但可能很冷，你要穿外套吗？”

我听不懂他在讲什么，感觉散步好像变成美军在波斯湾执行“沙漠风暴”行动一样。“不会有事的。”我说。

“嗯，”丹尼尔打量我说，“也许我该陪你去。”

“不要，”瑞法尔突然说，“我去，你在念书。”他砰地关上琴盖，站了起来。

“天杀的！”我气得双手上扬，狠狠地瞪着他们四人说，“不过就是散步而已，我每天都在做，不用穿保护衣，也不要闪光弹，更不需要保镖。可以吗？”虽然私下和瑞法尔或丹尼尔聊聊是个不错的主意，但我可以另外找时间。要是有人在小径等我，我绝对不想打草惊蛇。

“果然是蕾西，”贾思汀朝我浅浅一笑，“你不会有事的，对吧？”

“那你最起码，”丹尼尔不为所动，“也该走和那一天不同的路，这你能做到吗？”

他漠然地看着我，手指依然抵在书页间，脸上只有微微的关切。“乐意之至，”我对他说，“如果我记得之前怎么走的话。但是我一点概念也没有，所以只好碰运气了，你说是吗？”

“啊，”丹尼尔说，“当然，对不起。假如你需要人陪，就打电话回来。”说完他就低头继续看书。瑞法尔则一屁股坐回琴凳，开始激动地弹奏《土耳其进行曲》。

夜色明亮，天空清冷，月儿高挂，照在深色山楂叶上形成点点白光。我将蕾西的麂皮外套扣到脖子，手电筒照亮前方一小块泥土小径，看不见的田野顿时无比巨大，将我包围。灯光让我感觉暴露在危险中，很不明智，但我还是没把手电筒关上。要是有人潜伏在暗处，最好让他找得到我。

没有人来。我听见有物体移向一侧，吨位沉重，于是便用手电筒猛然照过去，才发现是一头牛，正瞪着忧伤的大眼凝视我。我继续往前，步伐缓慢适度，当个好标靶，心里想起之前在客厅的对话，不知道弗朗科会怎么看。丹尼尔可能只想唤起我的记忆，但也可能另有其因，想试探我的记忆丧失是真是假，我完全无从判断。

我不知不觉走向颓圮的小屋，连自己都没发现，抬头见到才吓了一跳。小屋仿佛一个凝重的暗影矗立前方，星光闪烁有如窗边的祭坛烛火。我将手电筒关掉，就算摸黑，我也有办法穿越田野回到山楂林屋，灯光只会让附近的住户心慌不安，甚至前来一探究竟。长草拂过我的脚踝沙沙作响，声音轻柔规律。我走到屋前，致意似的触碰石头门楣，接着走了进去。

小屋里的沉静不同于屋外，更加深沉凝重，轻轻压挤着人，一道月光照亮内房壁炉的弯石。墙面一侧参差斜向角落，蕾西曲着身子丧命的地方。我勉力走上前去，背靠三角墙的尾端。小屋照理应该让我魂飞魄散——我是那么接近她的死亡，只要往下靠就能回到十天前，触碰她的头发——但我一点也不害怕。小屋已经蓄积了一百五十年的沉寂，蕾西的死只是一眨眼。它早已将蕾西吸了进去，用沉静覆满尸体曾在的地方。

那天晚上，我对蕾西的感觉起了变化。她不再是侵入者与挑战，让我脊背僵直，肾上腺素急遽分泌。是我无端闯进她的生命，黏人汀是我棋盘上的士卒，我心想“何妨一试”。多年前，铜板反面还没落地朝上，她就已经接受我的挑战。

月亮缓缓横越夜空，我想到酷似自己的那张脸庞青灰茫然，躺在停尸间的钢床上，长抽屉咔嗒一声关上，将她锁进黑暗中，孤独一人。我想象她许多夜晚靠坐在这面墙旁，突然觉得非常温暖坚实，血肉慢慢覆上她变淡的银色身影，让我心痛欲裂。我多想告诉她一些她该知道的事，我特地为她预备的消息：她带的学生很能体会《贝奥武甫》，瑞法尔他们做了什么晚餐，向她形容今晚的夜色。

“薇丝塔行动”结束后头几个月，我一直想要离开。说来矛盾，但我觉得只有离开才能再度成为自己。拿起护照，换掉衣服，匆匆留下字条（“亲爱的各位，我走了，我爱你们，卡西。”），搭机随便去哪里，抛下一切让我成为陌生人的事物。

不知何时何地，我让生命从我指间滑落，摔成碎片。我所拥有的一切，从工作、朋友、住处、衣服到镜中的倒影都不再属于自己，属于一个眼眸清澈、抬头挺胸的女孩，而我再也找不到她。我仿佛破铜烂铁，身上净是肮脏的抓痕，深陷支离破碎的梦魇之中，不再有权留下。我走在自己失去的生命里，仿佛一缕幽魂，克制不用沾满鲜血的双手触碰东西。我梦见自己在温暖的国度学开帆船，或许是百慕大或大洋洲邦迪海滩，编织甜蜜的过往回忆欺瞒众人。

我不知道自己为何没有离开。山姆可能会说我很勇敢，他看事情总是非常正面；罗伯会说我只是不肯屈服，但我不敢自夸他们判断正确。背靠墙壁的人没资格得到赞扬，死守自己最有把握的事情只是人之常情。我想自己之所以留下，是因为离开对我来说太过陌生而复杂。我只知道待在原处，用双膝寻找一块坚实的地面用力抵住，挣扎着再站起来。

蕾西选择逃跑。当她心里莫名浮现出远离的念头，她并不像我拼命抵抗，反而张开双臂热情迎接，将它一口吞下成为自己的想法。她有本事也有胆量放下残破的自己，决绝离开，重新开始，清新无瑕仿佛朝阳旭日。

然而，蕾西终究还是被人大步追上，一把夺去她辛苦赢来的新生，仿佛攀折雏菊一般毫不在乎。我突然怒火中烧，不是气她，而是为她感到愤怒。这是我头一回有这样的感受。

“不管你要什么，”我对着漆黑的小屋柔声说，“我都在这里，你还有我。”

四周的空气窸窣轻晃，比呼吸还浅，隐秘而愉悦。

天色幽暗，大片云朵遮蔽了月光，但我已经摸熟小路，几乎无须仰赖手电筒，伸手一碰就是屋后大门的门闩，完全不需要寻找。卧底会改变人对时间的感觉，我已经快要忘记自己才来了一天半。

屋子比暗夜还黑，只有屋顶和天空交界处看得到淡淡的一点星光。屋子感觉比实际还要巨大虚幻，边缘模糊，仿佛只要太过靠近就会瞬间消逝。窗户透着灯光，温暖金黄得很不真实，窗里的迷你景象有如古老的偷窥秀，诱惑迷人。发亮的铜煎锅挂在厨房，丹尼尔和艾比并肩坐在沙发上，低头看着一本巨大的古书。

乌云辞别月亮，我看见瑞法尔坐在后院里，一手抱膝，一手抓着长草。我的肾上腺素猛然激增，他不可能跟踪我而没被我发现，再说我也没做什么不可告人的事，但见到他还是让我惶惶不安。他抬头坐在大片草地上，从姿势看来显然是在等我。

我站在门边的山楂树下看着瑞法尔，之前模糊不明的感觉突然清楚起来。是他方才说的那句话，声音含着恶意，眼里闪着怒气，是那句话提醒了我。这会儿回想起来，瑞法尔从我回来之后，除了“请帮我把果酱拿过来”与“晚安”之外几乎没有和我说话。他会在我身边说话，朝我的方向开口，但不是对我说。昨天大家都抱了我，欢迎我回家，只有他没碰我，拿了我的行李箱转头就走。他做得很低调，一点也不明显，不知道为什么，他显然对我很不高兴。

我刚走出树下，瑞法尔就发现了，他朝我挥手，手臂划过窗里透出的光线，在我面前的草地上留下暧昧不明的长长暗影。他静静地看着我走过草地，在他身旁坐下。

我想，最简单的做法就是直截了当。“你在生我的气？”我问。

瑞法尔脑袋嫌恶地一扭，目光飘向草地。“生你的气？”他回答，“老天，蕾西，你已经不是小孩了。”

“好吧，”我说，“那你对我不高兴？”

他伸直双腿，盯着球鞋鞋尖。“你到底有没有想过，”他问，“我们上个星期是怎么过的？”

我沉思片刻，感觉瑞法尔很气我被人刺伤。就我看来，他有这样的反应实在可疑，不然也是极为怪异。不过对他们几个来说，可疑和怪异是同一回事。“我也好不到哪里去，你知道。”我说。

他笑了：“你果然根本没想过，对吧？”

我盯着他说：“所以你才气我？因为我受伤了？还是我没问你们感觉怎么样？”瑞法尔又斜瞟我一眼，不知道是什么意思。“唉，拜托，瑞法尔，我也没想到会出事，你干吗这么不爽？”

瑞法尔狠狠地灌了一大口酒。琴汤尼，我闻得出来。“算了，”他说，“没关系，你先回屋里吧。”

“瑞法尔，”我说，心里很受伤，但主要是装出来的。瑞法尔的语气冷如冰霜，我忍不住身体一颤，“别这样。”

瑞法尔相应不理，我伸手按着他的手臂。他的体格比我想的还要结实，隔着衬衫摸来依然温暖，几乎像是在发烧。他撇着嘴角，动也不动。

“请告诉我你们的感觉，”我说，“拜托，我很想知道，我是说真的。我只是不知道该如何开口。”

瑞法尔将手臂从我手里甩开。“好吧，”他说道，“既然你想知道，那几天可怕得超乎想象，这样回答你的问题了吗？”

我等他继续往下说。“我们全都歇斯底里，”过了半晌，瑞法尔气冲冲地说，“全都不成人形。只有丹尼尔例外，想想也知道，他不可能紧张，因为那会破坏优雅。他只是埋在书本里，偶尔冒出几句他妈的古诺尔斯语[①]，说什么面对试炼依然要坚定双臂的鸟话。我敢说，他一周都没有合眼，因为我不管什么时候起床，他的房间都亮着灯。至于我们……首先，我们也没睡觉，不断做噩梦，感觉就像糟糕透顶的闹剧，刚闭上眼睛就会有人尖叫醒来，结果当然就是把其他人全都吵醒……

“我们的生理时钟完全乱掉，我一半时间不知道过到哪天。我没办法吃饭，闻到食物就想呕吐。艾比不停地烤东西——她说需要找事来做，但拜托，搞得家里都是甜腻腻的巧克力和带血的烤肉……我们大吵一架，我和艾比，她气得拿叉子扔我。我只好拼命喝酒，免得屋里的味道逼我呕吐，结果不用说，丹尼尔又开始拿这点责难我……后来我们把巧克力送给讨论课的学生，烤肉还在冰箱冷冻库，你想吃就别客气，我们几个都不想碰。”

深受打击，弗朗科跟我提过，但没有人告诉我他们歇斯底里到这个程度。瑞法尔一开口就停不下来，话语有如呕吐似的从他嘴里汩汩而出。

“还有贾思汀，”他说，“他的状况最糟，不停地发抖，是真的发抖，几个鬼灵精的大一菜鸟还问他是不是得了帕金森氏症。颤抖其实不严重，但真的很烦人，你只要看到他，就算只瞟一眼，你就会开始紧张。他还不停地掉东西，只要东西摔到地上，我们就差点心脏病发作。我和艾比会吼他，然后他就开始掉眼泪，好像哭有用似的。艾比要他去学校保健室拿几粒安定来吃，丹尼尔觉得这很荒唐，他说贾思汀应该向我们学习，冷静面对。他根本就疯了，我们一点也不冷静，就算是世界上最乐观的人也不会说我们很冷静。艾比开始梦游，她有一天半夜四点走进浴室，穿着睡衣冲澡，完全没有醒来。要不是丹尼尔发现了，艾比早就溺死了。”

“抱歉，”我说，语气高亢颤抖，感觉很陌生。瑞法尔说的字字句句有如马蹄般猛踹我的腹部。我和弗朗科争执过，也和山姆详谈过，我以为自己已经想清楚了，但那一刻我才真正感受到自己做了什么，给瑞法尔他们带来多大的冲击。“哦，天哪，瑞法尔，我真的很抱歉。”

---

① 译者注：从八世纪开始发展的古日耳曼语系，演变至今成为现代冰岛语、挪威语等北欧语系。

瑞法尔脸色晦暗，意味深长地看了我一眼。“还有警察，”他说完又豪饮一口，表情更为痛楚，仿佛喝的是苦酒，“你曾经和警察交过手吗？”

“没有。”我说。我的语气依然不对，喘不过气，但瑞法尔似乎没注意。

“他们恐怖得要命。他们不是乡下来的警察，是真正的警探。我从来没看过这么高明的扑克脸，完全猜不出来他们在想什么，想从你这里问出什么，却紧抓着你不放。他们侦讯我们，几乎每天都来，一问就是几小时，连无关紧要的事情都问，例如平常几点上床之类的。感觉很像陷阱，好像只要你一答错，他们就会拿出手铐将你铐住。你每分每秒都得提防，感觉真是他妈的累人，我们早就精疲力竭了。弗朗科，就是载你回来的家伙，他最差劲。满脸笑容，一副同情的样子，其实从头到尾都恨透了我们。”

“他对我很好，”我说，“还给我买巧克力饼干。”

“啧，还真贴心，”瑞法尔说，“我敢说你一定很感动。但他成天往我们这里跑，追问你的生活，大小事情都不放过，不时刻薄几句，说其他人都怎么过日子的，反正一堆废话，只因为我们有房子住，有大学念……那家伙老是一肚子怨气，我看有玻利维亚那么大，超想抓到小辫子把我们全都关进牢里。结果当然就是让贾思汀更歇斯底里，觉得我们随时都会被捕。丹尼尔骂他胡思乱想，要他冷静一点，但丹尼尔这样做其实没什么用，虽然他认为……”

瑞法尔说到一半，目光飘向后院，合上双眼。“要是你没撑下来，”他说，“我想我们绝对会自相残杀到死。”

我伸指轻触瑞法尔的手背，但只碰了一下。“对不起，”我说，“真的很抱歉，瑞法尔，我不知道该怎么说，对不起。”

“是啦，”瑞法尔说，语气里的怒意已经消失，只觉得非常非常疲惫，“唉。”

“丹尼尔认为什么？”过了一会儿，我问。

“你别问我，”瑞法尔说。他手腕利落地一翻，将剩下的酒一口喝光，“我的结论是最好什么都不知道。”

“不是，你刚才说丹尼尔要贾思汀冷静，但没什么用，因为他有个想法，你说他认为什么？”

瑞法尔轻晃酒杯，看着冰块哐啷滑向一边。他显然不想回答，但沉默是警察问案的基本招数，而我更是个中高手。我将下巴抵着双臂，凝视着瑞法尔，静静地等待。他脑袋后方的客厅窗里，艾比指着书里某处，和丹尼尔两人哈哈大笑，笑语隔着玻璃传来，声音清楚而细微。

“有天晚上，”瑞法尔终究还是开口了，但依然没有看我。月光照亮他的侧面，停在颧骨，仿佛撒了银粉，让他看来有如古钱币上的肖像，“就在你……的两天后，可能是星期六，我不确定。我从屋里出来坐在摇椅上听雨，心想或许能让我好睡一点，结果不知道为什么没用。我听见猫头鹰在捕杀猎物，也许是老鼠，感觉很可怕，猎物不停地尖叫，连它什么时候断气都听得清清楚楚。”

瑞法尔沉默下来，我心想他是不是说完了。“猫头鹰也得吃东西。”我接口说。

瑞法尔匆匆瞟了我一眼。“后来，”他说，“我不知道什么时候，外头亮了起来，我听见你的声音，在雨中。感觉你就在房里，探出身子。”

他转身往上指着我房间漆黑的窗子。“你说：‘瑞法尔，我很快就会回家了，等我。’你的语气很平淡，一点也不诡异，只是有点仓促，就像那回你忘记拿钥匙然后打电话给我，你还记得吗？”

“嗯，”我说，“我记得。”凉风轻拂着我的发梢，我忍不住微微颤抖。我不知道自己相不相信鬼魂，但这回不一样，感觉有如冰冷的刀锋抵着我的肌肤。现在担心我伤了他们多深已经太迟了，至少迟了一个星期。

“‘我很快就会回家了，’”瑞法尔说，“‘等我。’”他凝望杯底，我想他应该喝得大醉了。

“你怎么反应？”我问。

瑞法尔摇摇头。“‘回声，我不会和您说话，’”他引用舞台剧《马尔菲公爵夫人》[①]的台词说，“‘因为您早已死去。’”

微风吹过后院，筛落树叶，轻轻拨弄藤蔓。草地映着月光，柔和银白有如薄雾，仿佛伸手就能穿过，我又忍不住颤抖。

“为什么？”我问，“难道你不觉得我会没事吗？”

“没有。”瑞法尔说，“老实说一点也不，我反而很确定你死了。你可能觉得很可笑，但我跟你说过我们几个的状况。隔天我一直在等弗朗科来敲门，一脸肃穆同情地告诉我们医生已经尽力了，可惜怎样怎样。周一他真的来了，但是满脸笑容，跟我们说你已经恢复意识。我起初怎么都无法相信。”

“丹尼尔就是这么想的，对吧？”我说。我不知道自己怎么会知道，但心里有十足把握，“他认为我已经死了。”

---

① 译者注：英国剧作家约翰·韦伯斯特（John Webster）的悲剧代表作。

半晌，瑞法尔叹了一口气。“没错，”他说，“他是这么认为的，一开始就很确定。他认为你绝对撑不到医院。”

在他身边小心一点，弗朗科说。丹尼尔要么比我想的聪明许多，不能掉以轻心（我开始担心出门前和他说的话），要么有他的理由确信蕾西不会回来。“为什么？”我问瑞法尔，带着受伤的口吻，“我又不是弱鸡，光靠一刀可没办法把我解决掉。”

我感觉瑞法尔打了个哆嗦，动作很轻，似乎想要掩饰。“谁知道，他不知道哪里来的怪想法，认为警方说你还活着是为了故弄玄虚。我忘了他到底讲了些什么，因为我根本不想听，而且他也说得不清不楚，”他耸耸肩，“这就是丹尼尔。”

我认为应该改变谈话气氛，便说：“嗯……阴谋论是吧。那我们最好帮丹尼尔做一顶锡箔帽，免得警察开始干扰他的脑波。”

瑞法尔没想到我会这么说，惊讶之余忍不住扑哧一笑。“他真的很偏执，对吧？”他对我说，“你还记得我们找到防毒面具那次吗？他看着面具沉吟道：‘不知道它有没有办法预防禽流感？’”

我也咯咯地笑了起来：“搭配锡箔帽一定很完美，他可以戴着帽子和面具到学校……”

“再加上生化防护衣……”

“艾比可以给衣服绣上漂亮图案……”

这一点也不有趣，但我们笑得无法自拔，仿佛傻乎乎的青年。

“哦，天哪，”瑞法尔揩揩眼角说，“你知道，这件事要不是那么恐怖，简直荒唐好笑到了极点。感觉就像大三学生模仿尤涅斯库[①]写的荒诞剧：猪肉派从木屋里溢出来，被贾思汀到处乱扔；我在角落恶心想吐；艾比穿着睡衣睡在浴室，有如后现代版的奥菲莉亚。丹尼尔探头出来说，乔叟想到我们几个，然后再度消失。你的克鲁普克警官朋友每十分钟就在门口出现一次，问你最喜欢什么颜色的M&Ms巧克力……”

瑞法尔颤抖长叹一声，感觉既像微笑又像哽咽。他没看我，只伸手拨拨我的头发。“我们很想你，蠢姑娘，”他说，几乎哑着嗓子，“我们不想失去你。”

“嗯，我就在这里，”我说，“哪儿都不去。”

我说得无心，但话语仿佛有了生命，在漆黑的深深后院里翩翩飞舞，飘过草地消逝在树木中间。瑞法尔缓缓地转过头看我，客厅的光线在他背后，我看不到他脸上的表情，

---

① 译者注：尤涅斯库（Eugene Ionesco），1912—1994，荒谬剧场大师，挑战西方传统戏剧，以破碎无意义的剧情与台词表现主题，让道具成为主角，创造荒诞可笑的戏剧效果，代表作为《椅子》《犀牛》。

只有淡白的月光闪烁在他眼里。

“真的？”他问。

“真的，”我说，“我喜欢这里。”

瑞法尔点点头，身影微晃。“很好。”他说。

我还来不及反应，瑞法尔已经伸出手来，指背小心轻轻地拂过我的脸颊，月光照亮他嘴角的微笑。

客厅窗户突然拉起，贾思汀探出头来说：“你们两个在笑什么？”

瑞法尔赶紧收手。“没有！”我们同声高喊。

“外面这么冷，再坐下去一定会耳朵痛，快点进来看这个。”

他们找到一本旧相簿，是丹尼尔家族的影像记录，从一八六〇年左右开始。女人穿着让人青筋暴露的马甲，男人头戴绅士帽，面无表情。我往沙发一坐，挤在丹尼尔身旁，和他偎在一起。我正想往后缩，才想起麦克风和手机在身体另一边。瑞法尔靠着我坐在沙发扶手上，贾思汀闪进厨房，用高杯装了热葡萄酒出来，还不忘包上厚纸巾，免得我们烫伤。“别又被死神追上了，”贾思汀对我说，“你得好好照顾自己，天寒地冻的，你还出去乱跑……”

“你看这些衣服，”艾比说。相簿用棕色皮革装帧，皮线已经破损，簿子很大，占去艾比和丹尼尔的腿间。相片斑斑驳驳，四角镶在纸夹里，边缘已经泛黄。“我好想要这顶帽子，我应该爱上它了。”

相片里的丰满女士站在建筑物边缘，身穿鸽胸式上衣，眼神呆滞。“这不是饭厅里的灯罩吗？”我说，“只要你保证明天戴去学校，我就帮你拿来。”

“老天爷，”贾思汀坐在沙发另一边的扶手上，从艾比肩头望着相簿说，“他们怎么全都哭丧着脸？你看起来和他们一点都不像，丹尼尔。”

“幸好，”瑞法尔说。他一手拿着热酒吹气，一手搭在我背上，显然已经原谅我或蕾西所做的一切，“我从来没见过眼睛瞪这么大的人，他们可能全都得了甲状腺肿，所以才会那么沮丧。”

“其实，”丹尼尔说，“瞪眼和神情严肃是当时拍照的特色，我在想是不是和长时间曝光有关。维多利亚时代的相机……”瑞法尔假装突然睡着，朝我肩膀撞一下，贾思汀打了个大哈欠，艾比和我（我只慢了她一秒钟）同时伸手捣住耳朵，开始唱歌。

“好啦，好啦！”丹尼尔笑着说。我从来没有这么靠近丹尼尔，他身上飘着干净羊毛与红杉的淡香，闻起来很舒服，“我只是想帮自己祖先说几句话。总之，我想我蛮喜欢其中的一位——在哪里？就是他。”

根据服装推断，相片应该是一百年前左右拍摄的。相片中的男人比丹尼尔年轻，顶多只有二十岁，站在山楂林屋的台阶上。当时的林屋比现在光鲜许多，墙上没有藤蔓，大门和扶手涂着新漆，闪闪发亮，石头台阶刷得浅白，边角明显。男人确实和丹尼尔有几分神似，下巴一样方正，前额宽广，油亮的黑发往后梳平，让额头更为突出，双唇笔直如尺，两眼外突。他靠着栏杆的姿态轻松懒散，给人站立不稳的感觉，和丹尼尔的端正举止完全不同。他的目光也不一样，有种牵挂不安的神色。

“哇哦，”我说。相隔百年神似的脸庞给我奇特的感觉，要不是因为蕾西，我可能会不由得羡慕丹尼尔，“你真的很像他。”

“只是没那么糟，”艾比说，“那家伙不快乐。”

“不过，你们看那屋子，”贾思汀柔声说，“不是很美吗？”

“是啊，没错，”丹尼尔低头朝屋子微笑，“真的很美，我们也会做到的。”

艾比将指甲伸到相片底下，将相片从纸夹里取出来，翻到背面，只见有人用墨水笔写了几个字：威廉，一九一四年五月。

“不久就是第一次世界大战了，”我低声说，“或许他死在战场上了。”

“我觉得，”丹尼尔从艾比手中接过相片，仔细审视说，“应该没有。天哪，假如他真的是那个威廉，当然有可能不是，我的家人取名字一向没什么创意。假如他真的是那个威廉，我就听说过他。我小时候，父亲和姑姑不时提到他，我记得他是我爷爷的叔叔，但我也有可能记错了。威廉他，呃，不算家族的害群之马，比较像收在柜子里的标本。”

“你们果然很像。”瑞法尔说。艾比弯腰朝他手臂猛拍一下，瑞法尔“哎”了一声。

“不过，他确实上过战场，”丹尼尔说，“只是很快就回来了，因为某种疾病。家里从来没人提起，根据这点，我认为应该是心理问题，不是身体伤残。他让家人蒙羞，我不大清楚细节，因为家里三缄其口，但他在疗养院待过一阵子。所谓疗养院应该是当时委婉的说法，指的就是精神病院。”

“说不定他和诗人欧文[①]爱得难分难舍，”贾思汀说出他的想法。“在壕沟里。”瑞法尔大声叹气。

---

① 译者注：威尔弗雷德·欧文（Wilfred Owen），1893—1918，英国反战诗人兼军人，原本认为战争是保护国家的途径，上过战场明白其可怕后，开始以文字描写战争的恐怖与绝望。

“我觉得比较有可能是自杀倾向，”丹尼尔说，“他出院之后就移民了，活到很大岁数，到我童年时才过世。不过话说回来，像这样的祖先似乎没什么好提的。你说的很有道理，艾比，他过得不快乐。”丹尼尔将相片放回原处，用修长方正的手指轻点几下，这才翻到下一页。

热酒浓烈甘甜，柠檬片浸满丁香。丹尼尔的手臂靠着我，感觉温暖结实。他缓缓翻动纸页，相片里的男人留着宠物毛发般的胡髭，爱德华时期的仕女一身蕾丝，漫步在花开缤纷的香草园，二十世纪二十年代的摩登女郎刻意垂肩。“老天，”艾比深吸一口气说，“原来香草园应该长成这样。”

家族里有些人的身材类似丹尼尔和威廉，高大结实，下颌方正，非常男性。但绝大多数个头矮小，姿态端正，身形有棱有角，下巴、手肘和鼻子突出。“这相簿太棒了，”我说，“你们在哪儿找到的？”

房里一阵惊诧的沉默。哦，天哪，我心想，哦，天哪，不要是现在，我才刚开始觉得……“是你找到的啊！”贾思汀的酒杯放在膝盖上说，“在顶楼的空房里，难道你不……”他话说到一半，没有人接口。

绝对不要，弗朗科对我说过，无论发生什么，绝对不要把话吞回去。要是说漏嘴，就怪昏迷、怪生理期、怪满月，要怪什么都行，就是不要退缩。“不对，”我说，“要是我看过，绝对会记得。”

他们全都紧盯着我，丹尼尔瞪大双眼，离我只有几厘米，隔着眼镜目光专注而好奇，我知道自己脸色苍白，他不可能没发现。他认为你绝对撑不过去，他不知道哪里来的怪想法——

“真的是你，蕾西，”艾比柔声说，她弯腰向前，好看着我，“你和贾思汀晚饭后在屋里寻宝，结果你找到这个。你就是那天晚上……”她的身体恍如无意地微微晃动，匆匆瞟了丹尼尔一眼。

“就在你出事前几小时，”丹尼尔说，我感觉他体内有东西流窜，类似刻意压抑的微弱颤抖，但我不大确定，因为我只想着掩饰心里的轻松，“难怪你不记得了。”

“嗯，”瑞法尔说，语气有点太大、太诚心了，“原来如此。”

“可是这样很差劲，”我说，“我觉得自己像个白痴。我不在意忘掉痛苦的事，但我讨厌自己不知道忘了什么。要是我买了乐透中奖，结果却忘记放在哪里了呢？”

“嘘，”丹尼尔说着露出微笑，他那独树一帜的微笑，“别担心，我们也是今天晚上才想起相簿的事，之前根本没有翻开。”他抓住我的手，轻轻将我的手指扳开。我完全没注意自己紧握双拳。他拉着我的手滑过他的肘弯，“我很高兴你找到相簿，这屋子的历史可以塞满一个村子，不应该被湮灭。你看这张相片，那几棵樱桃树，刚种没多久。”

“你们看这个人，”艾比指着身穿全套猎装的男人说。男人骑着瘦弱的栗色马，立在前门旁，“他要是知道我们把车放在他的马厩里，绝对会笑到抽筋。”她的语气听起来很正常，轻松愉快，没有丝毫停顿，两眼却从丹尼尔身上飘向我，神情紧张。

“假如我没记错，”丹尼尔说，“他是我们家的金主，”他将相片取出来，翻到背面检查，“没错！骑着高脚橱的西蒙，一九四九年十一月。他当时应该二十一岁左右。”

西蒙伯公完全得到家族遗传，身材短小精干，鼻形高傲，面露凶光。“又是个悲伤的家伙，”丹尼尔说，“他的妻子死得很早，他显然一辈子没有释怀，也就是从那时候开始喝酒。贾思汀说得没错，这一家人都活得不是很开心。”

丹尼尔正要将相片放回原位，艾比突然说：“等一下，”接着便将相片从丹尼尔手里拿走，把酒杯递给他，走到壁炉前，将相片放在炉台中央，“放这里。”

“为什么？”瑞法尔问。

“因为，”艾比说，“这是我们该为他做的。要是他把屋子捐给马会，我现在还住在恐怖的地下室出租屋里，没有窗户，整天祈祷楼上的变态不要半夜闯进我的房间。对我来说，他有资格在屋子里占据一席之地。”

“哦，艾比，你真贴心，”贾思汀伸出一只手说，“过来这里。”

艾比用烛台支撑相片，说：“好了。”接着便朝贾思汀走去。贾思汀搂住她，让她背靠着他的胸膛。艾比从丹尼尔手中拿回酒杯说：“敬西蒙伯公。”

西蒙伯公满脸阴沉，无动于衷地看着我们。“有道理，”瑞法尔说着高举酒杯，“敬西蒙伯公。”

热酒色浓如血，丹尼尔和瑞法尔的手臂将我卡在他们之间，有如舒适的小窝。强风拍打着窗户，吹动天花板角落的蜘蛛网，所有人异口同声：“敬西蒙伯公。”

夜里，我回到房间，坐在窗台回顾这一天得到的新信息。他们四个都刻意隐瞒自己的不安，掩饰得很好；艾比只要火大就会扔厨具；四人当中，起码瑞法尔对蕾西遇刺颇有微词；贾思汀很确定他们会被逮捕；丹尼尔并不相信蕾西只是昏迷的说法；瑞法尔听到蕾西说她很快就会回家，就在我答应卧底的前一天。

在重案组有一点最难适应的，就是尽量避免想起死者。有些被害人会闯进你心里，例如小孩、被殴打的退休老人与满怀期盼到夜店玩乐却葬身户外厕所的女孩。不过，多数死者都只是办案的起点，而凶手则站在彩虹彼端。

我们很容易就会将死者忘记，当成无足轻重的角色，只是好戏上演前搬出来的舞台道具，这一点真可怕。

我和罗伯之前接到任何案子，总会在白板中央贴上一张被害人相片，不是命案现场或生前的肖像照，而是快照，越清楚越好，只要看一眼就能将我们拉回从前，回到死者还不是被害人的时候，提醒我们不要忘记。

这不是铁石心肠，也不是自我保护，而是冷酷的事实：我办过许多凶杀案，重点都在凶手身上，被害人只是子弹上膛射击瞬间正好出现在枪口前的人——各位可以想象，对只想知道原因的被害人家属来说，向他们解释这点有多困难。操控成性的丈夫只要妻子开始反抗，就一定会大开杀戒，而你女儿正好就是嫁给他的人；抢匪拿刀在小巷徘徊，而你丈夫恰巧从歹徒面前经过。

我们细细梳理被害人的过往，不是为了了解他们，而是了解凶手。只要我们明白死者在哪一点踏进瞄准线，就能根据血迹斑斑的犯罪几何学准确地算出枪口所在。被害人只能说明自己如何被杀，却永远无法解答他们为何遇害。从头到尾掌握原因，掌握犯案循环的，只有凶手。

然而，这件案子从开始就不同以往。蕾西的身影无时无刻不在我脑中，不只因为我随身带着“相片”，只要刷牙或洗手就会看见，更因为当我走进荒废小屋，在我还没看到蕾西的脸庞前，案子的重点就已经是她。反倒是凶手一直从我心里遗忘，我从来没有这样的经验。

突然，我脑袋像是被落锤撞了一下：自杀。

我感觉自己翻落窗台，穿透窗玻璃，掉进冰冷的空气中。假如凶手始终不见踪影，而蕾西又是命案核心，或许凶手从一开始就不存在，整件案子只有蕾西一人。

我霎时恍然大悟，一切仿佛摊开在后院里的阴暗草地上，速度慢得令人惊恐作呕。四个人放下纸牌，伸伸懒腰：蕾西跑到哪里去了？他们的担忧越来越深，终于忍不住披上外套，踏进黑夜寻找蕾西。

他们拿着手电筒，顶着强风大雨，蕾西！蕾西！他们挤进颓圮的小屋，气喘吁吁。四个人摇晃着蕾西的手臂检查脉搏，一按再按。他们将她移到遮雨处，让她轻轻躺下，取走刀子，检查她的口袋寻找字条，想听蕾西解释，甚至只言片语。说不定他们（老天！）真的找到了什么。

当然，我的脑袋很快就冷静了下来，呼吸恢复正常，我知道自杀的想法全是胡扯。

自杀可以解释许多疑点，例如瑞法尔气愤不悦，丹尼尔疑心重重，贾思汀神经紧张，尸体移动过位置和口袋被人翻过，等等。

故布疑阵也很常见，从夸张的意外到谋杀都有，免得自己亲爱的人被视为自杀。但我无法想象他们会让蕾西彻夜陈尸野外，让别人发现，而且女人自杀很少会在自己胸前捅上一刀。更重要的是蕾西不可能自杀，这是无可动摇的事实。就算三月发生的事情击垮了她，破坏了这间屋子、她的朋友与生活，她也不会选择了结自己。唯有看不见出路的人才会自杀，但就我们所知，蕾西从来不是找不到脱身之道的人。

楼下，艾比正在哼歌，贾思汀打了个喷嚏，有如一连串精确控制的低鸣，还有人猛力关上抽屉。我躺在床上半梦半醒，这才想起一件事：我忘了给山姆打电话。

# Chapter 8

## 彼此的家人

老天，卧底头一周的感觉真好，有如世界上最大的鲜红苹果，现在回忆起来，我还是想咬它一口。侦查行动进行得如火如荼，山姆锲而不舍地追查各色歹徒人渣，弗朗科费尽唇舌地向美国联邦调查局解释案情，免得对方把我们当成疯子，但我什么也不用做，只需要专心扮演蕾西。愉快、慵懒而大胆的滋味贯穿全身，直达脚趾，感觉就像今天上课要解剖青蛙，而你逃课离开学校，外头是美好至极的春日。

星期二，我回大学上课。虽然搞砸的机会大幅增加，我还是非常期待。我第一次踏进三一学院就爱上了它。校园的灰石、红砖与圆石历经数百年依然优雅，站在校门广场还能感觉一代又一代学生从你身旁走过，而自己也在空气里留下痕迹，记录归档。要不是有人想将我撵出学院，我可能像瑞法尔他们一样，一辈子在这里做个学生。然而我成了警察——或许是那个人的缘故。我喜欢将这件案子想成契机，让我转了一圈回到原本属于我的地方。尽管有些奇怪，但感觉就像迟来的胜利，从荒谬的命运手中救回一点东西。

“我想你应该知道，”艾比在车上对我说，“学校里已经谣言满天飞。有人说你是可卡因交易出了差错；有人说你是非法移民，为了钱嫁人，不断勒索对方；还有人说你前任男友是虐待狂，因为打你入狱，最近刚放出来。你自己看着办吧。”

“还有，我想……”丹尼尔利落地超过一辆占用两线道的福特越野轿车，“我们几个也躲不掉，说我们其中一个人或哪些人干的都有，还有各式各样的动机。没有人直接对我们说，但他们理所当然会这么想，”车子拐进三一学院停车场，他拿出学生证给警卫检查，“要是别人问起来，你会怎么说？”

“我还没决定，”我说，“我在想要不要说自己是失踪的王室后裔，被另一脉后裔的人马追杀，但我不知道该选哪一国王室。你们觉得我像沙皇罗曼诺夫的后代吗？”

“那还用说，”瑞法尔说，“罗曼诺夫家族都是没下巴的怪胎，选他们准没错。”

“你最好对我好一点，否则我就跟大家说你嗑药抓狂，拿切肉刀砍我。”

“这一点也不好玩。”贾思汀说。他没有开车，我感觉他们不想分开，至少这阵子。他和我与瑞法尔坐在后座，他伸手抠掉车窗上的污点，再用手帕将手指揩干净。

“嗯，”艾比说，“上个星期是不好玩没错，既然你回来了……”她转头对我咧嘴微笑。“大奶妹葛芮丽问我——你应该知道她的悄悄话有多恐怖吧？——她问我出事是不是因为‘玩过头了’？我当时没有理她，早知道我应该让她爽一下的。”

“我最佩服她的一点，”丹尼尔打开车门说，“就是她一直相信我们很感兴趣，可惜她根本搞错了。”

下车后，我才真正明白弗朗科说的，他们怎么对待旁人。我们五个走在运动场间的长走道上，事情开始起变化，有如水结成冰一样细微而清楚。他们彼此靠近，并肩齐步，抬头挺胸，表情从脸上消失。我们走到人文学院，他们已经戴好面具，坚固得有如防护罩，闪耀得像钻石，难以穿透，冰冷无情。

那一周在校园里，只要有人转头注视我，例如从图书馆书架朝我们的卡座悄悄看过来，或排队买茶时有人隔着报纸东张西望，防护罩就会立刻升起，仿佛古罗马盾牌阵，四双冷漠的眼睛紧盯侵入者，直到他们知难而退。在这种情况下，想要搜集校园里的传言简直不可能，连大奶妹葛芮丽也甘拜下风。她靠在我的桌前欲言又止，最后只问我能不能借她一支笔。

蕾西的论文比我想的有趣许多。弗朗科给我的资料主要和勃朗蒂姐妹有关，大姐夏洛特化名库瑞贝尔，从拘谨的女性摇身成为阁楼里的疯女人，完全发挥化名的功用。读来不是特别舒服，但起码不令人意外。

不过，蕾西死前钻研的题材就新潮多了：以小说《冷艳娇娃》知名的柯瑞里，真实身份是美国俄亥俄州的图书馆员梅特罗，平常生活循规蹈矩，闲暇时撰写耸人听闻的通俗小说，部部经典。读着读着，我发现自己开始喜欢蕾西看事情的方式了。

我一直担心蕾西的指导教授会要我交报告之类的。蕾西不是笨蛋，她作的研究既聪明又有创意，构思缜密，而我已经和校园脱节多年。老实说，我最担心的就是她的指导教授，因为讨论课学生根本看不出差异。

对十八岁的青少年来说，二十五岁以上的人只是生活里的背景噪音，但指导教授会和蕾西独自交谈，情况完全不同。不过，我和教授见一次面之后就放心了。他骨瘦如柴，温和不谙人事，蕾西的“不幸意外”让他手足无措，根本不敢正眼看我，只叫我充分休养，不用担心报告期限。我想自己应该可以在图书馆窝上几周，研究专惹麻烦的私家侦探与女人的故事。

至于晚上，则是有屋子里的事可以忙。我们每天都会做点工作，或许一两个小时，或许二十分钟，用砂纸磨光楼梯，整理西蒙伯公的收藏盒或轮流踩上高凳更换老旧脆弱的照明设备。就连刷洗厕所污垢这么恶心的差事，我们也会花上同样时间，而且一样认真。

他们四个对待屋子就像对待珍贵的乐器，有如史特拉底瓦底小提琴或贝森朵夫钢琴，是尘封已久的地底宝藏，让他们深深着迷，彻底爱恋而想耐心修复。我想丹尼尔最放松的时刻，就是他穿着破旧裤子和方格衬衫，趴在厨房地板上油漆壁脚板，笑着听瑞法尔说故事，而艾比拿刷子靠过来浸油漆，马尾将漆沾到脸上的时候。

他们很喜欢触碰彼此，四个都是。我们在学校绝对不碰对方，但在家里总是互相摸来碰去。丹尼尔从艾比椅子后面走过，伸手摸摸她的头；瑞法尔钩着贾思汀的肩膀，一起检视空房里找到的东西；艾比坐在摇椅上，躺在我和贾思汀的腿间；我和瑞法尔坐在炉边读书，两人脚踝互碰。可想而知，弗朗科对同性恋和纵欲行为嗤之以鼻，但我密切观察瑞法尔他们的举止（因为蕾西肚子里的宝宝），却看不出丝毫性欲的成分。他们的互动比调情更奇怪、更有力。

他们和大多数人不同，彼此之间完全没有界限。几个人同住一处难免会争地盘，为了遥控器大吵一架，讨论面包到底各吃各的或大家共有，等等。

罗伯之前只要用了室友的奶油，就会被她唠叨三天。但他们四个就我知道，所有东西除了内衣（谢天谢地）之外，全都彼此分享。男的从晾干架上随便拿衣服穿，只要合身就好，而我始终搞不清楚哪件上衣是蕾西的，哪件又是艾比的。他们想要纸张就从对方的笔记本撕下，拿旁边盘子的吐司，手边有什么杯子就拿起来喝。

我没有向弗朗科提起这件事，我很喜欢不分彼此的感觉。他们给我一种似曾相识的温暖与实在，难以形容。西蒙伯公在外套柜里留了一件绿色防水大衣，谁要冒雨出门就会穿上。我头一回穿着大衣散步的感觉非常奇妙，心里既陶醉又激动，仿佛第一次和男孩子牵手。

我到星期二才明白这样的感觉是怎么回事。夏季将至，白昼渐渐拉长，那天傍晚温暖晴朗，舒适和缓。我们饭后在草地上喝了一瓶酒，吃了一盘海绵蛋糕。我用雏菊编了手环，正试着戴上。我已经放弃滴酒不沾的规矩，因为这么做不合蕾西的个性，会让瑞法尔他们想起我被刺伤的事，弄得气氛紧张，而且吃药喝酒还能为我预留退路，届时可以立刻抽身。我喝了点酒，感觉微醺，有点乐陶陶的。

“我还要蛋糕。”瑞法尔用脚顶我说。

“我很忙，你自己去拿。”我单手实在没办法系手环，决定改系在贾思汀手上。

“你真的很懒啊，你知道吗？”

“你还有资格说我？”我一脚绕到脑袋后头（我小时候练过体操，身体很软），膝盖钩着脖子朝瑞法尔吐舌头，“我可是健康又有活力，你看。”

瑞法尔懒洋洋地挑着眉毛说：“你这样让我好兴奋。”

“你真变态。”我单脚钩头，尽可能挤出一丝尊严说。

“别这样，”艾比说，“你的伤口会裂开，我们都喝醉了，可没办法送你去急诊室。”

我完全忘了伤口这回事，心想是不是该紧张一下，但决定不管它。夕阳西斜，我赤脚踏在地上，任由青草搔弄，加上酒精的力量，我只觉得头晕目眩，傻愣愣的。我已经很久没有这样的感觉了，我很喜欢。我努力转头斜眼看着艾比说：“没问题，伤口几乎不痛了。”

“那是因为你之前还很清醒，”丹尼尔说，“注意一点。”

我通常很讨厌别人说教，但听丹尼尔念我却很温暖舒服。“是，老爸。”我说着将脚从头上放下来，结果一个重心不稳摔进贾思汀怀里。

“哦，走开啦，”贾思汀轻轻拍我一巴掌说，“天哪，你到底多重啊？”我左扭右摆找到舒服的位置，安安稳稳躺在他腿间，朝夕阳眯眼，贾思汀拿草茎搔我的鼻子。

我神态轻松，起码我这么希望，但内心思绪奔腾。那句“是，老爸”让我恍然明白此情此景在我脑中唤起什么，就是“家”。也许不是真正的家，我无从得知，但起码是数百万童书和老电视影集里的家，经过多少年也不会有人变老的家，让你好奇演员是不是拥有青春激素的家，让人感觉舒服自在的家。这五人拥有家的一切：丹尼尔是难以亲近的慈爱父亲，贾思汀和艾比轮流担任爱护子女的母亲与优秀的老大，瑞法尔是叛逆的青少年，最后加入的蕾西是性格多变的幺女，备受宠爱与调侃。

他们对真实家庭的认识可能和我一样少，我应该一开始就察觉这个共同点。丹尼尔是孤儿，艾比被人领养，贾思汀和瑞法尔离家出走，谜样的蕾西显然和爸妈不亲。正因为我也是如此，所以没有察觉。他们有意无意捡拾所有零碎的片段，拼凑出自己的家，建构一个替代品，让自己置身其中。

瑞法尔他们四个相识的时候才十八岁。我眯眼观察他们，只见丹尼尔手拿酒瓶对光检查有没有酒，艾比将蚂蚁赶出蛋糕盘。我不禁好奇起来，他们当初要是没有遇见彼此，现在会是什么模样？

想法不停地在我心里浮现，但是仓促模糊，我想应该是自己舒服得无法专心。事情可以几小时后再想，等我出门散步。“我也要。”我举起杯子对丹尼尔说。

“你是不是喝多了？”稍晚我打电话给弗朗科，他问我，“你刚才听起来醉醺醺的。”

“别紧张，老大，”我说，“我只是晚餐喝了两杯，不可能醉的。”

“最好是。你们可能在过节，但我希望你警觉一点，不要真的玩开了。”

我沿着坑洼小径随意漫步，从废弃小屋往上坡走。我想了很多，思索蕾西怎么会死在小屋里。我们一直假定她是为了躲避追杀，但由于凶手拦住去路或她意识迅速模糊，无法逃回山楂林屋或葛伦斯凯村，只好选择最近的藏匿处。

但“N”改变了我的想法。假设N代表某人，而非酒吧、广播节目或扑克牌戏的名称，蕾西和他一定约好在某处见面。日记里没有标明地点，表示他们向来约在同一个地方。假如约会时间是晚上，而非白天，小屋就是理所当然的选择。隐秘、方便、遮风蔽雨，不会有人偷偷靠近。也许蕾西的目的地原本就是小屋，只是中途遇到攻击，但她依然继续向前，有如装了自动导航装置，无视N的贸然突袭，或者她希望小屋里的N能帮她。

以警探的标准来说，这不算什么好线索，但我只能想到这么多，因此散步时多半绕着小屋附近打转，希望N会出现，以解决我心中的疑惑。

我找到一条合适的小径，视野辽阔，我可以一边和弗朗科或山姆通话，一边注意小屋的动静，又有树林隐藏我的行踪，而且距离够远，不可能有农人听见我打电话，拿起可靠的猎枪追杀我。“我很警觉，”我说，“而且我有一件事情想要问你。帮我复习一下，丹尼尔的伯公是九月过世的？”

我听见弗朗科东翻西找，翻阅文件。他要么把档案带回家，要么就是还在工作。“二月三日。丹尼尔九月十日拿到屋子钥匙，遗嘱认证需要一段时间。怎么了？”

“你可以帮我查他伯公是怎么死的，还有那一天他们五个各在何处？另外，遗嘱认证为什么拖这么久？我奶奶过世留给我一千英镑，我六周后就拿到钱了。”

弗朗科吁了一声：“你认为他们为了屋子把西蒙伯公做掉？结果蕾西后悔了？”

我叹了一口气，伸手拨弄头发，不知道如何解释：“也不是，应该说根本不是。但他们对屋子的态度很诡异，弗朗科，四个人都是，言谈间老把屋子当成自己的，而且不只丹尼尔如此。‘我们应该装双层玻璃，我们得决定如何布置香草园，我们……’他们把整修当成一辈子的工作，仿佛要永远住在这里，有的是时间慢慢弄。”

“唉，他们太年轻了，”弗朗科语带宽容地说，“那个年纪的小鬼总以为大学同学和分租公寓是永远的。只要再过几年，他们全都会搬到郊区的半独立屋，周日下午挤在家具园艺店，购买屋顶防水用的铺板。”

“他们没那么年轻，而且你听过他们说话，他们太沉迷于那间屋子和彼此，其他一切都不存在。我不认为伯公是他们害死的，只是姑且一问，因为我们一直觉得他们有所隐瞒，任何诡异之处都值得调查一下。”

“没错，”弗朗科说，“我会去查。你想不想听我这一天都干了什么？”

他的语气里藏着一丝兴奋。天底下能让弗朗科振作的事情不多，“有屁快放！”我说。

兴奋变成咧嘴微笑，我隔着电话也听得出来。“联邦调查局找到那女孩的指纹了。”

“靠！这么快？”联邦调查局的人虽然能帮大忙，但总是有忙不完的待办事务。

“我有朋友在里面当基层雇员。”

“好吧，”我说，“女孩是谁？”我的膝盖忍不住颤抖，只好背靠着树干。

“梅鲁思，一九七五年生于北卡罗来纳州，二〇〇〇年十月报案失踪，因窃车罪嫌遭到通缉，指纹和相片都吻合。”

我轻喘一声。“卡西？”弗朗科过了一会儿说，我听见他点起一根烟，“你还在吗？”

“嗯，你说她叫梅鲁思，”光是念出她的名字就让我的背部颤抖，“关于这女孩，我们知道什么？”

“不多，一九九七年之后才有记录。她不知道从哪里搬到拉雷，在破烂地段租了一间垃圾公寓，找了一份差事，在通宵营业的餐馆当服务生。她应该念了点书，才有办法直接进三一学院当研究生，但我想主要是自修和父母教的。她没有大学或高中的注册记录，也没有前科，”弗朗科吐了一口烟，接着往下说，“二〇〇〇年十月十日傍晚，她借了未婚夫的车去上班，从此不见踪影。两天后，未婚夫报了案，但警察认为女孩只是跑了，因此办得不是很认真。他们缠了未婚夫几天，想知道是不是他杀人弃尸，但他有充足的不在场证明。到了十二月，车子在纽约被人寻获，停在肯尼迪机场的长期停车场里。”

弗朗科显然非常得意。“干得好，弗朗科，”我下意识地说，“真漂亮。”

“应该的。”弗朗科说，语气刻意谦虚。

所以，女孩只比我小一岁。我在爱尔兰威克劳的院子里淋着小雨玩石头，她在美国的炎热小镇上自由奔跑，赤脚踩着碳酸泉，坐在小货车后头沿着泥土路颠颠簸簸，直到她坐进车里往前开去，再也不回头。

“卡西？”

“怎么？”

“我朋友会继续往下挖，看她有没有树敌，是不是有人一路追到这里。”

“听起来不错，”我说，努力让脑袋清醒，“正好是我想知道的事情。女孩的未婚夫叫什么名字？”

“布莱德、查德还是查特，反正就是美国名字……”翻动文件的声音，“我朋友打了几通电话，那家伙已经几个月没休假，不可能千里迢迢越洋追杀前女友。他叫查德·米契尔，你干吗问？”

没有N。“只是好奇。”

弗朗科等我开口，但我知道他在玩什么把戏。“好吧，”最后他说，“我会通知你后续发展，女孩的身份可能完全没用，但总比什么都不知道好，起码心里不会一直念着，是吧？”

“没错，”我说，“当然。”

弗朗科错了。打完手机，我靠着树干伫立良久，凝视小屋残破的轮廓随着云层遮蔽月光慢慢模糊又再清楚，脑中想象着梅鲁思。女孩有了名字，有了家乡与过往，我反而彻底感受到一点：女孩确实存在，不是我和弗朗科心底的幻影，她曾经活过，我们之前有三十年的时间可能见面。

我突然觉得自己早该知道。虽然隔着大海，但我早该感应到她，在我玩石头、看书或撰写案情报告的时候抬起头来，仿佛听见有人呼喊我的名字。她不远千里而来，近得取走我用过的名字，有如妹妹接过了姐姐的外套。她脑中像有罗盘指引，只差一点就要成功。她和我只有几站地铁的距离，我早该知道。我早该知道及时跨出那最后一步，和她相遇。

那一周的生活风和日丽，只有外来的阴霾。星期五傍晚，我们正在玩牌——他们经常玩到深夜，主要玩得州扑克和一一〇，如果只有两个人想玩，就改打皮克牌。他们在阁楼发现了一只大罐子，里面装满老旧的十便士硬币，便拿来当筹码，但还是玩得非常认真。

所有人分到相同数量的硬币，输光就算出局，而且不能从罐子里借。蕾西和我一样打得还不差，尽管偶尔不按牌理出牌，但显然很懂得出奇制胜的道理，尤其是下大注的时候。赢家可以决定隔天的晚餐。

那天晚上，我们放着路易·阿姆斯特朗的唱片，丹尼尔买了一大包多力多滋，还挑了三种蘸酱，确保人人满意。我们手摸缺角的碗，用食物分散别人的注意力。这招对贾思汀最有效，他只要觉得你快把莎莎酱蘸到桃花心木桌上，就会彻底分心。

我刚刚解决掉瑞法尔，心里正得意着——瑞法尔只要牌差就会乱弄蘸酱，牌好则是一把抓了玉米片就往嘴巴里塞。这告诉我们一件事，千万不要和警探玩牌——瑞法尔的手机突然响了。他椅子往后一仰，伸手从书架上拿起电话。

“喂？”他一边说，一边对我竖了竖中指，但他很快就坐正回来，脸上神色大变，面若寒霜，傲慢难解，一如他在学校与外人面前所戴的面具。“爸！”他说。

所有人立刻凑过去，围在瑞法尔背后，你可以感到空气中那种凝重的气氛。我就站在瑞法尔身边，话筒传出来的咆哮听得清清楚楚：“……乔布打开……脚踩在梯子上……改变心意了吗……？”

瑞法尔鼻子一扭，仿佛闻到腐臭味。“没兴趣。”他说。

对方开始长篇大论，瑞法尔不禁闭上眼睛。就我听到的拼凑起来，大意为戏剧是娘娘腔读的玩意儿，一个名叫布雷柏利的家伙，他儿子刚赚到人生的第一个一百万，而瑞法尔根本在浪费地球的氧气。瑞法尔用拇指和食指夹着手机，放得离耳朵远远的。

“老天，快挂掉，”贾思汀低声说道，表情下意识地变得痛苦而狰狞。“挂他电话。”

“没办法，”丹尼尔柔声说，“他显然应该挂，只是……总有一天吧。”

艾比耸耸肩说：“既然如此……”她开始利落地洗牌、发牌，发给五个人。丹尼尔朝她微笑，椅子坐正，准备继续。

手机那头依然喋喋不休，不管讲了什么内容，只听见“狗屁”两个字不停出现。瑞法尔缩着下巴，仿佛对抗飓风，贾思汀碰碰他的手臂，瑞法尔突然睁开双眼看着我们，满脸通红。

我们四个已经下好筹码。我拿到一手烂牌，一张七和一张九，连花色都不一样，但我很清楚其他人的盘算。他们在把瑞法尔拉回来。我想到自己也是其中一分子，忍不住陶醉起来，开怀得几乎心痛。我脑中突然浮现出欧凯利大发议论，罗伯伸脚在办公桌下钩住我脚踝的景象。我朝瑞法尔挥挥手中的牌，张嘴没有发出声音说：“下注。”

瑞法尔眨眨眼，我眉毛一挑，给他非常蕾西式的淘气微笑，悄声说：“除非你怕又被我杀得屁滚尿流。”

瑞法尔脸上的寒霜顿时融化，虽然只有一点。他看了看自己的牌，小心翼翼地将手机放在书架上，扔了十便士到桌上。“因为我在这里很开心！”他对着手机说，语气听起来很正常，但脸庞依然气得发红。

艾比朝瑞法尔浅浅一笑，动作敏捷地发了三张牌，然后翻开。“蕾西抽到顺子，”贾思汀眯眼对我说，“看她的表情就知道。”

电话那头的家伙显然在瑞法尔身上花了不少钱，不想让钞票白白冲进马桶。“才怪，”丹尼尔说，“她的牌也许不错，但绝对不是顺子，我叫牌。”

我根本连顺子的边都沾不到，但这不重要。除非瑞法尔挂断，否则我们不会放弃。电话那头开始大谈“真正的工作”。“你是说坐办公室？”瑞法尔朝着我们说，僵直的脊背开始放松，“有可能，等我哪一天开窍了，改邪归正，用脑袋而不是用力工作，或许能挣到有窗户的办公室。还是我的目标应该再高一点？”他对手机说：“你觉得呢？”他像哑剧演员一样，朝贾思汀做了一个“你要一，我就给你二”的表情。

对方显然知道自己被羞辱了，只是不知道为什么。他开始强调人要有企图心，说瑞法尔混到现在也该长大了，应该想办法活在现实里。

“啊，”原本低头看牌的丹尼尔目光一扬说，“现实，我一直对这个词很着迷。你们发现没有，这个词只有某一群人会用？对我来说，所有人都活在现实里，这一点根本不证自明。我们都呼吸真的氧气，吃真的食物，脚下的土地感觉一样坚实。但这群人显然对现实有非常局限的定义，我觉得他们的定义很神秘，而且他们强烈希望别人也遵守同样的定义，简直到了病态的程度。”

“他们只是嫉妒，”贾思汀检视手中的牌，又扔了两枚硬币到桌上说，“吃不到葡萄说葡萄酸。”

“没有人，”瑞法尔一边对电话说，一边挥手要我们小声点，“是电视，我整天都在看肥皂剧，吃糖果，计划毁灭世界。”

我拿到的最后一张牌是九，起码还有对子。“嗯，有些情况确实是由于嫉妒，”丹尼尔说道，“但瑞法尔的父亲，假如他刚才说的有一半是真的，那他想要怎么生活就能怎么生活，而且连我们想要的生活他都办得到。所以他何必嫉妒？没必要。我认为这样的心态来自清教徒的道德观，强调严格的社会阶级，自我厌恶，惧怕一切愉悦、艺术与无秩序的事物……我一直很好奇，这套典范怎么转化成界限，不只变成道德尺度，更成为现实的标准。你可以把电话切到扩音模式吗，瑞法尔？我很想听他怎么说。”

瑞法尔睁大眼睛不可思议地瞪他一眼，摇头拒绝了。丹尼尔显得有点意外，我们开始呵呵窃笑。

“没问题，”丹尼尔彬彬有礼地说，“既然你不想……有什么好笑的，蕾西？”

“一群疯子，”瑞法尔朝天低吼，张开双臂比着电话、丹尼尔和我们，我们几个都伸手捣住嘴巴，“我身边都是疯子，我到底做了什么？难道上辈子欺负精神病患了？”

电话那头的人显然在作精彩的总结，提醒瑞法尔日子可以过得很有“格调”。“在城里豪饮香槟，”瑞法尔替我们翻译，“上自己的秘书。”

“这样的生活有错吗？”对方咆哮道，声音大得吓了丹尼尔一跳，身体后缩，脸上露出惊诧嫌恶的表情。贾思汀扑哧一声，感觉既像怒吼又像吠叫，艾比靠着椅背，指关节咬在嘴里，而我忍不住哈哈大笑，只好把头藏在桌子底下。

电话那头的家伙显然对人体缺乏基本认识，大骂我们是一票嬉皮。我好不容易止住笑，探出头来喘口气；瑞法尔已经翻出一对杰克，一手在碗里挖酱，一手握拳振臂对我咧嘴微笑。我突然发觉一件事：刚才瑞法尔手机响起，离我耳朵只有两步，我竟然连身体也没缩一下。

“你们知道吗？”我们又下了几手牌之后，艾比突然说，“问题在满足。”

“你现在对谁说话？”瑞法尔眯眼看着丹尼尔出牌，一边问道。他已经把手机关了。

“就是刚才讲的现实，”艾比侧身从我面前将烟灰缸拉近一点，贾思汀换上德彪西的音乐，和草地上的细雨声交融在一起，“我们的社会完全建立在不满足上，人不停地想要更多更多东西，对自己的家、身体、装潢和衣服不满意，什么都觉得不够。他们觉得不满足是生命的本质，认为这是天经地义。要是你对现有的事物感到满足，尤其你有的东西一点也不稀奇，你就是危险人物，就是在破坏一切规矩，动摇神圣的经济体系，挑战社会基本价值。这就是为什么瑞法尔每回说他喜欢现在这样，他爸就会大发雷霆。在他眼里，我们都是颠覆分子，都是叛徒。”

“我觉得你讲到一个重点，”丹尼尔说，“所以问题不在嫉妒，而是恐惧。现代社会还真特别，人们自古以来一直将不满足视为威胁社会的因子，违逆自然律，必须不惜代价将之根绝，甚至直到一百年或五十年前还是如此认为。现在却颠倒过来，变成满足有问题，感觉真怪。”

“我们是革命家，”贾思汀开心地说道，他拿着玉米片在莎莎酱里搅来搅去，感觉一点也不像革命家，“没想到当个革命家这么容易。”

“我们是地下游击队。”我说得很乐。

“你是地下黑猩猩啦！”瑞法尔扔了三枚硬币到桌上。

“没错，不过是很满足的地下黑猩猩，”丹尼尔笑着对我说，“对吧？”

“只要瑞法尔别再猛挖蒜味蘸酱，我就是全爱尔兰最满足的地下黑猩猩。”

“很好，”丹尼尔朝我微微点头，“跟我想的一模一样。”

山姆从来不问。我们深夜联络，他总是说：“怎么样？”只要我答“很好”，他就开始谈别的事情。起初他还会提到侦查进度，包括仔细回顾我办过的案子，过滤地方警察提供的可疑名单，以及调查蕾西的学生和教授。

随着案情陷入胶着状态，山姆越来越少和我讲起工作，转而闲聊琐事。他去过我的住处一两回，帮公寓透透气，不让外人察觉我不在家。他告诉我，隔壁的母猫在院子里生了一窝小猫，楼下的凶太太莫洛妮在他车外留了字条，告诫他停车位只限住户使用。我没有跟山姆说，但这些事情听起来是那么遥远，仿佛来自几千里、几万年之外的朦胧世界，光是想到就让我疲惫不堪，有时还得回忆一下才知道他在说谁。

他只问过一次瑞法尔他们的事。周六晚上，我沿着往常的小径切进山楂树丛，一眼监视荒废小屋。我借用蕾西的一只长袜缠在麦克风上，感觉就像多了一只乳房，不过这也表示弗朗科和他手下只能听到十分之一的对话。

其实没有差别，我本来就压低声音说话，因为我一走出后院大门，就觉得被人跟踪。感觉并不确定，有可能是风声、月影和乡间惯有的杂音，我只是颈后头骨和脊椎的交接处有细微的电流窜过，只有被人盯着我才会这样。我极力克制，才没有猛然回头一探究竟。倘若真的有人跟踪，我不希望他察觉自己形迹败露，起码在我想出对策之前不要被他发现。

“你们都不去酒吧吗？”山姆问。

我不知道他想问什么。山姆很清楚我的作息，依照弗朗科的说法，他每天早上六点就进办公室听录音带。我心里莫名不安，但提醒他这一点让我更不自在。“我星期二带完讨论课，跟瑞法尔和贾思汀去了酒窖小馆，”我说，“还记得吗？”

“我是说林屋附近的酒吧，那家叫什么——里根酒馆的，就在村子里。他们从来不去那里？”

我们开车往返学校都会经过里根酒馆，典型的乡间酒吧，窄小破旧，夹在肉铺与报摊之间，傍晚墙边总是靠着几辆单车，没有上锁。他们压根儿没提过要去那里。

“假如只想小酌，那在家喝比较简单，”我说，“到村里还要走路，而且只有贾思汀不抽烟。”酒吧向来是爱尔兰人的生活重心，但自从禁烟令颁布之后，许多人都改在家里喝酒。我觉得禁烟没什么，虽然我不大能理解，到酒吧不能做有害身心的事情，那还去干吗？真正困扰我的，是大家竟然乖乖遵守。对爱尔兰人来说，规则永远是拿来挑战的，所谓上有政策，下有对策。但这回禁烟，所有人竟然像绵羊一样温驯。我担心爱尔兰人是不是开始转性，变成瑞士人了。

山姆笑了，他说：“你在大城市待太久了，我敢向你保证，里根酒馆绝对没有禁烟，而且从小路走不到一公里半。他们从来不去那里，你难道不觉得怪吗？”

我耸耸肩说：“他们本来就怪，不怎么喜欢和人往来，我想你应该知道。再说，里根酒馆也许很烂。”

“也许，”山姆说，但语气不是很肯定，“只要轮到你采买，你就去斯蒂芬公园中心的邓氏超市，对吧？那其他人去哪里？”

“我怎么知道？贾思汀昨天去马莎百货，其他人我完全没概念。弗朗科说蕾西都在邓氏超市买东西，所以我就去那里。”

“村里的报摊呢？有人去过那里吗？”

我想了一下。瑞法尔有一晚出去买烟，但他是从后院走的，到拉索文路上的夜间加油站，没有去葛伦斯凯。“我来这几天没有，你在想什么？”

“我只是在想，”山姆缓缓说道，“想那村子。你们几个住大房子，你知道，丹尼尔家族是住大房子的人，现在谁住大房子几乎没有人在乎，但有时候，要是以往发生过什么……我只是好奇村里是不是有什么坏印象。”

根据老一辈的记忆，英国人治理爱尔兰用的是封建制，将村子当做礼物送给英裔爱尔兰人，让他们随意处置土地和居民，后果不难想见。爱尔兰独立后，封建制度跟着瓦解，少数没落家族依然咬牙苦撑，但绝大多数都只守着一座“大房”，将其他资产卖给民众，以支付堆积如山的账单。尽管如此，财团还是买下不少大房，改建成旅馆或温泉度假村，使人几乎忘了房子的过去。不过，有些地方历史伤痕实在太深，人们永远记得。

威克劳就是其中之一。几百年来，反抗分子在这一带运筹帷幄，以我此刻坐的位置为起点，走路一天能到的山峦丘陵，全都是游击队的帮手，为他们提供掩蔽，躲避摸黑跟踪搜索的士兵。英军拿枪见人就杀，直到揪出藏匿的反抗者为止。许多房舍就这么被血洗清空，蕾西待的小屋也不例外。家家都有一段惨痛的过去。

山姆说的没错，我在大城市待太久了。都柏林现代化到了歇斯底里的程度，宽带网络之前的事物都成了古董、难堪的小笑话。我已经完全忘了住在一个拥有历史的地方是什么感觉。山姆是乡下人，老家在盖威，他很了解。小屋的破窗映着月光发亮，感觉有如鬼屋，隐秘而戒慎。

“有可能，”我说，“但我看不出和案情有什么关联。将大房子里的小鬼描绘成青面獠牙，让他们不到报摊买东西是一回事，为了曾祖母一八四六年被地主欺负而刺他们一刀又是另外一回事。”

“那倒是，但我还是会查一下，碰碰运气。任何线索都值得追查。”

我猛然往树丛上一靠，感觉有东西匆匆跑开，留下枝叶一阵骚动：“拜托，你觉得他们有这么疯吗？”

山姆沉默半晌才说：“我没有说他们疯了。”

“你认为他们可能有人只为了一百年前的事，为了一个完全无关的家族，就把蕾西杀死吗？那我得说这家伙最好多出门，越多越好，然后再找一个不会到了夏天就被他砍的女朋友。”我不知道自己为何如此生气，态度这么粗鲁。可能和屋子有关吧，我想。我为屋子做了那么多事，曾经花半个晚上和其他人将起居室的发霉壁纸撕掉，已经对它产生了感情，只要想到屋子被人如此深恶痛绝，胃部就一阵灼热。

“在我老家，”山姆说，“有一个波塞尔家族，曾祖父还是谁当过租屋中介，很坏的那种，故意借钱给无力租屋的家庭，然后占对方妻子或女儿的便宜，腻了就将他们扫地出门。他们家的小孩凯文和我们一起长大，处得很好，完全没有问题。等我们年纪稍长，他开始和女孩约会，被一群小伙子打得半死。那些人一点也不疯狂，卡西，也不是针对凯文。凯文是个好青年，从来不曾欺负女孩，只不过……有些事就是无法化解，不管过了多久，就是不会消失。”

树丛的枝叶微摆，轻刺我的背部，仿佛有东西在动。我猛然回头，却只见到四周寂静如画。“这两件事不一样，山姆。凯文是主动的一方，是他先和女孩子约会，但这五个人什么也没做，他们只是住在这里。”

山姆又是一阵沉默：“谁知道，也许这就够了。反正我只是说说。”

他的语气里带着一丝困惑。“也对，”我稍微冷静下来。“你说的没错，这一点是值得追查，因为我们之前分析过，凶手可能是本地人。我刚才讲话有点冲，对不起。”

“真希望你在我身边，”山姆突然柔声说道，“电话里很容易把事情混在一起，把话听错。”

“我知道，山姆，”我说，“我也想你。”这是实话。我一直努力抑制，这种事只会让人分心，最后把案子搞砸，甚至丧命。我过完漫长的一天，觉得又累又倦，独自躺在床上试着读书，实在很难压抑心中的感觉。“只剩几周了。”

山姆叹息说：“不到，要是我查出什么的话。我会找道帝和伯尔尼谈，看他们能告诉我什么。这其间……小心保护自己，好吗？以防万一。”

“我会小心，”我说，“你可以明天告诉我进展，晚上睡好。”

“你也是，我爱你。”

被人窥伺的感觉依然在我颈后骚动，而且变得更强更近。也许只是和山姆打电话让我紧张，但我突然很想搞清楚。暗处传来的电波、山姆的故事与瑞法尔的父亲从四面八方向我们拥来，寻找弱点，等待时机发动攻击。我突然忘了自己才是侵入者，只想高声大喊：放过我们！我将麦克风从袜子里拿出来，连同手机塞回束腹里，将手电筒开到最亮，迈开悠闲轻快的步伐，开始朝家里走。

我有几招甩开跟踪的方法，有时回头逮他，有时反过来跟踪对方，但大多数只适用于城市街道，应付不了荒郊野外。不过，方法可以调整，于是我直视前方，加快脚步，让追踪者为了跟上我，势必形迹败露或踩得矮树丛窸窣作响。接着我突然转向岔路，关掉手电筒，狂奔十五米到二十米，然后尽量悄悄挤过树篱，进入一片开阔的田野。我靠近树丛蹲着，沉默等待。

二十分钟过去，毫无动静，连树叶婆娑或碎石摩擦声都没有。要是有人跟踪我，肯定既聪明又有耐心，这可不是好兆头。最后，我决定穿越树篱回到小路上。我张目四望左右两边，见不到任何人影。

我将衣服上的枝叶挑掉，开始赶路回家。蕾西散步通常大约一个小时，我得尽快回去，否则其他人会开始担心。夜色漆黑，我见到树篱顶端泛着微光，是山楂林屋的灯火。几点金黄穿越恍如迷雾的林中轻烟，幽幽闪烁。

那天夜里，我正在床上读书，艾比过来敲门。她穿着红白方格法兰绒睡衣，脸庞洗得晶莹白净，头发垂肩，感觉只有十二岁。她将房门关上，盘腿坐在我床边，脚掌夹进膝盖取暖。“我可以问你一个问题吗？”她说。

“当然。”我说，心里暗自祈祷知道答案。

“好吧，”艾比将头发挽到耳后，回头看着门说，“我不知道该怎么说，所以就直接问了，如果你觉得我多管闲事就告诉我。孩子还好吗？”

我肯定是目瞪口呆，艾比嘴角勉强挤出一抹浅笑。“抱歉，我不是有意吓你。是我自己猜的，因为我们一向同时来，但你上个月始终没买巧克力……后来你那天呕吐，我就明白了。”

我脑袋全速运转：“男生们知道吗？”

艾比单边的肩膀轻轻一耸：“应该不知道，反正他们什么也没说。”

这不表示他们没人知道，也不表示蕾西没和孩子的父亲说，要么说她怀孕，要么说她决定堕胎，惹得他勃然大怒。至少这让我知道，艾比了解不少。艾比看着我，等我开口。“小孩没活下来。”我说，这一句倒是实话。

艾比点点头。“抱歉，”她说，“真的很遗憾，蕾西。还是……”她小心翼翼地扬起眉毛。

“没关系，”我说，“反正我也不知道该怎么办，这样比较简单。”

艾比又点点头，我发觉自己想得没错，她果然并不意外：“你要告诉他们吗？你要是不想自己开口，我可以帮你说。”

“不，”我说，“我不想让他们知道。”消息即武器，弗朗科总是这么说。怀孕这件事或许另有用处，我不想立刻花掉。回想起来，我就是那时发现自己将死掉的婴儿当成手榴弹收着，同时明白自己到底蹚了什么浑水。

“没问题，”艾比说完站起身来，扣好睡衣，“如果你想和人谈或需要帮忙，尽管来找我。”

“你不问我孩子的父亲是谁吗？”我说。要是他们都知道蕾西上床的对象是谁，麻烦就大了，但我就是觉得不可能。蕾西似乎是迫不得已才会开口的个性，但是艾比——要是有人猜得出孩子父亲是谁，那肯定是她。

艾比站在门边回过头，肩膀又是微微一耸。“我觉得，”她刻意保持语气不带感情，“你想说的时候应该就会跟我说。”

艾比走后（她赤脚下楼的声音有如急促和音，几近无声），我放下书本，坐着听其他人准备上床。有人在浴室用水，贾思汀在我楼下五音不全地哼着歌（“金——手指……”），丹尼尔在房里蹑脚走动，地板嘎吱作响。

窸窣声渐渐变小，变得细微断续，最后完全沉寂下来。我关掉床头灯，否则丹尼尔会从门缝看见灯还亮着，而且我今天已经说过太多悄悄话了。等我眼睛适应黑暗，只见到衣橱巨影庞大，梳妆台缩成一团和我移动身体时镜子里的倏忽一闪。

我一直努力不去想宝宝的事，蕾西的孩子。库柏说四周大，还不到半厘米，仿佛一颗迷你宝石，轻易地就从指间缝隙滑过，颜色忽明又灭，转瞬消逝。小小心脏有如亮片，跳动有如蜂鸟振翅，置身于再也不会发生的亿万事物之间。

你那天呕吐……小生命意志坚强，神志清醒，不愿被人忽略，已经伸出纤纤细指拉扯蕾西。不知为何，我心里想象的不是滑若丝绸的新生儿，而是彳亍学步的婴儿，娇小裸裎，满头鬈发，容貌模糊不清，在夏日草地上从我身边跑开，欢笑尖叫。也许蕾西两周前就坐在这张床上，幻想过同样的场景。

也许不是。我开始感觉蕾西的意志比我还强，坚硬有如黑曜石，天生善于反抗，却不长于战斗。只要她不愿想象腹中的孩子，那颗迷你璀璨的彗星就一秒也不会划过她的心头。

我很想知道蕾西是否决定留住孩子，仿佛那是揭开一切谜题的锁钥。爱尔兰虽然颁布堕胎禁令，却只是白忙一场，每年仍旧有无数女性默默搭船或飞机前往英国，再默默返家，不让任何人发现她们老远走了一遭。这个世上没有人能告诉我，蕾西究竟如何盘算，或许连她自己也不知道。我突然想起床溜下楼再看一眼日记，生怕漏了什么，因为十二月经期日那一栏角落有铅笔的点痕。但这么做很蠢，而且我早就知道日记里没有什么。我抱着膝盖坐在一片漆黑中，倾听雨声，感觉电池包压着应该是伤口的部位，嵌入身体，就这样坐了很久很久。

有一天晚上，我想是星期日，三名男生搬开家具，拿着砂纸和打蜡机，挤出不少男子气概，对抗起居室的肮脏地板。我和艾比让他们去忙，两人一起上到顶楼我房间隔壁的空房，检视西蒙伯公聚积的宝藏。我坐在地上，半边身体被垃圾古董盖住，寻找没被虫子蛀空的物品。艾比翻动一堆窗帘，弄得空气闷浊，她边翻边说：“丢掉、丢掉、丢掉——这个可以洗一洗——丢掉、丢掉，哦，天哪，这一定要丢掉，这个烂东西是谁买的？”楼下传来嘈杂的砂纸磨地声，屋子给人忙碌安稳的感觉，让我想起重案组办公室平常的模样。

“哇，”艾比坐在脚跟上，突然说道，“你看这个。”

她手里拿着一件洋装，盖袖连身长裙，画眉鸟蛋蓝，波尔卡白点，白领加腰带，裙摆只要转身就会扬起，完全是为了林迪舞[1]设计的衣服。“哇！”我说着推开身上杂乱的古董，走过去看个究竟，“会不会是西蒙伯公的？”

“我想他没那个身材，但还是看相簿确定一下，”艾比伸长手臂，端详洋装，“你想试穿吗？我觉得没有发霉。”

“你来吧，是你找到的。”

“我穿不可能合身，你看……”艾比站起来，将衣服搭在身上说，“这要个子高一点才能穿，腰线都到我的屁股了。”

艾比身高大约一百五十七厘米，但我老是记不住，她的模样实在很难让人觉得她个头娇小。“但我穿又太瘦了，”我比着腰身说，“除非套紧身胸衣，否则我一定会把它撑破。”

“难说，你受伤后变轻了，”艾比将衣服扔到我肩上说，“试试看嘛。”

我回房换衣服，艾比满脸困惑地看我离开。蕾西显然不会这么做，但木已成舟，我只能祈祷艾比认为是我不想露出绷带之类的缘故。洋装竟然颇为合身，尽管有点紧，绷带部位突出一块，但不至于泄露秘密。我匆匆打量一番，确定看不见线路，镜子里的我感觉屏着呼吸，淘气大胆，准备迎接任何挑战。

“就跟你说吧，”我走出房间，艾比对我说。她将我转了一圈，重新系过腰带，打上更大的结，“去让他们吹口哨吧。”

我们边喊边跑下楼，“你们看！”走进起居室，砂纸已经磨光，瑞法尔他们正在等我和艾比。“哇，看看你！”贾思汀高呼道，“真是爵士俏妞！”

---

① 译者注：林迪舞，起源于二十世纪二十年代，结合非洲快节奏及欧洲优雅舞步的舞蹈。

“太完美了，”丹尼尔微笑着对我说，“真是完美。”

瑞法尔跨坐在琴椅上，一指滑过琴键，动作豪迈纯熟，接着开始弹奏慵懒诱人带着一点摇摆的音乐。艾比笑了，将我腰带的结拉紧，之后走到钢琴边开始哼唱。

“我认识不少男孩，和他们认识，却觉得寂寞，直到遇见你……”

我听过艾比唱歌，但都是她四顾无人自哼自唱，从来没听她引吭高歌。那声音，如今很难听到那样的歌喉，低沉浑厚，悦耳动人，仿佛来自老的战争电影，让人想起烟雾弥漫的夜总会，顶着红唇和波浪鬈发搭配蓝调萨克斯风的驻唱女子。贾思汀放下砂纸，脚跟啪的一声并拢后朝我鞠躬。“我有幸邀您共舞吗？”他问我，同时伸出一只手。

我突然迟疑起来。要是蕾西手脚笨拙，或是她一点也不笨拙，我却跳得七零八落露出马脚，万一贾思汀贴得太近，感觉到伤口底下的电池……但我一向喜欢跳舞，而且已经不知多久没有跳舞，也不想跳舞了。艾比边唱边朝我眨眼，一个音符都没遗漏，瑞法尔稍微重复一小段，我握住贾思汀的手，让他带我走出起居室。

贾思汀很会跳，他舞步轻盈，一手始终牵着我，带我缓缓绕着房间转圈，感觉脚下的地板柔软温暖，沾满沙尘。我发现自己依然宝刀未老，没有踩到贾思汀，也没有失足绊倒，身体随着他确信敏捷的动作摇摆，仿佛此生不曾撞到椅子，就算想踏错脚步也不可能。

阳光斑斑驳驳闪过我的双眼，丹尼尔靠着墙微笑，忘了手中那团揉皱的砂纸。贾思汀将我甩开又拉回来，我的裙摆扬起有如大钟。“我绞尽脑汁，想要理解你对我做的一切……”空气中飘着亮光剂的味道，沙尘在光束里慵懒盘旋。艾比高举单掌，仰头引颈高歌，歌声穿越空荡的房间与破败的天花板，飞向夕阳璀璨的天空。

我忽然想起上回这样跳舞是什么时候：我和罗伯，在我家楼下的屋顶，在一切崩坏得不可收拾的前一晚。此刻，我穿着蓝色洋装，扣子紧扣，刀枪不入，丝毫不觉心痛。

甜蜜苦涩的回忆是那么遥远，仿佛很久以前发生在另一位女孩身上。瑞法尔加快节奏，艾比摇得更加起劲，不停地弹指哼唱：“我能用法文说你好美，甚至用德语说，我能道尽千言万语，跟你说你是多么棒……”

贾思汀搂住我的腰，将我举离地板飞腾转圈，满脸通红，他的笑容就在我的面前。房间宽阔没有摆饰，艾比的歌声缭绕回荡，仿佛四面八方都有人唱和。

我们的舞步扬起无数回音，感觉房里满是舞者，屋子唤醒了数百年来趁着春日傍晚在此共舞的男男女女。时髦的女孩目送时髦男孩远赴沙场，旧世界分崩离析，新世界急急叩门，屋里的老人挺直腰杆不为所动。他们全都受了伤，全都言笑自若，欢迎我们成为家族的一员。

# Chapter 9
## 微小的缝隙

“嘿嘿嘿，”那天夜里，弗朗科说，“你知道今天是什么日子，对吧？”

我不清楚，我的心思还半留在山楂林屋。晚饭后，瑞法尔从琴椅里挖出一本破烂泛黄的歌谱，继续弹奏两次大战间的音乐，艾比回空房寻宝，一边哼唱应和——哦，约翰，你怎么能爱——丹尼尔和贾思汀负责洗碗，我穿过草地走出后院大门，脚踝依然随着节拍跳动，感觉甜美、冒失而诱人。我当时真的有种冲动想留在家里，让弗朗科、山姆和那双神秘眼睛徒劳无功，就这么一晚。我感觉出门散步没什么帮助，云朵慢慢遮蔽天空，如针般的雨丝落在公用外套上，我打电话又不喜欢开手电筒，视线不超过十五厘米。谁知道小屋四周是不是有一群跟踪狂，正在跳玛卡莲娜。

“假如是你生日的话，”我说，“礼物可能会晚点才到。”

“哈哈哈，真好笑。今天是星期日，宝贝。除非我搞错，否则你应该还在山楂林屋，舒服得像只地毯里的虫子。这表示我们已经打赢了第一仗，你顺利度过一周没有露馅。恭喜你，卡西警探，恭喜你成功地混进去了。”

“应该是吧。”我说。不知道从哪一天起，我已经不再算日子了。我认为这是很好的迹象。

“所以，”弗朗科说，我听见他调整到舒服的姿势，将广播里声嘶力竭的叩应民众音量调低。弗朗科被奥莉薇亚扫地出门后不知道住哪里，总之他这会儿在家，“我们来对第一周稍微作个总结吧。”

我找了一面墙坐在上头，等心情沉静好才开口回答。弗朗科表面嘻嘻哈哈，骨子里却是地道的生意人，像老板一样要求下属定期简报，而且越清楚、彻底、简洁越好。

“第一周，”我说，“我进入蕾西家中与求学处，显然相当成功，没有人显露怀疑的征兆。我尽可能搜查山楂林屋，但没有发现值得侦查的方向。”这点大体没错，虽然日记照理说是个指引，但我还不知道它指向何方。

“我尽量让自己有空儿，白天和晚上会找时间独处，让认识的人能与我接触，散步也会暴露行踪，让不明人士顺利跟随。这一周没有侦查范围外的陌生人出现，但还不能排除外人犯案的可能，凶手或许在等待时机。我和屋友、学生与教授的互动不少，但他们主要关心我的状况。葛芮丽对经过的详情比你想的还要感兴趣，但我认为她只是爱看热闹。身边的人对蕾西受伤和返家的反应都没有异状，屋友似乎向警方隐瞒了他们的惊惶程度，但以他们的行为模式而言，这样的反应并不可疑，他们对外人非常保留。”

“这还用说，”弗朗科说，“你有什么想法？”

我移动身体，想在墙上找一块不会刺痛臀部的位置。这问题有些复杂，因为我不打算告诉弗朗科和山姆关于日记的事，也不想透露自己感觉被人跟踪。“我想我们漏了什么，”最后我开口说，“很重要的事，也许是神秘凶手，也许是动机，或是……我不知道。我只是有很强烈的预感，有事情还没浮出水面。我一直觉得自己就快要发现了，只是……”

“和屋友有关吗？还是大学？肚子里的小孩？或是梅鲁思？”

“我不知道，”我说，“真的没概念。”

弗朗科伸手拿东西，沙发弹簧嘎吱作响，是饮料，我听见吞咽声。“起码和伯公无关，这点倒是能够确定。你猜得太远了，西蒙死于肝硬化。他把自己锁在屋里，喝酒喝了三四十年，最后六个月在疗养院等死。他们五个人都没有造访他，丹尼尔其实只有小时候见过他，至少我追查的结果是这样。”

我很少会为了自己犯错而欣喜若狂，但这回是例外。不过，我依然有种胡思乱想的感觉，这周以来都是如此。“那他干吗将屋子留给丹尼尔？”

“因为他没什么选择，那一家人都死得早，活着的亲戚只剩丹尼尔和他表哥爱德华——西蒙女儿的孩子。爱德华是房地产经纪人，雅痞一族，西蒙显然认为阿丹是比较不易烂的苹果。他可能喜欢书呆子胜过雅痞，或只是希望由保有家族姓氏的人继承。”

做得好，西蒙。“爱德华一定气炸了。”

“那还用说，他和丹尼尔差不多，都跟伯公不亲，但还是对遗嘱有意见，说西蒙酒喝太多，脑袋都糊涂了。继承手续会拖这么久，就是这个原因。这么做很蠢，不过话说回来，爱德华本来就不是什么聪明人。家庭医师证实西蒙酗酒，个性又糟，但脑袋就和我们一样清楚，就这样。没什么可疑的地方。”

我跳下围墙。我不该沮丧的，我本来就不认为他们五个会在西蒙伯公的假牙黏着剂里偷掺龙葵[1]，但我依然摆脱不了屋子是案情关键，而我应该有办法掌握的感觉。“嗯，好吧，”我说，“反正就是个想法，抱歉浪费你的时间。”

弗朗科叹了口气：“别这么说，任何线索都值得追查。”我要是再听到这句话，绝对会动手砍人。“假如你觉得他们可疑，他们可能真的有问题，只不过伯公这个方向不对而已。”

“我从来没说他们可疑。”

“你几天前还在想，他们用枕头压住西蒙伯公的头，不是吗？”

我将帽子往下拉，遮住脸庞。雨势越来越大，针刺般的扎人，我很想回家。我不知道哪件事比较没意义，是出来窥伺，还是和弗朗科说话：“我没有想，只是要你查一下，碰碰运气，我很难想象他们是一群杀人魔。”

“嗯，”弗朗科说，“而且，你很肯定不是因为他们非常可爱。”

我听不出他是在激我，还是试验我。以弗朗科的风格，或许两者都有。“拜托，老大，你知道我没那么差劲。是你问我有什么想法，我才跟你说的。我只要醒着，几乎就和这四个家伙一起，过了一星期，完全见不到动机，也没有良心不安的迹象。我们之前说过，假如凶手在他们当中，其他人一定知道。都这么几天了，要是真有什么，绝对会有人藏不住，即使只有一秒。我想你说得非常对，他们确实有所隐瞒，但我不认为会是这个。”

“好吧，”弗朗科不置可否地说，“所以第二周你有两项任务，一是搞清楚你心里毛毛的感觉来自哪里，二是开始试探屋友，看他们隐瞒了什么。那几个家伙现在还很轻松，没关系，因为我们本来就是这么计划的，接下来可要开始收线了。不过，你做的时候要注意一点。还记得前天晚上，你和艾比的闺房谈话吗？”

“嗯。”我说，心里想起弗朗科听到我们的对话，突然有种说不出来的感觉，几近愤怒，很想朝他发火：那是悄悄话！

“睡衣派对万岁，我就跟你说那女孩子很机灵。所以，你觉得呢？她知不知道孩子的父亲是谁？”

关于这点，我还不确定。“她很可能猜到了什么，但我想她并没有把握，而且也不打算把想法告诉我。”我说。

“留心那女孩，”弗朗科喝了一口酒说，“我觉得她有点太会察言观色了，你认为

---

① 译者注：常在奇幻及黑魔法世界提及的植物，自古被认为有强烈药性，有助于召唤及抵抗恶魔。

她会和那几个男生说吗？”

“不会，”这点我倒是毫不犹豫，“我觉得艾比非常懂得少管闲事，让其他人去操心自己的烦恼。她提起宝宝只是让我知道不用一个人面对，讲清楚这点之后，她就摆明不再插手，言谈间没有暗示，也没有刺探。她什么都不会说。对了，弗朗科，你还会侦讯他们吗？”

“还不清楚。”弗朗科说，语气带着一丝谨慎，他讨厌受局限，“干吗？”

“假如你再侦讯他们，别提孩子的事，好吗？我想自己跟他们说，他们对你很警觉，只会表现出一半，我却可以看到他们完整的反应。”

“好吧，”弗朗科沉吟半晌后说。他表面上是帮我忙，但我听得出来他心里的满意，他很欣赏我的思考方式。这样的感觉真好，“但要记得抓对时机，趁他们喝醉之类的时候再说。”

“他们不会喝醉，只会微醺。我会自己判断时机。”

“行，但我得强调一点，艾比心里有事压着没说，不仅和案情有关，而且连蕾西她都瞒着，对那几个男生更是始终没提。我们每回提到他们，都当他们是一体的，共同守着一个大秘密，但事情没那么简单，其中还有许多缝隙。他们或许共同守着秘密，或者各怀隐私，甚至两者都有。注意这些缝隙，随时向我回报。”

弗朗科准备挂断了。“女孩的事有什么进展？”我问，心里想着梅鲁思，但我就是无法说出口。仅仅提到她就让我很不自在，像是被电触到。然而，要是弗朗科有任何发现，我非得知道不可。

弗朗科哼了一声：“你曾经催过美国联邦调查局吗？他们光是处理自己国内的杀人放火就忙不完了，别人家的小小凶杀案怎么可能摆在优先？算了吧，他们有消息自然会有消息，你只要专心帮我挖出一点答案就好。”

弗朗科说的没错，我起初确实将他们看成一体，是我的“屋友”，总是并肩齐步，有如优雅的画中人物般永远同在，又像上了蜂蜡的古木闪耀细致的光彩。直到一星期过去，他们在我眼中才成为真实的人，彼此不同的个体，有自己的怪癖与弱点。

我知道弗朗科说的缝隙就在这里，这样的友谊不可能像好莱坞的柔焦场景，某一天早上突然出现在彩虹彼端。这样的友谊要在如此紧密的空间维持长久，绝对得下一番苦功。任何花式溜冰选手、芭蕾舞者或障碍赛马骑士，任何需要面对变动不已事物的人都能告诉你，没有什么比“毫不费力”需要花上更多心血了。

起初缝隙很小，飘忽有如迷雾，伸手难以掌握。周一清晨，我们在厨房吃早餐，瑞法尔照例昏昏沉沉地出来拿了咖啡，又回房继续让自己清醒；贾思汀将煎蛋利落地切成条状；丹尼尔一手拿着腊肠，一手在应该是古诺尔斯语复印件的边缘注记；艾比翻阅她在人文学院找到的上周报纸，而我则是随口找人闲聊。

我慢慢增加自己的聒噪程度，这一点做起来可没那么简单。我说得越多，就越可能自打嘴巴，但我唯有让这四个人放松，才有机会挤出线索，更何况蕾西当初打入小圈子，靠的可不是沉默。我随意聊起周四讨论课上的四位恐怖女学生，心想这个话题应该很安全。

“我觉得她们根本就是同一个人，都叫欧拉、费欧娜或欧菲，讲话好像鼻窦被人摘除似的，头发烫直，染成金色，而且从来不读书，真不知道她们来念大学干吗。”

“钓金龟婿。”艾比头也不抬地说。

“那起码有一位成功了，认识一个长得像橄榄球员的家伙。上周讨论课结束，那男的在门口等她。我不骗你，他看到她们四个出来简直吓坏了，正牌女友朝他扑来，他却把手伸向错的女孩，连他都分不出来谁是谁。”

“总算好点了。”丹尼尔朝我笑着说。

“话匣子，”贾思汀在我盘子里放了另一块吐司，“我实在很好奇，你曾经安静超过五分钟吗？”

“有啊，我九岁得过喉炎，五天说不出半个字，感觉真差。大家不停地拿鸡汤、漫画和无聊的东西给我，我一直说我非常好，说我想要下床，但他们就是要我安静，让喉咙休息。你们小时候有没有……”

“该死，”艾比突然放下报纸抬头说，“我买的樱桃，保存期限是昨天。你们还有谁肚子饿？我们可以放进薄煎饼里，或做其他东西。”

“我从来没听过樱桃煎饼，”贾思汀说，“感觉很恶心。”

“为什么？既然有蓝莓煎饼……”

“还有樱桃司康饼。”我嚼着吐司提醒大家。

“那完全不一样，”丹尼尔说，“那是糖渍樱桃，无论酸度或水分都……”

“我们还是可以试试看，樱桃花了我那么多钱，绝不能白白烂掉。”

“我什么都好，”我试着打圆场，“我可以吃一点樱桃煎饼。”

“哦，天哪，不要，”贾思汀嫌恶得微微颤抖，“干脆拿到学校，午餐的时候吃。”

“瑞法尔不能吃，”艾比折好报纸，朝冰箱走去说，“你们闻到他袋子的怪味道了吗？他把半根香蕉塞在内袋，结果完全忘了。从现在起，只要看不到他当场吃掉的东西，我们都不能喂他。蕾西，可以帮我包樱桃吗？”

事情发生得如此自然，我完全没有察觉。我和艾比将樱桃分成四份，和当天的三明治放在一起。后来樱桃几乎都被瑞法尔吃光了，我也忘了这件事，直到隔天傍晚。

我们洗了几条尘味较淡的窗帘挂在空房，主要是为了保暖，而非美观。屋里只有一台电蓄热器和壁炉供暖，在冬天肯定冷得有如北极。

贾思汀和丹尼尔负责二楼，其他人负责顶楼。我和艾比帮瑞法尔装挂钩，让他将窗帘挂上，突然听见楼下传来重物落地的声响，砰的一声，接着是贾思汀尖叫，丹尼尔高声说：“没关系，我没事。”

“怎么回事？”瑞法尔一手抓着窗帘横杆，摇摇晃晃地站在窗台上说。

“有人掉了东西，”艾比嘴里衔着挂钩说，“或摔到什么东西上，我想应该没事。”

地板下方忽然传来低沉的吼声，是贾思汀：“蕾西、艾比、瑞法尔，快下来看！”

我们跑到二楼空房，只见丹尼尔和贾思汀跪在地上，身旁有一堆奇奇怪怪的东西，我还以为他们真的有人受伤了。接着我才发现他们在看什么，两人中间的地板上有一个僵硬肮脏的皮囊，丹尼尔手上握着一把左轮手枪。

“丹尼尔从高凳上摔下来，”贾思汀说，“撞到这堆东西，结果那玩意儿直接落在他脚边。这里乱得要命，根本搞不清楚枪从哪里冒出来，到底还有哪些东西。”

枪是威伯利手枪，造型优雅，落满尘土，闪着铜锈的绿光。“天哪，”瑞法尔在丹尼尔身旁蹲下，伸手去摸枪管，“这是威伯利马克六号旧款，一次世界大战的标准配枪。可能是你那位疯伯公的，丹尼尔，或者是跟你长得很像的那家伙。”

丹尼尔点点头，低头检视手枪，接着转开弹腔，没有子弹。“你是说威廉，”他说，“的确，枪有可能是他的。”说完转回弹腔，一只手谨慎轻柔地握住枪把。

“这枪简直一团糟，”瑞法尔说，“但还有办法清理，只要用上好溶剂浸它两天，再拿刷子刷一刷就行。不过，我想要找到子弹有点困难。”

丹尼尔朝他一笑，突如其来的咧嘴微笑，接着倒拿皮囊，只见一个退色的弹药盒掉了出来，落在地上。

“哈，太棒啰！”瑞法尔拾起纸盒摇一摇说。我听出盒子里几乎全满，应该有九到十发子弹，“我们很快就能玩它了，我去买溶剂。”

“不懂的东西最好别乱碰。”艾比说。我们当中只有她没坐下来看个究竟，对瑞法尔的提议也不是很感兴趣。不知该如何反应的还有我。威伯利是把好枪，我很想试一试，但它的出现让卧底工作产生全新的变量，山姆肯定不会喜欢这样的进展。

瑞法尔翻了翻白眼。“你怎么知道我不懂？我父亲以前每年都会带我去打猎，从我七岁开始。我连天上飞的雉鸡都打得中，五发中三发。我们有一年到苏格兰……”

“枪是合法的吗？”艾比追问道，“难道不需要申请执照之类的？”

“它是家族遗产，”贾思汀说，“我们不是用买的，是继承的。”

又是“我们”。“买枪不用执照，傻瓜，”我说，“持有枪支才要。”我决定让弗朗科去和山姆解释，为什么这把枪就算不曾申请执照，我们也不会将它没收。

瑞法尔扬起眉毛说：“你们不想听吗？我正在说父子情深的故事，你们竟然讨论起怎么申请执照来了？我父亲发现我会射击后，每年狩猎季一到，他就会帮我向学校请假一周，也只有那时候他才不会把我当成活教材，告诉别人避孕的重要。我十六岁生日那天，他送我……”

“我很确定我们必须申请执照，”丹尼尔说，“但我现在不想理它，起码暂时，最近我已经被警察烦得够多了。你什么时候可以拿到溶剂，瑞法尔？”

丹尼尔目不转睛地瞪着瑞法尔，眼神灰冷专注。瑞法尔望了他一眼，接着便耸耸肩膀，将枪从丹尼尔手中接过去。“这星期之内吧，我想，只要我找得到地方放。”他开始拆枪，凝视枪管内壁，动作比丹尼尔熟练得多。

这时，我才突然想起樱桃的事，想起自己那天胡扯闲聊被艾比打断。是丹尼尔，是他冷静不移、有如关门似的坚决语气提醒了我。我思索片刻，总算记起当时其他人不着痕迹转移话题前，我在讲些什么。我在讲小时候得了喉炎，被迫躺在床上。

那天晚上，我测试了自己的推论。我们挂好窗帘，丹尼尔也将枪搁在一旁，五个人窝在起居室里。艾比刚完成布偶的衬裙，开始做洋装，腰间都是我在星期日挑拣出来的零碎布料。

“我小时候也有很多洋娃娃。”我说。假如我推论无误，这么说应该没事，他们不会知道蕾西太多的童年往事，“我有一整套……”

“你？”贾思汀朝我怪怪一笑，说，“你只会收集巧克力吧。”

“说到这个，”艾比问我，“你还有巧克力吗？包核桃的？”

果然立刻岔开话题。“我真的有一整套，”我说，“《小妇人》里的四个女孩，你也可以买到她们的母亲，但她简直就是一头伪善的母牛，我才不要让她靠近。其实我连那四个女孩也不想要，可是我姑姑她……”

“你为何不去买《小妇人》洋娃娃？”贾思汀有点沮丧地问艾比，“把那个可怕的人偶扔掉？”

“你要是再向它发牢骚，我敢保证你哪一天醒来，一定会发现它在你枕头边，两眼盯着你看。”

瑞法尔在玩接龙，他抬头看我，金色眼眸，眼皮低垂。“我一直跟她说，我一点也不喜欢洋娃娃，”我不顾贾思汀发出的难听噪音，继续往下说，“但她就是不听，她……”

丹尼尔放下书本抬头说：“不谈过去。”我从他语气里的低沉决绝听得出来，这句话他不是第一次说。

所有的人沉默半晌，气氛有些尴尬。壁炉里迸出点点火星，朝烟囱飞升，艾比继续拼凑碎布编织洋装，瑞法尔依然盯着我看，我低头阅读柯瑞里的《愿成连理》，还是感觉得到他的目光。

不知何故，屋里任何人只要提起往事就算越界。小说《魔幻的瓦特希普高原》[①]里的诡异兔子不答任何“哪里”开头的问题，这四个人则是绝口不谈过去。

还有，瑞法尔肯定知道这点，因此显然是蓄意挑衅。我不知道他想激谁，又为了什么，或许他一时心血来潮，想惹所有人生气。无论如何，这是一条微小的裂隙，他们的生活并不如表面上那么完美。

星期三，弗朗科在联邦调查局的朋友有了回复。弗朗科一接电话，我就知道事情不对，而且非常严重。

“你在哪里？”他问。

“某条小路上，我也不清楚，干吗？”

猫头鹰在我背后低鸣一声，非常接近。我转头见它翩然飞进林中，离我只有几步，双翼伸展，轻盈有如烟灰。“什么东西？”弗朗科厉声问道。

“只是猫头鹰，别紧张，弗朗科。”

“带枪了吗？”

我没带。我深陷于蕾西与惊奇四超人的世界里，浑然忘了自己的目标不在屋内，而是屋外，而且可能被对方盯着。我的大意比起弗朗科语气里的不悦更让我震惊，胃里一阵翻搅：要随时警觉。

弗朗科察觉到我迟疑半秒，立刻猛然说道：“马上回去。”

---

① 译者注：《魔幻的瓦特希普高原》是英国作家理查德·亚当斯（Richard Adams）的作品，主角是一群拟人化的兔子，自有文化、神话、传说等，因为家园即将毁灭，兔群踏上寻找新家的旅程。

“我才刚出来十分钟，其他人会以为……”

“就让他们去以为，你没带武器不准乱走。”

我转身沿着小路往回走，猫头鹰在树上摇晃，身影映着夜空露出一对尖耳。

我抄近路朝屋子正门接近，那里小路较宽，也没有树丛让突袭者藏匿。“怎么了？”

“你在往回走？”

“没错，到底怎么了？”

弗朗科吁口气说：“你要作好心理准备，宝贝。我的美国朋友查到梅鲁思的双亲，他们住在北卡罗来纳山区一个狗不拉屎的地方，连电话都没有。他派人去通知她的家长，顺便打探消息。结果你知道他手下发现了什么？”

我还没叫弗朗科少卖关子，快讲重点，心里就突然明白了：“女孩不是她。”

“答对了，梅鲁思四岁就死于脑膜炎。我朋友手下拿女孩的学生证相片出来，他们完全没见过她。”

我仿佛吸了一大口纯氧，只想捧腹狂笑，迷醉晕眩得仿佛恋爱中的青少年。女孩彻底摆了我一道（什么皮卡车，什么碳酸泉，去你的），我心里只想：女孩，算你厉害。我自以为是玩家，没想到只是小孩把戏，和家财万贯的小开装穷一样。女孩才是个中高手，无论生命或身份都不放在眼里，一如发间的野花，随时可以在风驰电掣的路上顺手抛弃。我一次也做不来的事，对她就像刷牙一般容易。从来没有人打击我到这个程度，朋友没有，亲戚和山姆也没有，谁都没有。我也渴望感受大火烧穿骨头、强风刮去皮肤的滋味，很想知道那样的自由是不是带着臭氧、雷雨或火药的味道。

“混账东西，”我说，“同样的事情她到底做过几回？”

“我比较想知道为什么。这支持我的推论，有人在追女孩，而且还没放弃。她不知道从哪里得知梅鲁思这个名字，或许是墓园，或许是旧报纸上的讣闻，决定改头换面，但还是被那家伙追到，于是她又逃了，这回离开美国。一般人不会这么做，除非她很害怕，但女孩最后还是被逮到了。”

我走到前院大门，背靠门柱，深呼吸一口气。月光下，车道感觉很陌生，掉落的樱桃花与暗影将地面点缀得黑白斑驳，和树木混成一体，有如花纹灿烂的隧道。“是啊，”我说，“她最后还是被逮到了。”

“我不希望他逮到你，”弗朗科叹息说，“虽然我不想承认，但卡西，山姆这回可能说对了。假如你想脱身，今晚就可以开始装病，我明天一早把你带走。”

夜色寂静，就连樱桃树都不见微风骚动。纤细甜美的声音从车道传来，是一个女孩在唱歌：在我城里，没有深红缎带……我的手臂一阵刺痛。我不知道弗朗科是不是在骗我，我到现在依然不知道，他当时真的打算让我撤离，还是在我回复前就知道我不可能给他别的答案。

“不用，”我说，“没关系，我继续留着。”

深红缎带，让她缠起秀发……

“好吧，”弗朗科说，语气一点也不惊异，“记得把枪带在身上，眼睛瞪大点，我只要发现什么，不管是任何线索，都会让你知道。”

“谢了，弗朗科，我明天再打电话，老时间、老地点。”

唱歌的是艾比。她的房间窗户灯光昏黄，她正在梳头，动作缓慢，漫不经心。要是我活到百岁……三个男孩子在厨房洗碗，丹尼尔的衬衫袖子整齐地卷到手肘，瑞法尔挥舞着擦碗布在争执什么，贾思汀摇头反对。我靠着樱桃树的厚实树干，听艾比的歌声从窗框钻出来，飘向无边的黑夜。

谁知道女孩换过多少身份才寻着这里，找到了家。我可以进去，我心想，只要我想，我随时都能踏上台阶，开门进去。

微小的裂隙。周四傍晚，我们饭后又到院子里待着。晚餐是成堆的烤猪肉、烤土豆和蔬菜，外加苹果派，难怪蕾西会比我重。我们喝了红酒，努力振作想找点有用的事情来做。我手表的表带松了，于是便坐在草地上，拿着蕾西的指甲锉想把表带装回去，但铆钉一直滑掉。之前我翻阅蕾西的日记，用的也是这支锉子。

贾思汀坐在摇椅上懒洋洋地问道，“被男人干一干有什么不好？”

我立刻提高警觉。我一直怀疑贾思汀是同性恋，但弗朗科查不出什么具体事证。他既没有男友，也没有女友，况且他也可能是异性恋男人，只是比较温和敏感，又有一点居家而已。假若贾思汀是同性恋，那“孩子父亲”的可疑名单上起码少了他一个。

“哦，拜托你，贾思汀，少这么炫耀好吗？”瑞法尔说。他闭眼躺在草地上，双臂枕着脑袋。

“你真是恐同症患者，”贾思汀说，“假如我说：‘快去打一炮。’蕾西说：‘打炮有什么不好？’你就不会说她在炫耀。”

“我会，”艾比在瑞法尔身旁说，“我会说蕾西明知道我们没有男女朋友，还在炫耀自己的爱情生活。”

“是你没有男朋友吧。”瑞法尔说。

“对啦，”艾比说，“你例外，因为你什么都不讲。说不定三一学院的女子曲棍球队员全都和你有一腿，我们完全不清楚。”

“我从来没跟女子曲棍球队员有过关系。”瑞法尔答得正经八百。

“学校真的有女子曲棍球队吗？”丹尼尔很好奇。

“想都别想。”艾比对他说。

“我觉得这是瑞法尔的把戏，”我说，“你们想，他一直故作神秘，什么都不说，搞得我们认为他一定背着我们干了见不得人的事，勾引曲棍球员，像兔子一样到处风流。但我想他什么都不说，其实是因为他根本没什么好说的，他的爱情生活就和我们一样乏善可陈。”瑞法尔朝我瞟了一眼，露出谜一般的微笑。

“我看很难。”艾比说。

“你们怎么没人问我是不是和男子曲棍球队员有一腿？”贾思汀说。

“没错，”瑞法尔说，“我们才不会问你是不是和谁有一腿，因为就算我们不问，你也会说，而且一定无聊透顶。”

“看来，”贾思汀顿了一下说，“我显然道行不够，尽管是你说……”

“什么？”瑞法尔双肘支起身子，冷冷地瞪着贾思汀说，“我说什么？”

没有人接话。贾思汀摘下眼镜，用衬衫下摆擦拭，擦得很仔细，太仔细了一点。瑞法尔点了一根烟。

艾比看我一眼，像是给我暗示，我突然想起之前看的录像画面。他们心有灵犀，弗朗科曾经这么说。蕾西的角色就是化解僵局，随便讲几句胡言乱语让大家翻眼大笑，尽释前嫌。“哎，混账狗屁蛋，快去被人干一干啦，管他男的女的，”铆钉又掉进草里，我脱口而出，“这样总行了吧？”

“管他男的女的，有什么不好？”艾比问我，“我就喜欢男的女的。”

所有人都笑了，连贾思汀也咧开嘴巴。瑞法尔脸上的冷漠愠怒一扫而光，他将烟放在阳台边缘，开始帮我找铆钉。我心里一阵欢喜，因为我做对了。

“那警探今天又到我的教室外头。”周五傍晚，艾比在车上说。贾思汀已经先回家了，他整天都在抱怨头痛，但我想他在生闷气，而且是针对瑞法尔。于是，我们这会儿全都挤在丹尼尔的车里，卡在两线道动弹不得，和成千上万开着休旅车的上班族与智障一起塞车。我朝车窗吹一口气，在雾气上玩圈圈叉叉。

“哪一个？”丹尼尔问。

“山姆。”

“嗯，”丹尼尔说，“他回来做什么？”

艾比将烟从丹尼尔指间取走，拿来点自己的烟。“他问我们为什么从来不去村子。”她说。

“因为那里的人全都是有六根脚指头的白痴。”瑞法尔对着窗户说。他坐我旁边，身体懒洋洋地摊在座位上，一个膝盖抵着艾比背后推呀推的。瑞法尔只要塞车就会火冒三丈，但他心情不是普通的恶劣，我更加认为他和贾思汀之间出了问题。

“那你怎么跟他说？”丹尼尔问。他转头看了一眼，将车子切到隔壁线道，车流只前进了三五厘米。

艾比耸耸肩回答：“我跟他说了，我说我们去过酒吧一次，结果被村民赏臭脸，之后就敬而远之了。”

“真有意思，”丹尼尔说，“我想我们可能低估山姆警探了。蕾西，你曾经和他提过村子的事吗？”

“完全没想过。”我赢了圈圈叉叉，双手握拳振臂轻声欢呼，瑞法尔气恼地瞪了我一眼。

“嗯，”丹尼尔说，“果然。老实说，我本来不是很瞧得起山姆，但他要是自己追上这条线索，这人显然比外表还精明。我在想也许……嗯。”

“那人比外表还讨厌，”瑞法尔说，“起码弗朗科收手了，他们到底什么时候才会放过我们？”

“拜托，我被人刺伤了呀，”我很难过地说，“差点没死掉。他们想知道是谁干的，我也是，难道你不想吗？”瑞法尔耸耸肩，转头继续恨恨地瞪着车阵。

“你和他提到过喷漆的事吗？”丹尼尔问艾比，“还有闯空门的事？”

艾比摇摇头说：“他没有问，我就没说。你认为……我可以打电话告诉他。”

没有人提到喷漆和闯空门的事。“你认为刺伤我的是村里的人？”我放弃圈圈叉叉，倾身挤到前座之间，“真的吗？”

“我不知道，”丹尼尔说，我不知道他是回答我还是艾比。“我得思考各种可能。不过就目前来说，我想最好的做法就是按兵不动。要是山姆警探想追查我们和村民的关系，他自己会查出其余的实情，我们没必要推他一把。”

“哦，瑞法尔，”艾比伸手绕到座位背后，朝瑞法尔的膝盖用力拍了一下，“别再蹬了。”瑞法尔大声叹口气，双脚一转抵住车门。车阵渐渐开始移动，丹尼尔平稳利落地转弯离开二线道，开始加速。

那天夜里，我在小路上给山姆打电话，他已经知道喷漆和闯空门的事了。他这几天都待在拉索文分局调阅档案，寻找和山楂林屋有关的记录。

“屋子果然有问题，分局里有一堆档案。”山姆语气匆忙专注，他只要找到有利的线索就会这样。“你看他尾巴摇得。”罗伯曾经这么说。打从蕾西突然闯进我们的生活，这是他头一回心情愉快。“葛伦斯凯犯罪率极低，但山楂林屋过去三年就发生了四起窃案，最早是二〇〇二年，然后是二〇〇三年，最后两起是老西蒙住院的时候。”

“窃贼拿走什么了吗？有没有翻过房子？”我说。山姆认为蕾西可能因为屋里的珍贵小古董被杀，但我看过西蒙伯公留下的东西，实在很难相信这样的说法。然而，要是有人为此摸进屋子四次……

“完全没有，四次都没拿走任何东西，起码西蒙没发现什么损失。不过，伯尔尼说屋子里简直就是垃圾堆，即使有东西失窃，西蒙也不会察觉。没有迹象显示窃贼在找什么，他们只是打破后门的两块玻璃，冲进屋里大肆破坏，割烂几条窗帘，头一次闯入时在沙发上撒尿，第二次砸毁了一堆陶器之类的。那些人显然无意行抢，只想泄愤。”

山楂林屋——我想到几名小瘪三肆无忌惮地闯入房间，爱砸什么就砸什么，对准沙发撒尿，心头就怒火中烧，只想挥拳打人。我的反应竟然如此激烈，连自己都吓了一跳。“帅啊！”我说，“确定不是小鬼胡闹？周六晚上的葛伦斯凯可是没什么事情好做。”

“等等，”山姆说，“我还没说完。蕾西他们搬进去之前，那屋子几乎每个月都遭人破坏，时间长达四年。不是有人拿砖头砸窗户，用酒瓶扔墙，将死老鼠放进信箱里，就是喷漆涂鸦，比方说……”翻动笔记本的声音，“‘不列颠人统统滚蛋’，‘地主不得好死’，‘共和军万岁’……”

“你认为蕾西是爱尔兰共和军杀的？我承认这件案子确实很怪，什么状况都有可能，但我从来没听过这么离谱的推论。”

山姆笑了，笑得很开怀：“哦，天哪，当然不是，这不像共和军的风格。但葛伦斯凯仍然有人认为西蒙家族是英国佬和地主，即使没那么气他们。听好了，二〇〇一年和二〇〇四年各有一次喷漆，内容都是：‘婴儿杀手全部滚蛋’。”

“婴儿杀手？”我惊讶得大脑混沌，一时搞不清事件的先后顺序，心中兀自想起蕾西不见天日的短命孩子，“搞什么？这和婴儿有什么关系？”

“我也不知道，但我会查清楚。显然有人的泄愤对象非常明确，但不可能是蕾西他们五个，因为时间相隔太久。也不会是西蒙，因为喷漆强调‘统统’和‘全部’，表示对象不止一人，而是整个家族，山楂林屋和所有住在里头的人。”

蜿蜒小路显得暗怀鬼胎，居心叵测，堆积了太多阴影，记得太多发生在路上的往事。我走到树影中，背靠着树干：“为什么我们之前都没听说？”

“因为我们没问，我们一直锁定蕾西，不管她的真实身份如何，一直认定她就是凶手的目标，没想过她或许只是——那个叫什么？间接受害。这不是道帝和伯尔尼的错，他们从来没办过凶杀案，不知道该怎么着手，完全没想到我们可能需要这样的线索。”

“他们有什么看法？”

山姆吁了一口气：“不多。他们想不出什么可疑对象，也没听过婴儿死亡的事。他们只祝我好运，希望我有所发现。两人都说自己当初被派到葛伦斯凯，对这个村子一无所知，现在还是差不多。村里的人很封闭，不喜欢警察，也排斥外人，遇到任何犯罪事件都是一问三不知，然后自己想办法私了。据道帝和伯尔尼说，就连附近的人都认为葛伦斯凯全村都是心理变态。”

“所以他们完全不管破坏案件？”我说，语气明显焦躁，“接到报案直接说：‘哦，对啊，我们爱莫能助。’然后让不知道是谁的浑球继续恶搞山楂林屋。”

“他们都尽力了。”山姆说得斩钉截铁，所有警察对他而言都是一家人，道帝和伯尔尼自然也不例外，“屋子头一回有人闯入，他们就建议西蒙养只狗或装警报系统，西蒙说他讨厌狗，警报系统是娘娘腔的玩意儿，他能照顾好自己，谢谢再联络。伯尔尼和道帝觉得西蒙应该有枪，就是你发现的那支。他们觉得这样不是很好，尤其那老家伙几乎天天喝醉，但他们也无能为力。他们直接问西蒙是不是有枪，他矢口否认，而他要是不肯装警报系统，他们也不大可能强迫他做。”

“那他住院期间发生的那一回呢？他们知道屋里没人，那附近的人一定都知道，他们应该很清楚屋子会成为……”

“他们每晚都会巡逻一次，”山姆说，“但也就只能这样了，不是吗？”

他带着微微吃惊的语气，我才发觉自己太激动了。“你刚才说‘蕾西他们搬进去之前’，”我声音和缓一些说，“他们搬进去之后呢？”

“破坏还是持续发生，但少了很多。伯尔尼登门造访，和丹尼尔谈过，告诉他之前出过哪些事情，但丹尼尔似乎不大担心。之后只发生过两次意外，一次是去年十月有人用石头砸窗，一次在十二月，又是喷漆：‘外地人滚蛋’。伯尔尼和道帝没通知我们，这是其中一个原因，他们认为事情不是第一次，算是结案了。”

“所以说到底，凶手可能只是西蒙伯公的世仇。”

“有可能，但我认为不是。我敢说应该是所谓的定时骚扰，”山姆的声音里带着笑意，找到明确线索让他的心情整个变了，“档案有其中十六起破坏的发生时间，全都在深夜十一点半到一点之间。这点绝非巧合，不管是谁盯上山楂林屋，显然都挑过时机。”

“酒吧关门时间。”我说。

山姆笑了：“聪明，我想可能是一两个家伙喝不够，被酒吧踢出来心情恶劣，便壮着酒胆顺手抓了砖块或喷漆之类的东西到山楂林屋。西蒙老爹的作息正好合他们的意，他夜里十一点半要么是喝得不省人事，所以报案记录里没有事发时间，因为他隔天早上清醒过来才报警；要么就是醉得没办法追人。歹徒前两回闯入，西蒙都在家睡死了，完全不知道出了什么事，幸亏他卧房的门锁够好，否则谁知道后果如何。”

“之后我们搬进去。”我说，说完才发觉太迟了，是“他们”不是“我们”，不过山姆似乎没有察觉，“因此，最近夜里十一点半到一点之间，屋子里都有五个人神志清醒地四处走动，贸然骚扰可能会被三名粗壮的男生逮着，痛扁一顿，所以就不那么好玩了。”

“还有两名粗壮的女生，”山姆说，我又听见他语带微笑，“我敢说你和艾比一定会赏他们两拳的。石头砸窗那次就差不多是这样，他们五人半夜之前都在起居室，石块直接砸入厨房。他们一发觉出事了，就立刻从后门飞奔而出，想要追人。只可惜他们不在厨房，花了点时间才明白状况，凶手早就溜之大吉。算他运气好，伯尔尼说。他们搜查过所有小路，隔了四十五分钟才报警，五个人依然气愤难当。你们那位瑞法尔告诉伯尔尼，要是那家伙被他逮到，肯定打得连他妈妈都认不出来。蕾西说她一定要，这是她亲口说的话：‘痛踹他，让他以后打手枪都只能把手伸进喉咙。’”

“说得好。”我说。

山姆笑了：“没错，我就知道你一定会喜欢。其他三个人的脑袋比较清楚，没在警察面前说出类似的话，但伯尔尼说他们心里都有同样的念头。他劝了他们一顿，要他们别枉顾法律，私下报复，但他不知道那五人听进去多少。”

“我不怪他们，”我说，“警察有时的确没什么用处。喷漆那次呢？”

“那天是星期日晚上，蕾西他们不在家，去城里吃饭看电影。过了午夜才回来，结果就看到屋子正面被人喷漆。那是他们搬进屋子后头一次那么晚回家，事情有可能是巧合，但我认为不是。砸窗户那一回让歹徒心生警觉，但他要么一直盯着屋子，要么发现车子经过村里没有回来，总之他发现机不可失，就立刻行动。”

“所以，你认为不是村民反对屋子之类的情况？”我说，“只是有人抒发怨气？”

山姆不置可否：“也不是，你知道蕾西他们去过里根酒吧，结果发生什么事吗？”

“嗯，艾比说你找她问过这件事，她只说他们被赏冷眼，但没有讲得很详细。”

“那是他们刚搬进屋子没两天发生的事。五人傍晚到酒吧去，找好座位后，丹尼尔走到吧台，酒保竟然没看见他。酒吧里只有五六个人，他离酒保不到四步，却等了足足十分钟。丹尼尔说：‘不好意思，我想要点两杯健力士，还有……’但酒保就是站着不动，两眼盯着电视擦杯子。最后丹尼尔只好放弃，回到座位。五个人低声讨论一阵，心想西蒙老爹可能被赶走太多次，不然就是他家族的人在村里不受欢迎。于是他们改派艾比出马，心想应该比英国佬或北爱小子有机会，结果还是一样。蕾西开始找邻桌的酒客攀谈，想知道是怎么回事，但却没人搭腔。他们连正眼都不瞧她，兀自转过头去继续聊天。”

“老天！”我说，要一次忽视五个人可没那么容易，更何况他们又想惹你注意。你得全神贯注才能克制住应答的本能，还得有足够的理由这么做，和岩床一样又冷又硬的理由。我忍不住朝小路望去，想一眼看清楚左右有没有人。

“贾思汀不安地想要离开，瑞法尔生气地想要留下，蕾西越来越亢奋，千方百计想让隔桌的老家伙和她聊天，给他们巧克力，讲换灯泡的笑话，等等。坐在角落的一群年轻人开始投来不怀好意的目光。艾比不喜欢临阵退缩，但她和丹尼尔都认为情况随时会失控，因此便抓着其他人离开，之后再也没去过那家酒吧。”

微风拂过树叶，让我看见眼前的小径。“所以，全村的人都对屋子反感，”我说，“但只有一两个人采取行动。”

“我是这么认为的。找出这些家伙是谁，肯定很好玩。葛伦斯凯村加上外围的农庄大约四百人，我想不会有半个人伸手帮我。”

“这个嘛，”我说：“我倒是能帮忙，你知道，我可以做侧写，算是吧。总之，破坏分子不像连续杀人魔，没有人搜集他们的心理资料，因此只能用猜的。我起码看出一点规律，可以跟你说说。”

“猜的也好。”山姆开心地说道。我听见翻纸和挪动电话的声音，他已经准备就绪要作笔记，“什么都好，你说吧。”

“好，”我说，“你要找的对象是当地人，这很明显，土生土长的葛伦斯凯人，几乎可以肯定是男性。我想凶手只有一人，不是一群人。临时起意的破坏通常是一群人，但怀恨蓄意报复很少会有同伴。”

“嫌疑人特质呢？你有什么看法？”山姆的声音含糊，他用下巴夹着电话，奋笔疾书。

“破坏从四年前开始，表示嫌疑人大约二十五到三十多岁。破坏通常是年轻人所为，不过这家伙很讲究方法，不可能是青少年。读书不多，可能高中毕业，但没上大学。他要么和爸妈或妻子住，要么与女友同居，因为他从来不曾太晚犯案，表示有人等门。他有工作，平日非常忙碌，否则应该在白天犯案，因为我们不在，下手更加保险。他的工作地点也在村里，不用通勤到都柏林，因为他会这么执著，显示葛伦斯凯村是他的全部。但他并不满足，工作远低于他的能力与教育程度，至少他这么认为。嫌疑人过去或许也和别人有过龃龉，例如邻居或前女友，甚至老板。他跟政府部门可能也处不好。你可以问问伯尔尼和道帝，看村里有没有夙怨或骚扰案件。”

“要是那家伙和村里的人起冲突，”山姆丧气地说，“他们不可能找警察，我想顶多找人夜里把他痛扁一顿，而他也一定不会报警。”

“的确，”我说，“可能不会。”小径旁的田野里一阵窸窣，黑影压弯草叶，看大小不可能是人，但我仍然再往树影底下站一点，“还有一点，对山楂林屋的反感可能是某个人和西蒙有过严重冲突，由他发起的。西蒙这老头感觉脾气很坏，惹毛村民不是不可能的事。但对嫌疑人来说，问题没有这么简单，还与死掉的婴儿有关。伯尔尼和道帝对这点也是毫无头绪，对吧？他们到底派驻在村里多久了？”

“道帝只有两年，但伯尔尼一九九七年就在了。他说去年春天村里有婴儿夭折，几年前有小女孩掉进田里的泥坑——愿他们安息——不过就这样。两件事都没有可疑之处，也与山楂林屋无关。我查过组里的计算机档案，关于村子一带，没什么发现。”

“那表示事情还要更早，”我说，“和你想的一样，天知道多久以前。还记得你跟我说过的波塞尔家族的事吗？”

山姆沉默半晌才说：“所以我们查不到了，因为没有档案。”

爱尔兰内战期间，一场大火烧毁了大部分公家档案，时间是一九二一年。“你不需要档案，村里的人绝对知道婴儿的事，我向你保证。不管事情发生在什么时候，那家伙肯定不是从旧报纸读到的，因为他太投入了。对他来说，这不是一段历史，而是真实事件，是不得不报的血海深仇。”

“你认为他是疯子？”

“不是，”我说，“不是你想的那样。他太小心了，总是选择安全的时机，只要被追就立刻退缩……假如他是精神分裂症，或者说性格两极，绝不可能有这样的自制力。嫌疑人没有心理疾病，但对这件事走火入魔到一个程度，我想你应该说他有一点失去平衡。”

“他有暴力倾向吗？我是说对人，不只是对屋子。”山姆身体坐直，声音也跟着清楚起来。

“我不知道，”我语带保留，“感觉不像他的行事作风。我是说，他大可以撞开西蒙老爹卧室的房门，赏他几记火钳，但是没这么做。然而，从他只有喝醉酒才会干破坏这点看来，他和酒精的关系应该不大平常，只要四五杯黄汤下肚就变了个人，而且不是好人。酒精一旦加进来，事情就没那么好预料了。要是嫌疑人觉得对手试图挑衅，例如他用砖块砸窗户，结果对方追了出来，他很可能会增加反击的力道。”

“你知道这听起来很熟悉，对吧？”山姆顿了一下说，“年龄相仿、当地人、聪明、自制，有犯罪经验但不暴力……”

和我卧底前在家里做的凶手侧写一样。“是啊，”我说，“我知道。”

“照你这么分析，这家伙有可能就是凶手，杀死蕾西的人。”

黑影再度出现，悄悄匆匆穿过草地与月光，或许是狐狸在追逐田鼠。“是有可能，”我说，“我们不能排除他的嫌疑。”

“假如是家族仇恨，”山姆说道，“蕾西就不是选定的目标，她和整件事毫无关系，你也就没必要继续留着，可以回家了。”

他语气里的希望让我身体一颤。“是啊，”我说，“有可能，但我想目前还不到这个阶段。我们还没找到确切证据，显示破坏和凶杀有关，两者可能没有瓜葛。只要从这里离开，就再也回不来了。”

短暂沉默，“也对，”山姆说，“那我最好把关联找出来。还有，卡西……”

他的语气又变得严肃紧绷。“我会小心的，”我说，“我一直很小心。”

“十一点半到一点，和命案时间吻合。”

“我知道，但我在附近没发现什么可疑人士。”

“你带着枪吗？”

“只要出门都会带，弗朗科已经说过我这点了。”

“弗朗科，”山姆说，我听见他话语里的疏离，“嗯。”

挂断电话后，我在树影里伫立良久，倾听长草窸窣与掠食动物终于发动突袭的尖细嘶鸣。骚动沉寂下来，四周只剩下黑暗与微小的动静，我踏出树影，沿着小路回家。

我走到后院门边，抓着铁门轻轻推拉，听到门枢发出低缓的嘎吱声。我放眼凝望深长的后院。后院变了，屋子的灰石墙面显得单调，有如城堡拒人于外，窗户的昏黄灯光也不再温馨，而是带着反抗与警告，仿佛蛮荒森林的小簇营火。月光将草地照得白皙，有如波涛不断的大海，山楂林屋静静地矗立其中，形迹暴露，四面受敌。

# Chapter 10
## 时间会为我们下工夫

你发现裂隙，你施点压力，看会不会裂得更开。我思考了一个半小时得出结论，假如他们真的有事瞒着我，贾思汀会是最佳的探听人选。

任何人干过两年警探，都有办法看出谁最容易弃守心防。汤姆是我的前同事，上世纪八十年代和当时流行的室内装潢一起进入重案组。我就曾经见过他仅靠观察一票嫌疑人作笔录，看出应该从谁下手。这是警探版的《猜猜这首歌》。

丹尼尔和艾比行不通，他们太过专注自持，几乎不会分神或闪失。我有两次想要问出艾比认为孩子的父亲是谁，但只得到冷淡茫然的目光。瑞法尔比较容易受影响，我知道要是硬逼他，应该可以问出什么。但这么做很冒险，因为他太飘忽叛逆，有可能知无不言，也可能大怒而夺门而出。贾思汀温和、好幻想、多虑、习惯讨人开心，几乎是警探梦寐以求的侦讯对象。

问题是我从来不曾和他独处。我头一周还没有察觉到这点，但我现在想找机会，才发现事态严重。我和丹尼尔每周两次开车上学，和艾比也常在一起，无论早餐、饭后男生洗碗的空当或夜里，她偶尔会拿着饼干敲我的房门，两人坐在床上聊到睡眼蒙眬。

但是，只要我和瑞法尔或贾思汀独处不到五分钟，其他人就会出现或喊我们，不着痕迹地围在我们身边，重新成为一体。这或许不足为奇，因为这五人确实同进同出，频率高得惊人，况且团体还会再分，有些人除了大伙儿都在的时候，彼此就是不会凑对。但是，我不得不怀疑他们当中是不是有谁（可能是丹尼尔）和我一样，用侦讯者的眼光审视其他人，得出相同的看法。

周一早上，机会终于来了。我们在学校，丹尼尔带讨论课，艾比去见指导教授，只有我和瑞法尔、贾思汀在图书馆常待的角落。瑞法尔起身不知去哪儿，可能是卫生间，我心里默数二十，接着探头到贾思汀的卡座。

“嘿，同学。”贾思汀放下写满蝇头小字的书本抬头看我。他桌上堆满书本、活页纸和彩笔画满重点的影印数据。贾思汀必须将所有可能用到的东西安安稳稳地摆在身旁，才有办法专心用功。

“我好无聊，外面又出太阳了，”我说，“去吃午餐吧！”

贾思汀看了看表说：“现在才十二点四十。”

“生活就该大胆一点。”我说。

他面露犹豫地说：“那瑞法尔呢？”

“他已经是丑不拉叽的大人了，可以照顾自己，等艾比和丹尼尔过来。”贾思汀依然踌躇不前，难以作这么大的决定。我心想，瑞法尔回来前，我还有一分钟可以说服他，便开始用指甲在隔板上打无线电通话结尾的信号：滴、滴—滴、滴、滴、滴—滴。

“吼，”贾思汀放下笔说，“噪音虐待，算你赢了。”

最直接的用餐角落是新广场外围，但从图书馆窗户一眼就看得见，因此我拖着贾思汀走到板球场，瑞法尔得花一点时间才找得到我们。蓝天清朗高远，寒冷有如冰水，凉亭边，几名板球员彼此认真做着极具特色的动作。我们这头有四名男孩子在玩飞盘，假装不是为了长椅上的三名女孩。女孩个个精心打扮，却刻意不看男孩。标准的求偶姿态，春天来了。

“所以，”我们在草地坐定之后，贾思汀说，“章节进展如何？”

“糟透了，”我一边在书包里找三明治一边回答，“我回来到现在什么也没写出来，完全不能专心。”

“呃，”贾思汀沉默半晌才说，“这很自然吧，不是吗？要一阵子。”

我耸耸肩，没有看他。

“感觉会淡掉的，真的，一定会。你已经回家，一切都恢复正常了。”

“嗯，也许吧，”我找到三明治，朝它做了个鬼脸，扔到草地上。贾思汀最担心别人食欲不振，“我完全不记得了，感觉真差，差劲透了。我一直在想……警方一直暗示他们掌握了不少线索与物证，但就是不肯告诉我。他妈的，被刺伤的人是我啊，要说谁最有资格知道事情的经过，除了我还会有谁？”

“我还以为你好多了，你说你没事。”

“应该吧。算了，不管他。”

“我们以为……我是说，我没想到你这么在意，一直挂在心上，感觉不大像你。”

我瞟了他一眼，但他并未起疑，只是担心。“嗯，也对，”我说，“因为我从来没有被人拿刀刺过。”

“的确，”贾思汀说，“我想也是。”他将午餐放在草地上摆好，柳橙汁在一边，香蕉在一边，三明治摆在中间。他抿着嘴角。

“你知道我脑中不断浮现出什么？”我突然说，“我父母亲。”说出这四个字，我的脑袋轰然，微微晕眩。

贾思汀猛然抬头瞪着我说：“他们怎么了？”

“我想或许应该和他们联络，告诉他们发生了什么事。”

“不谈过去，”贾思汀脱口而出，仿佛去除厄运的符咒，“我们说好的。”

我耸耸肩说：“随便，你说得容易。”

“老实说并没有。”他看我没说话，“蕾西，你是说真的吗？”

我又愠怒地微微耸肩：“还不知道。”

“我还以为你恨他们，你说再也不想跟他们说话。”

“这不是重点，”我手指绕着书包肩带，卷成长长的螺旋，“我只是在想……我可能当场死亡，真的死掉，而我爸妈完全不会知道。”

“假如我是你，”贾思汀说，“我才不希望有人联络他们，我不要他们过来，也不要让他们知道。”

“为什么？”贾思汀低头撕掉柳橙汁瓶盖的密封膜时，我问，“贾思汀？”

“算了，我不是故意要打断你的。”

“不是，告诉我，贾思汀。为什么？”

贾思汀沉默片刻说：“在我们研究所第一年的圣诞假期，我回贝尔法斯特过节，你那时刚来不久，还记得吗？”

“记得。”我说。贾思汀没有看我，眨眼望着绿地上形影苍白有如鬼魂的板球选手，击球声来得迟缓而遥远。

“我跟父亲和继母说我是同性恋，就在圣诞夜，”他轻轻讪笑一声，“老天保佑，我还以为过节的气氛——世界和平，与人为善……因为你们四个完全不当一回事。你知道我告诉丹尼尔这件事，他怎么回答吗？他想了几分钟后说，同性恋和异性恋是现代社会建构出来的区别，性向这个概念在文艺复兴时期比现在的界限模糊许多。艾比翻翻白眼，问我是不是觉得她应该吃惊。至于瑞法尔，不知道为什么，我最担心他的反应。但他只是咧嘴笑说：‘这下可少了一个竞争对手。’老实说，这句话还真窝心，虽然我和他本来就没什么好比的……但感觉很安心，你知道。我想或许就是你们的反应，让我觉得跟家人讲也没什么大不了的。”

“我没想到，”我说，“你会告诉他们，你都没说。”

“嗯，是啦！”贾思汀小心翼翼地拆下三明治的保鲜膜，免得酱汁沾到手指，“我继母很恐怖，你知道，真的很恐怖。她父亲是木匠，但她逢人就说他是木工艺师，谁知道她是什么意思，而且从来不邀他来聚会。她是彻头彻尾的中产阶级，从口音、服装、发型到瓷器的花样都是，仿佛布尔乔亚型录里出来的人。但你看得出来，这是她分分秒秒费尽心力的成果。对她来说，嫁给老板就是拿到人生的圣杯。我不是说只要继母不在，我父亲就会无所谓，他看来一脸想吐的样子。因为我继母，事情变得非常、非常糟糕。她完全歇斯底里，跟我父亲说她希望我立刻滚出家里，永远不要回来。”

“天哪！贾思汀。”

“我继母很爱看肥皂剧，”贾思汀说，“犯错的儿子总是被逐出家门。她一直尖叫，真的尖叫：‘孩子们要怎么办！’她是说我的异母弟弟。我不知道她是怕我带坏他们、猥亵他们，还是怎样。我说，这么说当然很毒，但你应该知道我为何口出恶言。我说她不用担心，任何有品位的同性恋都不会碰恶心带把儿的椰菜宝宝。后来的发展当然更糟，她开始扔东西，于是我又说了几句，椰菜宝宝竟然放下游戏机，跑出来看出了什么事。我继母拼命想把他们拉出房间，可能怕我饿虎扑羊，他们开始尖叫……最后我父亲说，我最好离开家里，‘暂时。’他这么说，但我和他都知道是什么意思。他开车载我到车站，给我一百英镑过圣诞节。”他将保鲜膜摊平放在草地上，三明治干干净净地摆在上头。

“那你怎么办？”我轻声问他。

“你说圣诞假期？几乎都窝在宿舍，买了一瓶一百英镑的威士忌，自怜自艾。”他朝我挖苦地一笑。“我知道，我应该跟你说我回城里了，但……嗯，我想是自尊心吧，因为我这辈子从来没有这么被羞辱过。我知道你们不会问，但一定会好奇，而且你们脑袋机灵得很，绝对有人猜得到。”

贾思汀拱起膝盖，脚掌平贴并拢，裤管卷了起来，露出穿洗太多次而变薄的灰袜，脚踝纤弱瘦削有如女孩。我倾身伸手握住他的一只脚踝，盈盈一握，感觉温暖实在。

“嗯，没有关系，”贾思汀说。我抬头看他，只见他对我微笑，这回是实在的笑容，“真的不要紧。我起初确实惶惶不安，感觉自己像无家可归的孤儿，真的，你不知道我脑袋里飘过多少夸张的情节……我现在已经不想了，到山楂林屋后就不想了，真不知道现在干吗还提起来。”

“是我的错，”我说，“对不起！”

“别道歉，”贾思汀的指尖在我手上轻轻一点，“假如你真的想和爸妈联络，那么……呃，其实没我的事，不是吗？我只想说，别忘了我们当初决定不谈过去是有理由的，不只是我，瑞法尔他……嗯，你也听到他父亲那样了。”

我点点头说：“蠢蛋一个。”

“从我认识瑞法尔，他就一直在接这种电话：‘你有病，是废物，我在朋友面前根本不敢提到你。’我敢说，他就是这样被骂大的。瑞法尔的父亲从他出生的那一刻起，就对他深恶痛绝。这不是不可能，你知道。他父亲希望儿子四肢发达，爱打橄榄球，骚扰秘书，在潮流夜店豪饮狂吐，结果却生了瑞法尔。瑞法尔的生活简直就是灾难，你没看过他刚进大学的样子，就是我们几个认识的时候。瘦巴巴的、暴躁易怒，自我防卫到了极点，只要稍微调侃他一点点，就好像要把你的脑袋扭掉。我起初根本不知道自己喜不喜欢这家伙，我会和他往来纯粹是因为喜欢艾比和丹尼尔，而他们两个显然认为瑞法尔这样没什么。”

“他还是瘦巴巴的，”我说，“依然非常暴躁，性子一来就变成浑蛋。”

贾思汀摇摇头说：“他已经比原来好上百万倍了，因为他再也不用想到恐怖的爸妈，起码不用经常想起。至于丹尼尔……你曾经听他讲过自己的童年吗？一次就好。”

我摇摇头。

“我也没有。我知道他父母亲过世了，但不知道原因和时间，也不知道他在爸妈死后经历了什么，住在哪里，跟谁，完全不知道。有一天晚上，我和艾比喝得烂醉，开始发酒疯，胡诌丹尼尔的童年：他像野孩子一样被仓鼠带大，在伊斯坦布尔的妓院成长，爸妈是美国中情局干员，被苏联克格勃暗杀，他躲在洗衣机里逃过一劫……我们当时觉得很好玩，但一想也知道，他的童年不可能这么愉快，是吧？否则何必三缄其口？你也很没意思……”贾思汀瞥了我一眼说，“但我起码知道你生过水痘，还会骑马。但对丹尼尔，我什么都不知道，完全是零。”

我暗自祈祷，希望不要哪一天非得骑马不可。“还有艾比，”贾思汀说，“她和你提过她的母亲吗？”

“一点点，”我说，“我大概知道。”

“实际情况比她形容得还惨，因为我见过那女人。大三的时候，你还不在。我们那天傍晚聚在艾比的宿舍，结果她母亲来敲门，简直……老天，她穿成那个样子，我不知道她是真的妓女，还是……唉。她显然神志不清，朝艾比大吼大叫，但我几乎一个字都听不懂。艾比塞了什么到母亲手里，我敢说是钱，但你也知道她生活有多清苦，接着便将母亲硬拖到门外，真的用拖的。艾比浑身发白，像鬼一样，我想她就要昏倒了。”贾思汀眼神焦虑地看着我，将眼镜往上推，“别告诉她我跟你说了。”

“我知道。”

“艾比后来绝口不提这件事，我认为她现在依然如此。我想表达的就是这个，我敢说你一定也有理由，才会赞同最好不谈过去。这次意外或许让你的想法变了，我不知道，可是……别忘了你现在还很脆弱，何不给自己一点时间，免得做出难以转圜的决定。假如你最后还是决定和爸妈联络，也许最好不要跟其他人说，否则……呃，否则他们会很受伤。”

我露出疑惑的神情：“你这样想？”

“是啊，当然。我们……”贾思汀还在整理保鲜膜，双颊悄悄浮现出一抹浅红，“我们都很爱你，你知道。现在我们才是你的家人，起码对我们来说是这样。我们是彼此的家人——我是说，这么讲不对，但你知道我的意思……”

我凑到贾思汀身边，在他脸上轻轻一吻。“怎么不知道，”我说，“我完全明白你的意思。”

贾思汀的手机响了。“应该是瑞法尔，”他伸手到口袋里翻找，对我说，“果然，他想知道我们在哪里。”

他开始给瑞法尔回短信，眼睛近视般地贴着屏幕，另一手摁摁我的肩膀。“给自己一点时间想想，”他说，“还有，把午餐吃了。”

“我发现你在玩‘抓鬼游戏’，”那天晚上，弗朗科说道。他在吃东西，可能是汉堡，我听见纸的窸窣声，“贾思汀出局了，理由很多。下注吧，阿丹还是帅小子？”

“或两者皆非。”我说。我这几天几乎一出后院大门就打给弗朗科，看他有没有蕾西的新消息，不像之前还会等上几分钟。我朝监视地点走，一边和他说话：“我本来就说凶手认识蕾西，记得吗？只是不知道多熟。反正我追查的也不是这点，而是他们为何避谈过去，看能不能挖出他们隐瞒什么。”

“结果就是一堆赚人热泪的故事。我也觉得不谈过去很蠢，但我们早就知道他们是群怪胎，这一点也不稀奇。”

“嗯哼，”我说。我不认为下午的谈话一无所获，却还不知道意义何在，“我会继续刺探。”

“今天还是一样，”弗朗科满嘴食物地说，“我继续追查那女孩，依然毫无所获。

你可能也注意到了，她的经历有一年半的断层。女孩二〇〇〇年底抛弃梅鲁思的身份，但是直到二〇〇二年才以蕾西出现。我试着追查她这段时间去了哪里，化身为谁。我虽然不认为她回家了，不管她家在哪里，但也不无可能。要是女孩没回家，照理应该会留下一两条线索。”

“是我的话就会以欧洲国家为主，”我说，“九一一事件后，机场安检严格了许多，女孩不可能用假护照从美国来到爱尔兰，肯定之前就已经横越大西洋了。”

“那是没错，但我根本没有名字可查，档案里没有梅鲁思申请护照的任何记录。我猜她要么是用真名，要么在纽约弄了新护照，从JFK出境，抵达目的地后再改换身份……”

JFK，肯尼迪机场——弗朗科还在讲，我却愣在小路中央忘了前进，因为蕾西行事历上的神秘记号有如烟火般倏地闪过我的脑中。

CDG59……我自己飞过巴黎戴高乐机场不下十次，和法国的表弟妹共度夏天，而59英镑感觉就是单程票的价钱。AMS不是艾比的全名，而是阿姆斯特丹，LHR是伦敦希斯罗机场。还有几个代号我不记得了，但一定也是机场代号。我敢斩钉截铁地说，蕾西在问票价。

假如她想堕胎，应该只问英国，没必要多问阿姆斯特丹和巴黎的班机。况且她问的是单程，而非来回。蕾西显然又想远走高飞，站在生命的悬崖前，准备奔向漫无边际的世界。

为什么？

蕾西遇害前几周，有三件事改变了：她发现自己怀孕，N成为现实，她开始计划人间蒸发。我不相信三者同时发生，尽管无法猜出先后顺序，但肯定有一者在前。我感觉背后有规律存在，在我眼前忽隐忽现，让人心动，却像需要斗鸡眼才能看见的图案，稍纵即逝。

直到那晚，我才认真考虑弗朗科的猜测，凶手可能是神秘跟踪者。为了以往的恩怨不惜抛弃人生，绕着地球奔走追杀一个女孩，这样的家伙少之又少。加上弗朗科向来对案情只重精彩度，不重可能性，因此我一直将他的说法摆在“微乎其微”与“好莱坞电影情节”之间。然而，同样的事情发生了三次，次次冲撞蕾西的生命，将其摧毁，无法复原。我想着她，心头一阵揪痛。

“喂？地面控制台呼叫卡西！”

“嘿，”我说，“弗朗科，我能请你帮我一个忙吗？我想知道梅鲁思失踪前那个月，是不是遇到了什么不平常的事。之前两个月吧，这样比较保险。”

逃离N？还是和N一起离开，在其他地方开始新生活，他们两人和宝宝？

“你太低估我喽，宝贝，我早就查了。没有陌生访客或电话，没有和人争执，也没有行为异常，什么都没有。”

“我不是说那种事，我要知道确实发生的事，任何事，例如换工作、换男友、搬家、生病或报名上课，等等。不是重大事故，而是单纯的生活杂事。”

弗朗科啃着汉堡什么的，沉吟良久，之后问我：“干吗？你要我打给联邦调查局的朋友请他帮忙，起码得给我一个理由。”

“你就随便编一个，我没什么好理由。直觉，知道吗？”

“好吧，”弗朗科说，声音听起来像在剔牙，很烦人，“我会打电话，但你也要替我做一件事。”

我从刚才又不知不觉地开始走动，朝小屋前进：“说吧。”

“千万别放松，我感觉你已经太沉浸于那里的生活了。”

我叹了一口气：“我是女人哪，弗朗科，能够一心多用的女人。我可以一边工作，一边找找乐子，两者同时进行。”

“真好，但我只知道一点，卧底放松可是会出大麻烦的。凶手还逍遥法外，也许离你现在的位置不到一公里半。你的任务是揪出嫌疑人，不是和惊奇四超人玩一家亲。”

一家亲。我一直认为蕾西之所以会藏匿日记，想当然是为了遮掩她与N的约定，不管N是何人。但我忘了一点，她还有一堆秘密需要保守。要是其他人发现蕾西预备挣脱他们紧密交缠的世界，有如蜻蜓蜕壳而出，留下形状完美的躯壳，绝对会震惊难过。我突然庆幸自己没向弗朗科透露日记的事，甚至有些陶然。

“我很警觉，弗朗科。”我说。

“那就好，继续保持。”揉纸声，他吃完汉堡了。接着哔的一声，他挂上电话。

我已经走到监视点附近，手电筒向前照出泛白的光圈，零星树丛、杂草与泥土从光圈里匆匆跑过。我想起蕾西在这条小径上全力奔逃，微弱的光影慌乱晃动，通向平安的坚实大门永远消失在她身后的暗处，前方除了寒冷的小屋外再无他处。我想起她卧房的几道油漆，她在这里原本计划了未来，就在山楂林屋，和瑞法尔他们几个，直到炸弹袭来。我们是你的家人，贾思汀才对我说，是彼此的家人。而我在林屋已经待得够久，开始懂得贾思汀是多么认真，这一点是多么重要。到底，我想，到底什么事情如此强劲，能够拆毁这一切？

一旦开始寻找，才发现裂隙不断。我不知道是自己视力精进，还是裂隙一直都在。那天夜里，我在床上读书，突然听见窗外的下方有人说话。

瑞法尔比我早睡，我听见贾思汀在楼下哼歌，东摸西摸，莫名其妙地大步行走，执行他的就寝仪式，因此只剩下艾比和丹尼尔。我跪靠在窗边屏住呼吸，竖耳倾听，但距离相隔三楼，除了贾思汀的开心哼唱，我只能听见匆促的窃窃私语。

“不行，”艾比声音变大，语气受挫，“丹尼尔，这不是重点……”随即压低音量，“月河弯——弯！”贾思汀唱得兴起，忍不住拉高尾音。

我做了从古至今喜欢探听事情的小孩最爱做的事，就是悄悄下楼喝一杯水。我走过楼梯转角，贾思汀依然哼哼唱唱。我下到一楼，瑞法尔的门缝没有灯光，我摸着墙壁往前溜进厨房，法式落地窗门开了一条拇指宽的细缝。我走到水槽边，动作很慢，连睡衣都没有出声，拿起杯子放在水龙头底下，准备一有人来就转开水龙头。

艾比和丹尼尔坐在摇椅上，月光照亮后院，厨房漆黑昏暗，又隔着门玻璃，他们肯定看不到我。艾比侧坐着，背靠扶手，双脚搁在丹尼尔腿间；丹尼尔一手拿着杯子，一手悠闲地握住艾比的脚踝。月光洒满艾比的秀发，照白了她的脸颊，聚积在丹尼尔的衬衫皱褶里，有如光的池塘。我突然感觉被针戳了一下，注入剧烈的痛楚。我和罗伯过去也曾这样坐在我家沙发上，度过漫漫长夜。地板冰冷扎脚，厨房静得刺耳。

“永远，”艾比说，语气显然带着不相信，“就像这样继续下去，永远，假装什么事都没发生。”

“我不认为，”丹尼尔说，“我们有别的选择，你说呢？”

“老天！丹尼尔！”艾比双手撩发，昂首露出洁白的颈间，“这怎么会是选择？根本就是疯了。你真的想要这样？想要这样一辈子？”

丹尼尔转头望着艾比，我只能见到他的后脑。“在理想世界里，”他柔声说，“不想，我希望事情能不一样，许多事情。”

“哦，老天，”艾比搓揉眉间，仿佛开始头疼，“别讲这个，拜托。”

“你知道，人不能什么都要，”丹尼尔说，“我们都知道，打从决定住到这里就明白会有牺牲，我们早就预料到了。”

“牺牲，”艾比回答，“没错，但不是这件事。我没想到它会发生，丹尼尔，没有，完全没有。”

“真的吗？”丹尼尔问，语气显得很意外，“我想到过。”

艾比猛地抬头，瞪着丹尼尔：“你说这件事？少来了，你知道它会发生？你说蕾西，还有……”

“呃，蕾西没有，”丹尼尔说，“几乎没有，虽然也许……”他欲言又止，最后叹了一口气，“但其他事情，我有，我觉得确实有可能，起码就人性来说。我以为你也会想到。”

没人告诉我“其他事情”，更别说牺牲了。我忽然发觉自己屏息太久，脑袋开始微微晕眩，便轻轻吐气，非常非常小心。

“我没有，”艾比对着天空说道，语气疲惫，“笑我笨吧！”

“我绝对不会笑你，”丹尼尔说着朝草地黯然一笑，“天知道，在这个世界上，我是最没资格说你瞎了眼睛的人。”他小酌一口，杯里的清浅琼浆微微倾斜，那垮肩闭眼喝酒的姿态深深地撞击了我。我一直以为他们四人住在魔法碉堡里安稳自得，需要的一切全都唾手可得。我喜欢这样的感觉，非常喜欢。然而，有件事让艾比措手不及，受了伤害，而丹尼尔则是不知何故渐渐地习惯了不快乐，深长久远的不快乐。

“你觉得蕾西怎么样？”丹尼尔问。

艾比拿了丹尼尔一根烟，猛力扳动打火机说：“感觉还不错，有点安静，而且掉了些体重，但这本来就能预料。”

“你认为她可以吗？”

“她会吃东西，也服了抗生素。”

“我不是问这个。”

“我不认为你需要担心蕾西，”艾比说，“我感觉她蛮稳的，起码就我观察，她几乎忘了这整件事。”

“然而，”丹尼尔说，“就是这一点困扰我。我很担心她将一切憋在心里，之后有一天突然爆发，到时会怎么样？”

艾比注视着丹尼尔，轻烟透着月光袅袅上升。“从某个角度来说，”她小心翼翼地说道，“蕾西爆发未必就是世界末日。”

丹尼尔陷入沉思，望着草地轻晃酒杯。“这都得看，”他说，“看她是怎么爆发的，我想最好还是有所准备。”

“蕾西，”艾比说，“是我们最后才要担心的问题。贾思汀——我是说，这很明显，我知道贾思汀一定会遇到麻烦，但我没想到他会这么糟。他不知道会这样，我也是，而瑞法尔只会帮倒忙。要是瑞法尔再不收敛，少那么混账，我真不知道会……”我看见她紧抿双唇咽了一口气，“然后就是这件事，我也很不好过。丹尼尔，虽然你似乎毫不在意，但这样并不会让我轻松一点。”

“我当然在意，”丹尼尔说，“坦白讲，我很在意，而我以为你知道。我只是不认为我们能做什么，你和我都是。”

“我可以离开，”艾比说，双眼圆睁，一脸严肃地盯着丹尼尔，“我们可以离开。”

我差点就要伸手盖住麦克风。我不知道眼前是怎么回事，完全没有概念，但弗朗科要是听到刚才的对话，肯定会认为他们正在策划惊奇大逃亡，预备将我塞住嘴巴锁进外套柜里，再跳上飞往墨西哥的班机。我真希望自己聪明一点，之前就想到测试麦克风的通讯距离。

丹尼尔没有看艾比，但握着她脚踝的手微微收紧。“你确实可以，”他沉默半晌后说，“我没有办法阻止你，但你知道，这里是我的家，我也希望……”他深呼吸一口气，“希望它是你的家，我不能离开。”

艾比再度仰头靠着摇椅的横杆。“是啊，”她说，“我知道，我也不能，我只是……老天，丹尼尔，我们该怎么办？”

“我们等待，”丹尼尔轻声说道，“我们相信事情终究会尘埃落定，只是需要时间。我们相信彼此，然后尽力而为。”

冷风扫过我的肩头，我下意识地转身，张嘴就要编造喝水的谎话。杯子撞到水龙头，从我手中滑落到水槽，哐啷一声，音量大得足以惊醒葛伦斯凯村。四周空无一人。

丹尼尔和艾比身体一僵，猛然转头看向屋子。“嘿，”我说着开门走进后院，心脏怦怦地狂跳，“我改变主意了，因为一点也不困。你们还没睡？”

“还没，”艾比说，“正准备要睡。”她双脚倏地抽离丹尼尔的腿间，匆匆从我面前走过，回到屋里。我很快听见她飞奔上楼的脚步声，连嘎吱作响的阶梯都忘了避开。

我走到阳台旁，背靠摇椅在丹尼尔脚边坐了下来。不知为何，我就是不想坐他身旁，感觉太鲁莽，太像要求对方的信任。不久，他伸出一只手轻轻放在我的头上，大手包着我的头颅，我感觉自己像个小孩。“嗯。”他轻声说道，近乎呢喃。

丹尼尔的杯子放在身旁的地上，我喝了一口，是加冰威士忌，冰块几乎融光了。“你和艾比在吵架吗？”

“没有，”他说，拇指稍稍拂过我的头发，“没事。”

我们就这样坐了一会儿。夜色如水，草地平静无波，月亮高悬有如古老的银币。隔着睡衣，我感觉阳台的石头冰凉，丹尼尔抽着无滤嘴烟，味道宜人，两者让我愉悦而平安。我背靠摇椅微微摆动，轻柔而有节奏。

“你闻，”丹尼尔悄声说，“闻到了吗？”

淡淡的迷迭香仿佛游丝，从香草园里幽幽飘来。“迷迭香，往日回忆。”丹尼尔说，“我们很快就会有百里香和香蜂草，还有薄荷与艾菊，然后我想一定是牛膝草。冬天光看图鉴很难判断，今年肯定一片混乱，但我们会把园子修得整整齐齐，需要的地方重新种植。旧照片帮助很大，让我们大略掌握原来的设计，什么东西种在哪里。它们都很强壮，我说这些植物，因为坚忍和美德而被选上，到了明年……”

丹尼尔讲起从前的香草园，描述园丁如何悉心栽种，满足植物成长的一切需求，香草如何兼顾美感与实用，在外观、香气与用途之间取得平衡，无须牺牲任何一方。他对我说，牛膝草可以舒缓风寒胸闷，治疗牙疼；甘菊制成膏药能够消炎，泡茶可以预防夜里做噩梦；熏衣草和香蜂草撒在屋里能让空气甜美，芸香与小地榆可做色拉。

“我们应该找机会试试，”丹尼尔说，“莎士比亚色拉。艾菊的味道很像胡椒，你知道吗？我本来以为它早就死了，看起来又枯又干，没想到我砍到的根部竟然还有一抹绿。现在艾菊已经没事了，感觉真神奇，竟然有生命面对难以置信的厄运还能顽强求生，奋战不懈，生存与成长的力量源源不断……”

字句朦胧，我沉浸在他话语的节奏里，平顺安稳有如波浪。“时间，”我感觉丹尼尔在我背后说，或许他说的是“莳蒹”，我不知道。“我们将自己交给时间，时间就会为我们下工夫。”

# Chapter 11
## 葛伦斯凯村的沉默

许多人都忘了一件事：山姆是重案组破案率最高的警探。我偶尔会想，原因或许非常简单，山姆从来不浪费精力。包括我在内的其他警探只要进展不顺就会闹情绪，开始沮丧不堪，气自己无能，气线索落空，气案子该死。但山姆只会全力冲刺，不成功就耸耸肩说："嗯，也对。"然后另起炉灶。

他那周说了许多"嗯，也对"。只要我问起案情进展，他就会脱口而出，但语气焦虑挂念，不像过去那么含混、若有所思，而且越来越紧张。他挨家挨户，几乎问遍了葛伦斯凯村，请教山楂林屋的事，却只得到热茶、饼干与茫然的眼神，碰了无数软钉子。

可爱的年轻人住在上头，很少和我们说话，也没惹过麻烦，怎么可能有人讨厌他们，警探？真恐怖，这可怜的女孩子，竟然遇到那种事情，我还为她念了玫瑰经，肯定是她在都柏林遇上的坏人……

我知道小镇的沉默是怎么回事，我也经历过，飘忽如烟，冥顽如石。我们如此对付英国人已经几百年，早已深植血液，每当有警察叩门，村子就会收紧，仿佛握拳。有时沉默仅止于沉默，有时却力大无穷，邪恶、狡诈、无法无天。山丘上有尸骨埋藏，猪舍里有弹药贮存，全都靠沉默保守秘密至今。英国人低估了沉默的力量，被表面的愚钝所蒙蔽，但我和山姆都知道，沉默非常危险。

星期二晚上，若有所思的语气重新回到山姆嘴边。"我早该发现的，"他开心地对我说，"他们连村里的警察都不肯开口，怎么会跟我说。"他暂停访查，从头想了一遍，随后搭出租车到拉索文，在酒吧打发一晚。"伯尔尼说，那里的人不喜欢葛伦斯凯人，我心想谁都爱聊邻村的八卦，所以……"

山姆猜对了。拉索文人和葛伦斯凯人大不相同，三十秒内就认出他是警察。"来啊，小伙子，你到这里是为了路上被人刺伤的女孩吗？”于是那天晚上，好奇的农民不停地买酒请他，开怀套他的话，想让山姆泄露案情。

“伯尔尼说得没错，他们认为葛伦斯凯村根本就是疯人院。一方面是小镇情结，拉索文只比葛伦斯凯大一点，但有学校、警局和几家商店，就认为别人是穷乡僻壤。但事情没这么简单，他们真的认为葛伦斯凯人不大对劲，有个家伙就跟我说，他死也不去里根酒吧。”

我用袜子缠住麦克风，坐在树上抽烟。自从得知喷漆的事，我就觉得小径太过暴露，让人紧张。我不想在路上打电话，因为没办法专心注意周遭，便找了一棵大山毛榉，在树杈选定一个隐蔽角落，爬上去坐着，臀部正好卡在树杈里，可以清楚地看见小径左右两方与坡下的荒废小屋，双脚一收就能躲进枝叶里。“他们说到过山楂林屋吗？”

短暂沉默。“对，”山姆说，“那屋子在拉索文和葛伦斯凯都没有好话。西蒙老爹是原因之一，所有人都说他是疯疯癫癫的老浑球。有两个家伙记得小时候跑到林屋探头探脑，被西蒙开枪吓跑。但还不止于此。”

“死掉的婴儿，”我说，心里闪过一丝平顺冰冷的感觉，“他们知道那件事吗？”

“知道一点。我不敢说他们讲的细节都对，你等一下就会明白我的意思。假设大致正确，那就不太妙了。我是指，对山楂林屋来说。”

山姆顿了一下。“怎么？”我说，“他们不是我的家人，山姆。除非事情发生在最近半年，否则肯定与我见过的人无关，但我认为不可能，不然一定会听说。就算丹尼尔的曾祖父一百年前做了什么，我也不会深深受伤，我发誓。”

“那好，所以，”山姆说，“拉索文人的说法虽然有几个版本，但重点差不多。他们表示，之前山楂林屋有一名年轻人和葛伦斯凯的一名女孩发生关系，女孩怀了孩子。这种事情经常发生没错，问题是女孩并不打算潜入修道院，或趁所有人发现她怀孕前，急忙找个村里的穷小子嫁了。”

“照自己心意活的女孩。”我说，这样的故事从来没有圆满结局。

“可恨的是西蒙家族的小伙子看法不同，他气坏了。他已经和家境富有的英裔爱尔兰良家女孩有了婚约，这下他的如意算盘可能会打破。他告诉女孩，不想再与她有任何瓜葛，也不想为她腹中的孩子负责。女孩在村里已经引起众怒，不仅未婚怀孕，这在当时还是大事，而且怀的是西蒙家族的孩子……不久，女孩就被人发现自缢身亡。”

类似的例子从古到今层出不穷，绝大部分有如去年的落叶般悄悄深埋进地底，化为古老歌谣与冬夜故事。我想，女孩的故事埋藏了一个世纪，甚至更久，黑暗的怨毒种子缓缓发芽、成长，最后生出碎玻璃、刀子与毒血果实，爬满山楂树篱。我背靠树干，突然感觉一阵刺痛。

我用鞋底踩熄香烟，将烟蒂收进香烟盒里。“除了拉索文人说给小孩听，要他们远离山楂林屋的故事之外，”我问，“有什么证据说明确有其事吗？”

山姆吁了一口气说：“没有，我找了两名支持刑警翻阅档案，什么都没发现。要让葛伦斯凯村民开口更不可能，他们宁愿所有人忘记这件事。”

“但有人还记得。”我说。

“接下来几天，我应该会多知道一些，关于这家伙。我正在搜集所有葛伦斯凯村民的资料，和你的档案交叉比对，希望在我找到那人谈话之前，对他多一点认识。问题是我不知道从何开始。我在拉索文，有个家伙说事情发生在他曾祖母的时代，可惜帮助不大，他曾祖母还在世，快八十岁了。还有一个人发誓事情发生在十九世纪，‘就在大饥荒之后’，可是……我不知道。我想他只是想强调很久以前，因为他说那时候是勃鲁王[①]在位，想让我相信他，但勃鲁王是十一世纪的人。总之，我抓到的时间是一八四七年到一九五〇年前后，但要更精确，我实在找不到帮手。”

“其实，”我说，“也许我能帮忙。”我觉得浑身难受，有如叛徒，“给我一两天，看能不能查出一点细节。”

短暂沉默，仿佛一个探询，直到山姆发现我不想多说。“太好了，你能找到任何线索都好，”他说，接着突然语气一转，几近羞怯，“听着，我本来想问你，在发生这些事情之前，我在想……我从来没度过假，只有小时候去过约尔一次。你呢？”

“我去过法国，过暑假。”

“那是探访家人，嗯。我说的是真正的度假，就像电视上那样，有海滩、浮潜、酒吧和疯狂鸡尾酒，还有番石榴女歌手唱《我会活下去》。”

我知道山姆想说什么：“你到底都看些什么节目啊？”

山姆笑了：“《发现伊维萨》[②]。看你不在之后，我的品味都变成什么样了。”

“你只是想看上空女郎罢了，”我说，“我和爱玛、苏珊娜从大学起就说要一起度假，只是从来没有成行，看今年夏天吧。”

“但她们都有小孩了，不是吗？很难再办什么女孩聚会了。我是想……”他的语气

---

① 译者注：941—1014，十一世纪的爱尔兰国王。

② 译者注：《发现伊维萨》，一九九八年的电视实境秀，记录一群成人在西班牙伊维萨岛快乐度假的过程。

又开始羞怯，“旅行社给了我几张传单，主要是意大利。我知道你喜欢考古，等事情结束，我可以带你去度假吗？”

我不知该如何反应，也没有心思去想。“听起来很棒，”我说，“很高兴你想到这个主意，但我们可不可以等我回家再说？因为我不知道卧底还要多久。”

片刻沉默，让我的脸庞一拧。我讨厌伤害山姆，感觉就像踹了一只不会咬人的狗。“已经两个多星期了，我记得弗朗科说顶多一个月。”

弗朗科那时只想说服山姆。卧底偶尔会持续数年之久，虽然我不认为这回会如此，因为长期卧底通常针对犯罪活动，而非单次的犯罪行为，但我敢保证一个月的说法肯定是弗朗科为了摆脱山姆纠缠，顺口编造出来的。那一刻，我真的希望如此。一想到离开这里回到家暴组、上班服和拥挤的都柏林，我就觉得沮丧不已。

“理论上是，”我说，“但这种事很难定出明确时间。我也可能马上回家，只要我们有谁找到明确的证据，甚至不用一个月。假如我发现有用的线索，需要追踪，可能就得多待一两个星期。”

山姆受挫愠怒地骂了一声：“要是我下回再说同意联合办案，记得把我锁进衣柜里，等我清醒了再放出来。我需要一个时间底线，我压住一堆事情，例如找那三个男的和婴儿做DNA比对……就为了等你卧底结束。我甚至不能跟别人说我们在办凶杀案。几星期是一回事……”

我已经没在听他说话，因为小路或树林深处传来窸窣声响。不是平常的声音，也不是夜禽、树叶或小型掠食动物的骚动，这些我已经听得很熟了。是别的东西。

“等一下！”我说，轻轻打断山姆的话语。

我拿开手机，屏住呼吸竖耳倾听。声音来自小径，朝大路方向而行，微弱但渐渐接近，缓慢规律的踩踏声，是踩在碎石上的脚步声。

“我得走了，”我朝手机说，声音几近低语，“晚点可以的话再打给你。”说完我将手机关掉，放进口袋，收起双腿躲进枝叶里静静等待。

声音越来越近，步伐沉稳，听起来是庞然大物。小径头尾只有山楂林屋，我缓缓拉起套头毛衣遮住脸庞下半部，白色在暗处最明显，很容易暴露行踪。

夜晚会改变人的距离感，让东西听起来比实际更近。我等了很久，等到感觉对方不会来了，才见到人影出现。斑驳的暗影先是倏地一闪，再从树下缓缓经过。微光下的金发浅白泛银，有如鬼魂的发丝，我差点没有别过头去。这里很不适合守株待兔，暗处有太多未知事物各自奔忙，形迹隐秘，有些甚至不能曝光。

人影走进月光，我看出是个男的，身材高大，橄榄球员的体格，身上那件皮夹克像是设计师款式。他似乎走得犹疑不定，目光不时飘向两旁树木，走到离我只有几米远的地方，突然转头朝我这里看来。

我赶紧闭上眼睛，因为人习惯注视别人的眼睛，因此双眼也可能暴露位置。但我在合眼前，已经看到他的脸。男人年纪与我相仿，或许稍小一点，仪容整洁，长相俊俏但不易留下印象，困惑似的微皱眉头。他既不在关系人名单上，我也从来没见过他。

男子从我身下走过，近得可以让我在他头上放一片叶子。男子继续往前，消失在小径尽头，我依然静止不动。假如他是瑞法尔他们的朋友，我就得在树上枯坐良久，但我想应该不是。从那犹豫的态度与困惑四顾的眼神看来，他绝对不是在找林屋，而是在找某样东西，或某个人。

蕾西遇害前几周，和N碰面三次，起码计划如此。倘若瑞法尔他们所言属实，在她丧命的当天晚上，蕾西便是出门和凶手见面。

我的肾上腺素急遽分泌，很想追上那家伙，或在他回程时拦住他，但我知道这么做非常不明智。我不害怕，毕竟身上有枪，而且对方虽然身材魁梧，但感觉不难对付。然而，我只有一次“攻击”机会，禁不起在暗处乱枪打鸟。我或许摸不透他是否认识蕾西，两人关系是深是浅，我想最好先搞清楚对方的名字，再与他有所接触。

我慢动作似的从树上缓缓滑下，树皮擦起了我的上衣，差点没将麦克风钩掉。弗朗科听到声音，肯定会觉得我被坦克车碾过。我躲在树后静静等待，感觉等了几个小时，才见到男人沿着蜿蜒小路走了回来，一手搔着脑袋，表情依然困惑。不管他在找什么，应该都没找到。男子从我面前经过，我数他走了三十步后开始跟踪，始终走在路边草丛，脚步轻放，隐身在树干后。

男人的黑色休旅车停在大马路上，改装得有如一头巨兽，车窗果然是暗色玻璃，令人扼腕。车子距离岔路大约四十五米，路旁视野开阔，长草处处，荨麻零星蔓生，一块废弃的旧里程碑竖立其间，完全找不到掩蔽。

我不敢冒险走近去看车牌，只见那家伙充满爱怜地轻拍引擎盖，坐进车里后猛力将门关上，发出砰的一声巨响，周围树林突然显得清冷寂寥。男人在车里稍坐片刻，想着男人会想的心事，接着发动引擎，开推土机似的沿着大路驶向都柏林。

我确定男人离开后，又爬回树上，仔细回想事情的经过。尽管这家伙有可能是之前跟踪我的人，我颈后的触电感就是来自他，但我并不认为如此。无论他这晚是在寻找什么，行动都不是特别隐秘，我感觉漫步荒野并非他的专长。我似乎意识到一点端倪，却没那么容易看出究竟。

但有一点我很肯定：在我稍微理出头绪之前，山姆和弗朗科都没必要知道休旅车王子的存在。山姆要是得知我深夜外出散步，在蕾西没能躲过袭击的小路上闪避陌生男子，肯定会气急败坏。至于弗朗科，他完全不会担心，因为他总认为我能顾好自己。假如他知道了，就会立刻接管案子，找出那家伙拖进警局，祖宗八代全问出来，而我不想这样。我心里有声音告诉我，这件案子不能这么办，甚至有声音来自心底深处，说这不关弗朗科的事，不算真的有关。这是我和蕾西两人的事，弗朗科只是凑巧遇上。

但我还是拨了号码。我们之前已经通过一次电话，夜已深了，但弗朗科很快就接起来："怎么了？你还好吗？"

"我很好，"我说，"抱歉不是故意要吓你。我只是想问一件事，免得我忘了。你们清查过的对象里，有没有一个男的，大约一百八十三厘米高，体格结实，将近三十岁，长相俊俏，金发，留着时髦的阿飞头，常穿棕色名牌皮夹克？"

弗朗科打了个哈欠，我心里既歉疚又释怀。他毕竟还是在睡觉。"干吗问这个？"

"两天前，我在三一学院遇到一个男的朝我点头微笑，好像认识我，但他不在关系人名单上。不是什么大事，那家伙的表现不像是我密友之类的，但我还是想确定一下，免得下回再遇到，我会措手不及。"这我倒是没有撒谎，只不过我在学校遇到的男人又瘦又小，而且满头红发。我绞尽脑汁，花了将近十分钟才想起来他怎么会认得我。他在图书馆的卡座和我们是同一个角落。

弗朗科试着回想，我听见他在床上翻身拉动被单的窸窣声。"没印象，"他说，"我只想到丹尼尔的表哥爱德华，二十九岁，绰号慢郎中，金发，棕色皮夹克。我想他的长相算是帅吧，假如你喜欢四肢发达那类型的。"

"不是你的菜？"爱德华，不是N，这家伙为何半夜到葛伦斯凯闲晃？

"我喜欢乳沟深一点的。不过，爱德华说，他从来没见过蕾西，也没理由见过，因为他和丹尼尔处不来。那家伙既没有到过林屋喝下午茶，晚上也不会和他们出去，况且他家住在布瑞，在基里尼工作，我实在想不到有什么原因，他会在三一学院出现。"

"别担心，"我说，"可能只是女孩进大学才认识的人。继续睡吧，抱歉吵醒你。"

"没关系，"弗朗科边打哈欠边说，"宁可事前烦恼，也不要事后流泪。记得用麦克风做简报，详细描述那家伙，要是再看到他，立刻通知我。"他的语气昏昏欲睡。

"遵命，晚安。"

我在树上待了几分钟，竖耳倾听不寻常的动静。什么也没有，只有底下的矮树丛迎风发出阵阵涛声，以及萦绕在我颈椎的微弱刺痛，搔痒难以忽视。我告诉自己，要是有什么能让我沉思狂想，肯定是山姆刚才说的故事：女孩失去爱人、家庭与未来，在我眼前的黝黑树枝缠上绳圈，了结她仅剩的一切、她自己与腹中的孩子。我在还没想得走火入魔之前，给山姆打电话。

山姆还没睡："刚才是怎么回事？你还好吗？"

"我很好，"我说，"刚才真的很抱歉，我好像听到有人过来，心想可能是弗朗科说的跟踪狂，头戴曲棍球面罩，拿着电锯，可惜没有。"这句话当然也是真的，但对山姆歪曲事实和对弗朗科说谎不一样，我腹部一阵扭绞。

山姆沉默片刻，"我很担心你。"他轻声说道。

"我知道，山姆，"我说，"我知道你担心我，我很好，很快就会回家了。"

我感觉山姆叹了一口气，轻缓无奈，我不确定自己听对了。"嗯，"他说，"那到时就能讨论度假的事了。"

回程途中，我想着山姆说的破坏者，想着颈间的刺痛感与爱德华。我只知道他是房产经纪人，和丹尼尔处不来，弗朗科不大瞧得起他的智商，他很想要山楂林屋，甚至不惜辱骂爷爷是疯子。我在脑中模拟出几个可能情况：杀人狂爱德华锁定山楂林屋，将住户逐一杀死，或是情圣爱德华和蕾西有私情，发现她怀孕气得抓狂。我想了很多，但都觉得离谱，再说我本来就认为蕾西品位不至于这么差，会在休旅车后座和一个蠢雅痞偷欢。

倘若爱德华到林屋附近寻找什么，却无功而返，那他应该还会再来，除非他只是来看自己喜爱却失去的地方最后一眼。但我不认为爱德华有这么感性，我觉得他是"有事改天再说"的人。总之，他当时不是我特别怀疑的对象。

我没告诉山姆，说我心底角落刚刚浮起躁动的黑暗预感。有人对林屋满怀怨恨，仿佛辛烷一触即发；有人在小径与蕾西会面，长相不明，缩写是N；有人让她怀了孩子。倘若三件事是同一人所为……

山姆说的破坏者不是很低调，但还聪明得（或清醒得）知道闭上嘴巴。他可能长得高大挺拔，风流倜傥，而我们都知道蕾西的行事逻辑异于常人，或许对忧郁男子情有独钟。我想象两人在小径偶遇，并肩散步不觉时间流逝，冬月高悬，细枝结霜有如银丝，蕾西盈盈一笑，映着两道眉毛。我想起荒废的小屋，覆盆子悬垂有如帘幕，隔出一片隐秘天地。

我想象，这名男子要是发现能让来自山楂林屋的女孩怀孕，肯定觉得是天赐良机，巧合得夺目无瑕，是天使送来的金球，千万不能拒绝。他会杀了蕾西。

隔天早上，有人朝我们车子吐痰。我们几个正要去学校，贾思汀和艾比坐前面，我和瑞法尔在后座。丹尼尔一早就出门了，没有留下半句解释，我们还在吃早餐。清晨，阴霾带着凉意，四周依然一片沉寂，细雨沾上车窗有如迷雾。艾比一边翻着笔记本，一边随着光盘上的马勒乐曲哼哼唱唱，哼到中段还拉高音。瑞法尔双脚套着袜子，正在拆解鞋带上的大结。我们开到葛伦斯凯村，贾思汀刹车减速，在报摊外停了下来，让行人穿越马路。只见一名瘦削结实的驼背老人，穿着农夫式样的旧粗呢西装，戴着低顶圆帽，从我们面前蹒跚走过，还不忘举起拐杖，仿佛在打招呼。贾思汀挥手答礼。

老人瞟了贾思汀一眼，忽然停下脚步，隔着挡风玻璃注视我们，表情气愤扭曲，充满嫌恶，抵着圆帽的拐杖猛然下挥，砰的一声将早晨打成碎片。我们立刻坐直，还没来得及反应，老人已经喉咙一清，朝挡风玻璃啐了一口浓痰，正对着贾思汀的脸庞。老人转身踽踽穿过马路，步伐和刚才一样从容。

“这是……”贾思汀吓得喘不过气来，“这到底怎么回事？”

“他们不喜欢我们，”艾比语气平淡，伸手打开雨刷。街道长而寂寥，几间浅色小屋门窗紧闭，静立雨中，背后山影幢幢。四周没有任何动静，只有老人缓慢机械的步伐与蕾丝窗帘放下的窸窣，“开吧，嗯。”

“死浑球，”瑞法尔说，他紧抓鞋子有如武器，握得关节发白，“你应该撞上去才对，贾思汀，把那家伙没有脑浆的脑袋辗碎，撒满这条烂路。”他说完开始摇下车窗。

“瑞法尔，”艾比厉声说，“把车窗摇起来，快。”

“为什么？为什么要让他……”

“因为，”我小声接口说，“我晚上还要散步。”

如我所料，瑞法尔果然愣住了。他瞪着我，手还放在摇把上。车子差点熄火，发出恐怖刺耳的嘎吱声，贾思汀赶紧挂挡，猛踩油门。“帅啊！”他说，语气带着一丝不悦，任何混乱都会让他焦躁不安，“真是帅呆了。我是说，我知道他们讨厌我们，但刚才那样根本没必要，我什么都没做，我还刹车让他先过，他干吗吐口水？”

我有把握自己知道答案。过去几天，山姆都在葛伦斯凯村查案。要不是大屋子里一个女孩遇刺，怎么会有城里打扮的警探在街上游荡，跑到村民家里发问，耐心挖掘他们埋藏已久的故事？山姆一定问得很有技巧，温柔熟练，他向来如此，村民的怨气不会发在他身上。

“没事。”瑞法尔说。我和瑞法尔转头去看老人，只见他拄着拐杖，站在报摊外的人行道上紧盯着我们，“因为他是野蛮的马桶妖怪，除了妹妹兼老婆之外，见谁都恨。感觉根本就是他妈的《激流四勇士》嘛。”

“你知道吗？”艾比头也不回地冷冷说道，“我真是受够你的殖民心态了，真的。不要以为对方没念私立学校，你就高人一等。你要是不喜欢葛伦斯凯，随时可以离开。”

瑞法尔张嘴想要反驳，但只一脸嫌恶地耸耸肩膀，闭上嘴巴。他狠狠地拉扯鞋带，鞋带应声断开，他暗自咒骂一句。

要是老人年轻三四十岁，我一定会记下他的特征，回报山姆。老人连我们五个都追不动，不会是杀人凶手。想到这点，我就肩头一抖，很不舒服。艾比转大音量，瑞法尔将鞋扔到地上，朝后车窗竖起了两根手指。我心想，这绝对会是麻烦。

“那个，”那天夜里，弗朗科说，“我要联邦调查局的朋友派他手下再去挖消息。我跟他说，我们有理由相信女孩远走高飞是因为情绪崩溃，所以想找出一点迹象或可能的原因。我们是这么想的，对吧？只是问问。”

“我不知道你是怎么想的，弗朗科，别把我也拖下水。”我又坐在同一棵树上，背部靠着半边树干，双脚踩着另一边，好将笔记放在腿上。月光穿透枝叶，亮度刚好够我看见纸页。“等一下。”我用下巴夹住手机，伸手找笔。

“你感觉很开心。”弗朗科疑心地说。

“我刚吃了一顿美好的晚餐，加上说说笑笑，怎么会不开心？”我小心地别摔到树下，勉强将笔从夹克口袋掏出来，“好了，说吧。”

弗朗科愠怒地嘟囔一声：“愉快是吧？记得别混得太亲就好，因为你还是有可能必须逮捕其中一个。”

“我还以为你觉得凶手是身穿黑斗篷的神秘客呢。”

“我没有认定什么，黑斗篷只是可能之一。好了，我告诉你目前的发现，别怪我内容太普通，是你说无所谓的。二○○○年八月十六日，梅鲁思更换手机系统商，以节省市内通话费。二十二日，她得到餐馆加薪，时薪增加七十五分。二十八日，查德向她求婚，她答应了。九月第一周，两人开车到弗吉尼亚州去见查德的父母亲。他们表示梅鲁思非常贴心，还带了盆栽当礼物。”

“订婚戒指，”我说，语气尽量保持轻松。虽然我脑袋像爆米花似的不停地冒出想法，却不想让弗朗科发现，“她闪人的时候有没有带着？”

“没有，警方当时就问过查德，查德说她将戒指放在床头桌上。不过这没什么，因为她上班前都会摘下来，免得掉了或混进薯饼里之类的。戒指不是什么大钻戒，查德是车库摇滚乐团的贝司手，团名叫‘南塔基人’，但还没蹿红，只好靠木工为生，是个穷小子。”

由于月色昏暗，我又坐在树上，因此笔记抄得十分凌乱，而且可笑地歪向一边，但还看得懂。“之后呢？”

“九月十二日，她和查德合刷了一台游戏机，我想这年头应该和承诺厮守终生一样有效。十八日，她卖掉自己的八六年福特，拿到六百美元。她跟查德说想换一辆没那么破的车，因为她加薪了。二十七日，她耳朵发炎去看医生，可能因为游泳。医生开了抗生素，药到病除。十月十日，她就不见了。这里面有你要找的信息吗？”

“没错，”我说，“我就是想知道这些。谢了，弗朗科，你真厉害。”

“我在想，”弗朗科说，“九月十二到十八日之间应该出了什么事。直到十二日之前，各种迹象都显示她打算留下来，包括订婚，去见男方家长，和查德一起买东西，等等。但她十八日将车卖了，我想她是在筹跑路钱。你也这么认为吗？”

“感觉很有道理。”我说，但我知道弗朗科错了。原本模糊的线索微微咔嗒一声，突然浮现出轮廓，我知道蕾西为何逃离北卡罗来纳，清清楚楚，仿佛她轻飘飘坐在我身旁的枝干上，映着月光摇摆双腿，在我耳边低语。我也知道她为什么打算离开山楂林屋，因为有人试着留她。

“我会想办法多挖一点那周发生的事，或许找人去找可怜的查德，再问他一次。假如我们能知道女孩为何改变计划，应该就能掌握神秘客的身份。”

“听起来不错。谢了，弗朗科，有什么发现再跟我说。”

我用手机屏幕照着本子，好重读刚才的笔记。游戏机不重要，一个不打算付钱也不打算被找到的人当然会刷卡。

唯一显示女孩打算留下的线索，是她八月换了手机系统商。除非真的要用手机，否则不会在意费率。因此，女孩在八月十六日还很享受梅鲁思的身份，哪儿都不想去。

但不到两周，可怜的摇滚小子查德求婚了。之后发生的所有事情，没有一样显示蕾西计划留下。她答应婚约，面带微笑静候时机，等自己凑足盘缠，立刻远走高飞，头也不回。女孩遁逃终究不是为了弗朗科口中的神秘追踪狂，不是藏身暗处的蒙面汉与森冷刀锋，而是一只廉价戒指，就这么简单。

这回，原因是婴儿，和一个男人相“锁”终生。蕾西大可以甩掉孩子，一如之前抛弃查德，但这不是重点。单是想到和人相锁，就让她有如受困的鸟儿，拼命撞墙。

月经没来、机票价格，还有N。N要么是她的羁绊，要么是她的出口，而我必须找出真相。

他们四个都在客厅，孩子似的趴在壁炉前的地板上，翻看贾思汀不知从哪里挖出来的旧旅行箱。瑞法尔和艾比的双腿亲昵交叠，显然已经将白天的争执抛到脑后。地毯上摆着马克杯、一盘姜饼和杂七杂八的破烂小玩意儿，例如瘢痕点点的弹珠、小锡兵和半根陶烟斗。

“真酷，”我将夹克扔在沙发上，用力挤进丹尼尔和贾思汀中间说，“你们找到什么了？”

“奇怪的小东西，”瑞法尔说，“喏，给你。”接着便拿起被虫蛀坏的玩具老鼠，旋转发条，让它吱吱喳喳地朝我爬来。但老鼠没多久就丧气地咔嚓一声，停在半路。

“还是试试这个吧，”贾思汀伸手将饼干拉到我们面前说，“起码好吃一点。”

我一手拿着饼干，一手伸进旅行箱里抓到一样又硬又重的东西，举起来一看，似乎是一只旧木盒子。盒盖曾经用珠母嵌了EM两个字，但大多已经剥落了。“啊，太棒了，”我打开盖子说，“真是世界上最棒的一抓。”

是八音盒。蓝丝衬里脱线绷裂，梳齿圆筒暗淡无光，叽嚓几声之后拨弹出一段旋律，声音迟滞甜美，是《绿袖子》。瑞法尔伸手压住依然嘶嘶作响的发条老鼠，所有人竖耳倾听，房里一阵寂静，唯有柴火噼啪低语。

“真美，”乐曲终了，丹尼尔盖上盒子柔声说道，“真美，今年圣诞节……”

“我可以拿到房间，让它陪我入眠吗？”我问，“直到圣诞节？”

“你何时开始需要摇篮曲啦？”艾比问，但却面带微笑，“当然可以。”

“幸好我们现在才找到它，”贾思汀说，“这玩意儿肯定非常珍贵，他们绝对会建议我们卖掉，免得缴税。”

“没那么珍贵，”瑞法尔从我手中接过八音盒，仔细检视，“这种基本款大概价值一百英镑，以它的品相还会低很多。我祖母以前在收集八音盒，几十个，摆得到处都是，只要脚步太重就会掉下来砸坏，吓得她全身痉挛。”

“别说了，”艾比轻踹瑞法尔脚踝——不谈过去——但似乎不很担心。不知何故，或许是朋友间的神秘化学效应，过去几天的紧张似乎消失了，我们再度其乐融融，比肩同坐。艾比的套头衫背后微微撩起，贾思汀伸手帮她拉好，“不过，我们迟早会在这堆乱七八糟的废物里找到宝藏。”

“要是卖了大钱，你们会做什么？”瑞法尔抓起饼干说，“假设有几千英镑。”我忽然听见山姆的声音，近在耳畔：那间屋子里一堆老古董与旧玩意儿，要是有什么珍贵的东西……

“全套艾加暖气烹调组，”艾比立刻接口说，“既有暖气，又有热炉和烤箱，看起来完全不像废铁，简直是一举两得。”

“你这个野女人，”贾思汀说，“设计师服饰和到蒙特卡洛度假不是比较好吗？”

“我只要脚趾不再冻僵就心满意足了。”

也许女孩本来要给他什么，我曾经对弗朗科他们说，问题就出在这里，她反悔了……我恍然察觉到自己紧紧按着八音盒，仿佛怕被人拿走。“我想我会整修屋顶，”丹尼尔说道，“现在的应该还能再撑几年，但可以提前换掉当然很好。”

“你吗？”瑞法尔瞥了丹尼尔一眼，咧嘴微笑，再度旋紧老鼠的发条说，“我还以为你不会卖掉呢，再破再烂也要裱好挂在墙上。家族回忆摆第一，意外之财滚边去。”

丹尼尔摇摇头，伸手向我要他的杯子——我正拿饼干蘸咖啡吃。“重要的是房子，”他喝了一口，将杯子还我，“其他都是点缀，其实。我虽然喜欢这些旧东西，但如果需要整修屋顶之类的，我绝对二话不说统统卖掉。房子本身的故事已经够多了，何况现在又加上我们的回忆，每天每天。”

“蕾西，你拿到钱会做什么？”艾比问。

不用说，这才是一切的关键，问号有如恶毒的小锤子不停地在我脑中敲打。山姆和弗朗科都没有朝古董交易失败的方向追查，因为根本没有迹象显示如此。遗产清查已经搬走屋子里的好东西，蕾西又不认识古董商或销赃渠道，也没有证据显示她需要钱，直到现在。

蕾西户头里只有八十八镑，连离开爱尔兰都很勉强，更别说远走他乡展开新生。再过两个月，她的身孕就要遮掩不住，孩子的父亲开始疑心，一切都太迟了。上回她卖了车子，这回却什么也没得卖。

只要所求不高，什么工作都肯做，抛弃旧生命奔向新生活一点也不昂贵，甚至便宜得难以想象。“薇丝塔行动”后，我经常在破晓前流连于网络，浏览各国青年旅馆的价钱与征才广告，计算开销。不少城市只要一个月三百英镑就能租到破公寓，十镑就能在青年旅馆过夜。算好机票，携带足以应付几周的现金，照着广告到酒吧、三明治店或旅行社应征，只要一辆二手车的价钱就能展开新生。我的存款有两千镑，绰绰有余。

蕾西比我还清楚这点，她实际尝试过。她不需要在衣柜后方发现伦勃朗的真迹，只要找到不错的小饰品，例如珠宝或罕见的瓷器就够了，我还听说泰迪熊卖到几百英镑。她只要找到合适的对象与买主，加上背着其他人出卖山楂林屋回忆的动机，就能轻松如愿。

女孩曾经开着查德的车远走高飞，但我愿意拿任何东西起誓，这回应该不同。这里是她的家。

“我会帮大家换新床垫，”我说，“我的床垫弹簧已经露出来，每次都戳到我，好像豌豆公主一样。贾思汀只要翻身，我就听得见。”接着便再打开八音盒，结束我们的对话。

艾比双手转动陶烟斗，跟着旋律轻声哼唱：“绿袖子让我喜悦，让我开心……”瑞法尔将发条老鼠翻过来，检视里面的构造。贾思汀拈起一颗弹珠利落地弹出去，将另一颗弹珠撞到丹尼尔的杯边，发出清脆声响。丹尼尔放下手中的小锡兵，抬头微笑，头发盖上前额。我看着他们，指尖拂弄蓝丝衬里，向神祈祷刚才答的正是蕾西所想。

# Chapter 12
## 三个可疑男子

隔天晚饭过后，我开始翻阅西蒙伯公撰写的家族史诗，想找出和自缢女孩有关的蛛丝马迹。我一个人做会简单许多，但这么一来就得向学校请假，而我不想滥用生病当做借口，让其他人担心。因此，我和瑞法尔、丹尼尔坐在空房地板上，西蒙家的族谱摊在面前，艾比和贾思汀在楼下玩皮克牌。

族谱是一张破烂的厚纸，上头写满潦草字迹，层层叠叠，出于不同人之手。最顶端是优雅的棕色墨水字：詹姆斯，约一五九八年生，一六一九年娶坎普小姐为妻。最底下是西蒙伯公歪七扭八的字：爱德华，一九七五年生；以及最后：丹尼尔，一九七九年生。

“整间房里就只有这东西还看得懂，”丹尼尔拈去族谱边缘的蜘蛛丝说，“可能因为不是伯公一个人写的。至于其他……我们还是能翻一翻，蕾西，假如你真的很想知道。但就我看来，他下笔时已非常非常醉了。”

“嘿，”我弯腰指着族谱说，“败家子威廉在这里。”

“威廉，”丹尼尔指尖轻点名字，“一八九四年生，一九八三年卒，是他没错。我很好奇他最后去哪儿了。”威廉是家族中少数活过四十岁的人，山姆说的没错，这一家人都英年早逝。

“看这里能不能找到他，”我把一只盒子拉到面前说，“我对这家伙开始感兴趣了，真想知道究竟是什么不堪回首的过去。”

“女孩子，”瑞法尔傲慢地说，“最喜欢挖人隐私。”但他自己也抓了一只盒子。

丹尼尔说的没错，大多往事都难以辨读。西蒙画了一堆重点，行与行不留间隔，标准的维多利亚风格。但我不需要读，只要寻找姓名缩写是W或M的花体字。我不知道自己是否真的想找到，也许毫无所获，也许完全推翻拉索文人的讲法，女孩怀着孩子移居伦敦，成功经营裁缝事业，从此过着幸福快乐的生活。

我听见楼下贾思汀在说话，艾比呵呵笑着，声音遥远微弱。我们三个都没开口，房里只有沙沙不停的翻页声。室内阴凉昏暗，月影朦胧高挂窗外，纸页在我指尖留下薄薄的灰尘。

“嘿，有了，”瑞法尔突然说：“威廉成为一件极为不当、引起轩然大波？的什么的主角，最后让他丢了健康和……老天，丹尼尔，你伯公肯定醉到翻天了，这能叫做英文吗？”

“我看看，”丹尼尔弯腰凑近细看，“应该是‘健康和原有的社会地位’吧。”他从瑞法尔手中接过手札，将眼镜推上鼻梁，“‘除去满街谣言’，”他的指尖沿着字迹缓缓读道，“‘事实真相如下所述：威廉一九一四至一九一五年参与大战，服役期间，’这里应该是‘表现突出，后因英勇事迹获颁军功十字章。单凭此点，即可——什么——所有低下传言。一九一五年，威廉遭榴霰弹伤及肩部，并饱受弹震症所苦，因而解甲除役……’”

“创伤后压力症，”瑞法尔说。他背靠墙壁，双手枕头静静聆听，“可怜的家伙。”

“这里我看不懂，”丹尼尔说，“跟他看到什么有关，我想应该在战场上。他用的词是‘残酷’，接着是，‘他解除与威丝特小姐的婚约，对自己的身份地位毫无眷恋，宁可与葛伦斯凯村的市井小民相处，但却惹来众人不安。各方都明了如此……’我想是‘不自然的’，‘关系不可能有圆满结局’。”

“一群势利鬼。”瑞法尔说。

“你还敢讲！”我说着冲到丹尼尔身旁，下巴抵着他的肩头，想把字看清楚。这之前的内容一点也不稀奇，但我知道“不可能有圆满结局”就是我要找的。

“‘约在此时’，”丹尼尔一边读着，一边倾斜手札让我看得见，“‘村里一名年轻女孩发现自己身陷麻烦，表示威廉是腹中孩子的父亲。无论真相如何，葛伦斯凯人的道德情操迥异于现今，’道德两个字底下画了两条线，‘村民对于女孩的行为不检深感震惊，坚持——认为？——女孩应该离开村子，进入麦格达伦修道院，以洗刷耻辱。他们决定将女孩视为放逐之人，直到她入院修行为止。’”

没有圆满结局，也没有伦敦的小裁缝店。女孩因为怀孕、遭人强暴、成为孤儿或太过美丽而被迫为奴，终生未能离开修道院洗衣厂，直到成为墓园里的无名孤坟。

丹尼尔不停地往下读，语气轻柔平稳，我感觉他的声音在我肩头振动。“‘但女孩既不放弃自己的灵魂，也不愿接受忏悔的要求，决定自我了结。威廉大受打击，或许因为他和女孩一起犯罪，或许由于他已见过太多血腥，健康急遽恶化。康复之后，他离开家人、朋友与家园，在异地展开新生，从此几乎音讯全无。这一起事件或许旨在提醒吾人欲望之险恶，打破社会阶级之危害，以及……’”丹尼尔停下来说，“后面我读不出来，反正关于威廉的部分就到这里，下一段在讲赛马。”

“天哪！”我轻声说道。

房间里突然让人感觉一阵凛冽，冷得仿佛窗户大开，寒风恣意流窜。

“他们把女孩当成麻风病患对待，到她支持不住，”瑞法尔说，嘴角微微抽搐，“威廉精神崩溃，离开村里为止。所以，他们这样不是最近的事，葛伦斯凯村根本一直就是疯人中心。”

我感觉丹尼尔脊背一抖。“这件事太卑劣了，”他说，“真的。我有时候会想是不是应该也对屋子使用‘不谈过去’原则，虽然……”丹尼尔环顾四周，房里堆满长物，肮脏残破，壁纸剥落，房门大开，走道上的镜子斑斑点点，映着我们三人幽暗发青的身影。“虽然我不确定，”他近乎喃喃自语，“可以这么做。”

丹尼尔收拢手札，小心翼翼地放回盒里，关上盖子。“我不知道你们怎么样，”他说，“但我今晚已经读够了，我们去找贾思汀他们吧。”

“全爱尔兰关于葛伦斯凯的文件，我想我全看过了，”那天夜里，我打给山姆，他对我说。他的语气疲惫模糊（公文倦怠症，我知道）而满足，“我比谁都清楚那个村子，也找到三个人符合你的侧写。”

我坐在树上，双脚紧紧收进枝叶间。被人窥伺的感觉越来越强烈，我真希望那家伙干脆跳出来，让我看个明白。我没有向弗朗科提，更别说山姆。就我判断，窥伺感十之八九来自我的想象、蕾西的灵魂与心事未了的跟踪杀人狂，但我不想告诉别人。白天我总觉得罪魁祸首是自己的想象，或许野生动物也帮了一点忙，但到夜里，我就不是那么确定了。“只有三个？四百人里面就三个？”

“葛伦斯凯人正在消逝，”山姆语气平淡，“几乎半数超过六十五岁，小孩一大就会收拾家当，搬到都柏林、科克或威克劳，任何稍微有人气的地方，留下来的都是家里有农场或继承家族事业的人。二十五到三十五岁之间的村民不到三十人，除去在外地工作的、失业的、独居的和白天有办法抽身的，例如上夜班或独力工作者，最后就剩三个人。”

“天哪！”我说，不禁想起早晨蹒跚穿过空寂街道的老人，成排的破旧房舍只有一扇窗的蕾丝帘子背后有人。

“我想这算进展吧，起码他们三个还有工作，”电话那头传来翻页声，“好了，底下就是三人的数据。贝能，三十一岁，在村外经营农场，已婚，有两个小孩。奈勒，二十九岁，村里人，和父母同住，在别人的农场工作。麦克艾德，二十六岁，一样和父母同住，在拉索文路的加油站上日班。三人都和山楂林屋没有任何关联，有谁特别让你觉得可疑吗？”

“一时想不出来，”我说，“抱歉。”说完差点从树上跌下去。“嗯，也对，”山姆说道，语气泰然，“是我期望得太多了。”但我几乎无心听他说话。奈勒，总算有人的名字缩写是N，也该是时候了。

“你会挑哪一个？”我问，尽量不动声色。山姆是我认识的警探中最会故作无知的，这招其实比想象中还要好用。

“现在说还太早，但要选的话，我会挑贝能，他是唯一有前科的。五年前，一对美国观光客将车停在路边，到小径散步。车子挡住农场的出入口，让贝能无法移动羊群，他狠狠踹了车子一脚，踹出一个大凹洞。刑事损坏和对外人不友善，涂鸦破坏很可能是他的兴趣。”

“另外两个都没案底？”

“伯尔尼说，他看过两人状况很差，但从来没有严重到酒醉闹事之类的地步，需要逮捕。他们或许都有不为人知的犯罪行为，因为葛伦斯凯就是这样的地方，但就目前看来，没错，他们还算安分。”

“你和他们谈过了吗？”很难解释，但我就是觉得应该瞧瞧这个奈勒。

到村里酒吧去显然不可能，假装经过他工作的农场也不是好主意，但要是能在他到局里接受侦讯的时候……

山姆笑了。

“给我一点时间，我今天下午才把对象锁定，打算明天早上再找他们三个谈谈。我想问你——你能过来一趟吗？只是看他们一眼，看会不会想到什么。”

我真想吻他：“天哪，好啊。在哪里？几点？”

“果然，我想你应该有兴趣，”山姆语带微笑说，“就拉索文分局吧。他们家里当然最好，不会吓到他们，但我不大可能带你过去。”

“听起来不错，”我说，“棒极了，其实。”

山姆话语中的笑意更深了：“我也是，你有办法避开其他人吗？”

“我会跟他们说我和医生有约，检查缝线，反正本来就该这么做。”想到其他人，我心头莫名一痛。假如山姆在这三人身上找到明确的线索，就算不构成逮捕要件，卧底行动也会结束，我就得离开林屋，回到都柏林和家暴组。

“他们不会想陪你到医院？”

“有可能，但我不会让他们跟。我会找贾思汀或丹尼尔载我到威克劳医院，你能开车到医院接我，还是我自己搭出租车到拉索文？”

山姆笑了：“我怎么会错过载你的机会？十点半可以吗？”

“没问题，”我说，“对了，山姆——我不知道你想探他们多少底，但在你和这三人谈话前，我有一点新消息要给你，关于那个怀孕的女孩，”令人难受的背叛感再度抓住我，但我提醒自己，山姆不是弗朗科，他不可能带着搜索令和一堆刻意烦人的问题找上林屋，“整件事似乎发生在一九一五年，女孩身份不明，但她的爱人是威廉，一八九四年出生。”

诧异的沉默，接着——“啊，你真厉害，”山姆开心地说道，“你怎么知道的？”

所以，山姆没有听麦克风录音，起码没听全部。我心里如释重负，连自己都吓了一跳。“西蒙伯公生前写了家族史，提到过那女孩，某些细节对不上，但确实是女孩的事情没错。”

“等一下，”山姆说，我听见他翻找笔记空白页的声音，“好了，你说吧。”

“根据西蒙的讲法，威廉一九一四年参加一次世界大战，一年后身心受创回家。他和门当户对的好女孩解除婚约，和故旧断绝往来，开始在村里活动。从西蒙的字里行间看得出来，葛伦斯凯人不是很开心。”

“不开心也没办法，”山姆语气淡然，“对方是地主家族的人……想也知道，他爱做什么就做什么。”

“后来，女孩怀孕了，”我说，“她宣称威廉是孩子的父亲——西蒙似乎有些怀疑。不管怎样，这件事震惊全村，居民视女孩如粪土，想要将她送往麦格达伦洗衣厂。但在葛伦斯凯人逼她就范前，女孩就自缢身亡了。”

微风吹过林间，雨滴轻溅树叶。

“所以，”山姆沉默片刻，接着说道，“西蒙认为责任不在自己家族，而是那一村子疯农夫。”

怒气忽然朝我袭来，让我措手不及，只想将西蒙脑袋咬断。

“威廉也好不到哪里，”我说，清楚地听见自己语带愤怒，“他得了某种精神崩溃，细节我不清楚，最后似乎进了疗养院，而且不一定和他未出世的小孩无关。”

又是一阵沉默，这回稍久一些。“的确，”山姆说，“没错，反正我今天晚上不打算争执什么，因为我太开心就要见到你了。”

我隔了半晌才意会过来。

我心里只惦记着有机会见到神秘的N，压根儿没想到也会见到山姆。

“只剩不到十二小时了，”我说，“我会打扮成蕾西的样子，只穿白色的蕾丝内衣。”

“啊，千万别这样对我，”山姆说，“我们在办正事，小姐。”我挂上电话前，还是听出他声音里的笑意。

丹尼尔坐在壁炉旁的扶手椅读艾略特，其他三个在玩牌。“喂，”我重重趴在炉边的地毯上，枪托正好撞进肋骨中间，我毫不掩饰地缩了一下，“你是怎么啦，你从来没有头一个输过。”

“他被我撂倒了。”艾比举起酒杯高声说道。

“你少在那里得意扬扬，”贾思汀说，感觉应该快输了，“一点也不迷人。”

“她是得意没错，”丹尼尔说，“她越来越会虚张声势了。你的伤口又痛吗？”

桌上安静半秒，只听见瑞法尔手指拨弄硬币的声音。“只是因为我正好想到，”我说，“我明天要作追踪诊疗，让医师再多戳我几下，然后告诉我没事，这我早就知道了。你能载我去吗？”

“当然，”丹尼尔将书放在腿间说，“几点？”

“威克劳医院，十点，我之后再搭火车到学校。”

“但你不该自己去医院，”贾思汀在座位上转头过来，忘了扑克牌，“让我载你去，我明天没事，可以陪你到医院，之后再一起到学校。”

贾思汀似乎很担心，要是我没办法阻止他，麻烦就大了。“我不要任何人陪我，”我说，“我想自己一个人去。”

“可是医院很恐怖，老是要你像牛一样挤在可怕的候诊室里，等上几个小时……”

我低下头，伸手到夹克口袋里找烟：“所以我会带书去看。我其实根本不想去，因为我最讨厌人家靠近，观察我的一举一动。我只想赶快结束，忘掉这一切，可以吗？能够让我这么做吗？”

“这是她的决定，”丹尼尔说，“要是你改变主意，再跟我们说，蕾西。”

“谢谢你，”我说，“你知道，我是大人了，可以自己撩衣服让医生看伤口。”

贾思汀耸耸肩，回头继续玩牌，我知道他受伤了，却爱莫能助。我点起烟，丹尼尔将放在椅子扶手上的烟灰缸递给我："你最近烟是不是抽得比较多？"

我外表肯定一脸茫然，内心却急得发慌。其实，我已经减少抽烟量了，一天大约只抽十五六根，介于自己的十根与蕾西的二十根之间，心想减量可以用病体虚弱来解释。但我忽略了二十根是屋友的说法，是弗朗科听来的片面之词。丹尼尔本来就不相信蕾西只是遇刺昏迷，天知道还有哪些地方让他起疑。他先前接受侦讯，只要先透露一两点假信息，接着就能静观其变（那双沉着的灰色眼眸，神情里没有丝毫不耐烦），看自己设下的诱饵如何引蛇出洞。就这么简单，简单到了极点。

"不知道，"我面露困惑地说，"我没注意，有吗？"

"你之前出去散步不会带烟，"丹尼尔说，"我是说意外之前，现在会带。"

我松了一大口气，差点不能呼吸。我早该察觉的，因为尸体没有烟味，但比起丹尼尔不动声色，拿着一手好牌贴在胸前，这种小疏乎简单应付多了。

"我之前也想带，只是一直忘记。现在你们让我记得带手机，所以我也记得带烟。总之……"我坐起身子，气愤地瞪着丹尼尔说，"你为什么要找我麻烦？瑞法尔一天抽掉快两包烟，你从来也没念过他。"

"我不是在找你麻烦，"丹尼尔隔着书对我微笑，说，"我只是觉得做坏事就该好好享受，不然何必做呢？要是你出于紧张才抽烟，那就不是享受了。"

"我才没有紧张，"我对他说。为了证明，我又躺了回去，双肘撑地，将烟灰缸放在肚子上，"我没事。"

"这阵子会紧张很自然，"丹尼尔说，"很容易理解，但你应该寻找其他方法纾解压力，而不是糟蹋一件很棒的坏事，"他又是似笑非笑，"你要是想找人聊……"

"你是说找治疗师？"我问，"恶心，医院的人有跟我说，我告诉他们想都别想。"

"嗯，好吧，"丹尼尔说，"我想也是，我个人也觉得你做得对。我一直没办法理解为什么要付钱给一个缺乏主见的陌生人，让他听你的困扰。朋友不就是为了这个目的存在的吗？你要是想找人说，我们几个都……"

"我的无敌天老爷啊，"瑞法尔抬高声音说。他将牌狠狠甩在桌上，猛力拨开，"谁去帮我拿呕吐袋来？哦，我认可你的感受，我们何不谈一谈——我听漏什么了吗？我们是不是搬到加州了，没人告诉我？"

"你到底是哪根筋不对了？"贾思汀问，语气杂着凶恶。

"我最讨厌肉麻兮兮的废话。蕾西很好，她自己说没事，我们有什么该死的理由多管闲事？”

我已经坐直起来，丹尼尔放下书本。“这不关你的事。”贾思汀说。

“要是还得再听这些屁话，就他妈关我的事。我不跟了，贾思汀，这局就算你赢吧。艾比，发牌。”瑞法尔说完，伸手越过贾思汀去拿酒瓶。

“说到做坏事消除紧张，”艾比语气淡漠，“你不觉得你今天晚上酒已经喝够了？”

“其实，”瑞法尔回答，“我觉得不够，差远了。”他将酒杯斟满，满到溢了一滴流到桌面上，“再说，我不记得征求过你的意见，快点发牌。”

“你喝醉了，”丹尼尔冷冷地说道，“变得很烦。”

瑞法尔冲到丹尼尔面前，一手抓着杯缘，我感觉他就要将杯子砸出去。

“没错，”瑞法尔说道，语气低沉粗暴，“我确实喝醉了，而且打算再醉一点。你也想和我谈一谈吗，丹尼尔？你想要吗？你希望我们所有人都谈一谈吗？”

瑞法尔的声音很不对劲，带着一丝危险，仿佛闻得到火药味，一触即发。

“我看不出和你这样状况的人有讨论任何事的必要，”丹尼尔说，“清醒一点，去喝咖啡，别再像个被宠坏的小婴儿。”说完又拿起书本，转身背对其他人。

只有我看得到丹尼尔的脸，他的表情非常冷静，但是眼珠并没有转动，一个字也没有读进去。

连我也看得清楚，丹尼尔的处理方式大错特错。瑞法尔只要情绪一来，就不知道该如何收拾，需要别人帮他改变现场气氛，要么耍宝，要么调停，甚至就事论事，让他能够照做，熊他只会火上添油。

丹尼尔竟然会犯下这么普通的过错，我不禁心头一凛。除了惊讶，还有一种感觉，类似恐惧或兴奋。

我只要几秒钟就能搞定瑞法尔（哦，你想我是不是得了创伤后压力症候群？像越战退伍军人一样？有人大喊“手榴弹”，看我会不会立刻卧倒……），差点真的出手了。我咬紧牙关才没这么做，因为我需要看事情怎么发展。

瑞法尔顿了一下，似乎还想说些什么，随即改变心意，满脸嫌恶地摇了摇头，狠狠地推开椅子，一手拿着杯子，一手握住酒瓶，大步走出起居室。不久，他的房门砰的一声猛然关上。

“搞什么？”过了一会儿，我开口说，“看来我终究得找心理医生，跟他说我的室友都是怪胎。”

“别再说了，”贾思汀说，“别说了。”他声音颤抖。

艾比放下纸牌，起身将椅子小心翼翼地推回原位，离开房间。丹尼尔没有动静，我听见贾思汀撞倒了什么，低声咒骂一句，但我没有抬头。

隔天早餐很安静，气氛不祥。贾思汀刻意不和我说话，艾比愁眉不展地在厨房走来走去，直到我们洗完碗盘，她才将瑞法尔揪出房间，三人一起出门到学校。

丹尼尔坐在桌边凝视窗外，沉浸在个人的世界里。我将碗盘擦干、收好，最后他总算动了一下，深呼吸一口气。“好，”他微微困惑地对着指间的香烟眨眼说，“我们还是出门吧。”

到医院途中，他依然不发一语。“谢了。”我下车后对他说。

“哪里，”他答得心不在焉，“要是出了什么问题——我是觉得不可能，或你改变主意，想找人陪你，记得打电话给我。”说完便转头朝我挥手，扬长而去。

确定丹尼尔离开后，我在医院咖啡馆买了装在保丽龙杯近似咖啡的咖啡，靠在医院外墙等待。我看见山姆的车开进车格，他下车环顾停车场，接着才看到我。山姆脸庞疲惫，臃肿而苍老，老得离谱，我几乎认不出他来，心里只想着：这家伙是谁？

山姆看到我，脸上露出微笑，我霎时回神，是山姆没错。我提醒自己，山姆办大案子时总是会胖个一两公斤，因为忙碌常吃垃圾食物，加上我一直和二十几岁的年轻人一起，看到三十几岁的人自然觉得他们很老。我将杯子扔进垃圾桶，朝车子走去。

“哦，天哪，”山姆将我紧紧拥入怀中说，“见到你真好。”他的亲吻温暖、浓烈而陌生，就连身上的肥皂香与熨烫过的棉料味也让我不习惯。我隔了半晌才忆起这样的感觉，是我抵达山楂林屋的第一天，我应该对所有的陌生事物完全熟悉。

“嘿！”我说着抬头朝他微笑。

山姆将我的脑袋压在他的肩头上，“老天，”他叹了一口气说，“让我们把这个该死的案子忘了，私奔一整天吧，如何？”

“我们在办正事，”我说，“还记得吗？是你叫我别穿白色蕾丝内衣的。”

“我改变心意了，”他双手拂过我的手臂，“你看起来好极了，你知道吗？感觉放松又清醒，也没那么瘦了，都是这件案子的功劳。”

“是乡下的空气，”我说，“加上贾思汀老是煮十二人份的食物。你有什么打算？”

山姆又叹息一声，放开我的手，靠回车上：“那三个小子半小时后会到拉索文，时间还很充裕。这次我只想探探水温，不打算惹毛他们。警局没有观察室，但你在服务台可以清楚地听见侦讯。我带他们进去的时候，你可以先躲在后面，再溜出来偷听。”

“我也想看看他们，”我说，“何不让我在服务台待着，他们意外看到我应该不会有什么危险。假如其中一人正巧是嫌疑人，不管是杀人凶手或破坏狂，看到我一定会反应激烈。”

山姆摇摇头说：“我担心的就是这点，没错。记得我们前晚打电话，你好像听见有人在附近吗？要是跟踪你的是其中一个，他看到你，肯定会觉得你找警察谈……而我们已经知道凶手脾气不好。”

“山姆，”我手指贴上他的手指，柔声说，“我和你来就是为了这个，能更接近我们要找的人。你要是不让我做，我就变成拿钱吃好料，整天读通俗小说的大懒虫了。”

过了一会儿，山姆笑了，有些勉强。“好吧，”他说，“有道理，那我带他们进来的时候，你就顺便看一眼。”

他轻摁我的手指，然后放开。“趁我还没忘记……”他在外套里翻找说，“弗朗科要我给你这个。”山姆递给我一罐药，和我带去山楂林屋的一样，刻意用大字注明是口服抗生素，“他要我告诉你，你的伤尚未完全愈合，医生仍旧担心你会感染，因此还是要再服药。”

“这下我不缺维生素C了。”我说着将药罐收进口袋，感觉很沉，将夹克拉向一边。医生担心……弗朗科已经在考虑我的退场机制了。

拉索文派出所简直烂得不行。这种小警局我看过许多，位于爱尔兰的穷乡僻壤，深陷恶性循环中，被出钱的、提供职位的和能在地球上找到其他工作的人所鄙视唾弃。服务台只有一把破椅子、倡导骑自行车要戴安全帽的海报和一扇小窗，伯尔尼可以嚼着口香糖，望着门外发呆。侦讯室显然也是储藏间，有一张桌子、两把椅子、一只没有上锁的档案柜和一沓自填口供单，角落还摆着一面八十年代的破旧镇暴盾，我不知道为什么。塑料地板已经开始发黄，墙上有一只打扁的苍蝇，难怪伯尔尼会变成现在这副德行。

山姆东踢西踹，努力将侦讯室理出一点样子。我和伯尔尼待在服务台，不让别人发现。伯尔尼将口香糖抵到一边的腮帮里，神情沮丧地凝视我说：“没有用的。”

我不知道该说什么，他显然也没期待我回答。伯尔尼回头继续注视小窗，又开始咀嚼口香糖。“现在这家伙是贝能，”他说，“丑大个儿。”

只要想，山姆侦讯时很会诱导对方，而他今天就打算这么做。他让气氛轻松自在，毫无威胁。你知道谁刺伤了蕾西小姐？会不会碰巧有什么概念？你觉得住在山楂林屋那五个人怎么样？你看到陌生人在葛伦斯凯村出没了吗？山姆释放的信息虽不经意，但很明显，侦查工作即将结束。

面对问题，贝能多半答得心浮气躁，嘟嘟囔囔。麦克艾德没那么野蛮，但也比较无趣。两人都说他们毫无头绪，我听得漫不经心，要是有什么破绽，山姆会抓出来。我只想瞧瞧奈勒的模样，看他见到我时脸上的神情。我双脚伸直，假装自己是被找来询问更多无聊问题的，坐在破椅子上静静等待。

贝能果然是丑大个儿，夸张的啤酒肚夹在壮硕的四肢间，外加一枚蛋头。山姆带他走出侦讯室，贝能见到我，认出来后又瞪了我一眼，露出狠毒险恶的冷笑。他显然认识蕾西，而且不喜欢她。麦克艾德完全相反，长得瘦瘦高高，因为想留胡子而让胡楂生得乱七八糟。他只朝我微微颔首，就踉跄着走开了。我回到服务台，等奈勒出来。

奈勒的回答也差不多，就是一问三不知。他声音悦耳，仿佛轻快的男中音，带着葛伦斯凯腔与一丝紧张。我刚学会辨别这个腔调，比威克劳人说话粗声粗气一些，也比较外放。山姆结束侦讯，打开侦讯室的房门。

奈勒身材中等，精瘦结实，穿着牛仔裤和松垮退色的套头衫，一头纠结的红发，脸庞骨感，有棱有角，颧骨突出，宽嘴细眼，眉毛浓密，绿色眼眸。我不知道蕾西对男人的品位如何，但这家伙显然很迷人。

奈勒一见到我，立刻双眼圆睁，目光几乎让我猛然倒退。他眼里闪着熊熊火光，或许同时夹杂着恨意、爱情、愤怒与恐惧，但不像贝能那样凶狠冷笑，完全不像。他的目光里有激情，有如烽火般明亮炽烈。

“你觉得呢？”山姆看着奈勒大步穿过马路，走向当成废铁顶多只值五十英镑的泥泞八九年福特破车，一边问我。

我心里只想着一件事，这下我很确定颈间的刺痛来自何处了。“除非麦克艾德是伪装高手，否则我想你可以将他列在名单最后，因为我敢说他一点也不知道我是谁。就算破坏狂不是杀人凶手，他也花了很多时间注意林屋，肯定认得我的脸。”

“就像贝能和奈勒一样，”山姆说，“他们两个看到你一点也不开心。”

“他们是葛伦斯凯人，”伯尔尼在我们背后幽幽地说，“不用讲，他们见到谁都不开心，谁见到他们也不会开心。”

“我饿坏了，”山姆说，“一起吃午餐？”

我摇摇头：“不行，瑞法尔已经发短信给我，问我好不好，我跟他说还在候诊。要是我不尽快赶回学校，他们就会来医院找我。”

山姆深吸一口气，挺直肩膀。“好吧，”他说，“至少我们已经排除一个家伙，还剩两个。我载你回都柏林。”

我回到图书馆，他们四个没问什么，只朝我点点头，仿佛我刚才不过是出去抽烟。看来昨晚我对贾思汀的发飙果然有效。

贾思汀依然对我很不谅解，我下午都在装聋作哑。沉默攻势让我紧张极了，但蕾西的顽固从来不会动摇，只有注意力会变。到了晚饭时间，炖肉稠得有如固体，整间房子气味芬芳、馥郁而温暖，我终于爆发了。“可以和你谈一下吗？”我问贾思汀。

贾思汀耸耸肩膀，没有看我。“女主角登场了。”瑞法尔低声说了一句。

“贾思汀，”我说，“你还在气我昨天像头蛮牛，怎么也说不听吗？”

他又耸耸肩膀。艾比拿着炖锅想递给我，见状又将锅子放了下来。

“我很害怕，贾思汀，我担心自己走进医院，医生会说我哪里出问题，必须再动手术之类的。”我见他抬起头来，眼神焦虑一闪，接着又继续将面包捻成小块，“要是你也跟着怕了，我没办法处理。我真的很抱歉。你能原谅我吗？”

过了半晌，贾思汀挤出半抹微笑说：“我想可以吧，”接着将炖锅挪到我的盘子边，对我说，“现在，把肉吃完。”

“结果医生怎么说？”丹尼尔问，“你应该不用再动手术了，对吧？”

“不用，”我舀起炖肉说，“只需要再吃抗生素。伤口还没完全好，他们非常担心我又会被感染。”大声说话让我身体一紧，就在麦克风底下。

“他们作了检查吗？”丹尼尔问。

我完全不知道医生该做什么。“我很好，”我说，“我们可以不要再谈了吗？”

“乖孩子，”贾思汀看着我的盘子点头说道，“这表示我们以后做饭一年用洋葱可以超过一次吗？”

我腹中猛然一沉，两眼茫然地看着贾思汀。

“呃，我是说你现在既然会吃，”贾思汀表情拘谨，“就表示洋葱不会让你想吐了，对吧？”

妈的！我几乎什么都吃，完全没想到蕾西可能挑食，而这种事弗朗科不大可能从一般谈话中套出来。丹尼尔放下汤匙看着我，“我根本没尝出来，”我说，“我想抗生素可能让我嘴巴怪怪的，什么东西味道都差不多。”

“我还以为你讨厌的是口感。”丹尼尔说。

“我怕的是想到洋葱，现在我既然知道这里面有……”

“我奶奶也是这样，”艾比说，“她那时吃了抗生素，嗅觉就消失了，再也没恢复。你最好和医生说这件事。”

“拜托，千万不要，”瑞法尔说，“我们好不容易才让她不会抱怨洋葱，我投顺其自然一票。剩下的你还要吗？还是给我？”

“我可不想失去味觉，然后吃到洋葱，”我说，“那还不如感染算了。”

“很好，那就拿过来吧。”

丹尼尔继续用餐，我怀疑地翻动盘里的炖肉，瑞法尔赏我一个白眼。我心脏狂跳，心想：我迟早一定会犯下百口莫辩的错误。

“洋葱的事处理得很漂亮，”那一天夜里，弗朗科说，“你已经安排好自己的退场机制，就看时机需要了。抗生素破坏你的味觉，于是你停止吃药，结果，嘿，就发生感染了。真希望我能想到这招。”

我裹着公用夹克坐在树上，天空乌云密布，雨丝轻点树叶，随时可能转成倾盆大雨，我竖起耳朵，倾听是不是有奈勒的动静。“你听到了？难道你从来都不回家吗？”

“这阵子是没怎么回去，反正逮到人后有的是时间补眠。说到这个，我和荷莉约的周末快到了，所以我们要是能赶快结束，我就心满意足了。”

“我也是，”我说，“相信我。”

“哦？我还以为你开始习惯那里了呢，过得很舒服。”

我听不出弗朗科话语里的含意，没有人能像他这样不动声色。“当然还有可能更糟，”我说，“今晚已经够让我警觉的了，我不可能一直蒙过去。你那里有什么进展？”

“运气不好，查不到梅鲁思逃跑的原因。查德和她好友都不记得那星期有什么异状。这本来就有可能，因为毕竟是四年半前的事了。”

我不意外。“嗯，好吧，”我说，“起码试过了。”

“不过，我们倒是发现一件事，”弗朗科说，“可能和案子无关，但这件事很怪，而在这个阶段，任何怪事都值得注意。你觉得，从外表看，蕾西是怎样的一个人？”

虽然弗朗科看不到我，我还是耸耸肩。这个问题太过亲密，让我有些不自在，仿佛要我描述自己：“不知道，活泼吧，我想。开心、自信、活力旺盛，或许有点孩子气。”

“嗯，我也觉得。我们从录像画面看到的是这样，她的屋友也这么说。但联邦调查局问了梅鲁思的朋友，得到的回答可不是如此。”

我忽然腹中一凉，忍不住双脚抬高，更往枝叶里收，嘴巴咬住指关节。

“他们说梅鲁思很害羞，非常静。查德认为是她来自阿巴拉契亚山上偏远小镇的关系，雷利市对她来说就像一场大冒险，虽然喜欢却有点难以承受。梅鲁思个性温和，爱做白日梦，喜欢动物，正在考虑要不要当兽医助理。好，我问你：你觉得这听起来像是我们认识的蕾西吗？”

我一手拂弄头发，希望人在地面上，因为我很想动。“所以你想说什么？你认为有两个女孩恰巧长得和我很像？我得告诉你，弗朗科，这件案子已经快要耗尽我对巧合的容忍极限了。”我脑中突然浮现出一幅疯狂的景象，我的分身在世界各地不断出现、消失又重现，宛如电玩店里的打地鼠机，每个洞都有一个我上上下下。我咬定牙关不让自己咯咯笑出来，心想：我童年一直想要有个姐姐或妹妹，结果你看。所以，许愿的时候千万要小心……

弗朗科笑了。

“不是。你知道我爱你，宝贝，但两个你就够了。再说，女孩的指纹也和梅鲁思吻合。我只是觉得奇怪，我认识不少人改名换姓，例如保护证人或类似女孩的成年逃家者，但他们都告诉我一点，就是这些人之前和之后完全一样。改名换姓展开新生是一回事，改变个性又是另一回事，就算训练有素的卧底，也得时时叮咛自己。你现在二十四小时乔装蕾西，应该很清楚，知道那是什么感觉。绝对不容易。”

“我做得还可以。”我说，心里又有想笑的冲动。这女孩，无论她到底是谁，绝对能当顶尖的卧底。也许我真的该和她互换身份。

“那是当然，”弗朗科讨好我说，“但女孩也是，这点很值得调查。女孩或许只是天赋禀异，但也可能受过训练，比如卧底或演员。我会开始打探，你自己也想想，是不是有什么迹象可以判断。这能算是计划吗？”

“嗯，”我说，身体缓缓靠向树干，“这主意不坏。”

笑意消失了。我初次造访弗朗科办公室的回忆闪过心底，鲜明得仿佛能闻到灰尘、皮革与威士忌咖啡的气味。我忽然怀疑那天下午在阳光饱满的房里，自己是不是完全没有察觉真相，是不是太过雀跃，心不在焉，以致错过了关键时刻。我之前一直认为开头几分钟就是测验，包括分析街上那对情侣和弗朗科问我会不会怕，从来未曾发觉这只是第一道关卡，真正的考验来自许久之后，在我自认早已取得入场券的时候。当年我和弗朗科作下秘密约定，但毫无所觉，或许正因如此，我才能轻松地化身蕾西。

“查德知道吗？”弗朗科正要挂断，我突然问，“梅鲁思其实不是梅鲁思？”

“知道，”弗朗科开心地回答，“他知道。我之前尽量让他多保有一点幻想，但这周找人跟他说了，因为我需要知道他是不是有所隐瞒，不管基于忠贞还是其他理由，不过显然没有。”

可怜的家伙。“他反应如何？”

“他会没事的，”弗朗科说，“我们明天再聊。”说完就挂了电话。我坐在树上，指尖循着树干的纹路，坐了很久很久。

我开始怀疑自己是不是低估了死者，而非凶手。我不愿这么想，心里不断逃避，却又非常笃定，蕾西肯定有问题，在她生命深处。她我行我素，不声不响地抛弃查德，笑着预备离开山楂林屋，有如困兽咬断陷阱夹住的脚掌，没有一丝呻吟。女孩这么做可能是情急使然，这些我都能理解。但她从害羞甜美的梅鲁思变成活泼逗趣的蕾西，转换得天衣无缝，这就不同了，是不对的，一个人再怎么情急恐惧也不致如此。但她做了，因为她想。女孩如此隐瞒、如此黑暗，极有可能引来某人的滔天怒气。

绝对不容易，弗朗科说。但这就是重点，对我来说一直很容易。前后两次，我化身蕾西就像呼吸一样自然，轻松走进她的生命，有如穿上旧牛仔裤。这一点始终让我害怕，恐惧不已。

直到睡前，我才想起那天在草地上，一切“咔嗒”各归其位，我开始将五人看成是一个家庭，而蕾西是淘气的幺妹。蕾西的思路与我相同，只是迅速百万倍。她只瞥了一眼就看出他们是谁，少了什么，眨眼就让自己补上空缺。

# Chapter 13
## 迅捷的反击

我就知道，打从山姆说他想找三名可疑男子聊聊，我就知道会出事。倘若杀手先生是他们其中之一，接受警方侦讯肯定不会开心，绝对会怪到屋子头上，不可能轻易放过我们。但我没想到对方反击如此之快，而且直截了当。我在屋里感觉安全自在，以至于忘了安全本身就是警讯。

他只等了一天。周六晚上，我们在起居室，将近午夜，我和艾比坐在壁炉前，用蕾西的银指甲油涂完指甲，正挥手吹干。瑞法尔和丹尼尔忙着清理西蒙伯公的威伯利手枪，消耗体内过剩的激素。

枪已经在阳台上的一锅溶剂里浸了两天，瑞法尔认为够了。他和丹尼尔将桌子变成枪械区，摆满工具、厨房抹布和破布，开心地拿着旧牙刷清枪。丹尼尔负责枪把顽垢；瑞法尔处理实枪；贾思汀瘫坐在沙发上，一边对着论文笔记喃喃自语，一边抓起身旁大碗里的冷爆米花放进嘴里。

唱机播放着英国作曲家普塞尔的小调序曲，旋律祥和，房里充满溶剂与铁锈味，浓郁熟悉，让人放心。

“你知道，”瑞法尔放下牙刷，检视枪体说，“这东西外表破破烂烂，其实状况不错，很可能还堪用。”他伸手去拿子弹盒，塞了两枚到弹膛里，再旋回定位，“有谁想玩俄罗斯轮盘？”

“不要，”贾思汀打了个哆嗦说，“恐怖死了。”

“拿来，”丹尼尔伸手要枪，“别乱玩。”

“我在开玩笑，拜托！”瑞法尔将枪递出去说，“我只是想检查枪还能不能用。明天早上，我会带着枪到阳台，晚上吃兔子肉。”

“不行，”我倏地坐直，瞪着瑞法尔说，“我喜欢兔子，你少碰它们。”

“为什么？那些浑球只会一直生小兔子，大便弄得草地上都是，还不如拿来油炸炖煮，做成好吃的料理比较实在。”

“你真变态，你难道没读过《瓦特希普高原》吗？”

“不要抠耳朵，否则你的指甲就完了。我可以帮你煮红酒兔肉，让你……”

“你会下地狱的，知道吗？”

“哎，冷静一点，蕾西，他又不会真的那么做，”艾比吹着拇指指甲说，“兔子通常破晓出来活动，那时候，瑞法尔根本还没活过来。”

“我不觉得杀害动物有什么可恶之处，”丹尼尔小心翼翼地拆解手枪说，“只要是为了填饱肚子而杀。人类本来就是掠食者，我也希望活在理想世界，可以自给自足，不用种植或猎杀任何生物，无须仰赖他人。当然，这几乎不可能发生，而且我也不希望从兔子开始，因为我开始喜欢上它们了，感觉和屋子是一起的。”

“看吧？”我对瑞法尔说。

“看什么？别再装无辜了你，我又不是没看过你脸埋在牛排里，看了不知道多少次，还有……”

我站起来，摆出射击姿势，伸手去抓佩枪平常插着的地方，接着才想起自己刚才听见撞击声响。只见一块巨石落在我和艾比身旁，仿佛原本就在那里，周围布满碎玻璃，有如冰晶闪闪发光。艾比吓得嘴巴张成大圆，冷风从破窗呼啸而入，吹得窗帘鼓涨，有如船帆。

瑞法尔从椅子上猛然起身，朝厨房拔腿狂奔，我跟在他半步之后，耳中听见贾思汀慌张哀号：“蕾西，你的伤口！”丹尼尔不知喊了什么，但我已经随着瑞法尔冲出法式落地窗门。瑞法尔翻身跳过阳台，头发飞扬，我听见后院大门发出哐啷一声。

我们奔到门边，铁门依然剧烈摇晃。瑞法尔跑到小路上突然僵立不动，抬头往上，同时往后伸手抓住我的手腕说：“嘘！”

我们屏住呼吸，竖耳倾听。我感觉背后有东西贴近，立刻转身，结果看到丹尼尔动作迅速安静，有如草地上的一只大猫，凑到我的身旁。

枝叶婆娑，接着在我们右手边不远处，朝葛伦斯凯村的方向，传来树枝的断裂声。

屋子的灯光已经隐匿不见，我们三个沿着小径飞奔，我伸手摸着树篱探路，树叶在我脚下沙沙作响。忽然，前方传来一阵脚步冲刺声，接着瑞法尔在我身旁嘶吼欢呼。他和丹尼尔健步如飞，快得超乎想象。

我们气喘吁吁好比猎兽，呼吸在我耳畔回荡，脚步和心跳在我四周有如战鼓频催。浮云蔽月，忽圆忽缺，我瞥见一道黑影，在我们前方只有二三十米远处，映着月光蜷缩成诡异的姿态，拼命前奔。我眼前蓦然浮现出弗朗科靠在桌上，双手紧压耳机的模样。我心里朝他在喊：不要，绝对不要派出你的手下，这家伙是我们的。

我们绕过弯道，手抓树篱保持平衡，冲到岔路后停住脚步。月光下，无数小径伸向四面八方，暧昧荒凉，什么也不透露。田野聚集几堆石块，有如遭人降咒镇服，默默伫立观望。

“人呢？”瑞法尔吁喘低语，有如猎犬急急四下张望，“那混账跑哪儿去了？”

“他不可能这么快离开我们的视线，”丹尼尔嘀咕道，“他一定在附近，躲起来了。”

“可恶！”瑞法尔咬牙切齿地说，“可恶，浑球，不要脸的！老天，我要宰了他！”

月色再度昏暗，他们两人在我身旁有如幻影，迅速消逝。“有没有手电筒？”我凑到丹尼尔耳边低声说道，只见他轻轻地摇头。

无论这人是谁，他对此地的山林肯定了如指掌，可以躲上整夜，不停地变换隐蔽位置，效法他数百年来的反抗军祖先，隐身叶间眯眼观望，然后销声匿迹。

但他崩溃了。即使知道我们一定会追上去，他依然拿起石块破窗朝我们砸来。这表示他的自制力正在消失，因为山姆的侦讯和自己内心难平的愤怒而瓦解。他大可以躲上一辈子，但这就是关键所在：他其实并不想躲。

世上所有警探都知道，我们最好的武器就是嫌疑人心中的欲望。我们再也不能使用指捻螺钉或发红的火钳，无法逼人认罪，带我们去找尸体，供出爱人或背叛老大，但嫌疑人还是会做，因为他们要的不只是安全，或许是求得心安、向人吹嘘、消弭压力或重新开始，随便都行。我们只要找出你要什么——不动声色挖出埋藏在你内心深处，连你都不曾意识到的事物——放在你面前，你就会自动奉上我们所要的一切。

这家伙已经受够了在自己的地盘上遮遮掩掩，像个无理取闹的青少年想引人注意，拿着喷漆和石块鬼鬼祟祟。他真正想要的是正大光明地教训某人。

“哦，天哪！他竟然躲起来了。”我刻意用都市女孩的骄纵语气，对着无边夜色轻轻说道，声音清楚，仿佛觉得事情很有趣。瑞法尔和丹尼尔同时攫住我，但我反抓他们，用力捏了一下，“真可怜，明明是凶大个儿，却只敢站得远远的，一看到我们走近就立刻躲到树篱下，怕得像只小白兔一样拼命发抖。”

丹尼尔松开我的手臂，我听见他轻吁一声，像是浅笑，刚才一阵追逐几乎没让他脸红气喘。“这有什么奇怪的？”他说，“他可能没有胆子出来和我们较量，但起码还有脑袋，知道自己没有胜算。”

我又拧了一下瑞法尔。除了他的慵懒英式嘲讽，还有什么更能把那家伙激出来？瑞法尔狠狠地倒抽一口气，随即意会过来。“我倒不认为他有脑袋，”他慢条斯理地说，“家里懦夫太多。我想，他这会儿早就忘了我们，回去和胆小鬼一块儿了。”

窸窣一声，来得又轻又快，无法辨别方向，接着又是一片沉寂。

“小猫咪，过来，”我低声轻唱，“小猫咪，过来、过来……”接着咯咯一笑。

“想我曾祖父当时，”丹尼尔淡淡说道，“最会对付不知好歹的农夫。只要稍微一甩马鞭，所有人立刻服服帖帖。”

“你曾祖父当初就不应该让他们随便乱生，”瑞法尔对他说，“最好严格育种，像农场里的动物一样。”

又是一阵窸窣，这回大声一点。接着“咔嗒”，声音微弱清晰，仿佛石头碰撞，距离近在咫尺。

“农夫对我们很有用处的。”丹尼尔说，语调若有所思，和他平常埋头书中或遇到别人发问一样。

“嗯，这没错，”瑞法尔说，“但你看下场如何？根本就是反进化，肤浅的基因越来越多，结果就是一堆胡说八道、没有脑袋、没有肩膀、只会近亲交配的……”

瑞法尔话还没说完，忽然就有东西从几米外的树篱冒了出来，从我面前闪过，我手臂感觉有微风吹过，只见那人炮弹似的扑向瑞法尔。瑞法尔闷哼一声，重重摔倒在地，震得地面摇晃。我听见扭打、剧烈喘气和拳头狠狠击中身体的声响，立刻加入战局。

我们三个打成一团，瑞法尔挣扎喘息，我肩膀抵着硬土，嘴里咬到谁的头发，一手扭扯缆索似的抓着某人胳膊。那人身上带着落叶味，力道惊人，下手卑劣，手指朝我两眼抠来，双腿使劲上弯，想要猛顶我的腹部。我挥拳出去，只听见对方大气一喘，手掌离开我的脸庞。这时，有东西像载货火车似的从旁狠狠地撞了过来，是丹尼尔。

他的重量让我们四个人都滚进树丛，树枝有如利爪抓过我的颈间，我感觉脸颊有灼热喘息吹来，耳中听见拳头不停地猛捶柔软的物体，声音急促无情。打斗混乱、狠毒而粗暴，拳脚齐飞，骨头剧烈碰撞，不时传出恐怖的闷哼，有如野狗宰杀猎物。

我们三人联手对付一个，心里就和对手一样愤怒，但黑夜给了他额外的优势。我们不知道自己打的是谁，而那人也不忘利用这点，不停地扭身钻动，将我们拖倒在地，不让我们认清左右方向。我头晕目眩，呼吸困难，发疯似的拳打脚踢，却一直扑空。有人扑来，我手肘立刻往后一顶，只听见对方痛得哀号，可能是瑞法尔。

接着，那只大手又朝我的双眼抓来。我胡乱摸索，摸到长满胡楂的坚硬下巴，立刻使尽全力一拳打过去。有人顶我肋骨，力道强劲，但我没有感觉，一点也不疼痛。那家伙就算让我开膛破肚，我也感觉不到，我只想打他、踹他，死不住手。微弱的声音在我脑中响起，语气漠然：你们会打死他，你们三个这样会打死他，但我不在乎。

我胸口突然亮白一片，难以逼视。我看见蕾西的颈子最后一仰，客厅撒满亵渎温馨气氛的碎玻璃，我看见罗伯的脸冷漠支离。我只想拼命挥拳，让这家伙的鲜血灌入我的喉中。我只想让他的脸在我拳下迸裂四溅，而我不会收手。

男人像猫一样扭动身躯，让我的指关节打到泥土与石头，却碰不到他。我摸黑乱抓，抓住某人的衬衫，对方一肩将我顶开，衬衫应声撕裂。有人挣扎爬走，碎石飞溅，砰的一声闷响，似乎是靴子猛踹身体。我听见野兽般的尖锐咆哮，接着是急促紊乱的脚步声，朝远方渐渐淡去。

“去哪里……”我的头发被人抓起，我一拳将对方手臂捶走，疯狂寻找刚才那张脸庞与粗糙坚硬的下巴，却只摸到布料和滚烫的皮肤。

“你放开……”有人吃力地挣扎，从我背上挪开，接着周遭像是无声爆炸，突然寂静下来。

“人呢……”

月亮从云后探出头来，我们三人互瞪对方，两眼圆睁，浑身肮脏，气喘如牛。我一时认不出身旁的人。瑞法尔摇摇晃晃地站起来，龇牙咧嘴，浓亮鼻血汩汩而出。丹尼尔披头散发，双颊沾满血与泥土，有如战场伪装。月色皎洁，他们双眼黝黑如洞，仿佛陌生杀手，来自消失蛮荒部落的神鬼战士。“人呢？”瑞法尔语带杀气地低声问道。

晚风羞怯地拂过山楂树丛，四下没有一丝动静。丹尼尔和瑞法尔有如武士般弯身半蹲，双手微弓，蓄势待发，我发现自己也是，感觉三人就要彼此厮杀。

月光再度消失，天空似乎有什么滴漏而出，声音尖细几不可闻。我全身的肌肉仿佛忽然变成液体，渗进土里。我赶紧抓住树篱，才没有不支倒地。有人缓慢喘息，声音断续犹如啜泣，可能是瑞法尔或丹尼尔。

脚步声从小径传来，在我们背后几步停下，我们全都吓了一跳。“丹尼尔？”贾思汀喘息说道，语调紧张，“蕾西？”

“我们在这儿。”我回答。我的身体剧烈颤抖，仿佛痉挛，感觉心脏在喉间狂跳，似乎就要呕吐。瑞法尔在我身旁不远，只见他干呕几声，弯身咳嗽，接着啐了一口："嘴里都是土。"

"哦，天哪，你们还好吗？到底怎么了？你们逮到他了吗？"

"我们逮到过他，"丹尼尔沉沉喘息一声说，"但什么都看不见，那家伙趁乱脱身逃走了。我们没必要往下追，他这会儿应该快到葛伦斯凯了。"

"老天，他伤到了你们吗？蕾西！你的伤口？"

贾思汀眼看就要失控了。"我好得很，"我说得大声响亮，让麦克风收音清楚。我的肋骨疼得要命，但我可不能冒险让他们看到，"只是双手因为挥了几拳痛死了。"

"泼辣女，你有一拳打到我了，"瑞法尔说，声音还微微眩晕，"希望你两手肿起来，淤血发青。"

"要是你再不小心，我还是会揍你。"我对他说。

我伸手去摸肋骨，但手抖得厉害，实在无法确定状况，不过我想应该没有大碍。"贾思汀，你都不知道丹尼尔刚才说了什么，太精彩了。"

"哦，天哪，没错，"瑞法尔说着笑了起来。"马鞭一甩？你是从哪里想出来的？"

"马鞭？"贾思汀激动地问道，"什么马鞭？谁有马鞭？"

我和瑞法尔笑得前俯后仰，说不出话来。"哦，老天，"最后我总算挤出一句，"想我曾祖父当时……"

"农夫都知道自己的地位……"

"什么农夫？你们到底在说什么？"

"刚才说什么都很合理，"丹尼尔说，"艾比呢？"

"她待在后院门口，以防他回头——哦，天哪，你们觉得他是不是回去了？"

"我很怀疑，"丹尼尔说，他也一样几乎忍俊不禁。是肾上腺素在搞鬼，让我们静不下来，"我想，他今天晚上已经玩够了。大家都没事吧？"

"不好，都是泼辣女害的。"瑞法尔说着伸手抓我头发，却只抓到耳朵。

"我没事！"我将瑞法尔的手拨开说。

贾思汀依然在一旁喃喃自语："哦，天哪！哦，天哪……"

"很好，"丹尼尔说，"那我们回家吧。"

艾比不在门口，后院里只有凉凉微风吹得山楂树婆娑摇曳，铁门慵懒晃动，发出吱嘎声响，仿佛精灵附身。

贾思汀开始猛力吸气，丹尼尔高喊一声：“艾比，是我们。”艾比从暗处现身，脸庞白皙，裙摆飞扬，铜光微闪。她拿着火钳，双手紧紧握着。

“抓到他了吗？”艾比低声说道，语带恨意，“抓到他没有？”

“老天，我身旁怎么都是女战士？”瑞法尔说，“提醒我绝对不要惹你们两个生气。”他声音有些模糊，似乎捏着鼻子。

“圣女贞德和波狄西雅王后[①]，”丹尼尔笑着说。我感觉他微微摁了摁我的肩膀，另一手轻抚艾比的头发，“为保卫家园而战。我们抓到过他，但只有一下下，不过，我想我们已经表明立场了。”

“我想抓他回来，塞住嘴巴钉在壁炉上，”我用手腕揩去牛仔裤上的泥土说，“结果让他跑了。”

“那个混账，”艾比说完长叹一口气，将火钳放下，“我还真希望他会回来。”

“我们进去吧！”贾思汀回头看了一眼说。

“话说回来，他到底扔了什么？”瑞法尔很想知道，“我根本没注意看。”

“大石块，”艾比说，“上头还用透明胶带贴了东西。”

“唉，我的天老爷啊！”我们刚走进厨房，贾思汀立刻大惊小怪地说，“你看你们三个变成什么德行了。”

“哇，”艾比竖起眉毛说，“好夸张，我真想看看那个逃走的家伙是什么模样。”

我们果然狼狈不堪，和我想的一样。眼神惊慌，直打哆嗦，浑身泥土与擦伤，骇人的血迹出现在莫名其妙的地方。丹尼尔重心偏向一脚，衬衫扯裂一半，一截袖子断开。瑞法尔的裤子一边膝盖破洞，隔天早上肯定会有黑眼圈。

“你们的伤口，”贾思汀说，“一定要消毒才行，谁知道你们刚才在小路沾到什么，泥巴、牛粪、羊大便，还有……”

“晚一点吧。”丹尼尔说。他拨开遮住眼睛的头发，发现手里不知何时抓了一根树枝，感觉很稀奇，便将树枝小心翼翼地放在料理台上，“我想，在我们做其他事情之前，最好先看看石头上贴了什么。”

是一张折好的纸，从小学生作业本撕下来的条纹纸。“等等。”丹尼尔说。我和瑞法尔凑上前去，丹尼尔在桌上抓了两支笔，动作优雅地避开碎玻璃走到石块边，用笔尾将

---

① 译者注：波狄西雅王后为古不列颠爱希尼族王后，原本跟罗马签有和平协定。爱希尼王去世后，罗马人毁约欲驱逐该族，甚至羞辱波狄西雅王后及公主，王后遂率领族人对抗罗马人长达两年。

纸取下。

“好了，”贾思汀语气轻快，匆忙走进厨房，双手分别拿着水和布说，“我们来检查伤势吧。女士优先，蕾西，你说你的手受伤了？”

“等一下。”我说。丹尼尔将纸挪到桌上，战战兢兢地摊开，用的还是那两支笔。

“哦，”贾思汀说，“哦！”

所有人都凑到丹尼尔身边，挤在一块儿。丹尼尔的脸庞还在流血，可能被拳头打伤或被眼镜边缘划伤了脸颊，但他似乎没有察觉。

纸条上写了几个粗体大字，力道大得有几处被笔戳出了洞：“等着被火烧吧！”

那一秒钟，房里完全寂静。

“哦，老天，”瑞法尔说。他瘫倒在沙发上哈哈大笑，“厉害，全村人手拿火把就对了，这还不够酷吗？”

贾思汀咂了咂舌，不表赞同。“愚蠢。”他说。回到屋里，有我们四个平平安安地在他身边，又有事情可做，他的冷静便回来了。“蕾西，手伸过来。”

我将手伸给他。我的双手惨不忍睹，沾满鲜血和泥土，关节裂伤，半数指甲断到露出新肉，可惜了我新涂的银色指甲油。贾思汀轻吸一口气，声音带着不满：“我的老天，你到底对那可怜虫做了什么？当然，他是罪有应得。过来，让我看清楚。”他拉着我坐到艾比的扶手椅上，立灯旁边，自己跪在我身旁。碗里的液体冒着蒸气和消毒水的味道，感觉温暖心安。

“我们要报警吗？”艾比问丹尼尔。

“老天，千万不要，”瑞法尔轻拍鼻子，看还有没有流血，他说，“你疯啦？他们只会千篇一律地说，谢谢报案，但我们逮到犯人的概率微乎其微，养只狗吧，再见。他们这回或许还会逮捕我们，因为任何人一眼就看得出来我们打过架。你认为那对劳莱、哈台会在意谁先动手的吗？贾思汀，那块布可不可以借我一下？”

“马上好。”贾思汀将布沾湿压在我的指关节上，动作温柔得几乎没有感觉，“会觉得刺痛吗？”我摇摇头。

“我正倒在沙发上流血呢。”瑞法尔语带威胁。

“才怪，你头往后仰，乖乖等着。”

“其实，我想，”丹尼尔依然对着纸条皱眉沉思，他说，“到了这个地步，报警这个主意或许不坏。”

瑞法尔立刻坐直，完全忘了鼻子：“丹尼尔，你是认真的吗？他们已经被村里那群猿人吓坏了，只会偏袒葛伦斯凯。为了村子好，他们一定会以攻击罪名逮捕我们。”

“嗯，我说的不是地方警察，”丹尼尔说，“不算是，而是弗朗科或山姆。但我不确定这么做真的比较好，你觉得呢？”他问艾比。

“丹尼尔，”贾思汀说，他停下帮我擦拭手伤的动作，语气里又浮现出惊慌失措的尖锐音调。“不要，我不想——蕾西回来之后，他们就放过我们了——”

丹尼尔隔着眼镜，质问似的注视着贾思汀。“没错，确实如此，”他回答，“但我不认为他们放弃调查了。我敢说，他们一定投入大量精力寻找嫌疑人，绝对不想错过今晚发生的事。因此，我想我们有义务告诉他们，即使可能对我们造成不便。”

“我只是希望一切回复正常。”贾思汀的声音几近啜泣。

“嗯，是啊，我们也是，”丹尼尔回答，语气有些不耐烦。他身体一颤，伸手搓揉大腿肌肉，又打了个哆嗦，“只要一切越快结束，有人被起诉，我们就能越快回复正常。我敢说，蕾西，或许还有其他人，一定乐于见到那家伙被绳之以法，对吧，蕾西？”

“去他的绳之以法，我宁愿那浑球逃得慢一点，”我说，“我打得正开心呢！”瑞法尔咧嘴微笑，伸手和我击掌。

“就算不谈蕾西的意外，”艾比说，“今晚的事也是威胁。我不知道你有什么感觉，贾思汀，但我可不怎么想被火烧死。”

“哦，拜托各位，他不会真做的，”瑞法尔说，“纵火起码需要组织能力，我想这家伙还没靠近我们，就会把自己烧死了。”

“你愿意拿屋子冒险？”

屋里的气氛变了。紧密和乐的陶然感觉消失了，有如冰水浇上热炉似的“嗞嗞”几声蒸散殆尽，不再有人觉得有趣。

“我宁可相信那小子很蠢，也不愿寄望于警察的智力，找警察帮忙就像在脑袋上开洞。那白痴要是敢再出现——今晚以后，他不会再来了——我们就自己解决他。”

“因为到目前为止，”艾比语气紧绷，“我们一直自己解决问题，解决得棒极了！”她愤愤地伸手一挥，将地板上的爆米花碗推开，蹲下来收拾碎玻璃。

“停，别动碎玻璃，警方应该希望现场原封不动！”丹尼尔一屁股坐进扶手椅，随即“哎”了一声，从后口袋掏出西蒙伯公的手枪，放在咖啡桌上。

贾思汀一手悬在空中，艾比猛然挺直身子，差点往后摔倒。

换做别人，我连眼睛也不会眨一下，但拿枪的人是丹尼尔。我全身仿佛被冰冷的海水灌满，瞬间难以呼吸，感觉就像见到父亲喝醉或母亲歇斯底里，又像搭乘的电梯缆索断裂，就要猛然坠落几百层楼，无法阻挡，腹中沉重不已。

“不会吧！”瑞法尔说，眼看又要哈哈大笑。

“这到底……”艾比低声问道，近乎呢喃。“你干吗带着它？”

“其实，”丹尼尔略带迷惘地看着手枪说，“我也不知道，我顺手就拿了。但我们冲到外头后，天色太暗，情况又太混乱，当然不可能用它做什么，那太冒险。”

“千万不要。”瑞法尔说。

“你用过它了吗？”艾比追问。她双眼圆睁，盯着丹尼尔，紧紧抓住爆米花碗，仿佛就要扔出去。

“我不知道，”丹尼尔说，“我想过用它威胁对方，要他别逃。但我想，这种事必须遇上了才知道。”

阴暗小径的“咔嗒”声，原来如此。

“我的天哪！”贾思汀怯怯地低呼一声，“真混乱。”

“这算非常轻微的了，”瑞法尔开心地说道，“我是说，就血腥程度来讲。”他说完，脱下一只鞋子，将沙子和石头倒到地板上，但连贾思汀都没有看他。

“你闭嘴！”艾比火了，“给我住口，事情一点都不好笑，已经完全失控了，丹尼尔……”

“没关系，艾比，”丹尼尔说，“真的，一切都在掌控中。”

瑞法尔躺回沙发，开始哈哈大笑，声音尖锐脆弱，几近歇斯底里。“你还说他妈的一点都不好笑？”他问艾比，“都在掌控中，这真的是你想说的，丹尼尔？你真的、真的认为事情都在掌控中？”

“我已经掌握住了。”丹尼尔回答，双眼盯着瑞法尔，目光警醒而冷酷。

艾比砰地将碗扔在桌上，爆米花撒了出来。“胡说八道，瑞法尔嘴巴很坏，可是他说的没错，丹尼尔，事情已经超出掌控了，可能会有人遇害，你知不知道？你们三个摸黑追逐心理变态的纵火狂……”

“我们回来的时候，”丹尼尔反驳道，“你手里还不是拿着火钳？”

“那根本是两回事，我只是提防那人回来，一点都不想招惹麻烦。要是那人把它从你身上抢走呢？该怎么办？”

房里随时可能有人说出“枪”这个字。一旦弗朗科或山姆发现西蒙遗留的左轮手枪不再是破铜烂铁，而是丹尼尔可能使用的武器，状况就会完全不同，荷枪实弹、身穿防弹背心的紧急应变小组就得开始待命。想到这里，我就腹中一绞。“你们有谁想要听听我的看法吗？”我猛力一拍椅子的扶手说。

艾比忽然转头瞪着我，仿佛刚才完全忘了我的存在。“也对，”她沉默半晌，才沉着嗓子说，“天哪！”说完便跌坐在地上碎玻璃的中间，双手交握在颈后。

“我认为应该报警，”我说，“因为这回他们或许真的能逮住那家伙。警方之前没有任何线索，但现在只要去村里找人，看谁像被绞肉机绞过就行了。”

“在这种地方，”瑞法尔说，“应该筛不掉太多人吧。”

“有道理，”丹尼尔对我说，“我倒是没想到这点。再说这么做还能先发制人，免得他回过头来反咬我们侵害。我是觉得不可能，但谁知道？所以，我们都同意啰？现在把警探拖来没什么意义，但我们可以明天早上打电话。”

贾思汀又开始帮我擦手，脸上却是憔悴退缩。“随便，只要能把事情解决就好。”他喃喃地说道。

“我觉得你他妈的疯了，”瑞法尔说，“其实，我之前也想到了这一点，但话说回来，我怎么想根本不重要，不是吗？因为无论如何，你都会照自己的意思去做。”

丹尼尔置若罔闻：“打给弗朗科还是山姆？”

“弗朗科。”艾比盯着地板，头也不抬地说。

“有意思。”丹尼尔开始找烟，他说，“我当下的直觉是找山姆，尤其他似乎在村里打探我们和葛伦斯凯人的关系。但你可能是对的，谁有打火机？”

“我可以提个意见吗？”瑞法尔亲切地问道，“我们和你的警察朋友聊天的时候，或许最好别提那玩意儿。”他朝手枪点了点头。

“嗯，那当然。”丹尼尔答得心不在焉，依然到处找打火机。我发现艾比的摆在旁边桌上，便扔给他。“反正它从头到尾都没出现过，没必要提到，我会把它收好。”

“这样一来，”艾比对着地板，语气平淡说道，“我们就可以假装没有这件事。”

没有人搭腔。贾思汀清理完我的双手，在裂伤的指关节上绑上绷带，仔细对齐边缘。

瑞法尔两脚甩下沙发，走进厨房抓了一把湿纸巾回来，开始马马虎虎地擦拭鼻子，将纸巾扔进壁炉里。艾比一动不动；丹尼尔若有所思地抽着香烟，脸颊的鲜血已经凝固，他双眼迷蒙地望着前方。

屋外风势增强，绕着屋檐盘旋而上，灌入烟囱发出尖声哀号，随即掉转方向直直奔入起居室，有如一长列冰冷的幽灵列车。

丹尼尔熄掉香烟，走上楼去，隔着天花板可以听见他的脚步、长长的一阵摩擦和一声重击。接着就看他走回客厅，手里拿着一块刮痕处处、边缘残破的木板，似乎是旧床头板的一部分。

艾比扶着木板，让他钉在破掉的窗户上，铁锤发出刺耳的敲击声，在整间屋里回荡，随即飘向夜空。

# Chapter 14
## 弗朗科的侦讯

弗朗科隔天一早就赶到林屋，我觉得他天刚亮便已经拿好车钥匙，只等我们电话一来就立刻动身。他带着道帝一起，要他在厨房监视，免得有人窃听侦讯，而他则是在客厅逐一听取供词。道帝看来一脸惊讶，从头到尾目瞪口呆，盯着挑高天花板、半脱落的壁纸、穿着整齐老派的瑞法尔他们还有我看。他根本就不该来的。追查这条线索的人是山姆，而他要是知道我和人打斗，肯定会像子弹般飞奔而来。弗朗科显然没告诉他。我在心里暗自庆幸，山姆得知此事的时候我不会在现场。

瑞法尔他们的表现出色极了。我们一听见车子开上车道，他们就换上无瑕的面具，但和四人平常在学校戴的面具略微不同，少了一点冷若冰霜，多了一点热切，在饱受惊吓的被害者与殷勤主人之间取得完美平衡。艾比替大家倒茶，端出一盘精心摆放的饼干，丹尼尔多搬一把椅子到厨房给道帝，瑞法尔拿自己的黑眼圈开玩笑。我开始明白山姆和弗朗科之前侦讯他们是什么感觉，而弗朗科又为何气到不行。

侦讯从我开始。“所以，”起居室门关上，厨房里的话语声变得和缓悦耳之后，弗朗科对我说，“你总算等到有人行动了。”

“也该是时候了。”我一边拉着直背椅往牌桌走，一边回答。但弗朗科摇摇头，直接朝沙发上一坐，挥手要我坐在扶手椅上。

“哎，咱们就舒服一点，你没事吧？”

“那混账家伙的脸把我的指甲毁了，但我会活下去的，”我在野战裤口袋里翻找，抓出几张皱巴巴的笔记纸，“我昨晚在床上写的，免得到时记忆模糊。”

弗朗科一边喝茶，一边不慌不忙地读着。“很好，”读完后，他将笔记收好说，“写得既清楚又有条理，毕竟是这种混乱局面，起码该记的都记清楚了。”他放下茶杯，捞出自己的笔记本，拿笔“咔嗒”一声准备就绪，“你认得出那家伙吗？”

我摇摇头说：“我没看到他的脸，天色太暗了。”

“你或许应该带支手电筒。”

“我哪来的时间？要是手忙脚乱找手电筒，那家伙早就溜了。反正你也不用知道他是何许人，只要看谁有熊猫眼就行了。”

“啊！”弗朗科点头，若有所思地说，“当然，那场打斗，我们等会儿再谈。不过，为了提防那小子说他是摔下楼受伤的，我们最好有可以指认的证据。”

“我只能说自己感觉到的，”我说，“假设这家伙是山姆查出的三人之一，那么绝对不是贝能，他太胖了。这家伙既瘦又结实，不是很高，但非常强壮。我也不认为是麦克艾德，因为我打斗中途曾经碰过那家伙的脸，但没摸到任何毛发，只有胡楂，但麦克艾德是个大胡子。”

“没错，”弗朗科从容不迫地记着，“没错，所以你认为是奈勒？”

“他应该符合，身高对，体型对，头发也对。”

“这样就够了，剩下的我们再想办法，”弗朗科看着笔记面露沉思，拿笔敲牙。“说到打斗，”他说，“你们三个狂奔出去追打那家伙的时候，丹尼尔身上带了什么？”

我早就有所准备了，“螺丝起子，”我说，“我没看到他拿，我比他先冲出房间，当时工具箱就在桌上。”

“因为他和瑞法尔正在清理西蒙伯公的枪。对了，枪是什么款式？”

“威伯利左轮手枪，一次世界大战早期出厂的产品，已经破破烂烂又生锈了，但还是很美，你一定会喜欢的。”

“那还用说，”弗朗科语气亲切，做了点笔记，“我有机会一定要找时间看看它。所以，丹尼尔匆忙中抓了武器，虽然手枪就在眼前，但他拿了螺丝起子？”

“子弹没上膛，拆到一半，握把掉在一边，你说这种枪？再说，我不认为他懂枪，就算他不在乎枪把，也得花上一点时间搞定。”当时的组枪声清清楚楚，只是非常轻微，而且，我在房间另一头看瑞法尔组枪，麦克风很可能没收到音。

“所以，他改拿螺丝起子，”弗朗科点头说，“这点说得过去，但他逮到那家伙后，不知道什么原因，竟然没有用它。”

“他没机会，弗朗科，因为现场乱成一团。我们四个在地上滚来滚去，拳脚齐飞，根本分不清楚谁是谁，我敢说，瑞法尔的黑眼圈是我的杰作。要是丹尼尔掏出螺丝起子开始乱刺，很可能伤到我或瑞法尔。”弗朗科依然点头表示赞同，记下我说的话，但脸上浮现看好戏的平淡神情，让我很不舒服。“怎样？你难道希望他刺伤那家伙？”

“这样显然能帮我省很多事，”弗朗科说，语气开心暧昧，“所以那把传奇的……你刚才说是什么？对，那把传奇的螺丝起子。好戏上场的时候，它在哪里？”

“丹尼尔的后口袋。起码我们回家后，他是从那里掏出来的。”

弗朗科突然扬起一边眉毛，面露关切地说：“放在后口袋，幸好他没刺伤自己。那样滚来滚去，我还以为至少会戳伤一两个地方。”

弗朗科说的没错，我应该说扳手才对。“也许真的有，”我耸耸肩说，“你若想知道，待会儿可以要他秀屁股。”

“我想就先不用了，”弗朗科“咔嗒”一声将笔头收进笔里，将笔放回口袋，轻松靠着沙发，语气愉悦地问我，“你是怎么想的？”

我起初以为弗朗科只是在问我的看法，而非准备对我大发雷霆。我知道山姆一定会怒不可遏，但没想到弗朗科——他向来置个人安危于度外，为了侦办这个案子，更不惜打破所有规矩。再说，他自己也曾用头猛撞一名毒贩，让对方送医急救，因此我压根儿没料到他会如此光火。“这家伙发狠了，”我说，“他之前还会避开人，从来没有伤过西蒙，上回扔石块也刻意选择空房间……但这回石块离我和艾比只有几厘米，就我们感觉，他是真的瞄准了我们其中一人。他现在更敢伤人，而不只是破坏物品，感觉越来越像嫌疑人。”

“是啊！”弗朗科将一脚脚踝轻松地搁在另一边膝盖上说，“嫌疑人，我们在找的就是嫌疑人，所以现在我们仔细想想，好吧？假设我和山姆今天到葛伦斯凯村去，找那三个聪明小子，又假设，管他的，假设我们挖出什么有用的证据，可以逮捕甚至起诉某人。你觉得我该如何向律师、检察官或媒体交代？因为我敢说他们一定会问，当他们问我嫌疑人的脸为什么会肿得像个汉堡？遇到这种情形，我他妈的别无选择，只能说是另外两名嫌疑人和我手下一名卧底警官干的，你觉得接下来会发生什么？”

我一点也没想到这么远：“反正你会有办法。”

“也许，”弗朗科说，语气依然愉悦平淡，“但这不是重点，不是吗？我想，我要问的是你当时到底想干吗？我是觉得你身为警探，照理说追出去是为了找到嫌疑人，确定对方身份，甚至抓住他或盯住他，直到接获支持为止。我说错了吗？”

“嗯，其实有，你不明白事情没有那么简单。”

“因为你的行为给人一种感觉，”弗朗科接下去说，仿佛我完全没开口，“你想做的是把那家伙揍个半死，但这么做其实有那么一点不专业。”

道帝在厨房不知说了什么笑话，所有人都笑了。笑声亲切热诚，没有丝毫勉强，感觉完美无瑕，反倒让我紧张至极。“哦，弗朗科，拜托好不好，”我说，“我的目标就是盯住嫌疑人和不让卧底身份败露。你觉得我应该怎么做？把瑞法尔和丹尼尔从那家伙身上扒开，一边教他们怎么正确处置嫌疑人，一边给你打电话？”

“你不必自己出手。”

我耸耸肩说：“山姆告诉我，那家伙上回犯案，蕾西一样冲了出去，只想把对方的卵蛋踹进食道。她就是这种人。要是我站在原地，看那两个大男生保护我不受坏人欺负，那就太虚假了。我根本没时间想得太深入，我得立即采取行动，而且必须符合蕾西的个性。难道你要告诉我，你自己干卧底从来没有和人打斗过？”

“哦，当然不是，”弗朗科轻快地回答，“我哪儿能这么说？我自己也打过很多架，而且不是我在吹牛，几乎都是我赢。但有一点不同，我每回打架都是对方先出手……”

“就像那家伙扑上我们一样。”

“那是因为你们故意激他，你难道以为我没听录音带吗？”

“那家伙不见了，弗朗科。要是不让他现身，那小子绝对又会逍遥法外。”

“让我把话说完，宝贝。我每回打架不是对方先出手，就是为了不让自己身份曝光，或让自己在组织里往上爬。但我可以肯定地告诉你，我从来没有因为情感太投入而动手，忍不住将对方打成猪头，起码工作时没有。你也有办法这么说吗？”

那双瞪大的蓝眼，目光亲切带着一丝兴致，那副无懈可击、让人放下戒心的坦诚态度与一点坚持，让我心里的紧张变成彻底的警讯，有如动物在雷鸣之前经历的触电感。弗朗科正像对待嫌疑人似的侦讯我，我只要走错一步，就得从这个案子里抽身。

我强迫自己慢慢来，尴尬地耸耸肩，在扶手椅上微微扭动。“这不是情感投入，”最后我低头说道，看看自己手指扭绞椅垫边缘，“起码不是你说的那种，而是……告诉你，弗朗科，我知道你从一开始就担心我的精神状态，我不怪你。”

“我只能说，”弗朗科无精打采地靠回沙发，面无表情地看着我，但他在听，表示我还有机会，“话是拦不住的，我听人说过‘薇丝塔行动’，听见一两次。”

我挤出一张苦脸：“我想也是，而且我敢打赌他们说了什么。我在组里的办公桌还没清完，就听见有人说我不行了，严重倦勤。我知道，你找我卧底冒了不小的风险，弗朗科，我不知道你听说多少……”

“就这里一点，那里一些。”

“但你非得知道一件事，我们虽败犹荣，而那人应该终身监禁，却仍然逍遥法外，”我说得语带哽咽，完全不用伪装，“那感觉糟透了，弗朗科，我不骗你，我无论如何都不会让往事重演，不会让你认为我精神状态不稳，因为我没有。我只是觉得，假如我能逮住这家伙……”

弗朗科装了弹簧似的从沙发上弹起来：“我他妈——老天，你不是来这地方抓人的！我是怎么跟你说的，打从一开始？你只要做一件事，就是替我和山姆找出正确的追查方向，剩下由我们处理。拜托，我说得够清楚了吗？我应该写下来给你，还是怎样？”

若非隔壁有人，弗朗科肯定会声震屋顶。他只要一气起来，没有人会不知道。我忍不住打了个哆嗦，识相地低下头去，心中却暗自窃喜。被当成抗命的手下教训，绝对比被当成嫌疑人质问好上百倍。无论太过投入或失败后想证明自己，弗朗科都能理解，因为这样的反应所在多有，是能饶恕的过错。“对不起，”我说，“弗朗科，真的很抱歉。我知道自己过头了，也保证以后不会再犯，但我实在没办法忍受自己身份败露，让你发觉是我让那家伙逃走的，而且老天，弗朗科，那家伙就在眼前，我感觉到……”

弗朗科瞪了我很久，接着长叹一声，颓然坐回沙发并扭动颈子。“唉，”弗朗科说，“你把上个案子带进来了。这种事谁都会做，只有没脑袋的人会重蹈覆辙。你碰到烂案子，我也很遗憾，真的。假如你想向我或任何人证明什么，最好把往事留在家里，专心办好眼前的案子。”

弗朗科信了。打从命案开始，“薇丝塔行动”就像问号悬在弗朗科心头，我只要化身镜子适时摆弄，让他想起此事即可。如此病态邪恶的往事竟然能派上用场，这还是头一回。

“我知道，”我低头望着腿间紧绞的双手说，“真的，相信我。”

“你很可能把案子搞砸，你知道吗？”

“别跟我说案子真的搞砸了，”我说，“反正你还是会去逮那家伙的，不是吗？”

弗朗科叹口气说：“嗯，可能吧。在这个节骨眼上，我们没什么选择。侦讯的时候或许可以找你过来，说不定能帮我们作一点心理分析。而且，我想看看那家伙和蕾西见面的反应，或许会有用处。你能保证自己看到他，有办法忍住不跳上桌子，把他打得满地找牙吗？”

我猛然抬头，只见他嘴角挂着一抹嘲弄的微笑。“你这人就爱说笑，”我说，暗中祈祷自己松了一口气没被弗朗科发现，“我会尽力。记得弄张大桌子，以防万一。”

“我跟你说，你的精神状态好得很，”弗朗科拿起笔记本，又从口袋里掏出笔来。“应付三个人绰绰有余。滚吧，免得又惹我生气。过去叫个不会让我白头发的人进来，艾比好了。”

我走进厨房，对瑞法尔说，弗朗科接下来想见他，以表示自己很勇敢，一点都不怕他。只是我怕得要命，当然会怕。

弗朗科结束讯问，带着道帝离开，我想应该是去找山姆说这件事。之后，丹尼尔说道：“我觉得蛮顺利的。”

我们五个在厨房清理茶杯，品尝剩下的饼干。“一点都不坏，”贾思汀说，似乎觉得不可思议，“我还以为他们会很可怕，但弗朗科这回倒是很亲切。”

“不过，派出所那笨蛋，”艾比伸手从我面前拿了一块饼干说，“从头到尾一直盯着蕾西看，你们发现了吗？天哪，真是白痴。”

“他不是白痴，”我说。弗朗科侦讯了两个小时，道帝一次都没有喊我“警探”，让我印象深刻，因此想帮他说点好话，“他只是很有品位。”

“我还是认为他们什么都查不出来。”瑞法尔说，但没有挖苦的意思。或许弗朗科对他们说了什么，或许只因为他问话结束，总之他们看起来好多了，心情放松也轻快不少，不再如前一天晚上那样紧绷对立，起码在这一刻。

“我们就静观其变吧，”丹尼尔说，低头就着火柴点烟，“起码下回大奶妹葛芮丽把你顶到复印室，你就有精彩绝伦的故事跟她说了。”这回连瑞法尔都笑了。

那天晚上，我们正在喝酒玩牌，我的手机忽然响了，把我吓得魂飞魄散，因为我们五个很少接到电话。我慌忙寻找手机，差点错过电话，最后总算在外套柜里找到，还放在我昨晚散步穿的公用夹克口袋里。“喂！”我说。

“请问是蕾西小姐吗？”山姆说，语气非常不自在，“我是山姆警探。”

“哦，”我说。我本来要回起居室，发现是山姆，立刻转身背靠大门，不让其他人听见他的声音，“嘿！”

“你方便说话吗？”

“还行。”

“你还好吗？”

“嗯，很好。”

“确定？”

“确定。”

“天哪，”山姆急急喘息说，“谢天谢地。弗朗科那浑球明明听到了，你知道吗？结果竟然没打电话给我，半个字都没说，一大早就自己过去找你，让我像个白痴似的傻傻地坐在暴力室里。这案子最好快点结束，否则我迟早会把那鸡巴人捶扁。”

山姆只有勃然大怒才会语带脏字。“的确，”我说，“我一点都不意外。”

电话那头沉默片刻：“其他人都在，对吧？”

“算是。”

“那我尽量简短。我们派伯尔尼监视奈勒的房子，等他傍晚收工回家。那家伙的脸简直惨不忍睹，根据录音听来，你们三个干得不错。他就是我要找的人没错，我明天早上会找他来，这回到重案组。我不用担心吓到他，没必要。要是他想脚底抹油，我可以用非法入侵的罪名拘留他。你想过来看吗？”

“当然。”我说，但我心里其实很想回避，希望明天窝在图书馆，有瑞法尔他们为伴，在酒窖小馆吃午饭，看窗外下雨，尽量不想接下来可能发生的一切。然而，无论侦讯结果如何，我都应该在场。“几点？”

“我会在他上工之前逮他，八点左右带他到局里，你想几点来都行。你可以……你到重案组来没问题吧？”

我完全忘了担心这一点：“没问题。”

“他符合侧写，对吧？正中红心。”

“应该吧，”我说，“我想。”客厅传来瑞法尔滑稽的呻吟，他显然输得很难看，引来其他人哄堂大笑。“可恶，”瑞法尔说，但也忍不住笑，“你这狡猾的败类，害我每次都被骗……”山姆是侦讯高手，奈勒身上只要有东西可挖，就一定会被他挖出来。

“很可能就是他了，”山姆说，语气满怀希望，强烈得让我不禁打个哆嗦，“要是我明天下手正确，案子可能就此结束，你也能回家了。”

“是啊！”我说，“听起来不错，明天见。”

“我爱你。”山姆挂断之前，压低声音说。我在阴凉的走廊站了半晌，咬着指甲倾听起居室的动静，谛听谈天说笑、纸牌窸窣、酒杯碰撞与炉火噼啪的声音，之后才走了回去。

“是谁打来的？”丹尼尔放下扑克牌，抬头问道。

“警探先生，”我说，“他要我到警局一趟。”

“哪个警探？”

“金发，比较帅的那个，山姆。”

“为什么？”

他们全都转头看我，有如受惊的野兽一动不动。艾比正要抽牌，手就这么停在牌上。“他们找到一个家伙，”我溜回自己座位说，“就在昨天晚上，打算明天侦讯他。”

“不会吧？”艾比说，“这么快？”

“说吧，不要客气，”瑞法尔对丹尼尔说，“要说我，就说吧，你知道你很想说。”

丹尼尔置之不理：“但为什么找你？他们想做什么？”

我耸耸肩说：“他们只是要我看他一眼。山姆还问我遇刺那晚的事，想知道我有没有另外想起什么。我猜他是希望我看到那家伙，食指颤抖地指着他说：‘就是他！刺伤我的就是他！’”

“你们电视、电影看多了。”瑞法尔说。

“你想到了什么吗？”丹尼尔问，“想起别的？”

“什么屁都没有。”我说。或许是我的想象，但空气里那一丝紧张感突然消失了。艾比改变主意，将抽到一半的牌塞回去，改抽另一张牌。贾思汀伸手拿酒：“说不定他会找人催眠我。警察真的会这么做吗？”

“记得要他帮你洗脑，这样就能定期赶上进度了。”

“哦，真的吗？他可以帮我论文写得快一点？”

“也许可以，但我不认为他会这么做，”丹尼尔说，“我不确定法庭会采用催眠得来的证据。你和山姆要在哪里会面？”

“他上班的地方，”我说，“我是很想邀他到布洛根酒吧喝一杯，但我想他应该不会答应吧。”

“我还以为你讨厌布洛根。”丹尼尔一脸惊讶地说。

我差点就要改口，说：“哎，我当然讨厌啰，我只是……”但硬生生忍住。拯救我的不是丹尼尔，他正拿牌看我，眼神有如猫头鹰般沉着而专注，是贾思汀困惑皱眉和艾比微微抬头，显示他们不知道丹尼尔在说什么，其中必定有诈。

“我？”我装糊涂说，“我不讨厌布洛根，只是从来没想到要去那里。我刚才会提，是因为那家酒吧就在山姆工作地点对面。”

丹尼尔耸耸肩膀，“那我一定搞混了。”他说着对我微笑，笑得格外甜蜜，我又察觉到同样的变化，紧张气氛忽然缓和下来，仿佛松了一口气。“你这人一堆怪癖，我实在记不清楚。”我朝他做了个鬼脸。

“你干吗跟警察调情？”瑞法尔问，“怎么想都不对。”

“怎样？他很可爱啊！”我双手颤抖，不敢拿牌。我隔了一会儿才发觉，丹尼尔方才试图用话诱我上钩，而我只差那么一点就开心地步入歧途。

“你真是没救了，”贾思汀帮我将酒斟满说，“反正，我觉得另一位警探迷人多了，属于坏男人那一型，我是说弗朗科。”

“恶心！”我说，该死的洋葱——看到丹尼尔面露笑容，我明白自己过关了，却不知道他相信多少。丹尼尔那个人，你永远不知道……“少来，我敢跟你打赌，那家伙背上铁定毛茸茸的。帮我说句话吧，艾比。”

“你们根本是半斤八两，”艾比说，“两个都没救了。”

“弗朗科是蠢蛋，”瑞法尔说，“山姆是土佬，假如没钻石，艾比都不要。”

我总算拿起自己的牌，思考该怎么出。我整晚都在观察丹尼尔，小心不被发现，但看不出他有丝毫异状，依然温和、有礼而疏离，并没有特别注意我。我离开客厅拿酒经过他的身边，顺手按着他的肩膀，丹尼尔伸手握住我的手，紧紧地摁了一下。

# Chapter 15
## 对奈勒的审讯

隔天，我将近十一点才抵达都柏林。我希望早晨尽量照旧，包括早餐、开车上学和大伙儿进图书馆用功，心想这样应该能让他们释怀，不会紧跟着我。这招果然有用。

我起身穿上夹克的时候，只有丹尼尔开口：“需要我陪你去，给你道义支持吗？”但他看我摇头，便点头没说什么，继续读书。“记得用颤抖的食指同时指着那家伙和山姆，”瑞法尔对我说，“吓一吓他。”

然而，走到重案组大楼门口，我却没胆了。入口最难，我怎么都无法逼自己在服务台用访客身份登记，忍着痛苦和秘书伯娜黛特闲话家常，承受老同事惊异的目光，等人带我在走廊穿梭，仿佛我从来不曾来过。我给弗朗科打电话，要他出来接我。

“早安，”弗朗科下来后，朝门外探头对我说，“我们正好在休息，重新评估状况，应该算是吧。”

“评估什么状况？”我问。

弗朗科为我开门，站在门后说：“你等会儿就知道了。早上过得太有趣了，你们还真的把那家伙的脸蛋给打惨了，是吧？”

弗朗科说的没错，奈勒交叉双臂坐在侦讯室桌边，身上穿着同样的旧牛仔裤和退色套头毛衣，脸庞俊俏全失，顶着两个黑眼圈，脸颊一大一小，发肿淤青，下唇裂伤泛黑，鼻梁像是被人压扁似的，非常恐怖。我努力回想他前夜伸手抓我眼睛，膝盖硬顶我的腹部，却怎么都无法和眼前这个家伙联系在一起。奈勒全身狼狈，椅子后仰轻轻摇晃，自顾自地哼着《月儿升起》。我见到他，想起我们怎么对付他，只觉得喉咙一紧。

山姆在观察室，双手深插进外套口袋，靠着单面镜，盯着奈勒。“卡西，”他表情疲惫，朝我眨眨眼说，“嘿。”

“天哪！”我朝奈勒点了点头。

“那还用说。他说是骑自行车摔伤的，脸直接撞到墙上，除此之外就没说什么。”

“我刚才跟卡西说，”弗朗科说，“说我们遇到了一点状况。”

“是啊，”山姆说。他揉揉眼角，仿佛想叫醒自己，“是有状况没错。我们把奈勒找来这里，那时候是几点？八点左右？从那之后就一直侦讯他，但这小子什么都不肯说，只是瞪着墙壁哼歌，几乎都是反抗军的歌。”

“他对我倒是破例过一次，”弗朗科说，“暂停个人演唱会，骂我是肮脏龌龊的都柏林浑蛋，竟然舔不列颠人的屁股，真该感到羞耻。我想，他一定是爱上我了。不过，重点是我们想办法弄到一张搜索令，搜查他的家当，鉴识科的人这会儿刚把东西搬回来。我们当然希望看到血刀或血衣之类的，可惜运气不好，但没想到……意外啊，意外。”

弗朗科从角落桌上抓起一只证物袋，朝我挥了挥：“你看看吧。”

证物袋装了一组象牙骰子、一把玳瑁手镜、一小幅拙劣的乡间风景水彩画和一只银色糖钵。我还没转动糖钵，见到刻字（细致的花体字M，代表西蒙家族）之前，就知道这些玩意儿的出处。这么混杂的廉价收藏只能来自一个地方，就是西蒙伯公家。

“东西都在奈勒床下，”弗朗科说，“装在鞋盒里收得好好的。我敢说，你要是仔细翻一遍屋子，肯定能找到配对的奶酪罐。这让我们不得不问，这些东西是怎么跑到奈勒床下的？”

“他闯进去过，”山姆说着又回头盯着奈勒，看他无精打采地坐着，仰头呆望着天花板，“四次。”

“但什么都没拿。”

“这我们不知道，因为供词是西蒙给的，那家伙住得像猪窝一样，几乎成天醉到四肢瘫痪。奈勒就算把他想要的东西统统拿走，塞满手提箱，那老头也搞不清楚。”

“或者，”弗朗科说，“他也可能是向蕾西买的。”

“当然，”山姆说，“不过照这样说，也可能是丹尼尔、艾比或哪个家伙，甚至西蒙自己，虽然没有迹象显示是老头自己卖的。”

“但他们都没有被刺杀或搜身，在奈勒家一公里外的地方。”

他们显然已经辩论过一阵，语调带着争执后才有的低沉老练。我将证物袋放回桌上，靠墙远离那一堆东西。“奈勒的薪水只比最低工资好一点，还要照顾生病的爸妈。”山姆说，“到底哪来的钱买这些古董玩意儿？又到底为什么想买？”

“他想买，”弗朗科说，“因为他对西蒙家族恨之入骨，绝不会放过整倒他们的机会，而且就像你说的，他是个穷光蛋，但他没有钱，不代表其他人没有。”

我听了很久才明白两人争执的重点，为何房间里充满尖锐对立的气氛。艺术古董组的干员感觉都是书呆子，一群身穿苏格兰呢西装的教授，只是别着警徽，但他们的工作可不是开玩笑的。古董与艺术品的黑市网络遍布全球，还牵涉许多组织犯罪，交易的物品从毕加索、俄制冲锋枪到海洛因都有，许多人因此受伤，甚至丧命。

山姆气愤地嘟囔一声，挫折摇头，重重地靠回单面镜。“我只想知道，”他说，“这家伙是不是杀人凶手，是的话就逮捕他。至于他平常有什么嗜好，就算盗卖蒙娜丽莎像，我也毫无兴趣，懒得管他。你要是真的认为他窃取古董，侦讯后可以把他交给艺术古董组，但目前他只有一个身份，就是杀人嫌疑人。”

弗朗科眉毛一挑，“你认为两者没有关联？注意一下模式吧，那五个人搬进屋子前，奈勒又扔砖头又喷漆，玩得不亦乐乎，但他们搬进去后，他只做了一两次，接着就……”他手指一弹说，“西线无战事了。怎么，难道他觉得那五个人很可爱？看他们整修布置，不想破坏新的装潢？”

“因为他们追了出来，”山姆抿着嘴角，眼看就要雷霆大怒了，“他可不想被教训得七荤八素。”

弗朗科笑了：“你觉得怨恨有办法一晚上就消失吗？不可能。奈勒肯定找到了别的方法伤害山楂林屋，否则他不会放弃破坏，给他一百万年都不可能。你看蕾西一旦不再偷古董给他后发生了什么？他先等上几周，看蕾西会不会和他联系，结果没有，于是他又开始朝窗子扔石块。再说那天晚上，他根本不在乎被教训得很难看，不是吗？”

“你想谈模式是吧？那我们就来谈。那五个人头一回追出去，就是去年十二月，让他对屋子的恨意更深。他不打算一次对付全部人，却暗中监视他们，结果发现其中一人夜里习惯外出散步，正好是他的空当时间。他跟踪蕾西一阵子，之后杀了她，却发现连杀人都没成功，于是再度心生怨恨，气得情绪失控，砸石头扬言纵火。你觉得他对那天晚上的事情有什么感觉？要是那其中一人继续到小径散步，而且形单影只，你想他会怎么做？”

弗朗科置若罔闻。“重点是，”他对我说，“我们现在应该如何处置这小子。我们可以用盗窃或破坏之类的罪名逮捕他，什么都行，然后祈祷老天保佑，那家伙会松口吐露和凶案有关的线索。我们也可以把东西塞回他床底下，感谢他协助调查，送他回家，看他接下来有什么反应。”

山姆和弗朗科的对峙或许在所难免，自打两人同时出现在命案现场，就注定会有这样的局面。重案组警探总是专心致志、心无旁骛慢慢地缩小侦查范围，直到清除所有枝节，找出最后剩下的事物为止，也就是杀人凶手。卧底却专靠枝节而活，永远分摊赌注，预备所有可能，因为你永远不知道岔路会带你走到哪里，要是左顾右盼够久，是不是会有意想不到的结果冒出头来。卧底会点燃手上的所有引线，看谁会爆炸。

“然后呢，弗朗科？”山姆追问道，“假设你说的没错好了，蕾西偷古董出来给奈勒销赃，卡西接下来也这么做，然后怎样？”

“然后，”弗朗科说，“我到艺术古董组聊一聊，去弗朗西斯街帮卡西买几件亮晶晶的可爱小玩意儿，再看后续如何。”他面带微笑，但眯着双眼打量山姆。

“多久？”

“看要多久。”

艺术古董组经常利用卧底，乔装成买主、销赃者或手腕高明的卖家，步步逼近上游的大鱼，通常需要好几个月，甚至几年。

“我是在查他妈的凶杀案，”山姆说，“还记得吗？只要被害人依然活蹦乱跳，偷拿银糖钵，我就不能用谋杀罪名逮捕任何人。”

“所以咧？那就等古董组刺探清楚再抓他也行，随便。反正幸运的话，我们可以找出动机，查明他和被害人的关系，用这两点套他，逼他招供，最坏也不过就是多浪费一点时间。总之，现在又不是期限就要到了。”

要说蕾西过去三个月不断偷卖山楂林屋的东西给奈勒，只为了赚点零花，这概率实在不高。她确定怀孕后，为求离开什么都肯做，但这之前绝不可能。

我可以这么回答，也应该这么说，但弗朗科说的对，奈勒一心破坏山楂林屋，无所不用其极。他就像关在笼里的猫，因为无助而疯狂，将数百年的积怨对准林屋，但手无寸铁，只有石块和喷漆。这时，倘若有人拿屋里的东西给他，告诉他销赃地点，还答应继续偷窃，他很可能（非常可能）不会拒绝。

“不如这样吧，”弗朗科说，“我们再问奈勒一回，就你一个人，因为他和我不是很处得来。你想侦讯多久都行，要是他提到任何和命案有关的事，再小的线索都行，我们就忘了古董这件事，让卡西抽身，结束调查。要是他什么都没说……”

“那怎么样？”山姆追问道。

弗朗科耸耸肩说：“要是你的招数无效，你就回来这儿，我们再谈谈我的方法。”

山姆看着弗朗科，注视良久，之后说道：“不要诡计。”

“诡计？”

“中途打断，在我就要问出什么的时候突然敲门，那一类的。”

我见到弗朗科下巴一紧，但他只是淡然回答：“不要诡计。”

“那好，”山姆深呼吸一口气说，“我会全力以赴。你能再多待一会儿吗？”

他是在对我说话。“当然。”我说。

“我可能会用到你，例如找你进去之类的，看情况而定，”山姆目光瞟向奈勒，只见那家伙已经改唱《随我攻上克罗》，刚好是听了烦人的音量。“祝我好运吧！”山姆说完，拉直领带，走了出去。

“你男朋友刚才觉得我是小人吗？”山姆将门关上后，弗朗科问我。

“你要是不服气，可以找他决斗。”我说。

“我做人一向光明正大，你也知道。”

“有谁不是？”我说，“只不过大家对光明正大的看法都不一样，山姆也不确定你的定义和他相同。”

“所以，我是没机会和他合租卡尼岛的度假别墅了，”弗朗科答道，“好吧，这也没办法。不过，你觉得我刚才的说法怎么样？”

我隔着镜子注视奈勒，但可以感觉弗朗科目光扫过我的脑侧。“我还不知道，”我说，“我观察这家伙还不够，没办法说什么。”

“但你看了蕾西够久，就算是间接认识，也比谁都了解她。你觉得她能做到吗？”

我耸耸肩说：“谁知道？这女孩的特点就是谁都不知道她能做什么，不能做什么。”

“你从刚才就把牌藏得很紧，竟然能憋那么久没说话，真不像你，尤其是你心里一定有想法。要是你男人待会儿出来两手空空，我们又开始争执，我很想知道你打算站在哪一边。”

侦讯室的门开了，山姆走了进去，手里摇摇晃晃拿着两杯茶，用肩膀抵住门。他看来神清气爽，甚至有些开心。警探只要面对嫌疑人，再大的疲惫都会一扫而空。“嘘，”我说，“我想仔细看。”

山姆坐了下来，自在轻叹一声，将马克杯推到奈勒面前。“好了，”他说，乡下口音突然明显起来，仿佛魔术似的，立刻将现场变成“我们对抗城里人”的气氛，“我让弗朗科警探去忙文件，有他在只会烦人。”

奈勒停止哼歌，思忖片刻，之后开口说：“我不喜欢他那样子。”

我发现山姆嘴角抽动：“也对，我也不喜欢，但我们比较惨，甩不掉他。”弗朗科在我身旁轻声微笑，朝镜子走近一点。

奈勒耸耸肩说：“你们也许吧，我可不是。只要他在，我就没什么好说的。”

“那好，”山姆语气轻松，“现在他走了，我也不打算问你话，只想听你说。我一直听人讲葛伦斯凯出过事情，在很久以前，我觉得这可以解释很多疑点，而我只希望你告诉我对不对就好。”

奈勒狐疑地看了山姆一眼，但没有继续唱歌。“好，”山姆喝了一大口茶说，“第一次世界大战的时候，葛伦斯凯有个女孩……”

山姆将他在拉索文听到的说法、我从西蒙伯公大作中读到的内容和好莱坞女影星莉莲·吉什主演的电影情节巧妙地编成一个故事，还不忘添油加醋：女孩父亲将她赶出家门，女孩在村里街上乞讨，村民朝她吐口水，小孩向她扔石头……山姆在叙述时不时婉转地暗示，女孩被愤怒的村民处以私刑，这里显然应该配上悲壮的管弦乐。

山姆赚人热泪的故事接近尾声，奈勒又开始摇晃椅子，目光嫌恶而冷漠。“才怪，”他说，“天哪，不是这样，这是我从小到大听过的最扯的屁话，你是从哪儿听来的？”

“我目前，”山姆耸耸肩说，“听到的就是这样，除非有人指正，否则我也只能相信这套说法。”

椅子嘎吱一声，音调沉闷刺耳。

“告诉我，警探先生，”奈勒说，“你为什么对咱们和咱们过去的故事这么感兴趣？你知道，咱们只是葛伦斯凯的普通百姓，不习惯你们这些大人物的关心。”

“他从车上到局里就只跟我讲这一件事，”弗朗科对我说，肩膀靠着窗缘调整到舒服的姿势，“这小子有被害妄想症。”

“嘘。”

“你们上头的山楂林屋出了一点麻烦，”山姆说，“当然，这我不用多说。我们得到消息，屋子和葛伦斯凯村民处得不是很好，但我需要确定事实，才能决定两者是不是真的有关。”

奈勒笑了，不过笑得冷酷，皮笑肉不笑。“处得不是很好，”他说，“我想应该可以这么说吧，嗯。屋子里的人是这么告诉你的？”

山姆耸耸肩说：“他们只说自己在村里的酒吧不是很受欢迎，但也没有理由要受欢迎就是了，毕竟不是本地人。”

“他们还真好运，只是出了一点小麻烦，就有警察冒出来四处打探。本地人有麻烦的时候，警察在哪里？女孩吊死的时候，警察又在哪里？还不是当成自杀案件打发掉，只想快点窝回酒吧。”

山姆竖起眉毛说：“不是自杀？”

奈勒紧盯山姆，肿胀的双眼半眯着，感觉阴险恶毒：“你想知道真相？”

山姆伸手轻轻一摆，意思是“我在听”。

奈勒沉默半晌，椅子往前靠，伸出指甲断裂、关节淤血结疤的双手握住杯子。“女孩是山楂林屋的女仆，”他说，“上头一个年轻人，西蒙家族的小伙子，爱上那女孩。女孩也许蠢到相信小伙子会娶她，也许没有。无论如何，她都惹上了麻烦。”

奈勒猎禽似的凝视山姆，确定他听懂了才接着说：“女孩没有被逐出家门，我敢说她父亲气坏了，扬言夜里要在小路堵西蒙家族的小伙子，但他疯了才会这么做，疯到极点才会。那时咱们还没独立，你记得吗？葛伦斯凯村是西蒙家族的属地，不管女孩是谁，她父亲的房子都是人家的。他只要多说一句，家人就得在路旁喝西北风，所以他啥都没做。”

“不会这么简单就放弃吧？”山姆说。

“就这么简单。从此之后，村里人除非必要，绝对不和山楂林屋扯上关系，因为屋子名声不好，是棵妖树，你知道吧？”奈勒朝山姆阴森地一笑，表情莫测高深地说，“直到现在，有些人夜里依然避开山楂树，即使不知道为什么。现在只剩这一点了，算是往事的残迹，不过当时到处都是传言，因为天色昏暗的关系。当时没有电，冬季黑夜又长，心里想到什么怪东西，在暗处都见得到。许多村民相信，山楂林屋里的人和妖精甚至魔鬼打交道，大家看法都不一样。”奈勒说着嘴角又浮现出冷笑，“你说呢，警探先生？你觉得咱们当年都是野蛮的疯子吗？”

山姆摇摇头。“我伯伯的农场也有妖精，”他说得稀松平常，“他不信那一套，从来没信过，但就是甩不掉。”

奈勒点点头说：“女孩怀孕的时候，葛伦斯凯人也是这么说。他们说，女孩和屋子里的妖精睡在一起，怀了对方的孩子，因此罪有应得。”

“他们觉得孩子会是丑妖怪？”

“哎呀，”弗朗科说，“再丑也是人哪，老奈，只是长相不同罢了。”他刻意忍住笑，身体微微颤抖。我真想踹他一脚。

“是啊，没错，”奈勒冷冷地说道，“别那样看我，警探先生，咱们现在说的是你和我曾祖父那一辈。你敢发誓自己要是活在当时，绝对不会相信这样的事？”

“时代不同了。”山姆点点头说。

“现在没什么人提妖精了，就剩几个，几乎全是老头子。不知怎的，那家伙也这么认为，我说孩子的父亲。他要么根本讨厌孩子，只想拿传说当借口，要么他脑袋原来就有问题。照现在的说法，那屋子里的人都有一点怪，也许就是如此，才会传说他们和妖精打交道。总之，那家伙信了，他认为自己有问题，体内流着不祥的血，会毁了那孩子。”

奈勒咧开受伤撕裂的嘴：“于是，在小孩出生前，他有天晚上约了女孩出来。女孩单独赴会，心里一点都不担忧，这家伙是她的爱人，不是吗？她想男人肯定想作什么安排，供应她和孩子的生活，不料男人却拿出绳子来，将她吊死在树上。这才是事实真相，葛伦斯凯人都知道，女孩不是自杀，村里也没有人杀她，害死女孩的是婴儿的父亲，因为他怕自己的孩子。”

“死乡下人，”弗朗科说道，“我敢对天发誓，都柏林和都柏林之外根本就是两个世界。杰瑞·史宾格[①]，你还差远了。”

“天哪！”山姆轻轻说了一句。

“没错，”奈勒说，“天哪。你们的前辈还没去抓大屋里的绅士，就先说女孩是自杀死的。最后她和小孩埋在一起，没有牧师祝祷。”

奈勒的说法可能是真的，我们听到的说法都可能是真的。事情相隔一百年，真相完全无从判断，重点是奈勒相信自己说的一字一句。他似乎不觉得自己做错了，但这点没有各位想得那么重要。他太投入其中，你可以从他语气里的愤慨听出来，因此可能不觉得需要歉疚。我的心跳又快又沉，想起其他人正在图书馆埋头用功，等我回去。

“村里为什么没人告诉我？”

“因为这不关你的事，而咱们也不想让外人闲话，说这里是疯人村，有疯子觉得自己的私生子是妖精，所以把他杀了。咱们住在村里的都是老实人，普通百姓，不是白痴或野蛮人，也不想让旁人当怪胎看，你懂吗？咱们只想自己好好过日子。”

“但有人放不下这件事，”山姆提醒奈勒，“有人在山楂林屋喷了‘婴儿杀手’，还喷了两次。有人拿石头砸他们的窗子，就在前天晚上，被他们追上后还狠狠打了一架。有人不想让那孩子好好安息。”

冗长的沉默。奈勒在椅子上扭动身子，手指轻碰裂伤的嘴唇，检查有没有流血，山姆耐心等待。

“不光是孩子，”最后，奈勒开口说，“孩子的事已经够糟了，但这只证明山上那

① 译者注：Jerry Springer，美国脱口秀主持人，节目内容以八卦著称，专请家庭失和、乱伦等所谓的社会边缘人自曝惊人故事。

一家子是啥货色，平常是什么样子，我只能这么说。”

奈勒已经差不多招认喷漆的事了，但山姆没有反应，他想钓更大的鱼。“他们平常是什么样子？”他靠着椅背问道，马克杯放在膝上，神情轻松好奇，仿佛在和老乡秉烛夜谈。

奈勒下意识地又碰了碰嘴唇，努力思索，寻找合适的字眼：“你们警探在葛伦斯凯混了这么久，可知道这村子打哪来的？”

山姆咧嘴微笑说：“我的爱尔兰语早就生锈了，葛伦是‘山楂’的意思，对吗？”

奈勒面露不耐烦，匆匆摇头说：“哎，不对不对，不是说名字，是地方。这村子，葛伦斯凯村，你认为这村子打哪来的？”

山姆摇摇头。

“西蒙家族，是他们建的，为了自己方便。他们当年得到这块地，就建了屋子，然后找人来替他们干活，例如女仆、园丁、马夫和猎场看守人，等等。他们希望仆人也住在属地，方便就近控管，但又不能太近，免得沾上农夫的臭气。”奈勒撇着嘴角，神情狠毒嫌恶，“所以他们盖了一个村子给仆人住，就像兴建游泳池、温室和马厩一样，算是小小的奢侈品，让日子舒服一点。”

“这简直不把人当人看，”山姆附和说，“但毕竟是很久以前了。”

“是啊，很久以前，那时西蒙家族还需要葛伦斯凯。现在村子不再侍奉他们了，他们就眼睁睁看着咱们自生自灭。”我看着奈勒对山姆大谈村中往事，听他语气浮现出一丝变化，飘忽而危险，心里总算能将他和深夜在小路挖我双眼的恶兽联系在一起。“村子已经瓦解了，再过几年什么都不会剩下。留着的家伙都是出不去的，像我，只能跟着村子陪葬。你知道我为什么没念大学吗？”

山姆摇摇头。

“我人不笨，程度也够，却得留在葛伦斯凯照顾父母。村子里的工作根本不需要读书识字，能干的活儿除了种田还是种田。我在别人的农场挖烂泥，哪里需要什么学位？我一离开学校就开始工作，没别的选择，村里还有几十个人像我这样。”

“这显然不是西蒙家族的错，”山姆试着讲道理，“他们又有什么办法？”

奈勒又是咆哮一声，说：“他们能做的可多了，多得很。四五年前，有人来村子里考察，盖威人，和你一样。他是房地产开发商，想买下山楂林屋改成豪华旅馆，并且打算扩建，加上侧厅、几栋新建筑和高尔夫球道之类的。他计划很大，那家伙。你知道旅馆对葛伦斯凯的影响有多大吗？”

山姆点点头说：“一堆新工作。”

“不仅如此，还有旅客、做旅客生意的店家和替店家工作的人统统都会过来。村里的年轻人也能待着，不用老想着搬到都柏林。这里会有新房子和像样的马路，重新拥有自己的学校，不用再把孩子送到拉索文。会有工作给老师、医生，甚至房地产中介，给读过书的人。当然不是一下子，可能要好几年，但只要雪球开始滚……我们就需要这个，需要一点助力、一个机会，就能让葛伦斯凯起死回生。”

四五年前，就是山楂林屋头一回遭受攻击的时候。奈勒完全吻合我的侧写，切合得天衣无缝。我想到山楂林屋可能变成旅馆，就觉得奈勒活该满脸是伤。话说回来，你还是很难不被他话语之间的热情打动，也能想象他满心期盼的热闹景象，见到村子再度繁荣起来，充满希望，生机勃勃。

“可是西蒙不肯卖？”山姆问。

奈勒摇摇头，动作缓慢气愤，打个哆嗦，摸摸肿胀的下巴：“一个人，住在一间可以住几十个人的屋子里，这么做到底对他有什么好处？但他就是不肯卖。自打屋子建好那天起，那里就没好事，他却依然紧抓不放，不让其他人得到一点好处，就算死后也一样。新来的小伙子除了小时候，根本没靠近过葛伦斯凯。他没有家人，也不需要房子，却还是霸着山楂林屋。他们就是这种人，我说西蒙家族，从以前到现在都是。他们要的就一直留着，其他人去死也无所谓。”

“这是他们家族的房子，”山姆提醒他，“或许他们很喜欢。”

奈勒突然抬头看着山姆，只见他眼圈肿胀淤青发黑，淡色眼眸却炯炯发亮。“一个人制造出什么，”他说，“就有责任照顾那东西，这是正直的人该做的事。你生了小孩，只要他活着一天，你就得照顾他，没有资格为了自己方便杀了他。你造了村子，就有责任照顾它，竭尽所能地保护它，没有资格眼睁睁看它衰亡，只为了保住自己的屋子。”

“这一点我倒是赞同他，”弗朗科在我身旁说，“也许我们的共同点比想象中还多。”

弗朗科的话语从我耳边飘过。我的侧写终究错了一点：这个人绝不会因为蕾西怀了他的孩子而杀她，甚至不会因为她住在山楂林屋而下手。我始终以为他是复仇者，执迷于过去，但他的想法显然更加暴烈与复杂。奈勒执迷的是未来，他家园的未来即将付诸东流，而过去与未来就像一对连体婴，前者是黑暗邪恶的哥哥，未来被他握在手中，任其摆布。

“你对西蒙家族的要求就是这样？”山姆轻声说，“要他们做该做的事，卖掉屋子，给葛伦斯凯一个机会？”

奈勒沉默良久，最后点了点头，动作僵硬而不情愿。

“你觉得要让他们这么做，唯一的方法就是恐吓他们。”

奈勒又点了点头，弗朗科低低呼哨一声，我屏住呼吸。

“而最好的恐吓，”山姆用沉思的口吻淡然说道，“莫过于找一天晚上刺伤他们中的一个，不用很严重，甚至不需要真的伤到她，只要让他们知道自己在这地方不受欢迎就行。”

奈勒将马克杯朝桌上重重一放，椅子猛然后推，紧紧交叉双臂说：“我从来没有伤过任何人，从来没有。”

山姆竖起眉毛说：“你骑车摔伤的那天晚上，正好有人和山楂林屋的三个家伙狠狠打了一架。”

“那是决斗，光明正大的决斗，而他们竟然三个对付我一个人。你难道看不出其中的差别吗？我要是想做，西蒙早就不知道被砍十几回了，但我连他一根寒毛都没碰。”

“西蒙是老头子了，你知道他不出几年一定会死，而他的子孙亲人很可能在离开葛伦斯凯前，会将屋子卖掉，你可以等。”

奈勒嘟囔一句，但山姆继续往下说，语气平和沉重，打断了奈勒的话：“然而，丹尼尔那小子和他朋友搬来后，情况便完全不同了。他们哪儿也不去，光是喷漆又吓不了他们，所以你只好往上加码，是吧？”

“不对，我从来没有……”

“你得让他们知道，而且知道得清清楚楚：为了你们自己好，快滚。你发现蕾西深夜会出门散步，说不定还跟踪过她，对吧？”

“我没有……”

“你从酒吧出来，喝得醉醺醺的，身边正好有刀。你想到西蒙家族坐视不管，让葛伦斯凯村自生自灭，便决定上去让事情一了百了。或许你只是想恐吓她，是吗？”

“不是……”

“接下来发生了什么，奈勒？告诉我，怎么回事？”

奈勒猛然向前，扬起双拳，嘴唇狠狠抿紧，眼看就要朝山姆扑上去：“你这个恶心的家伙，是他们跟你说的，山上那几个，他们一说，你就像狗一样乖乖追了过来。他们向你哭诉，说山下有一个不自量力的恶劣农夫，你就把我带来这里，指控我刺伤他们中的一个。这根本就是胡扯。我要他们离开葛伦斯凯，相信我，他们一定会的，但我从来没想过伤害任何人，从来没有，我才不会让他们称心如意。等他们收拾家当滚出这里，我要亲自向他们挥手道别。”

我应该失望才对，但却热血沸腾，仿佛就要冲上喉间，让我无法呼吸。我靠着单面镜挪动身子，侧过头去不让弗朗科看见，发现我其实松了一口气。

奈勒还在说：“那些龌龊的浑球利用你，要我安分一点，就像这三百年来，他们家族利用警察和其他人一样。我直接告诉你吧，警探先生，不管谁听说咱们是一群暴民，我都会这么跟他说，你们尽管来葛伦斯凯吧，但我保证你们什么都查不到，那个姑娘绝不是村民伤的。我知道追查富人比追查穷人辛苦，假如你要找的是罪犯，而不是替罪羔羊，你最好上山楂林屋找去，他们可没咱们这种教养。”

奈勒说完紧抱双臂，椅子后倒，开始唱起《风吹大麦》。弗朗科背部一拱离开单面镜，兀自轻轻一笑。

山姆试了一个多小时，逐一谈论所有破坏事件，从四年半前开始，接着举出证据说明奈勒和那晚的石块与打斗有关，有些是真凭实据，例如他身上淤青和我的描述，有些纯属捏造，例如指纹与笔迹辨识。山姆走进观察室，一把抓了证物袋就走，完全不看我和弗朗科，接着回到侦讯室，将袋子扔在桌上，奈勒面前，威胁要用盗窃或使用致命武器攻击之类的罪名逮捕奈勒，只差没有直接说他谋杀。但他得到的响应只有《光头小子》和《四绿野》，穿插一首变化气氛的《她走过市集》。

最后，山姆只得放弃。他将奈勒留在侦讯室，走到观察室来，中间隔了很久。他一手拎着证物袋，倦意再度回到脸上，比之前还要疲惫。

“我觉得还蛮顺利的，”弗朗科开怀地说，“要不是你想钓大鱼，应该能让他招认破坏罪名吧。”

山姆不理他，“你觉得呢？”他问我。

就我理解，奈勒要气到动刀刺杀蕾西还有一个可能，就是他是孩子的父亲，而蕾西说她想堕胎。“我不知道，”我说，“真的不知道。”

“我想，他不是我们要找的人。”山姆将证物袋朝桌上一扔，重重地坐在桌边，回头看着奈勒。

弗朗科一脸惊讶，说：“你才侦讯他一个，这样就放弃啦？就我看来，他根本是只肥羊，有动机，有机会，心理状态又对……只因为他是说故事高手，你就打算用微不足道的破坏罪名逮捕他，放弃控告他谋杀的机会？”

“我不知道，”山姆用手腕按摩双眼，说，“我不知道现在该怎么办。”

“好吧，”弗朗科说，“那就用我的方法。输了就是输了，你的方法完全没用。把奈勒放了，让卡西用古董交易试探他，看能不能借此发现命案的蛛丝马迹。”

“这家伙根本不在乎钱，”山姆没看弗朗科，说，“他只关心村子，还有山楂林屋造成的伤害。”

“所以他有动机，全心相信一件事的人最恐怖。你觉得他为了心中目标，愿意牺牲奉献多少？”

弗朗科和别人争论有一个特点，他会不停地变换对话主轴，让你追赶不及，最后完全忘了自己当初想说什么。我不知道他是真的相信奈勒盗卖古董，还是不择手段地想要驳倒山姆。

山姆愣愣地望着弗朗科，有如吃了连环拳的拳击选手，头晕目眩。“我想他不是凶手，”他语气坚定，“也不知道你为什么认定他是销赃犯，我看不出任何迹象。”

“我们问卡西吧，”弗朗科提议道，眼神戒慎地看着我。弗朗科天生爱赌，但我真希望自己知道他为什么要押这一点，“宝贝，你说呢？我猜是古董诈骗，你认为有可能吗？”

千头万绪忽然涌入我的脑中。我想起自己对观察室了如指掌，两年前打翻咖啡，在地毯上留下污渍，现在成为访客站在这里。我想起“警探芭比服”挂在家里的衣橱；马厄早晨猛清喉咙，声音抑扬顿挫。我想起其他人在图书馆等我，山楂林屋我房里的铃兰清香有如薄纱，轻柔地将我包裹。

“有可能，”我说，“嗯，是的话也不令人意外。”

山姆已经折腾了一早上，听我这么说终于火了：“老天，卡西！现在是怎样！你该不会真的相信这套蠢话吧？你到底是哪一条战线的？”

“别这么说，”弗朗科出来打圆场，他自在地靠着墙面，手插口袋注视我们说，“我们是同一条战线的。”

“少来了，弗朗科，”我厉声说道，免得山姆出拳揍人，“山姆，我和蕾西一条战线，不和弗朗科，也不和你一条战线，只和她一条战线，听懂没有？”

“我最担心的就是这个，”山姆发现我一脸诧异，“怎么，你以为我会在意这个智障……”弗朗科指着自己胸口，装出受伤的表情。“没错，他是个大浑蛋，但起码我还能看住他，可是那女孩——和她一条战线非常、非常糟糕。她的室友一直挺她，但要是弗朗科说的没错，她其实暗地里出卖他们，而且毫无悔意。女孩在美国的恋人也挺她、爱她，结果你看他的下场？那可怜的家伙，整个人都垮了。你读过那封信吗？”

“信？”我转头对弗朗科说，“什么信？”

弗朗科耸耸肩说：“查德给她寄了一封信，在我联邦调查局的朋友那里，写得很感人。我仔细爬梳过，没什么有用的发现，我觉得没必要再麻烦你。”

“老天，弗朗科！我不是说，你只要发现和她有关的东西，任何东西……”

“这个晚点再说。”

“记得读信，”山姆语气粗鲁，脸色发白，有如那天在命案现场，“把信读完。要是弗朗科不给你，我就帮你印一份。那个叫查德的家伙完全崩溃了，事情到现在四年半，他没有和半个女孩约会过，可能再也无法相信女人了。怎么可能？他某天早上醒来，生命已经摔成碎片，他所梦想的一切顿时化为轻烟。”

“小声一点，”弗朗科轻声细语，“免得你们老大进来关切。”

山姆置若罔闻。“还有别忘了，女孩不是从北卡罗来纳凭空出现的，她之前还在别的地方，再之前还在别的地方。在那些地方还有其他人，天知道有多少，一直在想女孩究竟在哪里，是不是身首异处被人草草掩埋，还是离经叛道流落街头，是不是从开始就不在乎他们，他们的生命到底为什么会支离破碎。他们全都和女孩同一条战线，但结果又是什么？站在她那边的人都毁了，卡西，所有人，你也不例外。”

“我很好，山姆。”我说。他刚才的话语有如晨雾笼罩着我，感觉虚幻不实。

“那我问你一件事，你上一个认真交往过的男朋友，你们是在你刚开始担任卧底前认识的，对吧？叫艾什么？”

“没错，”我说，“艾登。”艾登是个好对象，聪明热情，前途光明，而且非常会讲冷笑话，就算我一天过得再糟，也能逗我大笑。我已经很久没有想起他了。

“他怎么了？”

“我们分手了，”我回答，“在我卧底期间。”我眼前忽然浮现出艾登和我分手当晚的眼神。当时我正赶着回到住处，和几个月后刺伤我的毒枭小子见面。我坐在双层公交车顶层往下看，艾登待在公车站旁，我仿佛见到他泛着泪光。

“因为你是卧底，这就是怎么了，”山姆说完，转头对着弗朗科，“你呢，弗朗科？你有老婆吗？还是女朋友？任何亲密关系？”

“你想约我吗？”弗朗科玩笑似的问，但微眯双眼，目光如电，“因为我得警告你，我可不是什么随便的人。”

“换句话就是没有，我想也是，”山姆又转头看我，说，“才三个星期，卡西，你看我们已经变成什么样子？这是你希望的吗？要是你为了这个可笑到极点的想法，继续卧底一年，你觉得我们会怎么样？”

“这样吧，”弗朗科身体僵硬，靠着墙壁轻声说，“你那边的问题你自己决定，我这边的问题我自己解决，可以吧？”

弗朗科眼神狠戾，连长官和毒枭都会怕得抱头鼠窜，山姆却毫无感觉。“不可以，一点都不可以。你那边的状况根本乱七八糟，你可能没发现，幸好我看得出来。我有嫌疑人就坐在隔壁，不管他是不是杀人凶手，我都是按照警方程序逮到他的。你找到什么了？发了三星期神经，搞得人仰马翻，结果什么都没有。可是你不想收手，反倒叫我们继续加码，发更大的神经……”

“我没叫你做什么，我只是问卡西——别忘了，她会办这个案子可是因为我，当我的卧底，不是重案组警探——我只是问她愿不愿意更深入一点。”

我想象夏日无尽，午后独坐草地，倾听蜜蜂嗡鸣，摇椅慵懒摇晃嘎吱作响；想象自己跪在香草园子采撷收成，空气中飘着细雨与焚烧草叶的熏香，手上沾满揉拧迷迭香与熏衣草的味道；我想象在蕾西房间地板上包装圣诞礼物，窗外白雪飘飘，瑞法尔在楼下弹奏颂歌，艾比在自己房间轻声唱和，姜饼的香气从门缝飘进来。

山姆和弗朗科盯着我，眼睛眨也不眨。两人都不再说话，房里突然寂静下来，感觉深沉平和。“当然，”我说，“有何不可？”

奈勒开始哼唱《艾冯戴尔》，奎格利在走廊抱怨什么。我想起自己和罗伯在这个房间观察嫌疑人，在走廊并肩嬉笑，中了“薇丝塔行动”之毒而分开，有如流星撞毁燃烧。但我没有任何感受，只觉得墙壁有如花瓣，轻盈展开倾倒在我身旁。山姆双目圆睁，眼神晦暗，仿佛我揍了他；弗朗科的目光让我觉得似乎应该害怕。我只感觉全身肌肉瞬间放松，仿佛回到八岁时，我在青翠山坡侧翻筋斗，头晕目眩，又像潜入冰凉湛蓝的水中两千公里，完全不用呼吸。我说对了，自由的气味有如臭氧、雷雨和火药，又像雪花、营火与除过的青草，尝在嘴里有如海水，又有柑橘的味道。

## Chapter 16
## 瑞法尔失踪了

我回到三一学院已经是午饭时间，瑞法尔他们还在各自的卡座里。我一拐进通向我们角落的书架走道，他们立刻不约而同地抬起头来，把笔放下。

“嘿！”我走到他们面前，贾思汀放心地长叹一声，说，“你终于回来了，也差不多该出现了。”

“天哪，”瑞法尔说，“怎么拖这么久？贾思汀还以为你被捕了呢，我跟他说你可能和山姆私奔了。”

瑞法尔头发乱翘，艾比脸颊沾到笔渍，浑然不觉他们在我眼里有多可爱，而我刚才几乎要与他们永别。我真想摸摸他们，和他们拥抱，抓着他们的手紧紧握住。“他们硬是把我留下来，”我说，“要去吃午饭了吗？我饿死了。”

“怎么样？”丹尼尔问，“你指认那个人了吗？”

“没，”我从艾比面前探身去拿书包，说，“但那天晚上的家伙肯定是他。你们都没看到他的脸，感觉就像和拳王阿里对决了十回合。”瑞法尔笑着举起手来，和我击掌。

“有什么好笑的？”艾比无法理解，“那家伙可能害得你被控攻击，贾思汀担心的就是这个，蕾西。”

“他不会控告的，他跟警察说自己骑车摔伤，放心吧，没事。”

“你没有多想起什么？”丹尼尔问。

“没有。”我从椅背上抓起贾思汀的外套，朝他挥了挥。

“拜托，我们能去酒窖小馆了吗？我想大吃一顿，警察让我饿坏了。”

“你现在对当时发生了什么有点头绪了吗？警方认为那家伙就是刺伤你的凶手吗？他们有没有逮捕他？”

“没有，”我说，“警方好像证据不足之类的，但也不认为是他干的。”

我心里只觉得这是好消息，完全没想到其他人可能一点都不这么认为。我们五人忽然沉默下来，谁也没看对方。瑞法尔眼睛闭上半秒，仿佛打了个哆嗦。

“为什么？”丹尼尔说，“就我看来，他应该就是凶手才对。”

我耸耸肩说：“谁知道警察脑袋里想什么？他们只这样跟我说。”

“去他妈的！”艾比说，脸色映着日光灯突然苍白起来，目光沉重。

“所以，”瑞法尔说，“搞了半天根本是白忙一场，我们又回到原点。”

“还不知道。”丹尼尔说。

“我觉得很明显，要说我悲观也无所谓。”

“哦，天哪，”贾思汀轻声说，“我还以为一切都要过去了。”没有人搭腔。

那天深夜，丹尼尔和艾比又在阳台谈话，我再也不用一路摸着墙壁走到厨房。就算蒙着眼睛，我也能在屋子里自在走动，不会有一步踏错，踩响任何地板。

“我不知道为什么，”两人坐在摇椅上抽烟，没碰对方，丹尼尔说，“但就是搞不懂怎么会这样，可能是各种压力蒙蔽了我的判断……我只是很担心。”

“她这阵子很不好过，”艾比小心翼翼地回答，“我想她只希望快点结束，把事情永远忘掉。”

丹尼尔望着艾比，镜片闪着月光，看不清他的眼眸。“你是不是有事没有告诉我？”他问。

小孩的事。我紧咬下唇，暗自祈祷艾比不要出卖姐妹淘。

艾比摇摇头说：“这方面的事情没有，相信我。”

丹尼尔转头远眺草地，我发现他脸上闪过一丝疲惫或悲痛。“我们两个之前总是无话不谈，”他说，“直到最近都是，不是吗？难道这只是我自己的想象？我们五个对抗全世界，彼此没有秘密，直到永远。”

艾比眉毛一挑，说：“是吗？我不确定大家都开诚布公，像你就没有。”

“我个人觉得，”丹尼尔顿了一下说，“我已经尽力而为了。除非有什么不得已的理由，否则只要事关重大，我对你和其他人都是知无不言。”

“但你永远都有不得已的理由，不是吗？在你眼中。”艾比说，脸色苍白。

“也许吧，”丹尼尔长叹一声，轻轻说道，“但之前不是这样。”

“你和蕾西，”艾比说，“你们有没有……”

没有声音，两人四目相对，有如仇敌。

“因为事关重大。”

“是吗？为什么？”

又是沉默，月隐星藏，两人脸庞没入夜色中。

“没有，”最后，丹尼尔开口说道，“我们没有。反正我一定会这么说，因为我看不出来这有什么重要的，所以也不期待你会相信我。不管怎样，我们没有。”

又是缄默。烟头一弹，红光微微有如流星划过黑夜。我站在寒冷的厨房里，隔着玻璃注视两人，心中只想告诉他们：没事了，一切都会解决，都会恢复正常，交给时间，而我们有的是时间，因为我会留下。

半夜，房门砰的一响，脚步匆匆，旁若无人地踩着木头地板，接着又是砰的一响，声音更沉，是前门。

我坐直在床上竖耳倾听，心脏狂跳。屋里窸窸窣窣，轻得不像声音，而是感觉，穿越墙壁和地板钻入我的骨中：有人走动，但听不出方向。夜深人静，林间无风，只有猫头鹰虚实不定的冷冷低鸣从远方小径传来。我竖起枕头靠着床头板，调整到舒服的坐姿静静等待。我想抽烟，但很笃定自己不是唯一醒着、全神留意动静的人，打火机轻响或淡淡烟味都会被人发现，所以还是算了。

过了大约二十分钟，前门开了又关，这回非常轻巧。沉寂片刻，接着是小心翼翼的上楼脚步声，走进贾思汀房间，床垫弹簧发出嘎吱巨响。

我等了五分钟，确定没有状况后，便溜下床大步跑到二楼，因为没必要蹑手蹑脚。我开门探头进去，贾思汀说：“是你啊！”

贾思汀坐在床边，衣服脱到一半。裤子和鞋子还穿着，袜子脱了，衬衫拉到裤头外，扣子解开几个，脸色非常难看。

“你还好吗？”我问。

贾思汀双手捣脸，我发现他手在颤抖。“不好，”他说，“其实很不好。”

“怎么了？”

贾思汀垂下双手，两眼血丝看着我。“回去睡觉吧，回房去，蕾西。”

“你在生我的气吗？”

“世界上不是只有你一个人，知道吗？”贾思汀冷冷回答，“信不信由你。”

“贾思汀，”我沉默半晌后说，“我只是想……”

“如果你真的想帮忙，”贾思汀说，“就不要管我。”

说完，他起身刻意装忙，背对着我手忙脚乱地草草将被单拉直。我发现他显然不想多说什么，便将房门轻轻关上，回到房间。丹尼尔房间没有灯光，但我感觉他醒着，端坐在离我只有几步的黑暗中，聆听思索。

隔天下午，我结束了五点的讨论课，发现艾比和贾思汀在走廊上等我。“你有没有看到瑞法尔？”艾比问。

“吃完午饭就没看到了。”我说。他们刚从外头进来，艾比穿着灰色长外套，贾思汀的苏格兰呢夹克扣得死紧，两人头发和肩上都沾满雨水，闪闪发亮。“他不是去找教授讨论论文吗？”

“他是这么说的，”艾比后退靠墙，让一群高声喧哗的大学生乱步走过，一边说道，“但讨论不可能超过四小时，何况我们去阿姆斯特朗教授的研究室看过，门是锁着的，瑞法尔不在里面。”

“说不定他去酒窖小馆喝一杯了。”我这么猜想，贾思汀听了身体一抖。我们都知道瑞法尔喝酒有点过量，但从来没有人提起。

“我们也去看过了，”艾比说，“他不可能去帕夫酒吧，因为他说那里都是没啥用的蠢蛋，只会让他想起寄宿学校的往事。我不知道他还会去哪里。”

“出了什么事？”丹尼尔带完讨论课，从走廊过来问道。

“我们找不到瑞法尔。”

丹尼尔将腋下的书本和活页夹好，说：“那么，你们试过打电话吗？”

“三次，”艾比说，“头一回他按了拒绝接听，之后就把手机关了。”

“他的东西还在卡座上吗？”

“没有，”贾思汀懒懒地靠着墙壁，抠弄指甲外皮说，“全都不在了。”

“但这蛮好的，不是吗？”丹尼尔看着贾思汀，脸上微带惊讶说，“这表示他没发生什么意外，没有被车子撞到或身体突然出状况送医院急救，只是一个人乱逛去了。”

“是啦，不过去哪里？”贾思汀声音大了起来，“还有，我们现在该怎么办？他不可能自己回家，难道我们要把他留在这里？”

丹尼尔望着走廊尽头人头攒动，空气中弥漫着湿地毯的味道，角落有女孩尖叫，声音尖锐刺耳，我、艾比和贾思汀吓了一大跳，随即发觉女孩只是假装害怕，叫声很快变成斥责，不过是在撒娇。丹尼尔若有所思地咬着下唇，似乎浑然不觉。

过了半晌，他叹息一声。“瑞法尔啊，”他说着微微愠怒摇头，“说真的，没错，我们就把他留在这里，当然如此，不然还能怎样？他要是想回林屋，可以给我们打电话，或自己坐出租车。”

“到葛伦斯凯？我可不想大老远开回城里，就为了接他这个想要白痴的家伙。”

“啧，”丹尼尔说，“我想他自己会想办法。”他将滑出来的文件塞回原位。“我们回家吧。”

晚餐吃得很随便，冰箱里拿出来的冷冻鸡柳、白饭和一大碗水果凑成一餐，堆在厨桌中央。直到我们吃完，瑞法尔都没打电话回来。他手机开着，但一律转接到语音信箱。“这不像他平常的作风。”贾思汀说，一只手的拇指不由自主地刮着盘子边缘。

“怎么不像？”艾比说得斩钉截铁，“他又主动出击去钓女孩子了，就像上回那样，还记得吗？他消失了整整两天。”

“那不一样。再说，你点什么头？”贾思汀语气不悦地对我说，“你人又不在，哪里会记得？”

我的肾上腺素急遽分泌，但似乎没有人起疑，他们心思都在瑞法尔身上，没空儿注意这么微小的疏失。“我点头是因为我听过，有一种东西叫做沟通，你有空儿最好试试。”所有人都很暴躁，我也不例外，但我担心着慌的其实不是瑞法尔，而是他不在这里惹我紧张。再说，我也无法判断焦虑是因为案情（弗朗科最爱的“直觉”）或只是因为瑞法尔不在，房里气氛顿时失去平衡，变得动荡不安。

“这有什么差别吗？”艾比追问道。

贾思汀耸耸肩说：“我们那时还没住在一起。”

“所以呢？说来说去还不一样。假如瑞法尔想钓谁，你觉得他该怎么办？难不成带人家来这里吗？”“他应该打电话，起码留言给我们。”

“说什么？”我问贾思汀，一边将桃子切成小块，“亲爱的各位，我去找个小妞乐乐，有事明天再说。要是没找到，那就晚点聊，要是小妞床上功夫不行，那就凌晨三点再见啰。”

“闭上你的脏嘴，”贾思汀勃然大怒，“还有，拜托老天爷，赶快把桃子吃掉，别再弄来弄去。”

“我嘴巴才不脏，我只是说说而已。至于桃子，我想吃的时候自然会吃，我管过你吃东西吗？”

“我们应该报警。”贾思汀说。

“不行，”丹尼尔拿烟轻敲腕背，说，“反正报警也没用，警察得知有人失踪，都会先等上一段时间，我记得是二十四小时，说不定更久，才会采取行动。瑞法尔是大人了……”

“理论上是。”艾比说。

“他当然有权在外头过夜。”

“要是他干了什么蠢事呢？”贾思汀声嘶力竭，已经像是哀号了。

“我讨厌说话拐弯抹角，其中一个原因，”丹尼尔摇了一根火柴出来，恰好落在烟灰缸里，“就是会阻碍真正的沟通。的确，我认为瑞法尔很可能做了蠢事，但蠢事种类太多了，我猜你可能担心他会自杀。老实说，我觉得概率非常低。”

贾思汀沉默半晌，之后低着头说：“瑞法尔跟你说过他十六岁发生的事情吗？他爸妈又要他转学，已经不知道是第十还是第几次了。”

“不谈过去。”丹尼尔说。

“他没有自杀，”艾比说，“只是想做点什么让他猪头老爸注意他，可惜没成功。”

“我说不谈过去。”

“我没有，我只是跟贾思汀说这回不一样。瑞法尔这几个月来不是完全变了吗？他不是快乐多了？”

“这几个月，”贾思汀说，“不是这几个星期。”

“呃，这个，”艾比将苹果利落地切成两半，说，“我们谁都过得不大好，但情况还是不同。瑞法尔现在知道他有家，有人关心他，不会伤害自己。他只是很不好受，想交女朋友或喝个烂醉，等他神志清醒，准备好了，自然就会回来。”

“要是他……”贾思汀没有说下去，“我很讨厌这样，你知道，”他朝盘子轻声说，“真的很讨厌。”

“嗯，我们都是啊，”丹尼尔轻快地说道，“现在是考验关头，我们必须接受，对自己保持耐心，也对别人保持耐心，等待事情好转。”

“你说只要交给时间，事情就会好转，结果不但没有，丹尼尔，反而更糟了。”

“我在想，”丹尼尔说，“可能需要三星期多一点，要是你发觉无法忍受，千万记得告诉我。”

“你怎么能这么冷静？”贾思汀已经泫然欲泣，“我们说的是瑞法尔啊！”

丹尼尔彬彬有礼，转头避开我们吐了口烟，说：“不管他做什么，我都看不出来歇斯底里有什么用。”

“我没有歇斯底里，这是人遇到朋友消失的正常反应。”

“贾思汀，”艾比柔声说，“不会有事的。”但贾思汀没有听见。

“就因为你这个人是该死的铁石心肠……天哪，丹尼尔，一次就好，我真希望看到你表现出关心我们的样子，一次就好，任何事都行。”

“我想你应该相当清楚，”丹尼尔语气冰冷，“我非常关心你们四个。”

“我不清楚，怎么清楚？我很清楚你一点也不……”

艾比做了一个小动作，手掌摊开，掌心向上，对着天花板、客厅和屋外院子转了一圈，接着放回腿间。她的姿势很特别，感觉既疲惫又无奈。

“没错。”贾思汀颓然坐回椅子说。灯光角度不对，照得他双颊凹陷，眉间皱纹深如耙痕，让我顿觉时光飞逝，仿佛见到他五十年后的模样，“是啊，这屋子，结果你看变成怎样？”

房里陡然沉默几秒。“我从来没说，”丹尼尔语气里带着一丝骇人的情感，让我非常陌生，他说，“自己不会出错。我只说自己会尽力，竭尽全力，做对我们五个都好的事情。你要是觉得我做得糟糕透顶，欢迎自行作决定；要是认为我们不该住在一起，那就搬出去；要是觉得瑞法尔失踪应该报警，那就拿起电话。”

半晌，贾思汀可怜兮兮地耸了耸肩膀，继续用餐。丹尼尔对空抽烟沉思，艾比低头啃苹果，我将桃子剁成果泥，很久都没人开口。

“我听说小帅哥不见了。”那晚，我在树上打电话给弗朗科，他对我说。我们显然让他察觉到饮食健康的重要，因为他这会儿正在吃有核的东西，我听见他将食物切开，放在掌心或哪里，声音悦耳，“要是他一命呜呼，你们就会开始相信神秘陌生人的说法，早知道真该和你们赌钱。”

“讲话别这么贱，老大。”我说。

弗朗科笑了，说：“你不担心他，对吧？真的吗？”

我耸耸肩说：“我只想知道他去哪儿了，就这样。”

“那你可以高枕无忧了，宝贝。我认识一位可爱女士，她想知道朋友马丁今晚跑哪里去了，结果拨错号码，被瑞法尔接了起来。很不幸，直到两人发觉错误挂上电话之前，瑞法尔都没提到自己在哪儿，但从背景噪音倒是能略知一二。艾比说对了，你们的小帅哥在酒吧里，喝得很高，到处找女孩搭讪。他会安然无事回家的，顶多超级宿醉而已。”

原来弗朗科也很担心，才会找了声音性感的女警打电话。他点名奈勒或许不单为了对付山姆，而是真的认为他是嫌疑人。我将双脚收进枝叶间，说：“太好了，知道他没事就好。”

“那你为什么听起来像家里的猫死掉了一样？”

“他们状况很糟，”我说，心里庆幸弗朗科看不到我的脸。我感觉自己累得就要从树上摔下去，赶紧抓着树枝稳住身子。“不知道为什么，也许无法面对我被人刺伤，也许有事瞒着我很难过。总之，他们之间的裂痕越来越大。”

弗朗科沉默半晌，接着柔声说道：“宝贝，我知道你和他们处得很好。这很不错，他们不是我的菜，但我不介意你另有观感，只要能让任务轻松一点就行。但他们不是你的朋友，他们的问题也不是你的问题，他们是你的机会。”

“我知道，”我说，“我知道，只是看着很难受。”

“有点同情心不碍事，”弗朗科又咬了一口正在吃的东西，开心地说道，“只要别太超过就好。话说回来，我有件事能让你暂时忘了他们的烦恼。你们家瑞法尔不是唯一失踪的家伙。”

“你在说什么？”

弗朗科将籽吐掉，说：“我决定对奈勒盯梢，没有跟得太近，想搞清楚他的作息和往来对象等等，让你多一些施力点。结果他今天没去工作，而爸妈从昨晚就没见到儿子，两人都说很不像他。奈勒父亲坐轮椅，他从来不让老妈吃力地搬动老爸。你的山姆和两名支持警察正轮流坐镇他家，我们也要伯尔尼和道帝睁大眼睛，就看后续如何。”

“他不会跑远的，”我说，“这家伙除非被人拖走，绝不会离开葛伦斯凯，而且一定又叫又踹。他会出现的。”

“嗯，我想也是。就命案来看，我不认为这代表什么，畏罪潜逃这种说法只是迷思。但我知道一件事，奈勒不管为了什么而逃，铁定不是因为害怕。你觉得他怕吗？”

“不怕，”我说，“完全不怕。他看来气炸了。”

“我也这么觉得，侦讯对他一点都不好玩。我后来看着奈勒离开，他才踏出门口两步就转头啐了一口。这家伙气疯了，卡西，我们也知道他情绪控制有问题，而且就像你说的，他可能还在村子附近。我不知道他溜走是怕我们监视，还是心里有什么盘算，但你千万小心。”

我乖乖听话，回程始终走在小径中央，双手持枪戒备，直到关上后院大门，平安走进院子，接近窗户透出的灯光，才将枪收回束腰。

我没有打给山姆，不是因为忘了，而是我不知道他会不会接；要是接了，我们俩又该说些什么。

# Chapter 17
## 联络奈德

翌日十一点左右，瑞法尔出现在图书馆里，外套扣得歪七扭八，一手拎着登山背包随意摇晃，身上都是健力士黑啤酒的酸臭味与烟味，步伐依然踉踉跄跄。他身体微微一颠，打量我们四个，说："嘿嘿嘿，大家好啊。"

"你跑到哪里去了？"丹尼尔咬牙切齿地说，语气紧绷带着愤怒，几乎毫无掩饰。他显然比外表看起来更担心瑞法尔。

"这里、那里，"瑞法尔对他说，"四处走走。你们好吗？"

"我们还以为你出事了，"贾思汀压不住音量，尖声问道，"你为什么都不打电话？连短信都不发？"

瑞法尔转头看着贾思汀。"我很忙，"他想了一会儿说，"而且也不想打。"一名学生从哲学书堆里抬头"嘘"了一声。图书馆老是有群蠢蛋自命为噪音纠察，这家伙便是其中之一。

"你选的什么烂时间？"艾比冷冷说道，"这会儿可不是找女孩子的时候，我以为你应该知道。"

瑞法尔微微后仰，狠狠瞪了艾比一眼。"你一边去吧，"他大声回答，语气倨傲，"我想什么时候做什么，我自己决定。"

"不准再用这种态度对艾比说话。"丹尼尔说，完全不顾音量。图书馆里的噪音纠察全都"嘘"了过来。

我拉拉瑞法尔的袖子，说："坐下来跟我说话。"

"蕾西，"瑞法尔认出是我，他双眼布满血丝，头发也该洗了，"我真不该留你一个人在家，对吧？"

“没关系，”我说，“我很好。你要不要坐下来，跟我说昨晚过得怎么样？”

瑞法尔伸出手，指尖滑过我的脸颊、喉间和上衣的领缘。艾比站在瑞法尔背后，我发现她瞪大双眼，贾思汀在卡座上颤动了一声。“哎，你真贴心，”瑞法尔说，“其实你没有外表那么柔弱，对吧？有时，我觉得我们的个性正好都和外表相反。”

话才说完，噪音纠察已经把艾提拉找来了。艾提拉是全宇宙最暴躁的警卫，当初会做这行显然是为了扭断恶徒的脑袋，但普通大学图书馆里的坏蛋少得可怜，于是他只好拿搞不清楚状况的大一新生开刀，惹哭他们聊以自慰。“这小子骚扰你吗？”艾提拉问我。他想靠气势压过瑞法尔，但两人身高悬殊，让他吃足苦头。

刚才的对立瞬间消失，丹尼尔、艾比和贾思汀立刻冷静下来，换上泰然自若的神态，就连瑞法尔也挺直腰杆，将手拿开，挤出轻松清醒的表情。“没事。”艾比说。

“我不是问你，”艾提拉对她说，“你认识这小子吗？”

他是在问我。我露出天使般的笑容，说：“呃，警卫先生，其实他是我丈夫。我之前拿到禁制令，但现在后悔了，正打算到女厕好好亲热亲热。”瑞法尔掩嘴窃笑。

“男人不准进女厕，”艾提拉恶狠狠地说，“你们这样是扰乱秩序。”

“别担心，”丹尼尔起身说。他一手抓住瑞法尔的胳膊，举止看似轻松，但我发现他的手指紧紧抠着，“我们正好要走，我们五个。”

“放开我。”瑞法尔火冒三丈，想要甩开丹尼尔的手，但丹尼尔揪着他匆匆走过艾提拉面前，沿着书架通道走了出去，没有回头看我们是否跟着。

我们仓促收拾东西，耳中听着艾提拉的恶言警告，急急离开图书馆，在大厅与丹尼尔和瑞法尔会合。丹尼尔手指钩着车钥匙转圈，瑞法尔斜靠着柱子，一脸愠怒。

“做得好，”艾比对瑞法尔说，“真的，够经典。”

“别又开始了。”

“我们这下要干吗？”贾思汀问丹尼尔，他忧心忡忡地捧着自己和丹尼尔的东西，感觉已经承受不住，“总不能直接走人吧。”

“为什么不能？”

现场惊讶沉默了几秒。我们的作息是如此固定，感觉就像自然法则，我想五个人都没想到随时可以打破。“那我们要做什么？”我问。

丹尼尔将钥匙朝空中一抛，然后接住。“回家粉刷起居室，”他说，“我们在图书馆待太久了，做点家事对大家都好。”

丹尼尔的提议在外人听来肯定很怪，我仿佛听见弗朗科说：天哪，他们太扯了，你怎么受得了？但所有人都同意了，连瑞法尔过了一会儿也点头附和。

我发现山楂林屋是他们的避风港，只要气氛紧张，就会有人将话题转到屋子哪边需要整理或修缮，大伙儿就会镇静下来。我想等到屋子整顿完毕，再也没有薄浆要涂或地板顽垢要清，我们就麻烦大了。

这招果然有效。我们用旧布盖住家具，打开窗户，清冷微风涌入客厅。我们穿着破衣破裤努力工作，身上沾满油漆味，房里放着爵士乐，逃课的刺激感觉慢慢发酵，屋子有如备受宠爱的猫儿般舒服自得，这正是我们所需要的一切。我们漆完客厅，瑞法尔变得温顺和善，不再浑身是刺，贾思汀和艾比更是心情轻松，开始斗嘴，不停地辩论乔普林①的爵士钢琴弹得烂不烂，五个人心情都好多了。

“我要先冲澡。”我说。

“让瑞法尔先吧，”艾比说，“因为他最需要。”瑞法尔朝艾比做了个鬼脸。我们一屁股坐在防尘布上，欣赏自己的杰作，懒洋洋地不想移动。

“油漆干了之后，”丹尼尔说，“就得决定墙上该摆什么，或是不摆。”

“我发现几块非常旧的锡招牌，”艾比说，“就在顶楼空房。”

“我才不要住在八十年代的酒吧里。”瑞法尔说。要么他已经摆脱宿醉，要么就是漆味让我们四个太过亢奋，没有注意他的语气，“难道没有绘画或比较正常的东西吗？”

“剩下的画都很恐怖。”丹尼尔说。他背靠沙发边缘，头发和旧方格衬衫沾着白漆，我已经许多天没有看他这么自在愉快，“乡间风景画之类的，有鹿和猎犬，而且画得不怎么样，可能出自某位自认有艺术天分的姑婆吧，我想。”

“你这人真是没心肝，”艾比对他说，“有情感价值的东西本来就不需要艺术价值，最好是垃圾，否则只是炫耀。”

“我们可以用旧报纸，”我躺在地板中央，双脚悬空摆动，检视蕾西工作裤上沾到的新漆，“很旧的那些，有迪恩五胞胎报道和增重广告的。我们可以贴满整面墙，再上亮光漆，就像贾思汀门上的相片。”

“那是卧房，”贾思汀说，“起居室应该优雅一点，要有气派，不是广告。”

瑞法尔一肘撑起身子，无来由地说道：“我发现自己应该向你们道歉。我不该突然

---

① 译者注：Scott Joplin，1867—1917，被誉为Regtime之王，Regtime是爵士乐前身，刚开始被认为是种粗鄙的音乐，却对后世有极大影响。

消失，而且没让你们知道我人在何处。我唯一的理由，虽然不怎么样，就是警察竟然放了那个家伙一马，让我气坏了。对不起。”

瑞法尔真是太可爱了，他有时就是这么可爱。丹尼尔朝他严肃地点点头，“你真白痴，”我说，“但我们就爱你这个样子。”

“没关系，”艾比拉长身子从牌桌拿了自己的烟，说，“那家伙逍遥法外，我也不是很高兴。”

“你知道我怎么想吗？”瑞法尔说，“我在想，是不是奈德雇他来恐吓我们的。”

客厅忽然沉默无声。艾比烟掏到一半，手还放在盒上；贾思汀正要站起来，身体僵住不动。

丹尼尔哼了一声：“我很怀疑奈德有这种脑袋，能策划这么复杂的事。”他语气尖酸地说道。

我正想开口问：“谁是奈德？”就立刻闭紧嘴巴。不仅因为我显然应该知道，也因为我确实知道。我真想踹自己一脚，竟然没有早点发现。弗朗科向来喜欢给他不喜欢的人取绰号，例如阿丹或山姆，但我完全没想到他可能看走眼，真是蠢蛋。奈德就是慢郎中爱德华。这家伙深夜在小路上乱走找人，说自己从来没见过蕾西，他就是N。我敢说，弗朗科一定听见我的心脏怦怦地敲打麦克风。

“很难说，”瑞法尔双肘贴地躺了回去，望着墙壁发呆说，“这里完工后，我们实在应该邀他过来共进晚餐。”

“除非我死。”艾比说，语气紧绷。

“我也是，”贾思汀说，“那家伙俗得要命，整晚只喝海尼根，然后不停地打嗝，自己觉得很好笑，聊天一直在讲套装料理台、减税和什么什么法条，这种事一次就够了，谢谢。”

“你们这些人真无情，”瑞法尔对他们说，“奈德爱这间屋子，他自己这么对法官说，我想应该给他机会，让他知道家族遗产保存得很好。给我一支烟。”

“奈德心里只有一件事，”丹尼尔疾言厉色地说，“就是将这一带变成六栋完善的商务公寓，以利未来发展。除非我死了，否则他这辈子绝对别想看到公寓。”

贾思汀突然打了个哆嗦，随即伸手将烟灰缸推到艾比面前，借此掩饰。房里一阵沉默，气氛复杂尖锐。艾比点起香烟，甩熄火柴，将烟盒扔给瑞法尔，瑞法尔一手接住。五个人谁也不看谁。一只早来的黄蜂歪歪扭扭地从窗户进来，映着斜阳飞过钢琴，又跌跌撞撞地飞了出去。

我想说点什么，因为我的职责就是化解尴尬，但我知道我们已经走进一片危险复杂的沼泽，稍有失足就会惹出大麻烦。奈德给人的感觉越来越像超级蠢蛋，即使我不知道商务公寓是什么，也听得出丹尼尔的意思，但事情显然更深沉、更黑暗。

艾比叼着烟，一双灰眸冷静好奇地注视我。我痛苦地回望她一眼，完全不需要硬装。过了一会儿，艾比伸手去拿烟灰缸，说：“既然找不到合适的东西摆在墙上，我想或许可以另谋他途。瑞法尔，要是我们找到之前壁饰的相片，你有办法模仿吗？”

瑞法尔耸耸肩，“别怪我”的挑衅神情又慢慢回到脸上，一触即发的乌云再度笼罩整个房间。

沉默对我正好，我的脑袋不停地翻转，不仅因为蕾西竟然与死敌约会，也由于奈德显然是个禁忌话题。

我来屋子三星期了，从来不曾听到他的名字，这会儿终于有人提起，却让大家焦头烂额，我实在无法理解。他再怎么说也是个输家，因为林屋最后落到丹尼尔手上，西蒙伯公和法官都如此决定。

他在这个家顶多惹人一笑，嘲讽几句而已，不会这么严重。我很想知道背后原因，甚至愿意用器官交换，但知道无论如何就是不能开口问。

结果，我根本不用担心。弗朗科的心思（我不知道这是不是好事）和我一样，而且速度又快。

那天夜里，我很早便出门散步。家里的乌云不仅没有散去，反而从墙壁与天花板不断迫近，越来越浓。晚餐吃得很痛苦，我、艾比和贾思汀尽量找话题聊，但瑞法尔心里的愠怒暴戾一眼就看得出来，而丹尼尔完全沉浸在个人世界里，问他什么都只简单回答。我必须离开屋子，才能好好思考。

蕾西和奈德见过起码三次，而且惹上很大的麻烦。杀人四大动机：欲望、利益、憎恨与爱情，我直觉认为是欲望。我越认识奈德，就越觉得蕾西不可能和他以外的人发生关系。至于利益……蕾西需要钱，而且要快，假如她决定盗卖山楂林屋的古董，比起奈勒和他的烂工作，有钱小子奈德显然是更好的买主。倘若奈德和她碰面讨论他想要什么，又愿意付多少钱，结果出了差错……

那一晚非常诡谲，野外辽阔黝黑，风势强劲，狂风扫过山边发出阵阵呼啸，天上繁星点点，却见不到月光。我将手枪塞回束腰，爬到每回坐着的树上待了很久，注意底下树丛间涌现的黑影，竖耳倾听异常的动静，想着打电话给山姆。

最后，我打给弗朗科。“奈勒还没出现，”他没有打招呼，直接切入主题，“你小心提防了吧？”

“当然，”我说，“但没看到他，起码我没发现。”

“嗯，”弗朗科的语气漫不经心，我知道他也不在意奈勒，“那就好。对了，有件事或许你会感兴趣。你那群死党下午臭骂了爱德华表哥和商务公寓一顿，还记得吧？”

我全身的肌肉猛然醒转，随即想起弗朗科不知道N，这才放松下来。“记得，”我回答，“爱德华表哥听起来蛮像一朵奇葩的。”

“是啊，百分之百脑死的雅痞贱坯。”

“瑞法尔认为是他雇用奈勒的，你觉得对吗？”

“不可能，爱德华从来不和下等人搅和。你真该看看他发现我说话有口音的表情，好像我会打他或抢他钱一样。但你们下午的谈话提醒了我，还记得你说过惊奇四超人对待屋子的方式很怪吗？一副死守不放的样子。”

“哦，记得。”其实我几乎忘了，“但我想是我反应过度。人对一个地方付出很多，自然会守着不放，再说这屋子真的不错。”

“是啊！的确，”弗朗科说着哼笑一声，让我心中微微警觉，“应该是。总之，我今天很无聊，奈勒不见踪影，那个蕾西还是梅鲁思还是真假公主的女孩又没进展，我已经查过十四个国家，毫无收获，让我觉得她可能是哪位疯狂科学家一九九七年的作品，从豆荚里生出来的。反正，为了证明我相信宝贝卡西的直觉，我打电话给土地注册处的朋友，请他查一下山楂林屋。宝贝，你说谁比较爱你？”

“你。”我说。弗朗科哪里都有朋友，不管什么怪地方：“我在码头的朋友”，“我在市议会的朋友”，“我卖性虐待用品的朋友”……我头一回以蕾西身份卧底，“我在户政事务所的朋友”帮蕾西注记，以免有人起疑追查。“我有厢型车的朋友”帮我把家当搬到单房公寓。我想自己最好别去搞清楚背后的复杂交易。“等我把案子办完，你会更爱我。然后呢？”

“记得你说他们都把屋子当成自己家吗？”

“嗯，应该吧。”

“你的直觉完全正确，宝贝。他们真是这样，其实你也是。”

“别再逗了，老大，”我说。我的心跳沉重缓慢，树篱间有陌生黑影颤动：出事了。“你到底想说什么？”

“老西蒙的遗嘱九月十日认证完毕，丹尼尔正式继承山楂林屋。十二月十五日，房子过渡到五人名下：瑞法尔、蕾西、贾思汀、丹尼尔和艾比。圣诞快乐。”

如此全然的勇气让我深受震撼。这需要多么强的信任，将未来寄托于口头之上，没有姑且保留，将所有的明日一把抓起，小心又不顾一切地交到你最爱的人手中。我想起丹尼尔坐在桌旁，腰背结实撑起雪白衬衫，翻书的动作利落精准；艾比穿着浴袍翻动培根；贾思汀上床前五音不全地哼着小曲；瑞法尔慵懒地躺在草上，眯眼凝视太阳。我之前曾经羡慕过他们，但其实不仅羡慕，而是敬畏。

接着，我忽然明白了，关于N、机票费和“除非我死，否则奈德绝对别想”。我之前干吗搞什么八音盒和小锡兵，甚至为了一般家庭相簿价值多少想破脑袋。我一直以为蕾西没有东西可卖，直到现在。

假如蕾西真的找奈德商量，被其他人发现——妈妈咪呀。难怪下午他的名字一出现，屋里气氛就降到冰点。我想到就无法呼吸。

弗朗科依然滔滔不绝，我听见他的动作，在房里走来走去，步伐匆匆。“公文往来需要好几个月，丹尼尔应该一拿到钥匙就提出申请。我知道你喜欢他们，卡西，但请你千万别说这一点都不奇怪。那屋子可能价值两百万英镑，起码。那小子到底在想什么？难道他们打算永远住在一起，搞个快乐嬉皮村？老实说，他想什么无所谓，重点是他到底在着迷什么？”

弗朗科很在意，因为他没发现这一点。他四处追查，独独漏了这几个混吃混玩的中产阶级学生。“是啊！”我小心翼翼地回答，“是很怪。但他们就是怪，弗朗科。接下来要是谁想结婚什么的，事情会很复杂，这也没错。但就像你之前说的，他们还年轻，没想到那么远。”

“嗯，也对。至少咱们的贾思汀不会很早结婚，除非政府立法大改变……”

“少古板了，弗朗科，有这么重要吗？”这不表示凶手是他们中的一个，目前证据依然指向蕾西是被屋外人杀的，我们甚至没办法说她确实想卖掉产权。或许她和奈德达成协议后反悔了，说她决定收手，或许蕾西只是玩玩，出于憎恨，为了报复他想占有屋子而设下圈套……奈德一心想得到山楂林屋，好践踏外公的回忆。要是他发现梦想近在眼前，伸手可及，却被蕾西一把抽走，他会如何反应？我刻意忽略日记，不去想那些日期、蕾西月事没来之后几天N就出现，还有她用力写下的字迹，笔芯几乎戳破纸面，代表她不是玩玩。

“这个，”弗朗科懒懒地回答，我知道这时最需要对他提高警觉，“假如你问我，我会说这可能就是犯案动机。所以对我而言，没错，这很重要。”

“错！”我立刻反驳，或许太急切了一点，但弗朗科没说什么。我说：“不可能。哪有什么动机？假如他们都想卖掉，只有蕾西不肯，那或许还有可能。但现在是，他们四个就算被人用生锈钳子拔牙齿，也不肯卖掉屋子，杀了她有什么好处？”

“只要死掉一个，不管是谁，他的份就归其他四人。也许有人觉得屋子这么好，与其五个人分，不如拿个四分之一。这多少排除了阿丹涉案的可能，假如他想独吞，开头不要让渡就好。但除了他，我们还有三个小毛头。”

我靠着枝干转向另一边，暗自庆幸弗朗科想偏了，却又莫名气愤填膺，心想他怎么差得这么离谱。“为了什么？我说过他们不想卖掉，想住下来。不管他们拥有几分之几，都能做到这一点。难道你认为瑞法尔或贾思汀想要蕾西的房间，所以杀了她？”

“或是艾比。她是好女孩，但我不会排除她。说不定事情根本和钱无关，是谁被蕾西逼疯了。几个人住在一起，难免会踩到地雷。而且别忘了，蕾西很可能跟其中一个小伙子发生过关系。我们都知道这种事有多麻烦。假如只是租房子，那无所谓，大伙儿吵一架，流几滴眼泪，开个会，其中一人搬出去，就这样。但要是她也拥有屋子怎么办？他们不可能赶走她，我也不认为他们有谁买得起她的份……”

“当然，”我说，“只是我到现在都没感觉他们对我有一丝敌意。瑞法尔起初很气我，因为我不知道他们受到的打击多大，但仅此而已。假如蕾西将对方气到痛下杀手，我不可能没感觉。这几个人喜欢彼此，弗朗科，他们或许很怪，但至少喜欢一起怪。”

“那他们为什么不告诉我们，说房子是他们的？假如不是有什么秘密，他们干吗这么神秘兮兮？”

“他们没说是因为你没问。换成是你，就算知道自己清白得像小婴儿，你会什么都对警察说吗？即使没有必要？你会像他们一样，花几小时回答问题吗？”

“你知道你说话像谁吗？”弗朗科顿了半晌才说。他已经停下脚步，“你说话就像辩护律师。”

我又扭摆身子转向另一边，双脚跨上树枝，克制自己坐着不动，说：“拜托，弗朗科，我说话就像警探，你才是他妈的偏执狂。你讨厌他们四个，这无所谓，觉得他们嫌疑重大，那也随便。但这不表示你只要发现任何线索，就证明他们就是冷酷无情的杀人凶手。”

“宝贝，我不认为你有什么资格质疑我不客观。”弗朗科说，语气里的懒散再度出现，我靠着树干的脊背顿时紧绷起来。

“你这话是什么意思？”

“意思是我是旁观者，有自己的角度，你却埋在事情里，我想提醒你这点。还有，这也表示我认为不能老用‘哎，谁叫他们是一群可爱的叛逆小子’当借口，明明他们就是古怪到了极点。”

“你说这个干吗，弗朗科？是你自打开始就将他们排除在外，两天前还像疹子似的粘着奈勒不放……”

“我现在还是，只要找到那小浑球，我依然不会放过他。可是我喜欢分摊风险，不会排除任何人，不管是谁，直到百分之百肯定他不涉案为止。这四个人还没有，别忘了这一点。”

我已经在外头逗留了太久。“好吧，”我说，“那在奈勒出现之前，我就盯着他们。”

“你就这样做，我也是。还有，自己小心一点，卡西。不只在屋外，屋子里也一样。明天见。”说完，他就挂断了。

第四个动机，爱情。我忽然想起一段手机录像。那是去年夏天，他们五个人到布瑞黑山野餐，躺在草地上用塑料杯喝红酒、吃草莓，闲聊猫王是不是名不副实。丹尼尔兀自滔滔不绝，大谈社会文化脉络，瑞法尔和蕾西认为世界上的一切都名不副实，除了猫王与巧克力，便开始朝丹尼尔扔草莓。他们将照相手机传来传去，画面摇晃，断断续续。蕾西将头搁在贾思汀腿间，贾思汀将雏菊插在她耳后；蕾西和艾比背对背坐着眺望大海，头发飞扬，呼吸徐缓，肩膀一起起伏；蕾西从丹尼尔发间抓出一只瓢虫，仰首对他微笑，丹尼尔低头还以笑容。这一段录像，我看过千百回，感觉就像自己的回忆，闪烁而甜美。他们很快乐，那天，五个都是。

我看见爱情，在他们之间，有如面包一样简单实在，感觉真实带着一分温暖，很容易置身其中，也呼吸得到。但蕾西已经准备就绪，要将一切炸得粉碎。不只愿意，而且不顾一切。

行事历上的愤怒字迹，对照她在录像里笑着从阁楼下来，满身灰尘。要是她再多活两星期，其他人将会一早醒来发现她消失无踪，没有留言，没有道别，也没有丝毫犹豫。我心底忽然闪过一个念头，蕾西是个危险人物，隐藏在明亮的外表下，或许一直如此。

我离开树上，双手抓着树干，砰的一声落在路上。我手插口袋，开始迈步，因为移动能帮助我思考。狂风拉扯帽子，灌入我的背部，我几乎站立不住。

我需要找奈德谈谈，而且要快。蕾西忘了给我指示，告诉我两人如何联系。显然不是手机，山姆一开始就取得了她的通联记录，没有拨打或接过不明电话。用信鸽？在中空的树干放字条？狼烟？

我时间紧迫。弗朗科不知道蕾西见过奈德，也不知道她已经准备闪人。我知道自己之后会找到好理由，证明我不该让他知道日记的事。就像他老是挂在嘴边说的，直觉永远跑得比脑袋还快。但弗朗科不会错过这点，他会像斗犬一样咬着不放，迟早会察觉这个可能。我对奈德所知有限，但已经够让我确定一点：他只要被带进侦讯室，对上使出浑身解数的弗朗科，肯定五分钟内就会弃械投降。我想也没想，就知道自己绝不能坐视不管，让事情这样发生。不管眼前局势如何，我都得抢先弗朗科一步。

假如我要和奈德约会碰面，但不能让其他人发现，我该怎么做？

不可能打电话。手机有通联记录，账单也会逐一条列，她不可能这么粗心，再说家里也没有电话。林屋附近走路能到的距离没有公用电话，在学校打又很冒险，因为只有人文学院的电话够近，能用上厕所掩饰，但只要其他人凑巧出来，那就毁了，而约会可不是儿戏。不可能去找对方，因为弗朗科说奈德家住布瑞，在基里尼工作，蕾西一趟来回不可能不被其他人察觉。也不可能使用信件或电邮，因为她绝对绝对不会留下任何蛛丝马迹。

“小姐，你到底是怎么做的？”我对空儿轻声问道。我感觉蕾西仿佛一道亮光，从我的影子上方闪过，下巴微抬，淘气瞥我一眼：不告诉你。

不知何时开始，我已经不再注意他们的相处有多密合。一起上学，一起泡图书馆，中午和艾比抽烟，四点和瑞法尔抽烟，中午一点吃饭，一起回家煮晚餐，仿佛《嘉禾舞曲》般精确固定，毫厘不差，没有一分行踪不明，没有一秒属于自己，除了——

除了现在，夜里一小时，我有如童话里受诅咒的女孩，从其他人身旁挣脱，重新成为自己。假如我是蕾西，想见不该见的人，和他联络，肯定会选深夜散步的时候。

不是会选，而是选了。过去几星期，我都用这段空当给弗朗科或山姆打电话，以防止身份败露。一只狐狸从我面前掠过小径，消失在树篱间，身形细瘦，双眼晶亮，我不禁背脊颤抖。我一直以为自己小心机警、步步为营，在黑暗中独自摸索，所有聪明点子都是自己的发明。但我此刻回首来时，才发觉自己一路开心踩着她的步伐，但毫无所知。

“所以呢？”我挑衅似的大声说，“所以怎样？”这就是弗朗科派我卧底的目的，接近死者，走进她的生活。这下好了，我做到了。侦查命案本来就会令人毛骨悚然，这很自然，而且无关紧要，没有人一路笑着办案。我被宠坏了，被愉快的烛光晚餐与家务劳作惯坏了，面对现实才会惊讶惊慌。

一小时内联络上奈德，该怎么做？

中空树干放字条……我差点大笑出声。真是职业病，老是先追逐不寻常的可能，最后才想到答案原来如此简单。弗朗科曾经对我说，案情越重大，作案技巧越低。想找朋友喝咖啡，用短信或电邮就可以，但若是被警察、黑帮或光明会盯上，绝对要在洗衣绳挂蓝毛巾，让同党一目了然。对蕾西而言，时间不断流逝，孕吐症状就要出现，这件事情绝对死生攸关。

奈德住在布瑞，非高峰时间车程只要十五分钟。她头一回可能冒险在大学打电话，毕竟两人只需讲定一个地点，在小径何处放置字条，方便彼此两天检查一次。我一定经过不下十次。

亮光又从我的眼角闪过，仿佛微笑的嘴角，狡猾慧黠，稍纵即逝。

在荒废小屋？鉴识人员已经像粪堆上的苍蝇搜过那里，清查过每一寸土地，但是毫无所获。再说，我跟踪奈德那晚，他的车子停得离小屋很远。以那辆怪兽卡车的规格，根本不该行走小径，因此他既然开来，肯定会尽量停到联络地点附近。奈德那天停在拉索文路上，附近没有岔口，只有破旧路肩、长草与覆盆子，马路黝黑消失在山脊尽头，还有那块里程碑，老旧倾斜有如迷你墓标。

我想也不想，立即掉头狂奔。其他人肯定在等我进门，我绝对不能让他们担心到出来找人，免得谎言戳穿。但这件事又不能拖到明晚，因为我有的再也不是假定的期限，可以无限延后，我得抢在弗朗科的思绪之前，还有蕾西。

出了小径，路肩变得平坦宽广，视野辽阔，但路上空空荡荡，左右都没车灯。我掏出手电筒，里程碑上的刻字赫然映入眼帘，字迹饱经风霜，在灯光下只映出淡淡阴影：葛伦斯凯，一八二八年。狂风大作，碑石周围的杂草偃仆摆荡，有如滚滚涡流，发出长嘶般的声响。

我用胳膊夹着手电筒，双手拨开长草往前走，叶片潮湿锐利，细齿钩着我的手指，只见碑石底部有东西发出深红光芒。

我一时认不出那是什么。东西深陷草丛，手电筒一照晶莹有如宝石，上头的人物纷纷闪避。我见到马腹的光泽、红外套一摆、扑粉鬈发甩动和狗儿摆头跳跃躲藏。我的手摸到潮湿多沙的金属，小人小狗打个哆嗦回到原位。我放声大笑，有如轻微的喘息，感觉很陌生。是一只老旧生锈的锡制烟盒，或许来自西蒙伯公的收藏，上头的狩猎图活泼生动，凹损严重，是用细如眉笔的彩笔画的。鉴识科和支持刑警在废弃小屋方圆两公里内彻底搜索，碑石却在范围之外。蕾西击败他们，将盒子交到我的手上。

留言写在横条纸上，应该是从费罗法斯记事本撕的。奈德的笔迹有如十岁小孩，而且显然不知道该写商业信函或短信：“亲爱的蕾西，试着和你联络，关于之前谈过的事，我依然很感兴趣，有空儿请让我知道。谢谢，奈德。”我敢说，奈德一定上过学费吓死人的私立学校，可惜他老爸的钱算是白花了。

亲爱的蕾西……谢谢，奈德。要是蕾西发现他让盒子这样搁着，即使藏得很好，也会想踹他一脚。我拿出打火机，走回路上，将字条烧掉扔在地上，直到火光熄灭，再用鞋子将余烬踩散。紧接着，我掏出毕洛圆珠笔，从笔记本撕下一页。

我对蕾西的字体已经比自己的还熟：星期四，十一点，到时谈。我没必要设下诱饵，蕾西早就安排妥当，那家伙已然上钩。我将锡盒“咔嗒”关上，声音微弱利落，接着将它放回长草丛里，感觉自己的指纹和蕾西的指印完全重合，双脚小心翼翼地站在她之前站过的位置，而她的足印早已被雨水冲刷掉。

# Chapter 18

## 狂欢派对

隔天漫长得有如一周。人文学院又热又干，让人喘不过气来。我带的讨论课学生表情无聊烦躁，这是最后一堂课，他们没读指定教材，也懒得装出读过的样子，我也不想假装自己在乎。我心里只想着奈德，想他会不会出现，要是出现，我该说什么，没有出现，我该怎么做，还有弗朗科多久便会逮到我们见面。

我知道这么做只是姑且一试。就算我想得没错，他和蕾西确实在小屋约会，两人失去联系将近一个月——字条没有注明日期，也许摆了几星期——他很可能已经放弃蕾西。就算他个性坚持，也不一定正巧跑到留言地点，得知约会时间。我其实希望他不会出现。我虽然想知道他的说法，但我所听到的一切，弗朗科也会听见。

我很早就到小屋等着，大约十点半。出门前，瑞法尔在弹贝多芬，弹得狂风暴雨，不停踩动踏板。贾思汀手指塞住耳朵，努力想要读书。所有人越来越暴躁，随时可能一触即发，大吵一架。

这是我第三回走进小屋。我有些担心，怕农民会气冲冲地出现，这里虽然乏人照料，毕竟还是私有地。不过，夜色静寂明亮，放眼望去，几公里内没有丝毫动静，星光下只有浅白空旷的田地与黝黑的山影。我背靠角落，躲在阴影里不让外人看见，看着田野和小路等奈德出现。

虽然机会渺茫，但要是他真的来了，我必须做得分毫不差，因为只有一次机会。不仅谈话内容，就连谈话方式也要由他引导。蕾西在他眼中是什么模样，我就得变成什么模样。根据过去经验，这表示什么都有可能，从声声娇喘的淫娃、吃苦耐劳的灰姑娘到神秘的女间谍哈莉[①]，我都得演。就算弗朗科对奈德的脑力评价不高，我做错了还是可能被他

---

① 译者注：Mata Hari，1876—1917，第一次世界大战的女间谍，以扮成异国情调的舞娘著称，亦有“魔女玛塔”之名。

发现。因此，我只能先按兵不动，看他会不会给我什么提示。

小路泛白，蜿蜒下坡深入漆黑的树篱间，带着一丝神秘。将近十一点，我听见一声骚动，但太远或太深无法辨别方向，仿佛听觉被人轻轻碰了一下。四下寂静，接着，嘎喳嘎喳的脚步声从小路尽头传来。我缩进角落，一手抓着手电筒，一手伸进上衣，碰着枪把。

只见一头金发沿着幽暗树篱慢慢接近，奈德真的来了。

我手离开枪把，看他笨拙地翻过围墙，检查裤子有没有弄脏，拍拍双手，满脸嫌恶地穿越田地。我等他走进小屋，和我只有几步距离，才将手电筒打开。

“老天，”奈德伸手遮住眼睛，恼怒地说了一句，“怎么，想把我弄瞎？”

就这么几秒，我仿佛上了一堂浓缩课，瞬间清楚了我所需要知道关于他的一切。我不过遇见一个人和我长得一模一样，就已经惊慌失措，但他肯定在南都柏林每个街角都有自己的化身。他的打扮就和其他人完全相同，宛如拥有千百个镜中影像，但看不到丝毫的“他”。标准的时尚发型、标准的俊俏容貌、标准的运动员身材和标准的华而不实的名牌，我只要一眼就能看穿他的一生。我暗自祈求老天爷，千万别让我在一群人中间指认他。

蕾西一定会让奈德见到他想看的，而我敢说奈德肯定喜欢“标准的”女孩。个性迷人不重要，举止性感就好，不需要幽默感，也不用大脑，嘴巴最好有点贱。早知道我就抹了伪晒霜再来。“哎哟，”我装出一样的生气语调说，同时加上之前引奈勒出洞的尖酸口吻，“干吗唉唉叫，只不过是手电筒嘛！”这样开头很没规矩，但我无所谓。对某些社交圈子来说，礼貌是示弱的表现。

“你到底跑哪儿去了？”奈德追问道，“我一直留字条给你，差不多两天就留一次。我又不是吃饱没事，哪来的闲工夫三天两头往这鬼地方跑？”

要是蕾西和这废人上过床，我绝对跑到太平间拿刀砍她。我白眼一翻，说：“嘿，这位先生，我被人刺伤了，还昏迷了，记得吗？”

“哦，”奈德说道，“是啦，也对。”他用浅蓝眼眸愤愤地看我一眼，仿佛我做了什么没品位的事，“话说回来，你还是可以和我联络，这可是生意啊！”这点倒是好消息。

“嗯，好吧，”我说，“我们现在不就联络上了吗？”

“那个讨厌警探一副城市乡巴佬的模样，竟然找我问话，”奈德突然想起什么似的对我说，表情完全没变，但你看得出来他很生气。“好像我是嫌疑人之类的。我跟他说不关我的事，我又不是巴里曼人，没事拿刀捅人。”

我决定附和弗朗科的看法，奈德显然不是森林里最聪明的小白兔。他这种人说穿了只会人云亦云，集二手见解之大成，从来没有自己的想法。我敢打赌，蓝领阶级客户在他眼中就和残障一样，而他只要看到亚洲女孩，一律说“我会永远爱你”。

“你跟他说过这件事吗？”我坐在倾倒的墙上，这么问他。

奈德满脸惊恐地看我一眼，说：“怎么可能？他就像疹子一样巴着我不放，我根本懒得向他解释，我只想赶快把事情解决，好吗？”

还真热心——我可不是在抱怨。“所以，”我说，“我想这件事和我遇到的意外没有关系，是吧？”

奈德似乎不知道该说什么。他想靠在墙上，但检视一番后还是决定放弃。“所以，我们可以言归正传了吗？”他急着想知道。

我低下头，目光哀怨地瞥了他一眼：“昏迷把我的记忆搞糊涂了，你得跟我说我们之前讲了什么，讲到哪里之类的。”

奈德瞪着我，神情依然冷漠、无动于衷，看不出任何表示。我忽然发觉他和丹尼尔的相似之处，即使得把丹尼尔的脑袋切掉。“我们讲好给一百，”奈德过了半晌说道，“付现。”

是一百镑换一样古董，还是一百张千镑大钞交换继承权？但我无须知道实情，也知道他在说谎。“嗯，不对吧，”我说，同时朝奈德调情似的傻傻一笑，替他的男性自尊保留一点颜面，“昏迷坏了我的记忆，可不是我的脑袋。”

奈德笑了，一点也不难为情，双手插进口袋，抬起脚尖说：“嘿，我是男人嘛，男人就该勇于尝试，对吧？”

我依然带着傻笑，因为他似乎还挺吃这一套的：“换一招吧。”

“好吧，”奈德换上生意脸，正色说道，“说正经的，我开一百八，对吧？但你说我绝对不只这点本事，这当然是胡说八道，不过……总之，你要我考虑清楚再找你谈。所以我又留了字条，跟你说或许可以抬到两百K，是吧，但你又说……”他不自在地耸耸肩膀，“你知道的。”

两百K，我忽然像是打了大胜仗一般。干警探的都知道这种感觉，牌一翻开，你押的赌注全部中奖，心里飘飘然到了极点。但我随即发觉，这件事非比寻常。

我一直以为奈德才是主角，是他拖延交易、处理文件与提高价码。蕾西之前逃跑不曾用过大钱，她光靠跳蚤窝的押金就到了北卡罗来纳，离开时也只拿了卖破车得的钱。蕾西要的向来不多，一条康庄大道和提前几小时出发就够了。

但这一回，她却向奈德开口要了六位数字。她会这么做，当然因为有把握要到。更重要的是，她腹里怀着孩子，艾比又虎视眈眈，现在有人给得起那么多钱，既然还要停留几周，何必只拿走几千英镑？蕾西大可在让渡书上签字，拿到一点小钱离开，除非她有理由必须尽可能攒钱，就算多拿一毛也不放过。

我越认识蕾西，就越肯定她不可能生下孩子，一到新地点就会想办法堕胎。艾比虽然比谁都了解蕾西，但连她也这么认为。然而，堕胎只需要几百英镑，蕾西从以前打工到现在应该已经存够了钱，不然也可以偷拿公费，甚至向银行贷款，反正又不用还，犯不着和奈德搅和。

然而，养育小孩可就所费不菲了。曾经是漂泊不定的公主，这会儿却想成为拥有千座城堡的女王。

蕾西正准备张开双手，迎接一生中最大的承诺与牵绊。我感觉断墙瞬时在我臀下融化。

我的眼神肯定像是见鬼一样，因为奈德误会了我的表情，微微愠怒说："说真的，我不骗你，两百K绝对是我能给的最好价码。我是说，冒大险的人是我。就算我们把事情讲定，我还得再说服你的屋友，起码说服两个。当然，我一定能办到，只差找出手段，但可能得花上好几个月，应付一狗票麻烦事。"

我一手用力摁墙，感觉粗糙的石头扎进掌心，让自己脑袋清醒过来："是吗？"

奈德瞪大浅蓝色的眼眸："哦，拜托，当然是啊。我真不知道他们到底有什么损失。我知道他们是你朋友、丹尼尔是我表弟这一些的，但他们脑袋里是不是装了糨糊啊？我只是提议稍微动一下房子，他们就像看到暴露狂的尼姑一样拼命尖叫。"

我耸耸肩说："他们喜欢那里。"

"为什么？我是说，那屋子烂透了，连暖气也没有，他们却当成皇宫似的。他们难道不知道只要眼睛一闭签个字，就能得到多少好处？那屋子很有潜力。"

将这一带变成商务公寓，以利未来发展……我霎时憎恶起自己和蕾西，竟然为了一己之私，和这浑球打交道。"我比较聪明，"我说，"你拿到这块地方之后，打算怎么发挥你说的潜力？"

奈德困惑地看我一眼，我想他和蕾西应该谈过这件事了。

他见我一脸茫然地望着他，似乎松了一口气："那得看拿到什么开发执照，懂吗？我是希望盖一家高尔夫球俱乐部和温泉旅馆，差不多这样。真想长期赚大钱，就应该这么做，要是能盖个直升机停机坪更好。不然的话，我们也可以盖顶级的豪华公寓。”

我很想踹他老二一脚，转头就跑。我还没见到奈德，就已经准备好要讨厌他了，而他果然没有让我失望。奈德一点也不想要山楂林屋，就算他在法庭说得天花乱坠，其实他根本不在乎那房子。

他垂涎的不是屋子，而是毁掉它，撕它喉咙，啃它肋骨，喝它的血，一滴不剩。我眼前忽然浮现出奈勒的脸，肿胀淤青，一双眼睛燃着熊熊的希望：你想过旅馆对葛伦斯凯的影响有多大吗？奈德和奈勒如果认识，肯定恨对方入骨，但在内心深处，他们像一对孪生兄弟。等他们收拾家当滚出这里，奈勒曾说，我要亲自向他们挥手道别。不过，他为了实现梦想，起码不惜献出自己，而不只是银行存款。

“好主意，”我说，“我是说，怎么可以让屋子只是住人的地方，是吧？”

奈德没有听出我的嘲讽。“那还用说，”他匆匆回答，生怕我想多分一杯羹，“要让计划起飞，可得投资一大笔钱，所以我最多只能出两百。我们就这么说定了？我可以开始执行文件了吗？”

我抿着嘴巴，装出沉思的神情：“我得考虑考虑。”

“哦，他妈的拜托，”奈德伸手一拨刘海，挫折之情溢于言表，接着小心翼翼地将头发顺回原位，说，“别这样，感觉拖了好久，一辈子似的。”

“对不起嘛，”我耸耸肩说，“你要是真的那么急，一开始价码就开高一点。”

“唉，我这会儿不是开了吗？我认识一堆投资人在排队，等着看平地起高楼，但他们不可能一直等下去。他们可都非常认真，也认真想出钱，好吗？”

我又对他傻笑，还不忘像个小女人似的耸了耸鼻子。“那我决定好之后，一定认真告诉你答案，行吗？”说完，朝他挥手道别。

奈德僵立几秒，左右踮着脚步，显然气愤难平，但我脸上一直挂着傻笑。“好吧，”最后，他总算开口说，“行，随便你，就等你开口。”

奈德走到门口，突然转身激动地对我说：“你知道，这样一来我总算上了台面，有机会和大腕玩了，所以别搞砸了，好吗？”

他转身大步离开，想来个潇洒的退场，可惜绊了一跤，弄巧成拙，只好改成轻快小步穿越田野，而且不敢回头。

我关掉手电筒，在小屋里等待，听奈德沙沙地走过草地，坐上那辆猛男休旅战车，轰轰隆隆驶回文明世界，直到车声在深夜巨山间显得微不足道为止。接着我走到外房，靠墙坐了下来，在蕾西停止心跳的地方感觉自己的心跳。

空气温暖柔和，有如奶油，我的臀部沉沉睡去，小小飞蛾在我四周打转，仿佛花瓣飞舞。在我身旁，也就是蕾西流血的地方，已经有植物生长，一小簇娇弱的蓝钟花与一株小幼苗，看来像是山楂。这些生命都来自她。

就算弗朗科没听到我和奈德的现场秀，隔天一早上班也会听见我们的对话录音，也就是几小时后。我应该立刻给他或山姆打电话，想出如何充分利用眼前的局势，却又觉得自己只要移动，甚至稍微用力说话或呼吸，脑袋就会爆炸，溅得草地都是。

我显然太过自信了。然而，这能怪我吗？这女孩就像野猫，宁可自断四肢也不愿身陷圈套。我一直认为蕾西绝不可能说出“永远”两个字，也不断告诉自己，她或许打算将小孩送人领养，只要一能下床，就将婴儿扔在医院，自己消失在停车场，朝下一个应许之地出发。

但我现在知道，她扔给奈德的价码就算惊人，也不是为了医院，而是为了生命，两个人的生命。

就像她让其他人不知不觉地将她雕琢成奇怪家庭的幺妹，让奈德将她贬为他自认了解的女人，她也让我将她捏造成我想见到的模样。

她手上仿佛有一把万能钥匙，可以打开所有关上的门，又像一条永无止境的高速公路，通向千百万个崭新的开始。但世界上没有这种东西。即使女孩不停地抛开旧的生活，有如驶离休息站，最终也会遇见出口，而且愿意开下交流道。

我在小屋里独坐良久，手指轻轻拈着幼苗，感觉它是多么新嫩，让我不敢弄伤。我不知道待了多久才站起身子，也不记得怎么回到家里。

我走在路上，暗自希望奈勒会从树篱里蹦出来，眼中燃着熊熊怒火，和我叫嚣互骂，甚至拳脚相向。什么都好，只要能让我好好打上一架。

林屋灯火通明，有如一株圣诞树，窗户映着光芒，人影走动，话语模糊，我一时难以适应：是不是出了什么可怕的事情？或有人快要死了？还是屋子倾斜侧滑？举办期待已久的欢乐派对？我一踏上草地，会不会摔回一九一〇年？

我将铁门嘎的一声关上，艾比立刻推开法式落地窗门，大喊一声“蕾西！”同时越过草地朝我奔来，白色长裙飞舞飘扬。

“我一直注意屋外，想看你回来没有。”她说。艾比气喘吁吁，满脸通红，双眼闪闪发亮，几绺头发挣脱发夹披散着，显然喝了点酒，“我们正在搞颓废派对，瑞法尔和贾思汀用干邑白兰地、兰姆酒和我不知道的什么东西调成潘趣鸡尾酒，简直要人命。反正大家明天都不用带讨论课，也没有其他事情，又不用去学校，所以管他的，就决定喝通宵，喝到挂了倒在地上为止。怎么样，不错吧？”

“棒极了！”我说，声音听起来很陌生，又有些错乱，但艾比似乎毫无察觉。我过了半晌才打起精神，回到现实。

“对吧？我起初担心这么做不好，你知道。但瑞法尔和贾思汀直接调起酒来，瑞法尔还在酒上点火，故意的。他们两个朝我大吼，说我老是担心这个、烦恼那个。我是觉得，他们这回起码没有互相攻击了，不是吗？所以，我就想说算了，反正我们本来就需要喝一杯。过去那几天，唉，过去那几周，我们都快变成一群疯子了，你有没有发现？前天晚上那件事，石块、打架，还有……天哪！”

艾比的面庞闪过一道阴影，随即消逝无踪。我还来不及分辨，欢快率直的微醺神情已经回到她的脸上。“所以我想，要是今晚喝到趴下，把所有坏事赶出我们之间，或许明早起床，所有人都能冷静下来，恢复正常。你觉得呢？”

喝醉的艾比感觉年轻许多。但弗朗科像打仗似的，脑袋如轰炸机隆隆运转，将艾比和她三位挚友排成一列，逐一检视，每一寸都不放过，冷静得有如外科医师或虐待者，仔细打量他们，决定从哪里切下第一刀，从哪里刺探第一针。“我一定会开心死，”我说，“天哪，我爱死这主意了。”

“我们没有等你回来，就自己开始了，”艾比后仰身子，神情焦虑地看着我说，“你不介意吧？气我们没有等你。”

“当然不会，”我说，“酒还有剩的就好。”在她身后远方，客厅墙上人影交错，瑞法尔手拿杯子微微弯身，金发映着漆黑窗帘如梦似幻，法国爵士女歌手约瑟芬·蓓克的歌声从窗口飘出，嗓音甜美，沙哑诱人，用法语唱着：“你是我梦中情人……”

我只想赶紧置身其中，心里从来没有如此渴望一件事情，只想扔下枪与电话，喝酒跳舞直到脑袋烧坏，世界消失，仅剩音乐、灯光和他们四个在我身旁，笑着晕着，不受任何打扰。

“嘿，怎么会不剩？你以为我们是谁啊？”艾比说完抓起我的手腕，一手撩着裙摆，拉我朝屋子跑去，“你得帮我对付丹尼尔，他拿了一大杯酒，结果却小口喝。今晚就是不能小口喝，应该痛饮才对。我是说，我知道他已经有点高了，因为他一直长篇大论，讲什么迷宫、牛头人和《仲夏夜之梦》里的工匠波顿等等，所以他并不清醒，但还是不够。”

“哦，是这样啊，”我笑着说，心里等不及要看丹尼尔喝趴下，“那我们还等什么？”说完便和艾比跑过草坪，牵手冲进厨房。

贾思汀坐在厨桌边，一手长柄勺、一手杯子，埋头对着一只大碗，碗里血红一片，感觉很不妙。“天哪，你们真美，”他对我们说，“好像林中仙子，真的。”

“她们确实很美，”丹尼尔在门口朝我们微笑，说，“给她们一点潘趣酒，这样我们才会变成帅哥。”

“我们一向认为你们很帅呀，”艾比从桌上抓了杯子，说，“但我们还是需要喝酒，蕾西要很多潘趣酒，才能赶上我们。”

“我也是帅哥！”瑞法尔在起居室大喊，声音盖过蓓克，“快点到这里来，跟我说我也很帅！”

“你很帅！”我和艾比使尽全力吼了回去。贾思汀将酒杯塞到我手里，四个人朝客厅走去，在走廊踢掉鞋子，舔去溅到手腕上的潘趣酒，高声欢笑。

丹尼尔瘫在扶手椅上，贾思汀躺在沙发上，我、艾比和瑞法尔直接倒在地板上，因为要坐上椅子有点麻烦。艾比说对了，潘趣酒很要命，好喝又尝不出酒味，和新鲜柳橙汁一样顺口，但很快就像氦气充满全身，让人轻飘飘的，感觉甜蜜又疯狂。

我知道自己只要做件傻事，例如站起来，一切都会不同。我可以听见弗朗科在我脑中唠叨，强调自制的重要，有如教会学校的修女般絮絮不休，说酒是恶魔的毒药。但我实在受够了弗朗科和他的聪明调调，老说永远都要把持自己。

“我还要喝。”我开口说道，用脚去点贾思汀，朝他摇摇酒杯。

那天晚上发生了什么，我已经记忆模糊，尤其是细节。

酒过两巡或三巡之后，夜晚瞬间柔和起来，仿佛有人施了魔法，恍如梦中。我中途找了借口回房，将枪、手机和束腰之类的卧底器材收好藏在床底。有人将屋里的灯关了，只剩一盏台灯和有如星辰闪耀的烛光。

我记得大伙儿先是谈了很久，讨论哪位007最出色，接着又开始激烈争辩瑞法尔他们三个谁演邦德最棒。我们玩了一个很蠢的喝酒游戏，叫“昏头鸭”，是瑞法尔在寄宿学校学的，玩到贾思汀鼻子喷酒，慌忙冲到水槽把酒喷光为止。

我们笑得肚子发疼，逼得我用手指塞住耳朵，直到喘过气来。瑞法尔手臂伸到艾比颈子下方，我双脚垫在贾思汀脚踝上，艾比伸手牵住丹尼尔。感觉之前的摩擦龃龉根本不曾存在，我们又像我来的头一周那么亲密温暖，晶莹剔透，甚至更好，好上百倍，因为我这回不用提高警惕，忖度自己在家里的位置，不敢轻举妄动。我对他们已经了然于心，他们的言谈节奏、怪癖与性情起伏，我都清清楚楚，知道怎么和他们每一个人契合。这一回，我属于他们。

其中一段对话让我印象最深，原本聊什么已经忘了，只记得我们谈着谈着就讲到亨利五世。我当时没有特别注意这段话，事过境迁才发觉非常重要。

“那家伙根本是个疯子，心理变态。”瑞法尔说。他和我与艾比又躺回地上，手臂钩着我的胳膊，“莎士比亚把他捧成英雄，根本只是宣传。他要是活到现在，肯定是什么香蕉小国的总统，和邻国冲突不断，乱搞危险的核武计划。”

“我喜欢亨利，”丹尼尔叼着烟说，“我们现在就需要这样的国君。”

“你这保皇派好战分子，”艾比对着天花板说，“要是真的闹革命，你绝对会被钉在墙上。”

“真正的问题不在战争或帝制，”丹尼尔说，“只要是人类社会就有战争，这是人性本质，也永远会有统治者。难道你真的认为中世纪君王和现代的总统或总理有那么大的区别，除了君王对人民稍微可亲一点点？真正的问题是这两样东西分开了，也就是战争与帝制分离。亨利当时可没有这种断裂。”

“你在胡言乱语。”贾思汀说。他正努力躺着喝酒，不坐起来，也不洒到身上，可惜很难。

“你知道你需要什么？”艾比对贾思汀说，“吸管，能够折弯的那种。”

“没错！”贾思汀兴高采烈地说，“我就是需要一根弯折吸管，家里有吗？”

“没有。”艾比自己也吓了一跳，我和瑞法尔忍不住很没礼貌地咯咯直笑。

“我没有胡言乱语，”丹尼尔说，“你们想想古代战争，几百年前打仗的时候，国王可都站在最前线，没有例外。统治者曾经是这样的。无论现实或象征，他都走在人民前面，为他们冒险，牺牲自己换取人民安全。要是国王在关键时刻拒绝做出关键行为，人民就会将他开膛破肚，而且名正言顺。因为他只是冒牌领袖，根本不配身居高。从前，王即国家，打仗怎么可能没有他？可是现在……你们看过哪位总统或总理亲自走上火线，率领子民打他发起的战争？现实和象征的联结一旦断裂，统治者不再愿意为人民牺牲，他就不再是领袖，而是寄生虫，强迫旁人为他冒险，自己过得安稳，靠别人的损失得利。战争变成丑恶的想象，政府官僚的纸上游戏，士兵和平民只不过是他们手中的棋子，为了现实中完全站不住脚的理由而牺牲，成千上万。一旦统治不算什么，战争就不算什么，人命也不算什么。于是，我们现在被一群贪赃枉法的篡夺者统治，所有人都是。这些人无论走到哪里，一切都会变得不算什么。”

“你知道吗？”我勉强将头抬离地板几寸，对他说，“你说了一大堆，我大概只听懂四分之一，你怎么会清醒到这个程度？”

“他才不清醒，”艾比心满意足地说，“大放厥词就表示他醉了，你应该很清楚才对，丹尼尔已经喝僵了。”

“我不是大放厥词，”丹尼尔对她说，但面带微笑，脸上闪过一丝淘气，“我这是独白。哈姆雷特可以，我为什么不行？”

“哈姆雷特独白的时候，起码我听得懂。”我一副可怜相，说。

“简单一句话，丹尼尔刚才说的，”瑞法尔躺在壁炉前的地毯上，转头对我说道，一双金色眼眸和我对望，距离只有几厘米，“就是政客根本名不副实。”

几个月前在山上野餐，我和瑞法尔朝丹尼尔扔草莓，打断他大放厥词。我敢发誓自己就在现场，海风的气息，还有爬山让我大腿酸疼，都在我的记忆中。“世上一切全都名不副实，除了猫王与巧克力。”我如此宣布，颤颤巍巍地将酒杯高举过头，只听见丹尼尔忽然纵声大笑。

丹尼尔很适合喝酒，他的双颊添了鲜嫩的血色，深邃的眼神冒出一点光芒，僵硬的姿态也化为动物般的确信优雅。家里的万人迷是瑞法尔，但那天晚上，我的目光无法从丹尼尔身上移开。他微微后仰，坐在退色织锦椅子里，置身烛光与各种颜色之间，手上红酒闪着光芒，黑发披垂前额，感觉就像古代的将领、端坐宴会厅里的国王，耀眼大胆，在下一场战争来临之前大肆庆祝。

窗户大开，正对夜色中的院子，飞蛾绕着灯光打转，虫影交错，潮湿的微风轻柔地拂弄窗帘。“嘿，夏天了，”贾思汀忽然冒出一句，从沙发上坐直，仿佛很意外，“你们感觉一下，风是暖的，夏天到了。走吧，我们到外面去。”说完便跌跌撞撞地站起来，经过艾比面前时拉了她一把，接着从窗户爬出去，进到阳台。

屋外一片漆黑，暗香浮动，生机盎然，一轮满月巨大原始。我不记得我们在外头待了多久。我和瑞法尔钩手转圈，气喘吁吁地跌在草坪上，咯咯笑个不停。贾思汀捧着两大捧山楂花瓣扔向空中，雪花似的落在我们发间。丹尼尔和艾比赤着双脚，在树下跳慢步华尔兹，有如许久以前宴会里共舞的情侣。我在院子又是侧翻，又是前空翻，去他的假伤口，管他妈蕾西会不会体操。我已经不记得上回喝这么醉是什么时候，但我真爱这样的感觉，只想再往下潜，永远不要上来换气，张开嘴巴深呼吸一口，彻底沉浸在这一晚。

不知何时，他们从我的世界里消失了。我躺在香草园里，伴着薄荷碾碎的香气，独自抬头凝望千百万颗星辰闪烁。我听见瑞法尔在屋前喊我名字，过了一会儿，我勉强站起身来，想去找他，但觉得重心不稳，难以行走。我扶着墙慢慢前进，一手抓着树枝与藤蔓，听见残枝在我脚下噼啪作响，却一点也不觉得疼痛。

月光照得草坪微亮泛白，音乐从窗口徐徐传来，艾比在草间独舞，张开双臂仰头对着无垠的夜空缓缓转圈。我站在凹室边，一手摇晃长长的藤蔓默默注视，看她白裙翻飞飘飘，拎着裙摆手腕翻转，脚掌划出弧线，颈子微醺摇晃，在悄悄低语的树木间进进出出。

“她真美，对吧？”背后有人柔声说道，但我已经醉得感觉不到惊吓。是丹尼尔，就坐在藤蔓下方的石椅上，手拿杯子，身旁的石板地摆着酒瓶，月影让他看来有如大理石像。他说，“等我们老了，白发苍苍，一切开始流逝，遗忘生命中的种种过往，我也会记得这样的艾比。”

我心头忽然一痛，却不知道缘由，原因太过复杂，也太遥远。“我也想记住今晚，”我说，“像刺青一样刺在身上，才不会忘记。”

“来吧，”丹尼尔放下酒杯，挪动身子让出位置，朝我伸手说道，“来坐这里。我们还会有几千个这样的夜晚，忘了几十个无所谓，往后一定补得回来。我们拥有全宇宙的时间。”

丹尼尔握住我，手掌温暖而强壮。他拉我坐下，我倚着他，感觉他坚实的肩膀，身上有红杉与干净羊毛的淡香，四周黑影与闪光晃动，细水从我们脚边潺潺流过。“我之前想到我们就要失去你了，”丹尼尔说，“那感觉……”他摇摇头，轻轻倒抽一口气，“我想你，你都不知道我有多么想你，但现在没事了，一切都会没事的。”

他转头看我，手指伸进我的发间，指尖粗糙而温柔，慢慢滑过我的颈子，再到嘴边，描绘我双唇的轮廓。

屋里灯火朦胧，有如旋转木马的灯光神奇梦幻，高亢歌声飘浮于树林之上，藤蔓随着音乐旋转，乐曲甜美得令我心碎，我只想永远待在这里，拆下麦克风和电子线路装进信封，丢到邮筒里寄给弗朗科，抛开过去的生活，像鸟儿一样轻盈，从此以林屋为家。其他人一定很开心，傻瓜，我们才不想失去你呢，我们的生活再也不用让外人知晓。

我和死去的女孩一样有资格，我和她都是蕾西。只要不再缴房租，房东就会将我那套恶心的上班服扔进垃圾袋，房里没有一样东西是我现在需要的。樱花轻轻落在车道，古书香气沉静，圣诞节窗户沾满冰晶，映着炉火闪闪发亮，再也不需要恋爱，不需要结婚生子，失去任何人，世界再也不会改变，只有我们五个住在这座铜墙铁壁的秘密花园，不知所终。我心底深处鼓声隆隆，警告我“危险”。但我知道死去的女孩千里迢迢找上我，就是为了眼前此刻，所以才化身蕾西，等待适当时机伸手牵住我，将我领上石阶，走进屋门，带我回家。丹尼尔的双唇有冰块和威士忌的味道。

尽管不曾想过，但我看也知道丹尼尔绝不是接吻高手，以他拘泥细节的性格。他吻得猛烈，让我几乎喘不过气来。不知道过了多久，我们总算放开彼此，我感觉自己心脏狂跳。

现在，我心头微微一沉，想：现在是怎样？

丹尼尔嘴角弯成浅笑，就在我的唇边。他双手按着我的肩头，拇指沿着我的锁骨温柔地划着大圈。

弗朗科肯定眼都不眨。我知道有卧底揍人、打海洛因，甚至和黑道上床，理由全是为了工作。我知道他们都在胡扯，却从来没说什么，反正不关我事。人只要动脑筋，一定能找到其他方法拿到想要的东西。他们会做是因为他们想做，而工作只不过给了他们借口。

忽然间，我看见山姆的脸，双眼圆睁，神情诧异，清楚得仿佛站在丹尼尔身边。我该羞愧得无地自容，但只觉得挫折有如海浪袭来，猛然将我淹没，让我只想尖叫。山姆就像一床巨大的羽毛被，包裹住我的生命，总是用度假、呵护我的询问与温柔坚决的温暖覆盖我，几乎让我窒息。我真想像马一样，后脚猛力一蹬将他踹开，再深吸一口冷风，回到自己一个人。

是线路救了我。但不是因为它会收音，我当时没想那么多，而是丹尼尔的手。麦克风别在胸罩中央，罩杯之间，他的拇指已经近得不到十厘米。我倏地清醒过来，从来没有这么清醒过。再十厘米，我就会玩火焚身。

“嗯，”我说着朝丹尼尔咧嘴微笑，拖延时间，“真人不露相。”

丹尼尔没有反应，我感觉他眼里闪过什么，只是我辨别不出。我的脑袋似乎故障停摆，完全不知道换成蕾西她会如何脱困。我突然有种恐怖的感觉：或许她也不能。

屋里传来撞击声，紧接着法式落地窗门砰地打开，有人冲到阳台，瑞法尔咆哮着：“——为什么老是把所有事情搞得他妈的这么大惊小怪——”

“拜托，真是够了你。是你想要……”

说话的是贾思汀，他气得声音颤抖。我看了丹尼尔一眼，从椅子上跳起来，隔着藤蔓窥视院子。只见瑞法尔在阳台走来走去，一手搔头，贾思汀瘫靠在墙上，用力咬着指甲。他们还在吵架，但音量已经放低，我只听见他们的口气又急又凶。贾思汀垂头丧气，下巴抵着胸口，看来似乎在哭。

“可恶，”我说着回头瞄了丹尼尔一眼，他依然坐在石头凳上，叶影让他脸庞模糊，见不到表情，“我猜他们可能摔破了什么东西，瑞法尔打了贾思汀。我们是不是该……”

丹尼尔缓缓地站了起来，身影明明暗暗，似乎占满凹室，感觉巨大清晰而奇怪：“我想也是。”

他伸手按住我的肩头将我推开，动作温柔却不带感情，接着大步穿过草坪。艾比倒在草里，有如一朵白棉，伸出一只手臂，似乎已经沉沉睡去。

丹尼尔单膝跪在艾比身旁，小心翼翼地拨开她脸上一绺头发，随即起身拍去裤子上沾的草屑，朝阳台走去。瑞法尔大吼一声：“老天爷！”转身冲进屋里，猛力甩门。贾思汀肯定哭了。

眼前的场景简直荒谬，完全无法理解。画面仿佛倾斜着，缓缓转圈。屋子无助摇晃，院子起伏如波，我忽然发觉自己其实醉得一塌糊涂，一点也不清醒。我坐在石椅上，将头抵在膝盖中间，直到一切平稳下来。

我一定是睡着了，还是昏倒，我不知道。我听见吼叫声，但似乎与我无关，我也置之不理。

脖子抽搐让我醒来，我躺了很久才意识到自己身在何处。我蜷缩在石凳上，脑袋斜斜靠着墙面，姿势很难看，衣服又湿又冷，身体忍不住颤抖。

我缓缓挺直身子，有如分解动作似的，然后起身。真是失策，我脑袋立刻天旋地转，必须抓着藤蔓才能站直。

凹室之外，院子已经转成灰色，破晓前的灰暗，感觉寂静而鬼魅，没有一片叶子在动。我蓦地恐惧起来，害怕踏进院子，感觉那里似乎神圣不可侵犯。

艾比已经不在草地上。草坪露水深重，沾湿了我的脚掌和裤管，我看到阳台上两只袜子卷成一团，或许是我的，但我无力去捡。

我打开法式落地窗门，瑞法尔在沙发上酣睡着，身旁被空杯子、散落的椅垫与堆满烟蒂的烟灰缸环绕，仿佛躺在散发酒臭的小水坑里。

钢琴撒满玻璃碎片，弧线精巧，斑斑点点落在光洁的木质琴身与发黄的琴键上，旁边墙壁出现了一个新的凹洞，凹痕很深，显然有人扔了什么，或许是杯子或烟灰缸，而且是故意的。我蹑足上楼，懒得脱下衣服就爬进被窝，在床上抖了很久才进入梦乡。

# Chapter 19

## 你是谁?

当然，我们隔天起床很晚，宿醉得厉害，个个都像傻子一样。我依然头痛欲裂，唇边残留着昨夜的羞愧，感觉温柔肿胀。我在昨天的衣服外头加了件套头衫，对着镜子检查脸上有没有胡楂刮红的痕迹（没有），之后再拖着身子下楼。

艾比在厨房，咔嚓咔嚓将冰块弄进杯子里。“对不起，”我站在门口说，“我是不是错过早餐了？”

艾比将制冰盒扔回冰箱，猛力将门关上：“没有人肚子饿。我在喝血腥玛丽，丹尼尔泡了咖啡，你想喝其他东西就自己弄。”说完便和我擦身而过，走进起居室。

我心想，要是现在猜她为什么对我火冒三丈，脑袋肯定会爆炸。因此，我倒了一大杯咖啡，拿奶油抹好一片面包（吐司感觉难度太高了），拿着走进客厅。瑞法尔依然昏迷在沙发上，靠垫遮住脑袋。丹尼尔坐在窗台凝视院子，一手拿着马克杯，一手夹着烟任它燃烧。他没有转头看我。

“他还在呼吸吗？”我下巴朝瑞法尔一努，开口问道。

“谁管他？”艾比说。她懒懒地坐在扶手椅上，双眼紧闭，杯子抵着额头。房里散发着浓郁的酸臭味，烟蒂、汗水和洒出来的酒味彼此混杂。有人将钢琴上的碎玻璃清走，留在地板角落，小小一堆，感觉很不安全。我小心翼翼地坐下来，试着不动脑袋将早餐吃完。

下午悠悠过去，缓慢黏稠有如糖蜜。艾比想搞自闭，但不是很认真，没几分钟就改变心意，然后再来一次。我蜷缩在扶手椅上，有一搭没一搭地打着瞌睡。后来，贾思汀总算出现了。他穿着睡衣，窗外的阳光让他难过得不停眨眼。要不是无心享受，这天其实很不错。“哦，天哪，”贾思汀遮着眼睛，语气虚弱说，“我头好难受，应该是感冒了，全身上下都在痛。”

“肯定是夜里的空气，”艾比再度开炮，“又湿又冷，随便。更别说我们喝了那么多潘趣酒，简直可以在上头开游轮了。”

“不是酒的关系，我腿很痛，宿醉不应该腿痛。可以把窗帘拉上吗？”

“不行，”丹尼尔头也不回地说，“喝点咖啡吧。”

“说不定我是头出血，头出血的时候，眼睛不是会不舒服吗？”

“你只是宿醉，”瑞法尔陷在沙发里说，“虽然我也难受得要命，但你要是再唉唉叫，我就起来把你闷死。”

“哦，太好了，”艾比一边按摩鼻梁，一边说，“他还活着。”贾思汀不理瑞法尔，下巴冷冷一扬，表示昨晚的架还没吵完，接着一屁股坐在椅子上。

“也许我们晚点应该出去走走，”丹尼尔终于神游归来，四下看了一眼说，“说不定能让大家脑袋清醒一点。”

“我哪儿都去不了，”贾思汀伸手去拿艾比的血腥玛丽，说：“我感冒了，出门一定会得肺炎。”

艾比拍开贾思汀的手，说：“这是我的，你自己去调。”

“古人会说，”丹尼尔对贾思汀说，“你是体液失衡，黑胆汁过多，导致心情郁闷。黑胆汁性干冷，要用湿暖的东西来对治。我不记得哪些食物和开朗有关，但照理说是红肉，例如……”

“萨特说的对，”瑞法尔隔着靠垫说，“他人是地狱。”

我也这么觉得，心里只希望夜晚快点来到，可以出门散步，远离屋子和这些人，思考前一晚发生的种种。我这辈子从来没有这么长时间与人朝夕相处过，我之前一直没有意识到这点，但这天他们做的每一件事，包括贾思汀要死不活，艾比频频出招，都像重拳将我猛然打醒。我拉高上衣罩住脑袋，缩进扶手椅的角落，埋头睡觉。

等我醒来，客厅已经空无一人，仿佛发生紧急事件，所有人仓皇撤离似的。房里灯还开着，百叶窗歪斜成奇怪的角度，椅子推回原位，甜甜圈和没喝完的杯子留在桌上。“有人吗？”我高喊一声，但声音随即吸入阴影中，没有人响应。

林屋有如庞然大物，拒人于千里之外，仿佛夜里结束一天作息后又回到楼下，感觉房间疏离专注，沉浸于自己的世界。我没看到字条，他们可能真的出去散步了，以便赶走宿醉。

我倒了一杯冷咖啡，倚着厨房水槽边喝边看窗外。阳光转黄，橙如糖浆，燕子在草坪啁啾俯冲。我将杯子搁在水槽里，上楼准备回房，下意识地放轻脚步，避开松动的地板不发出声音。

我伸手握住门把，感觉屋子忽然清醒警觉起来。我还没开门，还没闻到空气中的淡淡烟味，见到他肩膀宽阔的背影一动不动地坐在床上，我就知道丹尼尔在里面。

丹尼尔转头看我，眼镜映着窗外夕阳闪着蓝光，说："你是谁？"

我脑袋飞快运转，连弗朗科都无可挑剔。我手指指着嘴巴要他安静，同时伸手去按电灯开关，接着喊了一声："嘿，是我，我在这里。"若不是丹尼尔性情古怪，想靠这招避开他的"你是谁？"简直不可能。丹尼尔紧紧盯着我，挡在我和我的旅行箱之间。"其他人呢？"我一边问他，一边将上衣扣子解开，让他看见我胸罩上的迷你麦克风和连到绷带里的线路。

丹尼尔只是眉毛微微一挑。"他们到城里看电影，"他冷静地说，"我还有事要做，不能出门。我们决定不叫醒你。"

我点点头，朝他竖起大拇指，缓缓蹲下，将旅行箱从床底拉出来，眼睛一直注意他的动静。八音盒就在床头柜上，够硬够尖，而且伸手可及，如有需要，我随时可以用它拖延丹尼尔，让我有充裕的时间离开这里。但丹尼尔毫无动作，我拨动号码，将箱子打开，找出警察证扔给他。

丹尼尔仔细检视我的证件。"你睡得好吗？"他的语气很正式。

他低头凝视证件，显然沉浸其中，我的手已经伸到床头柜上，离枪只有几厘米。要是我正要将枪塞进束腰，而他正好抬头——不行。我拉上拉链，将旅行箱锁好。

"不是很好，"我回答，"脑袋还是痛得要命，我打算读一点书，看会不会好一点。我们待会儿见？"我挥手要丹尼尔注意，接着走到门边要他一起离开。

丹尼尔又看了证件一眼，随即战战兢兢地放在床头柜上。"没错，"他说，"我们晚点确实该见。"说完便从床上起身，跟我走下楼去。

丹尼尔身材壮硕，脚步却非常轻。我一直感觉他在我背后，照理应该胆战心惊，只要他伸手一推——但我一点也不害怕。

我体内的肾上腺素熊熊燃烧，感觉自己从来没有这么无所畏惧过。氮醉，弗朗科曾经这么形容，并且警告我不要掉以轻心。他说卧底和深海潜水员一样，有可能因为轻盈飘然的狂喜而溺毙，但我才懒得在乎。

丹尼尔站在起居室门口，兴致盎然地看着我，听我一边低声哼唱电影《约翰怎能爱》的主题曲，一边翻找唱片。我拿了法国作曲家弗雷的《安魂曲》，插在其他弦乐奏鸣曲前面。我想，弗朗科偶尔也该听点好东西，提升文化水平，再说我很怀疑他会察觉我换了音乐。

我转大音量，调到悦耳适中，接着砰地坐在椅子上，满足地叹息一声，翻了几页记事本。之后，我小心翼翼地将绷带一条条解开，拆下别在胸罩上的麦克风，将所有器材搁在椅子上，静静地聆听音乐。

丹尼尔随我经过厨房，推开法式落地窗门走出屋外。我不想穿过空旷的草坪，“没有影像监控。”弗朗科曾经告诫我，但我们本来就没有，而且我也别无选择。我顺着草坪边缘，带丹尼尔走进树林。

走出外人视线范围后，我总算松了一口气，随即想起上衣没扣，连忙将它扣好。要是弗朗科真的架了监视设备，方才的景象肯定会让他胡乱联想。

凹室比我想的还要明亮，夕照金黄斜长照着青草，钻过藤蔓中间，映在石板地上，光影斑驳。即使穿着牛仔裤，石椅依然冰凉，藤蔓在我们身后摇摇晃晃地回到原位。

“好了，”我说，“我们可以开始谈了，但最好小声点，以防万一。”

丹尼尔点点头，拍掉另一张石椅上的尘土坐了下来。“所以，蕾西死了。”他说。

“我想是的，”我答道，“很遗憾。”这么说感觉很可笑，荒谬、疯狂又不对劲到了极点。

“什么时候？”

“她遇刺当晚。但她没受什么痛苦，希望这能让你好过一点。”

丹尼尔没有回答。他双手交握在腿间，望向藤蔓之外，水流在我们脚边潺潺低语。

“卡西·麦道斯，”过了半晌，丹尼尔开口试着喊了我的名字，“我其实想了很久，你知道，想你到底叫什么名字。卡西·麦道斯很适合你。”

“我喜欢人家叫我卡西。”我说。

丹尼尔没说什么。“你为什么拆掉麦克风？”

换成别人，我可能随便敷衍两句，想办法回避，例如说：“你干吗问？”但对丹尼尔不行。“我只想知道蕾西出了什么事，有没有其他人听见都无所谓。再者，我想如果让你相信我，或许你会比较愿意说。”

也许出于礼貌，也许他根本不在乎，总之丹尼尔没有点破我话语里的讽刺。“你认为我知道蕾西是怎么死的？”他问我。

“是的，”我说，“没错。”

丹尼尔沉吟片刻：“这样的话，你不是应该害怕我吗？”

“也许，但我不怕。”

丹尼尔打量了我好一会儿。“你和蕾西很像，知道吗？”他说，“不仅外表体型像，连性格都很类似。我起先怀疑只是自己一相情愿，好解释为什么被你哄骗了这么久，但事实就是你们很像。蕾西什么都不怕，她就像滑冰选手，即使全速前进依然能保持平衡，尽情跳跃转圈，动作愉悦而优雅。我一直很羡慕她。”丹尼尔的双眼躲在阴影中，我见不到他的神情。他说：“假如你不介意我问的话，你这么做纯粹只是为了好玩吗？”

“不是，”我说，“我最初根本不想做，是弗朗科警探的主意。他觉得为了办案，必须这么做。”

丹尼尔点点头，神情没有半点意外。“他从一开始就怀疑我们几个。”他说。我发觉他说的没错，当然没错。弗朗科说了一堆神秘怪客远渡重洋追踪蕾西的事情，其实只是烟幕弹。山姆要是知道我将和凶手同住一个屋檐下，肯定会大吃一惊。早在我们踏进重案组办公室之前，弗朗科为人称道的直觉便已经发威了。他早就明白，答案就在这栋屋子里。

“那家伙很有意思，我是说弗朗科警探，”丹尼尔说，“他就像詹姆斯一世时期剧作里的迷人杀手，例如波索拉或德佛洛，永远有最好的独角戏。可惜你不能告诉我，我真想知道他猜到了多少，一定很惊人。”

“我也想知道，”我说，“相信我。”

丹尼尔掏出烟盒，掀开盒盖，客气地递了一根烟给我。我双手围着打火机，他将脸凑到火焰前面，只见他神情专注，完全不为所动，毫不惊慌。

“好了，”丹尼尔自己点了一根烟，将烟盒收好，对我说，“我想，你一定有几个问题想要问我。”

“我既然这么像蕾西，”我说，“是什么让我泄底的？”我实在忍不住想问。这不是自尊心受损，我只是非常想知道，两人到底有什么一定看得出来的差别。

丹尼尔转头看我，脸上的神情吓了我一跳，感觉很像爱怜，甚至同情。“你表现得非常出色，知道吗？”他和善地说，“就算到现在，我想其他人都没有起疑。我们得决定接下来该怎么办，我说我和你。”

“我做得不可能那么好，”我说，“否则我们现在就不会在这里了。”

丹尼尔摇摇头，说：“我想这么说就太低估我们两个了，你不觉得吗？老实说，你的表现天衣无缝，但我知道，几乎当下就知道，事情不对劲。将伴侣换成他的双胞兄弟或姐妹，任何人都能察觉得出来少了什么。但不对劲有千百万个可能理由，起初我想你可能假装失去记忆，为了你自己知道的理由，但之后越来越明显，你的记忆其实是受损了。因为比方说，你根本没有理由假装忘记老相本是你找到的，但你显然对自己忘了这件事感到很困扰。我曾经觉得这没什么，我想你可能打算搬出林屋，这点当然可以理解，如果考虑到之前的意外——但艾比似乎非常肯定你不会走，而我相信她的判断，再说我感觉你的确……”

丹尼尔转头看我：“你的确很开心，你知道。不仅高兴，还心满意足，很安稳。重新和我们窝在一起，仿佛从来不曾离开。也许你其实很努力，而你的表现也好得远超过我的预期，但我实在很难相信自己和艾比的直觉会错得这么厉害。”

我无话可说，忽然很想缩成一团，扯开嗓子高声嘶吼，仿佛面对世界的严酷深受打击的小孩。我不置可否地朝丹尼尔微微一撇下巴，吸了一口烟，将烟灰弹在石板地上。

丹尼尔等我开口，耐心坚决让我不寒而栗。过了许久，他发现我不打算回答，便若有所思，仿佛认同心里某个想法似的轻轻点头。“总之，”他说道，“我最后认为你，或者说蕾西，应该只是心理受创。巨大的创伤经验，而刺伤显然算是，可以彻底改变人的性格，你知道，能让强壮的人变得弱不禁风，快乐的人郁郁寡欢，温和的人阴狠毒辣，可以将人碎成千百万片，重新组合成新的面貌，完全无法辨别。”

丹尼尔语气冷静平淡，再度转头望着白山楂花迎风摇曳，我看不到他的眼睛。“相较之下，蕾西的改变非常细微，毫不足道，非常容易解释。我想，弗朗科警探应该给了你不少相关数据吧。”

“弗朗科警探和蕾西，那部录像手机。”

丹尼尔沉思良久，我以为他已经忘了我的问题。他的脸上有种天生的不动声色，或许是方下巴的关系，几乎无法判读他的思绪。最后，他开口说“那句‘世上一切都名不副实，除了猫王与巧克力’，做得不错。”

“是洋葱害的吗？”我问。

丹尼尔深吸一口气，身体一晃回过神来。“洋葱嘛，”他浅浅一笑，说，“蕾西痛恨两样东西：洋葱和卷心菜。我们也不喜欢卷心菜，算是不幸中的大幸，但洋葱就只好彼此妥协，一周一次。她还是会抱怨，把洋葱挑出来之类的，主要是为了逗贾思汀和瑞法尔，我想。所以，当我看你一言不发地把洋葱吃完，而且还想要，我就知道有问题。我其实不知道为什么，因为你掩饰得很好，但我就是没办法释怀。我唯一想到的解释就是你不是蕾西，虽然难以置信，但也没别的可能。”

“所以你就设了圈套，”我说，“布洛根酒吧。”

“嗯，我不会说是圈套，”丹尼尔说，语气有些严厉，“比较像测试，算是临时起意想到的。蕾西对布洛根酒吧没什么感觉，也许根本没去过，假扮成她的人照理不可能知道。你也许查得出蕾西喜欢什么、讨厌什么，却几乎没办法得知她对什么没感觉。但你说对了，加上猫王那句话，让我更加确定。再有就是昨晚，那个吻。”

我倏地全身一寒，接着才想起自己没带麦克风。“蕾西不会那么做？”我淡淡地问道，将烟捻熄在石板地上。

丹尼尔朝我微笑，笑容轻缓甜蜜，整个人忽然俊俏起来。“哦，会的，”他对我说，“这和她性格相符——而且你吻得很好，请容我这么说，”我不为所动，他接着说:“不是，问题出在你的反应上。你诧异了一秒钟，被自己做的事情完全吓到，但你很快恢复过来，随意应了一句，然后找个借口躲开。而你应该知道，蕾西绝不会被那个吻吓到，半秒钟也不会，也不会当下就选择脱身，而是觉得……”他若有所思地朝头上的藤蔓吐了几口烟圈，说，“志得意满。”

“为什么？”我问，“难道她想让这样的事情发生？”我的脑海中快速跑过所有的录像画面。蕾西和瑞法尔、贾思汀调过情，但从来没跟丹尼尔，没有丝毫迹象，但那可能是虚晃一招，为了误导其他人——

“这个，”丹尼尔，“就是让你泄底的地方。”

我愣愣地看着他。

丹尼尔用脚将烟踩熄。“蕾西不但没办法思考从前，”他说，“也没办法思考下一步之后的未来。这可能是你少数疏忽的地方。不是你的错，那种天真本来就很难想象，也很难形容，简直就和身体残障一样惊人。我很怀疑她有能力策划诱惑别人，但只要事情发生，她绝对不会惊讶，更不会就此停止。但你不一样，显然想阻止可能发生的后果。我猜，你在现实生活中应该有男朋友，或是伴侣。”

我没有回答。“所以，”丹尼尔说道，“下午其他人出门后，我就打电话到都柏林警署，说我想联络山姆警探。接电话的女士起初找不到他的分机，但不知道查了什么通讯簿后，给了我一个号码，跟我说是‘重案组办公室’。”

丹尼尔轻叹一口气，声音疲惫，仿佛终于告一段落。“重案组，”他悄声说，“所以你瞧，我就明白是怎么回事了。”

“对不起。”我又说了一次。这一整天，当我们喝着咖啡，互相惹毛对方，埋怨昨夜过后的宿醉，当他要其他人去看电影，自己坐在蕾西幽暗的小房间里等我，他什么都不能说，只能将实情藏在心底。

丹尼尔点点头。“嗯，”他说，“我知道。”

我们沉默良久，之后我说：“你应该知道，我必须问你事情的经过。”

丹尼尔摘下眼镜，用手帕擦拭。去掉眼镜后，他的双眼看起来空洞茫然。“有句西班牙谚语一直让我很着迷，”他说，“‘神说，拿走你要的，为它付出代价。’”

丹尼尔的话语落入沉静中，有如冰凉的碎石掉进水里，没有激起半点涟漪。“我不信神，”他说，“但这句话让我感觉带着神性，有一种耀眼的纯粹。世界上有什么道理比这句话更简单、更重要？只要承认凡事都有代价，而且愿意承担，就什么都能得到。”

丹尼尔戴上眼镜，目光沉着地凝视我，将手帕塞回衬衫口袋说：“我觉得，我们的社会忽略了后半句，只听见‘神说，拿走你要的’，却绝口不提代价，等到需要偿还了，才个个气愤难当。举个最明显的例子来说吧，我们国家这几年经济狂飙，但在我看来不是没有代价，而且非常高昂。我们是有寿司馆子和休旅车没错，但有些和我们年纪差不多的人却在都柏林买不起房子，即使他们在这里出生长大，几百年来建立的社群还是有如沙丘一般分崩离析。大伙儿每天花五六小时通勤，父母亲都必须加班，免得入不敷出，根本没空儿和小孩相处。我们再也没有时间享受文化，剧院纷纷关门，造型建筑不断消失，变成商业大楼，等等之类的。”

丹尼尔说得忘我，语气里听不出一丝愤怒。“我不认为这有什么好生气的，”他看出我的想法，便说，“其实，这一点也不该让人吃惊才对。我们拿到自己想要的，正在付出代价，而且应该有许多人都认为这是桩好交易。真正让我惊讶的是，大家都对代价默不做声。政客一再告诉我们现在的世界有多美好，但只要有人带点远见，指出这么好的礼物或许不会白白从天上掉下来，那只小可怜虫——他叫什么名字，我说首相？——就会上电视，不是告诉我们付出代价天经地义，而是严词否认，痛批我们像小孩一样直言不讳。我最后只好完全不看电视，”丹尼尔有点暴躁地补了一句，“我们已经成为寅吃卯粮的国家，大伙儿靠信贷买东西，收到账单却又火冒三丈，甚至懒得看它一眼。”

丹尼尔用指关节推了推眼镜，朝我眨眼。“我一向接受，”他说得直截了当，“代价是必要的。”

“为了什么？”我说，“你想要什么？”

丹尼尔沉吟半晌，但我想不是思考自己想要什么，而是该怎么向我解释。

“其实，”最后，他开口说道，“应该说我不想要什么。我大学还没毕业，就发现普通人的交易不适合我，为了生活中的一点奢侈享受，出卖个人的时间与舒适。我宁可活得简约，只要能避开朝九晚五的生活就好。为了做到这点，我非常乐于牺牲新车、南国假日和那个——那个叫什么？——iPod。”

我已经听得心头火起，想到他躺在托雷莫里诺斯海滩，喝着彩色鸡尾酒，随iPod摇头晃脑，更让我差点爆发。丹尼尔抬头看我一眼，露出浅笑说：“这其实不算什么牺牲，一点也不。但我忽略了一件事，没有人是孤岛，我不可能说走就走，脱离主流的生活方式。当某种交易成为社会上的常态，也就是达到关键多数，人其实没有什么选择。这年头，人很难说我要活得简单，他要么变成工作狂，要么就得住在破破烂烂的单房公寓，靠吐司过活，楼上挤了十四名学生。这样的生活，我也不是很感兴趣。我曾经试过一阵子，但实在受不了噪音，加上房东又是个麻烦的乡下老头，老是在很诡异的时间到公寓来，想找人聊天。而且……总之，就是这样。自由和舒适现在所费不菲，想要的人都必须付出非常高的代价。”

“你难道没有别的选择吗？”我问，“你不是挺有钱吗？”

丹尼尔愣愣地瞟了我一眼，我也茫然地看了回去。片刻后，他叹了口气。“我想我需要喝一杯，”他说，“我记得我留了——没错，在这里，”丹尼尔侧身在石椅下摸索，我下意识准备就绪——我手边没有什么能当武器，但起码可以用藤蔓拖延他，跑回去拿麦克风，寻求支持——但他只是拿了一瓶半满的威士忌出来。“我昨晚拿过来的，后来太兴奋就忘了。我想应该还有——果然，”他又从石椅下捞出一只杯子，“你要喝一点吗？”

丹尼尔拿的是好酒，詹姆森十年醇酿威士忌。天知道我有多需要喝一杯，但——“不了，谢谢。”我说。紧要关头最好别冒险，我眼前这家伙可不是普通的聪明。

丹尼尔点点头，检视杯子，弯腰用水将杯子洗净。“你有没有想过，”他问，“我们国家的恐慌程度有多惊人？”

“不常想。”我说。丹尼尔到底想讲什么，我有些摸不着头绪，但我知道他这个人，知道他肯定有话要说，而且一定会按自己的步调讲。弗雷的唱片还有四十五分钟就要结束，但我一向擅长让嫌疑人尽情表现。一个人再坚强、再能自制，保守秘密一段时间后（这我应该清楚）要再继续也会变得很难，感觉辛苦、疲惫又孤独，让人窒息。这时，他们要是有机会说出来，你只需要不时提点一下，让谈话保持正确方向，剩下的他们自己会做到。

丹尼尔将杯里的水甩干净，再度掏出手帕将杯子擦干。“寅吃卯粮的心态会让人经常恐慌，疯狂压抑在心底。我们的债务所得比率在全球数一数二，大部分人没有流落街头只是因为还拿得到薪水。政府和雇主之类的当权者便充分利用这一点，因为恐惧的人最听话，不只劳动如此，智性与情感也一样。老板要你超时工作，你知道拒绝可能会失去现有的一切，于是你不但加班，还说服自己是主动愿意，而非单纯为公司卖命，因为不这么做，你就得活在惊恐当中。就这样，我们不知不觉说服自己，对许多巨型跨国企业产生依赖之情，不仅贡献工时，连思考也卖给公司。能够自由行动和思想的只剩免于恐惧的人，这些人要么有如英雄般勇敢，要么疯了，不然就是知道自己非常安全，不用害怕。”

丹尼尔倒了三指高的威士忌。“我怎么想都算不上英雄，”他说，“但也不觉得自己疯了。我想瑞法尔他们和我相去不远，但我很希望我们有机会得到自由。”他放下酒瓶转头看我，“你问我要什么，我花了许多时间问过自己，大概一两年前，我最后得到结论，我在这个世界上只想要两样东西：思考的自由与朋友的陪伴。”

丹尼尔的话语有如薄刃刺穿了我，注入一丝缅怀旧日的感受。“听起来要得不多。”我说。

“哦，其实很多，”丹尼尔灌了一口酒，声音略微沙哑说道，“非常多。你瞧，为了拥有那两样东西，我们需要安全，永久的安全，因此这又回到你刚才的问题。我父母过去的投资让我拥有微薄的收入，在八十年代还算充裕，现在却连单房公寓都租不起。瑞法尔的信托基金收入和我差不多，贾思汀博士班毕业就不再有零用金，艾比的助学金也是，还有蕾西。你觉得都柏林有多少工作能让念文学又只想守在一起的人做？不出几个月，我们的处境就会变得和大多数同胞一样，受困于贫穷或奴役之间，让房东和雇主颐指气使，两星期没拿薪水就得流落街头，永远担心害怕。”

丹尼尔隔着藤蔓往外看，从草坪望向阳台，缓缓摇晃酒杯，让威士忌在杯子里转圈。“我们要的，”他说，“就是一个家。”

“这样就够安全了？”我问道，“一个家？”

“嗯，当然，”丹尼尔有点诧异地说，“这一点对心情的影响简直难以形容。只要有自己的家，免费又干净，还有谁能威胁你？无论房东、雇主或银行都一样，还有谁能掌控你分毫？紧要关头，你几乎什么都不需要，我们再拮据也凑得出钱买食物。况且除了失去家园，物质方面其实没有什么更紧急、更能让日常生活瘫痪的东西。一旦去除这项恐惧，我们就自由了。我当然不是说有家就能万事太平，我只想强调家能让我们在奴役和自由之间作出选择。”

他显然读出了我脸上的神情。“老天，我讲的是爱尔兰哪，”他的语气有些不耐烦，“只要读过一点点历史，就应该清楚才对，不是吗？英国人当时做了一件事影响深远，就是将土地占为己有，让爱尔兰人从地主变成佃农。一旦跨出这一步，后续发展也就顺理成章：没收作物、虐待租户、驱赶住民、移民、饥荒和一连串不幸与奴役，全都源自此，不可避免，因为失去土地的人根本没有据点可以退守抵抗。我敢说，我的家族就和其他英国人一样罪孽深重，如今主客异位，换我处在相反的一方，或许有人觉得是迟来的正义。但我不觉得自己必须乖乖认命，认为罪有应得。”

“我租房子，”我说，“也许两星期拿不到薪水就要流落街头，但我不怕。”

丹尼尔点点头，并不意外。“你可能比我想的还要勇敢，”他说，“或者，请原谅我这么说，你还不知道自己要什么，没发现你真的想要牢牢抓住的东西。搞清楚这一点会改变一切，你知道。学生和年轻人可以租房子，思想自由完全不会受到阻碍，因为他们一无所有，根本无从威胁起。你有没有发觉，年轻人要死多么容易？一点小事情就能让他们牺牲奋斗，不惜放弃生命。那是因为他们和世界没什么联结，还没有累积爱情、责任与承诺等等，一切将我们固定在此时此地的人事物，都可以轻易放下，就像举起手指一样简单。随着年岁增长，你会遇见希望永远保有的事物，就会忽然像俗话说的，想要‘留得青山在’，整个人彻底改变。”

我感觉头晕目眩，仿佛真的喝了酒。或许是肾上腺素的关系，或藤蔓之间闪烁的奇怪光芒、丹尼尔的曲折想法，或只是眼前的状况太过诡异，我不知道。我想到蕾西夜里偷走可怜人查德的车扬长而去，忆起山姆带着无比耐心的脸庞，想到黄昏时的重案组办公室，其他干员的卷宗摆在我和罗伯的桌上。我想到自己的公寓空荡安静，灰尘开始堆在书架，音响的绿色待机灯在漆黑房里闪闪发亮。我很喜欢那间公寓，但随即发觉自己过去几周一次也没有想到它，突然觉得非常、非常感伤。

“我敢说，”丹尼尔说道，“你应该还保有最原初的自由，还没发现想要保有的任何人事物。”

丹尼尔的灰色眼眸目光专注，手里的威士忌散发出令人迷醉的金色光泽，水声潺潺，叶影在他的乌黑发间摇曳，有如黝黑的花圈。“我之前有过一个伙伴，”我说，“工作上的搭档。你没见过，他没办这个案子。我们就像你们一样，心灵投契。别人说我们就像双胞胎一样，两个人是一个人。‘那是卡西、罗伯的案子，要卡西、罗伯去办……’要是你问我，我会说这就是我想要的：我和他未来能再一起工作，做到同一天退休，免得和其他人搭档。重案组只会送一只金表，不是两只。但我之前什么也没想，你知道，觉得理所当然。我只想得到这一个。”

我从来没对别人说过这件事。罗伯调离重案组后，我和山姆绝口不提他，只要有人问起，我就会露出最甜的微笑，给他们最模糊的回答。我和丹尼尔是陌生人，又处在对立的两方，虽然谈话彬彬有礼，背地却杀得你死我活。这点他知我知，但我还是对他说了。现在回想起来，这应该是第一个警讯。

丹尼尔点点头。“但那已经是上辈子的事了，”他说，“再说，就像一本书名说的，《姑娘已死》。”

“差不多就是这样，”我说，“没错。”丹尼尔望着我，眼神闪着超越友善与同情的光芒，是理解。我想，自己那一刻真的很爱他，要是能抛下案子留在这里，我一定会这么做。

“原来如此。”丹尼尔说，将杯子递到我面前。我下意识地摇摇头，但随即改变主意，接过酒杯。管他的。威士忌浓郁可口，让我全身燃烧，直达指尖。

“那你应该能够理解，”丹尼尔说，“遇见他们对我有什么影响。我的世界完全变了模样，生命的分量陡然增加，色彩美得令人心碎，生活甜蜜得难以想象，却也恐怖得无法形容。这一切非常脆弱，你知道，很容易打破。我想，这就是谈恋爱或生小孩的感觉，知道一切随时可能从你身旁消失。我们拼命冲刺，直到冷酷世界无情地取走我们拥有的人事物。在此之前，每一秒都美妙珍贵到了极点，让我屏息。”

丹尼尔伸手接过杯子，喝了一口。“后来，”他一掌指着屋子，“就是屋子。”

“真是奇迹。”我说。我没有说谎，是认真的。忽然间，我的手掌仿佛摸到旧木栏杆，感觉它温暖而有肌理，有如活着的生物。

丹尼尔点点头。“难以置信，”他说，“我相信奇迹，相信不可能的可能。这间屋子当然对我一直是个奇迹，在我们最需要的时候出现。我一接到伯公律师打来的电话，就知道这代表什么。其他人都很犹豫，有许多怀疑，我们争执了好几个月，只有蕾西从一开始就很开心，现在想来不无悲伤与讽刺。艾比最难说服，尽管她最渴望有家，但也可能因为如此才会反对，我不知道，总之就连她也改变了主意。我后来觉得关键在于一个事实，只要你百分之百确定一件事，就几乎能说服任何人，不管他之前信或不信。而我当时非常确定，从来没有这么确定过。”

“所以，你才让其他人一起拥有这间屋子？”

丹尼尔目光锐利地看了我一眼，但我装出不是很感兴趣的样子。过了半晌，他又转头看着藤蔓外。“呃，不是为了争取他们同意之类的，如果你是这么想的话，”他说道，“不算是，而是我想法中绝对必要的一步。虽然我很爱这间屋子，但我要的不是它，而是安稳，让我们有一个安稳的港湾。假如我是唯一的拥有者，那就回避不了残酷的现实，我是其他人的房东，他们的处境没有比之前好，必须仰我鼻息，无论搬家、结婚或卖掉都得看我决定。若我们一起拥有林屋，这里就是所有人的家，永远都是。”

丹尼尔伸手将有如帘幕的藤蔓拨开，夕阳照得林屋的石墙一片橙红，有如玫瑰，又像琥珀，窗户闪耀得仿佛屋里着火。

“我觉得这个主意真棒，”他说，“几乎完美得难以想象。搬家那天，我们清理烟囱，用冰冷的水洗地，点起壁炉，坐在火前喝黏稠的冷可可，想办法烤吐司。炉子坏了，电热水器也没用，整间屋子只有两只灯泡会亮。贾思汀把所有衣服穿在身上，抱怨我们会感染肺炎或吸入霉菌而死；瑞法尔和蕾西故意逗他，说听见阁楼有老鼠；艾比警告他们两个再胡说八道就去睡阁楼。我用壁炉的火烤吐司，烤坏就扔进火里，我们都觉得很好玩，笑到喘不过气来。我这辈子从来没有这么快乐过。”

丹尼尔一双灰眼目光沉静，语调却像钟声低鸣，我心头一痛。我几乎一搬来就发觉丹尼尔不开心，直到此刻才明白无论蕾西出了什么事，他都非常心碎。

丹尼尔将一切都押在这个绝妙的点子上，结果却输了。不管别人后来怎么说，我都认为自己那天在藤蔓下就应该看出事情的结局，一切迅速不停地在我面前展现，清清楚楚，而我应该知道如何阻止才对。

“到底是哪里出了差错？”我悄声问道。

“当然是想法有瑕疵，”丹尼尔语气暴躁地说，“想法本身就有致命的缺陷，因为必须仰赖人类社会的两大迷思：永恒的可能与人性的单纯。这两样东西在书本里有多少人讴歌赞美，但出了书本只是痴人说梦。我们的故事其实应该停在搬家那天，停在我们畅饮冷可可那一刻，‘他们从此过着幸福快乐的生活’结束。可惜现实并非如此，我们不得不继续生活下去。”

丹尼尔将酒一饮而尽，皱了皱眉：“这酒馊了，真希望有冰块。”

我等他又斟了酒，看他微微嫌恶地看了杯子一眼，放在石椅上，之后才开口说：“我能问你一件事吗？”

丹尼尔轻轻点头。“你刚才提到凡事都有代价，”我问道，“那你为这间屋子付出了什么？就我感觉，你是免费拿到自己想要的东西的。”

丹尼尔眉毛一挑，说：“你真的这么认为吗？你也在这里住了几个星期，应该很清楚代价是什么才对。”

我当然知道，怎么会不清楚，但我想亲口听他说。“例如，”我说，“不谈过去。”

“不谈过去。”丹尼尔重复一遍，仿佛自言自语。过了半晌，他耸耸肩说：“这当然是其中之一，因为我们需要共同拥有一个全新的开始，但这还是容易的。我想你应该也发觉了，我们几个都没有什么美好到想要保留的过去。真正的困难其实都来自实际生活，而非心理层面，例如让瑞法尔的父亲不再打电话羞辱他；贾思汀的父亲不再指控他和异教徒厮混，扬言报警处理；艾比的母亲不再穿着奇装异服出现在图书馆，嗑药嗑得胡言乱语之类的。不过，这些都算是小麻烦，可以解决的技术问题，只要花点时间。真正的代价其实……”

丹尼尔手指漫不经心地绕着杯缘，凝视金黄的威士忌映着他的身影忽明忽暗。片刻后，他开口说道：“虽然我个人认为这么说有过度简化之嫌，但我想或许有人会说问题来自所谓的‘生命暂停’。比方说，结婚生子变成不可能的选项，找到外人加入我们，还要契合这么非比寻常的生活模式，即使对方再有意愿，成功的概率也是微乎其微，根本不用考虑。另外，尽管我不否认我们的互动颇为亲密，但我几乎可以肯定地说，只要其中两人认真发展感情，现有的平衡就会严重破坏，再也难以弥补。”

“亲密？”我想到蕾西的孩子，便问，“谁和谁？”

“啧，老实说，”丹尼尔语气微微不耐烦，“我不认为这很重要。重点是，为了让屋子成为大伙儿的家，我们不得不放弃许多别人认为不可或缺的生活目标，放弃瑞法尔父亲称为现实世界的一切。”

也许是威士忌的缘故，加上昨夜的宿醉与半空的肚子，我的脑中不停地浮现出奇异的景象，彼此交缠，有如三棱镜洒出细雨般的光点。我想起古代的故事：饱经风霜的旅者踉跄逃离暴风雨，走进金碧辉煌的宴会厅，品尝面包与蜜酒，一切的过往倏地消逝无踪。我想起我搬来的头一天晚上，他们四个隔着满桌食物对我微笑，举杯祝福，蜷曲的藤蔓光滑美丽，他们眼中映着烛光。我想起我和丹尼尔接吻前的一刹那，我们五人的身影漂浮在草波上，立于我的面前，感觉甜美永恒，有如精灵梦幻得令人屏息。我想起耳后隆隆的鼓声，警告我危险将至。

“听起来很糟，其实并没有，你知道，”丹尼尔见我神情有异，便说，“别相信什么广告词，我们不可能拥有一切。牺不牺牲由不得我们，也不是时代错误，而是生命的现实。我们都必须自断手脚，放到祭坛焚烧，差别只在于选择送上哪一个祭坛，切断哪一只手脚，然后同意牺牲。”

“你也是，”我说，感觉石椅在臀下摇晃，和藤蔓一起摆动，节奏缓慢令人眩晕。“你接受牺牲。”

“没错，我是，”丹尼尔说，“我知道这么做的后果，非常清楚，在决定这么做之前就彻底想过一遍，认为值得为它付出代价。我不认为自己会有可能想要孩子，也从来不大相信灵魂伴侣的概念。我以为其他人也和我一样权衡过轻重，决定值得牺牲。”他将酒杯递到唇边喝了一口，说，“这是我犯下的第一个错误。”

丹尼尔冷静无比。我当时没听出来，要到很久以后，当我在脑中回顾这段谈话，试图寻找线索时，才察觉到这一点。丹尼尔自始至终都用陈述往事的语气说话，不管听的人有没有发现，他都清楚一切已成过去。他坐在藤蔓下，手握酒杯，沉着有如佛陀，凝望自己一手打造的船舰船艏倾斜，淹没在波涛中。

“他们没想清楚？”我问，脑袋依然不受控制，轻飘飘的，感觉一切都像玻璃，滑溜得无法把握。我忽然有个疯狂的想法，难道威士忌下了药？但丹尼尔喝得比我多，而且显然没事，“还是改变主意了？”

丹尼尔用拇指和食指按摩鼻梁。“其实，”他语带疲惫地说，“事后回想起来，我一路犯的错误还多得惊人。就拿体温过低这件事来说好了，我不应该相信的。其实我开头就没买账，虽然我的医学知识很少，但听你的同事弗朗科警探这么对我说，我根本一个字都不信。我认为他只是觉得假如我们以为是攻击，而不是谋杀的话，会比较愿意谈，因为蕾西随时可能会透露什么。那一星期，我都认定他在胡扯，但后来……”丹尼尔抬头看我，眨了眨眼睛，仿佛忘了我人在他身旁。“但后来，”他说，“你就出现了。”

丹尼尔目光离开我的脸庞，说：“你和蕾西简直像得惊人，你是……你们之前有亲戚关系吗？”

“没有，”我说，“起码我不知道。”

“没有，”丹尼尔逐一翻找口袋，掏出烟盒与打火机说，“她跟我们说，她没有家人，或许就是因为如此，我才没想到回来的人是你。这么不可能的状况一路都对你有利，只要我们对你有任何怀疑，认为你不是蕾西，就得假定你的存在，而这点很不可能。我应该想到柯南 · 道尔说过：‘剩下的可能无论多么离谱，都一定是真相。’”

丹尼尔点燃打火机，侧头就着火光。“你知道，”他对我说，“我很清楚蕾西不可能活着，因为我亲自检查过她的脉搏。”

院子沐浴在渐弱的夕阳里，仿佛吓呆了。鸟儿停止鸣唱，枝叶暂停摆动，屋子的沉静有如庞然大物笼罩着我们，竖耳倾听。我愣得忘了呼吸。蕾西有如闪耀的微风吹过草坪，在山楂树林间摇荡，停在我身旁的墙上，有如树叶般轻盈，接着滑过我的肩头，仿佛磷火沿着脊背向下猛窜。

“怎么回事？”我低声问道，语气很轻很轻。

“这个，老实说，”丹尼尔说，“你知道我不能说。我想你或许已经猜到，蕾西是在山楂林屋遇刺的，精确地点是厨房。你不可能找到血迹，虽然她后来有流血，但被刺当时没有。你也不会找到刀子。我们没有预谋，也无意杀她，我们追了出去，但等到发现她的时候，已经太迟了。我想，我只能说这么多。”

“好吧，”我说，“好吧。”我双脚用力踩着石板地，让自己头脑清醒。我很想到池塘伸手弄点冰水洒在颈背上，但不能让丹尼尔看见，再说我也不认为会有用。“我可以说说我的看法吗？”

丹尼尔轻轻点头，一手很有礼貌地微微一摆，请便。

“我认为，蕾西打算卖掉她的林屋所有权。”

丹尼尔毫无反应，连眼睛都没眨一下，只是淡然地看着我，有如主持口试的教授，接着弹弹烟灰，小心对准会被冲走的地方，将烟扔进池塘。

“我很有把握自己知道原因。”

我以为丹尼尔一定会有反应，绝对会，因为他已经挖空心思揣摩了一个月，但他只是摇摇头，说：“我没必要知道，就算过去想过，但事已至此，知不知道都无所谓了。你知道，我想我们五个人都有一点无情的因子，只是表现方式不同。或许这很自然，确定自己想要什么，然后跨过那一条河。不用说，蕾西无情起来非常无情，但绝不是残忍。当你想到她，请千万记得这一点。她从来没有残忍对人。”

“蕾西打算卖给你表哥奈德，”我说，“商务公寓先生，对我来说这么做很残忍。”

丹尼尔哼笑一声，冷酷严苛，让我吓了一跳。“奈德，”他嫌恶地一撇嘴角说，“我的天哪，比起蕾西，我更担心这家伙。蕾西和你一样意志坚强，假如她想告诉警方事情经过，就一定会说；要是她决定封口，你们再怎么努力也问不出来。然而，换成是奈德的话……”

丹尼尔叹了口气，将烟从鼻子愤愤喷出，摇摇头说：“奈德不是性格软弱，而是根本没有骨头，一点价值也没有，脑袋里只有他认为别人想听到的想法，七拼八凑。我们之前谈到知道自己想要什么……奈德想将屋子变成高级公寓或高尔夫球俱乐部，只要讲到就头脑发热。他做了一大堆复杂的财务推算，告诉我们接下来几年每个人可以赚到几十万镑，说得头头是道，却完全不知道干吗这么做，一点概念也没有。我问他，赚到那么多钱要做什么——他当然不是靠救济品为生的贫民——他竟然愣愣地看着我，仿佛我说的是外国话。我的问题彻底超出他的理解，离他的思考模式几万光年。他这么做不是因为渴望环游世界，或想辞去工作专心创作‘伟大的爱尔兰绘画’，他拼命赚钱只是因为身旁一切人都这么说，告诉他应该追求金钱。他完全无法理解我们五个人可能有不同的偏好与需求，有自己的轻重缓急。”

丹尼尔将烟捻熄。“所以，”他说，“你可以了解我为什么担心他。他有千万个理由闭紧嘴巴，绝口不提自己和蕾西的交易，否则很可能搞砸协议。再者，他一个人住，而且据我所知没有不在场证明，就连他自己也知道，一旦出事很难不被当成主嫌疑人。但我很清楚，只要弗朗科和山姆稍微认真侦讯他，所有顾虑都会飞出他的脑袋里。奈德会变成他们想要的样子，成为主动配合的证人、热心履行义务的公民。当然，这不会是世界末日，奈德手上没有任何能构成实质证据的东西，但他可能引出一大堆麻烦与压力，而这是我们最不想见到的。然而，我没办法精确评估奈德，了解他在想什么，再设法引导他远离灾难。蕾西，还有你，我起码还可以盯着，监视到某个程度，但他……我知道和他接触是最糟糕的选择，但可恶，要是我不做，就可能失去一切。”

话题讲到奈德就很危险，我不希望丹尼尔想太多，关于奈德、我深夜散步和两者的可能关联。

“你们一定气坏了，”我说，“你们几个，对他们两个，会想攻击她一点也不令人意外。”我是认真的。说来夸张，但整件事可以说是蕾西一手造成的。

丹尼尔听我这么说，默默沉思了片刻，神情就如平常傍晚在客厅里埋头书中一样，神游物外。

“我们是很愤怒，”他说，“开始的时候。激愤填膺、震惊难过，感觉被家人捅了一刀。但换个角度来说，你知道，最后拆穿你的和开头让你成功的其实是同一样东西，就是你和蕾西的关键差异。只有蕾西这样的人，对行动与后果没有一点概念，才能泰然自若地回到家里，和我们相处，仿佛什么事也没发生。假如她不是这样的人，我们一定不会原谅她，你也根本没机会踏进这间屋子。但蕾西……我们都知道她从来没有试图伤害大家，一秒钟也没有，因此她完全没有意识到这么做会伤害我们，造成多大的震惊与难过，她其实一直无法想象，所以……”丹尼尔疲惫地深呼吸一口气，“所以才能回家。”

“仿佛什么事也没发生。”我说。

“我想是这样。蕾西从来无意伤害我们，我们也无意伤她，更别说杀人，我还是觉得这应该代表些什么。”

“我想也是，”我说，“事情就这样发生了。她已经和奈德商量过一段时间，但还没达成协议就被你们发现了，”老实说，我已经大概知道事情是如何败露的，但没必要现在告诉丹尼尔，我想等之后效果更大再说。“我想你们大吵一架，过程中有人刺了蕾西。也许大家都不知道出了什么事，连当事的两人都没察觉，蕾西很可能以为自己只是被打了，”我感觉自己仿佛身历其境，所有细节都看得清清楚楚。“她夺门而出，朝荒废小屋跑去，也许因为约好和奈德碰面，也许只是直觉，我不知道。总之，奈德没有出现，发现蕾西的人是你们。”

丹尼尔叹息一声。“差不多，”他说，“没错，大致就是如此。你难道不能停在这里就好？重点你都知道了，其他细枝末节没什么用处，只会对别人造成很大伤害。蕾西人很可爱、很复杂，可惜死了，剩下的事情还有什么好说的？”

“这个嘛，”我说，“例如谁杀了她。”

“你有没有想过，”丹尼尔的语气开始浮现出一丝激动，“蕾西希不希望你查出真相？不管她当时想做什么，她都爱着我们。假如她知道你潜进来是为了摧毁我们，你想她会愿意吗？”

我身旁的一切依然扭曲着，振动着我脚下的石板。高空中有东西仿佛细针，在每一片叶子背后颤动。“是她找我，”我说，“不是我找她，是她来到我面前的。”

“也许。”丹尼尔说。他隔着流水弯腰凑到我面前，镜片放大了他的灰色眼眸，深不见底，“但你真的那么有把握她想复仇？她其实大可以跑到村里，一点也不难，随便敲一扇门，找人叫救护车和警察。村民也许不喜欢我们，但我不认为他们会拒绝协助一个明显受伤的女孩子。然而，她直接跑到小屋，待在那里等着。你难道没想过，蕾西可能愿意就此了结生命，包庇杀死她的凶手，同意为我们中的一人牺牲？你难道没有想过为了她，你或许应该尊重她的意愿？”

空气味道奇特，甜美如蜜，却又带着咸味。“的确，”我说，脑中的思绪似乎怎么也无法传到舌尖，让我很难开口，“我想过，一直在想。但我这么做不是为了蕾西，而是为了工作。”

这么说非常老套，我也只是脱口而出，但一字一句像鞭鸣声声惊人，有如强力电流振动藤蔓，在水上耀眼闪烁。我忽然回到那个臭气熏天的楼梯间，手插口袋仰头注视着年轻混混毫无生气的困惑脸庞。我倏地清醒过来，做梦般的眩晕消逝无踪，臀下石椅再度变得坚固湿黏。丹尼尔看着我，眼神重新警觉而防备，仿佛面对彻底的陌生人。这时，我突然明白自己说得一点没错，或许从头到尾都是如此。

“那，”丹尼尔说，“这样的话……”

他从我面前退开，缓缓后仰靠墙。两人一阵沉默，只剩四下嗡鸣。“蕾西，”丹尼尔开口说道，随即顿了一下，语气里没有半点起伏，“她这会儿人在哪里？”

“在停尸间，”我说，“我们还联络不到她的近亲。”

“我们会尽可能帮忙料理后事，我想蕾西也希望这样。”

“命案还在侦办，尸体是证物，”我说，“我不认为警方会交给你们，她得一直待在那里，直到侦查终结。”

我无须描述细节，我知道丹尼尔脑中的画面。我心里也有同样的影像，有如一套全彩幻灯片，随时准备播放。丹尼尔脸上闪过一丝异样，鼻子和双唇微微一缩。

“一旦我们查出凶手是谁，”我说，“我就能向组里争取将尸体交给你们，因为你们也算是她的近亲。”

丹尼尔眼皮浅浅跳动，变得一脸茫然。事后看来，我想（这不是为自己找借口）这是丹尼尔最容易让人忽略的特点。在他仿佛置身象牙塔的恍惚神情底下，有着一颗无比冷酷现实的心灵。战场上的军官面对敌人包围，部属遭受生命威胁，绝对会义无反顾地抛下阵亡弟兄，没有丝毫犹豫。

“很显然，”丹尼尔说道，“我希望你离开林屋。其他人还要一小时左右才会回来，应该够你收拾东西，作好必要的安排。”

这样的发展并不意外，但我还是感觉被人甩了一巴掌。丹尼尔小心地将烟放在石板地上捻熄，说：“可以的话，我不希望他们知道你是谁，你应该了解这对他们的打击可能有多大。我必须承认，我还不知道该怎么做，但我想你和弗朗科警探应该早就想好怎么脱身了吧，不是吗？让你可以安然离开，不会引起怀疑的说法？”

事到如今，我显然得这么做，也只能这么办。一旦身份败露，就要尽快抽身。我已经对蕾西仁至义尽，将嫌疑人缩小到四个人，山姆和弗朗科一定能接手。至于这段谈话为何没有录音，我也可以自圆其说，只要把线路弄断，辩称是意外就好。弗朗科可能不信，但他不会在乎。我可以自行决定回报哪些谈话内容，之后就下台一鞠躬，带着完美的表现凯旋。

但我压根儿没想这么做。“没错，的确有，”我说，“我可以在两小时内离开，完全不暴露自己的身份。但我不打算这么做，我要待着直到查出谁杀了蕾西，还有杀人的原因为止。”

丹尼尔转头看我，我立刻嗅到一丝威胁，有如霜雪冰冷强烈。这不是很自然吗？因为我不仅侵犯了他的家和家人，还想将两者一举歼灭。

他或他的伙伴已经为此杀了一个女孩子，而她做的事情还比我轻微。丹尼尔有力气置我于死地，也可能聪明得足以逍遥法外，我的枪又放在卧室。水流涓涓，在我们脚边轻声哼唱，我的脊背电流猛窜，直贯掌心。我动也不动，定睛望着他，两眼分毫不眨。

过了许久，丹尼尔肩膀微微一动，几乎无法察觉，我发现他的眼神陷入沉思。他放弃取我性命，开始盘算别的做法，脑海中跑过各种可能，不停地整理、分类、联结，快得让我难以揣测。

“你查不出来的，你知道，”他说，“你认为我不想伤害其他人这点对你有利，而只要他们继续相信你是蕾西，你就有机会让他们开口。但请你听好了，他们全都明白兹事体大。所谓兹事体大，指的不是我们当中有人会坐牢，因为你手上根本没有证据显示嫌疑人是谁，不可能逮捕我们中的一个或全部四人，否则早就做了，不必玩伪装卧底的把戏。老实说，我敢打赌，几分钟前，你根本还不能确定目标就在山楂林屋里。”

“我们向来不排除任何可能。”我说。

丹尼尔点点头。“就目前来说，坐牢是我们最后需要担心的事，但请你从他们的角度来看一下。假设蕾西活得好好的，平安回到家里，结果发现事实真相，我们努力建立的一切就会瓦解。让我们随便举例，假设她发现动刀的人是瑞法尔，差点要了她的命。你觉得蕾西有可能继续和瑞法尔住在一起，既不害怕，也不怨恨，不会用这一点来对付他吗？”

“我还以为，你说她完全不念过去呢。”我说。

“嗯，这两个情况有点不一样，”丹尼尔语带不悦，“瑞法尔不大可能认为蕾西会完全释怀，好比只是争执该谁去买牛奶一样。就算蕾西真的释怀，你难道觉得他可以每天和蕾西相处，知道她只要一通电话给弗朗科或山姆，就能让他坐牢，却丝毫不以为意，觉得没有危险吗？别忘了，我们说的是蕾西，她随时可能拿起电话，完全不会意识到可能的后果。瑞法尔怎么可能像往常一样对待蕾西，调侃她、和她吵架，甚至反对她的意见？还有，其他人怎么办？整天如履薄冰，他们两人交换的每一个眼神、每一个字都可能蕴藏危机，稍有不慎就会引爆地雷，将一切炸成碎片。你觉得我们这样能撑多久？”

丹尼尔的语气冷静平淡，香烟轻烟袅袅，他抬头凝视烟雾缓缓向上飘散，穿越一束束阳光。“我们撑得过拿刀伤人这一关，”他说，“但彼此间对这件事心知肚明会毁了我们。这句话出自一个重视‘知道’胜于一切的学术研究者口中，感觉或许有点奇怪，但你可以读《圣经》的《创世记》，甚至詹姆斯一世时期的剧作，他们都懂得‘知道太多’可能让人丧命。我们只要待在同一个房间，这件事就会像带血的刀出现在我们之间，最后将我们剁成碎片。我们谁都不愿意见到这种结局。自打你踏进山楂林屋的那一天，我们便一直极力避免悲剧发生，拼命让生活回复正常，”他眉毛一挑，嘴角浮出浅笑，“应该可以这么说吧，我想。告诉蕾西是谁刺伤她，只会破坏回复正常的希望，相信我，其他人不会说的。”

和人太亲近，花太多时间与他们相处，甚至爱他们太深，有时反而看不到对方真正的面貌。除非丹尼尔刻意骗我，否则他又犯错了，一个他一犯再犯的错误。在他眼中的其他四人不是他们实际的样子，而是应该表现出来的样子，是在美好世界可能存在的样子。丹尼尔忽略了一个基本的事实，艾比、瑞法尔和贾思汀已经分裂了，筋疲力尽。这个事实每天盯着他看，在他上下楼时有如冷风从他身旁吹过，早上和我们一起钻进车里，晚上跑到餐桌缩在我们中间，他却始终不曾看见。此外，他还忽略了一件事，就是蕾西可能也有秘密武器，并且交给了我。丹尼尔知道他的世界正在瓦解，却依然相信里面的居民安然无恙，有如十二月的寒冬，五个人的脸庞浮现在大雪中，冰冷、明亮、纯洁而永恒。我们相处了几个星期，这是我头一回意识到他比我年轻许多。

“也许吧，”我说，“但我非得试试。”

丹尼尔仰头靠墙，叹了一口气，忽然显得非常疲惫。“的确，”他说，“没错，我想也是。”

“由你决定，”我说，“你可以现在告诉我事情经过，在我装回麦克风之前。这样其他人回来的时候，我已经离开这里。之后警方如果过来逮人，那就看法院相信你的说法还是我的证词。不然我就留下不走，你最好赌我不会录到什么证据。”

丹尼尔伸手抹了抹脸，勉强挺直腰杆。“你知道，我很清楚，”他望着烟，仿佛忘了自己还拿着它，“事情发展到现在，回复正常几乎不可能。老实说，我也知道我们的计划从一开始便是不可行的。但我们和你一样别无选择，只能冒险一试。”

丹尼尔将烟扔在石头地上，用鞋尖踩熄，冷漠疏离的神情再度回到他的脸庞。他戴起面对外人用的面具，语气带着“言尽于此”的味道。我就要失去他了。只要我们继续谈话，我就还有一丝机会，即使微乎其微。他随时可能起身回到屋里，而一切也将随之告终。

假若下跪能让他不走，我一定立刻跪在石板地上求他留下。但这人是丹尼尔，我唯一能够倚靠的只有逻辑与冷酷的理性思考。我尽量保持语气平淡地说：“你这样只是大大增加麻烦而已。要是我真的录到什么，那么根据情节轻重，你们四个很可能统统得去坐牢，其中一人是谋杀，剩下三人是从犯或共谋。到时你们还剩什么？之后又能回到哪里？以葛伦斯凯人对你们的态度，你觉得山楂林屋能撑到你们出狱的概率有多高？”

“我们不得不冒这个险。”

“你只要告诉我实情，我一定帮你力争到底，我向你保证。”丹尼尔大可以轻蔑地瞪我一眼，但他没有，反而目光温和有礼地望着我，仿佛颇感兴趣。“你们当中三个人可以无罪开释，剩下的那个也可以改用过失杀人罪名起诉，而非谋杀。整件事没有预谋，攻击发生在争执期间，没有人想置蕾西于死地，我可以作证你们都很关心她，杀人是因为一时把持不住情绪。过失杀人通常判个五年，甚至更短，然后就结束了。那人出狱后，你们四个可以团聚，将过去抛到脑后，让一切回复正常。”

“我的法律知识很有限，”丹尼尔靠过来拿起酒杯，说，“但就我理解——假如有错还请纠正我——嫌疑人答话前，警察必须告知他后果，否则他说的一切都不能当做呈堂证据。我只是好奇，面对根本不知道你是警察的人，你打算怎么做到这一点？”说完，他又将酒杯清洗一次，对着阳光眯眼检查是否洗干净了。

“没必要，”我说，“我根本不用想。我录到的一切本来就不能当证据，但可以让我拿到逮捕令，作正式的侦讯。举个例子好了，贾思汀要是深夜两点被捕，让弗朗科问话二十四小时，不断聆听描述蕾西被杀经过的录音带，你觉得他能撑多久？”

“有意思。”丹尼尔说。他将威士忌瓶盖拧紧，小心翼翼地放在石椅上，酒杯旁边。

我的心跳有如马蹄狂奔。“牌坏千万不要全押，”我说，“除非你有百分之百的把握，自己比对手还强。问题是你有多少把握？”

丹尼尔看我一眼，目光暧昧难辨。“我们该回去了，”他对我说，“我想就跟他们说我们下午都在看书，消除宿醉。你觉得如何？”

“丹尼尔！”我开口说道，随即喉头一紧，几乎无法呼吸。直到他低头往下看，我才发觉自己抓着他的袖子。

“警探，”丹尼尔对我微笑，笑容很淡，眼神却是沉静而忧伤，“你不能什么都要。你难道忘了我们刚才说的，就在几分钟前，牺牲是无可避免的吗？要么和我们一起，要么做你的警探，不可能两者兼得。你要是真心想和我们一起，超过世上任何事情，你就不会犯下那些错误，而我们也不会坐在这里了。”

丹尼尔伸手按住我的手，将我的手从他袖子上移开，放回我腿上，动作非常温柔，对我说道：“其实，你知道，这么说可能很怪，很夸张，但我真的很希望你当初做了不同的选择。”

“我不想破坏你们，”我说，“我当然不能说自己站在你们这边，但比起弗朗科警探，甚至山姆警探……换成他们，你们四个绝对会以谋杀罪名起诉，求处最大刑责，终身监禁。除非你跟我合作，否则一定是这样，承办案子的是他们两个，不是我。我正在极力挽救，丹尼尔，不让事情走到这一步。我知道看起来不像，但我真的在尽力。”

藤蔓间，一片叶子落下来掉进水里，卡在其中一级台阶旁，又逆着水流轻轻颤动。丹尼尔小心翼翼地拾起叶子，在指间翻转。“我一进三一学院就认识艾比，”他说，“真的是这样，就在注册日当天。我们挤在考试厅，几百名学生排队排了几小时，早知道我就带书去看，但我没想到会拖这么久。我们缓缓前进，抬头望去全是看了就闷的古画，所有人不知为什么都在窃窃私语。艾比排在隔壁行，我们偶然四目交会，她指着一幅肖像画说：‘不仔细看的话，那家伙是不是很像《芝麻街》里的老布偶？’”

丹尼尔甩动叶子，水滴四溅，映着交错的日光闪耀如火。“那时我才没几岁，”他对我说，“但已经察觉到别人都认为我很难亲近，不过我无所谓。然而，艾比似乎不那么觉得，反而让我很好奇。她后来跟我说，她当时害羞得要命，不是因为我，而是因为厅里的人和气氛。她来自寄养家庭，从小在市中心贫民区长大，如今突然被扔进中产阶级学生中间，和天生将大学与特权视为理所当然的人在一起，于是她当下决定，假如要鼓起勇气和人攀谈，就找外表最不可亲的家伙。我们当时还真年轻，你知道。

“后来，我们总算注册完了，我和她一起去喝咖啡，约好隔天见面。其实，我才提到约这个字，艾比就对我说：‘我明天中午要参加图书馆导览，到时见。’说完就径自离开，我根本来不及回答。从那一刻起，我就知道自己欣赏她。对我来说，这是完全新奇的感受。我很少欣赏别人，但她是那么果决、性格鲜明，当场让我以前遇过的人相形失色，光芒尽退。你或许察觉到，”丹尼尔浅浅一笑，拿着杯子抬头看着我说，“我习惯和生命保持距离，我总觉得自己是观察者，而非参与者，隔着厚厚的玻璃墙观察人群为生活奔忙，看他们做得轻松愉快，理所当然，我却始终参不透个中诀窍。然而，艾比直接穿墙而过，握住我的手，感觉就像触电一样。我还记得看着她穿过校门广场，身上那件恐怖的流苏裙长得要命，仿佛要把她淹没似的，我发觉自己正在微笑……

“隔天的图书馆导览，贾思汀也来了，始终站在大伙儿后面一两步的地方。要不是那小子感冒得太厉害，我根本不会注意到他。他每隔六十秒左右就会打一个大喷嚏，爆炸似的又湿又黏。大家先是吓了一跳，随即咯咯窃笑。那小子的脸红得像甜菜根一样，想用手帕把自己遮住。导览结束，艾比转身看着贾思汀，仿佛两人已经认识了一辈子，对他说道：‘我们要去吃午餐，你要一起来吗？’我从小到大看到过的最吃惊的表情，就是他那时候。那小子张大嘴巴，喃喃地说了什么，最后还是和我们一起去了酒窖小馆。等我们吃完午餐，他已经能说完整的句子，而且内容有趣得很。我们喜欢的书都很相似，他对诗人约翰·多恩[1]颇有见地，有些看法我完全没想过……那天下午，我忽然发觉自己很喜欢他，喜欢他们两个。这是我有生以来头一回喜欢有人陪伴。就你给我的印象，你不是那种很难交朋友的人，所以我不知道你能不能了解，这对我是多大的发现。

“我们要到隔周，也就是开学后才能遇见瑞法尔。那天，我们三个坐在教室后头等讲师出现，身旁的门忽然打开，瑞法尔大步走了进来。只见他浑身湿透，滴着雨水，头发贴着脑袋，双手握拳，显然被塞车搞得火冒三丈。老实说，他简直像电影主角出场一样。艾比说：‘你们看，李尔王来了。’瑞法尔转头瞪她，大声咆哮，你也知道他那个性，他说：‘那你是怎么来的？老爸的豪华礼车？还是坐扫帚飞来的？’我和贾思汀吓了一跳，但艾比只是笑着说：‘坐热气球来的。’说完推了一张椅子给他。过了半晌，瑞法尔默默坐下来，轻轻说了一句‘对不起’，事情就这样结束了。”

丹尼尔低头对着落叶兀自微笑，神情温柔惊讶，仿佛沉浸于恋爱的人。“我们几个怎么可能受得了彼此？艾比成天喋喋不休，好掩饰自己的害羞；贾思汀老是搞自溺，自言自语；瑞法尔永远话中带刺，到处伤人；还有我，我讲话太认真了，我知道。老实说，我一直到遇见他们那一年才学会笑……”

“那蕾西呢？”我轻声问道，“你们是怎么发现她的？”

“蕾西，”丹尼尔脸上笑容更深了，有如涟漪般漾了开来，“你知道吗，我已经记不得我们头一回见到她是什么时候了。艾比或许还记得，你应该问她。我只记得我们刚进研究所没几周，她就好像跟我们在一起一辈子了。”

丹尼尔将叶子轻轻放在身旁，用手帕揩拭手指。

“我每回想到，”他说，“我们五个竟然能够相遇，就觉得不可思议。概率那么低，更别说我们每个人心里都筑了好几道围墙。当然，这主要是艾比的功劳。我一直搞不懂她凭的是哪种直觉，怎么从来不会出错。我想她自己可能也不清楚，但你可以理解我为何如此信赖她的判断。不过话说回来，我们还是很可能错过彼此，只要我或艾比早一小时去注册，贾思汀拒绝我们的邀请，瑞法尔再凶一点，让我们退避三舍，不再理他，我们就会抱憾终生。所以，你能了解我为什么相信奇迹了吧？我常想象时间倒转，未来的我们回到现在，在关键时刻轻拍我们肩膀，悄悄对我们说：‘你看那里，快看！那个男的，那个女的，他们是为你安排的，他们是你的生命，你的未来，就在那里排队局促不安，身上雨

---

[1] 译者注：John Donne，1572—1631，创作主题多围绕着神以及人、神之间的关系。

水滴湿地毯，慢吞吞地走进门口，别错过了。’不然你怎么解释这样的事情发生？”

丹尼尔弯腰逐一拾起石板地上的烟蒂。“我这辈子，”他语气直接坦白，“就只爱过他们四个。”说完便直起身子，一手拿着酒瓶杯子，一手握着烟蒂，穿过草坪朝屋子走去。

## Chapter 20
## 我需要由我将故事说完

其他人回到家里依然眼皮沉重，头痛不适，心烦气闷。他们说电影烂得要命，男主角是鲍德温家族的哥哥或弟弟，和长得很像泰莉·海契（其实不是）的女主角发生一连串照理说很好笑（其实没有）的误会。戏院里坐满小孩子，显然不到年龄限制，两小时都在互发短信，吃东西吃得咔咔作响，还猛踢贾思汀的椅背。瑞法尔和贾思汀显然还在冷战，不过就连艾比也开始不和瑞法尔说话。晚餐是吃剩的意大利千层面，表面酥脆，底部烤焦，所有人都沉默不语，气氛紧张，没人起身去弄色拉或到壁炉生火。

后来我实在受够了，正想开口尖叫，丹尼尔忽然抬头冷静地说道："对了，蕾西，我要问你一件事。我星期一讨论课想谈女诗人安芬奇，但她的东西我很生疏，吃完饭你能帮我简单摘要一下吗？"

安芬奇写过一首以鸟为观点的诗，时常出现在蕾西的论文笔记里，不过，一天就二十四小时，因此我知道的只有这些。瑞法尔是有可能这样整我，以他经常恶意捉弄别人的个性，但丹尼尔从来不会随便开口。我们之前在院子曾经短暂同盟过，即使很奇特，但都结束了。他开始从小地方让我知道，要是我赖着不走，他可以让我的日子过得有多痛苦。

我可不想让自己出丑，在一个明知道我只会胡言乱语的人面前，瞎诌一整晚的声音与认同。幸好蕾西向来是个不按牌理出牌的女孩子，但也许这根本和幸运无关，我敢说她刻意塑造这样的形象，好用在类似眼前的状况。"抱歉，我不想。"我低头回答，继续拿叉子戳酥脆的千层面。

房里霎时安静下来。"你还好吗？"贾思汀问。

我头也不抬，耸耸肩说："还好吧，我想。"

我察觉到一件事。从他们突然沉默、贾思汀声音紧张到其他人匆匆交换眼色，都在显示他们只要转眼就开始担心我。过去几星期，我千方百计想让他们放松，卸下防备，完全没注意自己瞬间就能让他们情绪反转，更没想到只要运用得当，这样的武器威力有多强大。

“你之前《变形记》有困难，我可是帮了你，”丹尼尔提醒我，“你难道忘记了吗？我不知道花了多久才帮你找到那句话——是哪句来着？”

我当然不会上钩。“我现在讲只会搞混，把安芬奇说成玛丽·巴柏还是谁。我今天脑袋一团糨糊，一直……”我将千层面切成小块，在盘里随意推来推去，“算了。”

所有人都放下刀叉。“一直怎样？”艾比问道。

“管他的，”瑞法尔说，“我对安什么芬奇的一点兴趣也没有，要是蕾西也不……”

“有什么事困扰你吗？”丹尼尔客气地问。

“少烦她。”

“没问题，”丹尼尔说，“去休息吧，蕾西，我们改天晚上再弄，等你好一点。”

我冒险抬头瞟了一眼。丹尼尔已经重新拿起刀叉，很有规律地吃着，脸上除了沉思没有其他表情。他被自己将了一军，正专心沉着地思考下一步。

我决定先发制人。晚饭后，我们都待在起居室读书，起码假装在读，没有人打算来点互动，提议玩牌什么的。壁炉里依然堆着昨夜留下的灰烬，感觉凄凉阴沉。空气又湿又冷，屋子角落不时发出尖锐的断裂声与不祥的呻吟，吓我们一跳。瑞法尔用鞋尖踢着壁炉护栏，声音规律刺耳，我在椅子里坐立难安，不停变换姿势。贾思汀和艾比夹在我们两人中间，情绪越来越紧绷。丹尼尔埋头研究注记满页的文本，似乎一点也没有察觉。

十一点左右，我照例走到门厅套上外出服，接着又回到起居室门口，露出犹豫不决的表情。

“要去散步？”丹尼尔问。

“嗯，”我说，“也许能让我放松。贾思汀，你能陪我一起去吗？”

贾思汀身体猛然一晃，像是车灯照到的兔子般看着我：“我？为什么找我？”

“为什么要找人陪？”丹尼尔问，语调里带着一丝好奇。

我局促地耸耸肩，说：“我不知道，好吗？我脑袋感觉很怪，一直在想……”我手指绞着围巾，咬着下唇说，“可能因为我昨晚做了坏梦。”

“噩梦，”瑞法尔头也不抬地说，“不是‘坏梦’，又不是六岁小孩。”

“怎么样的坏梦？”艾比问，眉间微微一皱，露出担心的神色。

我摇摇头说：“我不记得了，不是很清楚，只是……我只是不想一个人在小路上走。”

“我也不想啊！”贾思汀说，感觉真的很不安，“我讨厌外面，真的很讨厌，不只是……外面很恐怖，阴森森的。难道不能找别人吗？”

“不然，”丹尼尔好心提议，“蕾西，你既然这么紧张，何不干脆待在家里？”

“因为我只要在家里再坐一秒钟，人就会疯掉。”

“我跟你去，”艾比说，“两个女孩子聊一聊。”

“我无意冒犯，”丹尼尔朝艾比柔情一笑，说，“但我想杀人狂看到你们两个，可能反倒不会怕。蕾西，要是你真的担心，那最好找一个身材比你高大的人陪，所以何不由我跟你一起去？”

瑞法尔抬头对丹尼尔说：“假如你要去，那我也去。”

房里一阵僵持沉默。瑞法尔目不转睛地冷冷瞪着丹尼尔，丹尼尔从容回望。“为什么？”他问瑞法尔。

“因为他是智障，”艾比对着书本说，“你别管他，他就会走开了，起码也会闭嘴，这样不是很好玩吗？”

“我才不要你们两个，”我说。我早就料到了，丹尼尔急着想凑一脚，只是我没想到贾思汀竟然有乡间小路恐惧症，真是莫名其妙，“你们只会斗嘴抬杠，我可是没心情奉陪。我要贾思汀，我好久没见到他了。”

瑞法尔嗤之以鼻：“你整天都看到他，每天。谁能受得了贾思汀多久？”

“那不一样，我们几百年没说话了，我是说好好聊天。”

“我没办法半夜出门，蕾西，”贾思汀说道，似乎真的很痛苦，“我也很想，真的，但就是没办法。”

“那么，”丹尼尔放下书本，对我和瑞法尔说。他的眼神闪闪发亮，仿佛终于得胜似的，感觉疲惫又带着嘲弄，“我们走吧。”

“算了，”我满脸嫌恶，狠狠瞪了其他人一眼说，“算了，没关系，你们就留在家里继续抬杠抱怨吧，我自己去，最好再被人刺一刀，这样你们就高兴了。”

我用力甩上厨房的门，震得玻璃猛烈摇晃，瑞法尔喃喃说了什么，被艾比厉声低吼一句“闭嘴”打断。我走到院子尽头，转身只见他们四人再度低头看书，各自沉浸在灯光之下，闪耀、封闭，难以触碰。

夜里起了云雾，空气沉重凝滞，有如一床湿棉被罩在山上。我步伐急促，想走到精疲力竭，可以欺骗自己心跳加速是因为运动的缘故。

我想起刚到林屋的时候，耳中不停地听见想象的大时钟声，忍不住走得更急更快。钟声只持续了两天，接着我便沉入屋子缓慢甜美的节奏中，忘了周遭世界。这会儿，钟声又回来了，疯狂地滴答作响，声音越来越大，朝巨大阴暗的零时狂奔而去。

我走到小路尽头，拨电话给弗朗科。光是想着爬到树上坐在一个地方不动，就让我全身难受。“终于出现啦！”他说，“你在干吗？跑马拉松？”

我靠着树干，试着让呼吸恢复正常：“我想靠行走把宿醉赶跑，让脑袋清醒一点。”

“运动很好，”弗朗科说，“对了，宝贝，昨晚干得不错，等案子办完，记得要我请你喝一杯鸡尾酒。我想，你终于让我们有所突破了。”

“也许吧，我不想高兴得太早。以目前的情况来看，奈德还是有可能说谎。他想买下蕾西对屋子的所有权，蕾西不理他，他决定再试一次，我提到丧失记忆的事，他发现机不可失，便谎称我们早就有过协议……那家伙不是爱因斯坦，但也不是白痴，起码牟取暴利的时候不是。”

“有可能，”弗朗科说，“也许吧。但你到底是怎么和他联络上的？”

我早就想好答案了。“我每晚都会监视小屋，因为我想她会去那里一定有理由。假如她想和某人会面，小屋是理想的地点，所以我猜对方很有可能再度出现。”

“结果慢郎中真的来了，”弗朗科语气平淡，“就在我告诉你屋子的事情，让你们有话可聊的那天，他还真会抓时间。他离开后，你为什么没给我打电话？”

“我脑袋嗡嗡叫，老大，心里只想着这件事会让调查转个大弯，我该如何利用这点，接下来该怎么做，要如何确定奈德不是在胡扯……我本来要给你打电话，但想着想着就忘了。”

“打总比没打好。所以，今天过得怎么样？”弗朗科语气轻松，完全听不出情绪好坏。

“好啦，我知道，我是大懒牛，”我语带歉意地对他说，“我和丹尼尔独处的时候，应该想办法套他话，但我就是做不来。我头痛得要命，而且你也知道丹尼尔那个人，跟他在一起实在很累，对不起。”

“嗯，”弗朗科说，语调不是很肯定，“那刚才故意大吵大闹又是怎么回事？我想应该是故意的吧？”

“我想扰乱他们，”我说，这是实话。“我们之前让他们放松，希望他们开口，但却没用。现在有了新的线索，我想或许可以加把劲。”

“你在这么做之前，难道都没想到应该先和我商量吗？”

我刻意地惊诧沉默片刻，接着才说：“我还以为你猜得到。”

“好吧，”弗朗科说，语气温和得让我心里响起警报，“你干得非常好，卡西，我知道你根本不想插手这件案子，我很感激你最后还是决定帮忙，你真的是好警察。”

听他这么说，我的腹部仿佛被人捶了一拳。“怎么了，弗朗科？”我说，但心里已经知道怎么回事。

弗朗科笑了。“别紧张，是好消息。卧底该结束了，宝贝。我要你回家后，就开始抱怨自己好像感冒了，头晕目眩、全身酸痛发烧之类的。但别说伤口痛，免得他们想看，只要装成病恹恹的就好。或许半夜随便叫醒哪个人，贾思汀最担心，对吧？跟他说你的身体越来越不舒服。要是他们到了早上还没送你去急诊，想办法让他们送你去，之后我会接手。”

我一手握拳，指甲深深嵌进掌心：“为什么？”

“我还以为你会很开心，”弗朗科显得很吃惊，有点苦恼，“你之前不是……”

“不是根本不想来，我知道。但我人都来了，而且离真相越来越近，你干吗现在要我抽身？因为我惹毛他们没有事先向你报备吗？”

“天哪，当然不是，”弗朗科说，语气依然带着一丝惊讶，“跟那件事情无关。你卧底是为了找出侦办方向，而你做得非常好。恭喜，宝贝。你已经完成任务了。”

“才怪，”我说，“还没有。你派我进来找嫌疑人，是你亲口说的，目前我只找到一个可能的动机和四名可疑嫌疑人——五个，假如你认为奈德可能漫天扯谎的话。这要怎么确定侦办方向，我问你？他们四个肯定像你最早推测的那样，再次搬出同一套说辞，到时我们又回到原点。妈的，让我把事情做完。”

“我是为你着想，这可是我的工作。你查出这些事情，很可能让自己身处险境，我不能坐视……”

“狗屁，弗朗科。假如他们其中一人杀了蕾西，我从踏进屋子第一天就有危险，你那时怎么不担心，要到现在……”

“小声一点。是为了这个吗？你气成这样，难道就因为我不够保护你？”

我感觉弗朗科就在我的面前，气得双手挥舞，蓝色眼眸屈辱地瞪大。

“饶了我吧，弗朗科，我是大人了，可以照顾自己。你之前从来不曾操心过我，所以他妈的为什么，为什么要我现在抽身？”

没有回答。过了半晌，弗朗科叹息一声。“好吧，”他说，“你想知道为什么，好吧，因为我觉得你已经无法维持办案所需要的客观了。”

“你在说什么？”我心跳如雷。要是弗朗科真的在屋里装了监视器，或猜到我把麦克风拆掉——我不该将麦克风留在屋里那么久，我心乱如麻地想着，笨蛋，我应该没几分钟就回去一趟，弄点声音什么的……

“你的情感涉入太深了。我不是白痴，卡西，我很清楚昨晚发生了什么，也知道你有一堆事情瞒着我。这些都是警讯，我可不想装做没看到。”

弗朗科被弗雷的音乐骗过了，不知道我已经身份败露，我的心跳倏地慢了下来。

“你开始越线了，也许我当初根本不该游说你当卧底。我不知道你在重案组到底出了什么事，我也不想问，但你脑袋显然搞坏了，显然还没准备好做这样的事情。”

我忽然火上心头，但要是爆发出来，就正好应验弗朗科的看法，而这很可能便是他心里的盘算。于是，我猛踹树干一脚，感觉脚趾差点骨折，等我冷静下来可以说话之后，我对他说：“我脑袋很正常，弗朗科，也没越什么线。我所有的行动都只为了一个目标，就是完成调查，找出谋杀蕾西的主嫌，而我想把工作做完。”

“抱歉，卡西，”弗朗科语气温和，态度坚决，“这回不行。”

卧底有一个特点，向来没有人提。干这行的原则是刹车由老板来踩，由他决定你何时进去，何时出来。毕竟只有他能综观全局，拥有你或许不知道的情报，因此想要保住小命或工作，最好照他说的做。

但没有人提到一点，卧底身上随时带着一枚手榴弹，就是老板只能命令，却不能强迫你。我从没听说有人用过这枚手榴弹，但所有人都知道它的存在。只要你说“不”，老板便完全拿你没辙，即使只有短暂片刻，也许已经够你完成想做的事。

然而，手榴弹一旦扔出去，两人的信任裂痕将永远无法弥补。我眼前忽然浮现出蕾西在日志本里留下的机场代码，见到她用力写下的潦草字迹。

“我要留下来。”我说。狂风扫过树林，我感觉背靠的树干前后摇晃，让我脊骨猛力一颤。

“不行，”弗朗科说，“你不能留下。别跟我争辩这件事，卡西。我已经决定了，我们没必要为此吵上一架。立刻回家收拾东西，开始装病。我们明天见。”

“你放我来这里执行任务，”我回答，“除非工作完成，否则我绝不离开。我这会儿不是在跟你争，弗朗科，而是知会你。”

弗朗科终于懂了。他没有疾言厉色，但说话的口吻还是让我肩膀一缩：“你要我在街上堵人，从你身上搜出毒品，把你扔进牢里，让你恢复清醒吗？我可是会这么做的。”

“你才不会。他们都知道蕾西不吸毒，要是她被警方罗织罪名，死于拘禁期间，他们肯定会闹得满城风雨，彻底毁了调查行动，你得花上好几年才能去掉满身腥。”

电话彼端一阵沉默，弗朗科陷入长考。“你知道这么做会让你丢了饭碗，对吧？”最后他开口说，“你直接违抗上级长官的命令。你知道我可以把你抓来，没收你的警徽和佩枪，当场把你革职，对吧？”

“是的，”我说，“我知道。”但不会的，弗朗科不会这么做，而我知道自己正在利用这一点。我还知道另一件事，我不知道是怎么知道的，也许是他语气一点也不惊讶，但我知道他自己也做过同样的事。

“你知道你让我周末没办法和荷莉见面了，对吧？明天是她生日，你要替我向她解释爸爸为什么没有出现，是吗？”

我退缩了，但随即提醒自己说话的人是弗朗科，荷莉可能几个月后才会过生日。“那就去啊，另外找人顾着麦克风收音就好。”

“不可能。就算我想，也找不到人。预算已经用完了，上头也受够了，不想再付钱给警察，让他们坐在这里听你喝酒，撕壁纸。”

“我不怪他们，”我回答，“怎么处理麦克风收音是你家的事，随你爱怎么玩，要让机器监听自己也行，我只想管自己的事。”

“好吧，”弗朗科挫折地长叹一声说，“好吧，那我们这么办，你有四十八小时，从现在开始，把事情……”

“七十二小时。”

“七十二小时可以，不过有三个条件：别做傻事，保持电话联络，随时带着麦克风。我要你答应我。”

我心头一凛。也许弗朗科什么都知道，他那个人永远难以捉摸。“了解，”我对他说，“我答应你。”

“从现在开始算三天，时间一到，就算离破案只差一线，你也得打道回府。也就是——”弗朗科看了看表，“周一晚上十一点四十五分，你必须离开山楂林屋，向急诊室报到，或在前往医院的路上。这段时间，我会保存谈话录音。要是你满足三个条件，并且准时出现，我就消除录音，没有人会知道我们的约定。只要你再啰唆，我一定立刻把你硬拖出来，不管花多大力气，会有什么后果，而且绝对把你革职，听清楚没有？”

“听清楚了，”我说，“清清楚楚。我不是想胡整你，弗朗科，真的不是。”

“卡西，你这样，”弗朗科说，“真的非常非常不聪明，我希望你明白这一点。”

说完“哔”的一声，一切复归沉寂，只剩下静电在我耳中萦绕。

我双手抖个不停，手机掉了两次才勉强按下“结束”键。

讽刺的是，弗朗科差一点就说对了。直到二十四小时前，我根本没在办案，只是让案情牵着走，让自己像自由落体般掉进去，落得很深，然后再往下潜。这件案子拥有无数个小片段，或许是话语、目光或某样东西，有如面包屑散落一地，看来毫无关联，被我忽略，只因为我想（或以为我想）成为蕾西，更胜于破案。弗朗科不知道，而我也没有告诉他，是奈德让我回过神来，即使他根本无意这么做。我想了结这个案子，为此，我愿意（我不会随便说出这两个字）付出任何代价，极尽一切可能。

各位或许会想，我留下来是因为之前被骗了，差点毁掉一切，唯有这么做才能挽回颓势。或者，唯有破案才能保住饭碗——这是为了工作，我之前下意识地对丹尼尔说。又或者，“薇丝塔行动”的失败毒害了我的生活，我需要这一剂解药。说不定三者都有。但我难以释怀的不是这些，而是无论这女孩是谁，又做了什么，我和她从出生就注定交织在一起。我们彼此引导对方，走进这个角色，来到这里。我知道她的一些事情，其他人从来不知道。我不能现在抛下她，这世上除了我，没有人能用她的眼睛看事情，解读她的心灵，追踪她留下的蛛丝马迹，诉说她没能道尽的故事。

我只知道这些：我需要结局，需要由我将故事说完，而我很害怕。我不常恐惧，但我和丹尼尔一样清楚，凡事都得付出代价。然而，丹尼尔不知道一点，或他只是没提，而我从一开始便说得很明白：代价就像一把野火，随时都在变化，选择权不总是在你手上，而你也不一定事先就能知道必须付出什么。

还有一个想法在我心头萦绕不去，想到就觉得难受想吐。这女孩会找上我，是因为她一直想找到一个人，愿意和她交换位置。她想找到一个人，渴望抛弃残破不堪的往日生活，让它蒸发散逸，有如草上的晨雾。她想找到一个人，乐于化为蓝钟花的香气与绿芽，让她可以茁壮开花，再度变得实在，活得真实。

直到这一刻，我才相信女孩死了，即使我不曾见她活着。我永远摆脱不了她，我拥有女孩的脸庞，就算老了，这脸庞也会出现在穿衣镜里，窥视她无缘活过的岁月印记。过去几周，我活在女孩的生命里，活得奇特而鲜明。她的血孕育了蓝钟花与山楂树苗，也让我成为此刻的自己。但当我有机会跨出最后一步，越过界线，和丹尼尔躺在藤蔓与水声之间，放下自己满是疤痕伤口的生命，重新来过，我却拒绝了。

四下异常沉静，我随时都得回到山楂林屋，拼命设法将它毁灭。

我忽然很想和山姆说话，想得腹部发疼，有如被人捶了一拳。我想告诉他，仿佛这是世上最紧急的事，趁一切还能转圜，跟他说我就要回家了。更重要的是，我回来了。而我现在很害怕，有如黑暗中的孩子，我想听听他的声音。

山姆手机没开，只听见语音信箱一个女人的语气随便地要我留言。山姆在工作，轮班监视奈勒家，或是第十二次翻阅口供，想找出遗漏了什么。我要是爱哭的女孩，肯定泪流满面，可惜不是。

等我回过神来，才发现自己已经隐藏号码，拨电话给罗伯。我一手盖住麦克风，感觉心跳在我掌心底下沉重缓慢。我知道这很可能是我这辈子做过最蠢的事，但我不知道该如何停止。

“我是罗伯，”铃响第二声，罗伯接起电话，语气清醒。罗伯向来很难入睡。我没有回答，他的声音突然警觉起来，“喂？”

我切掉电话。在我拇指按下“结束”键之前，仿佛听见罗伯急切地喊了一声“卡西？”但我已经摁下去了，就算想接也来不及了。我跌坐在树下，双臂紧紧抱住自己，坐了很久。

我和罗伯最后一次搭档期间，某天凌晨三点，我骑伟士牌摩托车到命案现场接他。夜色深沉，回程路上只有我们两人，我使劲飙车。

转弯时，罗伯会贴着我倾斜身体，摩托车几乎感觉不到额外的重量。我们过了某个弯角，前方出现两道远光灯，越来越亮，占满整个路面。只见一辆卡车开到马路中央，朝我们直冲而来。但我们像叶子一样轻快地闪到路旁，卡车从我们身旁呼啸而过，卷起一阵强风，灯光刺得我和罗伯睁不开眼。

罗伯扶住我的腰，双手不时战栗，抖得又急又猛。我心里念着温暖的公寓，一边回想冰箱里还有没有食物。

我们当时都不知道，接下来几小时是我与他共处的最后时光。我一直轻松倚靠着这段友谊，有如一堵两米厚的墙，什么都没多想。

但在一天之内，我们所有的一切开始土崩瓦解，快得令我无法阻挡。之后几天，我经常半夜醒来，脑中闪着那两道远灯，刺眼更胜艳阳。

此刻，我置身暗夜小径合上双眼，再度见到那两道强光。我忽然明白自己可以继续前进，可以像蕾西一样，带她加足马力飙出路旁，冲向远灯，冲进强光里的无边沉静，再也没有什么能够触及我们，永远。

# Chapter 21
## 我们该走了

丹尼尔只花了两小时就拟妥下一步。我坐在床上，双眼望着《格林童话》，不停地读着同样一行，却没看进去半个字。房门忽然被人悄悄敲了一下。

“请进。”我应了一声。

丹尼尔探头进来，依然衣着整齐，白衬衫一尘不染，鞋子发亮。“你现在有空吗？”他彬彬有礼地问道。

“当然。”我放下书本，一样彬彬有礼地回答。他来找我绝不可能是投降或停战，但我想不出彼此还能做什么。没有其他人当武器，我们根本打不起来。

“我只是想，”丹尼尔转身将门关上，对我说，“跟你说两句话，私底下。”

我的身体反应比头脑还快。丹尼尔背向我的短短一秒钟，我下意识地从睡衣领口伸手抓住麦克风，猛力往上一扯，感觉接头“啪”的一声松脱开来。等他转身回头，我的双手已经若无其事地摆回书上。“说什么？”我问。

“就几件事，”丹尼尔抚平被尾，坐下来说，“让我想不透。”

“哦？”

“没错，几乎从你……嗯，就说抵达好了。我就察觉一些小地方有出入，越来越让人困扰。几天前，你开口再要洋葱，我心里忽然有很大的疑惑。”

丹尼尔客气地停顿片刻，心想我或许有话要说。我盯着他看，不敢相信自己怎么没料到这一步。

“当然，”丹尼尔看我显然不打算开口，便接着说道，“还有昨天晚上。我不知道你知不知道，我和你有几回，或者说我和蕾西曾经……总之，亲吻和笑容不同，不可能搞错。昨天晚上我们接吻，多少让我确定你不是蕾西。”

丹尼尔隔着床铺注视着我，目光淡然。他再度不留情面地当众拆穿我，对我长官、（他猜到的）我男友和不允许卧底亲吻嫌疑人的警署高层，他们全都成了丹尼尔的遥控武器。要是麦克风还接着，我几小时后就得黯然回家，直接去乡下警局报到。

“这么要求可能很离谱，”丹尼尔语气平静地说，“但我很想看看你所谓的伤口，确定你真的是你所说的人。”

“当然，”我开心地回答，“有何不可？”只见丹尼尔眼里闪过一丝惊讶。我拉下睡衣领口，将绷带扯出来给他看。一边是线路，一边是电池，两个分开。

“做得漂亮，”我对他说，“可惜没成功。就算你真的把我撵出去，你觉得我会安静地离开吗？我没什么好损失的，即使只有五分钟，我也可以向其他人坦承我是谁，说你几周前就知道了。你想他们会有什么反应？就拿瑞法尔来说好了。”

丹尼尔弯腰检查麦克风。“嗯，”他说，“也对。反正试试看，谁知道。”

“我再办这个案子也没多久了，”我说得很急，因为弗朗科一发现收不到音，就会立刻起疑，我或许只有一分钟，再迟就会火烧屁股了，“顶多几天，但我就要这几天。要是你敢抢走，我就玉石俱焚。要是你聪明点，或许还可以赌我什么也查不到，我们一起想办法，让其他人始终不知道我的身份。”

丹尼尔面无表情地望着我，一双大手规规矩矩地交握着放在腿间：“朋友是我的责任，我不打算袖手旁观，让你把他们扫进侦讯室里！”

我耸耸肩说：“随便。你想怎么阻止我都行，起码今天没搞出什么麻烦。但我在这里最后几天，少来搞破坏。咱们一言为定！”

“你说几天，”丹尼尔问，“到底是几天？”

我摇摇头，说：“这点没得商量。我再过十秒钟就得把这东西接回去，好让它听起来像意外断线。之后我们就随便聊聊，讨论我晚饭时为什么闹脾气，好吗？”

丹尼尔敷衍似的点点头，双眼依然盯着麦克风。“很好，”我说，“那就开始吧。我不想……”我的话说到一半，将线路接回去，让感觉更真实，“谈这件事。我的脑袋一团混乱，感觉糟透了，你们可不可以别管我，行吗？”

“我想你应该是宿醉吧，”丹尼尔听话照办，“你向来对红酒没辙，不是吗？”

这句话怎么听都像陷阱。“随便啦！”我说，像个青少年似的朝他愤怒地耸耸肩膀，将绷带粘了回去，“说不定是潘趣酒，瑞法尔不知道加了什么鬼。他最近酒喝得蛮凶的，你发现了吗？”

“瑞法尔没事，”丹尼尔冷冷地说道，“你也一样，好好睡一觉应该就行了，我希望。”

楼下脚步匆忙，接着是开门声。“蕾西？”贾思汀紧张的声音从楼梯间传来，“你还好吗？”

“丹尼尔在烦我。”我吼了回去。

“丹尼尔？你为什么要烦她？”

“我没有。”

“他想知道我为什么不爽，”我大声嚷道，“可是我不爽就是不爽。还有，我叫他别管我。”

“你说你不爽怎样？”贾思汀已经走出房间到楼梯口，我可以想象他穿着条纹睡衣，手扶栏杆，睁大近视的眼睛努力往楼上看。丹尼尔望着我，目光专注沉思，让我紧张到了极点。

“安静！”艾比咆哮道，声音气得隔着房门也听得清楚，“有人想睡觉，好吗？”

“蕾西，你为什么不爽？”

“砰”的一声，艾比扔了什么东西：“贾思汀，我说安静！拜托！”

一楼的瑞法尔语气暴躁地说了什么，声音很弱，似乎是“妈的，到底是怎么回事？”

“我下楼跟你解释，贾思汀，”丹尼尔高声说道，“所有人上床睡觉。”接着转头对我说，“晚安。”他起身将被子抚平，“希望你睡饱了，明天早上感觉会好一点。”

“嗯，”我说，“谢谢，但别期望太高。”

丹尼尔步伐沉稳地朝楼下走去，之后两人窃窃私语。起初都是贾思汀在说，丹尼尔偶尔插上一句，但慢慢颠倒过来。我小心翼翼地下床，耳朵贴着地板，但他们简直像是咬着对方耳朵讲话，我实在听不清楚。

两人说了二十分钟，丹尼尔才蹑足走上楼来，在楼梯转角伫立良久。我听见他卧室的门关上后，忍不住打了个哆嗦。

那天夜里，我辗转难眠，不停地翻书装读，抓着被子翻来覆去，深呼吸假装睡着，不时将麦克风拔掉几秒钟或几分钟。我想自己应该做得不错，很像线路时断时连，但还是没有把握。弗朗科可不是笨蛋，也没有理由相信我，对我不疑有他。

弗朗科在左，丹尼尔在右，我和蕾西卡在中间。我一边摆弄麦克风打发时间，一边思考这件案子明明有两群人彼此对立，怎么到头来全都与我对立，这在逻辑上怎么可能。

但我最后还是起身下床，拿起蕾西梳妆台前的椅子，头一回用它抵住房门，接着躺回床上沉沉睡去。

星期六匆匆过去，有如梦魇一场，让人挫折眩晕。丹尼尔决定大伙儿一起磨光地板，因为整修屋子总是能让我们平静下来，也方便他集中监视所有人。“我们一直没注意饭厅。”早餐时，他对我们说，“饭厅就在起居室隔壁，看起来却很破旧。我想今天应该帮它美容美容，你们觉得呢？”

“好主意，”艾比将蛋放进丹尼尔盘里，对他报以微笑，笑容疲惫坚定，充满鼓励。贾思汀耸耸肩膀，继续小口地啃吐司。我对着煎锅说：“随便。”瑞法尔一言不发，拿着咖啡离开饭厅。“好，”丹尼尔眼睛回到书上，平静说道，“那就说定了。”

这一天果然如我所料，过得痛苦不堪。屋子显然休假了，快乐的魔力尽失。瑞法尔独自生着闷气，看全世界不顺眼，不停地拿磨光机捶墙，吓了大伙儿一跳。后来，丹尼尔默默走到瑞法尔身旁，一把抢走磨光机，递了一张砂纸给他。我装出一脸愠怒的模样，暗自祈祷会有效果，迟早（当然越快越好）让我逮到可乘之机。

窗外飘着细雨，雨丝狂乱飞舞。没有人开口说话。我一两次看到艾比伸手抹脸，但她始终背对我们，我不知道她是在哭，还是脸上沾了碎屑。饭厅满是尘屑，钻进我们的鼻子，粘在颈后，嵌进手掌里。贾思汀不时夸张地哮喘一声，对着手帕狂吠猛咳，搞得丹尼尔放下磨光机，大步走出饭厅，拿回一个恐怖的老式防毒面具，递给贾思汀。房里安静无声，没有人笑。

“碎屑里有石棉，”瑞法尔一边恶狠狠地刮磨地板的肮脏角落，一边说道，“你是真的想害死他，还是只想让他感受一下？”

贾思汀满脸惊恐地看了防毒面具一眼，说：“我不想吸到石棉。”

“要是你想用手帕将嘴巴遮住，”丹尼尔说，“那就用手帕，别再唉唉叫。”说完便将防毒面具塞到贾思汀手中，拿起磨光机继续干活。

那天夜里在阳台上，我和瑞法尔聊起防毒面具的用途，两人一发不可收拾。丹尼尔可以戴着面具去上学，叫艾比在上头刺绣……贾思汀将防毒面具轻轻放在墙角，让它瞪着空洞悲哀的大眼凝视我们，看了一整天。

“你的麦克风怎么了？”那天夜里，弗朗科问道，“只是问问。”

“哦，妈的，”我说，“不会吧，又来了？我还以为修好了。”

弗朗科狐疑了几秒，说：“又怎样？”

“我今天早上换绷带的时候，发现线路松脱了。我想可能是昨天晚上洗完澡没装好，身体扭动就掉了。你那里断讯多久？现在正常了吗？”我一手伸进上衣领口里，敲敲麦克风说，“听到了吗？”

“清清楚楚，”弗朗科语带嘲讽，“昨天晚上断过几次，但我不认为错过了什么重要的内容，起码我希望没有。不过，你半夜和丹尼尔谈话，我倒是漏了一两分钟。”

我刻意笑着对他说：“哦，那个啊。他很紧张，因为我之前大发脾气，他想知道哪里出问题了，我就叫他别管我。他放弃再问，就回房间睡觉了。我就跟你说会有用吧，老大，他们都快狗急跳墙了。”

“好吧，”弗朗科沉默半晌说，“看来我没错过什么精彩的。只要我还在办这个案子，就不能说不相信巧合。但要是线路再松脱一次，就算只有一秒钟，我也会杀到林屋，揪着你的脖子把你带走。把绷带给我用快干胶粘在身上。”说完，他就挂断了。

我回头往家里走，一边思考自己要是丹尼尔，下一步会怎么做。然而事后证明，我该担心的根本不是他。我还没进门，就知道出事了。他们全都在厨房里，男生显然在洗碗盘，瑞法尔握着抹刀，感觉像武器一样，贾思汀将肥皂泡洒得一地都是。所有人同时开口讲话。

“……在做工作，”我打开法式落地窗门，只听见丹尼尔淡淡说道，“要是我们不让他们……”

“可是，为什么？”贾思汀哭着说，“他们干吗要……”

他们看到我推门进来，房里瞬间悄然无声，所有人盯着我，话语停在一半。

“怎么了？”我问。

“警察要找我们过去。”瑞法尔说着将抹刀扔进水槽，“啪”的一声水花四溅，泼到丹尼尔的衬衫，但他似乎毫无感觉。

“我受不了再来一次，”贾思汀颓然靠着料理台说，“我做不到。”

“过去哪里？做什么？”

“弗朗科给丹尼尔打电话，”艾比说，“警方要找我们谈话，明天一早就去，我们五个都躲不掉。”

“为什么？”弗朗科那个贱人。他在我打电话之前就决定玩这一招了，而且连一点暗示都懒得给我。

瑞法尔耸耸肩说：“他没讲，只说想和我们‘聊一聊’，就这样。”

“但为什么要去那里？”贾思汀语气惊慌，两眼瞪着桌上丹尼尔的手机，仿佛它扑过来一样。“之前都是他们过来，这回为什么要……”

“他要我们去哪里？”我问。

“都柏林，”艾比说，“什么重大犯罪办公室之类的，管它叫什么名字。”

重大与组织犯罪组在重案组楼下，弗朗科只要让我们多爬几阶楼梯就好。除非涉及重大要犯，否则组织犯罪组一般不会承办刺杀案件。但他们不知道这点，光是名称就能让他们闻之色变。

“你知道这件事吗？”丹尼尔追问我，目光森冷得让我很不喜欢。瑞法尔仰望天花板，嘴里嘀咕一句，我听到“偏执狂”三个字。

“不知道，怎么可能知道？”

“我想，你朋友弗朗科应该会给你打电话才对，在你刚才出去的时候。”

“才没有，而且他不是我朋友。”我毫不掩饰眼神里的怒气，就让他自己去猜我说的是真是假。我只剩两天时间，弗朗科却打算用他没完没了的无聊问题吃掉一天，问我们三明治都夹什么料，对大奶妹葛芮丽有什么看法。他要我们明天一早就去报到，显然准备拖得越久越好，八小时，甚至十二小时。我心想，要是换成蕾西，会不会踹他老二一脚。

“我就知道不该打电话，跟他们说石块的事，”贾思汀气鼓鼓地说，“我就知道，否则他们早就放过我们了。”

“那我们就不要去。”我说。弗朗科可能会觉得这么做很蠢，打破我和他的约法三章，但我实在气得豁出去了，“警方没办法强迫我们。”

所有人愣了半晌。“真的吗？”艾比问丹尼尔。

“老实说，我觉得是。”丹尼尔说。他若有所思地望着我，我几乎可以见到他脑袋里正骨碌运转，“我们没有被捕，警方只是要求，不是下令，虽然弗朗科给人的感觉不是这样。尽管如此，我想我们还是得去。”

“哦，是吗？”瑞法尔问道，语调不大客气，“你真的这么想？要是我认为管他妈弗朗科去死呢？”

丹尼尔转头看着瑞法尔。“我打算继续全力配合警方调查，”他冷静回答，“不仅因为这么做明智一点，更因为我想知道到底是谁做了这么恐怖的事。要是你们决定挡路，拒绝合作让弗朗科起疑，我没办法阻止。但别忘了，刺伤蕾西的人依然逍遥法外，我们应该尽力协助将他缉捕到案。起码我是这么认为。”这个机灵的浑球。他正在用我的麦克风对弗朗科喊话，让对方听见他想说的，而且显然是睁眼说瞎话。他们俩简直就是绝配。

丹尼尔目光征询似的环顾厨房一眼，没有人答话。瑞法尔开口想说什么，但忽然打住，满脸嫌恶地摇了摇头。

“很好，”丹尼尔说道，“这样的话，我们把这里收拾收拾就上床睡觉。明天肯定会很漫长。”说完，他拾起擦碗布。

后来，我和艾比待在客厅，我一边假装读书，一边发明脏话咒骂弗朗科，听着厨房里的紧张寂静，突然明白了一件事。我在林屋的最后两天，丹尼尔宁可和弗朗科虚耗，也不愿面对我。我想，这或许算是一种恭维。

那个周日早晨，有件事我印象最深。我们照例吃了早餐，一个步骤都没有遗漏。艾比轻轻敲我房门，我和她并肩准备早餐，滚烫的炉子让艾比脸庞发红。我们在彼此身旁绕来绕去，递传食物和餐具，完全不用开口。

我还记得抵达林屋的第一天晚上，看到他们的紧密契合，心中剧烈一痛。转眼间，我也不知不觉成为其中一分子。贾思汀皱着眉头将吐司对角切开，瑞法尔梦游似的“自动”斟倒咖啡；丹尼尔用盘子一角压着书本边缘。我放空脑袋，不让自己去想再过三十六小时就要告别这里，之后就算再能见到他们，一切也将是沧海桑田。

大伙儿慢条斯理，就连瑞法尔喝完咖啡再度出现，也没人急着动身。瑞法尔用屁股顶我，要我让出一点椅子，坐下来啃我的吐司。窗上朝露滑落，兔子——它们越来越嚣张，越来越靠近屋子——在屋外吃草。

经过一个晚上，事情有了变化。四个人原本的针锋相对消失了，彼此一团和气，小心翼翼，甚至很温柔。我偶尔会想，他们那天清晨那么认真地用餐，是因为他们内心深处都明白，比逻辑理性还要清楚确定：时候到了。

“我们该走了。”后来，丹尼尔说道。他合上书本，伸手放到料理台上。我感觉桌边传来一道呼吸，既像哽咽，又像叹息。瑞法尔起身，胸膛匆匆拂过我的肩头。

“好，”艾比轻声说道，近乎自言自语，“我们上吧！”

“蕾西，我有件事想和你商量，”丹尼尔说，“你就坐我的车进城吧？”

“商量什么？”瑞法尔厉声问道，手指掐进我的胳膊。

“和你无关，”丹尼尔将盘子拿到水槽里说，“有关的话，我会找你。”针锋相对的感觉又出现了，毫无预警，锐利得将空气一分为二。

“所以，”丹尼尔将车停在屋前，我坐进前座，他对我说，“就是这样了。”

我心里飘起一道狼烟：有危险。因为他不看我，只是望着车外，看着林屋置身凉爽的晨雾中。贾思汀用折好的抹布拘谨地擦着车窗，瑞法尔的下巴收在围巾里，无精打采地走下台阶。因为他脸上的表情，专注沉思，又带着一点哀伤。

我不知道这家伙的极限何在，甚至不清楚他有没有极限。我的枪还在蕾西房里的床头柜后，重案组有金属探测器，唯一涵盖不到的地方，弗朗科之前说过，只有开车进城和回家的路上。

丹尼尔笑了，对着迷蒙的蓝天兀自微笑。“今天会是个好天。”他说。

我正想冲下车子，大步走到贾思汀面前，跟他说丹尼尔很恐怖，我想坐他们的车——我这星期已经抓狂够多次了，再发飙一次不会有人疑心——只见后座车门猛然打开，艾比坐了进来，披头散发，满脸通红，外套、手套和帽子戴得乱七八糟。“嘿，”她“砰”地将门关上说，“我可以坐你们的车吗？”

“当然可以。”我说。我从来没有因为一个人的出现而这么高兴过。

丹尼尔转头看她：“我还以为我们说好了，你和瑞法尔坐贾思汀的车。”

“你开什么玩笑？你没看他们现在什么心情？跟希特勒和东条英机在一起都比坐他们的车开心一点。”

没想到，丹尼尔居然笑了，真诚、温暖、开心地笑。“他们真离谱。没错，就让他们自己去搞吧，两人锁在车里一两个小时刚刚好。”

“谁知道，”艾比语气不是很肯定，“说不定他们会把对方宰了。”说完便从袋子里拿出折叠梳子开始对付头发。贾思汀的车子在我们前头，只见他气急败坏地发动车子，吱嘎一声开上车道，显然操之过急了。

丹尼尔往后伸出一只手，掌心向上，对着艾比。他没有看她，也没有看我，两眼凝视车前的樱桃树，目光茫然。艾比放下梳子，伸手握着丹尼尔的手，摁了他手指一下。两人的手就这么握着，半晌，丹尼尔叹息一声，将手从艾比的掌中轻轻抽出，发动了车子。

# Chapter 22
## 卡西的王牌

弗朗科那个超级混账，把我扔进侦讯室里（“蕾西小姐，很快会有人来和您谈话。”）枯等了整整两小时，而且还不是比较好的房间，既没有饮水机，也没有舒服的椅子，设备只比拘留所好一点，是我们专门用来吓唬嫌疑人用的地方。

事实证明，真的有效，我整个人越来越焦躁。

弗朗科这会儿在其他房间，什么都可能做得出来。揭穿我的卧底身份，告诉他们小孩的事，说警方知道奈德这个人，等等，全都可能。

我知道他就希望我有这种反应，感觉像个嫌疑人一样。我不仅去除不掉这样的感觉，反而更加气愤。我连对着摄影机，说我知道这是怎么回事都没办法，因为我知道他找了他们中的一人在隔壁看着我，而且预期我就会是这副德行。

我不停地换椅子坐，弗朗科当然不忘给我椅脚矮了一截的椅子，这是专门让嫌疑人不舒服的标准配备。我真想朝摄影机大吼：我之前也在这里工作，他妈的，这里是我的地盘，少用这套烂招对付我!

但我只是从夹克口袋摸出圆珠笔，开始在墙上写“蕾西到此一游”自娱，还刻意把字写得很漂亮。这么做一点也不显眼，但我本来就不期望有人发现，因为墙上早已爬满多年来累积的标签、涂鸦与难以辨识的图案。我认出其中的一两个名字。

我恨透了这种感觉。我出入这个房间不知道多少次，和罗伯一起侦讯嫌疑人，两人有如心意相通的猎人，步步逼近猎物，合作得天衣无缝。

这会儿单独待在房里，身旁没有罗伯，感觉就像五脏六腑被人掏光似的，身体空得差点站立不住。后来，我开始拿笔猛力戳墙，戳到圆珠掉了出来，接着将笔对准摄影机扔了过去，当场命中目标，但我心情一点也没好转。

等我气得七窍生烟，弗朗科才决定风光出场。“哎呀呀！”他伸手将摄影机关掉，对我说道，“能和你在这里见面，真是梦寐以求，坐吧。”

我没有坐下：“妈的，你到底想干什么？”

弗朗科竖起眉毛：“我在侦讯嫌疑人啊，怎么，难道还得由你批准才行？”

“你要恶整我，摆我一道，应该先和我商量，可恶。我在工作，弗朗科，这可不是闹着玩的，你这么做可能让我前功尽弃。”

“工作？这年头的小孩子都是这样说的吗？”

“是你说的。是你派我过去的，我只是听命行事，而且好不容易有了进展，你为什么要搞破坏？”

弗朗科背靠墙壁，交叉双臂说：“你会玩贱招，卡西，我也可以。怎样，角色异位之后不好受吧？”

我知道弗朗科没有要贱，不算要过。我知道他很生气，也有理由发火，甚至想把我打成熊猫眼。我也知道除非自己在最后一秒来个惊奇逆转，否则隔天回局里肯定有得好受。但弗朗科就算再生气，将我锁在烂房间里反省自己做了什么，也不可能做出影响办案的事情。我尽管火冒三丈，心里却异常清楚，自己可以利用这一点。

“好吧，”我深呼吸一口气，双手拢拢头发说，“好吧，有道理，是我罪有应得。”

弗朗科笑了，声音急促紧绷：“相信我，你不会希望我和你把账算清楚的。”

“我知道，弗朗科，”我说，“以后有空儿，我一定让你爱怎么整我就怎么整我，但不是现在。你和他们几个怎么样？”

弗朗科耸耸肩说：“是怎样就怎样。”

“换句话说，你毫无进展。”

“你觉得是这样？”

“没错。我很清楚他们四个，你就算问到退休也问不出来。”

“有可能，”弗朗科淡淡说道，“不过谁知道，对吧？我还有几年才退休。”

“少来了，弗朗科。他们四个如胶似漆，外人根本插不上手，这是你自己说的，在案子开始的时候。你不就是因为这样，才要我混进去想办法吗？”

弗朗科下巴微扬，有如耸肩般不置可否。

“你很清楚从他们身上问不出东西，所以只是想刺激他们，对吧？那就让我们联手，好吗？我知道你很气我，但这件事明天再说。现在我们还是一条战线的。”

弗朗科挑起一边眉毛，说：“是吗？”

“是啊，弗朗科，当然是。我们联手造成的破坏肯定比你一个人做的强。”

“听起来蛮有趣的。”弗朗科说。他手插口袋，懒洋洋地靠着墙壁，眼睛半闭，遮住打量我的严厉目光，“你打算搞什么破坏？”

我绕过桌子坐在桌角，尽可能凑到他面前：“侦讯我，让其他人听到。丹尼尔例外，他不可能动摇，逼他只会让他躲得更远，但其他三个可以。打开他们房间的对讲机，让他们听到我这里或让他们看到监视器，随便，要是能弄成像是不小心转到最好，不行也无所谓。假如你想监视他们的反应，就要山姆来侦讯我。”

“你打算说什么呢，请问？”

“我会假装记忆恢复了，但尽量保持含糊，只讲确定不会错的事情，比方说流血跑到小屋之类的。我就不信他们这样还不会动摇。”

“哦，”弗朗科语带挖苦地说道，“原来你是这么打算的，之前使性子、发脾气，搞得像女主角一样，都是为了这个。我早该猜到的，真蠢。”

我耸耸肩膀说：“是啦，反正我本来就这么打算，不过现在这样更好。就像我说的，我们联手会更有破坏力。我可以故作焦虑，装出显然有话没说的样子……假如你想先写剧本，没问题，随你，你怎么安排我都配合。拜托嘛，老大，你觉得呢？我们一起合作？”

弗朗科沉思片刻。“你要我用什么交换？”他追问道，“我想知道。”

我露出最完美的笑容，对他说：“别紧张，弗朗科，绝对不会侵犯你的职业道德。我只想知道你跟他们说了多少，免得待会儿自打嘴巴。反正你本来就会跟我说的，对吧？因为我们是同一条战线的。”

弗朗科叹息一声，冷冷说道：“嗯哼，当然。我什么都没跟他们说，卡西，我没碰你的秘密武器。不过，要是你能把握时间拿出来用用，我会很高兴的。”

“我就要用了，真的。说到这个，”我想到什么似的，补上一句，“我还要请你帮我一个忙。你能支开丹尼尔一阵子，让他别妨碍我吗？你侦讯完毕就送我们回家，但别跟他说我们走了，否则他一定溜得比子弹还快。给我一小时，行的话两小时，再放他走人。但别激他，照一般问话走，让他说话，好吗？”

“有意思，”弗朗科说道，“为什么？”

“我希望和其他人谈谈，但不要他在场。”

“这我知道，为什么？”

“因为我觉得会有用，就这么简单。你也知道，家里都由丹尼尔发号施令，决定什么能说、什么不能说。要是其他三个情绪不稳，又没有丹尼尔在一旁制住他们，谁知道他们会说出什么？”

弗朗科剔了剔门牙，低头检视指甲上的菜渣。“你到底想问出什么？”他问。

“这得等我问到了才知道。我们不是一直觉得他们有事瞒着外人吗？我不希望自己还没尽力挤出这个秘密，就退出侦办。我会打出手上所有的王牌对付他们：罪恶感、眼泪、发脾气、威胁、怀孕和奈德，你想到的我都会用，说不定能让谁招供。”

“但我开头就说过，”弗朗科提醒我，“这不是我们要你做的事情，因为那个很讨厌的供词效力规定，等等，就算你问到了也没用。”

“所以就算我挖出确凿的证词，你也不想要就是了。他们的说法即使不被承认，也不代表没有用处。你抓他们过来，放带子给他们听，咬住他们不放。贾思汀快崩溃了，只要一卷带子就能打垮他。”我说到一半，才发觉这句话似曾相识。我居然用一模一样的理由说服丹尼尔和弗朗科，想到就让我腹中一绞，“我知道，你向圣诞老人求的可能不只是自白，但老大，眼前这个阶段我们实在别无选择。”

“我承认拿到供词当然比现在好，因为我们手边只有一大堆垃圾。”

“那就对了，何况我或许能拿到比自白更棒的东西，说不定他们会提到凶器、犯罪的现场，谁知道？”

“西红柿酱技巧，”弗朗科依然兴致盎然地看着指甲，“倒过来，用力摇晃，看能不能挤出什么。”

“弗朗科，”我喊他一声，等他抬头看我才说，“这是我最后的机会了，明天我就得回局里报到，让我做吧。”

弗朗科叹口气，仰头靠墙，优哉游哉地环顾了房间一眼。我发现他看见新的涂鸦和角落里戳烂的圆珠笔。“我只好奇一件事，”最后，他开口说道，“你为何这么确定是他们中的一人干的？”

我全身的血液瞬间停止流动。弗朗科从头到尾只希望我找出一条确切的线索，要是他发现我其实已经掌握了，我就完了。当场退出案子不说，还会惹上大麻烦，而且快得让人意想不到，连回到葛伦斯凯都不可能。“呃，我不确定，”我故作轻松地说，“但就像你说的，他们有动机。”

“是啦，他们有动机，算是有。问题是奈勒、奈德和一大堆人都有动机，只不过有些我们还没查出来而已。这女孩经常惹祸上身，卡西，或许不是坑钱，但这也很难讲，因为你可以说她靠装模作样拿到林屋的所有权。无论如何，她都坑杀了别人的情感。这么做很危险，她的生活里充满地雷，但你非常有把握害死她的是哪个危险。”

我双手一摊，耸耸肩说：“因为我只有这个危险可以追。我只剩一天，只想使出手上王牌作最后一搏。而且就像你讲的，我们没有其他更明显的目标。所以你到底在不爽什么？你自己不是一直觉得他们最有嫌疑吗？”

“哦，原来你发觉啦，算我低估你了，宝贝。没错，我一直认为他们问题最大，但你不。你几天前还跟我说他们像四只可爱的小白兔，连苍蝇都不敢欺负，这会儿眼里却只想诱捕他们，拼命设圈套扰乱他们的思绪。所以我在想，你到底有什么事情没跟我说？”

弗朗科平视着我，两眼眨也不眨。我故意停顿片刻，双手拂过头发，仿佛正在思考如何解释清楚。“不是这样，”接着，我开口说，“我只是有感觉，弗朗科，就这样。”

弗朗科看了我很久，我摇晃双脚，装出一脸坦诚。之后，“好吧，”弗朗科突然一本正经地说道，起身离墙，过去将摄影机打开，“我们一言为定。你们开两辆车过来了吗？还是结束后，我得找人一路将丹尼尔送回葛伦斯凯？”

“我们开了两辆车，”我说，心里松了一口气，加上尚未消退的肾上腺素，让我头晕目眩。我的脑袋开始飞速运转，策划侦讯的应对内容。我感觉自己就像烟火似的直冲云霄。“谢谢，弗朗科，你不会后悔的。”

“嗯，”弗朗科说，“是啦。”他将椅子一转推回原位，“坐在这里等着，我过一会儿回来。”

弗朗科又让我待了两小时，我想他应该使出浑身解数，想从其他人身上榨出什么，这样就不需要用到我了。这段时间，我一边思考如何应付侦讯，一边不停地抽烟。室内抽烟违反规定，但似乎没人在意。

我知道弗朗科会回来，因为对外人来说，他们四个是铜墙铁壁，完全无懈可击，就算弗朗科搬出最阴狠的一面，最脆弱的贾思汀也能冰雪镇定。外人太遥远了，根本撼动不了他们。这四人就像悉心打造的中世纪碉堡，坚固精巧、易守难攻，只能从内部下手，靠人里应外合。

最后，侦讯室的门终于打开了，弗朗科探头进来说：“我要连上其他侦讯室了，快点梳妆打扮，五分钟后上台。”

“别连上丹尼尔。”我立刻坐起身子说。

“别搞砸了。”弗朗科说完又消失在房门后。

等他再回到侦讯室，我已经坐在桌角，将圆珠笔的笔芯折成弹弓，用碎片弹摄影机。“嘿，”我看到他，语气马上开朗起来，“我还以为你已经忘了我呢。”

“怎么可能？”弗朗科露出最迷人的笑容，对我说，“我连咖啡都帮你准备好了，奶精和两颗糖，没记错吧？”我跳下桌子，想去捡圆珠笔的碎片。他说：“不用，不用，没关系，等下会有人收拾。我们坐下来聊聊吧，你都好吗？”他说完拉了一张椅子，将保丽龙杯推到我的面前。

弗朗科甜得像块蜜糖，我都忘了他有办法这么迷人。

“你的气色好极了，蕾西小姐，之前的伤口痊愈得如何？”我乖乖拉起衣服，让他看缝线复原得有多好。看来真不错，他说，不忘对我调情似的浅浅一笑。我立刻报以微笑，朝他眨眼睛，还轻轻碰了他，好惹毛瑞法尔。

弗朗科带着我，将“奈勒传奇”从头到尾走过一遍，尽管不是完全符合事实，起码相去不远，而且绝对让奈勒听来像是真正的嫌疑人：引爆炸药之前，要先缓和他们的情绪。“我真的很感动，”我将椅子往后仰，歪头淘气地看了他一眼说，“我还以为你们早就放弃了。”

弗朗科摇摇头。“我们不会放弃，”他正经答道，“这么重大的案子，无论得花多久，我们都会查下去。我们偶尔不喜欢太张扬，但案子一直在办，汇集各种线索。”真是太厉害了，他应该出原声带才对。“我们就快查明真相了，但现在，蕾西小姐，我们需要你一点协助。”

“没问题，”我说着让椅子四脚着地，开始聚精会神。“你要我再看一回那个叫奈勒的家伙吗？”

“不是，这回我们需要你的脑袋，不是眼睛。你还记得医生说过，随着你身体复原，记忆也可能恢复吗？”

“嗯……”我停顿片刻，接着有点犹豫地答道。

“你只要想起什么，任何一点回忆，对我们都大有帮助。我希望你努力想一想，然后告诉我，你记起什么了吗？”

我刻意拖了稍久一点，才用几乎肯定的语气说道：“没有，完全没有，和我之前跟你说的一样。”

弗朗科双手拍桌，凑到我面前，一双蓝眼全神贯注，语调温柔劝诱。假如我是老百姓，绝对会瘫软在椅子上：“可是，我不知道。我感觉你其实想起了什么，蕾西小姐，只是不敢告诉我。或许你是担心我会误解，让不相关的人惹上麻烦，是这样吗？”

我寻求保证似的朝他看了一眼："算是吧，我想。"

弗朗科对我微笑，挤出一堆鱼尾纹："相信我，蕾西小姐，这么重大的案子，除非找到确切的证据，否则我们不会随便起诉人。不可能因为你说了什么，让某人被捕。"

我耸耸肩，朝咖啡杯做了个鬼脸，说："不是什么了不起的事情，说不定一点意义也没有。"

"这你就不用担心了，好吗？"弗朗科安抚我说，感觉他接下来就要拍拍我的手，喊我亲爱的了，"一件事有没有用，有时会让人出乎意料。再说就算没有帮助，也没什么损失，不是吗？"

"好吧，"我呼吸一口气，说，"只是……那个，我记得有血，在我的手上，我双手沾满了血。"

"这就对了，"弗朗科说，脸上依然挂着安抚人心的笑容，"做得很好，你看回忆一点也不难，对吧？"我摇摇头。"你还记得当时在做什么吗？你是站着，还是坐着？"

"站着。"我说。我无须假装声音颤抖，几米之外，在我熟得不能再熟的侦讯室里，丹尼尔正耐心等候侦讯继续，其他三人则是静静地慢慢开始紧张。"靠着树篱——感觉很刺，我……"我做出扭绞上衣，紧压胸口的动作，"像这样。因为流血，我想让血停下来，可是没用。"

"你很痛吗？"

"嗯，"我低声说道，"很痛，非常痛。我想……我很怕自己会死掉。"

我们搭配得很好，我和弗朗科很有默契，感觉跟我和艾比一起做早餐一样轻松自在，有如一对专业的虐待者。你不可能两个都要，丹尼尔这么跟我说，还有：她从来都不残忍。

"你做得很好，"弗朗科对我说道，"你的记忆开始恢复了，很快就会想起一切，等着看吧。医生就是这么说的，对吗？只要闸门一开……"他翻阅档案，抽出一张地图，我们之前做预备工作用过的地图。"你可以告诉我当时人在哪里吗？"

我不慌不忙地在林屋到小屋四分之三的路上挑了一个位置，用手指指着说："我想，可能是这里，但我不确定。"

"很好。"弗朗科小心翼翼地抄写在记事本里，接着说，"现在我要请你帮我另一个忙。你说你靠着树篱，身上在流血，心里非常害怕，你可以试着回想在这之前的事吗？靠着树篱之前，你在做什么？"

我眼睛盯着地图，说："我喘不过气来，好像……在跑。我在跑，匆忙得摔了一跤，跌伤了膝盖。”

“跑离哪里？请你努力回想，你想逃离哪里？”

“我不……”我猛然摇头说，“不行，我没办法分辨哪些是真的，哪些只是……是我梦到之类的。说不定一切都是梦，连流血都是。”

“有可能，”弗朗科点头附和我，说，“我们会记住这一点。但为了谨慎起见，我想你最好什么都跟我说，连可能是你梦到的部分也不例外。我们之后会想办法搞清楚的，好吗？”

我沉默良久。“就这样了，”之后，我虚弱地说，“跑步，然后跌倒，还有血，就是这样。”

“你确定吗？”

“嗯，我很确定，没别的了。”

弗朗科叹息一声。“问题是，蕾西小姐，”他说，语气里缓缓出现一丝坚决，“几分钟前，你还在担心害别人惹上麻烦，但你从刚才说到现在，根本没提到谁，对我来说，这表示你一直在回避什么。”

我下巴一扬，用非常蕾西的叛逆目光看了弗朗科一眼，说：“我没有。”

“才怪。但我觉得更有趣的问题是，为什么？”他将椅子往后一推，手插口袋，起身在房里悠哉踱步，让我目光不停地跟着转动。弗朗科说，“也许你认为我疯了，但我觉得我们应该立场一致才对。我以为你和我都希望找出是谁刺伤了你，将他绳之以法，难道是我疯了？你觉得我有毛病吗？”

我耸耸肩膀，转头看着弗朗科。他依然在房间里兜圈子。“之前在医院，我问什么你都据实以答，毫不迟疑，不会答非所问，也不觉得困扰。你那时真是出色的证人，蕾西小姐，但这会儿忽然变了，变得无动于衷。所以，你要么决定再给差点杀了你的人一次机会——请恕我直言，我不认为你有这么伟大——要么就是你心里有事，更要紧的事，让你开不了口。”

弗朗科走到我背后，靠墙站着，我不再看他，开始抠拇指的指甲油。“所以，我不得不自问，”他柔声说道，“到底哪件事情这么重要，让你愿意放弃追缉凶手？告诉我，蕾西小姐，什么事情？”

“好吃的巧克力。”我对着拇指答道。

弗朗科不为所动，他说：“我想我还算蛮了解你的。你住院期间，每回看到我来，开口闭口说的都是什么？就算你明知不可能，还是一直想要的是什么？你出院当天，心里急着想见的是什么？你想到就兴奋得蹦蹦跳跳，差点把缝线绷开的又是什么？”

我低头啃着指甲。“是你的朋友，”弗朗科悄声说，“你的屋友。他们对你非常重要，蕾西小姐，超乎我能想到的一切事物，甚至超过逮到刺伤你的人，不是吗？”

我耸耸肩说：“他们对我当然重要，那又怎样？”

“要是你被迫选择，蕾西小姐，管他的，就假设你想起来好了，想起刺伤你的是他们中的一个，你会怎么做？”

“我才不用抉择，因为他们不会伤害我，绝对不会，他们是我朋友。”

“这正是我要讲的，你在包庇某个人，但我不认为是奈勒，因为除了朋友，你还可能袒护谁？”

“我没有袒护！”

在我听见声响前，弗朗科已经离开墙边，走到我身旁，双手狠狠一拍桌子，脸庞离我只有几厘米，吓得我打了个冷战，抖得比想象得还厉害。“你骗我，蕾西小姐，难道你真的没发觉事情非常明显吗？你知道很重要的线索，足以侦破这件案子，但隐瞒不说。这是妨碍办案，是违法的，可以让你关进牢里。”

我猛然仰头，将椅子从他身边推开，说：“你想逮捕我？凭什么？老天爷，受伤的人是我啊！就算我想忘掉所有事情……”

“妈的，你想每天被人刺伤一次，或星期天两次，完全不关我的事。但你要是浪费我的时间，浪费我手下的时间，我就非管不可！蕾西小姐，你知道这一个月来有多少人在忙这个案子？你有没有一点概念，我们投入了多少时间、金钱和精力？我可不想让一切付诸东流，就为了一个被宠坏的女孩子，因为她和朋友感情太好，所以什么都不管，谁都不在乎。不可能，门儿都没有！”

弗朗科不是假装，他的脸庞几乎贴在我面前，两眼森冷，闪着蓝光。他非常生气，而且字字当真，对我，对蕾西，也许根本不知道到底对谁。这女孩，她扭曲现实有如透镜折弯光线，切割出无数表面，彼此折叠，闪闪烁烁，让人分不清自己看到了哪一面，越看越觉得头晕目眩。

“我要侦破这案子，”弗朗科说，“多久都无所谓，犯案的人绝对会落网。你要是不把脑袋从屁股里拔出来，明白事情有多重要，反而继续装傻，跟我玩小把戏，你就等着一起吃牢饭吧，听清楚没有？”

“离我远一点！”我说。我伸手挡在两人之间，不让弗朗科靠近。我忽然发觉自己双手握拳，和他一样气愤。

“是谁刺伤你的，蕾西小姐？你能看着我的眼睛，跟我说不知道吗？要不要试试看，跟我说你不知道，来啊！”

“去你妈的，我才不用向你证明什么。我记得自己在跑，双手有血，你凭这两点想要怎么追查都随你，但现在别再管我！”我身体往后一靠，手插口袋，两眼盯着前方的墙面。

我感觉弗朗科呼吸急促，盯着我的侧脸看了许久。“好吧！”最后，他开口说道，缓缓后退离开桌子，“那就这样，这回先放过你。”说完便走了出去。

弗朗科过了很久才又回到侦讯室，可能有一小时吧，我已经懒得看钟了。我将圆珠笔的碎片捡起来，一片片摆在桌边，排得漂漂亮亮。

弗朗科看了一会儿，终于决定开口：“哈，你说对了，果然很有趣。”

“这就叫行动艺术，”我说，“有效吗？”

弗朗科耸耸肩说：“他们确实动摇了，焦虑得要命，但没有崩溃，还没有。再过两小时也许会吧，我不知道，但丹尼尔开始坐不住了。哦，当然还是很斯文，但一直问我们到底还要多久。假如你想趁他离开之前和其他三个独处，最好立刻就走。”

“谢了，弗朗科，”我说得真心诚意，“谢谢你。”

“我会尽量拖住他，但不敢保证什么。”弗朗科从门后拿起外套等着帮我穿上，我一边伸手进去，他一边对我说，“我可是照约定做了，卡西，现在轮到你履行约定了。”

其他人在楼下大厅，全都双眼浮肿、脸色晦暗。瑞法尔站在窗边抖着一边膝盖，贾思汀像只可怜的鹳鸟般缩在椅子里，只有艾比坐得笔直，双手捧成杯状放在腿上，外表镇定自持。

“谢谢你们过来，”弗朗科开心地说道，“你们帮了很大很大的忙。你们的伙伴丹尼尔还有几件事要和我们谈，他说你们最好先走，他很快就会回去。”

贾思汀惊醒似的坐直起来。“可是，为什么……”他话还没说完，艾比就打断了他，手指压着他手腕。

“谢谢，警探先生，如果还需要我们效劳，请打电话。”

“当然，”弗朗科说着朝艾比眨眨眼。他扶着门，趁我们还来不及反应，便和大家握手道别。“再见。”我们经过弗朗科面前，他一一对我们说。

“你为什么要这样做？”门关上后，贾思汀立刻问道，“我不要留丹尼尔在这里，自己先走。”

“嘘，”艾比故作轻松地捏了贾思汀胳膊一下，说，“继续往前走，千万别回头。弗朗科很可能在看我们。”

回到车上，四个人很久都沉默不语。

“所以，”就在我感觉安静得令人牙疼的时候，瑞法尔开口了，“你到底说了什么？”他双手抱胸，脑袋微微一扬，接着转头看我。

“别说了。”艾比在前座说。

“为什么是丹尼尔？”贾思汀还在想。他像疯老太婆一样横冲直撞，一会儿不要命地猛踩油门，害得我担心遇到交通警察，一会儿又小心过了头。他说话的声音听起来像是要哭了，“警察想做什么？他们逮捕他了吗？”

“没有。”艾比语气坚决。她当然不可能知道，但贾思汀肩膀放松了一点，“他不会有事的，别担心。”

“他向来如此。”瑞法尔对着窗户说。

“他早就料到这一天了，”艾比说，“只是不知道警察盯上谁。他觉得可能是蕾西或贾思汀，甚至两个都有。无论如何，他都猜到警方会拆散我们。”

“我？为什么是我？”贾思汀开始歇斯底里了。

“哦，贾思汀，拜托你长眼一点好不好。”瑞法尔火了。

“开慢点，”艾比说，“免得到时被拦到路边。警察只是想动摇我们，看我们是不是知道什么没说。”

“但他们怎么会认为……”

“别再想了，免得正中他们下怀，他们就是要我们猜他们在想什么，为什么这样做，把自己吓得半死，别被他们骗了。”

“要是我们被那几只猴子耍了，”瑞法尔说，“坐牢也是刚好而已，但鬼也知道我们的脑袋比……”

“闭嘴！”我大吼一声，朝艾比的椅背猛捶一拳。贾思汀倒抽一口气，差点把车开出路边，但我一点也不在乎，“你给我闭嘴！这不是比赛！事情关系到我的性命，不是他妈的玩游戏，我恨你们！”

说完，我气得号啕大哭。我已经几个月没有落泪了，就算和罗伯拆伙，脱离重案组的生活，面对“薇丝塔行动”失败的后遗症，我都没哭。但那一刻，我止不住泪水。

我用套头衫的袖子捂住嘴巴，任眼泪夺眶而出，为蕾西变化多端的面貌而哭；为婴儿永远不会诞生的脸庞而哭；为艾比在月光下旋转、丹尼尔看着艾比微笑、瑞法尔琴艺精湛的双手与贾思汀亲吻我的前额而哭；为我对他们所做和将做的一切，以及千百万失去的事物而哭；为车子疯狂加速，无情地带我们奔向注定的去处而哭。

过了半晌，艾比伸手到置物格拿了一包面巾纸给我。她打开车窗，空气轰隆嘶吼，有如林间的强风，一切感觉如此平静，我只是不停地哭泣。

# Chapter 23
## 最后一搏

贾思汀将车开进马厩，我立刻下车朝林屋奔去，脚下碎石飞溅。没有人喊我，我拿着钥匙猛力插进锁孔，将门摔开，大步上楼冲回房里。

我等其他人进门，好不容易才听见大门关上，急促的低语声朝起居室移动。感觉过了很久，其实不到一分钟，因为我一直盯着表看。我估计给他们十分钟，太短不够他们交流经验（之前一直没机会），酝酿慌张的情绪；时间太长的话，艾比就会冷静下来，把其他人也安抚好。

等待时，我竖耳倾听楼下的动静，感觉他们声音紧绷含糊，带着一点惊惶。我让自己准备就绪。

向晚的阳光洒满我房间的窗户，空气明亮闪耀，我感觉轻飘飘的，仿佛置身琥珀中，每一个动作都清楚明确，充满节奏感，仿佛排演了一辈子的仪式。我的双手似乎有了生命，自动抚平我的束腰——这玩意儿用到现在已经有点脏了，但我不可能放进洗衣机里——将束腰调好位置，把下缘塞进牛仔裤里，佩枪收到定位，动作冷静精准，仿佛拥有用不完的时间。

早在千里之外，当我在公寓头一回换上蕾西的衣服，我就明白会有这么一天。穿起这身衣服，感觉就像披上盔甲，套着祭袍，我开心得想要纵声大笑。

十分钟一到，我将房门拉上，告别洒满阳光、飘着铃兰香的小房间，倾听楼下的声响沉寂下来。

我到浴室洗脸，仔细擦干，将毛巾拉直，挂在艾比和丹尼尔的毛巾中间。镜中的我感觉很陌生，脸色苍白，瞪大双眼看着我，仿佛有重要的事情警告我，但无法解读。我拉下套头衫，确定佩枪没有凸出一块，接着便走下楼去。

他们在客厅里，三个都在。我站在门边，趁他们发现前看了他们一眼。瑞法尔摊坐在沙发上，左右换手洗牌，拉出一道道弧线。艾比缩在她的椅子上，咬着下唇埋头打扮布偶，虽然她努力缝着，但三针只有一针成功。贾思汀拿着书坐在高背椅里，细瘦的肩膀颓然下垂，套头衫一边袖子缝了补钉，双手修长纤弱，有如男孩的小手。我无法解释，但我看着他，感觉一颗心都要碎了。咖啡桌上凌乱地摆着酒杯和伏特加、奎宁水与柳橙汁的瓶子。饮料洒了一点出来，但三人都懒得去擦。地板上，藤影映着阳光，宛如剪纸。

他们察觉到我来了，一个个抬头看我，面无表情，目光警觉，就像站在台阶上迎接我的那一天。“你还好吗？”艾比问。

我耸耸肩膀。

“喝一杯吧！”瑞法尔朝桌子点了点头，说，“不想喝伏特加的话，就得自己拿。”

“我想起一点点，”阳光斜斜地照在我脚边，让刚打蜡的地板晶莹如水。我眼睛盯着地板，说，“那天夜里的事。他们说有可能会这样，医生说的。”

又是沙沙的洗牌声。“我们知道。”瑞法尔说。

“他们让我们看了，”艾比轻声说，“看你和弗朗科说话。”

我猛然抬头，张嘴望着他们。“哦，天哪，”过了半晌，我说，“你们竟然瞒着我？不想说吗？”

“我们现在说了。”瑞法尔说。

“去你妈的！”我说，声音颤抖，仿佛又要哭了，“你们以为我有多笨？弗朗科那家伙对我差到了极点，我还是什么都没说，因为我不想让你们惹上麻烦。结果你们竟然打算一辈子把我当白痴耍，明明知道……”我用腕背捂住嘴巴。

艾比战战兢兢地低声说道：“你什么都没说。”

“早知道我就说了，”我咬着腕背说，“把我想起来的事情全都告诉他，让你们自己去想办法。”

“想起来？”艾比说，“你还记起什么？”

我的心脏差点冲出胸口。只要我讲错一点点，不仅当场引火自焚，三周来的一切（闯入他们四人的生活、伤害山姆、赌上我的工作）也将付诸东流。我已经押上所有筹码，却不知道手上的牌是好是坏。我忽然想到蕾西，她一生就是这样活着，盲目押下所有赌注，结果，看看她最后是什么下场。

“夹克，”我说，“夹克口袋里的字条。”

说完的那一瞬间，我感觉自己输了。他们抬头看我，表情彻底茫然，仿佛完全听不懂我在说什么。我开始拼命思考退路（昏迷期间做的梦？吗啡造成的幻觉？），听到贾思汀绝望地呢喃一声：“哦，天哪！”

你之前出门散步不会带烟，丹尼尔对我说过。我一直忙着掩饰失误，拖了几天才恍然想起一点：我把奈德的字条烧了。假如蕾西身上没有打火机，又不可能把字条吃掉，这种事就算对她也有点离谱，那就无法当下将字条销毁。也许她回程途中将字条撕成碎片，扔进树篱，就像童话《糖果屋》里的小兄妹一样。也许她连这样的痕迹都不想留下，将字条塞进口袋，准备回家烧掉或冲进马桶里。

蕾西向来谨慎至极，随时紧守着秘密，我无法想象她会犯错，除了一个可能。就那么一次，她夜里急着回家，大雨滂沱（只可能是雨天），婴儿松懈了她的心防，逃跑的渴望在她血里流窜，她将字条塞进口袋，忘了身上的夹克不是她的。蕾西背叛的东西回过头来背叛了她：五个人的亲密，几乎什么都一起共享。

“唔，”瑞法尔眉毛一挑，伸手去拿杯子，尽可能装出厌倦的表情，但鼻孔开始微微贲张，“做得好，贾思汀弟兄，这下有趣了。”

“什么？你在说什么？什么做得好？她已经知道……”

“住口！”艾比说。她脸色发白，雀斑顿时明显起来，脸上仿佛画了油彩。

瑞法尔不理她：“就算她之前不知道，现在也知道了。”

“这又不是我的错，你为什么老是、老是把错怪在我头上？”

贾思汀已经快失控了。瑞法尔眼睛望着天花板，说：“你听我抱怨过吗？看来，我们现在也该来算算总账了。”

“我们什么都不讨论，”艾比说，“等丹尼尔回家再说。”

瑞法尔笑了出来。“哦，艾比，”他说，“我真的很爱你，但有时真搞不懂你。你应该很清楚，等丹尼尔回家，我们就什么都不会讨论了。”

“这件事和我们五个有关，我们要等所有人到齐才谈。”

“放屁！”我声音大了起来，不打算压低，“这是什么屁话，我根本听不下去。既然跟我们五个有关，那你们为什么几周前不跟我说？你们可以在我背后谈，就当然可以在丹尼尔背后说。”

“哦，天哪！”贾思汀又呢喃一句。他张着嘴巴，一手颤抖地靠在嘴边。

艾比的手机响了，在她手提包里。我们一路听着这个声音回家，我刚才在房里依然不停地听到。

“不要接！”我大吼一声，吓得艾比一只手停在半空中，“是丹尼尔，反正我很清楚他想说什么。他要命令你们，什么都不能跟我说。妈的，我已经受够他了，老是把我当成六岁小孩！比起你们，我更有资格知道事情真相。你要是敢接那部该死的手机，我发誓绝对把它踩得稀巴烂！”这句话也不是开玩笑。

周日下午的车流都往城里走，而不是城外。假如丹尼尔加足马力（他一定会的），没有被警察拦下，大约半小时内就能到家，我一秒钟都不能浪费。

瑞法尔哼笑一声，说：“漂亮！”同时朝我举杯。

艾比瞪着我，手依然伸向提包。

“你们要是不告诉我来龙去脉，”我说，“我就立刻打电话给警察，把我记得的事情统统跟他们说，我向你们保证。”

“天哪！”贾思汀说，“艾比……”

手机铃声停了。

“艾比，”我深呼吸一口气，感觉自己的指甲抠进掌心里，“你们要是继续把我排除在外，那我实在撑不下去。这很重要。我不能……我们这样不是办法。我们要么一起面对，要么各自为政。”

贾思汀的手机响了。

“你们如果会怕，可以不用告诉我到底是谁干的，”我敢说自己要是拉长耳朵，肯定听得见弗朗科用头撞墙，但我懒得理他。这件事必须一步一步来，“我只想知道事情的经过。你们都知道，就我一个人不清楚，我讨厌这样，我受够了。求求你们。”

“蕾西当然有权知道，”瑞法尔说，“以我的立场，我也受够这种‘因为丹尼尔说’的日子了。我们一直照着做，结果你看现在怎么样？”

铃声停了。“我们应该回给他，”贾思汀一边起身，一边说道，“对吧？说不定他被捕了，需要保释金之类的，不是吗？”

“他没有被逮捕，”艾比下意识地回了一句，接着颓然地坐回沙发，双手捂住脸庞，长叹一声说，“我已经说过了，他们需要证据才能逮人。丹尼尔没事。坐吧，蕾西。”

我留在原地不动。“拜托，你就坐吧，”瑞法尔不胜其扰似的吁叹道，“反正不管他们怎么想，我都会把这件变态的事情从头到尾说给你听。你在那里动来动去，只会让我很紧张。还有艾比，冷静点，我们几周前早该这么做了。”

过了半晌，我走到壁炉前，坐进我的专用椅。“好多了，”瑞法尔对我咧嘴微笑，显得很愉悦，有种豁出去的感觉。他已经好几星期没这么开心了，“喝点酒吧。”

“我不想喝。”

瑞法尔双腿一甩站起身来，草草倒了一大杯伏特加掺柳橙汁，递到我面前。“老实说，我觉得大家都该喝一杯，待会儿肯定用得上，”说完大剌剌地将杯子一一斟满——艾比和贾思汀似乎没注意到——接着举杯对着房间，说，“敬完全告白。”

“好吧，”艾比深呼吸一口，说，“也好。既然你真的想知道，反正事情到最后还是回到你身上，那我想……管他的。”

贾思汀张开嘴巴，随即闭上，咬着嘴唇。

艾比双手用力抚平头发，说：“你要我们从哪里……我是说，我不知道你想起多少，还是……”

“很零碎，”我答道，“没办法兜在一起，你们就从头开始吧！”我体内的肾上腺素开始消退，整个人忽然变得非常冷静。这是我在山楂林屋做的最后一件事了，我可以清楚地感觉到，仿佛伴着阳光、尘埃与记忆轻轻哼唱，等着聆听接下来的故事。我感觉我们拥有无止境的时间。

“你正准备出门散步，”瑞法尔靠回沙发椅背，帮大伙儿起头说，“那是几点？差不多刚过十一点？我和艾比正好都没烟了。说来真有趣，不是吗？一点小事可以造成那么大的差别。假如我们都不抽烟，这件事或许永远不会发生。他们老说香烟有多邪恶，却从来没提到这种坏处。”

“你说会帮我们买回来。”艾比说。她双手紧紧收在腿间，小心翼翼地看着我，“但你通常一出去至少就是一小时，所以我想干脆自己跑出门，到加油站去买。我感觉好像快下雨了，便披上夹克——因为你已经穿了外套，我想你可能用不上。我将钱包放进口袋，结果……”

艾比停了下来，身体微微一晃，感觉很紧绷，不知道是什么意思。我闭上嘴巴，除非必要，我不会再用言语诱导，接下来的经过必须由他们自己开口。

“她摸出一张字条，”瑞法尔叼着烟说，“朝我们说：‘这是什么？’起初没人注意，我们都在厨房，我、贾思汀和丹尼尔在洗碗，一边不知道争论什么……”

“史蒂文森。”贾思汀轻声说道，语气非常忧伤，“我们在讲《化身博士》那本书，还记得吗？丹尼尔喋喋不休，大谈理性和直觉。你心情很差，蕾西，说你晚上聊功课已经聊够了，管他杰克或海德，两个人的床上功夫都很差。瑞法尔说：‘你这人脑子里只有一件事，而且还不是好事……’我们听了全都笑了。”

“这时，艾比说：‘蕾西，这到底是什么？’”瑞法尔说，“这回非常大声，我们全都停止嬉笑，转过头去。只见她拿着一张破破烂烂的小纸条，脸上的表情仿佛被人甩了巴掌。我从来没见过她像那样，从来没有。”

“这里我记得，”我说，感觉自己双手滚烫，仿佛焊在扶手上，“但后来的事情又很模糊。”

“恭喜你，”瑞法尔说，“我们正好帮得上忙。接下来发生的事，我想我们几个一辈子都会记得清清楚楚。你说：‘给我。’同时伸手去抢，但艾比马上往后一跳，将纸条交给丹尼尔。”

“我想，”贾思汀低声说道，“我们那时才察觉大事不妙。我正想开玩笑，说是不是情书什么的逗逗你，蕾西，但你非常……你朝丹尼尔扑过去，想把纸条夺走。丹尼尔下意识地一手将你挡开，但你不停地打他，真的用力打，捶他手臂，还想踢他，拼命地伸手去抓纸条，却没发出半点声音。我想最恐怖的就是这一点，沉默。一般人通常会大吼大叫，或是什么的，这样我也许就能做点什么，但房间里是那么静，只有你和丹尼尔气喘吁吁，水龙头一直在流……”

“艾比抓住你的胳膊，”瑞法尔说，“但你猛然转身，双手握拳，我当时真的以为你要揍她。我和贾思汀就像两个白痴，看得目瞪口呆，想搞清楚到底怎么回事。我是说，我们两秒钟前还在聊化身博士的床上功夫，不是吗？你一放开丹尼尔，他就把小纸条塞给我，将你双手扣在背后，对我说：‘读出来。’”

“我不喜欢你的反应，”贾思汀柔声说，“你又拉又扯，使劲挣扎，想挣脱丹尼尔，但他就是抓着不放。后来……你想咬他，咬他手臂。我想丹尼尔不应该这么做，假如纸条是你的，就应该还给你，但我实在插不上话。”

我一点也不意外。这几个人都不是行动派，他们擅长的是思想与文字，而当时的情况肯定让他们脑袋完全失灵。但我没料到丹尼尔的反应竟然如此迅速、轻松，让我心底顿时敲响警钟。

“所以，”瑞法尔说，“我大声读出字条，上面写着：‘亲爱得蕾西，考虑过后，同意两百K可谈。请与我联落，我知道你我都想谈诚交易。奈德笔。’”

“老天在上，”贾思汀对着满屋寂静，痛苦地轻声说道，“这你一定记得。”

“他错字一堆，”瑞法尔叼着烟说：“连‘的’都能写错，跟他妈的中学生一样，简直就是智障。其他姑且不论，我真没想到你品位这么差，竟然会不老实，和那样的家伙打交道。”

“你会吗？”艾比问。她双眼定定地望着我，腿间的双手顿时一僵，“要是这些都没有发生，你真的会卖给奈德吗？”

日后，每当我想起自己对他们四人有多残酷，起码有一点可以安慰自己：我当时大可说“会”。我大可对他们说蕾西心里到底如何打算，准备怎么处置他们全心全意全力打造的一切。比起让他们以为杀人是出于误会，这么说或许终究能让他们好过一点，我不知道。我只知道自己上一回遇到同样的情形，也选择为了正当的理由说谎，结果却迟了一步，什么都没有改变。

“不会，”我说，“我只是……天哪，我只是想试试看，但我吓坏了，艾比。我觉得自己被束缚住了，所以才慌了手脚。我从来没有真的想要离开，只是想确定假如自己想走，是不是还走得了。”

“束缚，”贾思汀脑袋微微一扬，露出受伤的神情，“被我们。”但我察觉艾比匆匆眨了眨眼，表示她想到了：那婴儿。

“你会留下来。”

“老天，我想留下。”我说。直到现在，我依然不确定当时的回答是不是谎言，我想自己永远不会明白，“很想，艾比，真的很想。”

过了许久，艾比点点头，动作轻得几乎看不出来。

“我就说吧，”瑞法尔仰头吐了一口烟，说，“去他的丹尼尔。直到上个星期，他还在歇斯底里，偏执得要命。我跟他说，我和你谈过，你哪儿都不打算去，但那家伙，天王老子的话都不听。”

艾比听了没有反应，也没有动作，连呼吸似乎都停了。“现在呢？”她问我，“现在怎么样？”

我一时意会不来，以为她没搞清楚，想确定我到底想不想留下。“你是什么意思？”我问。

“她的意思是，”瑞法尔语气冷漠、清晰而平板，“我们说完后，你会不会打电话给弗朗科、山姆或村子里那群蠢蛋，把我们供出去，卖了我们，弃我们于不顾。管他怎么形容，反正就是这一类的事情。”

各位或许会想，我听到这句话肯定万箭穿心，罪恶感从贴着我肌肤的滚烫麦克风一路弥漫到全身。但我只觉得哀伤，巨大、撕扯、终结一切的哀伤，有如潮水般从我骨头里退去。“我什么都不会说，”我说，心想弗朗科这会儿坐在嗡嗡作响的电子器材中间，肯定也会同意，“对谁都一样。不管出了什么事，我都不希望你们坐牢。”

“是吗？”艾比轻声说道，仿佛自言自语。她坐回椅子上，双手漫不经心地抚平裙子，说，“那，这么说来……”

“这么说来，”瑞法尔猛吸一口烟，说，“整件事情根本是我们自己搞得太复杂。不过会搞成这样，我其实不意外。”

“之后呢？”我说，“之后怎么了？”

房间里闪过一丝紧张，大伙儿谁也不看谁。我想从他们脸上看出一点端倪，显然这个问题比刚才的冲击更大，看出有人在袒护谁，被谁袒护，觉得羞愧或急着反驳。完全没有。

“那么，”艾比深呼吸一口气，说，“蕾西，我不知道你有没有想过，把所有权卖给奈德到底代表什么。你有时候……我也不知道，不会想太多。”

瑞法尔不怀好意地哼了一声。“这么说还算客气了。老天，蕾西，你到底认为事情会如何发展？你把所有权卖掉，买间不错的小公寓，大家从此幸福快乐吗？你每天早上踏进学校，还想得到什么？拥抱、亲吻，还是我们帮你做好三明治？我们连话都不会跟你说了，我们会恨你入骨。”

“奈德会继续缠着我们几个，”艾比说，“每分每秒，无时无刻，要我们将林屋卖给开发商，改建成公寓或高尔夫俱乐部之类他想盖的鬼东西。他甚至会搬进来，和我们住在一起，我们完全无可奈何，迟早必须放弃，失去这里，失去林屋。”

有东西醒了，窸窣骚动，墙壁微微震动，楼上地板嘎吱一声，一股气流从楼梯向下直窜。

“我们开始大吼大叫，”贾思汀低声说道，“所有人同时咆哮，我连自己说了什么也搞不清楚。你挣脱丹尼尔，瑞法尔抓住你，你打瑞法尔。狠狠打他，蕾西，一拳打在他的肚子……”

“我们在打架，”瑞法尔说，“随便你怎么形容都行，但我们真的就像街角混混儿一样打成一团。只要再有三十秒，我们肯定全都倒在厨房地上扭打，把对方揍得鼻青脸肿，但我们还来不及那么做……”

“我们，”艾比摔门似的，将瑞法尔的话硬生生打断，“没那么做。”

艾比目光沉着，定定地望着瑞法尔。过了半晌，瑞法尔耸耸肩膀，“啪”的一声坐回沙发，一脚不停抖动。

“有可能是我们其中任何一个人，”艾比开口说道，我不知道她在对谁讲话，是我或瑞法尔，但她语气里的激情让我吓了一跳，“我们全都暴跳如雷，我这辈子从来没这么生气过。接下来的一切都是偶然，事情就这么发生了。我们每个都想杀了你，蕾西，你不能怪我们。”

又是一阵骚动，声音几乎细不可闻。有东西扫过楼梯转角，烟囱一声哼鸣。“我不会怪你们，”我说，心里忽然觉得——其实我早该知道，都怪我小时候读过太多俗滥的鬼故事——蕾西找上我是不是就为了这件事，要我告诉他们没关系，“你们当然应该气愤，就算事后，你们也有资格撵我出去。”

“我们讨论过，”艾比说，瑞法尔一听立刻挑起眉毛。“我和丹尼尔，想说是不是还能继续住在一起，在那个……之后。但一定会很复杂，毕竟我们面对的是你，再怎么样都是你。”

“接下来我只记得，”贾思汀悄声说，“后门砰的一声，一把刀落在地板中央，上头沾了血。我简直不敢相信，不敢相信真的发生了这种事。”

“你们就这样放我走了？”我低头望着双手说，“完全不想知道我是不是……”

“不对，”艾比弯腰向前，试着盯住我的眼睛，“不，蕾西，我们当然想。我们过了好一会儿才明白发生什么，但我们一察觉就……主要是丹尼尔，其实，因为我们三个几乎都僵住了。等我回过神来，丹尼尔已经拿着手电筒追了出去。他要我和瑞法尔留在家里等你，把纸条烧了，准备热水、消毒药水和绷带……”

“正好用来接生《乱世佳人》里的婴儿。他到底在想什么啊？用艾比的刺绣针在厨房桌上做家庭手术？”

“他和贾思汀立刻出去找你，一秒都没有耽搁。”

丹尼尔做得很漂亮，他知道艾比够冷静，会晕倒的只有瑞法尔和贾思汀，因此便将他们分开，由他和艾比一人看着一个，并且找事情让他们做。他只花几秒钟就想好所有的计划，待在学校简直是浪费人才。

“我不知道我们的反应是不是真的很快，”贾思汀说道，“就我感觉，我们可能愣了整整五到十分钟。那一段经过，我几乎都忘了，被脑袋扫得一干二净。我只记得等我和丹尼尔冲到后门，你已经不见踪影。我们不知道你是跑到村里求救，晕倒在某处，还是……”

“我只是一直跑，”我轻声说，“我只记得自己不停往前跑，甚至很久都没发觉自己流血。”贾思汀听了不禁打了个冷战。

“我起先也这么觉得，”艾比柔声说，“厨房地板上没有半滴血，阳台也是。”

所以他们检查过。我很好奇他们是何时看的，又是谁说要检查，艾比或丹尼尔。“这是第二点，”贾思汀说，“我们不知道……呃，你伤得多重？你一下就消失不见了，我们根本没机会……我们想，应该说我想，你既然跑得这么快，表示伤势应该不太严重，不是吗？说不定只是稍微割伤。”

“哈！”瑞法尔说，伸手去拿烟灰缸。

“我们真的不知道。我想的是有可能，但我问丹尼尔，他只是不置可否地看了我一眼，所以我们……天哪。我们开始找你。丹尼尔说，最要紧的是确定你有没有跑到村里，但村里的房子全都门窗紧闭，又黑又暗，只有卧房亮着零散的灯光，显然没出事情。所以，我们开始回头朝林屋走，不停来回绕着圈子，希望在小路上遇见你。”

贾思汀低头看着手中的杯子：“起码我是这么认为的。我只是跟着丹尼尔，在漆黑的迷宫小径不停往前、往前，走到我搞不清楚自己身在何处，完全失去了方向感。我们不敢开手电筒，也不敢喊你。我连为什么怕成这样都搞不清楚，只觉得很危险，也许担心被农舍里的人发现，或怕你想躲开我们，我也不知道。所以，丹尼尔每隔几分钟才让手电筒亮个一秒，还用手挡着，匆匆扫过一圈，然后立刻关掉。我们大部分时间都摸着树篱前进，外头冷得要命，跟冬天一样，我们出门的时候根本没想到穿外套。丹尼尔觉得没什么，你们也知道他，但我连脚趾都冻麻了，确定自己冻伤了。我们乱走乱绕了好几个小时……”

“才怪，”瑞法尔说，“相信我，我们两个拿着滴露消毒药水，对着一把血刀，除了盯着时钟和抓狂之外，完全无事可干。你们只出去了大约四十五分钟。”

贾思汀紧张得微耸肩膀：“呃，但感觉真的像几小时。后来，丹尼尔突然停住，我不小心撞上他的后背，简直跟《化身博士》的情节一样。他说：‘这太荒谬了，我们这样根本找不到她。’我问他有什么想法，但他完全不理我，兀自站着仰望天空，仿佛在等待上天开示。天空开始起云，但月亮出来了，我看见他的侧脸。不久，他开口了，就跟在餐桌聊天一样：‘嗯，假设她往某个地方去了，而不是在漆黑的荒野里乱走。她和奈德绝对有碰面的地点，而且一定能遮风蔽雨，因为这一带天气太难预测了。这附近有没有她可以……’说到这里，丹尼尔忽然冲出去，全速往前，跑得好快。我没想到他能跑得这么快，我以前根本没看他跑过，你们看过吗？”

“那天晚上，他真的跑过，”瑞法尔捻熄香烟，说，“追那个拿手电筒的乡下人。没错，他如果真的要跑，是可以跑得很快的。”

“我完全不知道他要跑去哪里，只能拼命想办法跟上。我想到自己孤零零地在荒野里，就惊慌得要命。我是说，我知道我们离屋子只有几百米，但感觉不是那样。感觉……”贾思汀浑身颤抖，“感觉很危险，”他说，“很像有事情发生，在我们周围，隐藏着看不见，要是只剩我一个人……”

“亲爱的，那是因为你吓到了，”艾比柔声说，“这很正常。”

贾思汀摇摇头，依然凝望着酒杯。“不对，不是这样。”他拿起酒杯，仰头猛灌一口，脸庞一皱说，“丹尼尔打开手电筒，像灯塔一样前后左右照，我敢说方圆几公里内的人都醒来了。这时，他照到一间小屋，我只瞟到一眼，看见倾圮的墙角，接着手电筒又关了。丹尼尔呼的翻墙跳进田里，野草又长又湿，缠住我的脚踝，感觉就像走在麦片粥里一样……”他朝杯子眨了眨眼，将它推到书架上，不小心洒出一点柳橙汁，泼到某人的笔记，留下难看的污渍，“我可以抽根烟吗？”

“你不会抽烟，”瑞法尔说，“你是家里的乖小孩。”

“你们要我把故事说完，”贾思汀说，“就他妈的给我烟。”

贾思汀声音尖细颤抖，语气令人不安。“别惹他！瑞法尔。”艾比说。她伸手将自己的烟盒递给贾思汀，抓着他的手摁了一下。

贾思汀笨拙地点了烟，手指僵硬地夹着猛吸一口，结果呛到了。大伙儿看他咳嗽、岔气，用指关节推开眼镜揉眼，没有人说话。

“蕾西，”艾比说，“我们能不能……你已经知道概要了，能不能这样就好？”

“我想听。”我说，几乎无法呼吸。

“我也是，”瑞法尔说，“这一段我也没听过，我一直觉得应该很有意思。你难道都不好奇吗，艾比？还是你已经知道了？”

艾比耸耸肩膀。“好了，”贾思汀双眼紧闭，收紧下巴，双唇几乎叼不住烟。他说，“我只是……等我一下，老天。”

贾思汀又吸了一口烟，轻呕一声，但还是忍了下来。“好了，”他的语气再度恢复镇定，“所以，我们走到小屋，月光不是很亮，我只看得见墙面和门口的轮廓。丹尼尔打开手电筒，一手稍微遮着，然后……”

贾思汀眼睛忽然睁大，转头望向窗户：“你就靠墙坐在角落，我叫了一声，应该是喊你的名字，也许吧，我不知道。我正要朝你跑去，丹尼尔一把抓住我的胳膊，很用力，很痛，把我拉了回来。他的嘴巴凑到我耳边‘嘘’了一声，说：‘别动，你待在这里，不要乱动。’他猛摇我的手臂，都淤青了，接着放开我朝你走去。他用手指按着你的喉间，像这样，检查你的脉搏，用手电筒照你，你看起来……”

贾思汀依然凝视着窗户。“你看起来就像小女孩睡着了，”他说，语气里的哀伤有如细雨轻柔绵密，“丹尼尔对我说：‘她死了。’我们就是这么想的，蕾西，我们认为你死了。”

“你肯定昏迷了，”艾比柔声说，“警察跟我们说，昏迷会让你心跳减缓，呼吸放慢之类的。要不是天气太冷……”

“丹尼尔站起来，”贾思汀说，“双手在外套抹了抹。我不知道为什么，他手上又没沾到鲜血什么的，但我看到就是这样。他不停地用手在胸口抹来抹去，仿佛不知道自己在做什么。我不敢，我没办法看你，想办法靠在墙上支撑自己。我的意思是，我呼吸急促，感觉就要昏倒了。但丹尼尔忽然厉声说：‘别碰任何东西，双手收到口袋里，闭气数到十。’我不知道他在说什么，一点也不懂，但我还是照着做了。”

“我们都是这样。”瑞法尔嘀咕了一句，艾比扫了他一眼。

“过了一会儿，丹尼尔说：‘假如她像平常一样出来散步，身上应该有钥匙和皮夹，还有她常用的手电筒。我们其中一个必须回家拿，另一个守在这里。这么晚了，照理不大可能有人经过，但我们不知道她和奈德到底作了什么约定，要是真的有人经过，我们得知道是谁。你想回家，还是留下？’”

贾思汀举起一只手，似乎想朝我伸来，但又收了回去，紧抓住另一手的手肘：“我跟丹尼尔说，我没办法留下来。对不起，蕾西，真的很抱歉，我实在不该……我是说，躺在那里是你，不管怎么样，都还是你，就算已经……但我真的做不到。我那时——我全身颤抖，跟丹尼尔讲话一定语无伦次……最后他说，他连一丝不安都没有，起码已经淡了，只是很不耐烦，他说：‘拜托你闭嘴，好吗？我留下来，你赶快回家，戴上手套，把蕾西的钥匙、皮夹和手电筒拿过来。告诉他们出了什么事，他们一定会想来，千万制止他们，无论如何都不能让他们跟来。我们最不需要的，就是一堆人在这里踏来踏去，再说也没必要增加他们必须忘掉的回忆。你拿了东西就立刻过来，记得带手电筒，但必要时才用，还有尽量保持安静。我说的你都记住了吗？’”

贾思汀猛吸一口烟，接着说：“我说记住了，只要可以离开小屋，就算他问我能不能飞回家，我也会说能。他要我复述一遍，之后便在你身旁坐了下来，没有很近，我想应该是怕……你知道，怕血沾到他的裤子。接着他抬头看我，说：‘怎样？回去啊，快点！’”

“所以我就回家了。但简直糟糕透顶，花了——呃，假如瑞法尔说的没错，其实不可能那么久，我不知道。总之，我迷路了。我知道有些地方应该看得到林屋的灯光，但我就是看不见。四周一片漆黑，方圆几公里都是。我很清楚，百分之百确定，林屋不在那里，因为我眼前只有树篱和小径，无止无尽，仿佛一座巨大的迷宫，我怎么也走不出去，白天再也不会出现。我感觉有东西盯着我，在树上，躲在树篱里。我不知道是什么，可是……就是看着我，而且在笑。我吓坏了。后来我总算看到屋子，虽然只是树丛中间一点昏黄的光线，但我松了好大一口气，只想高声尖叫。接下来，我只记得自己推开后门……”

“他感觉就像演过‘惊声尖叫’一样，”瑞法尔说，“只是看起来更脏，而且完全口齿不清，好像咬到舌头似的，讲出来的话有一半言不及义。我们只听懂这小子说他必须赶回去，丹尼尔吩咐我们留在家里。我心想管他妈的，我就是要去看看出了什么事。当我起身去拿外套时，贾思汀和艾比却像抓狂似的，搞得我只好放弃。”

“幸好放弃了，”艾比冷冷应了一句。她又开始装扮布偶，头发垂在脸上，遮住她的神情。但我就算站在房间的另一头，也看得出来她缝得随便粗糙，等于没缝。“你觉得自己能有什么用处？”

瑞法尔耸耸肩说：“这我们永远不会知道了，不是吗？我知道那间小屋，要是贾思汀说他要回那里，我就可以代替他去，让他留在家里，振作起来，但丹尼尔显然不是这么打算的。”

“也许他有理由。”

“哦，那还用说，”瑞法尔说，“我敢说他一定有理由。所以，贾思汀手忙脚乱，边拿东西边胡言乱语，接着又冲出门了。”

“我不知道自己是怎么回到小屋的，”贾思汀说，“只记得浑身都是泥巴，连膝盖上也有，也许我曾跌倒，我不知道。我双手都是细小的擦伤，我想是一路抓着树篱稳住身子的关系。丹尼尔依然坐在你身旁，感觉从我离开就没有动过，我不知道。他抬头看我，眼镜沾了雨水，结果你们知道他说什么？他说：‘这场雨来得正是时候，只要下久一点，所有脚印和指纹在警察来之前都会消失。’”

瑞法尔身体猛然一晃，震得沙发弹簧嘎吱作响。

“我愣愣地望着他，耳中只响着‘警察’两个字。我完全想不到这和警察有什么关系，但还是惊惶失措。丹尼尔抬头打量了我一眼，说：‘你没戴手套。’”

“蕾西就躺在他旁边，”瑞法尔自言自语，“厉害。”

“我完全忘了手套这件事。我是说，我很……呃，你们应该知道。丹尼尔叹一口气，站起身来，感觉一点也不着急，用手帕擦了擦眼镜，接着将手帕递到我面前。我心想他要我也擦眼镜，便伸手去拿，没想到他大手一收，气冲冲地说：‘钥匙呢？’于是，我掏出钥匙，他接了过去，开始用手帕擦拭，我这才明白手帕的用途。后来他……”贾思汀在椅子里动了一下，仿佛想找东西，却不知道该找什么。“你真的什么都不记得了吗？”

“我不知道。”我回答，肩膀不由得抽搐了一下。我还是没有正眼看他，顶多斜斜瞟了他一眼，让他很紧张。我说：“我要是记得，就不用问你了，不是吗？”

“好吧，好吧，”贾思汀推了推眼镜，说，“那，后来丹尼尔……你的手摆在腿间，全都……他抓住袖子将你的一只手举高，好把钥匙放进你的外套口袋。接着突然放开，你的手臂直往下掉，蕾西，就像坏掉的洋娃娃，‘啪’地撞到地上，声音很恐怖……我再也看不下去，真的没办法。我一直拿着手电筒照着你，让他看清楚，但转头注视田野，希望丹尼尔以为我在把风。他说‘皮夹’，然后‘手电筒’。我将东西递给他，但不知道他在做什么，只听见沙沙声。我努力不在心里想象……”

贾思汀颤抖着深吸一口气，说：“我感觉他好像永远弄不完，风越来越大，到处都是声音，唧唧喳喳，小虫窸窸窣窣……我真不知道你是怎么做到的，竟然能晚上一个人出来散步。雨变大了，不过一阵阵的，大朵乌云匆匆掠过，只要月光出现，整块田野就仿佛活了过来。也许是我吓到了，就像艾比说的，但我想……我不知道。也许有些地方感觉就是不对，对人不好，对心灵不好。”

贾思汀空望着房间中央，眼神涣散，沉浸在回忆里。我想起之前在我颈背流窜的那股电流，忽然好奇奈勒到底有几次跟踪我。

“后来，丹尼尔总算站起来说：‘应该可以了，我们走吧。’于是我转过身来，结果……”贾思汀咽了咽口水，“我仍然用手电筒照着你。你的头歪向一边，雨继续打在你的身上，你的脸庞沾了雨水，感觉好像睡着了，做了噩梦，在梦里流眼泪……我没办法——老天，我真的没办法把你丢下，我想陪你到天亮，至少待到雨停。当我这样对丹尼尔说时，他却看着我，仿佛我疯了。所以我对他说，起码，我们最起码不要让你淋雨。丹尼尔起初还是拒绝，但他发现我怎么都不肯离开，除非把我一路拖回家，就决定让步了。他暴跳如雷，说要是我们因此坐牢，都是我的错，但我就是不管。所以我们就……”

贾思汀的脸颊闪着泪光，但他似乎毫无所觉。“你好重，”他说，“你明明那么娇小，我抱过你不知道多少次，以为……但感觉就像拖动一袋浸湿的沙包。而且你很冰冷，非常……你的脸感觉也变了，像个玩偶，我不敢相信那真的是你。

“我们将你搬到有屋顶的房间，我试着让你——让你不那么……天气好冷，我很想把毛衣脱下来给你，但我知道这么做，丹尼尔一定会有反应，也许会揍我，我不知道。他用手帕抹去痕迹，甚至包括你的脸，因为我摸过，还有你的脖子，因为他试过脉搏……他从门边树丛折了一根树枝，将整个地方扫过一遍，我想主要是脚印。他看起来……老天，真的很诡异。在古怪的房间里倒着走，弯腰拿着树枝扫地。手电筒的灯光照亮他的手指，巨大的影子在墙上摇晃……"

贾思汀抹抹脸，盯着自己的指尖说："离开之前，我为你念了祷词。我知道这不代表什么，可是……"他的脸庞又湿了，"愿永恒之光照亮她。"

"贾思汀，"艾比柔声说，"她就在这里。"

贾思汀摇摇头。"后来，"他说，"我们就回家了。"

过了半晌，瑞法尔用力一弹打火机，吓了我们三人一跳。"他们出现在阳台，"他说，"看起来就像电影《活死人之夜》里的人物一样。"

"我们几乎用吼的，想知道究竟出了什么事，"艾比说，"但丹尼尔只是目光茫然，脸上表情毫无生气，我感觉他根本没看到我们。他一手拦住贾思汀，不让他进屋子，对我们说：'有谁需要清理的吗？'"

"我想，我们三个完全不知道他在说什么，"瑞法尔说，"都什么时候了，讲话还是这样神秘兮兮。我想抓住那家伙，要他告诉我们到底出了什么事，但他往后跳开，朝我怒吼一句：'别碰我！'那语气——我差点仰头摔倒。他并没有对我大吼，而是几乎轻声细语，但他的脸……感觉完全不像丹尼尔，甚至不像人，他对我龇牙咧嘴。"

"他身上都是血，"艾比厉声反驳，"不想让你沾到，而且他受创很深。我和你那天夜里算是轻松的，瑞法尔。没错……"瑞法尔嗤之以鼻。艾比说："是真的。难道你愿意待在小屋的人是你？"

"说不定不赖。"

"你不会想的，"贾思汀说，语气带着一丝焦虑，"相信我，艾比说的对，你们比较轻松。"瑞法尔刻意耸耸肩。

气氛紧绷一秒之后，艾比说："丹尼尔深呼吸一口气，伸手摩挲前额说：'艾比，麻烦你帮我们各拿一条毛巾和一套更换的衣物。瑞法尔，你去拿塑料袋，大一点的。贾思汀，把衣服脱掉。'他的话还没说完，就已经开始解衬衫的扣子……"

"等我拿了塑料袋回来，他和贾思汀已经脱得只剩四角内裤了。"瑞法尔拍掉衬衫上的烟灰说，"画面不是很美观。"

"我都冻僵了，"贾思汀说，最痛苦的一段已经过去，他语气轻松不少。颤抖和榨光一切之后，就是解脱，"外头倾盆大雨，气温零下几百万度，寒风刺骨，我们只穿着内裤站在阳台上，我一点也不知道为什么要这样。我的脑袋已经麻木了，只会照着别人的吩咐做事。丹尼尔将我和他的衣服扔进塑料袋，说什么幸好我们没穿外套——我拿起鞋子要放进去，想说帮点忙，但他说：'不要，鞋子留着，我晚点再处理。'正好艾比拿着毛巾和衣服出来，于是我们便擦干身体，穿上衣服。”

“我又试着问出事情经过，”瑞法尔说，“这回记得保持距离。贾思汀像被车灯照到的小鹿般看着我，丹尼尔连瞧都懒得瞧我一眼，只是将衬衫塞进裤头说：‘瑞法尔、艾比，麻烦去拿你们要洗的衣服，如果没有，干净衣服也可以。’说完就双手抱起塑料袋，赤脚朝厨房走去，贾思汀像只小狗跟在后头。我不知道自己为什么要听话，但我真的拿了我的换洗衣服。”

“他这么做是对的，”艾比说，“要是警方在我们洗完衣服之前出现，看起来必须和平常一样，不能像是毁灭证据。”

瑞法尔耸耸一边肩膀说：“随便。丹尼尔启动洗衣机，眉头深锁看着它，仿佛面对什么神奇奥妙的玩意儿。我们站在厨房里像三个白痴，不知道在等什么。可能在等丹尼尔开口吧，我想，虽然……”

“我只看见那把刀，”贾思汀低声说，“瑞法尔和艾比没有动它，就留在厨房的地板上。”

瑞法尔看着天花板，下巴朝艾比点了点。“没错，”艾比说，“是我，因为我觉得最好什么东西都不要碰，等大家回来，确定计划后再说。”

“因为想也知道，”瑞法尔故意放慢速度，轻声说道，“一定会有计划。丹尼尔哪一回没有计划，对吧？有计划不是很好吗？”

“艾比对着我们大吼，”贾思汀说，“她高声说，‘蕾西到底在哪里？’就在我耳朵旁边，我差点就晕了过去。”

“丹尼尔转身看着我们，”瑞法尔说，“仿佛不认识我们三个。贾思汀开口想说什么，却只挤出像是噎到的声音，丹尼尔吓了一大跳，朝他眨眼，接着说：‘蕾西在她常去的荒废小屋里，已经死了。我还以为贾思汀已经跟你们说了。’说完，他开始穿袜子。”

“贾思汀其实跟我们说了，”艾比悄声说，“但不知道该怎么形容，我想我们都希望他搞错了……”

房间里一阵沉寂。楼上楼梯间的大钟滴答作响，声音缓慢沉重。丹尼尔正猛踩油门，我可以感觉他就在路上，轮胎以令人眩晕的速度飞驰，越来越接近家里。

“之后呢？”我问，“你们就上床睡觉了？”

他们面面相觑，贾思汀笑了出来，抑制不住地尖笑。过了一会儿，瑞法尔和艾比也开始咯咯笑。

“怎样？”我说。

“我不知道我们为什么会笑，”艾比抹去眼泪，试着镇定下来，保持正经严肃，结果又引来一阵笑声。“哦，天哪……这其实一点也不好笑，真的，只是……”

“我说了你一定不信，”瑞法尔说，“我们开始玩牌。”

“没错，我们坐在桌前……”

“只要大雨打上窗户，就差点心脏病发……”

“贾思汀的牙齿不停地打战，感觉好像坐在响葫芦旁边……”

“还记得风吹动大门的时候吗？丹尼尔的椅子差点翻倒？”

“你还好意思说别人？你的牌十次有九次被我看得一清二楚，算你运气好，我没心情作弊，不然绝对把你杀得片甲不留。”

他们七嘴八舌，有如刚刚走出考场的青少年，心情轻飘飘的。“哦，天哪！”贾思汀闭上眼睛，杯子抵着太阳穴说，“那场天杀的要命牌局，我现在想到还是不敢相信。丹尼尔一直说：‘事情要前后相连，不在场证明才会有效……’”

“我们几个连话都讲不完整，”瑞法尔说，“他竟然开始思考不在场证明的效力，我连‘不在场证明’这五个字都念不出来。”

“所以，他要我们将时钟全都拨回到十一点，也就是事发之前，接着要大伙儿到厨房把碗盘洗完，之后再回来玩牌，假装什么事都没有发生。”

“他玩自己的牌，也帮你玩，”艾比对我说，“第一轮，你的牌还不错，但他的比你更好，于是他帮你押了全部筹码，再一把赢过去，感觉很超现实。”

“而且他一直叙述，”瑞法尔说着伸手去拿伏特加，将杯子斟满。午后阳光蒙蒙，隔窗洒在他身上，让他显得俊俏而浪荡。他的衬衫领口没扣，几绺金发垂在眼前，有如狂欢整夜的皇家摄政团员。“‘蕾西加注，蕾西收牌，蕾西想再喝一杯，麻烦谁帮她将酒拿过来……’感觉就像公园里坐在你旁边的疯子，不停地拿三明治喂他想象中的朋友。他让你输完后，就要我们配合演出，想象你出门散步，我们对着空气挥手告别……我感觉我们就像一群疯子。我还记得我坐在那里，那张椅子，很有礼貌地对着大门说再见，心里清楚冷静地想着：原来发疯就是这种感觉。”

“我敢说那时已经半夜三点了，”贾思汀说，“但丹尼尔就是不让我们上床，大伙儿只好一直玩该死的得州扑克，玩到结束。当然，丹尼尔赢了，因为只有他还能专心，但他花了好久才把我们干掉。老实说，要是警察看到，肯定觉得我们是世界上最差的牌手。我抽到同花喊收牌，只有十点却加注……我已经累到把一个人看成是两个，好像做一场可怕的噩梦，心里不停地告诉自己赶快醒来。我们将衣服挂在壁炉前晾干，客厅简直跟电影《鬼雾》一样，衣服冒着水汽，柴火噼啪作响，大家不停地抽烟，抽丹尼尔恐怖的无滤嘴香烟……”

“他不让我去买普通香烟，”艾比说，“他说我们必须守在一起，再说加油站监视器会记下我抵达的时间，把一切搞砸……他就像将军一样，”瑞法尔哼了一声。“真的，我们几个拼命发抖，连牌都拿不好……”

“贾思汀吐过一次，”瑞法尔点起香烟，甩熄火柴说，“在厨房水槽，帅气得很。”

“我没办法，”贾思汀说，“我脑袋里只想着你，孤单一人躺在黑夜里……”他伸手按着我的胳膊，我摁了摁他的手，感觉他的手冰冷纤细，抖得很厉害。

“我们想来想去就只有这件事，”艾比说，“但丹尼尔……我看得出来事情对他的冲击有多大，他整张脸都陷下去了，眼睛也不对劲，又大又黑，但冷静到极点，仿佛什么都没有发生。贾思汀开始清理水槽……”

“他还是很想吐，”瑞法尔说，“我听得出来。我们五个里面，蕾西，我想你那天晚上过得最舒服。”

“但丹尼尔叫他不用清了，说这样会扰乱我们记得的时间顺序。”

“显然，”瑞法尔告诉我，“不在场证明要有效，大原则就是简单，删掉或捏造的事件越少，就越不会犯错。丹尼尔不停地对我们说：‘以目前的状况，我们只需要记得我们洗碗后开始玩牌，其他事情都从脑袋里清掉，当做没发生。’翻成白话就是，给我滚回来继续玩牌，贾思汀。这只可怜虫，他吓得脸色发青。”

关于“不在场证明”，丹尼尔说的一点也没错。他很厉害，太厉害了。我忽然想起那一天晚上在公寓里，山姆潦草记录，窗外空气泛着淡淡的紫光，我口头描述杀人犯：那人应该拥有犯罪经验。

山姆调查过这四人的身家背景，除了超速罚单，没找到任何前科。我不知道弗朗科私下用他复杂的手段作过什么调查，暗中保留了多少发现，又有多少连他自己也没有查到。那家伙向来是天字第一号的保密大师。

“他甚至不准我们动那把刀，”贾思汀说，“我们一边玩牌，刀子就留在地板上。即使我背对厨房，但我发誓还是感觉得到它，就像爱伦·坡的小说或詹姆斯一世时期的戏剧一样。瑞法尔坐在我对面，一直眨眼睛，身体抽搐似的微微颤动。”

瑞法尔朝贾思汀做了个鬼脸，露出难以置信的表情：“我才没有。”

“你有。你有抽搐，而且每分钟一次，跟时钟一样，好像看到我背后有什么恐怖东西似的。害得我吓得跟着回头，看刀子是不是悬在空中发光晃动，还是我不知道的……”

“哦，拜托，你是天杀的麦克白夫人啊！”

“老天，”我突然插嘴，“那把刀，难道还——我是说，难道我们吃饭还是用……”我伸手朝厨房的方向一挥，接着咬住指关节。我没有假装，我想到自己吃过的每一餐都隐隐带着蕾西的血，心里就觉得天旋地转。

“不是，”艾比赶紧回答，“老天，怎么可能。丹尼尔把刀子扔了，等我们上床后，起码在我们各自回房后……”

“晚安，玛丽，”瑞法尔说，“晚安，杰克，祝你好梦。天哪！”

“丹尼尔直接下楼，我听见他走楼梯。我不知道他到底做了什么，但隔天早上，时钟全都恢复正常，水槽光洁无瑕，厨房地板干干净净，感觉每一块都刷洗过了，不只是刀子掉的那一块。还有鞋子，丹尼尔和贾思汀之前把鞋子脱在阳台，这会儿都放回外套柜里，一样干干净净——不是像新鞋一样发亮，而是我们平常保持的那样——而且是干的，仿佛他用火烘过。衣服全都烫过、折好，刀子也不见了。”

“哪一把刀子？”我咬着手背，微微抖着嗓子说。

“就是木头握把、有点肮脏的旧牛排刀，”艾比柔声说道，“别怕，蕾西，刀子已经不在了。”

“我不要刀子在家里。”

“我知道，我也是，但我敢说丹尼尔一定扔了。我不知道有多少把要处理，但我听见有人打开前门，所以我想他应该拿到屋外了。”

“屋外哪里？我也不要那把刀在院子里，屋子附近都不行。”我声音颤抖得更厉害，想象弗朗科一边听着，一边低声说：加油，宝贝，加油。

艾比摇摇头，说：“我不知道，他出去了几分钟，我想不可能放在这附近，但你要我问吗？假如他藏在附近，我可以请他移走。”

我一边肩膀微微抽搐：“随便。好吧，我想，就请你跟他说。”丹尼尔当然不会乖乖照办，但我还是得这么说。要是他真的做了，肯定会好好戏弄跟监人员一番。

“我连他下楼都没听到，”贾思汀说，“我很……老天，我实在不愿意回想。我把灯关掉，坐在床角左摇右晃。之前玩牌的时候，我只想抛开一切，只想独处，想得都要尖叫了。但是等到我真的一个人了，感觉更糟糕。因为刮风下雨，屋子不停地嘎吱作响，但我对天发誓，听起来真的很像你在顶楼走动，准备上床。我还……”他说着咽了咽口水，下颌肌肉紧绷。“我还听见你哼歌，像是《黑丝绒发带》，真的很清楚。我很想要——只要我探头到窗外，就能看见草坪上从你的房间照出来的灯光。我很想检查，让自己放心——

天哪，不是放心，你知道我的意思——但我就是做不到，我连站都站不起来。我敢说只要拉开窗帘，就会看到你房间的灯光照在草地上，但又怎样？我又能做什么？”

贾思汀浑身颤抖。“贾思汀，”艾比柔声说，“没事的。”

贾思汀的手指用力压住嘴巴，深吸一口气。“嗯，”他说，“总之，丹尼尔有可能大声地上下楼梯，但我没注意到。”

“我听见了。”瑞法尔说，“我想，那天晚上两公里内的声音我都听得清楚，院子尽头再小的声响也能让我吓一大跳。犯罪有个好处，你的耳朵会像蝙蝠一样灵。”他摇摇烟盒，扔进壁炉里。贾思汀不由自主地张开嘴巴，又随即闭上。瑞法尔拿走咖啡桌上艾比的烟盒：“有些声音听来很有意思。”

艾比竖起眉毛，将缝针小心翼翼地插在布边上，布偶放在沙发上，她意味深长冷冷地看了瑞法尔一眼。“你真的想说那么多吗？”她问，“因为我没办法阻止你，但换做我，在我打开潘多拉的盒子之前，我会考虑得非常非常仔细。”

房里一阵紧张沉默。艾比将双手收在腿间，冷静地看着瑞法尔。

“我醉了，”瑞法尔突然打破沉默，厉声说道，“喝茫了。”

过了半晌，贾思汀低头对着咖啡桌说：“你没那么醉。”

“我有，我整个人挂了，这辈子从来没喝那么醉过。”

“才怪，你要是那么醉……”

“我们那天晚上都喝得很凶，”艾比打断贾思汀，语气平平地说，“这一点也不意外，但没有用。我认为我们都没睡多少，隔天早上简直是噩梦一场。所有人都惊惶不安，如槁木死灰，头晕宿醉，脑袋一团糊涂，连看东西都看不清楚，不知道该不该报警，说你失踪了还是怎样。瑞法尔和贾思汀想报警……”

“不要让你继续躺在老鼠横行的破屋子里，等村里的乡巴佬经过才发现你。”瑞法尔叼着香烟，摇摇艾比的打火机说，“我们真是疯了，对吧？”

“但丹尼尔说这样很怪，说你是大人了，可以自己清晨出门散步，甚至逃课不去学校都行。他给你打电话，其实你的手机明明就在厨房，但他还是照打不误，因为他觉得手机里应该要有我们打过的一通电话。”

“他要我们去做早餐。”贾思汀说。

“这回贾思汀争气一点，撑到浴室才吐。”瑞法尔说。

“我们一直吵个不停，”艾比说道，她重新拿起布偶，不自觉机械似的反复编织它的发辫，“应不应该吃早餐，要不要报警，应不应该照常上学，要不要在家等你回来。我的意思是，平常应该是丹尼尔或贾思汀留下，其他人去学校，但我们就是没办法，只要想到彼此分开，我们就心惊胆战，我不知道该怎么解释。我们已经受不了对方，就要拿刀砍人了。我和瑞法尔彼此尖叫，真的是尖叫。只要有人提到分开，我就两腿发软，不骗你。”

“你们知道我当时的感觉吗？”贾思汀悄声说，“我站在那里，耳朵听着你们三个争执不休，眼睛看着窗外，等警察还是谁出现，突然想到很可能要好几天，甚至几星期。这样的等待可能得持续好几周，蕾西可能在那里……我知道自己就算到学校，连一天也撑不过去，更不用说几星期。我觉得我们应该闭嘴，别再吵架，找床棉被，四个人缩着身子躲进去，把煤气打开。我当时就想那么做。”

“我们连煤气都没有，”瑞法尔火大了，“别再编肥皂剧了好不好，拜托！”

“我想，我们心里都有这个念头，要是你没立刻被人发现，我们该怎么办？但没有人敢提这一点，”艾比说，“后来警察出现，我们真的松了一大口气。贾思汀先从窗子看到他们，他说：‘有人来了。’我们本来还在大吼大叫，突然全都僵住不动。我和瑞法尔开始往窗边走，但丹尼尔说：‘所有人坐下，快！’于是，我们全都坐在厨房桌前，仿佛刚吃完早餐，等着门铃响。”

“丹尼尔去开门，”瑞法尔说，“否则还会有谁？只有他冷静得像冰一样。我听见他在走廊说话：‘是的，蕾西住在这里，我们昨晚就没见到她了；没有，我们没有吵架；没有，我们并不担心，只是不确定她今天会不会去学校；是不是出了什么问题，警察先生？’他一边回答，语气越来越担心……简直完美到了极点，太恐怖了。”

艾比眉毛一挑。“难道你希望他结结巴巴、语无伦次吗？”她反问道，“要是换你去开门，你觉得会怎么样？”

瑞法尔又开始玩牌，听完只是耸耸肩膀。

“后来，”艾比发现瑞法尔显然不打算回答，便接着说，“我发现我们得走出去，要是不走出去才奇怪。来的人是弗朗科和山姆，弗朗科靠墙站着，山姆在作笔记，把我们吓得半死。两人的衣服毫不起眼，脸上看不出任何表情，说话的样子……感觉不慌不忙，仿佛有的是时间……我本来以为拉索文那两个蠢蛋会来，结果我很快发现，眼前两位显然完全是不同等级，比他们聪明百倍，也危险百倍。我一直觉得最坏的已经过去了，不可能比前一天晚上更惨，但我一见到他们两人，就知道事情才刚开始。”

“他们很残酷，”贾思汀忽然飞来一句，“非常非常残酷。他们一直绕圈子，最后才告诉我们。我们不停地追问到底怎么了，但他们只是扬扬自得，装得一脸茫然，拒绝直接回答我们。”

“‘你们怎么会认为她可能出事了？’”瑞法尔故意模仿弗朗科的都柏林腔，慵懒的语气学得惟妙惟肖，“‘难道谁有理由伤害她？是不是有人让她害怕？’”

“那两个浑蛋后来总算告诉我们出事了，却死也不说你还活着。弗朗科只说什么‘几小时前有人发现她，就在这附近，她昨晚遇刺了’之类的，故意让我们听了以为你已经死了。”

“只有丹尼尔脑袋还醒着，”艾比说，“我的眼泪差点就要夺眶而出。我已经忍了一个早上，免得眼睛看起来很可笑。他们让我们知道出了事情，让我松了好大一口气……只有丹尼尔单刀直入，当下就问：‘她还活着吗？’”

“但他们没搭腔，”贾思汀说，“只是望着我们，一个字也没说，好像在等什么，感觉不知道过了几百年。我就说，他们很残酷吧。”

“最后，”瑞法尔说，“弗朗科终于耸耸肩说：‘差点没活下来。’我们几个听了头都快炸了。我是说，我们都已经……呃，作好最坏打算，只想赶快把事情了结，可以好好关起门来，继续精神崩溃，没想到竟然这样。天知道我们会怎么做，说不定会当场抖出真相。就在这时候，艾比刚巧忽然晕了过去。我一直想问你，昏倒是真的吗？或者是计划的一部分？”

“这一切都不是谁的计划，”艾比语气尖酸，“我也没有昏倒，只是眩晕了一秒钟。别忘了，我那天晚上没睡多少。”瑞法尔听了，狞笑一声。

“大伙儿立刻冲上前去，扶她坐下，拿水过来，”贾思汀说，“等她醒来，我们已经恢复冷静……”

“哦，是我们吗？”瑞法尔眉毛一挑说，“你的嘴巴不是还像金鱼般一开一合？我很怕你会说出什么蠢话，担心到语无伦次，警察一定以为我是白痴：你们在哪里发现她的？她人在哪里？我们何时可以见她……他们虽然没有回答，但起码我试过了。”

“我尽力了，”贾思汀声音上扬，又开始语带紧张，“对你来说很简单，用脑袋想想就好了：哦，她还活着，太好了。你又不在那里，又不记得那间可怕的小屋……”

“假如我没听错，你在那里就像公牛的乳房一样没用吧，不是吗？”

“你醉了。”艾比冷冷地说道。

“知道吗？”瑞法尔像个吓坏大人的乐不可支的小孩，说，“我想你说的没错，而且我想我还会喝得更醉，你们谁有意见吗？”

没有人回答。瑞法尔伸手拿酒，斜瞟了我一眼说道：“你错过好戏了，蕾西。你要是好奇艾比为什么老把丹尼尔的话当做圣旨……”

艾比面无表情，说：“我已经警告过你一次，瑞法尔，这是第二次。你不会再有下一次机会了。”

过了半晌，瑞法尔耸耸肩膀，将脸埋进怀里。沉默中，我察觉到贾思汀满脸通红，直达发际。

“接下来几天，”艾比说，“简直是人间炼狱。他们说你昏迷了，在加护病房，医生不确定你能否撑过难关，但就是不让我们去看你。他们听到我们问你的状况，就像有人拔他们牙齿一样。我们只问出你还没死，但这一点也没有安慰效果。”

“屋子里到处都是警察，”瑞法尔说，“搜查你的房间，搜索小径，把地毯沾到的小东西全弄出来……他们侦讯我们不知道多少次，搞到后来我都开始重复了，不记得自己跟谁说了什么。就算他们离开了，我们还是提心吊胆。丹尼尔说，他们不能在屋里装窃听器，起码不能合法地做，但我感觉弗朗科不是那种照章行事的家伙。再说，警察就像老鼠或跳蚤一样，就算看不到，也感觉得到他们在爬。”

“真的很难受，”艾比说，“瑞法尔想抱怨就去抱怨，但丹尼尔当时要我们玩牌，真是做得对极了。我之前没想太多，但总觉得提供不在场证明很简单，顶多五分钟：我在这里，其他人说法和我一样，结束。但他们拷问了我们好几个小时，问了又问，几乎所有细节都不放过。你们几点开始玩牌？各自坐在哪个位子？你们喝酒了吗？都喝了什么？你们用哪个烟灰缸？”

“而且，他们会一直设圈套，”贾思汀伸手拿酒，手掌颤抖，但不明显，“我都答得很简单，例如说我们大约十一点十五分开始玩牌，弗朗科或山姆（看那天轮到谁）就会面带愁容说：‘你确定吗？因为我听你朋友说是十点十五分。’接着便开始翻笔记，把我吓僵了。我是说，我不知道是其他人犯了错误——犯错很正常，因为我们都已经不成人形了，根本无法好好思考——还是我应该改口，说些‘啊，没错，一定是我搞混了’之类的。所以，我后来一律死守原来的说词，事后证明这么做很对。我们没人犯错，警察只是在唬人。但这纯粹只是运气，我吓得不知所措，根本想不出其他招数。要是侦讯再久一点，我想我们全都会疯掉。”

“结果呢？”瑞法尔问。他忽然坐正，牌差点从腿上滑落，接着将香烟从烟灰缸里抽出来说，“我一直搞不懂一点，我们对丹尼尔言听计从，他是奶酪蛋奶酥大师没错，但他说蕾西死了，我们就认为她死了。我们为什么老是相信他？”

“因为习惯。”艾比说，“他经常是对的。”

“你真的这么认为？”瑞法尔问。他又靠回沙发扶手，但语气带着一丝不悦，感觉危险指数开始升高了。“他这回显然错了。我们大可以打电话叫救护车，和一般人一样，之后就没事了。蕾西绝对不会提起告诉，或那类的事情，要是我们有谁曾经想过，就会立刻明白这点。可是没有，我们让丹尼尔发号施令，坐在这里扮家家酒，搞什么疯帽子先生的午茶派对……”

“他不知道会没事，”艾比厉声说，“你觉得他应该怎么做？他以为蕾西已经死了，瑞法尔。”

瑞法尔耸耸一边肩膀：“他是这么说的。”

“你这话是什么意思？”

“就那个意思。还记得那混账到家里来，跟我们说蕾西醒了吗？我们三个，”瑞法尔对我说，“我们都如释重负，差点没瘫在地上，我想贾思汀真的就要昏倒了。”

“谢了，瑞法尔。”贾思汀一边伸手拿酒，一边说道。

“但你们觉得丹尼尔像是松了一口气吗？才怪。他看起来就像被人用球棒打了肚子，连警察都注意到了，拜托。记得吗？”艾比冷漠地耸耸肩膀，低头对着布偶，紧张地摸索缝针。

“嘿，”我朝沙发踢了一脚，要瑞法尔听我说话，“我不记得了，到底怎么回事？”

“是弗朗科那家伙，”瑞法尔说，他从贾思汀手中接过酒瓶，倒了满满一杯伏特加，完全没加奎宁水，“星期一一大早，他在门外说有新消息，想进屋里谈谈。我很想骂一句他妈的，叫他滚回去，我周末已经看够警察了，这辈子不想再看。但是丹尼尔去开门，因为他有个怪理论，认为我们应该极力避免惹恼警察。我是说，弗朗科早就被惹毛了，他第一眼就恨死我们几个了，干吗还跟他和颜悦色？但丹尼尔还是让他进到屋里。我走出房间一探究竟，贾思汀和艾比从厨房出来。弗朗科站在走廊看了我们一眼说：‘你们的朋友撑过来了，她已经苏醒，说她想吃早餐。’”

“我们都喜出望外。”艾比说，她已经找到绣针，正愤愤地缝着布偶的衬裙，匆匆地戳来刺去。

“呃，”瑞法尔说，“我们有些人喜出望外。贾思汀扶着门把笑得像个白痴，身体直往下沉，仿佛两脚不见了。艾比又笑又跳，扑到贾思汀身上，给了他一个大拥抱。我想我可能笨拙地欢呼了一声，但丹尼尔……他只是站在原地，看起来……”

“他看起来很生涩，”贾思汀忽然说道，“真的很生涩，非常害怕。”

“你，”艾比厉声反驳，“你根本开心得什么都没注意。”

“我当然注意到了，我特地看了丹尼尔一眼，他的脸色白得像是生病一样。”

“接着他转身走到这里，”瑞法尔接口说，“靠在窗边，看着院子不发一语。弗朗科眉毛一挑，问我们：‘你朋友怎么了，他不高兴吗？’”

弗朗科从来没提这件事。我应该恼怒才对，因为说过要玩手段的是弗朗科，此时此刻，他却像几万光年之外的人，几乎湮没在另一个世界。

“艾比放开贾思汀，说丹尼尔情感丰富什么的。”

“他的确是。”艾比说，语气开始带着不悦。

“但弗朗科只是讥讽似的微微冷笑一声，便告辞离开。等我确定他走了——那家伙是会躲在树丛里偷听的那个类型——我立刻去找丹尼尔，问他到底哪根筋不对了。这小子依然站在窗边，动也没动。他将头发拨开，我看到他脸上冒汗，他说：‘没有不对，他一定在说谎，我早该发现的，只是一时措手不及。’我瞪着他，心想这家伙终于疯了。”

“我看是你疯了，”艾比立刻反击，“我根本不记得有这种事。”

“你和贾思汀又抱又跳，吱吱乱叫，像天线宝宝一样，哪会注意到。丹尼尔恨恨地看了我一眼说：‘别傻了，瑞法尔。如果弗朗科说的是实话，你真的确定很好吗？你难道没想到后果会多严重？’”

瑞法尔猛灌了一口酒，说：“告诉我，艾比，你觉得这算喜出望外吗？”

“老天，瑞法尔！”艾比腰杆一直，眼里闪着怒火，显然动了肝火。她说，“你到底在胡说八道什么？难道失去理智了？没有人希望蕾西死。”

“你不希望，我不希望，贾思汀不希望，或许丹尼尔也是。我要说的很简单，他检查蕾西脉搏的时候，心里什么感觉，我不在场，我不知道。我也不敢拍胸脯保证，说我知道要是他发现蕾西还活着，他会怎么做。你可以吗，艾比？经过这几个星期，你敢指天发誓，说你百分之百确定他会怎么做吗？”

我听了背脊发凉，寒意拂动窗帘盘旋向上，朝角落轻轻奔去。库柏和鉴识人员只确定蕾西死后被人移动过，但不知道隔了多久。蕾西和丹尼尔一起在小屋里至少二十分钟，我想起蕾西紧握双拳——极度情绪压力，库柏说——想象丹尼尔静静地坐在她的身旁，小心翼翼地将烟灰弹进烟盒，雨丝沾满他深色的头发。即使两人之间不仅于此——或许蕾西手掌颤动、喘息一声，瞪大了棕色眼眸看他或低声呢喃——也永远不会有人知道。

长夜漫漫，晚风扫过山坡，猫头鹰鸣声渐息。库柏还说了一点：假如医生在场，也许救得了她。

丹尼尔只要吩咐贾思汀留下，他一定会待在小屋。这么做才合乎常理。假如蕾西真的死了，留守的人便无事可做，只要待在原地，不要乱碰东西就好。回家的人必须宣布消息，找出皮夹、钥匙和小手电筒，保持冷静，而且动作迅速。但丹尼尔派贾思汀回去，而贾思汀连站都站不好。

“直到你回来的前一晚，”瑞法尔对我说，“他都坚称你死了。据他的说法，警察只是诈唬我们，假装你还活着，让我们担心你会告诉警察。他说，我们必须沉着镇定，警察迟早会放弃，说你伤重复发，死在医院。直到弗朗科打电话，问我们隔天会不会在家，方不方便送你回来，丹尼尔才恍然想到，唉，这一切或许不是天大的诡计，事情也许正如警察说的那么简单。这就叫灵光乍现。”

瑞法尔又猛灌一口酒，说：“喜出望外个屁！我跟你们说他当时有什么反应，他简直心胆俱裂，脑袋里只想着蕾西是不是真的失去记忆，或者只是对警察说谎，她回家后又会怎么做。”

“所以呢？”艾比反问道，“那又怎样？老实说，我们都很担心这点，这有什么错？要是她确实记得，当然有资格对我们发火。蕾西，你那晚回家前，我们一整天都像热锅上的蚂蚁。后来我们发现你不生气，总算好过一点。但当你踏出警车的那一刻……老天，我感觉自己脑袋就要爆炸了。”我察觉到他们神情忽然一变，又变成我那天傍晚见到的模样，四个金色魅影站在台阶上，有如来自失传神话的年轻战士，抬头挺胸，风采灿然，泰然自若，耀眼得近乎虚幻。

“担心是很担心，”瑞法尔说，“没错。但丹尼尔不只担心，他紧张到歇斯底里的地步，我也跟着焦虑起来。后来我去堵他，夜里溜进他的房里，好像要去偷情一样，因为他一直刻意避开和我独处。我问他到底在盘算什么，结果你们知道他怎么回答？他说：‘我们必须接受事实，这件事情可能没那么容易就结束。我觉得我已经想出一个万全的计划，但还有一些细节要想清楚。暂时别太担心，可能不会变成那样。’你们觉得这是什么意思？”

“我不会读心术，”艾比立刻回嘴，“所以一点概念也没有，但我想，他可能是想让你放心。”

深夜小径、“咔嗒”声响，还有丹尼尔语气里的专注镇定。我感觉自己毛发直竖。我完全没有想过，一次也没有，他拿枪瞄准的或许不是奈勒。

瑞法尔嗤之以鼻：“哦，拜托！丹尼尔根本不在乎我们的感觉，连蕾西也不例外。他只担心蕾西是不是想起什么，她接下来打算怎么做。他连迂回的功夫都省了，一有机会就公然套她消息。你还记得那天晚上走哪条路吗？有没有穿着夹克？哦，蕾西，你要不要谈一谈……简直让我想吐。”

“他是想保护你，瑞法尔，保护我们。”

“我不需要保护，谢谢，我又不是妈的三岁小孩，而且我一点、一点也不需要丹尼尔的保护。”

“好吧，算你行，”艾比说，“恭喜你了，大人。管你觉得需不需要，他都尽力了，你要是认为不够好……”

瑞法尔一边肩膀微微一耸。“也许他是，但就像我说的，我没办法判断。但就算他真的尽力了，以他那么聪明的家伙来说，也是糟糕透顶。过去这几个星期简直差劲到了极点，艾比，和地狱没有两样，问题是根本没必要。假如丹尼尔当初肯听我们说话，而不是忙着尽力……我们本来打算跟你说的，”瑞法尔转头对我说，“我们三个，在我们知道你就要回来之后。”

“真的，蕾西，”贾思汀隔着椅子扶手凑到我身边，说，“你不知道我有多少次差点……老天，我想再不告诉你，我就要爆炸或解体了。”

“但丹尼尔那小子，”瑞法尔说，“却不准我们说，结果你看现在怎样？看他每个点子都是什么下场？看看我们，看他把我们搞成什么样子了？我们当时大可叫救护车，大可直接告诉蕾西……”

“不行，”艾比说，“不对。你可以叫救护车，你可以跟蕾西说，我也可以，贾思汀也是。但我警告你，不要怪在丹尼尔头上。你已经是大人了，瑞法尔，没有人拿枪抵着你的脑袋，要你闭嘴。事情是你自己的决定。”

“也许吧，但我会那么做，是因为丹尼尔要我做，你也一样。那天晚上，我和你独自在家多久？一小时？还是更久？你嘴巴里只念着一件事，说你好想寻求协助。但我说好吧，行啊，我们就找人帮忙吧，你又说不要。丹尼尔说什么事都不要做，丹尼尔有计划，丹尼尔会处理。”

“因为我信任他。这是我起码该回报他的，你也一样。这些，我们所拥有的一切，都归功于丹尼尔。要不是他，我这会儿还住在恐怖的地下室里。对你来说，这也许没什么……”

瑞法尔尖声大笑，吓了我们一跳。“这栋狗屁屋子，”他说，“只要有人稍微提到你的丹尼尔哪里不够好，你就搬出屋子来压我们。我会闭上嘴巴，是因为我想你说的可能没错，也许我真的欠他的，但现在……我已经快受够这屋子了。又是丹尼尔的聪明点子，结果下场如何？贾思汀失魂落魄，你不断昧于事实，我酒喝得像我老爸一样，蕾西差点死掉，所有人都恨透对方，全都因为这栋狗屁屋子。”

艾比抬头瞪着瑞法尔，说：“这不是丹尼尔的错，他只是希望……”

“希望怎样，艾比？说啊，你觉得他当初为什么要让我们共同拥有林屋？”

“因为，”艾比低声说道，语气肃杀，“他关心我们。因为不管对错，他认为这样做可以确保我们五个人过得幸福。”

我以为瑞法尔会纵声大笑，但他没有。“你知道，”过了半晌，他低头望着杯子，开口说道，“我起初也这么认为，不骗你。他这么做是因为爱我们，”他不再语带恶意，只剩下疲惫至极的忧郁，“我想到就觉得开心，那时我真的想为丹尼尔做牛做马，做任何事情。”

“后来你明白了，”艾比说，声音严酷冷淡，却忍不住颤抖。我从来没看到过她这么惊惶不安，比我之前提到字条的时候还要焦躁。“这个人送给好朋友一栋价值七位数字的屋子，其实纯粹是为了自己。你这样还不偏执吗？”

“我想过，过去这几个星期，我想了很多。我不希望——老天……但我就是忍不住会想，就像抠伤疤一样，”瑞法尔抬头望着艾比，将头发从脸上甩开，酒意开始蔓延，他双眼肿胀，爬满血丝，仿佛刚刚哭过，“假设我们进了不同的大学，艾比，假设我们不曾相遇，你觉得我们几个现在会是怎样？”

“你在说什么，我一点也听不懂。”

“我们会好好的，我们四个。也许头几个月很辛苦，也许我们得花一段时间才会认识朋友，但我们终究会熬过去。我知道我们都不是外向的人，但我们会学。大伙儿进大学就是在做这件事，学习如何在巨大骇人的世界里生活。我们这时应该都有朋友、社交生活……”

“我不会，”贾思汀语气坚决，轻声说道，“我不会过得好，没有你们就不可能过得好。”

“才怪，贾思汀，你不会有事。还有你也是，艾比。不是偶尔日子难受时陪你上床的对象，而是货真价实的男朋友、生活伴侣，”瑞法尔神情忧伤，朝我浅浅一笑，“至于你这个傻姑娘，我不知道，但你肯定会活得很快乐。”

“真是感谢你的一番开导啊！”艾比冷冷地说道，“你这个爱说教的王八蛋。”

瑞法尔没有反驳，让我不由得害怕起来。“是没错，”他回答，“但你想一想，一秒钟就好。要是我们不曾遇见，你觉得丹尼尔现在会怎样？”

艾比茫然地看了他一眼：“去爬马特洪峰？开公司？住在这里？我哪知道？”

“你可以想象他去新生舞会吗？参加大学社团？和美语诗歌社的女孩聊天？说真的，艾比，我问你，你能想象吗？”

“我不知道，你说的都是假设，瑞法尔，假设一点意义也没有。我不知道要是一切不像现在这样，那又会是如何，因为我又不是他妈的天眼通，你也不是。”

“也许吧，”瑞法尔答道，“但我起码知道一点，丹尼尔永远学不会和外部世界相处，怎么样都不会。我不知道他天生如此，还是小时候摔到头，但他就是无法过正常人的生活。”

“丹尼尔没有问题，”艾比一字一字冷冷地说道，有如寒冰四溅，“一点也没有。”

“有，艾比。我很爱他，真的，我爱他，现在还是，但他一直有问题，你必须认识到这一点。”

“他说的对，”贾思汀柔声说，“确实有。我一直没跟你们说，但我们刚认识那年，就是一年级……”

“住口，”艾比猛然转身，狠狠怒斥一声，“闭上你的嘴巴。你又好到哪里去？假如丹尼尔搞砸了，你也一样搞砸了。还有你，瑞法尔……”

“你错了，”瑞法尔手指摸着杯上的酒渍，低头说，“这就是我想跟你说的。我们几个——我们想和别人说话就办得到，拜托。我前晚才钓了一个女孩，你讨论课上的小鬼都很爱你，贾思汀会和图书馆工作的金发男打情骂俏——你别不承认，贾思汀，我看到了。蕾西在那家烂咖啡馆里和人有说有笑。我们只要努力，就能连上这个世界，但丹尼尔……全世界只有四个人觉得他不是彻头彻尾的怪胎，这四人现在就坐在这个房间里。我们没有他，再怎么说也不会有事，但他不可能没有我们。要不是我们，丹尼尔肯定比上帝还寂寞。”

艾比沉默半晌，之后问道：“所以呢？那又怎样？”

“所以，”瑞法尔回答，“假如你问我，我会说这就是他把屋子分给我们的理由，不是让我们天天过得幸福灿烂，而是让他在自己的天地里有人做伴，永远留住我们。”

“你，”艾比喘不过气来，“你这个心灵龌龊的浑球，竟然讲这种话……”

“他想保护的不是我们，艾比，从来不是，而是这个现成的小世界。告诉我，你今天早上为什么坐丹尼尔的车去警局？你为什么不希望他和蕾西独处？”

“因为我不想靠近你，看你那副样子，我只会觉得恶心。”

“放屁。你自己说，要是蕾西有一点点征兆，还是想卖屋子或和警察谈话，你想他会怎么做？你一直说我可以告诉蕾西，什么时候说都行，但你有没有想过，要是丹尼尔认为我想越线，他会怎么对我？他有计划，艾比，他对我说他已经做好了万全的计划，你觉得他到底在计划什么？”

贾思汀仿佛吓坏的小孩，喘息一声。这时，客厅里的光线忽然变了，空气倾斜，压力改变，所有的小涡流再度集结，绕着某个巨大的黑点旋转。

只见丹尼尔占据房门，身影高大凝重，双手插在黑色长外套的口袋里。“我要的，”他悄声说道，“之前都在这栋屋子里。”

# Chapter 24
## 丹尼尔的万全计划

“丹尼尔，”艾比说，我发觉她全身立刻放松下来，“谢天谢地。”

瑞法尔缓缓靠回沙发上。“出场蛮帅的，”他冷冷说道，“你站在门边听了多久？”

丹尼尔动也不动：“你们跟她说了什么？”

“反正她也想起来了，”贾思汀说，声音颤抖，“难道你没听见吗，在警局里？要是我们不把经过跟她说，她就要给警察打电话。”

“啊，”丹尼尔面无表情地朝我瞟了一眼，随即撇开头去，“我早该猜到的，你们跟她说了多少？”

“她很焦虑，丹尼尔，”艾比说，“她的记忆慢慢回来了，不知道该如何是好，很想知道事情经过，我们就跟她说了。没说谁……你知道，是谁做的，但其他都说了。”

“非常有启发的一次谈话，”瑞法尔说，“从头到尾都是。”

丹尼尔听了只是匆匆点头。“好，”他说，“那接下来我们这么做。大伙儿现在都很激动，”瑞法尔一翻白眼，嫌恶地哼了一声，丹尼尔置之不理。“我认为再谈下去也不会有什么好处，因此我们暂时停几天，完全不提这件事，让状况平静下来，所有人消化这几天的经历，之后再好好谈一谈。”

丹尼尔指的是在我和麦克风离开之后。我正想开口，瑞法尔就问：“为什么？”他缓缓抬起眼皮，转头看着丹尼尔的模样。我忽然察觉到他醉得厉害，心里莫名警觉起来。

我发现丹尼尔也注意到了。“你们要是不想提，”他冷冷地说，“相信我，我一点也不介意。要是这辈子再也不提，我会很高兴。”

“不是，为什么不现在谈？”

“我已经说了，因为我认为大家现在没办法理性地讨论。今天过得够长，也够痛苦了。”

“要是我根本不在乎你怎么想呢？”

“请你相信我，”丹尼尔说，“我不常求你什么，但这回请你听我一次。”

“老实说，”瑞法尔说，“这阵子你常求我们相信你。”说完“砰”的一声将酒杯猛力放在桌子上。

“可能吧，”丹尼尔说，脸上忽然疲惫至极，仿佛榨干了最后一滴精力。我心想，弗朗科怎么能把他留这么久，两人单独在侦讯室里到底谈了什么？“所以再多相信几天应该没问题吧，不是吗？”

“你从刚才就像三姑六婆一样躲在门后偷听，想搞清楚我有多信任你。你到底在害怕什么，不让我们继续谈下去？难道是怕蕾西之外，还有人想离开？到时你会怎么做，丹尼尔？你还打算干掉多少人？”

“丹尼尔说的对，”艾比断然说道，丹尼尔回家这件事让她冷静了下来，语气再度坚强，充满肯定，“我们已经昏头昏脑，开始胡言乱语了。过个几天……”

“正好相反，”瑞法尔说，“我觉得我已经好几年没有这么清醒过了。”

“算了吧，”贾思汀几乎喃喃自语，说，“拜托，瑞法尔，算了。”

瑞法尔根本没听见：“你要把他的话当圣旨，他一弹手指，你就跑到他跟前，那是你家的事，艾比。你真的以为他在乎你爱他？他根本不当一回事。必要时，他一眨眼就会把你甩掉，就像他准备……”

艾比终于生气了。“妈的，你这个自以为是的……”她从椅子上弹起来，将布偶对准瑞法尔扔过去，动作凶狠迅速。瑞法尔本能地伸手一挥，将布偶打到角落里。“我警告你，那你自己呢？有需要就利用贾思汀，你以为那天晚上我没听见他下楼吗？你的房间就在我楼下，天才。等你不需要他了，就把他踩在脚下，一次一次伤他的心……”

“住口！”贾思汀大喊。他紧闭双眼，双手捂住耳朵，表情极度痛苦，“天哪，不要再说了，停下来……”

丹尼尔说：“够了！”他的声音开始扬高。

“不够！”我大吼一声，所有人顿时停下动作。我之前一直很安静，让他们自己推着局势跑，我再伺机出手。这会儿，他们全都闭上嘴巴，眨着眼睛转头看我，仿佛忘了我在旁边。“才不够，我不要就这样结束。”

“为什么？”丹尼尔反问道，语气再度恢复自持。我一开口，他脸上立刻浮现出惯有的冷静，完美而坚定，“我还以为你是我们当中最想早点恢复正常的人。你会这么执著于过去，还真不像你。”

“我想知道是谁刺了我，我需要知道！”

丹尼尔一双灰眼沉着好奇，带着事不关己的兴趣打量我。“为什么？”他又问一次，“事情毕竟过去了，我们又聚在一起，没有留下永久的伤害，不是吗？”

你的秘密武器，弗朗科曾经这么形容。蕾西将这最后致命一击留给我，从库柏手里转交给我。一个念头从我脑中闪过，发出珠宝般的璀璨光芒，随即消逝，仿佛开关启动，让一切开始运作。我喉咙紧缩，疼得难以呼吸，只得用力嘶吼：“我怀孕了！”

所有人转头看我，房里突然一片死寂，他们的神情瞬间凝固茫然，让我以为他们没有听懂。于是我说：“我原本会有个孩子。”说完只觉得头重脚轻，也许真的双脚摇晃，我不知道。阳光涌入房里，客厅一片金黄，色泽神圣奇特，无法描摹。

依然一阵沉默。

“不可能。”丹尼尔说，但他根本没有转头去看其他人的反应，只是死盯着我。

“是真的，”我说，“丹尼尔，是真的。”

“不，”贾思汀说，仿佛跑步似的气喘吁吁，“不，蕾西，不会吧？拜托！”

“是真的，”艾比说，语气倦乏至极，“在这些事情发生前，我就知道了。”

丹尼尔脑袋一仰，但不明显。他双唇微张，长吁一口，声音轻柔，无比忧伤。

瑞法尔近乎温柔地说了一句：“你这浑蛋！”他缓缓起身，双手缩着仿佛冻结在胸前。

眼前的一切让我无暇思考。不管丹尼尔对艾比说了什么，我一直认定是他。当瑞法尔提高嗓门又说了一句“妈的”，我才恍然明白他不是对丹尼尔说话。丹尼尔依然立在门口，前面坐着贾思汀。瑞法尔在对贾思汀说话。

“瑞法尔，”丹尼尔疾言厉色地说，“你给我马上闭嘴，坐下来镇定一点！”

丹尼尔怎么做都行，就是不该叫瑞法尔冷静。只见瑞法尔突然双手握拳，脸色苍白，抿起上唇，两眼闪着无名怒火，有如山猫般龇牙咧嘴。“你敢！”他低声说，“你敢再吩咐我一次试试看。你看看我们几个，看看你做了什么，你这下高兴了吧？满意了没有？要不是你……”

“瑞法尔，”艾比说，“你听我说，我知道你很不安……”

“我的——天哪！那是我的孩子，死了，因为他！”

“我叫你闭嘴！”丹尼尔说，语气令人害怕。

艾比看了我一眼，目光急切专注。现在只有我能让瑞法尔听话，只要我走到他身边，双手抱着他，将悲伤留给他和蕾西，避开公然对决，我就能让瑞法尔别无选择，让一切到此结束。那一瞬间，我几乎感觉得到彼此的接触：瑞法尔的双肩颓然靠着我，双手将我紧紧圈住，衬衫贴着我的脸庞温温热热，飘着干净衣服的味道。

但我没有移动。“你！”瑞法尔说，我不知道他说的是丹尼尔或贾思汀，“你！”

接下来的一切，在我记忆中接续得干净利落，步步分明，有如一支编排完美的舞曲。之所以如此，或许因为我将同一套故事，对弗朗科、山姆和政风组员反复说了无数次，或许完全不是这么回事。但这就是我所记得的，这就是事情的经过。

瑞法尔好比决斗的公鹿，朝贾思汀（或丹尼尔，或他们两人）扑了过去，结果一脚撞翻桌子，酒和果汁倾泄而出，在空中划出长长的弧线，酒瓶和杯子滚落一地。瑞法尔一手撑起身子，继续往前冲。我挡在瑞法尔面前，抓住他的手腕，但他手臂一挥，将我狠狠甩开。我双脚踩到洒出来的伏特加，重重跌在地上。

贾思汀站起来，伸出双臂想推开瑞法尔，但瑞法尔一头撞上去，两人摔在椅子上，直往后滑。贾思汀惨叫一声，瑞法尔压在上头，挣扎着停住。艾比一手抓着瑞法尔头发，一手抓他领口，试着将他拉开。但瑞法尔咆哮一声，将她挥开，手臂后拉，眼看就要朝贾思汀脸上挥拳。我从地板上翻起来，艾比手里不知何时多了一只酒瓶。

忽然间，我站住不动，瑞法尔从贾思汀身上跳开，艾比抵着墙壁，我们几个仿佛被炸弹震得四散开来。屋子瞬间僵住，吓得噤声不语，房里只剩下我们急促的喘息声。

“嗯，”丹尼尔说，“这样好多了。”

他已经走进起居室，头上的天花板多了一个黑洞，石膏碎片有如一道细泉，窸窸窣窣地落在地上。他双手握着那把大战时期的古董威伯利手枪，姿态轻松，仿佛多年老手。他曾经拿我当过枪靶。

“把枪放下！”我说，声音大得让贾思汀失控地呜咽一声。

丹尼尔和我四目相对，朝我耸耸肩膀，怜悯似的一挑眉毛。我从来不曾见他这么轻松自在，仿佛卸下了千斤重担。我和他都知道，刚才这声枪响肯定从麦克风直达弗朗科和山姆耳中，荷枪刑警五分钟内就会包围屋子，西蒙伯公这把破枪根本就是小孩玩具。丹尼尔再也没有能够守住的事物。他的头发垂落到眼前，我发誓他当时面带微笑。

“蕾西？”贾思汀难以置信地轻喘一声，我顺着他的目光看向自己身侧，只见我的套头毛衣撩起一半，露出束腰和绷带，佩枪在我手里。我完全不记得自己拔枪。

“这是怎么回事？”瑞法尔瞪大双眼，气喘如牛，“蕾西，怎么回事？”

艾比说：“丹尼尔。”

“嘘，”丹尼尔柔声说，“没事的，艾比。”

“那东西是从哪里弄来的？蕾西！”

“丹尼尔，你听好。”

警笛声从远方小径传来，不止一枚警笛。

“警察，”艾比说，“丹尼尔，警察跟踪你。”

丹尼尔用手背拨开脸上的头发。“我想没这么简单，”他说，“不过，你说的没错，他们在路上了，我们时间有限。”

“把枪放下，”艾比说，“现在。你也是，蕾西。要是他们看见……”

“我说了，”丹尼尔说，“事情没那么简单。”

丹尼尔站在高背扶手椅后方，目瞪口呆的贾思汀双手紧抓扶手，吓得魂飞魄散，他和椅子正好挡在丹尼尔胸前。贾思汀头上，一支黝黑邪恶的小枪管正对着我，我别无选择，只能瞄准丹尼尔的头部。

“艾比说的对，丹尼尔，”我说。有其他人在房里，我不可能躲到椅子后方当掩护。只要他拿枪指着我，至少不会指着他们。“把枪放下，你觉得怎么做才是最好的？是我们乖乖坐下来等警察来，还是逼他们出动镇暴小组？”

贾思汀双脚在地上无力地划动，想站又站不起来。丹尼尔一手松开手枪，将贾思汀狠狠地推坐到椅子上。“别动，”他说，“你不会受伤的。我把你牵连进来，就会让你平安脱身。”

“你到底知不知道自己在做什么？”瑞法尔问，“假如你想拉大家一起陪葬，那是你家的事。”

“安静！”丹尼尔说。

“你把枪放下！”我说，“我就把枪放下，好吗？”

丹尼尔一个分神，瑞法尔立刻抓住他的手臂。丹尼尔迅速往旁边一闪，动作利落，手肘朝瑞法尔的肋骨猛力一顶，手枪依然指着我。瑞法尔大力地呼喘一声，弯下腰去。“你要是再这么做，”丹尼尔说，“我就只好赏你腿部一枪。我有正事要办，没时间和你耗，给我坐下。”

瑞法尔跌坐在沙发上。“你疯了！”他痛苦地吁喘着说，“你该知道自己疯了。”

“求求你们，”艾比说，“他们就要来了。丹尼尔、蕾西，求求你们。”

警笛声越来越近，接着是“哐啷”一声闷响，回荡在群山间。丹尼尔锁上的铁门，被不知道谁的车子撞开了。

“蕾西，”丹尼尔清清楚楚地对着我身上的麦克风说，“刺伤你的人是我。其他人应该会跟你说，事情是个意外。”

“丹尼尔，”艾比尖叫道，声音扭曲，喘不过气来，“别这样。”

我想他没听到。“我们开始争吵，”他对我说，“结果打了起来，之后……老实说，我也不大记得详细经过。我正在洗碗，手里刚好拿着刀，我想到你打算卖掉所有权，就觉得惊惶不安，我相信你一定能了解。我想攻击你，也真的下了手，但事后的结果超出我们当时的预料之外。我很抱歉，对你做了这些错事，还有你们。”

尖锐的刹车声，碎石飞溅的声响，警笛在屋外放肆高鸣。

“把枪放下，丹尼尔，”我说。他一定知道，我只能朝他头部开枪，而我可能打偏，“不会有事的，我们一起想办法解决，我发誓。把枪放下。”

丹尼尔环顾其他人，艾比无助地等待，瑞法尔怒目圆睁地缩在沙发上，贾思汀扭身双眼惊恐地看着他。“嘘，”他食指按着嘴唇对他们说，我从来没有在一个人脸上看到如此强烈的爱恋、温柔与热切，“不管发生什么，一个字也别说。”

他们望着他。“一切都会没事的，”他说，“真的，不会有事的。”他露出微笑。

说完，他转身看我，微微颔首，这动作我熟得不能再熟。我和罗伯遇到有人不肯开门，或隔着侦讯室的桌子，也会互看一眼，脑袋不着痕迹地轻轻一点：上吧!

感觉花了很久很久。丹尼尔空着的手缓缓举起，流畅地划个弧圈，重新抓着枪。客厅仿佛坠入海底，警笛渐渐淡去，房里只剩无边的沉静。贾思汀嘴巴大开，但我听不到他说什么，唯一的声音只有丹尼尔扳开击锤的“咔嗒”一响。

艾比双臂大张，有如海星朝他奔去，头发飞扬。

时间充裕，我还来得及看见贾思汀弯腰将头埋在腿间，看见我将枪往下对准丹尼尔的胸膛，丹尼尔双手紧握威伯利手枪。我想起他那双大手放在我肩上的感觉，温暖而有力。我还来得及忆起同样的感觉，在很久之前，想起贩毒小子散发的强烈惊慌，鲜血从我指间汩汩涌出，想起自己忽然明白，流血而死是那么容易，那么轻松简单。接着，我只听见世界爆开。

我曾经在哪里读过，所有坠机后寻获的黑匣子，机长发觉大难临头时说的最后一个字都是“妈”。

当世界与生命在你面前光速分崩离析时，唯有母亲不弃不离。我曾经想过自己要是被人拿刀架着脖子，要是性命只在毫秒之间，我或许无话可说，没人可以呼喊，心里就觉得恐怖。但在丹尼尔和我先后开枪的一瞬间，在那寂静的片刻，我却轻轻喊了一声：

“山姆。”

丹尼尔什么也没说。枪击让他颠簸退后，枪从他手中滑落，砰的一声摔在地上。玻璃碎裂散落一地，发出清脆的声响。

我想自己看见他的白衬衫多了一个开口，有如香烟烧穿的小洞，但我其实望着他的脸庞。他脸上没有痛苦，也没有恐惧，什么都没有，甚至不显惊诧。他双眼凝视我的身后，我想自己永远不会知道他看什么。他感觉就像越野障碍或体操选手，飞越死亡后完美落地，神情专注清明，超越任何极限，没有丝毫保留，心中笃定万分。

“不要！”艾比说，语气平淡决绝，有如命令。她纵身朝他奔去，裙摆翻飞，阳光下色彩明艳。

丹尼尔眨了眨眼，缓缓侧身倾倒，贾思汀背后不再有谁，只剩一面干净的白墙。

# Chapter 25

## 带走仅剩的“蕾西”

接下来的几分钟有如支离破碎的梦魇，夹杂着大片的空白。我记得自己往前跑，碎玻璃让我踩滑，但还是全速冲向丹尼尔。我记得艾比蹲在他的身旁，像猫一样瞪大双眼，张牙舞爪死命抵抗，不让我靠近。

我记得她的T恤沾满鲜血，有人破门而入，声音回荡在屋内，几名男子高声大喊，脚步杂沓。有手伸进我的腋下，将我拉开，我转身猛踹，对方用力摇晃我的身体，我定睛一看，发觉弗朗科凑到我面前，卡西是我停下来放轻松都结束了。

山姆将他推开，粗糙的双手在我身上游移，检查弹孔，手指沾血。你流血了吗你流血了吗？我不知道。山姆将我转过来抓着我，声音总算放松一些：你很好，没事，他没打中……有人提到窗子，不知说了什么，有人在啜泣。

屋里太亮了，太多耀眼的颜色，太多声音，救护车，去叫——

后来，有人将我从前门扶出屋子送进巡逻车，关上车门。我呆坐良久，看着樱桃树、缓缓变暗的宁静天空与远方的山影起伏，脑中一片茫然。

执法人员涉入枪击事件，警局有一套作业程序。警方做什么都有程序，只是平常大家都刻意不提，等到需要了，保管员才会掏出生锈的钥匙，吹去档案上的尘埃。我没遇过开枪打人的警察，从来没人告诉我会面对什么，如何处置，最后能不能全身而退。

伯尔尼和道帝奉命送我到警署，在凤凰公园。政风组在署里，坐拥豪华办公室，空气中敌意弥漫。伯尔尼开车，下垂的肩膀有如漫画的对话泡泡，仿佛在说：我就知道会发生这种事。

我像个嫌疑人坐在后座，道帝从后视镜偷偷瞟我，小心不让我发觉。他这辈子可能没遇过这么刺激的事，加上小道消息在警界向来好用，而他这回算是中了大奖，我看他简直是乐得口水直流了。我双腿冰冷，寒气透骨，仿佛掉进寒冰池里，几乎无法动弹。伯尔尼只要遇到红绿灯就熄火，嘴里嘀咕抱怨。

政风组人见人厌，大伙儿都称他们是内奸、抓耙子，甚至更难听的封号。但他们对我很客气，至少那天如此。他们做事专业，态度疏离而温和，有如面对发生意外不成人形的伤员，娴熟地执行诊疗仪式。

他们扣留我的警徽，“只在调查期间。”其中一人这么安抚我。我感觉像是被人剃头似的。他们拆下绷带，解开麦克风，将枪收走当做证物（当然是），小心翼翼地戴上乳胶手套，将枪放进证物袋里封好，拿起麦克笔利落地写下注记。

化验室里，一名鉴识人员的棕发挽了发髻，仿佛维多利亚时期的女佣，动作纯熟地用针刺我的手臂，抽血化验酒精与药物浓度。

我依稀记得瑞法尔倒酒和酒杯冰凉圆滑的触感，但我不记得自己是否喝了。我想，这应该对我有利。鉴识人员用棉花棒在我手臂拭样，化验弹药残迹。我仿佛从远处看着自己，发现我的手没有颤抖，稳如泰山，住在林屋一个月吃饱喝足，也让我的手腕丰腴不少。

“你看，”鉴识人员安慰我说，“又快又不痛。”但我只是盯着手看，要到几小时后，当我坐在大厅，头上是平凡的画作，臀下是颜色单调的沙发，等人来接我到另一个地方，我才恍然想起听过同样的语调，而且是出自我的口中。不是对被害人，也不是家属，而是其他人。对贸然离开妻子的丈夫、用沸水烫伤婴儿的母亲和杀人凶手，在他们吐露一切后的眩晕时刻，那难以置信的瞬间，我也曾经用温柔无比的声音对他们说：没关系，不会有事的，深呼吸，最糟的已经过去了。

化验室窗外夜幕低垂，铁灰色的天空映着城市灯火，边缘一抹亮黄，弹指可断的一弯新月低悬在公园树梢。我仿佛吹了寒风，脊背不禁打了个寒战，脑中浮现出警车穿越葛伦斯凯扬长而去，奈勒的眼里燃着怒火，夜晚来得又急又沉。

照理说，我和弗朗科、山姆在讯问结束前不能互相联系。我对鉴识人员说要去洗手间，给了她一个女人才懂的眼神，让她准我带着夹克。

我走进厕所，趁冲水时（政风组里从厚地毯到安安静静的气氛，都让人忍不住疑神疑鬼）匆匆给山姆和弗朗科发了短信：切记派人看好林屋。

我将手机切成静音，坐在马桶盖上，闻着恶心的人造花芬香剂，等两人回信。我等到不能再待，手机都没有反应。他们或许都关机了，正铆足劲儿侦讯其他人，娴熟诱导艾比、瑞法尔和贾思汀，在走廊低声商讨对策，锲而不舍、毫不留情地反复质问。

也许，我的心脏猛然跳到喉间，也许他们其中一人正在医院和丹尼尔谈话。丹尼尔吊着点滴，脸色苍白，穿着制服的护理人员跑进跑出。我努力回想子弹打在他身上哪里，在脑中反复播放，但影像断断续续，停停走走，我什么也看不到。我想起他轻轻点头，枪管一抬，后坐力让我手臂后扬。我想起那双灰眼，瞳孔微微放大，还有艾比单调坚决的那一声“不要”。我想起丹尼尔倚着的白墙，和我耳边震耳欲聋的无边寂静。

鉴识人员将我带回政风组，他们说我要是情绪尚未平复，可以明天再做笔录。但我说不用，谢谢，我很好。他们又向我解释，说我有权寻求律师或工会代表协助。但我说不用，谢谢，我很好。他们的侦讯室比重案组小，连椅子都没办法拉得太开，但也比较整洁，没有涂鸦，地毯没有烟疤，墙上也没有怒甩椅子留下的凹痕。

两名政风组干员外表都像卡通里的会计师：灰西装、地中海秃头、没嘴唇、无框眼镜。其中一人靠墙站在我背后，一人坐我对面，即使你对这些伎俩熟得不能再熟，他们也照用不误。干员烦躁地移动笔记，让它对齐桌缘，打开录音机滔滔说了一堆。“好，”讲完后，他对我说，“请说吧，警探。”

“丹尼尔，”我说，我只挤得出这一句，“他会没事吧？”但在干员开口前，在他眼皮跳动、目光闪烁前，我已经知道答案。

政风组做完笔录，时间已是深夜，鉴识人员（她叫吉莉安）开车送我回家。各位一定认为我实话实说，没错，能说出口的事实，我都说了，句句属实，但没有讲出全部真相。是，我认为当时别无选择，只能开枪；是，我也想作吓阻攻击，避免击毙对手，但没有机会。是，我认为自己生命受到威胁。不，没有事前迹象显示丹尼尔有攻击倾向。不，他不是我们锁定的主嫌，理由如下（一长串）——我沉吟片刻才想起来，感觉遥远，恍如隔世，发生在很久以前。不，我不认为屋里有枪是我、山姆或弗朗科的疏忽。将非法物品留置原处是卧底的标准做法，这件案子只要取走手枪，就会破坏行动。是，事后看来，这么做并不明智。他们说很快会再找我谈话，语气听起来很像威胁。他们帮我预约了心理医师，那家伙听完这案子肯定汗流浃背。

吉莉安需要我的（蕾西的）衣服化验弹药残迹。她站在我的公寓门边，双手交握，看我更换衣物，因为她必须确定拿到的是她要的东西，没有偷换成干净的T恤。我的衣服感觉冰冷僵硬，仿佛不是我的。公寓也很冷，带着淡淡的潮味，所有东西上头都积了薄薄一层尘埃。山姆已经好一阵子没来了。

我将衣服交给吉莉安，她利落地折好后收进大证物袋里。她双手拿满东西，在门口面露迟疑。这是我头一回看她犹豫不决，这才想起她可能比我年轻。“你一个人在家不会有事吧？”她问。

“我很好。”我说。这天下来，我已经不知回答多少次了，我想干脆弄一件T恤，把这句话写上去。

“有人能过来陪你吗？”

“我会打给我男朋友，”我说，“他会过来。”但我不知道山姆会不会来，一点也不知道。

吉莉安带走我仅剩的“蕾西”后，我倒了一杯白兰地坐在窗台。我恨白兰地，但我敢说要是让医师诊断，我至少受了四种惊吓，何况家里只有白兰地。我看着灯塔光束闪烁，沉静规律得有如心跳，横越海湾上空。早已过了睡眠时间，但我怎么也不想躺到床上。床头灯光线昏黄，照着床垫感觉危机暗藏，埋伏着重重闷热与噩梦。我好想打给山姆，仿佛脱水一样，但我无法承受他没接电话，至少这一晚，我没办法。

远处有屋子警铃大作，但随即被人切掉，寂静再度膨胀，朝我嘶嘶作声。南方，邓莱里港的灯光整齐有序，仿佛圣诞灯火。恍忽间，我仿佛见到（应该是幻觉）威克劳山脉映在天边。深夜这个时候，滨海公路车辆稀少，车灯缓缓亮了又暗。我心想，这些独行侠坐在有如温暖气泡的车里，到底要去何方？脑中想些什么？他们身边又包覆着多少得来不易、难以取代的细致生命。

我不常想起自己的爸妈，对他们的记忆一只手就数得完。我不想让回忆因为过度曝光而模糊退色，希望当我偶尔搬出往事，影像总是鲜明清晰得令我窒息。

那天夜里，我却将回忆全部摊在窗台上，有如面巾纸裁成的脆弱剪影，一段一段地细细检视。我母亲在床头灯旁的身影，手腕纤细，鬈发扎成马尾，一手按着我的额头，身上的味道我从来不曾在别处闻过。她的嗓音低沉甜美，对我唱着法文歌，哄我入睡：泉水清清，漫步偶遇，水光粼粼，令我沉浸……母亲当时比现在的我还年轻，不到三十岁就离开了人世。

父亲和我坐在青青山上，教我系鞋带。他的棕鞋破破烂烂，双手强壮，指关节有一处擦伤。我嘴边有樱桃棒冰的味道，鞋带绑得乱七八糟，父女两人咯咯直笑。我们躺在沙发上，盖着被子看《老布猫》，父亲双臂揽着我和母亲，三人暖和地凑成一团，母亲抵着他的下巴，我的耳朵贴着他的胸膛，感觉他的笑声振动着我的骨头。

母亲化妆准备出门献唱，我趴在床上看她，拇指扭着棉被问：你怎么认识爸爸的？

母亲对着镜子，朦胧眼里带着浅浅的笑意：等你大一点，我再告诉你。有一天，等你也有女儿的时候。

地平线的天色渐渐转灰，我一边希望有枪到靶场练习，一边心想猛灌白兰地会不会让我打瞌睡，从窗台摔下去。这时，门铃忽然响了，试探似的轻轻一响，快得让我以为是自己的幻觉。

是山姆。他的手没有从口袋里伸出来，我也没有碰他。“我不想吵醒你，”他说，“但我又想，要是你根本没睡……”

“我睡不着，”我说，“进行得如何？”

“想也知道，他们不成人形，恨透我们，什么也不肯说。”

“嗯，”我说，“我想也是。”

“你还好吗？”

“我很好。”我下意识地回答。

山姆环顾房间一眼——太过整齐，水槽没有盘子，床垫也没摊开——用力眨眨眼睛，仿佛眼皮发痒。“你发给我的短信，”他说，“我一收到就转告伯尔尼，他说他会留意那屋子，可是……你也知道他那个人，他只趁夜班巡逻的时候，顺道绕去看看。”

朦胧暗影逼上我背后，仿佛蓄势突袭的猫在我肩上颤抖。“奈勒，”我说，“他干了什么？”

山姆用手背揉揉双眼。“消防队员分析是汽油。我们在屋子四周都拉了封锁带，只是……警察之前破门而入，还有后面的窗户，被丹尼尔射穿的那一扇，那家伙直接越过封锁带，大剌剌地走进屋里。”

山上火光冲天，艾比、瑞法尔和贾思汀在侦讯室里，丹尼尔和蕾西躺在冰冷的铁床上。“他们救出什么东西了吗？”

“等伯尔尼发现起火，消防队赶到现场的时候……那一带是荒郊野外。”

“我知道。”我说。不知怎么，我已经坐在床垫上。我感觉，山楂林屋的一切都烙在我的体内：螺旋栏柱的形状在我掌中，床架的弧度在我脊背，楼梯的倾斜弯曲在我脚下。我的身体有如闪烁的藏宝图，记录着一个消失的岛屿。蕾西开始的，已经由我结束。我们一前一后，将山楂林屋夷为平地，化成灰烬。也许她一开始就希望我这么做。

“总之，”山姆对我说，“我想最好由我告诉你，而不是……我不知道，晨间新闻。我知道你对那栋屋子的感觉。”尽管他口中听不出一丝愤怒，但他并没有朝我走来，也没坐下，更没脱下外套。

“其他人，”我说，“他们知道了吗？”在我记起他们有多恨我，也多该恨我之前，我恍惚觉得：我应该跟他们说，应该由我告诉他们。

“嗯，我跟他们说了。他们不讨厌我，但弗朗科……所以我想还是我来说。他们……”山姆摇摇头，嘴角紧紧一抿，我立刻猜到其他人的反应。“他们会没事的，”他说，“终究会的。”

“他们没有家人，”我说，“也没有朋友，什么都没有了。他们要待在哪里？”

山姆叹了一口气，说：“他们目前被警方拘留，这不用说，罪名是共谋杀人。但不会成立的——我们缺乏直接证据，除非他们开口，但不可能——可是……唉，我们无论如何都要试试。明天他们获释后，被害人协谈中心会帮他们找地方落脚。”

“那个叫什么的家伙呢？”我问。他的名字就在我脑中，却怎么也叫不出来，“跑去纵火的。你们逮到他没有？”

“你说奈勒？伯尔尼和道帝去抓人，但找不到他。他对那一带山区了如指掌，追也是白追。那小子迟早会回家的，到时再逮他就好。”

“真是乱七八糟，”我说。昏黄的灯光让公寓感觉深埋地底，令人窒息，“五星级、二十四克拉的乱七八糟。”

“是啊！”山姆说，“呃……”他稍微拉了拉外套肩头，看着我身后窗外渐渐消逝的星光，“她从一开始就是个麻烦，这女孩。但事情终究会解决的，我想。我该走了，明天一早还得到局里，再侦讯他们三个一次，尽点人事。我只是来跟你说一声。”

“山姆，”我说。我站不起来，只能鼓起仅剩的力气，伸手对他说，“留下来。”

我看见他咬着下唇，依然不肯直视我的眼睛：“你也应该睡一下，你一定大受冲击，我其实不该过来的，政风组说……”

我没办法对他说：在我心想必死无疑的一瞬间，脑中只想到你。我连“求求你”都说不出口。我只是坐在沙发上，伸出一只手，屏住呼吸，心里向神祈祷，希望一切不要太迟。

山姆一手捂着嘴巴。“我想知道一件事，”他说，“你会调回卧底组吗？”

“不会，”我说，“不可能，绝对不会。这一回不同，是例外。”

“可是弗朗科说……”山姆忽然打住，满脸厌恶地摇摇头说，“那个贱坯。”

“他说什么？”

“啊，还不就是那堆屁话，”山姆仿佛吊绳绷断的布偶，砰地坐在沙发上说，“什么一日卧底，终身卧底，你现在尝到滋味，一定会回去之类的。我没办法……几个星期就很糟了，卡西，要是你再做全职的卧底……我实在承受不了，真的没办法。”

我已经累得无力气恼。“弗朗科根本在胡扯，”我说，“这种事他最在行。就算我回去做卧底——我当然不会——也不会当他的手下。他只是不想让你带我回家，他以为只要让你觉得我适合那里……”

“听起来似乎是这样，”山姆说，“没错。”他低头望着咖啡桌，用指尖揩去灰尘，“所以你会待在家暴组？永远吗？”

“你是说，假如昨天的事情后，我还保得住工作的话？”

“昨天是弗朗科的错。”山姆说，尽管他满脸疲惫，我还是见他闪过一丝愠怒，“不是你的。这件案子流的每一滴血都要算在他头上。政风组不是白痴，他们会看出来的，大家都看得出来。”

“不是弗朗科的错，”我说，“我人在现场，山姆，是我让局势失控的，是我让丹尼尔有机会拿到枪，是我射杀了他。我不能怪在弗朗科身上。”

“是我让他执行这个疯狂点子的，这我赖不掉。但指挥的人是他，既然他想当老大，不管发生什么，他都得扛起责任。要是他敢把麻烦扔给你……”

“他不会的，”我说，“这不是他的作风。”

“我看就是他的作风，”山姆说。他摇摇头，将弗朗科扫出脑中，“这件事到时再说。假设你说得没错，他不会拉你帮他擦屁股，你还是会待在家暴组？”

“目前会，”我说，“没错，但我其实……”我没想到自己会脱口而出，我认为自己绝不会这么说，但当我听见这几个字，我忽然觉得早在那个明亮的午后，我和丹尼尔坐在藤蔓下，这句话就在等我将它说出口。“很想念重案组，山姆。想念得要命，一直都想。我想回去。”

“是啊！”山姆仰头深呼吸一口气，对我说，“没错，我想到了。所以我们两人到此结束了。”

不准和组里同事交往。欧凯利说得更优雅，别在公司复印机上炒饭。“不对，”我对他说，“山姆，不会的，不必这样。就算欧凯利愿意让我回去，等我占到缺也可能要好几年，谁知道我们到时会是怎样？说不定你都升组长了。”山姆没有笑。

“就算我顺利回到组里，也可以保持低调。大家都是这样，山姆，你也知道。就像诺顿和蕾伊……”诺顿和蕾伊在车管组十年，有八年在一起。两人说他们只是互搭便车，所有人都假装不知道实情，连他们的长官也是。

山姆有如刚醒来的大狗摇了摇头。“我要的不是这样，”他说，“祝他们好运，但我要的是一切实实在在。也许你能像他们一样就心满意足了，我一直认为这就是为什么你不想让别人知道我们的事。当然，你有一天可能会回重案组，但我要的不是炒饭或一夜情，也不是半吊子的东西，两人必须装得好像……”他开始在外套里东摸西找，累得像醉汉似的动作笨拙，“我们开始交往两周后，我就一直带着它，还记得我们到豪斯山郊游那天吗？我记得是星期日？”

我记得。那天天气凉爽，是个阴天，空中细雨飘飘，大海气息充塞我的胸膛，山姆的双唇带着咸味。我们沿着高耸的峭壁边缘漫步了一下午，在长椅上吃炸鱼薯条当晚餐。我的双腿酸得要命，那是我从“薇丝塔行动”后，头一回感觉做回了自己。

“从那天后，”山姆说，“我就买了这个，趁午餐时间挑的。”他总算找到要找的东西了，将它扔在咖啡桌上。是一个蓝色的丝绒戒指盒。

“哦，山姆，”我说，“哦，山姆。”

“我是认真的，”山姆说，“这个，一切，你和我。我不是开玩笑。”

“我也不是。”我说。那天在观察室，山姆的眼神，不是，“从来不是。我只是……我只是迷失了，茫然了一阵子。对不起，山姆，我彻底搞砸了，真的很抱歉。”

“我爱你啊，真是的。你就那样跑去做卧底，我差点疯了。我连找人谈谈都没办法，因为没有人知道你和我的事。我不能……”

山姆停了下来，用手背揉揉眼睛。我知道一定有更好的问法，但我的视线边缘不停地闪烁变形，让我无法思考。我心想，这时候谈这样的事情，时间真是糟糕透顶。“山姆，”我说，“我今天杀了一个人，还是昨天，随便。我脑袋已经被榨干了，所以你只能把话说明白。你现在是要和我分手，还是向我求婚？”我很确定山姆会怎么回答，我只想赶快把事情结束，互道“晚安”，把剩下的白兰地一口喝完，让自己昏迷过去。

山姆困惑地看了戒指盒一眼，仿佛不知道盒子怎么会出现在这里。“老天，”他说道，“我不……我本来都计划好了，到好餐馆，窗景很棒之类的，还有香槟。但我想——我是说，现在……”

他拿起戒指盒，将它打开。我完全反应不过来，只知道他似乎不打算甩掉我。我如释重负，感觉从来不曾这么安心又难受。山姆从沙发上站起身来，笨拙地单膝跪地。

“好吧！”他将戒指盒递到我面前说。他睁大双眼，脸色苍白，感觉和我一样惊讶，“你愿意嫁给我吗？”

我只想大笑。不是笑他，而是为了这一天竟然荒谬得令人想要大叫而笑。我很怕自己一旦笑了，就停不下来。“我知道，”山姆咽了咽口水，说，“我知道这表示你不能回到重案组，除非上级特准，而且……”

“而且我们两个都不会有什么特别待遇。”我说。丹尼尔的话语有如黑色羽毛，又像远山吹来的晚风，拂过我的脸颊。神说，拿走你要的，为它付出代价。

“嗯，要是……老天，假如你愿意考虑的话……”他又咽了咽口水。“当然，你不用现在决定。我知道今晚不是很适合……但我必须这么做，因为我迟早得问。”

戒指式样简单，细细的指环上镶着一枚圆钻，有如璀璨的露珠。我从来没想过自己有一天会戴上婚戒。我想到蕾西在漆黑的房里摘下戒指，放在她和查德的床边。我感觉自己和她的差异仿佛一把细刃，切入我们中间：一旦我将戒指戴上，就永远不会摘下。

“我希望你快乐。”山姆说。他眼神里的惊诧消失了，目光炯炯地凝望着我。“无论发生什么。只要你不快乐，一切都是枉然……要是不回重案组，你就不会快乐，那就告诉我。”

这世界真是无情。蕾西和人一起欢笑、工作，甚至同床共枕，但只要对方挡路，她就一刀劈开。丹尼尔爱她有如姐妹，却在她出卖他的魔法城堡前，坐在她身旁，默默地看她死去。弗朗科和我称兄道弟，却送我到他明知可能将我活埋的地方。

林屋让我走进它的秘密世界，我却将它炸成碎片。罗伯，我的搭档、靠山、最好的朋友，将我撵出他的生命，只因他想和我上床，而我也做了。我和山姆搞得两败俱伤，他大可以一竖中指，永远离开我，但他没这么做，只因为我伸手要他留下。

“我想回重案组，”我说，“但不一定非得马上，甚至不用最近。我们有一天一定会闯出名堂，不是你就是我，考绩满点，到时长官就会准了。”

“要是没有呢？要是我们永远闯不出名堂，或他们就是说不呢？那怎么办？”

黑色羽毛再度拂过我的下巴。说你同意。

“那，”我说，“也无所谓，只不过你得一辈子听我抱怨马厄了。”我将手伸到山姆面前，发现他的眼里浮现出一丝曙光。他上前将戒指套进我的手指，我忽然发觉这回没有黑暗尖利的恐惧贯穿全身，也没有“无法挽回”的感觉出现，让我疯狂尖叫。我一点也不害怕，只觉得无比确定。

不知过了多久，我们缩在棉被里，窗外天边一片鱼肚白，山姆说道：“我还有一件事想问你，但不知道该怎么开口。”

“你问吧，”我说，“东西我都收下了。”我挥挥左手，戒指和手指感觉真搭，大小还刚好。

“不，”山姆说，“是很重要的事。”

我觉得自己什么都能回答。我转身趴着，双肘支着床垫，好正眼看他。

“罗伯……”他说，“你和罗伯，我看过你们在一起的样子，看到你们有多亲近，我一直觉得……我从来没想过自己会有机会。”

就这个问题，我还没准备好。

“我不知道你们哪里出了问题，”山姆说，“也不想问，我没资格。只是……我大概感觉得出来，你们在‘薇丝塔行动’期间经历了什么，还有之后。我没有到处刺探，完全没有，但别忘了，我就在旁边。”

他抬头看我，一双灰眼目光专注，眨也不眨。我无法呼吸，什么也说不出口。

是我去命案现场接罗伯那天，我们闪躲车灯的那一晚。我很了解他，知道不这么做他会崩溃，摔得支离破碎，但我了解得还不够，不知道他无论如何都会崩溃，我们这么做只是让碎片吸到我身上。

我以为我们处理得很好，意思是没有人因此受伤。经过那次事件，我才发觉自己可能比我想的还要愚蠢许多。假如各位问我在重案组学到什么，我会说：光是无辜还不够。

我不是蕾西，也不是机器，尤其当我身心俱疲、备感压力的时候。

等我明白自己失去什么，我已经调到家暴组，罗伯不知道调到哪里坐办公桌，我们中间的桥梁烧成令人心痛的灰烬。他离我好远好远，就算我到海的对岸也见不到。

这件事我对谁也没说。我曾经在一个雨雪交加的周六破晓前搭船到英国，晚上才回到漆黑的公寓。飞机当然比较快，但我想到来回都得僵坐一个小时，和陌生人手肘相抵，就觉得没办法。回程途中，雨雪下得更大，我冷得骨头打战。假如甲板有人，一定会觉得我在哭，但我没有，一次也没有。

那时，只有山姆在我身边我还能承受，其他人都和我隔着一道厚厚的毛玻璃墙。他们对我发出声音、指手画脚、挤眉弄眼，我得费尽力气才能搞懂他们想要什么，给他们正确的响应。山姆是唯一我听得见他说话的人。他声音很美，乡下口音，语调缓慢而镇定，低沉丰富有如大地。只有他的声音穿透玻璃墙，只有他的声音感觉实在。

接下来的星期一，我和山姆约了下班喝咖啡。他全神贯注地看了我很久，接着说：“你好像感冒了，最近病毒很猖獗。要不要我送你回家？”他帮我盖好被子，到店里买吃的，回来帮我炖肉。那一周，他天天替我料理晚餐，说蹩脚的笑话，我看他一脸期待我笑，忍不住笑了出来。六星期后，是我先吻了他。当他那双方正的大手轻触我的肌肤时，我感觉撕裂的细胞开始复元。我从来不相信山姆像他表面看到的那么粗线条，我始终相信不只如此，可我怎么也没想到（我说过了，我比自己想象的还蠢）他早就知道，知道事情的来龙去脉，但更懂得不要多问。

“我只想知道一件事，”山姆说，“就是对你来说结束了没有？整件事。是不是……我不希望我们一辈子都在想，要是罗伯清醒过来，回心转意，想要……我知道这对你很困难，我试着——给你空间，我想大家是这么讲的，让你理出头绪。但现在，假如我们真的订婚了……我需要知道。”

清晨的第一道阳光绽放在山姆的脸庞上，双眼晶亮的他神情肃穆，有如窗上疲惫的使徒。“真的结束了，山姆，彻底结束了。”

我伸手抚摸他发亮的脸颊，感觉像是被火烧着了，但一点也不疼。“很好，”山姆叹息一声说。他一手捧着我的头，将我压在胸前，闭着眼睛说了一句：“很好。”

我睡到下午两点。山姆不知何时下了床，和我吻别，将房门轻轻关上。没有人打电话叫我上班，可能因为他们还搞不清楚，我到底属于哪个单位，是不是暂停职务，甚至被撤职了。我醒来后，心想是不是该请病假，却不知该打给谁。应该是弗朗科，但他现在肯定没心情讲话。我决定让别人去伤脑筋。我出门到山迪蒙特，转头不看任何报纸标题，买了食物，回家几乎吃个精光，接着到海边散步很久。

午后阳光饱满慵懒，步道上都是老人。他们迎着阳光，老夫老妻相偎相依，刚学会走的小孩开心不已，跌跌撞撞地走着、跑着，仿佛可爱的大黄蜂。我认出很多人，山迪蒙特还是这样的地方，居民彼此认识，点头微笑，向邻居小孩买手工香水，所以我才喜欢住在这里。然而，这天傍晚的山迪蒙特很陌生，令人不安。我感觉自己和这里分隔太久，海边的店面仿佛全都换了，屋子重新漆过，熟悉的脸庞成熟了、变老了、消失了。

退潮时分，我脱下鞋子，卷起牛仔裤的裤管，走到海水及踝的地方。前一天的一个片段反复浮现在我的脑中。是瑞法尔的声音，有如白雪般温柔却暗藏杀气，对贾思汀说：“你这浑蛋。”

那一瞬间，在一切失控前，我其实可以做点什么。我可以说：“贾思汀，是你刺伤我的？”他一定会回答，这段对话将被录音，而弗朗科或山姆迟早会想出办法，让贾思汀再承认一次，这回将符合采证程序。

我当时为何不这么做？这或许将永远成为谜。怜悯吧，我想。只有一点点，但来得太少也太迟。又或许（弗朗科一定这么认为）是我放了太多情感，即使事已至此。山楂林屋和他们五个依然像花粉一样，沾满我的心思，依然让我脑中闪着叛逆的光，我们几个一起对抗全世界。但也可能（我如此希望）因为真相比我过去想的还要复杂，难以掌握，有如耀眼的海市蜃楼，有时直走就能到达，有时却得经过许多曲折，而我走的已经是最近的路途。

我回到公寓，只见弗朗科坐在门口台阶上，伸长一只脚，用松掉的鞋带逗弄邻居的猫，一边用口哨吹着《离开她，约翰，离开她》。他看起来很糟，满脸皱纹，目光涣散，胡髭长得应该剪了。他一看到我，便收腿站了起来，猫吓得冲进树丛里。

“卡西警探，”他说，“你今天没来上班，出了什么事吗？”

“我不知道自己现在算是谁的手下，”我回答，“说不定没半个人，而且我睡过头了。我想，我应该能休几天假，今天是第一天。”

弗朗科叹了口气说：“算了，我会想办法，你可以再当一天我的手下，但从明天开始，你就得回家暴组了。”他侧身让我开门，“真是的。”

“是啊，”我说，“真是的。”

弗朗科跟我上楼，一进房间，他立刻走到炉子前。炉上还有半壶咖啡，是之前随便乱吃那一餐剩下的。“就是这样，”他在沥水板上拿了一只马克杯，说，“警探必须随时作好准备。你要一点吗？”

“我已经喝了一堆，”我说，“你自己享受吧。”我猜不透弗朗科为什么来找我，是要我做简报，痛骂我一顿再言归于好，还是怎样。我将夹克挂好，拿掉床垫上的被单，免得两人坐得太近。

“所以，”弗朗科将杯子放进微波炉，一边按钮一边说，“你听说林屋的事了？”

“山姆跟我说了。”

我感觉弗朗科回头看了我一眼。我背对着他，将折叠床垫翻成沙发。过了一会儿，他按下启动键，微波炉开始嗡嗡作响。“嗯，”他说，“来得快去得快，我想那屋子应该有保险。你和政风组谈过了吗？”

“当然，”我说，“他们问得可详细了。”

“他们咬得很紧吗？”

我耸耸肩说：“跟想象的差不多，你呢？”

“说来话长，”弗朗科没有多说。微波炉“哔”了一声，他从柜子里拿出糖碗，舀了三匙到杯里。他向来不加糖，这会儿显然是为了保持清醒，“那一枪没问题。我听过带子，总共三枪。前两枪离你蛮远，计算机人员会算出精确距离，第三枪就在麦克风旁，差点把我的耳膜震破。我也和鉴识科的朋友谈过，在他们搜查完现场后。丹尼尔其中一枪的弹道正对着你。所以很显然，你是在他朝你开枪后，才开枪自卫的。”

“我知道，”我说。我将被单折好，扔进衣橱，“我就在现场。”

弗朗科靠着料理台，喝了一口咖啡，望着我说：“别让政风组占你便宜。”

“事情真是乱七八糟，弗朗科，”我说，“媒体铁定抓住这个案子不放，上级非得找人当箭靶。”

“为什么？开枪完全符合程序，林屋是伯尔尼管的，我们提醒他要留意，是他自己没有贯彻执行。就算这些都不管用，我们还有一张王牌：案子破了。我们揪出凶手是谁，即使没机会将他逮捕。只要你不做傻事，其他傻事，我们都应该不会有事。”

我坐在床垫上，找出香烟。我不知道他这么说是想安慰我，还是威胁，或许两者都有一点。“那你呢？”我小心翼翼地问道，“既然你和政风组说来话长……”

弗朗科眉毛一挑：“你在关心我啊？真高兴。要是真搞不定，我还有办法。”

对话录音（我直接抗命，说我不想回局里）闪过我们两人心中，仿佛弗朗科直接将带子扔在桌上。录音没办法帮他解围，却可以拖我下水，将局面搞成一团烂泥，让他趁隙脱身。我忽然明白了一件事，弗朗科如果想将麻烦全赖给我，让我永远退出警界，他不仅做得到，甚至应该这么做。

我望着他布满血丝的双眼，发现他的目光里带着一丝促狭：他知道我在想什么。“还有办法。”我说。

“我永远都有办法，不是吗？”弗朗科说，语气忽然显得疲惫而苍老，“听着，政风组需要四处盯人，好让自己显得很重要，但这件案子，他们的目标不是你，也不是你的山姆。他们会陪我玩上几周，但我们几个都会没事的。”

我火冒三丈，连自己都吓了一跳。无论弗朗科是不是决定将我扔进狼群里（我知道自己说什么都动摇不了他），我都不会用“没事”来形容眼前的局面。“是啦！”我说，“听你这样说真放心。”

“那你一张脸干吗拉得这么长？让我好像酒保在对马儿说话一样。”

我差点没用打火机扔他。“天哪，弗朗科！我杀了丹尼尔。我住他家，坐他旁边，用他的桌子，吃他的饭菜，”我没说“还吻了他”。“结果却杀了他。因为我，他再也不用面对日后应该面对的一切。我到林屋是去揪出凶手的，枉费我全心全意花了那么多年工夫磨炼，这会儿却……”我发觉自己声音颤抖，便停了下来。

“你知道吗？”过了半晌，弗朗科说，“你有个坏习惯，喜欢把身边的人做的事情揽到自己身上，”他拿着杯子走到沙发，双腿大张地摊坐着，“丹尼尔不是白痴，他很清楚自己在做什么。是他刻意把你逼到死角，让你只能出手撂倒他。这不是谋杀，卡西，甚至不是自卫，是用警察的手自杀。”

“我知道，”我说，“我知道。”

“他明白自己走投无路，但又不想蹲苦窑，这我不怪他。你能想象他和牢里的小鬼头交朋友吗？所以他下了决心，然后去做。我必须承认一点，这小子很有种，算我低估他了。”

“弗朗科，”我说，“你杀过人吗？”

弗朗科伸手拿了我的烟盒，一手点烟，望着火焰。“昨天那一枪很好，”他放下打火机对我说，“你开枪，心情很糟，几周后感觉淡了，结束。”

我没有说话。弗朗科朝天花板长长吁了一口烟，说：“听着，你破案了。要是有人必须死在枪下，我想也会是丹尼尔。那小鬼我一看就讨厌。”

我没心情掩饰满腔的怒气，尤其对他：“是啦，老大，我看出来了，所有和案子有关的人都看出来了。但你为什么讨厌他，你知道吗？因为他和你一模一样。”

“哎呀呀！”弗朗科缓缓说道，嘴角微微一扬，似乎觉得有趣，但一双蓝眼目不转睛，森蓝有如寒冰，我不知道他是不是勃然大怒，“我差点忘记你念过心理学了。”

“简直是双胞兄弟，弗朗科。”

“你放屁！那小子错了，卡西。还记得你作描述时说了什么？嫌疑人有犯罪经验，还记得吗？”

“什么，弗朗科。”我本来缩着双腿，这会儿却发觉自己两脚紧紧踩在地上，“你查到丹尼尔做过什么？”

弗朗科叼着烟摇摇头，不置可否：“我什么都不用查。我靠闻就知道谁有问题，你也一样。事情是有界线的，卡西。你和我，我们在线的这一边。就算我们搞砸了，跨到线的另一边，心里还是有线存在，不让我们迷失。丹尼尔没有那条线。”

弗朗科凑到咖啡桌前弹了弹烟灰。“事情是有界线的，”他说，“别想忘掉这一点。”

我们沉默良久，窗外又开始暗了下来。我想到艾比、瑞法尔和贾思汀，不知道他们今晚会在何处过夜，奈勒是不是躺在山楂林屋的灰烬上，有如帝王享受摧毁一切的快感。我知道弗朗科会说什么：这不是你的问题，再也不是了。

“我很好奇，”之后，弗朗科语气一变，开口说道，“丹尼尔是什么时候拆穿你的？因为他确实知道，你知道，”他抬头看我，双眸蓝光一闪。“听他讲话的样子，我敢说他铁定知道你身上有窃听器，但困扰我的不是这个。要是蕾西活着，我们也会替她装，但麦克风不足以让他知道你是警察。问题是昨天丹尼尔走进屋子里，他很肯定你身上有枪，也知道你会用它，”他靠回沙发，一手揽着椅背，吸了一口烟，“你知道自己怎么会泄底吗？”

我耸耸肩说：“我猜是洋葱。我知道，你和我都觉得蒙混过去了，但丹尼尔显然比我们棋高一着。”

“真厉害，”弗朗科说，“你确定就这样，没其他的？比方说，他不觉得你的音乐品位有问题？”

弗朗科知道，他知道我放弗雷的事。他不可能很有把握，但凭直觉猜到一定有鬼。我逼自己看着他，装出困惑的表情，外加一丝丝懊悔，说：“我想不出来。”

阳光照着房间，轻烟袅袅。“好吧，”过了半晌，弗朗科说，“唉，他们都说魔鬼藏在细节里。洋葱的事超过你的能力范围，换句话说，你不可能不被拆穿，对吧？”

“没错，”我回答，这句话倒是很容易说出口，“我已经尽力了，弗朗科。我已经竭尽所能演好蕾西了。”

“假设，只是假设，要是你早两天发现丹尼尔识破你的身份，你有可能避免这样的结局吗？”

“不可能。”我知道自己没有说谎。早在几年前，在弗朗科的办公室，当我们品尝焦味咖啡和巧克力饼干，就注定会有这一天。当我将蕾西的生平往事收进制服口袋，走回公车站，这一天就已经在尽头等着我们，“我想结局就是这样，不可能再好了。”

弗朗科点点头说：“那你的任务完了，就这样，不用因为别人做了什么而自责。”

我懒得向弗朗科解释，说我看出那千丝万缕的关联将所有人引到这样的结局，让一连串无心之举酿成一桩罪行。我想起丹尼尔带着难以形容的悲伤，仿佛烙在脸上的标记，对我说：蕾西从来不想行动会有什么后果。我感觉自己和蕾西之间的差异切得更深，凿得更宽。

“这就是为什么，”弗朗科说，“我会来找你。关于这件案子，我还有一个疑问，而且有趣的是，我想你可能知道答案，”他从杯里挑出什么东西，抬头看我。“刺伤蕾西的人真的是丹尼尔吗？还是他为了什么狗屁理由，站出来替人顶罪？”

弗朗科睁着清澈的蓝色眼眸，隔桌望着我。“你听到的就是我听到的，”我说，“他是唯一说了什么的人，其他三个连名字都没提。难道他们说不是他？”

“他们什么屁也没说。我们今天审了他们一整天，加上昨晚，结果除了‘我想喝水’之外，什么也没问出来。贾思汀动不动就哭；瑞法尔听到过去一个月家里养了个内贼，就开始摔椅子，害得我们只好帮他戴上手铐，让他镇定下来。总之，和他们沟通差不多就是这样，三人都像战俘一样，妈的。”

那时，丹尼尔食指按着嘴唇，目光专注地看了他们三个一眼，让我百思不解。就算处在生命的最尽头，他也有计划。而其他三人不管出于对他的信任、习惯，或只是没有别的东西可以依靠，在丹尼尔死后依然照着他的计划行事。

“我之所以会问，”弗朗科说，“是因为说词有矛盾。大致上吻合，但就是有点不对。丹尼尔跟你说，他当时手上正好有刀，因为他正在洗碗，但在对话录音里，贾思汀和瑞法尔都说丹尼尔当时用双手和蕾西纠缠，在她被刺之前。”

“说不定他们搞错了，”我说，“事发突然，而且你也知道目击证词的效力。或者丹尼尔想要大事化小，故意说他碰巧拿到刀子，其实是蓄意攻击蕾西。我们可能永远查不出事实真相。”

弗朗科吸了一口烟，看着烟头燃烧。“就我看来，”他说，“当时在洗碗，而且从字条出现到蕾西被刺中间，没有做其他事的人只有一个。”

“蕾西是丹尼尔杀的。”我说。说话的当时，我不觉得这是谎言，现在也一样，“我很肯定，弗朗科，他说的是实话。”

弗朗科凝视着我的脸庞，打量了很久，接着说：“好吧，”他叹口气说，“你说了算。我不认为他是冲动型的人，完全没有计划，缺乏组织。但谁知道？也许我和他不像你想的那么相像。我一开始就认为凶手另有其人，但要是大家都希望是丹尼尔……”他脑袋微微后仰，代替耸肩，“我也没什么办法。”

弗朗科将烟捻熄，站起身来。“拿去，”他从外套口袋摸出一样东西说，“我想你可能会想要留着。”

他扬手一扔，东西在阳光下闪闪发亮，我本能地一手接住，是卧底用来记录窃听内容的迷你录音带。

“那里面是你的砸锅记录。但我那天和你讲电话的时候，好像不小心踩到线路，造成信号中断，存盘用的录音带空白了大约十五分钟，我才发觉问题所在，把线路接好。技术组的嫌我破坏他们心爱的器材，说要把我五马分尸、开膛剖腹，但他们得先排队才行。”

不是弗朗科的作风，我前一晚才对山姆说过。把麻烦丢给我，这不是他的作风。在这件案子之前，从一开始，当弗朗科捏造出蕾西这个身份，她就是他的责任，就算她死了，也还是他的责任。他这么做，不是因为出了这么大的乱子觉得愧疚，完全不是。只要政风组一放过他，他可能再也不会想起这件事。然而，有些人就是会照顾自己的人，无论发生什么。

“没有拷贝，”弗朗科说，“你不会有事的。”

“我刚才说你很像丹尼尔，”我说，“那不是在侮辱你。”

我察觉到弗朗科眼中闪过一丝复杂的神情。过了半晌，他点点头说：“很好。”

“弗朗科，谢了，”我将录音带握在手中，对他说，“谢谢你。”

“哇哦，”弗朗科忽然喊了一声，伸手越过桌子抓住我的手腕，“这是什么东西？”

戒指。我完全忘了，脑袋还在适应这件事。我看到弗朗科脸上的神情，忍住不笑出来。我从来没看到过他真的吃惊过。“我觉得还蛮合适的，”我说，“你说呢？”

“是新的吗？还是我之前没注意？”

“非常新，”我说，“没错。”

又是那不怀好意的慵懒微笑，舌头从里面轻顶着脸颊。感觉他突然彻底醒了过来，活力充沛，准备大干一场。“啧，还真是他妈的没想到啊！”他说，“我不知道你们两人哪一个比较让我意外。但我必须老实说，我要向你的山姆脱帽致敬。替我转达，说我祝他好运，好吗？”

说完，他笑了出来。“天老爷啊！”他说，“这一天真是太精彩了。卡西要结婚了！天哪！替我祝那个家伙好运！”接着便快步下楼，一路哈哈大笑。

我在床垫上坐了很久，双手不停地翻着录音带，努力回想里头还有什么。除了我豁出去顶撞弗朗科，拿工作当赌注，我那天还做了哪些事。宿醉、咖啡、血腥玛丽、我们几个互相攻击、丹尼尔的声音飘浮在蕾西幽暗的房里：你是谁？还有弗雷。

我想，弗朗科应该觉得我会销毁它，将磁带抽出来，扔进家用碎纸机里。我家没有这种东西，但我敢说弗朗科一定有。然而，我爬上厨房的料理台，从柜子里拿出鞋盒做的个人资料箱，将带子放了进去。里头有我的护照、出生证明、病历卡和信用卡账单。有一天，我会听这盘带子。

# Chapter 26
## 蕾西的过去

镜像行动结束几周后的某一天，我正在和公文搏斗，静候不知哪里的上级裁决，忽然接到弗朗科的电话。“蕾西的父亲在线，”他说，“他想和你聊聊。”咔嗒一声，接着只见电话上的红灯开始闪烁，等我接听。

我坐在家暴组的办公桌前。午餐时间，窗外是沉静的夏日蓝天，大伙儿都卷起袖子，躺在史帝芬公园的草地上想多晒点太阳。但我在躲马厄，他老是凑过来，一副分享秘密的模样，问我杀人是什么感觉。因此，我经常假装有紧急公文要处理，很晚才吃中饭。

结果，事情简单得很。半个地球外，有一位名叫霍金斯的年轻警察，有天上班忘了带钥匙，于是他父亲便开车送他到警局。

霍金斯的父亲是退休警探，他将钥匙交给儿子，提醒他回家前记得买晚餐要吃的鱼，习惯性地瞟了办公桌后方的布告栏一眼，包括注意事项、失窃车辆和失踪人口，等等。忽然，他说：等一下，我记得在哪儿见过这女孩。接下来就容易多了。他们翻出尘封多年的失踪人口档案，直到一张熟悉的脸庞出现在他们眼前。

女孩名叫葛蕾斯，比我小两岁。父亲卡里根在大洋洲西部的无名旷野经营小型牛场，取名梅里古兰。他已经有十三年没见到自己的女儿了。

弗朗科跟他说，我花了最多时间处理这个案子，破案的人也是我。他的口音重得离谱，我隔了一会儿才听懂他在说些什么。我以为他会有问不完的问题，但他什么也没有问，至少开头没有，反而说个不停，告诉我一些我完全没想要问的事情。他的嗓音低沉，略带沙哑，感觉身材魁梧，说起话来慢条斯理，不时停顿许久，仿佛不习惯开口，但他说了很久很久。他在心里保存了十三年的话语，就为了这一天。

葛蕾斯小时候很乖，他说，是个好孩子，冰雪聪明，念大学可说程度绰绰有余，但她没有半点兴趣。她很爱家，卡里根说，才八岁就说她很快就十八岁了，说她要嫁牛场小伙子，等爸妈年纪大了，就要和丈夫继承家业，服侍二老。“她都计划好了，”他说，言语间依然带着当年的欣喜，“她对我说，再过几年就要开始留意前来应征的年轻人，替她物色可能的结婚对象。说她喜欢高个子、金头发，不介意讲话粗声粗气，但绝对不能酗酒。她从小就知道自己要什么，这孩子。”

然而，葛蕾斯九岁那年，她的母亲生弟弟的时候严重出血，在医生赶来前就失血过多死了。“葛蕾斯年纪太小，承受不了，”卡里根说道。他的语气猛然一沉，我立刻明白这件事在他心里百转千回，留下了一道长长的疤痕。“我一说完，就知道出事了。她的眼神——她年纪太小，承受不了，听完就崩溃了。要是她当时大两岁，也许就不会有事。但那件事后，这孩子就变了个人，变得完全无法理解。她依然很懂事，乖乖做功课之类的，不再提起过去，一手挑起家务。一个小不点站在比她还大的炉子前，和母亲生前一样炖牛肉、做晚餐，但我再也不知道她心里在想什么。”

在他说话停顿间，我的耳朵仿佛贴着贝壳，静电干扰有如被盖掉的声响，在我耳中回荡。我真希望自己多知道一些大洋洲的事，我只想到红土，烈日当空有如对你咆哮，纠结的植物硬是生长在荒芜的大地，原野辽阔得让人眩晕，将你整个吞噬。

葛蕾斯十岁时第一次逃离家。他们几小时就找到了她，全身湿透的她正在路边气愤哭泣。但她来年又逃了一次，后年也是，而且越逃越远。但在家的时候，她绝口不提逃走的事，卡里根只要提起，她就一脸茫然。他从来不知道自己哪天醒来，就会发现女儿不见了。他夏天在床上垫毯子，冬天不垫，让自己睡得浅些，希望能听见开门的声响。

“她十六岁那年总算办到了，”卡里根说，我听见他咽了咽口水，“从我床垫下拿了三百块钱，开走了吉普车，将其他车子的轮胎放了气好拖延我们。等我们出发，她已经抵达城里，将吉普车扔在加油站，搭上卡车朝东走了。警察说他们尽力了，但要是她不想被人找到……大洋洲很大。”

接下来四个月，葛蕾斯音讯全无。他夜里经常梦到女儿被人弃置路边，夜里月亮又大又红，她的尸骨被野犬啃得精光。后来，就在他生日的前一天，他收到一张卡片。

“你等一下。”他说。我听见窸窣声响，有人撞到东西，远处有狗吠叫，“找到了，卡片上说：‘亲爱的爸爸，生日快乐。我很好，找到工作，交了几个好朋友。我不会回家，但想跟你说声嗨，爱你的葛蕾斯。对了，别担心，我没卖身。’”他又笑了，沙哑的轻笑，“很厉害吧？她说对，你知道，我一直担心她——长得漂亮，但没有一技之长……不过，她就算做了也不会实说，这孩子就是这样。”

邮戳地点是悉尼。卡里根立刻抛下手边所有事情，开车到最近的机场，搭上邮政飞机往东飞到悉尼，复印了一堆蹩脚的寻人启事，到处贴在路灯柱上：寻找爱女。没有人回电。来年，卡片从新西兰寄来：“亲爱的爸爸，生日快乐。请别再找我了，我看到启事，只好离开悉尼。我很好，别再这么做，爱你的葛蕾斯。对了，我其实不住在惠灵顿，只是来这里寄卡片，别白跑一趟。”

卡里根没有护照，甚至不知道如何申请。葛蕾斯几周前刚满十八岁。惠灵顿警方表示，身心健康的成年人决定离家，他们爱莫能助。这么说其实没错。之后，他又收了两张卡片，说她养了狗，买了吉他。接着在一九九六年，旧金山来了一张卡片。

“所以，她最后去了美国，”卡里根说，“天知道她是怎么办到的。我想葛儿想做什么，谁也阻挡不了。”她很喜欢旧金山，搭电车上班，室友是雕塑家，教她手拉坯，但来年去了北卡罗来纳，完全没有解释。接着，他又收到四张卡片，其中一张来自利物浦，是披头士的相片。最近的三张来自都柏林。

“她行事历里有您的生日，”我说，“我知道，她今年本来也要寄卡片给您。”

“嗯，”卡里根说，“也许吧。”电话那头传来一声嘎呜，某只不识相的鸟。我想象，卡里根坐在破旧不堪的木头阳台上，对着一望无际的原始旷野，以及无情纯粹的自然法则。

卡里根沉默良久。我发现自己不自觉地将手伸进领口（动作很优雅），摸着山姆给我的戒指。镜像行动还没正式结束，宣布订婚只会让政风组搞得大家心脏病发，因此我用母亲留下的细金链子将戒指做成项链戴着。戒指垂在胸前，几乎就在麦克风的位置，即使冷天也比我的体温高。

“她长大了是什么样子？”后来，卡里根问道，“是怎么样的一个人？”

他声音变低，带着一丝喑哑。他需要知道。我想起梅鲁思带了盆栽给未婚夫的父母，蕾西咯咯笑着朝丹尼尔扔草莓，将烟盒藏在长草中间，完全不知道该怎么回答。

“她还是很聪明，”我说，“在英语系念博士班，做起事来还是不让任何人阻挡她。朋友都很爱她，她也很爱朋友，他们在一起很开心。”虽然他们五个对彼此做了这些事情，我依然如此相信，直到现在，想法也没改变。

“是我女儿没错，”卡里根恍惚地说道，“是我女儿没错……”

我不知道他心里在想什么。过了半晌，卡里根深吸一口气，回过神来：“但他们中的一人杀了她，不是吗？”

他好不容易才挤出这一句。“是的，”我说，“确实如此。但他不是蓄意杀人，希望这能让你宽心一些。他们只是吵了一架，她的朋友正在洗碗，手上刚好握着刀子，一气之下失控了。”

“她死前很痛苦吗？”

“没有，”我说，“没有，卡里根先生。法医说她失去意识前只会觉得气喘，心跳加快，很像跑得太快。”她走得很平静，我差点就要脱口而出，忽然想到她紧握的双拳。

卡里根很久没有说话，我以为线路断了或他离开了。或许放下电话离开房间，或许靠着栏杆，深深呼吸着傍晚的凉风。同事吃完午餐陆续回来了，我听见上楼的脚步声，有人在走道上抱怨公文作业，马厄挑衅地大笑声。快点，我很想对卡里根说：我们时间不多了。

后来，卡里根长长叹了口气。“你知道我记得什么吗？”他说，“她离开的前一晚，最后那次逃家。晚饭后，我们坐在阳台上，葛儿喝着我的啤酒。她看起来好美，好像她母亲，从来没有这么像过，那么沉静。她对我微笑，我以为那表示……呃，我以为她终于决定待着了，甚至爱上其中一名小伙子。她感觉就像那样，像是正在谈恋爱的女孩子。我心想，这就是我们的宝贝，瑞秋，很可爱吧？她终究没事了。”

我脑中浮现出奇怪的念头，有如飞蛾翩翩盘旋。弗朗科没对他说，没提卧底的事，也没提我和蕾西。“是啊，卡里根先生，”我说，“她终究没事了，以她自己的方式。”

“也许吧，”他说，“听起来是这样。我只希望……”那只鸟又叫了一声，有如苍凉寂寥的警报，慢慢消逝在远方。“我想说的是，我认为你说的对，那家伙不是蓄意要杀她的。我一直觉得会出事，只是迟早而已。这孩子不适合这个世界，从九岁就开始逃了。”

马厄冲进办公室，朝我吼了几句，将一大块看起来黏兮兮的蛋糕扔在自己桌上，开始狼吞虎咽。静电干扰在我耳中回荡，我想起美洲和大洋洲旷野上身形细瘦的野马，它们对抗山猫与野犬，靠找到的东西果腹。

我的童年好友艾伦有一年夏天拿到美国工读签证，到怀俄明州的牧场打工，看过他们驯服野马。他后来时常和我提起，偶尔会有马儿不肯就范，野性难驯，抗拒着缰绳和围篱，直到受伤流血，将腿或颈子撞得粉碎，甚至丧命，就是为了脱逃。

弗朗科说对了，所有人都全身而退，起码没有人因为镜像行动被开除或坐牢，我想弗朗科所谓“没事”大概就是这样。他被扣了三天假，申诫一次，理由是让调查失控。捅出这么大乱子，政风组需要抓个够分量的人开刀，我想他们一定很高兴将责任归在弗朗科头上。

媒体唯恐天下不乱，想找人抨击警察执法过当，但没有人愿意配合。他们最常拍到的就是瑞法尔朝摄影师猛竖中指，后来登在小报上，还打上马赛克保护未成年读者。

我迫于规定去看了心理医生，他看到我简直喜出望外。我说了几个轻微的创伤症状，几周后再让症状奇迹消失，感谢医生的高明辅导，拿到康复证明，开始用自己的方法舔舐镜像行动的伤口。我说实话只会让大夫紧张，因为每当我想起蕾西，心底深处最强烈的感觉就是感激。

一旦知道卡片的寄出地址，追查起来就简单多了。虽然没有必要，因为女孩死在我们管区前发生的事都与我们无关，但弗朗科还是查了。他将盖了“结案”两个字的档案寄给我，里头没有字条。

他们查不出她在悉尼的行踪，只有一个冲浪男说他好像在曼利海滩看到她卖冰激凌，名叫荷佐。但他语焉不详，又不确定，说法很难让人信服。她在新西兰名叫巴兰婷，根据人力派遣公司的记录，巴兰婷是最有效率的办公室接待人员。但有客户满意她的表现，游说她转做正职，她就再也没有出现。

她在旧金山是嬉皮俏妞，名叫艾兰娜。在海滩用品店工作，经常和朋友在营火前抽大麻。相片里的她，及腰的鬈发迎风飞扬，光着脚丫，戴着贝壳项链，穿着剪短牛仔裤的两条腿晒得棕黑。她在利物浦是梅格丝，在风格奇特的鸡尾酒吧当服务生，梦想是成为帽子设计师，周末在市场摆摊。相片里的她面带笑容，戴着绲着红丝绒的宽帽，一团蕾丝贴着一边耳朵。她的室友全是昼伏夜出的活泼女孩，做的事情和她差不多，时尚、合音或“城市艺术”之类的。她们说梅格丝消失前，刚拿到一纸合约，替一个流行品牌设计帽子。她们发现她走了，并不是很担心。梅格丝不会有事的，她们说，一向如此。

查德的信夹着一张相片，很模糊，是两人在湖边拍的，耀眼的炎炎夏日。她穿着太大的T恤，头发扎成长辫，笑容腼腆，脸庞避开镜头。查德高瘦黝黑，姿态笨拙，一绺金发垂在前额。他一手搂着梅鲁思，低头凝望她的神情，仿佛不敢相信自己的好运。我只希望你能给我机会，让我去找你，他在信里说：给我机会，小梅，天涯海角我都愿意。不管你想要什么，我都希望你找到了。我只想知道你要什么，为什么不是我？

我复印了相片与侦讯内容，将档案寄回给弗朗科，并附了一张便利贴写着：谢谢。隔天下午，我提早下班去找艾比。

档案里有艾比的地址。她住在学区里的拉内刺宿舍，房子破旧狭小，屋前的草坪杂草丛生，门口电铃多得离谱。我待在人行道上，靠着栏杆。下午五点，她应该很快就会回来（习惯很难改变），我希望她远远就看到我，作好心理准备。

我等了大约半小时，才看到她在街角出现。艾比穿着那件灰色长外套，手里拎着两个超市购物袋。距离太远，我看不到她的脸庞，但那轻快利落的步伐，我记得很清楚。我发现她看到我，身体猛然后仰，差点摔掉手上的袋子，站在空荡荡的人行道上愣了半晌，不知道该不该掉头离开，或随便找地方待着。但她随即察觉到自己的失态，便深呼吸一口气，双肩一提，继续朝我走来。我还记得在林屋的第一个早上，我和她在厨房的桌边，我心里想着要是情况不同，我们或许能成为朋友。

艾比站定在大门边，仔细打量我的脸，态度从容，毫不退缩。之后她总算开口说：“我应该一脚把你踹死才对。”

她看起来做不到这一点。她瘦了许多，头发绾高，使脸蛋更加瘦削。不只如此，她的肌肤也失去了光泽与弹性。我看着两眼疲惫、身形瘦弱的她，头一回感觉她像倔犟刻薄的老妇人。

“你是应该这么做。”我说。

“你想干吗？”

“给我五分钟，”我说，“我们发现一些蕾西的过去，我想你或许想知道。可能……我不知道，可能有帮助。”

一个脚踩马丁大夫鞋、手拿iPod的瘦皮猴小伙子从我们身边匆匆经过，走进宿舍里，猛力将门甩上。“我可以进去吗？”我问，“如果你不愿意，我们也可以待在这里，就五分钟。”

“你叫什么名字？他们跟我说过，但我忘了。”

“我叫卡西。”

“卡西警探，”艾比沉默片刻，接着将袋子钩在手腕，掏出钥匙说，“好吧，你可以进来一会儿，但我要你离开，你就得走。”我点头答应。

艾比住的是单房公寓，在二楼尽头，比我的房间更小，也更空，只有一张单人床、一把扶手椅、一座用木板钉死的壁炉、一台迷你冰箱和一对摆在窗边的小桌椅。厨房和浴室都没有门，墙上没有布置，壁炉台上也没有小摆饰。向晚时分，屋外温暖怡人，艾比房里却是冰凉如水。天花板有浅浅的潮斑，但所有地方都刷洗得干干净净，一扇大窗面向西方，让房间里闪着忧郁的斜阳。我想起她在山楂林屋的房间，那精心摆设得琳琅满目的小窝。

艾比将购物袋扔在地上，抖下外套挂在门后。袋子在她的手腕留下红色的印子，有如手铐的痕迹。“这里没你想象的烂，”她辩驳一句，但语气里夹着一丝疲倦，“起码还有卫浴，只不过在楼梯转角，但你又能怎么办？”

“我不觉得烂。”我说。这倒是实话，我住过更糟的地方，“我只是以为……我以为应该有保险金之类的，我说林屋。”

艾比嘴唇一抿。“我们没有保险，”她说，“我们想说屋子撑了这么多年，不如把钱花在整修上，我们还真蠢。”她打开像是衣橱的柜子，里头是小水槽、双口炉和两个碗橱。“所以，我们没什么选择，只好把屋子卖了，卖给奈德。他赢了，或者应该说蕾西、你们，还是那个放火烧房子的人赢了，我不知道。总之，有人赢了。”

“既然你不喜欢这里，”我问，“为什么还住着？”

艾比背对着我耸耸肩膀，将东西（烤豆子、西红柿罐头和一袋没牌的玉米片）放上碗橱。她的肩胛骨抵着灰色的薄毛衣，瘦得像是小女孩。她说：“因为这是我最快找到的落脚处，我需要地方住。你们的人放了我们后，被害人协谈中心在夏丘找了一间烂民宿。我们没钱，钱都收在公费罐里，这你应该很清楚，结果被火烧光了。女房东早上十点就赶我们出门，晚上十点才准回去，我整天窝在图书馆，什么也读不下去，夜里一个人待在房间——我们三个没怎么说话……我一找到地方就搬了出来。既然卖掉屋子拿到一笔钱，照理应该用来付新房子的头期款，但我需要工作付贷款，而在我念完博士之前……事情实在太复杂了，这阵子我一直举棋不定，但要是耽搁太久，房租就会把钱吃掉，到时就不用决定了。”

“你还在三一学院？”我差点尖叫一声。我曾经伴着她的歌声起舞，一起坐在我床上吃巧克力饼干，分享差劲的接吻经验，现在却只能像两个陌生人般生涩交谈，仿佛隔着硬壳。我没有资格改变什么，也无法打破硬壳，触碰到她。

“既然开始了，就可以把它结束。”

“瑞法尔和贾思汀呢？”

艾比砰地关上碗橱，双手一撩头发，我不知道看她做过多少次了。“我不知道该怎么对你，”她愤愤说道，“你这样问我，我一方面想对你吐露详情，另一方面又想狠狠报复你。我们应该是你最好的朋友，你却这样对付我们，我很想说管好你自己的屁事就好，要是再提他们的名字试试看。我没办法……我不知道该怎么和你说话，该怎么看你，你到底想做什么？”

艾比眼看就要撵人了。“我带了这个，”我匆匆说道，一边从书包拿出复印的档案，“你知道蕾西用的是假名，对吧？”

艾比交叉双臂看着我，眼神戒慎，面无表情：“你朋友跟我们说了，那个叫什么的，就是开头盯着我们不放的家伙，金发大块头，盖威人的口音。”

“山姆。”我说。我最近开始戴戒指，而各方反应从为我开心到酸言酸语都有，但骚动已经渐渐平息，重案组的人甚至送了我们一个莫名其妙的银盘子，当成订婚礼物。不过，艾比应该不会将戒指和山姆连在一起。

“就是他。我以为他这么说只是想吓我们，让我们说实话之类的。所以怎样？”

“我们追查过她。”我说着将档案递给她。

艾比接过档案，拇指匆匆翻动，我想起她轻松利落的洗牌技巧：“里面是什么？”

“她住过的地方、用过的身份、相片和侦讯访谈，”她依然用冷淡决绝的眼神看我，仿佛朝我脸上甩了一巴掌，“我觉得应该让你决定，选择要不要留下数据。”

艾比将档案朝桌上一扔，走回购物袋边，将食物塞进迷你冰箱里：一品脱牛奶和一小塑料罐像是巧克力慕斯的东西。“不用。关于蕾西，我该知道的都知道了。”

“我想档案或许能解释一些事情，说明她为何作了某些决定。也许你宁愿不要知道，但……”

艾比倏地起身，震得冰箱门剧烈摇晃：“你懂什么？你连蕾西都没见过，我才不在乎她是不是用的假名，在多少地方用过多少名字，统统不重要。我认识蕾西，和她住过，这点怎么也假不了。你和瑞法尔老爸一样，讲什么现实世界的屁话——我们才是真实，比这里真实太多了！”她的下巴猛地一扬，冲着她的房间。

“我不是这个意思，”我说，“我只是觉得她从来不想伤害你们中的任何一个，事情不是那样。”半晌，艾比像是泄了气的皮球，身体一缩：“你那天是这么说的，说你，蕾西，只是一时慌张，因为怀了宝宝。”

“我当时这么认为，”我说，“现在亦然。”

“嗯，”艾比说，“我也是，就是因为这一点，我才让你进来。”她使劲将某样东西塞进冰箱，然后将门关上。

“瑞法尔和贾思汀，”我说，“他们会想看档案吗？”

艾比将塑料袋卷成球状，塞进另一个塑料袋里，挂在椅子上。“瑞法尔在伦敦，”她对我说，“你们的人一准我们旅行，他就出国了。他父亲帮他找了份工作，我不大清楚内容，跟金融有关。他根本不符合资格，也可能做得一塌糊涂，但他不会被开除，只要他老爸在，就不可能。”

“哦，天哪，”我忍不住脱口而出，“他一定很悲惨。”

艾比耸耸肩，意味深长地匆匆看了我一眼：“我们很少聊天。我给他打过几次电话，讨论卖屋子的事。他一点也不在乎，只说我爱怎么做就怎么做，把文件寄给他签名就好，但我必须确定。我通常傍晚打给他，他不是在高级酒吧，就是在夜店，音乐很大声，身旁的人大吼大叫，叫他‘瑞瑞’。他总是喝得半醉，但我想你不会太惊讶。不过，你错了，我想他过得并不惨，希望这能让你好过一点。”

瑞法尔在月下微笑，双眼斜望着我，手指贴上我的脸颊，感觉温润暖和。瑞法尔和蕾西，在某个地方——我依然觉得是凹室。“贾思汀呢？”

“贾思汀回北爱尔兰去了。他试着待在三一学院，可是没办法——不只因为旁人的目光和窃窃私语，虽然那已经够糟了，而是……一切都不一样了。我有两回听他坐在卡座里掉眼泪。他有一天想去图书馆，结果做不到，整个人就在文学院所有人的面前开始歇斯底里，大家只好叫救护车把他送走，之后就再也没回学校了。”

冰箱上整整齐齐地放了一摞硬币，艾比拿起一枚送进电表，转动把手说：“我和他聊过两次，他在男校教英文，替一位请产假的女老师代课。他说那里的小鬼都是被宠坏的恶魔，几乎每天早上都在黑板写：‘贾思汀老师太娘娘腔了。’但学校在乡下，其他老师也不管他，起码相安无事。我不认为瑞法尔和贾思汀会想看档案，”她说着朝桌上点了点头，“我也不会问他们。你想找他们谈，就自己想办法。但我得警告你，我不认为他们听到你的声音会多高兴。”

“我不怪他们。”我走到桌前，将档案收拢。从窗子望去，后院绿草蔓生，夹杂着颜色鲜艳的洋芋片包装和空瓶子。

艾比在我背后说道，语气没有一丝起伏：“你应该知道，我们会恨你一辈子。”

我没有转身。无论我想不想，我的脸在这小房间里依然是个武器，介于我与她之间的利刃。对她来说，不看我的脸更容易说话。“我知道。”我说。

“你要是想求宽恕，那就来错地方了。”

“不是的，”我说，“我能给你们的只有这样东西，所以我想无论如何都得试试看，这是我欠你们的。”

过了一会儿，我听见艾比叹息一声说：“我们并不认为一切都是你的错，我们没那么笨，早在你来之前……”我背后一阵窸窣，可能是她走动或推开椅子。“丹尼尔直到最后依然相信我们能够搞定麻烦，一定有办法化险为夷。但我不这么想。即使蕾西没死……我想，当你的同事出现在门口的那一刻，一切就已经太迟了。有太多事情改变，不一样了。”

“你和丹尼尔，”我说，“瑞法尔和贾思汀。”

又是一阵窸窣。“我想那应该很明显。那晚，蕾西死的那天夜里……我们没办法化解过去，否则应该不会那么严重。之前也发生过许多事情，不管谁和谁，大伙儿最后都能度过。但那天晚上……”

我听见艾比咽了咽口水：“那晚以前，我们之间有一种平衡，你知道吗？大家都知道贾思汀喜欢瑞法尔，但就这样，没有人点破。我甚至没发现自己……你可以笑我很傻，但我真的没发觉，我只认为丹尼尔是我这辈子最好的朋友。我一直觉得我们可以永远这样下去，也许不能。但那天晚上不一样。当丹尼尔说出‘她死了’，一切就变了，变得更清楚，清楚得令人无法承受。就像有人打开一盏大灯，而你再也没办法合眼，就算一秒也不行。你懂我的意思吗？”

“嗯，”我说，“我懂。”

“那晚之后，就算蕾西真的回来，我也不知道我们是不是……”

艾比没有再说下去。我转身发现她正看着我，比我想象的还近。“你说话不像她，”她说，“连动作都不像，你们到底哪里相似了？”

“我们有些地方一样，”我说，“但不是所有地方。”

艾比点点头。过了一会儿，她接着说：“现在我想请你离开。”

我握着门把手正要开门，艾比忽然开口，仿佛不大情愿：“你想知道一件怪事吗？”

窗外暮色苍茫，她的脸庞似乎就要消失在昏暗的房里。“我有一回打给瑞法尔，他不在酒吧之类的地方，而是在家，住处的阳台。我们聊了一会儿，我提到蕾西——我依然很想念她，即使……发生了这一切。瑞法尔随口应了几句，说日子这么有趣，没时间想念什么人。但在他开口回答前，他顿了一下，似乎很困惑，仿佛花了一秒才想起我在说谁。我知道瑞法尔，我敢对天发誓，他差点就要说：‘谁？’”

楼上电话响起，用的是歌曲《辣妹翘臀》，隔着天花板声音模糊，随即有人大步走过地板接起电话。“他喝得烂醉如泥，”艾比说，“就像我之前说的，不过还是……我还是忍不住想，我们是不是快要忘记其他人了，再过一两年，我们都将在彼此心中消失，不留痕迹，仿佛我们不曾相遇，甚至哪天在街上擦身而过，我们连眼睛也不会眨一下。”

“不谈过去。”我说。

“不谈过去。有时候……”她轻喘一声，“我想不起他们的脸。瑞法尔和贾思汀，我还可以，但蕾西，还有丹尼尔。”

我看着她转过头去，侧脸对窗成了剪影，鼻子短翘，一绺头发披垂下来。“我爱他，你知道，”她说，“这一辈子他让我爱他多深，我就爱他多深。”

“我知道。”我说，很想告诉她被爱也是种天分，和爱人需要一样多的勇气与功夫，有些人不知道什么原因，从来学不会被爱。然而，我只是从书包里掏出影印的数据，翻找一阵（我得把纸贴在鼻尖才看得见），挖出一张变色的复印相片。他们五个面带微笑地站在山楂林屋外，被白雪和寂静包围。“拿去。”我说着将相片递给艾比。

房里几近全黑，艾比伸出白皙的手接过相片，走到窗边，将相片对着最后的日光。

“谢谢你。”过了半晌，她说，“我会留着。”我走出公寓将门带上，艾比依然站在窗边，凝视着相片。

之后，我偶尔希望自己梦见蕾西。她一天天从其他人心中褪去，很快便会永远消失，成为荒废小屋里的铃兰花和山楂树，没有人会去探访。我觉得自己应该梦见她，这是我欠她的，但她从来未曾出现。无论蕾西要我给她什么，我想我应该做到了。我唯一梦见的只有山楂林屋，空空荡荡，洒满阳光与尘埃，藤蔓处处，四周婆娑窸窣，永远近在转角。我和蕾西其中的一个，正在镜子里微笑。

我只希望一点：蕾西永远不要停下。我希望当她再也奔跑不动，她能抛掉身躯，一如扔下所有拦阻她的事物，猛踩油门，像野兽一样往前直奔，夜里驰骋在高速公路上，双手放开方向盘，像只山猫一样仰天长号，分隔线与绿灯倏忽闪过，没入黑暗中，车轮微微悬空，自由的感觉从背脊冲上她的心头。

我希望她原本能够拥有的每分每秒全都化成微风，涌入那间小屋：缎带与浪花；婚戒与查德母亲的泪水；日晒而来的皱纹与大步穿过红木树丛；宝宝的第一颗牙与他小小的肩胛骨，有如翅膀翱翔在阿姆斯特丹、多伦多、迪拜；山楂花在夏日迎风翻飞，丹尼尔的头发慢慢变白，烛火与艾比抑扬顿挫的甜蜜歌声。

丹尼尔曾经对我说，时间在每个人身上下工夫。我希望蕾西最后的生命时光为她做了许多，我希望她在那半小时里活过她所拥有的千万个生命。